GUDIAN SHIYI JUGAI

古典诗艺举概

徐于 著

知识产权出版社
全国百佳图书出版单位

图书在版编目（CIP）数据

古典诗艺举概 / 徐于著. —北京 : 知识产权出版社, 2016.8
ISBN 978-7-5130-4216-1

Ⅰ.①古… Ⅱ.①徐… Ⅲ.①古典诗歌–诗歌研究–中国 Ⅳ.①I207.22

中国版本图书馆CIP数据核字(2016)第119503号

内容提要

常见的关于中国古典诗歌艺术的论著，或述历史，或论专题，或释技法，各尽其长。本书是作者在教学过程中，对中国古典诗歌艺术系统诸元素进行梳理、探赜的心得。分九章，各以一个基本元素为经，以有关作品和理论为纬，以作者自己的体认为主导，融会各家成果，夹叙夹议，将诗艺研究和作品赏析的轨迹控制在历史主义、当代意识和审美观念的视野之内。具有较强的知识性、学术性和趣味性。很适合爱好中国古典诗歌艺术和从事语文教学的朋友参考。

责任编辑：李海波　　　　　　　责任出版：刘译文

古典诗艺举概

徐 于 著

出版发行	知识产权出版社有限责任公司	网　　址：	http://www.ipph.cn
电　话	010-82004826		http://www.laichushu.com
社　址	北京市海淀区西外太平庄55号	邮　编	100081
责编电话	010-82000860转8582	责编邮箱	277199578@qq.com
发行电话	010-82000860转8101/8029	发行传真	010-82000893/82003279
印　刷	三河市国英印务有限公司	经　销	各大网上书店、新华书店及相关专业书店
开　本	720mm×1000mm　1/16	印　张	23.75
版　次	2016年8月第1版	印　次	2016年8月第1次印刷
字　数	426千字	定　价	65.80元

ISBN 978-7-5130-4216-1

出版权专有　　侵权必究
如有印装质量问题，本社负责调换。

目 录

引 言 ································· 001
第一章 情志 ······················· 004
第二章 意象 ······················· 028
第三章 声律 ······················· 084
第四章 体制 ······················· 121
第五章 命意 ······················· 157
第六章 构象 ······················· 189
第七章 运法 ······················· 219
第八章 悟境 ······················· 274
第九章 审势 ······················· 299
结 语 ································· 331
附录 中国古典诗歌常用原型意象系列例释 ············· 337
参考文献 ······························ 371
后 记 ································· 374

引 言

探讨我国古典诗歌艺术，是为了理解我国古代诗歌的美学特质及其创作经验与批评理论，从而有助于鉴赏、研究和写作。

现在，各种西方文艺思潮正一浪接着一浪猛烈地冲击着我们这个古老而又年轻的国度。我们来探讨自己的古典诗艺，似有抱残守缺之嫌。但文化的发展，固然需要大量外来信息，也应批判地继承民族遗产。祖宗的遗产中自然有朽败的垃圾，也确有外国所绝无的珍宝。正确的态度，应如鲁迅所提倡的，不问祖宗或外国，有用的全部"拿来"。

就古典诗歌而论，的确是一宗巨大的"国粹"。不但深受我国人民的热爱，也有一定的国际影响。20世纪30年代，英国学者H.哈特翻译出版了一本中国古典诗集，取名《牡丹园》（A Garden of Peonies，1938年）。她在导言末尾写道：

> 他们的诗是用最柔软的笔写在最薄的纸上的，但是作为汉民族的生活和文化的记录，这些诗篇却比雕刻在石头或者铜的碑上更要永垂不朽。❶

H.哈特作为一位外国的古典汉诗爱好者和研究、翻译的学者，能够如此中肯地道出中国古典诗歌艺术在中国古代文化中的重要历史地位，的确颇有见地。20世纪初，也有一位美国女诗人艾米·洛威尔（Amy Lowell），她与人合作翻译过许多中国诗，出版了古典汉诗集《松花笺》（Fir-Flower Tablets，1921年）。她在序文里说：

> 也许至今没有一个民族，在她的生活中诗起那么重要的作用，像中国人在过去和现在那样。中国的历史绵延不断，在整个历史的过程

---

❶ 丰华瞻.中西诗歌比较[M].北京:三联书店,1987:5.

中，中国人仔细保留、记录，结果保存了大量的材料。这些材料，文学的和历史的，今天要研究的人还可以看到。这种文学最忠实地标明了那个"黑发民族"的思想和感情，是世界上所有的民族所创造的最优秀的文学之一。❶

她对中国古典诗歌在世界文学之林中的崇高地位作了恰当的肯定。

还有一个有趣的事实。20世纪初，由于许多英美诗人把中国的古典抒情诗译成英文出版，博得英美读者的赞赏，中国古典抒情诗充满了英美诗坛，英美诗人们竞向中国传统诗学习。意象派代表人物、美国诗人埃兹拉·庞德（Ezra Pound, 1885—1972年）说：

> 我们要译中国诗，正因为某些中国诗人们把诗质呈现出来便很满足，他们不说教，不加陈述。❷

他把中国古典诗歌作为意象派诗歌最早最好的楷模加以推崇，因此大大推进了意象派运动，大开了英美诗人创作简短、精练、含蓄、形象的抒情小诗的风气，此后再也没有多少人去制作长篇叙事诗和大部头的史诗了。只是由于他们从反对浪漫派的无病呻吟、强调意象的创造走向了极端，而导致自己的衰落。这一现象岂不耐人寻味？

可见，传统的遗产中的确有宝贝。垃圾自然应该扔掉，宝贝却应清理出来加以利用。这就要学习、研究，何况，对于当代的中国青年朋友，比较具体地了解古典诗歌艺术，还是重要的文化素养呢！

但中国古典诗歌遗产丰厚如云，杰作如星，评论、研究的著作也汗牛充栋。有限的精力和时间当然难以穷究，我们只好遵奉先贤"通道必简"的教诲，学习他们的办法，如清代学者刘熙载《艺概·序》所说"举此以概乎彼，举少以概乎多"❸，只探讨中国古典诗歌艺术系统的元素、表达与鉴赏三方面的主要问题。所以，我们将本书定名为《古典诗艺举概》。

---

❶ 丰华瞻.中西诗歌比较[M].北京：三联书店,1987:19.
❷ 钟文.诗美艺术[M].成都：四川人民出版社,1984:118.
❸ 刘熙载.艺概[M].上海：上海古籍出版社,1978:1.

本书的蓝本，原是笔者为苏州铁道师范学院（现苏州科技大学）中文系高年级开的选修课"古典诗歌艺术论"的讲义。为使课程具有一定深度、广度和可听性，笔者以某一诗学问题为经，以有关诗歌作品为纬，以自己的体认为主导，融会各家成果，夹叙夹议，兼以鉴赏，力求将诗艺研究和作品赏析的轨迹，控制在历史主义、当代意识和审美观念的视野之内，并且讲练结合。这样，选修的学生不但从理性上认识了中国古典诗歌艺术的基本规律，有的还能写出颇有意味的旧体诗词来。现在，笔者把本书奉献给读者朋友时，基本上保留了讲义的原貌。也许有助于消除读者朋友对古典诗歌艺术的陌生感或神秘感，从而诱发更多的研讨兴趣。至于所附的"中国古典诗歌常用原型意象系列例释"，也是作为资料和心得提供给读者朋友参考。

第一章

情　志

> 你是否想过：
> 诗歌的根本是什么？
> 古人说"诗言志"，这"志"的内涵怎样？
> 古典诗歌的情志有什么主要特性？

> 诗者，志之所之也。在心为志，发言为诗；情动于中而形于言。
> ——《毛诗序》

情志——情感和志意，是人类心灵的全部内涵。

情志，是诗歌艺术系统的基本元素，也是诗歌的本质或曰"本体"。没有情志就没有诗歌，更没有诗歌的美。

情感、志意，各有侧重：情感偏于直觉，志意偏于理性；而情志的统一，却是诗本体的基本形态和我国古典诗学的主导观念。这种观念与西方古典诗学相通，却同西方现代语言论美学将诗歌和一切文学的本质都视为语言的主张大相径庭。

较之其他文学体裁和艺术类型，诗歌本体的情志有自己的特质。我们拟就下面三个问题作一些简要讨论：情志是诗歌的根本；古典诗学情志观流程；古典诗学对情志的特殊要求。

一、情志是诗歌的根本

诗歌，是情志的根株上开出的花朵。

或问：难道别的文学或艺术作品就不是情感的产物吗？

是的，情志也是一切文学艺术作品的根本，但对于诗歌，却更有其特殊意义，即情志不但是诗歌的根本，简直就是诗歌本身或曰本体。它生于情志，诉之情志，影响情志。我们试从发生学、形态学和社会学的不同角度略加说明。

（一）从发生学角度看，诗歌的产生，是出于表达情感体验的需要

正如朱光潜《诗论》所说："诗的起源实在不是一个历史问题，而是一个心理学的问题。"所谓心理需要，即表达情感志意的需要[1]。诗人有所感动，产生某种情趣或意念，也就有了要把它传达出来，引起同类体验、共鸣的强烈愿望。所以，诗歌一开始就同主体（创作主体与接受主体）的情志结下了不解之缘。

西方古典诗学也从心理学角度谈论诗歌创作。古希腊著名哲学家德谟克利特"不承认有某人可以不充满热情而成为大诗人"，并指出：

> 一位诗人以热情并在神圣的灵感之下所做成的一切诗句，当然是美的。[2]

亚里士多德则认为"诗的普通起源由于两个原因，每个都根源于人的天性"，即"模仿的本能"和"求知"的快乐[3]。这种说法与德谟克利特及我国古典诗学强调的情志决定性不同，虽然也从心理学上进行了解释，但偏于知性而非情感。这是亚氏从西方诗歌的叙事传统和以诗为史的史诗实践中总结出来的，对于后世的影响在小说、戏剧和其他叙事性作品方面比诗歌深远。自文艺复兴，特别是欧洲浪漫思潮兴起之后，情感问题重新被西方诗学所强调。俄国民主主义批评家别林斯基的论断颇有代表性：

> 情感是诗的天性中一个主要的活动因素；没有情感就没有诗人，也没有诗。[4]

---

[1] 朱光潜.朱光潜美学文集:第二卷[M].上海:上海文艺出版社,1982:11.
[2] 北京大学哲学系美学教研室.西方美学家论美和美感[M].北京:商务印书馆,1980:17.
[3] 北京大学哲学系美学教研室.西方美学家论美和美感[M].北京:商务印书馆,1980:41.
[4] 别林斯基.别林斯基论文学[M].梁真,译.上海:新文艺出版社,1958:14.

可见，情志为诗歌的根本，是中外古典诗学的共识。

但这根本或本体，也是历时性的范畴，它随着诗歌社会功能的发展而演变。

先从字源学方面看看"诗""志""情""意"的关系。

"诗"："志——意"。上古没有"诗"字，只有"志"。与"诗"字是同义的。《说文解字》释"诗"："志也。从言，寺声。"释"志"："意也。从'心之声'也。"闻一多和杨树达都进行过考辨。杨举出二例。其一：《左传·昭公十六年》载，郑六卿为韩宣子赋诗，都是《郑风》，韩宣子说："二三君子……赋不出郑志"。"郑志"即"郑诗"。其二：《吕氏春秋·慎大览》载，商汤谓伊尹："若告我旷夏尽如诗。"这是以"诗"代"志"。

"志"："情"。《左传·昭公二十五年》："民有好恶喜怒哀乐，生于六气，是故审则宜类，以制六志。""六气"指生成并制约人类生命力的六种自然元素。孔颖达《正义》云："此'六志'，《礼记》谓之'六情'。"《说文解字》释"情"："人之阴气，有欲者。从心，青声。"上文意谓人的心情欲望生于自然的六气，应审察各类心情的特点，以适当的方式加以制约。

从这简单的考索可以看出，诗，的确是人们心中的情感志意。而它的内涵，既包括情志，又联结着意（言）和事等多种要素，形成上古诗本体的多元性。

再看诗功能的演变，怎样导致诗本体从多元性向单一性转化。

上古诗本体的多元性，是由诗功能的多维性决定的。诗功能的多维性可从作诗和用诗两方面得到证实。

作诗方面，《诗经》的作者们即有表白：

《小雅·何人斯》："作此好歌，以极反侧。"

——为了斥责那些为鬼为蜮之辈；

《小雅·节南山》："家父作诵，以究王訩。"

——为了揭露推究王政昏乱的原因；

《小雅·四月》："君子作歌，维以告哀。"

——为表达遭罹祸乱、走投无路的悲哀；

《大雅·劳民》："王欲玉汝，是用大谏。"

——王很器重你，所以让我认真地劝你；

《大雅·崧高》："申伯之德，柔惠且直。""吉甫作诵，以赠申伯。"
　　　　　　　　　　　　　　　　　　——赠诗赞扬；

《大雅·烝民》："仲山甫徂齐，式遄其归。""吉甫作诵"，"以慰其心"。
　　　　　　　　　　　　　　　　　——作诗安慰，利其速归；

《魏风·葛屦》："维是褊心，是以为刺。"
　　　　　　　　　　　　　——因其狭隘吝啬，所以写诗讽刺；

《陈风·墓门》："夫也不良，歌以讯之。"
　　　　　　　　　　　　　　　　——他太不像话，作诗质问。

仅从这些明白表示的例子已可看出，诗人的目的，除了一般的抒情记事，还包括赞扬、安慰、劝诫、讽刺、告哀、质问、追究、揭露等多种意图。

用诗方面，社交、从政、祭祀、庆典、娱乐、宣教等，无所不至。《墨子·公孟篇》说："诵诗三百，弦诗三百，歌诗三百，舞诗三百。""三百"极言其多。这是说，《诗经》的诗，都是可以朗诵赋陈，弦管演奏，能供歌唱，还可表演的。在社交和外交场合即席称引《诗》句以喻志，不须也不可能用音乐，只是朗诵某诗、某章或某句。这在先秦是一种习惯。所以《论语·季氏》载孔子教导他的儿子说："不学《诗》，无以言。"所诵章句当然都是有寓理（比拟、象征）意味的。

从《诗》的多种用途可见，诗歌在古代，除抒情以外，还有记事、言理等多种功能。

但诗歌的喻理记事功能，由于社会生活的日益繁杂和书写手段与经验的进步与增长，便逐渐为散文所替代。这种趋势，在春秋战国时期已很明显。所以《史记·滑稽列传》引孔子的话说："《书》以道事，《诗》以达意。"这里的"意"与"情、志"是同义的。

随着诗之"用"由多维转向单一，诗之"体"的事、理因素也向"情"渗化、融会，而生成真正心理学、美学意义上的"情"。

然而，诗本体的"情志"，并不是原生状态，即不是一般意义上的情感，而是一种审美体验，古人称为"情兴"或"感兴""兴会""兴趣""意兴""兴寄"等。从创作论角度说，这"情志"或"情兴"等，也就是诗歌所要表现的主要对象。

这种"情志"或"感兴"之类是什么？当代学者李壮鹰的《中国诗学六

论》指出,它是作为特定的主客体相接时所生的那一道火花,既有对客观的反映,也有丰富的心理内容,是物与我、心与物相互触发而融为一体的那一种感受❶。这意见是符合实际的。我国古典诗学也多类似描述。《文心雕龙·诠赋》:"情以物兴,物以情观";《文心雕龙·物色》:"目既往还,心亦吐纳"。王昌龄《诗格》:"处身于境,视境于心。"王夫之《姜斋诗话》:"心中目中,与相融浃。"佚名《静居绪言》:"天机道心,悠然冥会。"都说的是诗人感物而生情志的过程中,主客融合、内外交流而升华的精神状态。在中国古代诗家看来,诗人作诗,就是为了传达这种"情志"或"感兴";而读者读诗,也是为了领会这种"情志"或"感兴"。试看:

空山不见人,但闻人语响。返景入深林,复照青苔上。

——王维《鹿柴》

这首五言古绝是有口皆碑的名作。以五言绝句写幽静情境,王维是当之无愧的圣手。先看感觉层面:一、二句写人不见人,寂静却有声;虚中有实,动而愈静,这是虚实相生、动静相形的辩证法。三、四句深林返景,幽暗而有光彩;青苔受阳光,淡雅而见亮色,这是浓淡协调、素绚映衬的辩证法。王维诗中有画,善于运用艺术辩证法的高深造诣,于此可见一斑。但是,深入一步,从情兴的层次上透视,我们应该追问:这首优美的小诗,到底要表达什么?诗人的目的,其实不在于客观地摹写这样一幅幽雅的深林夕照图,而是要表现面对这深林夕照时刹那之间所感发的情志或情兴、体验。因此,这看似平常的无我之境,正是自然的"天机"与诗人的"道心"在那特定的情境之下"悠然冥会"而生的"宁馨儿"。它渗透了诗人的情趣,又蕴含着对自然奥理的妙悟。至于什么情趣,何许奥理,读者可以细细体味。

概而言之,这情趣,是一种禅悦之趣;这奥理,也可以说是一种禅机。两者融合成为在清虚静寂的境界中,对物我两忘、本性自在的彻悟之乐。所谓"禅悦",指有唐以来,一些具有儒道互补思想的士大夫对于新起的禅宗哲理的崇拜与信仰。禅宗认为,"法界一相"(客观世界千类万汇而总归一样);"佛性清净"(真正觉悟圆满的智者——佛或佛陀的本性是清净无欲的);"本心即佛"(人人心中都有佛性);"若起真正盘若观照""妄念俱灭""若识自性""一

---

❶ 李壮鹰.中国诗学六论[M].济南:齐鲁书社,1989:73.

悟即佛"（若以真正智慧之眼观照万物和自身，认识本性，即能清除种种杂念，成为觉悟的智者）。王维正是唐代一位出入儒道庄禅的最有代表性的士大夫诗人和艺术家[1]。所以，这首诗，具体一点儿说，即是诗人以他的慧眼灵心观照、体味这幽静恬淡的情境，从深林的空寂、人语的清响、夕阳的余晖和青苔的鲜润，领悟了自然的玄机和人生的奥秘：仿佛他就是那空旷的山林，那听而不见的人语，那一缕穿林而泻、触物生辉的夕照，那一片在夕照中安然享受着、显示着平凡生命之乐的青苔；诗人自己的全副身心都消融了，化成了自然生命的自在的愉悦——这就是笔者所体味到的诗人所表达的禅悦之趣和禅机妙理。从审美心理角度看，这正是一种无利害、无概念的纯净清澈的美感体验。因而，这种禅悦或禅机式的美感体验，也正是诗人——不，"诗佛"——王维彼时彼境所感发并且要传达的情志或情兴。

其实，中国古典诗学所说的诗歌，即使再简单，它所要表现的都不是题材（对象）本身，而是诗人的情志。例如，号为"南音之祖"的"涂山氏之歌"——《候人歌》，简单到只有两个实词和叹词组成一个四字句：

候人兮猗！[2]

真是简到不能再简了。就字面所描述的内容看，不过是在那里"等候人"罢了。但歌人所要表现的，却不是这个简单的事实，她要传达的是等候丈夫时的那种期待、担忧、揣测、焦虑、恐惧、哀怨、忧伤和痛苦等心理活动所交融而成的情绪。这种情绪必须在歌人反复咏叹的声调中才能自然地流露出来。传说大禹见妻子化为石，喊道："归我子！"有人说他冷漠，如果设身处地想想，这又何尝不是回肠荡气的呼唤呢？——这呼唤也应该是诗歌！

那么，这种诗本体的情志，有什么基本特征呢？这是我们下面第二个问题所要探讨的。

（二）从形态学角度看，情志之于诗歌，是浑融一体而难以名状的

过去，学术界多从情感的浓度、强度和深度着眼，这三者其实并不足以为

---

[1] 葛兆光.禅宗与中国文化[M].上海:上海人民出版社,1987.
韩经太.心灵现实的艺术透视[M].北京:现代出版社,1990.
[2] 陈奇猷.吕氏春秋校释[M].上海:学林出版社,1984.
许匡一.淮南子全译[M].贵阳:贵州人民出版社,1993.

诗歌情感或情志的基本标志。因为固然有很多诗篇如此,但也有不少名作的情志烈度不定很强,色彩不定很浓,内涵不定很深,而往往只是一刹那之间的感触,淡泊幽微,令人回味。

诗人所要表达的情志,无论强烈或微妙,深沉或淡远,都可以根据作品的实际和古人的论述概括为两个基本特征:浑融一体和难以名状。

浑融一体。诗本体的情志,作为审美体验,在表层上主客交融浑然一体,在深层里是各种意念、情愫相互渗化不可分析,因而没有鲜明的形式和显著的标志;它模糊、朦胧、闪烁、流动。司空图说的"思与境偕",明吴谓说"意与景融",王世贞《艺苑卮言》说"神与境合",近代王国维《人间词话》称"意与境浑"等,不但是诗歌情志的内涵,也是它的形态。至于意识深层,则恰如明人马荣祖《文颂·神思》所述:"冥冥濛濛,忽忽梦梦;沉沉沌沌,洞洞空空。莫窥朕兆,伊谁与通!"明徐祯卿《谈艺录》也说:"朦胧萌坼,情之来也;汪洋漫衍,情之沛也,连翩络属,情之一也。"也都是对情志的各种意识因素的浑融状态的模糊描绘。

难以名状。诗本体的情志,究竟是什么样子,难以准确言传。陶渊明《饮酒》之二"采菊东篱下,悠然见南山……此中有真意,欲辨已忘言";李白《山中问答》"问余何事栖碧山,笑而不答心自闲";李煜《乌夜啼》"剪不断,理还乱,是离愁,别是一番滋味在心头";辛弃疾《丑奴儿》"而今识尽愁滋味,欲说还休,欲说还休,却道天凉好个秋",无论是陶渊明悠然见南山时感悟的"真意",李白流连碧山处领略的"闲"情,还是李后主国破家亡后沉痛的"离愁",辛弃疾晚年深谙的横遭排挤、心系国事的忧"愁",都是诗人感于心,碍于口,极想表达却又只可意会的情志。沈德潜《说诗晬语》说"情到极深处每说不出",其实,即使欢欣喜悦或淡淡哀愁,也往往是难以明喻的。

情志的难以名状,当然与第一个特点紧密关联。应特别说明的是,所谓难以名状,是指不好用一般概念性的语言来直接界定和准确陈述。因为概念性的语言,从符号学观点看是属于"现实符号"系统,它的操作对象是现实的自觉意识,它的语词指称相应的对象,有确定的意义;而诗人的情志是一种非现实的超越性审美意识,作为现实符号的概念性语言当然对它无能为力了[1]。《庄子·天道》说"意之所随者不可以言传";黑格尔《哲学史讲演录》认定"语言实质上只是表现普通的东西;但人们所想的却是特殊的东西,个别的东西,因此不能用语言来表达人们所想的东西"。他们当然不是说诗人情志这种艺

---

[1] 杨春时.艺术符号与解释[M].北京:人民文学出版社,1989:65.

思维。但我们由此不难理解：一般人的言与意之间尚且如此矛盾，何况诗人的审美体验与艺术思维是"特殊"而又"特殊"、"个别"而又"个别"的呢?!

但是，难以名状的情志，却可以用艺术符号去运演。艺术符号（包括语言艺术的诗歌语言）是意象符号，它通过特定意象、情境的描述去暗示或象征，从而引导读者去领悟相应的诗情，这颇有点儿像禅宗的传道方式。禅家主张"不立文字""以心传心，皆令自解自悟"，即通过某种暗示，使参禅者直觉、感悟那不可言说的道体。《五灯会元》载：当年释迦牟尼在灵山说法，曾拈花示众。听者都不明何意，唯迦叶尊者欣然微笑。佛祖认为他已领会，于是宣布："吾有正法眼藏咐嘱摩诃迦叶。"这"正法眼藏"即佛门"以心传心"的传法要旨❶。中国古人心目中的诗情，也只能通过暗示去传达、去感悟。难怪有唐以来不少著名诗家乐于以禅喻诗。

诗人情志的浑融难言状态，使它带有不可捉摸的神秘色彩，以致许多诗学家把它看成一闪即逝的偶发性心理现象❷。其实，诗人的情志，作为诗人力求表达的审美体验，还具有相对稳定的性质。正是这种相对的稳定性，诗人才有可能进行内省、再思、整合，并使之完善、深化，或重建以至表达。否则，诗人将是完全茫然的，而构思、传达等创作过程都无从谈起，也不可能有诗歌问世了。陆机《文赋》说："其始也，皆收视反听，耽思旁讯，精骛八极，心游万仞。其致也，情曈昽而弥鲜，物昭晰以互进。倾群言之沥液，漱六艺之芳润。"这是对诗人情志由初发以至成形的运思过程的精彩描述。这表明，陆氏对诗人情志伴随想象由飘忽而稳定、由模糊而清晰，并借助艺术语言来传达的内省—外化过程已有相当自觉的认识。至于构思过程何以能这样运作的心理机制，陆氏当时还难以指陈。所以，最后他发出"吾未识夫开塞之所由"的感叹，即还不明白诗人有时灵感风发，有时文思滞阻的原因。这的确是很难的。

以现代审美心理学来审视，诗人情志的相对稳定性，是由它的基本性质决定的。诗人所感生的情志，作为审美体验，是一种有一定中心意念的直觉思维。它由感知、想象、情感、理解等多种审美心理要素交融协作，在审美想象的整合之下，趋向理解、化为感知，逐渐形成饱和着审美情感的单一或复合的诗歌意象，最后才得以字句和篇章的物化形式表现出来。这是个复杂而微妙的过程，我们将在以后的有关章节深入探讨。

---

❶ 葛兆光.禅宗与中国文化[M].上海：上海人民出版社，1987：1.

孙昌武.佛教与中国文学[M].上海：上海人民出版社，1988：105-108.

❷ 李壮鹰.中国诗学六论[M].济南：齐鲁书社，1989：73.

（三）从社会学角度看，诗歌主要是通过情感抒发引起读者共鸣

即是说，诗歌的社会效应主要是情感效应。它以自己所表现的情感去诱发读者的情感。白居易《与元九书》说"感人心者，莫先乎情"，非常准确地概括了古典诗歌艺术效应的本质。可以这样说：凡是不能引起读者情感共鸣的，不能算作好诗；凡是好诗，都会激起读者情感的回响。《西京杂记》载，司马相如打算娶茂陵女为妾，文君闻之，作《白头吟》自绝；相如深受感动，乃罢。诗曰：

皑如山上雪，皎若云间月。闻君有两意，故来相决绝。

今日斗酒会，明日沟水头。躞蹀御沟上，沟水东西流。

凄凄复凄凄，嫁娶不须啼。愿得一心人，白头不相离。

《古诗源》所载本诗后面还有四句："竹竿何嫋嫋，鱼尾何簁簁。男儿重意气，何用钱刀为！"但意不相属。传说未必可信，但上面十二句诗已成整体，婉转凄恻，真挚沉痛，被遗弃的妇女的哀怨自重的情感，的确表达得非常充分。所以"相如乃止"。诗歌的情感效应可见一斑。曹植《七步诗》的故事也是人所共知的。《世说新语》载：文帝曹丕尝令东阿王曹植七步中作诗，不成则行大法。植应声云云，帝有惭色。诗云：

煮豆持作羹，漉豉以为汁。萁在釜下燃，豆在釜中泣。本是同根生，相煎何太急！

不但喻之以人伦之理，而且动之以手足之情，曹丕天良不灭，当有"惭色"。《三国演义》描写得更传神："丕闻之，潸然泪下。"又如《说郛·朝野遗事》载：南宋主战派代表人物张孝祥，任建康留守，闻宋孝宗听信主和派主张，于符离战败后与金议和（1163年），在一次宴会上即席赋《六州歌头》，在座的主战派大将江淮兵马都督张浚听后极为感奋，"罢席而入"。词云：

长淮望断，关塞莽然平。征尘暗，霜风劲，悄边声。黯销凝！追想当年事，殆天数，非人力；洙泗上，弦歌地，亦膻腥。隔水毡

乡，落日牛羊下，区脱纵横。看名王宵猎，骑火一川明。笳鼓悲鸣，遣人惊。　念腰间箭，匣中剑，空埃蠹，竟何成！时易失，心徒壮，岁将零，渺神京。干羽方怀远，静烽燧，且休兵；冠盖使，纷驰骛，若为情？闻道中原父老，常南望，翠葆霓旌。使行人到此，忠义气填膺，有泪如倾。

悲愤慷慨、深沉强烈的爱国之情在字里行间喷薄，谁还能开怀畅饮?！难怪张浚为之罢席。这些都是诗坛上以情动人的千古佳话。金代刘祁《归潜志》强调：

夫诗者，本发其喜怒哀乐之情，如使人读之无所感动，非诗也。❶

这是对诗歌情感效应的中肯论断。确认了"情志"是中国古典诗歌的根本。

二、古典诗学情志观流程

前面，我们从发生学、形态学和社会学的不同视角审视了我国古典诗歌的抒情本质，但我国古典诗学对这种根本性质的认识、探讨和理论概括与表述，却经历了相当长的流程。

如前所述，中国古典诗歌的内容和功能本来是多元化的，诗人对于创作意图的明白表示已包括了劝诫、讽刺、赞扬、质问、志哀、抒怀等多种意向。这些目的意向赋予了诗歌以言志和抒情两种基本功能❷。对于这两种功能，最早由《尚书·虞书》总结为一句话：

诗言志。❸

由于这话很笼统，又无其他说明，后代对此"开山纲领"的解释，就随着人们对诗歌作用和要求的不同认识而产生了分歧，以致在中国美学史和文学批

---

❶ 李元洛.诗美学[M].南京：江苏文艺出版社，1987：80.
❷ 罗宗强.诗的实用与初期的诗歌理论[J].文学遗产，1983(4).
❸ 对《尚书·虞书》"诗言志"的真实性，已有学者提出质疑，但目前尚无定论。

评史上存在着不同观点。归纳起来，有"言志"说、"情、志统一"说和"缘情"说。大致为先秦主"言志"说，汉代为"情、志统一"说，魏晋以后始倡"缘情"说。唐以下的各种说法，都是上述三种观念的演绎。

（一）先秦时代："言志"说

"诗言志"的"志"，在先秦时代指思想、志向、怀抱，不是情感。最权威的解释当然是儒、道两家；而他们的意见又大体一致，足以代表先秦时代的诗学观念。春秋战国之际的史学家左丘明《左传·襄公二十七年》说："诗以言志。"这是指当时流行的"赋诗言志"和"陈诗言志"，是就用诗方面说的。《孟子·万章上》云："说诗者不以文害辞，不以辞害志；以意逆志，是为得之。"这是就解诗而言，即要根据诗的文辞所表达的意思去探求诗作包含的诗人之志，这里向读者明确指出诗是言志的。《庄子·天下篇》说："《诗》以道志，《书》以道事，《礼》以道行，《乐》以道和，《易》以道阴阳，《春秋》以道名分。"《荀子·儒效篇》说："《诗》言是其志也；《书》言是其事也，《春秋》言是其微也。"庄、荀说的"志"显然是指诗歌本身而言。以上所述几种"志"，显然是指思想、志向、怀抱，都不是从欣赏角度，更不是从总结诗歌的艺术经验和特殊规律而言。即是说，根本没有把诗歌当作艺术，只是把它当教化和交际的工具看；只注重它的社会功利性，而不重视其艺术性，因此也就忽略了诗歌的抒情特征。孔子教导他的儿子学《诗》，说"不学诗，无以言"；又说"诗可以观，可以群，可以怨；迩之事父，远之事君，多识乎鸟兽草木之名"。都是看重诗的社会功用。他从用诗的角度出发，认为只要熟悉《诗》，能随时陈诵就可以了。他们自己从不作诗，只是赋《诗》、陈《诗》。这是外交、宴会、盛典乃至日常交际的必备手段。社会风气使然，所以除荀子以外，先秦诸子都把《诗》看成经典文献就不足为奇了。他们忽视诗歌的情感内容和抒情性质，而突出强调其政治教化和交际功能，是片面的。因为先秦时代本来就有许多抒情诗，而这些先生为了言自己的"志"不惜断章取义，这实际上开了后世穿凿附会、拔高诗意为我所用的坏风气。例如，《关雎》本是情歌，《论语·八佾》孔子称赞它"乐而不淫，哀而不伤"；"无邪"而合"礼"。后世儒家便据此贴上"后妃之德"的标签，说是可见"后妃性情之正"；《卷耳》原为思妇怀念征夫之作，注家也据孔说认定是"后妃之所自作"，"可以见其贞静专一之至矣"[1]，都是很典型的。

---

[1] 朱熹.诗经集传[M]//铜版四书五经：上册.上海：世界书局，1936(民国二十五年).

总之，先秦诗学的"言志"说，其视角是社会学的，根本没有把诗歌的情感性质与抒情功能放在视野之内。所以，如果说《尚书·虞书》所提出的"诗言志"的"志"包括了情感，那只是就诗歌的实际而言，并不是对先秦诗学主导观念的明确表述。朱自清《诗言志辨》说："'志'的基本内涵是'怀抱'"，"这种志，这种怀抱是与'礼'分不开的，也就是与政治、教化分不开的"。这种解释符合先秦诗学的主导观念。

近年有学者指出：荀子所说的"诗以道志"，虽是对前人"言志"说的强化，但已"从文献《诗》的接受转向文体诗的创作"，"他以有别于议论文章语言的几种新文体来表明自己奉行'圣人之道'的志向"；而与荀子同时代的屈原《九章·惜诵》所说的"惜诵以致愍兮，发愤以抒情"，则是在南方正式出现"抒情观念"，此后便与荀子所强化的"言志"说一起"成为中国诗学体系建构中两个基本观念"；"汉代的《诗》学极力巩固和发展'言志'说，而《乐记》则有限地肯定了'抒情'观念"❶，这是颇有道理的。我们想补充的是：首先，荀子以思想家兼艺术家的素养，承认《诗经》的文献价值，同时又意识到诗歌的文体特性，因而赋予"言志"的"志"以情感内涵，从而有形无形地影响后人的诗学观念（如《乐记》和《毛诗序》）也合乎情理。但他并不是明确的理论表述，因而难以在逻辑上与"言志"说区分。其次，屈原的"发愤以抒情"，只是创作动机的诉说，与一些《诗经》作者的自白如"心之忧矣，我歌且谣""君子作歌，惟以告哀"等并无二致，因此也很难说是与"言志"说相对的诗学观念，至多是"抒情"一词的最早出现或"抒情"观念的萌芽。

（二）汉代："情、志统一"说

到了汉代，随着文学艺术的发展，学术界对于诗歌的性质和功用的认识有了新的进步，这主要表现在对诗歌情感内容和抒情特性的重视。他们虽然继承了"诗言志"的观点，但又涵盖了一些《诗》作者和屈原的"抒情"意识，以及《乐记》提出和阐发的"乐"是"情"的表现的"关于艺术的本质"的"一般性命题"，于是形成了以"志"为主的"情、志统一"说❷。这种观念集中体现在《毛诗序》里：

---

❶ 陈良运.中国诗学体系论[M].北京：中国社会科学出版社，1998：3.

❷ 叶朗.中国美学史大纲[M].上海：上海人民出版社，1986：257.

李泽厚，刘纲纪.中国美学史：第一卷[M].北京：中国社会科学出版社，1984：348，450，575.

诗者，志之所之也。在心为志，发言为诗。情动于中而形于言……国史明乎得失之迹，伤人伦之废，哀刑政之苛，吟咏性情，以讽其上，达于事变而怀其旧俗者也。故变风发乎性情，止乎礼义。发乎情，民之性也；止乎礼义，先王之泽也。是以一国之事系一人之本，谓之风；言天下之事形四方之风，谓之雅。雅者，正也，言王政之所由废兴也。

这种阐释精彩而高明。作者不但看到了诗歌的抒情本质，认识了先秦"言志"说的片面性以及诗歌对于政治教化的积极意义，更从心理学和社会学的角度透视了诗歌抒发的情感与王政的关系。认为人君要使政教清明、国家兴旺、天下太平，就得倾听人民的呼声。巧妙地将民众之"情"与国家政教之"志"联系起来，在"正始之道，王化之基"的高度上统一于"志"。可谓思想深刻、逻辑严密的妙论。

此外，司马迁、班固和王充等鸿儒巨子也都是把"情"与"志"统一起来说诗的。司马迁《屈原列传》评屈原"其文约，其词微，其志洁，其行廉，其称文小而其指极大，举类迩而见义远。其志洁，故其称物芳"。

这里说的"志"，就包括了屈原的幽愤之情和高洁品德。在《太史公自序》里又说"《书》以道事，《诗》以达意"；"《诗》三百篇，大抵圣贤发愤之所为作也。此人皆意有所郁结，不得通其道也"。可知他所说的"意"，仍是"情、志统一"的情感与志意。班固《汉书·艺文志》说"《书》曰：'诗言志，歌咏言'，故哀乐之心感而歌咏之声发"。所见略同。

上述诗人的这种诗学观，可以称为"情、志统一"说。总括诗人对"诗言志"的解释，有以下几点值得注意：

第一，在界定诗的概念时，明确了诗的抒情特性。

第二，强调诗歌的抒情言志与政治教化、礼义道德的关系，要求创作"发乎情，止乎礼义"，"吟咏性情，以风其上"，强调"以礼节情"。

第三，自觉地总结了文学创作经验。诗人讲"诗言志"，讲诗赋特点、诗赋与社会政治的关系、诗赋的艺术风格等，都是总结创作经验，是对各类文学作品进行总体概括，而不只是对一首诗、一篇文章或一个作者讲的。

可见，汉代"情、志统一"说，具有承上启下的意义。

（三）魏晋："缘情"说

我国古代诗歌，自屈原开始进入文人独立创作阶段。《诗经》以来沉寂了大约三百年的诗坛，忽然"奇文郁起"，名家辈出，引来了汉赋的蓬勃发展。"三百篇"的传统仍在民间继续着。到魏晋，文学史进入"自觉时代"[1]。五言诗经过汉代民歌的孕育和东汉应亨（《赠四王冠诗》）、班固（《咏史》）及张衡、秦嘉、赵壹、蔡邕、郦炎、孔融、蔡琰等文人的实践，遂大放异彩。以赋、比、兴为中心的各种艺术手法也更臻完善。诗歌的艺术本质及其与人的情感关系更为人们所重视。于是，理论上标举文学特质的新说应运而生。曹丕的《典论·论文》是第一支响箭，他首先将各种文体比较，提出了"诗赋欲丽"的观点：

> 夫文本同而末异。盖奏议宜雅，书论宜理，铭诔尚实，诗赋欲丽。

"本"指各类文体的共性，即文章都表现人的思想意识论；"末"即体裁和相应的表现手法。也就是说，虽然文章都是人们思想意识或情志的表现，但用什么样式和手法表现却不相同。"诗赋欲丽"的命题，从历史上看，是对西汉赋家扬雄《法言·吾子》"诗人之赋丽以则，辞人之赋丽以淫"之说的借鉴改造。扬雄虽然看到了辞赋的"丽"的特点，但他对这种文学作品是轻视的，认为是"童子雕虫篆刻"，"壮夫不为也"，这是其一。其二，扬雄认为"丽"是"靡丽""侈丽"，他是反感的；并且断言这种"靡丽之辞"虽说"可以讽"（刺），而"恐不免于劝（助长）也"，实则认为不利于讽谏。而曹丕首先是在大力肯定"文章乃经国之大业，不朽之盛事"的前提下，揭示诗歌不同于其他应用文体的艺术特征的，这就有了本质的区别。所以，应把开风气之功归于曹丕。

但是，曹丕还只是从"末"上着眼，并未从"本"上发掘诗歌的美学特质。到了晋代的陆机，把前人的理论综合起来，才镕铸出了崭新的命题。他在《文赋》中说：

> 诗缘情而绮靡，赋体物而浏亮，碑披文以相质，诔缠绵而凄怆。

---

[1] 刘大杰.中国文学发展史：上卷[M].上海：上海古籍出版社，1984:238.

他从十种文体的比较中，在内容与形式的结合上揭示了诗歌的根本特征：从内容上说，"缘情"；从形式上看，"绮靡"。即是说，诗歌是为情感而发，既有文采，又很动听。这不能不说是对传统诗学观念的革新。

陆机"诗缘情"说，在中国美学史上具有划时代意义，至少以下几点应予注意：

其一，陆机非常自觉地总结了五言诗的艺术经验，通过众多文体的比较提炼出抒情达性、声文并茂的内容与形式相统一的诗歌美学风范，并在相关的论述中使人明白，怎样才能达到"诗缘情而绮靡"的艺术指标。这是从感受、构思到表达的完整的诗歌创作论，无论对于诗歌的创作、欣赏与批评、研究都具有极大的指导意义。

其二，渊源上，陆机创造性地继承和发展了前人的理论成果，把老子的"虚静"、孟子的"养气"和荀子学派的"感物心动""声成文谓之音"（《礼记·乐记》），以及曹丕"文以气为主""诗赋欲丽"诸说加以综合，根据现实经验进行改造镕铸，使他的"诗缘情"说和整个体系具有了深厚的理论根基和文化内涵。

其三，本质上，陆氏的"诗缘情"说与先秦的"诗言志"说、汉代的"情、志统一"说都有重大区别。"言志"的"志"固然以"礼"为质，"情、志统一"的"情"也是约之以"礼"的，总之是要求诗歌表现儒家之"道"。而陆氏"诗缘情"说，是在汉代又一次礼崩乐坏、儒道式微的时代，为适应个体的精神需求而建构出来的[1]。它是审美的诗学体系，而非政教或伦理的诗学体系。这正是陆氏在根本上突破前人的地方。

魏晋之后，先秦的"诗言志"说的精神，作为儒家的"道统"，为隋代王通"贯道"说、唐代韩柳等古文家的"志道""明道"说和宋代理学家周敦颐的"载道"说所继承；"情、志统一"说也在南朝刘宋范晔《狱中与诸甥侄书》、刘勰《文心雕龙》和白居易《与元九书》中得到了发挥。而"诗缘情"说却到了中唐皎然《诗式》、南宋叶梦得《石林诗话》，特别是明清"主情派"诗家才得到标举和张扬。皎然"诗缘情境发"，叶梦得"缘情体物，自有天然"，汤显祖《耳伯麻姑游诗序》"世总为情，情生诗歌"，袁宏道《序小修诗》"独抒性灵""情与境会""任性而发"，袁枚《随园诗话》"凡诗之传者，

---

[1] 李泽厚,刘纲纪.中国美学史:第二卷(上)[M].北京:中国社会科学出版社,1987:270-272.

都是性灵",前呼后应,其声势下及近代黄遵宪等人的"诗界革命"❶。

可见,在我国古典诗学观念的嬗变流程中,"情、志统一"说,实际上取代了"诗言志"说而成了诗学观念的正统,《毛诗序》和《与元九书》是正统观念的完整表述;"诗缘情"说,则作为生气蓬勃的诗学潜流,与正统观念颉颃发展,以至在近代美学史上取得了支配地位。

三、古典诗学对情志的特殊要求

古典诗学对于诗歌情志的特殊要求,不同于诗歌区别于其他文学体裁所具有的情感特征。诗歌所具有的情感特征是形态学标志,而"特殊要求"却是鉴赏、批评与创作原则。

古典诗学对于情志的特殊要求,概而言之也有三条:真诚、雅正与深远。

(一)真诚

真诚,是诗歌感人的最重要的品质。《庄子·渔父》说:

> 真者,精诚之至也。不精不诚,不能动人。故强哭者虽悲不哀,强怒者虽严不威,强亲者虽笑不和。

后来,刘勰《文心雕龙·情彩》称赞"昔人什篇,为情造文""要约而写真";主张写作"达志为本";"言与志反,文岂足徵"!他认为,那种徒具文辞而少真情实感的作品"繁彩寡情,味之必厌"。司空图《诗品》认为"雄浑"的特征是"大用外腓,真体内充"(外观浑灏宏壮由于内部充满真情实意)。南宋张戒《岁寒堂诗话》盛赞古诗、苏(武)、李(陵)、曹(植)、刘(琨)、陶、阮等大家的诗"卓然天成,不可复及。其情真,其味长,其气胜,视三百篇几于无愧",也把"情真"放在首位。元好问的《论诗》绝句三十首也大力宣扬"真诚":赞陶潜"一语天然万古新,豪华落尽见真淳";批评江西派"古雅难将子美亲,精纯全失义山真"。又在《杨叔能小亨集引》中说:"何谓本?诚是也……故由心而诚,由诚而言,由言而诗也。三者相为一。"对于古典诗学中的上述思想,刘熙载《艺概·诗概》有非常肯切的论断。如评陶诗说"诗可数年不作,不可一作不真";评杜甫说"杜诗云:'畏人嫌我真',又云'直取性情

---

❶ 刘大杰.中国文学发展史:下卷[M].上海:上海古籍出版社,1984.

真'。一咏己，一赠人，皆于论诗无与，然其诗之所尚可知"。又说："诗品出于人品。人品悃款朴忠者最上。" 以上种种说法，都是对于诗情尚"真"的强调。

诗歌情志的"真"，根据李元洛的论点可以从内在的真和外在的真两个层面加以审视❶。

内在的真。从诗人主观考察，他所抒发的情感是否自然的流露。《文心雕龙·明诗》说："人禀七情，应物斯感；感物吟志，莫非自然。"这可以说是对诗歌情志之真的经典界定。真的对立面是伪。言不由衷、无病呻吟、效颦学舌、抄袭卖弄，凡斯种种，最伤真美。所以，真正的诗情，诗情的纯真，必须是诗人深有所感、不得不发。诚如明代浪漫思潮的先驱、著名学者焦竑《竹浪斋诗集序》所说：

> 诗也者，率其自道所欲言而已。以彼体物指事，发乎自然；悼逝伤离，本之襟度。盖悲喜在内，啸歌以宣，非强而自鸣也。

他在《雅娱阁诗集序》中又说：

> 诗非他，人之性灵之所寄也。苟其感不至，则情不深；惊心而动魄，垂世而行远。❷

外国诗学也把情感的真实性作为诗歌的基本要求。俄国诗人普希金指出："没有这个特点就没有真正的诗歌，这个特点就是灵感的真实性。"❸

诗歌的情志，按其性质，无非喜怒哀惧爱恶欲；依其范围，大而言之有天地万物、国家民族、时事历史，小而至于个人得失、饮食男女等。虽有大小轻重之别，但发自内心，咏叹有序，就会感人。试看：

> 伯兮朅（音怯）兮，邦之桀（同杰）兮！
>
> 伯也执殳（音书），为王前驱。
>
> 自伯之东，首如飞蓬。岂无膏沐？谁適（音笛）为容！

---

❶ 李元洛.诗美学[M].南京：江苏文艺出版社，1987：83.

❷ 敏泽.中国文学理论批评史：下[M].北京：人民文学出版社，1988：729-730.

❸ 普希金.普希金论文学[M].张铁夫，黄弗同，译.桂林：漓江出版社，1983：121.

其雨其雨，杲杲（音搞）出日！愿言思伯，甘心首疾。

焉得萱草，言树之背？愿言思伯，使我心痗（音妹）！

这是《诗经·卫风·伯兮》，公认的名篇，是思妇怀念征夫之作。第一节赞美丈夫（"伯"也许是当时女子对丈夫的习惯性尊称）人才出众，雄壮威武，手执长枪为王卫士，这是女主人公引以为自豪的。正因为如此，对他的思念就更为深切。第二节写思念的初期表现：自伯随王东去，她就六神无主，蓬头垢面。她说，不是没有洗发汤和润肤油，而是有谁值得我为他打扮呢！第三节以比喻表现情绪的波折：说要回来，又不见回来，好像看着要下雨，反而出了太阳，怎不叫人失望！第四节进一步写心中矛盾：听说萱草可以忘忧，最好把它种在堂屋北面，让我暂时忘却；但这不可能：我还是宁愿时时想念，想得心中生病！真个爱得轰轰烈烈，想得刻骨铭心。诗人的相思出于一派真诚，是夫妻恩爱的热烈倾诉，女主人公的形象也天真可爱。正因为夫妻恩情的真挚淳厚，觉得很自然，合乎心理逻辑，因此人们不易注意它的技巧。其实，它的层次很有变化，赋比交错，运用巧妙。第一节是赋，正面描述丈夫的形象、才能和社会地位。第二节是比而赋，用发如乱草比喻自己相思憔悴。第三节又用比，以盼雨得晴衬托自己的失望。第四节又完全用赋，以反跌之法，先擒后纵，使自己的情感蓄足气势，然后尽情喷薄。全诗短短四节，仅仅十六句，反复咏叹，把诗人的相思之苦表达得何等缠绵而又热烈！真不愧古典抒情诗的上品。

外在的真。指诗人的情感表现合乎客观实际和人之常情。优秀的诗歌，一般都能正确表达诗人对于客观事物的情感体验和对自身价值的估量。有时虽用一些特殊手法，是为了更生动地表达特定情境之中的特殊感受，使人有无理而妙之感。这种情况在托物咏怀和借景抒情的诗作中是常见的。而在应制、颂赞和"露才扬己"、愤世不平的作品中，却常不自觉地言过其实，遗人笑柄。例如大诗人李白，"才也，奇也，人不逮也"，其优秀诗篇"光焰万丈"，争辉日月，人称"诗仙"。但个别篇什，大约是愤世不平，或济世心切，斗酒百篇，乘兴挥洒，夸过其理，未免失真，如《永王东巡歌》；有的可能是错估形势，在爱国热情与功业理想的支配之下，就信笔写来：

三川北虏乱如麻，四海南奔似永嘉。

但用东山谢安石，为君谈笑静胡沙。　　　　　　——其二试借君王玉马鞭,指挥戎虏坐琼筵。

南风一扫胡尘静,西入长安到日边。　　　　　——其十一

前一首以谢安自比,希望得到重用。当时,他被永王璘从庐山上请下来当了幕僚,这不过是借他大名招揽人才,并未真正当作足智多谋的军师或能征惯战的将领,他不测深浅,冒昧自荐。后一首又公开要权。另外,他还在《在水军宴赠幕府诸侍御》中再次表态:"卷身编蓬下,冥机四十年。宁知草间人,腰下有龙泉。浮云在一决,誓欲清幽燕。愿与四座公,静谈金匮篇。齐心戴朝恩,不惜微躯捐。所冀旄头灭,功成追鲁连。"这是自诩鲁仲连。虽有报国雄心,何尝有力挽狂澜的本领。所以宋人评他:"盖其学本出纵横,以气侠自任。当中原扰扰之时,欲借之以立奇功耳……大抵才高意广如孔北海之徒,固未必成功。而知人料事尤其所难……若其志亦可哀已!"❶李白全凭狂热,不省时势,做了李家王室争权夺位的牺牲,结局可叹。这如白璧微瑕,当然损不了李白的伟大,不过可以说明,主观情志的外在真实,对于任何诗人也是重要的。

情志内外相符,才能真挚感人。这是古典诗学的基本观念。元好问《论诗三十首》有云:"心声心画总失真,文章宁复见为人?高情千古《闲居赋》,争信安仁拜路尘!"西晋潘岳(安仁)《闲居赋》说什么"览止足之分,庶浮云之志";"身齐逸民,名缀下士";"仰众妙而绝思,终优游以养拙",把自己描绘成恬淡高洁、与世无争的逸人雅士,实际却与石崇等谄事权贵贾谧,每候其出,辄望尘而拜(《晋书》本传)❷。老子说"美言不信",道出了这种文化现象,也说明古人对虚伪的痛绝。诚然,写作诗文,难免增饰夸张,但从古人的观点看,应该如《文心雕龙·夸饰》所说"夸而有节,饰而不诬"。否则难以动人。

(二) 雅正

雅正,即合于礼义,真善一致。

诗歌的基本性能,对内是抒发情志,对外是陶冶性灵。《文心雕龙·明诗》说:

---

❶ 魏庆之.诗人玉屑:下[M].王仲闻,校勘.上海:上海古籍出版社,1982:295.

❷ 杨春秋,彭靖,等.历代论诗句选[M].长沙:湖南人民出版社,1982:162.

诗者，持也，持人性情。三百之蔽，义归"无邪"；持之为训，有符焉耳。

"持"，扶持，也即教化、陶冶。诗的功能既然是陶冶人的性情，所以孔子把《诗经》三百篇的要旨归结为"思无邪"。刘勰认为，以这种观点来解释诗歌的宗旨，是符合诗道的。刘熙载也认为，正是根据孔子的思想，孔门后学才在《毛诗序》中提出了诗歌应"发乎情，止乎礼义"的命题。即是说，不发乎情，没有真情实感固然不叫诗，但抒发的情不合乎礼义要求也不算好诗，因为它不能"扶持"人的性情使之合于封建伦理道德。把诗歌及一切艺术同伦理道德、政治教化结合，是中国古典诗学与美学的传统。

这种把艺术美与伦理善紧密相连的美学思想，在西方美学中也有相当地位。柏拉图要把诗人逐出他的"理想国"，主要理由就是他认为诗人"培养发育人性中低劣"的情感❶。

如果剔除封建礼义的糟粕，要求诗歌情志合乎道义、真善一致，这应该是具有普遍意义的一条原则。古今中外诗歌的实际，是这条原则的体现。就我国古典诗歌而论，凡是爱国怀乡、吊古伤时、离愁别绪、写景状物、相思恋情、逸趣杂感等人之常情，只要脱离低级趣味和迂腐气息，都应是合乎雅正之道的。这就不能以儒家"温柔敦厚"的诗教来规范。如果遵照这种诗教，被奉为经典的《诗》三百，第一首就很成问题。鲁迅曾幽默地说："'漂亮的好小姐呀，是少爷的好一对儿呀'，是什么话呢？"❷其实，这真是表达爱情的淳美诗篇，所以"圣人不废"，存于卷首。卫道者硬要贴上"后妃之德"的标签，反而模糊了真美。又如《诗·召南·野有死麕》：

野有死麕，白茅包之；有女怀春，吉士诱之。

林有朴樕（音素，树苗），野有死鹿；白茅纯（音屯，包裹）束，有女如玉。

舒而脱脱（音兑，缓慢）兮，无感（同撼）我帨（音税，佩巾）兮，无使尨（音芒，狮子狗）也吠！

---

❶ 柏拉图.柏拉图文艺对话集·理想国[M]//伍蠡甫.西方文论选:上.上海:上海译文出版社,1982:38.

❷ 南开大学中文系.鲁迅杂文选注[M].天津:天津人民出版社,1973:291.

诗歌描写了一个生动的恋爱情境：一位美丽如玉的姑娘正渴望爱情之际，有个英俊的小伙子（也许是猎人吧），用白茅草包着獐、鹿等猎物去讨她的欢心。大概这小伙儿情不自禁，不大文明；胆小的姑娘吓坏了，惊呼："放开我，离远点儿！不要动我的佩巾，我的狗儿要叫了！"小伙儿的急不可耐，小姑娘的稚气机灵，写得一派天真，既合人之常情，又无鄙俗之嫌，完全合乎雅正之道。真可以赛过后世无数情歌。

与西方的情感宣泄及外在冲突不同，中国古代文人的美感心态，是在理性精神的笼罩之下，主体意识未能充分发展的文化背景中形成的，有人称这种现象为"自我萎缩"。其特点是中和：悲不大哭，喜不大叫，表达含蓄，永远微笑。正合乎儒家"温柔敦厚"的诗教。这种传统理念应该突破，但似乎也该有个限制。例如，南朝的某些宫体诗就过分了。试看：

　　绣帐罗帷隐灯烛，一夜千年犹不足。

　　惟憎无赖汝南鸡，天河未落犹争啼！

这是梁简文帝萧纲的《美女晨妆诗》。他反对当时的腐儒，力主"立身先须谨重，文章且需放荡"，导致艳冶轻薄。末二句视女性为玩物的猥亵之态，赫然在目。再看：

　　北窗向朝镜，锦帐复斜萦。娇羞不肯出，犹言妆未成。

　　散黛随眉广，燕脂逐脸生。试将持出众，定得可怜名。

这是徐陵《乌栖曲二首》之二。对于女色的贪婪和情欲的放纵毫不掩饰，或者可能借《齐风·鸡鸣》为辩。但那是女子规劝男人勿恋温柔之乡，应早起上朝：两种境界，岂可同日而语！这类诗的格调卑下，有伤雅道，也许可看作题材拓展，以见宫体诗的特点而不必苛究；那就权当一说吧。

性灵派的诗作亦易流为轻佻。清袁枚《随园诗话》卷一载：

　　苏州舁抬山轿者最狡狯。游冶少年多与钱，则遇彼姝之车故意相撞，或小停顿。商宝意先生有诗："值得舆夫争道立，翻因小住饱看花。"

虎丘山坡五十余级，妇女坐轿下山，心怯其坠，往往倒抬而行。

鲍步《竹枝》云："妾自倒行郎自看，省郎一步一回头。"❶

单从技巧上看，商、鲍二位的诗句似有新意，而品其情志，与拈花惹草的花花公子的儇薄有多少差别？可袁枚视为"生新"加以赞赏。这是否从反理学、反复古而走到了另一极端？

（三）深远

情志深远，指情感深醇、意趣新幽。

这是在真诚、雅正的基础上，对诗歌情志所作的进一步要求。《文心雕龙·明诗》赞《诗经》"六艺环深"；称阮籍诗意"深遥"，《体性》篇说"嗣宗俶傥，故响逸而调远"。钟嵘《诗品》夸《古诗十九首》"文温而丽，意悲而远""清音独远"等。我们说的"深远"，与这些论断是一脉相承的。

情感精深，即情感的深厚精醇，来源于感受的深切、涵盖的博大。感受深切，情感必然厚重或精醇；涵盖博大，情感又必然超越个人的狭隘私利而关注他人或国家民族的命运，而令诗歌赋有震撼力或启发性。正因为如此，情感深的诗篇，无论题材大小，对于读者都会产生极大的撞击、感染和同化的艺术魅力，也会具有长久的艺术生命。请看杜甫的七律《又呈吴郎》：

堂前扑枣任西邻，无食无儿一妇人。

不为贫困宁有此，祇缘恐惧转须亲。

即防远客虽多事，便插疏篱却甚真。

已诉征求贫到骨，正思戎马泪盈巾。

这是杜甫晚年之作。公元767年秋，杜甫从夔州府的瀼西迁居东屯，把瀼西草堂借给刚从忠州来的吴某居住。吴在州里当司法参军，是杜甫的亲戚，这首诗是杜甫迁居东屯以后写给吴某的。在诗中，杜甫特地告诉他一件事情：在草堂西邻住着一个孤苦伶仃的妇女，常到草堂前打枣吃，杜甫一向不加干涉，而且知道她贫苦无奈，还对她很亲切；现在你来住草堂，并不知道这个原委，将枣

---

❶ 郭绍虞，罗根泽.随园诗话[M].北京：人民文学出版社，1960：18.

树编进了篱笆。显然，这不是为了防范远来的过客，因为远客临门当热情接待，不会舍不得几枚枣子；那么，也就用不着这么认真编插篱笆去防范一个孤苦无依的妇人了。但诗人说得很委婉：在说明妇人孤苦无奈才来打枣，因为她心怀恐惧更应对她亲切之后，退一步讲，（这位妇人）虽然恐防你这位远来的新房客不让她打枣是多余的事（你一定不至于如此），但编插起篱笆来，尽管这不一定是防范她，那她也会当真认为你是对付她的。最后一联，照应前面，说明这个孤寡妇人并不是因为懒惰，平时已诉说过由于官税、地租等搜刮压榨，使她穷到骨髓；从这个贫困孤寡妇人想到兵荒马乱、连年战祸给人民造成的深重灾难，真令人泪流满襟！

　　本诗写的是一件小事，却让人感到了诗人襟怀的博大。从对一个孤寡妇女的同情，流露出诗人对处于水深火热中的劳苦大众深切关注的仁者之心，也透出了对连年战乱之中日渐衰微的国家前景的深沉忧虑。这种思想情感，是以深切的感受为基础的。长安宦游，西南漂泊，他经历了皇朝腐败、官场黑暗、战乱残酷、人民涂炭的现实，他遭受过身陷贼窟、妻室离散、幼子饿死、携家逃亡的苦难。到了成都之后，由于老友严武等人的资助，他的生活相对安定一些。但他的诗歌，仍然承续了"三吏""三别"的精神，抒发了人民的苦情和对国家的隐忧。无论什么时候，他都关注着国家民族。他到夔州之后的这首《又呈吴郎》，比之《茅屋为秋风所破歌》来，似乎不太出名，但它饱和的忧患意识更为深挚。感受的深切、涵盖的博大，已如上述；体察的精微，也是非常突出的。他对这位孤寡妇人的心情的体贴、对吴郎心理的洞察，都细致入微。所以，这首诗不仅是循循善诱、谆谆忠告，而且是情真意厚、娓娓感人。对吴郎固然是动之以情，对读者又何尝不是一种情感的熏陶与提升？

　　诚然，由于情境的差异，即使同一诗人，其情感的深浅程度和表现方面都会有所出入，既不能一概而论，也不当苛求于人。但有一点可以肯定：诗人如果一味无病呻吟，或仅感叹个人得失，便不可能有深厚的情感，甚而格调低下。韩愈在《荐士诗》中贬斥六朝颓靡诗风说"众作等蝉噪"，元遗山讥孟郊是"高天厚地一诗囚"，都是从思想感情贫乏针砭的。外国也有这种观点，如俄国别林斯基就指责那些只写个人情感的诗作"不啻是小鸟的啼叫"。

　　旨趣新幽，即意念新鲜幽远，趣味深曲。源于体验精微，善于发现和表达婉妙。如此，即使小诗，也可能是旨趣新幽的。试看王维的《鸟鸣涧》：

　　　　人闲桂花落，夜静春山空。月出惊山鸟，时鸣春涧中。

从表层看，这首小诗虽为名作，不过一幅"春山月出图"，写的是春天静夜山涧的瞬间印象，创造了一种悠闲自得的意境，但它的旨趣却值得玩索。一、二句，人闲、花落、夜静、山空，强调的是"闲"和"静"，本来充满生意的"春山"，这时都似乎暂停了生命的律动；但三、四句突然逆转，月出、鸟惊，鸣声不已，暂时停息的生命又活跃起来。这景象，令诗人顿悟：生命的潜流，是在按它自身的节奏永恒地搏动的。为了突出生命意识，在二十字中，"春"字两出。"春"，是中国文化中象征生命的原型意象，与之相应，还有"月""桂"，都使这首小诗蕴含着悠远的意趣。《诗纬》说，"诗者天地之心也"，这心，即宇宙间生生不息的生命之流。诗人以追光蹑影之笔，写出了通天尽人之怀。题材虽小，意趣何其深曲而幽远！

第二章

意　象

你是否想过：	圣人立象以尽意，设卦以尽情伪。
意象是诗人情志的心理结构和古典诗歌的基本元素。	——《易·系辞上》
诗歌意象的观念并不与诗歌同时产生。	独照之匠，窥意象而运斤。
诗歌意象有不少种类。	——《文心雕龙·神思》
	意象欲出，造化已奇。
	——司空图《二十四诗品·缜密》

　　如前所述，诗本体情志不可名状，难以言传，但诗人既不可遵老子古训"行不言之教"，也不能听维特根斯坦《逻辑哲学论》的忠告对不能明说的事保持"沉默"；他的天职和目标，是要将自己的感受传达出来，让他人获得相近的体验。贝多芬曾经用十六只定音鼓表现寂静，这是奇妙的悖论。其实，这道理正如老子所说的"有无相生"，庄子所说的"言者所以在意"，《易·系辞上》所说的"圣人立象以尽意"。

　　但是，我们这里所讨论的"情志"（不可名与不可言）与诗句、诗篇（言与形）之间，尚有一个心理过程作为中间环节。这个中间环节，是诗歌情志内在的基本心理结构，称为"意象"。它也是中国古典诗歌艺术系统构成的基本元素和托物咏怀的运思手段。以古今诗学的说法，就是以意象凝聚情志，然后才能诉诸字句、篇章。

　　意象，是我国古典诗学的基本范畴，很早就为我国古典诗学引进和阐发，并逐步形成了完整的意象学说。

意象，其形态丰富多彩，但可分层分类进行描述和研讨。下面，拟就意象的学说和类型两方面的问题加以阐述。至于它的基本性能和生成、运作机制，我们将在第六章"构象"中深入讨论。

一、意象学说概述

从文化基因看，以意象作为古典诗歌的基本元素和运思手段，是由汉语汉字的根本性能决定的。即是说，受益于汉语汉字"观物取象""以象尽意"的汉民族的"形象中心主义"❶。但古典诗学对它的认识与研究却是滞后的，且有一个较长的历史过程。这个过程可分为孕育、形成、泛化三个阶段。

（一）孕育：上古—曹魏

这个阶段悠久漫长，没有"意象"概念，更无相对完整的学说。从上古至战国，是"象"的语义生成时期；之后，在战国后期的《易·系辞》中建构的"意-象-言"关系的学说，奠定了意象学说的理论基础。

1.关于"象"的语义

上古以来，有以下几项主要资料可考。

（1）"象"字最早见于《尚书·说命上》：

> 王庸作书以诰曰：台（予）恐德弗类，兹故弗言，恭默思道。梦帝赉予良弼，其代余言。乃审厥象，俾以形，旁求于天下。
> 说筑傅岩之野。惟肖。爰立作相，王置诸左右。

这是殷高宗武丁关于立傅说（悦）为相的经过的陈述。武丁唯恐自己德行不如前王，不愿多说，唯有恭敬缄默以思治国之道。忽梦见上帝赐派一位贤臣来助理天下，代替说话办事。便详细回忆梦中之人的样子，绘出其形貌，四处寻访，终于在傅岩之野找到了与梦中之人非常相似的"说"。于是立他为相，命在左右。这里的"象"是武丁梦中的幻影，与"形"相对。

（2）《诗·鲁颂》：

> 憬彼淮夷，来献其琛。元龟象齿，大赂南金。

---

❶ 王树人，等.传统智慧的再发现：上卷[M].北京：作家出版社，1996：46.

本诗一般认为是东周初期作品，那么，"象"字在周代已是巨兽之名了。

（3）《老子》：

> 吾不知谁之子，象帝之先。（第四章）
>
> 是谓无状之状，无象之象。（第十四章）
>
> 道之为物，惟恍惟惚；惚兮恍兮，其中有象。（第二十一章）
>
> 执大象，天下往。（第三十五章）
>
> 大音希声，大象无形。（第四十一章）

《老子》一书，"象"凡六见。"象帝之先"的象，陈鼓应《老子注释及评价》称王弼解为"似"，王安石说是"形之始"；任继愈《老子新释》译为"出现在"。王安石意谓"道"是天地万物（形）的原始，即《老子》第一章说的"万物之母"，当然存在于上帝之先；那么，任继愈说"道"在上帝之前就"出现"或"存在"了，也还符合老子原意。20世纪50年代初，朱谦之《老子校释》已是这种说法。其余五处的"象"都是形象之意，但非实在之物，而是某种恍惚迷离的意想之状，即老子心目中那种无所不在又非实在的"道"的形态，也就是"道象"。这样看来，《老子》中"象"的基本含义就是观念性的"无象之象"。

（4）《左传·桓公六年》：

> 以太子生之礼举之……公与文姜、宗妇命之。公问名于申繻（音需），对曰："名有五：有信，有义，有象，有假，有类。以名生为信，以德命为义，以类命为象，取于物为假，取于父为类……"公曰："是其生也，与吾同物，命之曰'同'。"

这是记述桓公为初生太子取名的情形。申繻回答的"以类命为象"的命名方法，是以与外物相类为依据。这"象"即"像似"之"象"（后世也有这种取名法，如孔子首如山丘，故名丘）。

（5）《韩非·解老》：

> 人希见生象也，而得死象之骨，案其图以想其生也。故诸人之所

意想者，皆谓之象也。今道虽不得闻见，圣人执其功以处见其形。故曰"无状之状，无象之象"。❶

韩非这段话包含了三种"象"：一为"生象"之"象"，是兽名；二为意想之"象"，由相关实物推测出来；三是依据事物运动变化及其功效等概括出来的观念性的道象。本来，第二种意想的象和第三种观念性的道象并非同一的东西，前者有物，后者无"象"；但韩非教人们从现象看精神，将形上的观念道象和形下的认知表象统一起来，基本上符合老子"常有，欲以观其徼"（"有"，有形之物；"徼"，微妙之极。——《老子》第一章）的方法。

（6）《易·系辞》。"象"在《易·系辞》中屡见，主要有以下几种。

第一，物象或现象：

在天成象，在地成形。　　　　——《系辞上》第一章

朱熹注："天地者，阴阳形气之实体……象者，日月星辰之属；形者，山川动植之属。""象"与"形"在这里是互文见义，都指阴阳二气在天地间形成的实体，都是有一定形态的可感之物。

是故易有太极，是生两仪。两仪生四象，四象生八卦。
　　　　　　　　　　　　　　　　——《系辞上》第十一章

"两仪"即阴阳或天地，"四象"即少阳老阳少阴老阴或春夏秋冬四种自然气候现象。

第二，萌芽或征兆：

见（现）乃谓之象，形乃谓之器。　——《系辞上》第十一章
天垂象，见吉凶。　　　　　　　　——《系辞上》第十一章

王弼注："兆见曰象，成形曰器。"孔颖达疏："象，言物体尚微也；形……言其著也。"

---

❶ 陈良运.诗学·诗观·诗美[M].南昌：江西高校出版社，1991：61.

第三，图形或模式：

圣人设卦，观象系辞焉而明吉凶。　　——《系辞上》第二章

八卦成列，象在其中矣。　　　　　　——《系词下》第一章

第四，象征或喻示：

圣人有以见天下之赜，而拟诸其形容，象其物宜，是故谓之象。

——《系辞上》第八章

各家解释有所出入。我们倾向于这样理解：圣人对天下的深微奥妙有所洞见，创造八卦图形以象征（喻示）万物的道理。所以叫"象"。

第五，类似或相像：

象也者，像此者也。　　　　　　　　——《系辞下》第一章

是故易者，象也；象也者，像也。　　——《系辞下》第三章

朱熹注："易卦之形，理之似也。"

归纳来看，《易·系辞》中"象"的语义，保存了原有意中之象、萌发之象，增加了事物之象、图形之象、征兆之象；没有用到道象和兽名之象。

当代学者黄霖《意象系统论》指出："一个真实的傅说，又有'象'中之傅说和'形'中之傅说。它们之间尽管毕肖，却有实与虚、有形与无形的区别。'象'即是一种据现实产生而又暂存于心中的、虚幻而又具体的形象。《尚书·说命》上所提及的三种'傅说'和与此相关的'象'，尽管较简单，却有深刻的意义。"❶此说颇有启发性。但对于"象"的语义，却是到老子和韩非才明确，在《易·系辞》中又进一步丰富的。正是由于"象"的语义明确和丰富，才为"意象"概念的提出和"意象"理论的建构提供了文化语境与逻辑起点。

2. "意象"概念和意象学说的产生

一般认知表象或意象的本质，是人们对客体性状的主观认识，是一种"心

---

❶ 黄霖.意象系统论[J].学术月刊,1995(7).

理现实"。认知表象或"意象"这一概念必须以人对客体和表象（意象）之间的心理关系为前提。从上述关于"象"的语义资料可见，到战国韩非时代，古典哲学对于这种主客之间的心物关系已有明确认识。"诸人之所意想者，皆谓之象也"这句话，已包含了"意象"的完整意义，但将"意"与"象"整合成一个固定的语词，直到东汉王充（公元27—97年）才算完成。他在《论衡·乱龙》中说：

礼贵意象，示意取名也。[1]

王充认为，古时射箭礼仪，承袭旧制，以布或兽皮画上某种野兽的头像为鹄的，象征某种权威意志。如君主以虎、熊之类为鹄，意味着对强大诸侯的镇服；诸侯以麋、鹿之类温驯之兽作的，则表示对迷乱政事的奸佞之徒的拒斥。又如孝子以木主牌代表祖先，对它祭祀礼拜。这种兽头像或木主牌都不是"现实符号"，而是有内在含义的"意象"。

可见，王充"意象"一词，完全承袭了韩非"意想者，皆谓之象也"的语义规范。王氏不但整合"意"与"象"而提出了"意象"概念，而且在"礼贵意象，示意取名"的命题及有关例证的分析中，实际上对意象构成的主客、心物关系作了有益的阐发。这无疑为"意象"概念的审美化从而进入古典美学理论系统提供了新的资料，充实、强化了审美意象学说产生的理论基础或逻辑前提。

其实，这项理论准备工作早在韩非和《易·系辞》中就颇成体统了。因为：

其一，韩非在解释老子道象特质时，"以死象之骨"推测出"生象"的"意想之象"的例证，极其通俗地阐明了"意象"的特质为"诸人之所意想者"，其生成机制为"诸人""得死象之骨，案其图以想其生"；而审美意象的特质，也正是审美主体（如"诸人"）之"所意想者"，其生成机制也正是审美诸人将审美意识（如"希见生象"的愿望）投射到审美客体（如"死象之骨"及生象之"图"之类）上以形成预期的心理形式。

其二，《易·系辞》关于"象-意-言"三者关系的理论，也包举了诗道精义。《系辞上》第十二章说：

---

[1] 陈良运.诗学·诗观·诗美[M].南昌：江西高校出版社，1991：63.

子曰："书不尽言，言不尽意。"然则圣人之意不可见乎？子曰：

"圣人立象以尽意，设卦以尽情伪，系辞焉以尽其言。"

《系辞下》第一章又说：

"爻象动乎内，吉凶见乎外"；"圣人之意见乎言辞"。

"圣人"创立图象来表达意义，设计卦爻以揭示特定现象的实际情况，再用文辞来陈述有关话语。卦爻形式的运动变化，必然将某种吉凶祸福表示出来。圣人的意思则由系辞加以解说。这一理论涉及了意义、图象和言辞三者的关系。正如三国曹魏时期的青年哲学家王弼《周易略例·明象》所说："夫象者，出意者也，言者明象者也。"❶

这里只借其话语形式而舍其言意关系的玄学思辨。诚然，易象并非艺术形象，也非诗歌意象。但以可感图象形式来表示抽象意义这种易学方法论，却概括了诗歌及其他艺术的创作规律。刘勰《文心雕龙·神思》说"神用象通，情变所孕"，诗文创作正是主体以形象来表达审美情思，而具体内涵又因主体情感不同而各异。所以，清代学者章学诚《文史通义·易教下》直截了当地说："《易》象通于《诗》之比兴。"

其三，《易·系辞》关于"观物取象"的论述，启示了审美意象的源泉，对古代艺术创造和美学理论产生了深远影响。《系辞下》第二章说：

古者，庖牺之王天下也，仰则观象于天，俯则观法于地，观鸟兽之文，与地之宜，近取诸身，远取诸物。于是始作八卦，以通神明之德，以类万物之情。

审美意象本来是主客相融、心物交感的产物。无论是主观的诗人或客观的画家，其审美意象都来自直接或间接的生活体验。《易·系辞》所揭示的这一规律，经过文学艺术发展史的认证，已成为古典美学的共识，形成了中国古代诗

---

❶ 李元洛.诗美学[M].南京：江苏文艺出版社，1987：141.

文和其他艺术创作的优良传统。《文心雕龙·物色》说"目既往还，心亦吐纳""情往似赠，兴来如答"。元遗山《论诗》绝句有云："眼处心生句自神，暗中摸索总非真。"南朝刘宋大画家宗炳《画山水叙》认为，画家"身所盘桓，目所绸缪""澄怀味象""应目会心"，才能"以形写形，以色貌色"，进而使人对作品"应会感神，神超理得"。他认为，画家身临目睹，并排除杂念，以审美之心去体味对象，心物交感，才能画出生动传神的作品，欣赏者也才能融入作品境界，悟出超越具体物象的神理[1]。唐代画家张璪倡导"外师造化，中得心源"[2]，都足以见出《易·系辞》"观物取象"论的辉光。

（二）形成：晋—唐

如前所述，王充以前，已为"意象"概念的审美化、诗学化准备了坚实、充分的理论基础和逻辑前提。但是，直到晋代，"意象"概念才引入诗文论；到唐代，诗学意象论也才最后完成。

西晋陆机（公元261—303年）《文赋》说："虽离方而遁圆，期穷形而尽相"；"恒患意不称物，文不逮意"。"相"是物相，即形状，"穷形尽相"指文章所描写的形、相与对象的完全契合；"意不称物""文不逮意"，指言、物、意不能相得。可以看出，魏时正始玄学关于言意关系的理论，在这里已被引进文学理论。稍后的挚虞（公元？—311年）在《文章流别论》中提出了"假象尽辞，敷陈其志"的命题（"情之发，因辞以形之，礼义之旨，须事以明之。故有赋焉，所以假象尽辞，敷陈其志"）。说赋这种文体是虚构形象、极尽辞巧以陈其志，这显然也是在诗文理论中运用了言意关系的学说[3]。不过，"意""象"还没有作为一个诗学范畴加以明确。

在诗文论著中，最早把"意象"作为一个诗美学概念标举的，是南朝齐梁时代的文论家刘勰。他的《文心雕龙·神思》谈到诗文创作时说：

> 然后玄解之宰，寻声律而定墨，独照之匠，窥意象而运斤。此盖驭文之首术，谋篇之大端。

---

[1] 沈子丞.历代论画名著汇编[M].北京:文物出版社,1982:14-15.

[2] 叶朗.中国美学史大纲[M].上海:上海人民出版社,1986:249-250.

[3] 罗根泽.中国文学批评史(一)[M].上海:上海古籍出版社,1984:155-156.

这里的"意象",指作者据客观事物表象所形成的审美意象,与我们现在所说的"意象"相当。可以说,古典诗学的"意象"说,至此已经形成,只不过当时还没有深入阐发。

到了唐代,由于诗歌创作的极大繁荣,对于意象的追求,已成为诗人自觉的实践,因而理论的总结也更加符合诗歌的艺术规律。"诗家天子"王昌龄在《诗格》中说:

"诗有三格","一曰生思。久用精思,未契意象,力疲智竭;放安神思,心偶照境,率然而生。二曰感思。寻味前言,吟讽古制,感而生思。三曰取思。搜求于象,心入于境,神会于物,因心而得"。

王氏根据一般创作经验,把诗歌创作过程分为三种模式。第一种是"灵感"式:凭空苦想,"意"未能与"象"契合,头脑一片模糊,弄得精疲力竭;思想放松下来,心灵偶然与特定的诗境碰撞,灵感即率然而生。这是苦思不着,偶然得之。第二种是从前人的作品中获得启示。第三种是从客观事物的体验中,心神与物境相融合,深有感悟,因而获得诗情。王氏在这里把诗思、物象、意象之间的关系及诗思的获得过程的各种途径,都作了扼要的描述与概括❶。应该说比刘勰更进一步。这可以看作"意象"说的丰富。

晚唐诗家司空图,总结自己和前人的艺术经验及意象学说的理论成果,从诗歌创作的构思规律着眼,也将"心意"与"物象"整合为一体,在《二十四诗品·缜密》中指出:

意象欲生(出),造化已奇。

意谓构思的审美表象孕育成功时,所要表现的对象也就呼之欲出了,连造化也已惊奇。

到此为止,所谓"意象",都只是诗人心中所孕育着的审美表象,还没被诗歌语言所物化,因而还只是内在的即意念中的形象。这就是诗歌意象的本质特征,但意象理论还未普遍用于诗文论著。

值得注意的是,"意象"已进入书法理论。中唐书家张怀瓘《文字论》

---

❶ 叶朗.中国美学史大纲[M].上海:上海人民出版社,1986:271-272.

说:"虽迹在尘壤,而志出云霄……或若擒虎豹,有强梁拿攫之形;执蛟螭,见蚴蟉(音幼六)盘旋之势。探彼意象,如此规模。"意思是说,书家依据体物会心所营构的书法表象写出灵便飞动的作品❶。这与刘勰"窥意象而运斤"的理论一脉相承。可见,刘勰所定型的"意象"说,也是艺术创造的构思规律的一般概括。

(三)泛化:宋—元

宋以后,"意象"概念用于诗文及书画评论更为普遍了,但也泛化了:或当作诗歌语象形成/唤起的艺术境界,或看作总体风貌,或作为物化了的艺术形象,或仍将"意""象"分别对待;"意象"作为审美表象的专门概念在诗论和画论中都时有援引和发挥。

宋初梅尧臣《续金针诗格》说:"诗有内外意,内意欲尽其理,外意欲尽其象:内外意含蓄,方入诗格。""外意"指描写对象的外部特征或诗句的外部层面,"内意"即诗人所寄托的情怀或义理。前者偏于"象",后者着重"意"。欧阳修《六一诗话》说梅氏主张"状难写之景如在目前,含不尽之意见于言外"。将"意"与"象"分开来说,实际是强调诗歌整体意象的含蓄特性,可视为对意象学说的丰富。其后,北宋末年的《唐子西文录》说:

> 谢玄晖诗云:"寒城一以眺,平楚正苍然。""平楚"犹"平野"也。吕延济乃用"翘翘错薪,言刈其楚",谓"楚"木丛。便觉意象殊窘。

这里的"意象",似指由物化的诗句所形成的审美境界(意境),比刘勰所说的"意象"又多了一层意外象外的内涵。这是将"意象"一词正式用于诗歌评论,而且用得很有创造性。

明代,陆时雍《诗镜总论》说:"齐梁老而实秀,唐人嫩而不花,其所别在意象之际。西京崛起,别立词坛。方之与古,觉意象蒙茸,规模逼窄。望湘累之不可得,况三百乎!"朱承爵《存余堂诗话》指出:"诗词虽同一机杼,而词家意象,亦或与诗略有不同。"胡应麟《诗薮》云:"子建杂诗,全法'十九首'意象,规模酷肖,而奇警绝倒弗如。"陆、朱二氏此处所说的"意象"显

---

❶ 陈良运.诗学·诗观·诗美[M].南昌:江西高校出版社,1991:65-66.

然指不同时代诗歌和诗与词两种体裁的艺术风貌或风格的差异。胡氏则指艺术风格的模仿。

李东阳《怀麓堂诗话》说："'乐意相关禽对语，生香不断树交花。'论者以为至妙，予不能辩，但恨其意象太著耳。"陆时雍《诗境总论》说："《河中之水歌》亦古亦新，亦华亦素，此最艳词也。所难能者，在风格浑成，意象独出。"李、陆二氏在此所说的"意象"，又显然指诗歌所描绘的艺术形象。前者嫌该诗形象过于直露，了无余味，似偏于意，即梅尧臣所说的"内意"；后者赞其形象鲜明独特。

李东阳《麓堂诗话》说："'鸡声茅店月，人迹板桥霜。'人但知其能道羁愁旅况于言意之表，不知二句中不用一二闲字，只提掇出相关物色字样，而音韵铿锵，意象俱足，始为难得。"王世贞《艺苑卮言》云："'神光离合，乍阴乍阳……'此子建赋神女。其妙处在意不在象。"陆时雍《诗镜总论》指出："三百篇赋物陈情，皆其然而不必然之词，所以意广象圆，机灵而感捷也。"这三则评论中的"意"与"象"是分别列举的。

由此可见，在宋以后的诗文论著中，意象理论的确是普及了，而意象概念的运用也相当灵活。但在画论中倒能看见较为确定的用法。

明代画家李日华《竹嬾画滕》说：

　　大都画法以布置意象为第一。

清代画家方薰《山静居画论》说：

　　古人作画，意在笔先……未画时，意象经营，先具胸中丘壑，落笔自然神速。

这显然又与晋唐以来"意在笔先"的书画理论一脉相承了。然而，"意象"作为审美表象的特质，倒是明白的。

如前所述，意象学说，应该是中华民族汉语言文字所制约的"形象中心主义"思维或称"象思维"方式必然生成的硕果。但在近代西方也出现了意象理论。

"意象"在西方心理学中即是"表象"或"心象"，英语为"image"，也就是人脑中保留的对于认知对象的映象。18世纪中叶，德国美学家莱辛的《拉奥孔》已将诗人和读者想象中的形象称为"意象"。但直到18世纪初，康德在《判断力批判》中论述了"审美意象"之后，心理学上的表象或心象才过渡到了"美学的彼岸"。然而对于"意象"的理解并不单一。1956年，美国密歇根大学教授保尔丁的《意象》一书，从人类行为科学探讨意象，将它分为空间意象、时间意象、感情意象、确定或不确定的意象、真实与不真实的意象、公众意象与个人意象等十大类，但未对意象的构成作出解释❶。

在西方美学家中，克罗齐的观点颇有影响。他认为，"诗是意象的表现，散文则是判断或概念的表现"。他强调说："艺术把一个情趣寄托在一个意象里，情趣离意象，或意象离情趣，都不能独立。"❷

这实际上仍是康德"审美意象"说的沿用。不过，克罗齐将情趣与意象的契合作为艺术（包括诗）的根本特性，却是很有见地的。

此后，英美现代派诗歌的宗师T.S.艾略特1919年评《哈姆雷特》时，又提出了有名的"意之象"的理论。他说："表情达意的唯一的艺术方式，便是找出'意之象'，即一组物象一个情境、一连串的事件，这些都会是表达该特别情意的方式。如此一来，这些诉诸感官的经验的外在事象出现时，该特别情意便马上给唤引出来。"❸深受中国古典诗歌影响的当代美国意象派主将庞德，在其草拟的意象派"三原则"中明确提出"绝不使用任何无益于表现的词，即用纯意象或全意象"。后期意象派代表理查德·奥尔丁和艾米·洛厄尔制定的意象派"宣言"的"六原则"中规定"要呈现一个意象"，要求诗歌"恰切地表现个别事物，而不应当处理模糊的一般概念"❹。西方美学或文论所说的"意象"，除了康德和克罗齐，大约都指诗人或艺术家创造的"意之象"。西方的意象学说在"五四"以后又反过来影响我国对于传统一概否定的新诗界。

由上述可见，在我国意象学说发展的流程中，"意象"概念的外延和内涵都较复杂。在形成阶段，"意象"外延指诗文创作构思过程中的审美表象，其内涵包括心与物、情与理及艺与道等多种要素内在的有机融合。在泛化阶段，诗文理论中，"意象"的外延或指作品的语象（形象），或指作品形象所生成的境界，或指个人、流派甚至时代作品的风貌/风格；其内涵也分别包括不同程度、性质的心物、情理及艺、道的统一。当"意"与"象"分列对举时，

---

❶ 李元洛.诗美学[M].南京:江苏文艺出版社,1987:145.

❷ 李元洛.诗美学[M].南京:江苏文艺出版社,1987:146.

❸ 李元洛.诗美学[M].南京:江苏文艺出版社,1987:148.

❹ 李元洛.诗美学[M].南京:江苏文艺出版社,1987:139.

"意"的外延偏指审美情思、创作设想等主体的内在因素，"象"的外延偏指表现对象性状等客体的外部因素，其内涵也因具体的语境而定。在书画美学中，"意象"的外延、内涵与诗文意象学说形成时期相当。而西方的"意象"概念，自庞德和克罗齐之后，外延与内涵都较明确而稳定，即指传达审美情感的艺术形象。这当然只是大致的归纳。

二、意象的基本类型

意象，作为诗歌的细胞，是多种多样的。进行适当分类，有助于深入了解它的形态特征、结构方式和性能、风格。中国古典诗歌意象，可以从不同角度考察，将它们划分为若干系列类型。例如，取象范围、构象机制、结象方式、用象意图及呈象风格等，都可以作为审视角度。

（一）依取象范围划分

意象，都是对象与诗人情趣相契合的心理结构。对象，都存在于一定的时间、空间，都是相对静止或运动，相对独立或依存的；还有超越特定时空，在民族文化审美心理深层结构中凝结下来的原型意象。因此，依取象范围分，即有时间性、空间性、时空性、静态、动态和原型等类型。这里只谈时间性、空间性和原型三种意象。

1.时间性意象

先说时间意识与时间性意象的关系。

大到宇宙天体，小至基本粒子，一切物质的存在、运动，无不表现为一定的延续性和顺序性，并有一定的伸张性，以显示物质的体积、形状、位置和趋势。因此，概括来说，以物象为根柢的意象之花，总是属于时间性、空间性或时空综合性的范围。人们也总是把时间和空间当作两种基本的感性框架[1]；但诗人取象的具体来源，却是与他的感性活动直接联系的。因而，无论时间性的意象或空间性的意象，都必然具有多种形态。

相对论表明，物理时间也没有绝对意义。诗人有自己的"时钟"，可以任意拨动。诗歌的时间性意象，表现诗人对时间的体验。而时间又本是看不见摸不着的"永恒"。自古以来，人们只有通过一些应节而生的现象，以感受它无限生命的律动。流逝的过去、进行的现在、趋向的将来，在这无形的历史长河

---

[1] 杨匡汉.缪斯的空间[M].广州:花城出版社,1987:4-5.

中，诗人缅怀、礼赞、感叹、诅咒、向往、期待……寄情于那些浮沉、隐现、进退、兴衰于实际和想象中的人事、景物，生成无数时间性的意象，以表达他们对于特定时间所发生或将发生的一切事物的情感。

下面谈一谈时间性意象的发展历程与不同形态。

从审美意象发展的历程看，时间性意象有相当长的发展过程，有几种不同的形态。

第一，生活时间性意象。例如：

①日出而作，日入而息，凿井而饮，耕田而食，帝力于我何有哉！　　　　　　　　　　　　　　　　　——《击壤歌》

②七月流火，九月授衣。一之日觱发（音必波），二之日栗烈（即凛冽）。无衣无褐，何以卒岁！三之日于耜，四之日举趾。同我妇子，馌（音叶）彼南亩，田畯至喜。　　——《诗·豳风·七月》

③昔我往矣，杨柳依依；今我来斯，雨雪霏霏。行道迟迟，载渴载饥。我心伤悲，莫知我哀。　　　　　——《诗·小雅·采薇》

这些都是最古的诗歌。例①诗人以跟太阳同步作息的时间性意象，概括凭双手劳动生存的日常生活，表现劳动者对自己力量的坚信和对神权、君权的大胆怀疑。本诗最早见于东汉王充《论衡·艺增》。为尧时老人所歌之说未必可靠。"凿井""耕田"之事，应在农业较为普及的周代。不过，这也可以看作我们祖先主体意识的最早觉醒，也可说是我国远古乐感文化心态的典型表现。可惜，它像电光石火，一闪即逝了。例②诗人由眼前时令的变化，即七月火星下沉，知暑退将寒，担心面临的一切。七月西沉的流火、九月的寒衣、一月的冷风、二月的严寒、三月的备耕活动、四月的田间劳作，妻室儿女馈食田野、农官的欢喜，这些时间性意象，描写了农夫劳苦、忧愁的生活。"七月流火"是现在进行的时间性意象，以下都是未来的想象中的时间性意象，这些又都是以往经验的预示。因有实在的生活基础，所以才那样真切。例③"杨柳依依"和"雨雪霏霏"两个过去和现在的时间性意象形成的鲜明对比，含蓄而强烈地传达了诗人物异人非的深沉悲痛。

现代心理学和物理学，把时间分为物理时间和心理时间（如构造心理学家铁钦纳和伟大的相对论创始人爱因斯坦）。上述时间性意象都是现实物理时间较为真实的反映。在远古诗歌中，这是最常见的陈述性时间意象，属于所谓"赋象"之列。在诗人时间思维的发展阶梯上处于起步的初级。但《诗经》中已有了心理时间的夸张而婉曲的表达。如《王风·采葛》：

彼采葛兮，一日不见，如三月兮！
彼采萧兮，一日不见，如三秋兮！
彼采艾兮，一日不见，如三岁兮！

这里，诗人通过夸张了的时间意象，反复咏叹，把对恋人的相思苦情表达得何等热烈！这里的"三月""三秋""三岁"都不是抽象的数字概念，而是诗人刻骨相思、时日难熬的情感状态。虽然夸张，却很真挚。表相思之情、行役之苦的诗，多以这类时间性意象传达心中的恩爱与幽怨。这类诗里所描述的意象都是应节而变的，不直接写时间，而时间意识却表现得非常明显。即是说，这些时间性意象，既不是单纯的物象，也不是时令的客观点缀；它蕴含着此时此景所感发的诗人复杂的心理内容，体现着与这种心理内容相激荡的情绪状态。须仔细体会才能领略意象的底蕴。

上述两种情形，无论是对于时令景物的客观描述，还是对于心理时间的夸张表达，都以诗人的生活经验为依据，以传达诗人的生活情绪为指归。这种由生活实践到生活情感的时间性意象，可称为"生活时间意象"。

"生活时间意象"，一般以个人的生活体验为直接表现对象，时间本身还只是一个配角。但是，这类意象已经体现了诗人对于时间的高度敏感和我们的祖先对于时间与人类生活关系的密切之深刻洞察。这得力于我国古代高度发达的农业生产——农事要求人们极端重视时间的变化。❶

第二，社会时间意象。

随着社会意识和儒家实用理性的发展，时间意识也有了新的进步。诗人往往超越个人的感性经验和狭隘利益，对国家民族的历史教训、当前危难和未来命运进行思考，以发抒忧国忧民和悲天悯人的情怀。这种意象以诗人对现实和历史的理解为依据，以传达诗人的社会理想为目的，因而可称为"社会时间意象"。这便赋予某些时间性意象以巨大深刻的伦理道德内涵和庄严崇高的悲剧品格。如《离骚》第八节，诗人列举有史以来直至周代反面和正面的人事，依

---

❶ 萧驰.中国古代诗人的时间意识及其他[J].文学遗产,1986(6).

现代的眼光看，已作为经验材料淀积在民族的文化心理，成为两种对立的"原型意象"❶。而在屈原的时代，也许只作为淫佚贪暴和圣哲茂行两类历史意象被援引，但人们却由此感到诗人举贤授能的政治主张，对怀王后期和顷襄王时代君昏臣佞、奸邪当道、忠良遭逐的黑暗政治的控诉及坚持真理、忧时愤世的深沉悲痛。又如左思《咏史》：

郁郁涧底松，离离山上苗。以彼径寸茎，荫彼百尺条。
世胄蹑高位，英俊沉下僚。地势使之然，由来非一朝。
金张藉旧业，七叶珥汉貂。冯公岂不伟，白首不见招！

左思是西晋与陆机、潘岳同时的著名诗人。出身寒微，仕途不遇，因而对当时贵族门阀专权的现实极为不满。他的咏史诗以遒劲雄浑的风力，表现了对不合理现实的抨击。这首诗有三组意象。第一组是自然景物，第二组是官场贵胄，第三组是下僚英俊。第一组涧底松、山上苗，两个意象，是"兴而比"，连类而喻官场门阀制度的现实：高高在上的"世胄"，抑郁潦倒的下僚英俊，形成鲜明对比。这种野草蔽苍松的现象难道是偶然的吗？诗人概括地说，这是家族的政治地位造成的，由来已久。西汉宣帝时，金日磾、张安世两个贵族世家，凭借祖宗的功业，七代充当帽上带有貂鼠皮的皇帝内侍；而冯唐，人才奇伟，但从汉文帝经景帝到武帝三朝，白发苍苍，仍居郎官小职。这一组对立的历史意象当然是有力的明证。这里，诗人对于社会不平现象的认识，已经从个人的切身感受，上升到了历史哲学的高度。这使他的控诉与批判，超越个人的愤激而具有普遍的理性内容。

第三，人生时间意象。

汉末以来，全国大一统政权崩溃这种社会大变迁，带来文化思想的又一次大解放。以"人的觉醒"为内涵的新思潮、新人生观勃然兴起❷。个体的生命价值受到前所未有的珍视。但社会斗争的残酷、自然法则的无情，都使这种个体生命的价值难以实现和保持。因而反映在诗歌的审美心理上，便是对"时间—生命"的高度敏感。诗人们在对日常世事、人情、节候、名利、享乐等的咏叹中，往往流露出"生命短促、人生无常"的哀伤。这时的诗歌意象所体现

---

❶ 卡尔文·S 霍尔,等.荣格心理学纲要[M].张月,译.郑州：黄河文艺出版社,1987：35-36.
❷ 李泽厚.美的历程[M].北京：文物出版社,1981：87.

的时间意识,是一种人生和命运的主题。这种意象,可称为"人生时间意象"。《古诗十九首》开一代先声。如"生年不满百,常怀千岁忧";"人生寄一世,奄忽若飘尘";"人生非金石,岂能长寿考"……类似例子,俯拾即是。下面看几首诗:

> 驱车上东门,遥望郭北墓。白杨何萧萧,松柏夹广路。下有陈死人,杳杳即长暮。潜寐黄泉下,千载也不寤。浩浩阴阳移,年命如朝露。人生忽如寄,寿无金石固。万岁更相送,贤圣莫能度。服食求神仙,多为药所误。不如饮美酒,被服纨与素。

这是《古诗十九首》之十三。过去,这类诗歌被视为宣扬人生无常、及时行乐的消极颓废思想的作品,但从古代诗人时间意识的历程看,这里则体现了诗人对于时间与人生的矛盾关系的彻悟。诗人由"郭北墓"想到长寐不寤的陈死人;想到人生如寄,命如朝露;想到日月更替,年岁推移。这严酷的自然法则,虽圣贤也不能超越。眼看那些追求得道成仙的人,又多为药石所误,反而丧生。因而不如吃好穿好,快快乐乐地安度一生。这不如"何不策高足,先据要路津""奄忽随物化,荣名以为宝"的观念积极,但比之"服食求神仙"的虚妄,却是较为实际的态度。这里,死人、黄泉、朝露等,都是表示生命短促观念的意象;乔木、阴阳、岁月、金石等,则是表示时间永恒观念的意象;而饮美酒、服纨素等,则是享乐观念的意象,也是在永恒无限的时间里寄托暂时有限生命的象征。对于生命短促、时间永恒的咏叹,在《乐府》里已经出现,如《薤露歌》《长歌行》,而后者大有把握有限生命建立无限功业的气概,这也是汉代开拓精神的反映。但毕竟少见,而且从性质上看,仍属于先秦理性精神的延续,是积极入世的人生观的充分表现。只有汉末新的以人为核心的思潮兴起,对于人生感喟、咏叹才会那样频繁,那样强烈,那样深沉,对于生命的热爱才那样执着。例如:

> 人生处一世,去若朝露晞。年在桑榆间,景响不能追。自顾非金石,咄唶令心悲。　　　　　　　　——曹植《赠白马王彪》
>
> 朝阳不再盛,白日忽西幽。去此若俯仰,何如似九秋。人生若尘露,天道邈悠悠。　　　　　　　　——阮籍《咏怀》十七

功业未及建，夕阳忽西流。时哉不我与，去乎若云浮。

——刘琨《重答卢谌》

这些诗人都是心怀壮志，生不逢时，或遭受挫折的。他们对于现实都极为不满，伤时忧生，在所自然。但时间既为严酷的自然规律，圣贤难度，那就不止壮志难酬者悲哀，亨通显达的权贵们也常浩叹。如曹操《短歌行》"对酒当歌，人生几何？譬如朝露，去日苦多"；曹丕《短歌行》"人亦有言，忧令人老。嗟我白发，生亦何早！"这"时间—生命"的长歌，可以说是贯穿古代的永恒主调。不过，具体内涵却因人而异。再看：

林花谢了春红，太匆匆！无奈朝来寒雨晚来风。　　胭脂泪，留人醉，几时重？自是人生长恨水长东！　　　　——李煜《乌夜啼》

这并非李煜最著名的作品，但它的表达方式却有些特色。论者指出，其特色表现在布局上：描写的事物不够连贯——上阕写林花、寒雨、风，下阕写胭脂泪、人生、水，比喻夹议论，看上去互不相干，读完又觉气韵贯通，有情有景，如泣如诉，把一个亡国之君的无可奈何的心情展现在读者面前。从意象分析，无论是褪却春红的林花，还是流着粉泪的情人，都是李煜从他的帝王生活中提取的与他密切相关的意象。现在当了亡国之君，眼前暮春景物的变化，自然会引起对往日淫佚生活的回味与留恋。上片自然景物的三个意象，都是时间性的：谢红的林花，表明春光的逝去，而朝来的寒雨、晚来的冷风，正如局势变化的急剧，意想不到，只有无可奈何地感叹了。上片可以说是"兴而比"。下片的意象，看来的确不太高雅，人们真有理由怀疑他当了亡国奴之后，还"梦里不知身是客，一晌贪欢"了。但"人生长恨水长东"的比喻，以两个永恒的时间意象，把个人生活的特殊体验普泛化，获得人们情感上的共鸣与心理上的认同，从而使他原来的庸俗情调，升华而为人生坎坷命运的悲剧性哲理。而这种哲理性的意象，也正是中国民族文化审美心理的深层结构——生命意识的表现形态之一，即生命忧患意识。这大概就是后代许多善于抒写离情别绪的高手如秦少游、李清照等，在境界与格调上稍逊一筹的奥秘所在吧?!

2.空间性意象

先说空间意识与空间意象的关系。

空间，如前所述，物质存在的基本形式之一，同时间一起，也是人们认识事物的"感性框架"。看得见的固体、流体物质固然有空间，看不见的气体和微小物质也有空间，不过得靠显微工具或相关事物去把握它。总之，有物质存在即有空间。这是对空间的哲学概括。

在人们的实践经验里，没有抽象的"空间"。古希腊人心目中就没有"空间"概念，只有"事物的位置、距离、范围和体积"❶。这也许是古代人类空间意识的共同特征。

以现代人的眼光看，空间的"感性框架"似有两种形态或两种层次：第一，个体空间，即具体事物的二维或三维形状，如轮廓、面积、体量、位置等。第二，整体空间，即事物之间的距离、范围、方位及相互关系所形成的有一定立体向度的感性区域，或称感性世界❷。空间感性框架的这两种形态，便是诗人空间意识的基础，因而诗歌的空间性意象也大体可分为个体空间意象和整体空间意象两种类型。但这两种空间意象，在远古的诗歌里常常要和其他意象配合构成诗境。以空间意象为主，偏重于抒发空间感受的诗歌，大约晚至周代后期才出现。如《诗·陈风·蒹葭》：

蒹葭苍苍，白露为霜。所谓伊人，在水一方。溯洄从之，道阻且长；溯游从之，宛在水中央。

蒹葭萋萋，白露未晞。所谓伊人，在水之湄。溯洄从之，道阻且跻；溯游从之，宛在水中坻。

蒹葭采采，白露未已。所谓伊人，在水之涘。溯洄从之，道阻且右；溯游从之，宛在水中沚。

这是著名的周代恋歌。看来，诗人所欢乃在大水彼岸。由于水阔路遥，只好望洋兴叹。这里的蒹葭、白露、水、漫长而阻隔的道路，水中央、水一方、水之湄、水中坻（音池）、水之涘、水中沚等，都是个体空间意象。这些个体空间意象组合而成水面宽阔、蒹葭丛生、繁露瀼瀼的整体空间意象。也即诗人与"伊人"生存、活动的世界。"伊人"的意象是诗人咏叹的对象，没有她，这些

---

❶ 鲁道夫·阿恩海姆.艺术与视知觉[M].滕守尧,朱疆源,译.北京：中国社会科学出版社,1984：403.

❷ 杨匡汉.缪斯的空间[M].广州：花城出版社,1987：4.

空间意象便失去了意义，诗情也就无从表达了。在这里，伊人、诗人，由于广阔的水域相阻，可望而不可即，人物意愿与空间意象的巨大矛盾，形成强烈的情感张力：越是可望而不可即，诗人越想"从之"，相思之情因空间阻隔而愈加炽烈；加之回环反复、一唱三叹，情韵悠然，感人至深。又如《诗·陈风·泽陂》：

> 彼泽之陂，有蒲与蕑。有美一人，硕大且卷。寤寐无为，中心悁悁。
>
> 彼泽之陂，有蒲菡萏。有美一人，硕大且俨。寤寐无为，辗转伏枕。

这里的空间意象是纯粹的环境。朱熹注"陂"是"泽障"，诗人因此看不见美人。若此，本诗的空间性意象的构成及作用与上一首相当。但是对美人的描写，又揭示了另一层"障碍"：美人的矜持与庄重，使人望而却步。诗人的情感比上一首又多了一层变化。这是由心理距离形成的心理空间障碍。

由上可以看出，在这类诗里，审美意象特别是整体空间意象，一方面是作为诗中人物活动的环境区域，另一方面又是激发诗情的空间条件。正如张惠言《蕙风词话》所说："无词境即无词心"，没有空间距离的阻隔，即不会有强烈的相思。

下面谈一谈空间思维的演进与空间性意象模式。

空间性意象，是诗人空间审美感的具象化。诗人生活在广大的空间，他本身就是其中的一部分。周围不断向他投来各种空间信息。诗人对这些信息筛选、提炼、综合、改造、熔铸成传达他的审美感受的空间性意象。这就是诗人的空间思维能力。诗人空间思维能力的发展状况，也就决定空间性意象的呈现状况。因而，在一定发展阶段上的空间思维，有与之大致相应的空间性意象模式。从我国古代诗歌的发展历史看，古代诗人的空间思维大致经历了物色感发和空间思辨两个阶段。与之相应，物色感发阶段的空间性意象多为比兴式；空间思辨阶段的空间性意象，则多为寄兴式或移情式。这只是大体来说，并不否认在物色感发阶段有寄兴式的闪现，而在思辨阶段更有比兴式的沿袭。

第一，物色感发——比兴式空间意象。

《文心雕龙·物色》说："诗人感物，联类不穷。"刘勰这话，可以看作是对古代诗人空间思维智能和心理机制的简明概括。

在诗歌创作中，"感物""联类"并不是简单的认知过程，而是艺术思维的基本途径或方式。传统诗学解释《周礼》"六诗"和《毛诗序》"六艺"中的"赋、比、兴"，唐以后公认为表现手法。宋李仲蒙综括诸家提出新说：

> 叙物以言情，谓之赋，情、物尽者也；索物以言情，谓之比，情附物者也；触物以起情，谓之兴，情动物者也。❶

此说既包举了传统诗艺的精义，又突出了"情"在三种手法中的主导作用。这正是艺术思维的本色。正是这种思维，才能创造出情感化的空间意象。但这种思维和空间意象的创造能力，也非古人与生俱有，而是由原始思维和与之相联的"原始兴象"发育而成的。原始思维固然不产生真正的诗，却产生了原始歌谣，它的意象即原始兴象。原始民族图腾崇拜的物象，在原始歌谣里是一种集体表象。原始人一见这种物象，便能引发对祖先的缅怀与崇敬之情。在原始宗教盛行的时代，这种物象不少，如鸟类、鱼类、树木和虚拟的物象龙凤等。这类图腾物象一经形成，便作为集体表象进入部落成员的意识深层，并与歌谣结合而成"原始兴象"广泛流传。一方面，这种兴象所体现的观念与物象之间的联系，经过无数次重复，它的习惯性联想不断得到巩固与强化；另一方面，随着生产力的发展，原始社会的解体和宗教信仰的淡化，各种原始观念如图腾崇拜、生殖崇拜、土地崇拜等也逐渐消亡，或改变了性质。于是，物象与观念之间的习惯性联想的内容也随着消失或转化❷。而与上述观念有关的神话传说，则作为文化遗产流芳百代；由这种原始的宗教信仰、图腾崇拜、集体表象和原始歌谣的"原始兴象"所培养的空间意识、空间思维能力，以及原始歌谣兴象与意义之间的联系方式，也就演化而成古代诗歌最初的空间思维——物色感发和"比兴"式的空间意象模式。这种空间思维和空间意象模式，在最早的歌谣里已经有所表现。例如：

①震来虩虩，笑言哑哑；震惊百里，不丧匕鬯。

——《易·震下震上》

②明夷于飞，垂其翼；君子于行，三日不食。

——《易·明夷·初九》

---

❶ 敏泽.中国美学思想史：上卷[M].长沙：湖南教育出版社，2004：96-97.
❷ 赵霈霖.兴的源起[M].北京：中国社会科学出版社，1987：96.

③鸣鹤在阴，其子和之；我有好爵，吾与尔靡之。

——《易·中孚·九二》

这些都是《易》的卜辞，产生于殷末周初。用歌谣的形式或直接用歌谣来暗示、比喻、象征卦象的含义。例①说政令如雷霆震响，闻者欢笑，百里臣民惧服遵从，宗庙祭祀也就永久不断（虩音细，哑音俄）。例②以明夷鸟伤疲无力，比喻行役的下级官吏饥渴劳顿，精神不振。例③以仙鹤母子和鸣，象征友朋宾主的和谐。这些卜辞，无论是巫官自作，还是采用民间歌谣，虽然比《诗经》中的民歌还简短，但结构完整，意义也自足❶。

这些歌谣，从结构可以看出，显然由两组意象组成。例①是雷震之威的意象与统治者永执酒器（鬯音畅）主祭宗庙的意象；前者象征政令的威严，后者暗示社稷永固。例②是明夷鸟伤疲，飞翔无力的意象与劳于王事疲惫饥渴的小吏的意象。例③是仙鹤母子在荫蔽之处的意象与友朋宾主饮酒同乐和谐共处的意象。从内容看，两组意象之间有比拟、象征的意义。从形式看，则前一组空间意象引出后一组空间意象。显然，这种思维在空间的轨迹，是由彼而此、由外而内的。由于长期运用，已成为一种心理定式和诗人空间思维能力。我们前面称这种空间思维的定式和能力叫"物色感发"，而这种空间性意象，也按其前者与后者的"引""起"关系，称为"比兴式空间意象"。这种思维方法与空间意象模式，在《诗经》中用得非常广泛。前后两组空间性意象多是比拟、象征关系。也有些诗歌，前面的空间性意象只是引起后面的空间性意象的契机，或仅作为环境、时令的点缀。前举的《蒹葭》就很典型。再如《诗·陈风·有狐》：

有狐绥绥，在彼淇梁。心之忧也，之子无裳。

有狐绥绥，在彼淇厉。心之忧也，之子无带。

有狐绥绥，在彼淇侧。心之忧也，之子无服。

朱熹注说是寡妇见狐独行求偶，想嫁鳏夫的诗。显然，这是由见到狐狸独行，引发自己对意中人的关切。朱熹认为是"比"。但比的结构应包括喻体和本体

---

❶ 张善文.《周易》卦爻辞辨析[J].文学遗产,1984(1).

两项；即便是借喻，也该将喻体置于本体应出现的地方。细味此诗，并未把意中人直接比作狐狸；只是单狐求偶，寡妇思嫁，物性人情的"同病相怜"，为典型的感物生情；其运思轨迹和情绪脉络是由物及我，由外而内。物我之间的联系是心理的而非结构的。

第二，空间思辨——寄兴式意象。

"物色感发"的空间思维和与之相应的比兴式的空间性意象模式，是我国古代诗歌艺术代代相承的宝贵传统之一。这种由原始社会后期发展而来的空间思维与空间性意象模式，如前所述，乃是原始宗教意识淡化，人的认识、思维能力提高的结果。但是，这种思维和意象模式，却保留了历来承继的人与自然紧密关系的心理积淀。当理性精神在中国北方节节胜利，从诗歌到散文都消退了迷人的神秘色彩之时，眼看逐步规范，也就是趋于僵化的空间思维能力和空间性意象模式，也在中国南方获得了新的进化生机。南方楚地由于保存着较多的原始社会结构和文化传统，在人们的意识中，仍然弥漫着奇异、炽烈的远古神话——巫术文化氛围。诗人在理想与现实的矛盾无法克服时，便将空间思维的触须，超越现实领域，探测人在宇宙中的地位，寻求精神对于现实的解脱，猜度人与自然关系的奥秘……诗人的空间思维方式，也由被动的"物色感发"进而为主动的"空间思辨"。诗人要对宇宙万物、人生意义进行思考，便带着强烈情感，借助神话传说，发挥想象的创造力，描绘出形形色色的灌注了自己情感的空间性意象。这类意象与比兴式空间性意象比较，带有更大的相对性与主观性，是诗人情感的"宇宙化"。我们称为"寄兴式空间性意象模式"。这种意象模式最早的典范就是屈子的《离骚》《天问》《九歌》与《九章》。正是屈原开启了"楚汉浪漫主义"的新潮，也奠定了我国古代积极浪漫主义的优良传统[1]。但并不是说，屈原之前完全没有寄兴式的空间性意象。《诗经·小雅·正月》说："谓天盖高，不敢不局；谓地盖厚，不敢不蹐（音急，小步）。"这是生不逢时、遭遇苦难的人们的空间感。《大雅·旱麓》云："鸢飞戾天，鱼跃于渊；恺悌君子，遐不作人！"这是满怀幸福和希望的人们的空间感。两种空间性意象，因其相反的情感移注而具有截然不同的性状。显然，这也是充满主观色彩的寄兴式空间性意象。但这类意象在屈原之前仅是偶尔出现，还没有普遍性。这是由当时空间思维智能的发展水平所致。

屈原的时代，是我国古代诗歌的新纪元，也是古代诗歌空间思维智能的新

---

[1] 李泽厚.美的历程[M].北京：文物出版社，1981：67-72.

飞跃。他的空间思辨的思维方式和寄兴式的空间性意象模式，与其说是"方式"或"模式"，毋宁说是"方法"。这是诗人情感想象与空间万象的自由结合。依诗人与空间物象的千差万别，而呈现为光怪陆离、琳琅璀璨的空间性意象的多彩世界。杨匡汉《缪斯的空间》说，屈原的《离骚》《天问》作为"苦难灵魂宇宙化的诗情范型，怨愤之态布满空间"，颇有道理[1]。我们借鉴这种表达方式，由此推而广之，也可以说，陶渊明是超轶灵魂宇宙化诗情的范型，闲适之态布满空间；李白是自由灵魂宇宙化诗情的范型，狂放之态布满空间；杜甫是忠厚灵魂宇宙化诗情的范型，悲悯之态布满空间；白居易是兼济灵魂宇宙化诗情的范型，讽谕之态布满空间；孟郊是穷愁灵魂宇宙化诗情的范型，窘迫之态布满空间；李贺是幽怨灵魂宇宙化诗情的范型，凄谲之态布满空间；李商隐是感伤灵魂宇宙化诗情的范型，忧郁之态布满空间；李煜是悔恨灵魂宇宙化诗情的范型，痛惜之态布满空间；苏轼是旷达灵魂宇宙化诗情的范型，潇洒之态布满空间；李清照是凄凉灵魂宇宙化诗情的范型，惨戚之态布满空间……凡此种种范型及相似的作品，都以自己空间意象的独特光彩，辉映祖国古代诗歌的广大领域。试看两个例子：

> 跪敷衽以陈辞兮，耿吾既得此中正。驷玉虬以乘鹥兮，溘埃风余上征。朝发轫于苍梧兮，夕余至乎县圃。欲少留此灵琐兮，日忽忽其将暮。吾令羲和弭节兮，望崦嵫而勿迫。路漫漫其修远兮，吾将上下而求索。饮余马于咸池兮，总余辔乎扶桑。折若木以拂日兮，聊逍遥以相羊。前望舒使先驱兮，后飞廉使奔属。鸾皇为余先戒兮，雷师告余以未具。吾令凤鸟飞腾兮，继之以日夜。飘风屯其相离兮，帅云霓而来御。纷总总其离合兮，斑陆离其上下……

这是《离骚》第九节。《离骚》的整体意象是情感幻想的彩色时空：美人香草、芰荷芙蓉，望舒飞廉、风伯雷师，咸池扶桑、县圃崦嵫，御彩凤、驾虬龙、游昆仑、叩阊阖……长路漫漫，上下求索。然而，这许多纷总聚散、斑驳陆离的个体空间性意象所构成的广大宇宙啊，到处都溷浊不清，蔽美妒贤；诗人却又那样深情执着，胸中激荡奔腾的义愤充溢天地，似乎这无限的整体空间

---

[1] 杨匡汉.缪斯的空间[M].广州:花城出版社,1987:43-44.

（宇宙意象）都显得狭小了——它容不下一个追求真理的诗人。因而它的色彩也渐渐变得昏暗。再如：

> 结庐在人境，而无车马喧。问君何能尔？心远地自偏。采菊东篱下，悠然见南山。山气日夕佳，飞鸟相与还。此中有真意，欲辨已忘言。

这是陶渊明《饮酒》之五。这里的个体空间性意象是普通的茅庐，普通的菊花，普通的山岳，普通的飞鸟……然而，整体空间性意象多么宁静，多么和谐，多么自然。与《离骚》相比，真是天上地下，相去甚远！一个神话空间性意象，一个田园空间性意象，看来前者是幻想的创造，后者是如实的模写，实质都是诗人"空间思辨"智能的杰作。屈原执着于真理的追求，溷浊的尘世当然真伪不分，只有借助于神话，向古圣先贤陈述衷情，在幻想和义愤的宣泄中求得精神的慰藉。但诗人到底不能忘情于故国，所以他的整体意象空间充满叹息和哀怨。这正是时代生活空间的曲折反映。明代学者黄汝亨《楚辞章句·序》说："古今之大，万类之广，耳目之所览睹，上及苍梧，下及林林，凄风苦雨，郁结于气，宣鬯（音畅）于声，昆化工殴，岂文人雕刻之末技，词家模拟之艳词哉！"[1]屈原的确混成博大、精湛深永。陶渊明不一样，他把一切都看穿了，世俗固然恶浊，皂白不分，是非莫辨，但既不能躲进桃花源，也不愿放弃现实生活，只好"聊乘化以归尽，乐乎天命复奚疑"了。这样，虽然身居人境，也能心远俗尘，在田父野老、诗酒黄花的田园生活中，享受自然的赐予和生命的乐趣。因而，这个世界，尽管有车马的喧闹、农事的劳苦、贫病的忧患、得失的困扰，但在对田园风物的审美观照中，也都化为乌有，只剩下醉人的"真意"和不能用言语来表达的审美主体同大自然的和谐之感。所以说，这也是诗人"空间思辨"智能所创造的理想的审美空间。

3. 原型意象

诗歌或其他文学艺术作品中经常重复出现的具有相同或类似文化、审美内涵的意象可称为"原型意象"或"原始意象"。英语为archetype，或 prototype

---

[1] 杨匡汉.缪斯的空间[M].广州：花城出版社，1987：44.

（原型，初型）。"原型"这一术语，源出于新柏拉图主义批评理论，通常指"标准""范型"或"模式"。18世纪以来即在文学批评中广泛使用。在现代文学批评中，"原型"指一个循环出现或重复出现的过去时代形成的规范化的形象。如以红色或紫色的花象征濒死的神洒下的鲜血的颜色，以秋霜喻指成熟前的死亡等。这类意象在文艺复兴时期由泰奥克利特·维吉尔等诗人创造，此后为弥尔顿、雪莱和惠特曼等诗人相传袭用。当代西方"原型派文学批评"（Archetypal Criticism）的理论，则有两个主要来源。一是英国剑桥大学文化人类学家J.弗雷泽尔（J.Frazer）的《金枝》。该书非常重视各民族文化在传说和礼仪中反复重现的神话和仪式的基本形式。二是瑞士精神病理学和分析心理学家卡尔·古斯塔夫·荣格的"深层心理学"。荣格将"原型"这一术语用于"原始心象"，以及人类远古祖先生活的经验类型复现的"心理残迹"。他认为这些原始心象与心理残迹，便是集体无意识的内容。与弗洛伊德的"个体无意识"指被压抑的性本能不同，他认为原始意象植根于种族的生活经验和全部生命活动。荣格说："生活中有多少典型情境，就有多少种原型。无数次的重复已将这种种经验刻入我们心灵的结构之中，不过，其刻入的形式并不是满载内容的意象形式，而是起初没有内容的形式；这种形式相当于知觉和行为中某种类型的可能性。"他认为："一个原始意象只有当其被人意识到并因此被人用意识经验的材料充满时，它的内容才被稳定下来。"霍尔把原型意象比作照相的底片，只有当它被个体的经验"冲洗"之后才能成为照片。如母亲的原型，只有被个体的经验充满，才能成为具体的母亲意象❶。荣格的理论和他所概括的意象系列，在西方和中国都有广泛影响。

在古代中国，原型意象受到广泛重视和长久沿袭，而相对集中在某些意识领域之中，有大体一致的指向和相近的特色。潘知常《众妙之门——中国美感心态的深层结构》指出："中国文学艺术原型建构以生命意识对个人、群体乃至自然宇宙为核心，以女性情结为特色。"❷以生命意识为核心，大约指原型意象主要包含着古人生命的忧与乐；女性情结，大约指原型意象所体现的中国文化和美感心态的深层结构具有一种"温柔敦厚"的情感特色。

中国古典诗歌的原型意象，最常见者，多为远古神话传说和先秦两汉诗文中形成和沿袭下来的。东汉王逸《楚辞章句序》说："依诗取兴，取类譬喻，故善鸟香草以配忠贞，恶禽臭物，以比谗佞；灵修美人，以比于君，宓妃佚女

---

❶ 卡尔文·S 霍尔.荣格心理学纲要[M].张月,译.郑州:黄河文艺出版社,1987:35-36.
❷ 潘知常.众妙之门——中国美感心态的深层结构[M].郑州:黄河文艺出版社,1989.

以譬臣，虬龙鸾鸟以托君子；飘风云霓以为小人。其词温而雅，其义皎而明。"这些比喻，经后人反复援用，也就成了原型意象。南宋魏庆之《诗人玉屑》卷九有一个目录："诗之取况，日月比君后，龙比君位，雨露比德泽，雷霆比刑威，山河比邦国，阴阳比君臣，金玉比忠烈，松竹比节义，鸾凤比君子，燕雀比小人。"❶这些比喻，都是从古籍中提取出来被广泛认同的原型意象。这当然只是极为粗略的列举。实际上，根据我国古籍，还可以梳理出更为丰富的原型意象。参见本书附录"中国古典诗歌常用原型意象系列例释"。

（二）依成象机制划分

成象机制，指生成意象的主要感官和心理作用。

诗歌意象，是知觉表象的审美化。不同感官及相应的心理过程所获得的表象有不同的特点。因此，按照成象机制划分，诗歌意象有视觉、听觉、嗅觉、触（体肤）觉、动觉、内觉及联觉等多种类型。简述如下。

1.视觉意象

眼睛，是人们同外界联系的最主要的信息窗，也是最"人化"的审美感官。宇宙之大，品类之盛，都可以通过"眼窗"这一"广角镜"的仰观俯察摄入网膜，引起感受器色素的光化反应，转成神经冲动，并把图像信息导入大脑皮层枕叶的视中枢，产生视觉表象；其中印象深的便转为长时记忆存入记忆仓库。现代心理学指出："对于正常人来说，视觉大概是使用最充分的感觉系统。我们关于世界的空间信息几乎都是通过双眼得到的"❷。据此可知，诗歌意象，大多数也是由视觉表象加工而成的。

视觉意象，在远古歌谣里已大量涌现，但只是作为引起咏唱的"兴象"。这种"兴象"，很少工细的刻画，却善于抓住视觉的突出印象，把事物的主要特点鲜明地表现出来。例如：

①贲如皤如，白马翰如。匪寇，婚媾。　　——《易·贲·六四》

②屯如邅如，乘马斑如。　　　　　　　　——《易·屯·六二》

③虎视眈眈，其欲逐逐。　　　　　　　　——《易·颐·六四》

---

❶ 魏庆之.诗人玉屑：上[M].王仲闻，校勘.上海：上海古籍出版社，1982：195.

❷ 布恩·埃克斯特兰德.心理学原理和应用[M].韩进之，吴福元，等译.北京：知识出版社，1985：74.

例①形容迎亲的白马装饰得很漂亮。例②描述迎亲的队伍骑着马缓辔慢行，悠游不迫。例③形容有权势的人如猛虎威逼下民，而贪索无厌。这些视觉意象都是非常简洁生动的，能给人很深的印象。这类例子在《诗经》中随处可见，但《小雅》比《国风》描绘得更为细致。《斯干》和《无羊》相当成熟。前者对于宫室建筑的形状、环境、人们的心情以及祝愿等，都有很具体的描述。后者对牧群的描写极为出色：

谁谓尔无羊，三百维群；谁谓尔无牛，九十其犉。尔羊来思，其角濈濈；尔牛来思，其耳湿湿。或降于阿，或饮于池（音沱）；或寝或讹。尔牧来思，何蓑何笠，或负其餱。三十维物，尔牲则具。

这主要是对物的描写。在这个时代，也有主要描写人的。如《卫风·硕人》《氓》等都是名篇。《古诗源》注《左传·宣公二年》的《宋城者讴》也很有意思：

睅其目，皤其腹；弃甲而复。于思于思，弃甲归来！

据说宋公子受命于楚，伐郑；宋师败绩。囚华元；宋人以兵车百乘、文马百驷赎华元于郑。半入，华元逃归。后宋筑城，华元当值巡查，筑城者讴以讥之。华元听后不但不气，反使驭者回答："牛则有皮，犀兕尚多。弃甲则那（有何关系）！"役夫又唱："纵其有皮，丹漆如何！"华元对驭者说："快走！彼众我寡，说他不过。"

视觉意象，经过楚辞、汉赋的启迪，到汉代乐府民歌和文人诗作里，铺陈的手法普遍运用。于是，视觉语象也就比先秦时代丰富多了。辛延年《羽林郎》和乐府民歌《陌上桑》非常突出。试看《羽林郎》：

昔有霍家奴，姓冯名子都。依倚将军势，调笑酒家胡。
胡姬年十五，春日独当垆。长裾连理带，广袖合欢襦。
头上蓝田玉，耳后大秦珠。两鬟何窈窕，一世良所无。
一鬟五百万，二鬟千万余。不意金吾子，娉婷过我庐。

银鞍何煜爚，翠盖空踟蹰。就我求清酒，丝绳提玉壶。

就我求珍肴，金盘脍鲤鱼。贻我青铜镜，结我红罗裾。

不惜罗裾裂，何论轻贱躯！男儿爱后妇，女子重前夫。

人生有新故，贵贱不相逾。多谢金吾子，私爱徒区区！

本诗可能是文人借乐府古题来讽刺东汉和帝时外戚窦氏而作。据说窦宪当大将军时，一门兄弟骄横，执金吾窦景常纵容部下强占民间妇女、财物，人民视为寇仇。这首乐府式的叙事诗，主要以视觉意象来展示人物的外貌和故事情节。其中胡姬的肖像描写，从服装、首饰上渲染主人公的不同凡响，而对金吾子调笑的坚决抵制，又显示了主人公坚贞凛然的气概。对霍家奴"娉婷过我庐"的勾勒，又活画出了一个仗势欺人而故作多情的恶少形象。

汉末以后，封建大帝国崩溃，门阀世族庄园经济发展，统治集团之间争权夺利的斗争日剧。政治黑暗，传统儒学权威彻底否定，思想意识又一次大解放。哲学也从汉代的宇宙论转向本体论。正如李泽厚所说，西汉董仲舒的新儒学，以"天人感应"为轴心，以伸君屈民、加强帝制为宗旨，把秦代已有的绝对君权和"三纲"秩序提到宇宙论的高度加以确认；魏正始玄学家王弼发展先秦庄学，探索理想人格的建立[1]。"人的觉醒"引出"文的自觉"。古代的理性道德与行为节操，转向个体的气质性情与言行风度；匡时济世之怀，遁入游山玩水之乐；以气势、古拙为基本美学风范的汉代艺术，变成以慷慨、气韵著称的六朝艺术。特别是东渡之后，美丽的自然风物，更助长了以隐逸为清高，以山林为乐土的倾向[2]。田园山水诗应运而生。田园山水诗的大力创作，很自然地推进了诗歌视觉意象的发展历程。我们看到，在陶渊明的田园诗中，视觉意象已不再是汉代以来的赋体（罗列式），而是情景交融，多带主观色彩。如"暧暧远人村，依依墟里烟"（《归田园居》）、"平畴交远风，良苗亦怀新"（《怀古田舍》）等，都与诗人的心境相通，因此也显得格外亲切。

但稍后的谢灵运却有不同的特点：发展了赋体，使意象的排列突出景物的特征，达到巧似逼真的程度。如《入彭蠡湖口》"春晚绿野秀，岩高白云屯"；《初去郡》"野旷沙岸净，天高秋月明"；《石壁精舍还湖中作》"林壑敛暝色，云霞收夕霏"等，或渲染暮春时节山间植被、水气绿白二色构成的生机勃勃的

---

[1] 李泽厚.中国古代思想史论[M].北京：人民出版社，1986.149，193.

[2] 李泽厚.美的历程[M].北京：文物出版社，1981：127.

图画，或勾勒秋季水明天空的景象，以呈现净朗的秋色，或摄取傍晚山间暮色天上云霞的变化，展示晴天向晚的微妙光景。这些视觉意象都见诗人写真传神的精湛功力。

其后的谢朓，发展了谢灵运刻画精微的长处而弥补不足，使山水的视觉意象渗透着一种情趣。如《之宣城出新林浦向板桥》"江路西南永，归流东北骛。天际识归舟，云中辨江树"；《游东田》"远树暧阡阡，生烟纷漠漠。鱼戏新荷动，鸟散余花落"；《晚登三山还望京邑》"余霞散成绮，澄江静如练"等。诗人对大自然的热爱之情，从深入的体察和精妙的刻画可见。清代诗家沈德潜《说诗晬语》称赞说："玄晖独有一代，以灵心妙语，觉笔墨之中，笔墨之外，别有一段深情名理。"这深情，是诗人对自然的钟爱；这名理，则是诗人从山水神理得到的妙悟。

入唐以后，国力强盛，精神开张，具有吸收、消化一切的宏伟气魄。西汉宫廷艺术对于人的外在活动与环境的铺张扬厉，魏晋六朝贵族艺术对于人的内心思辨，在盛唐时代被镕铸而为"对有血有肉的人间现实的肯定和感受，憧憬和执着"的艺术，一种充满着"丰润的、具有青春活力的热情和想象"的艺术❶。我们看到，在这时代许多诗人笔下的诗歌视觉意象，或者充满着豪迈的活力，或者散发着清新的气息。张若虚《春江花月夜》"春江潮水连海平，海上明月共潮生。滟滟随波千万里，何处春江无月明"；李白《庐山谣》"登高壮观天地间，大江茫茫去不还。黄云万里动风色，白波九道流雪山"；王维《使至塞上》"征蓬出汉塞，归雁入胡天。大漠孤烟直，长河落日圆"；孟浩然《宿建德江》"野旷天低树，江清月近人"；贺知章《咏柳》"碧玉妆成一树高，万条垂下绿丝绦。不知细叶谁裁出，二月春风似剪刀"……

何等气派，何等新鲜，何等隽永！这正是盛唐之音的美学风范。

中唐而后，随着国势的衰微，人心内向，魏晋六朝以来书法、绘画等艺术讲究意神气韵以及"诗缘情"等美学观念重被新的诗歌艺术经验所丰富和发展。诗歌的视觉意象便具有精微别致、空灵含蕴的特征。尤其到两宋时代，词学大盛，无论小令长调，写景咏物，寓意抒情，这种体裁和手法，使诗歌视觉意象更为丰富多彩。如范仲淹《苏幕遮》"碧云天，黄叶地，秋色连波，波上寒烟翠。山映斜阳天接水，芳草无情，更在斜阳外"；晏殊《浣溪沙》"无可奈何花落去，似曾相识燕归来"；张先《木兰花》"中庭月色正清明，无数杨花过无影"；欧阳修《蝶恋花》"泪眼问花花不语，乱红飞过秋千去"；柳永《雨霖

---

❶ 李泽厚.美的历程[M].北京:文物出版社,1981:90.

铃》"今宵酒醒何处？杨柳岸，晓风残月"；苏轼《水龙吟》"似花还非花，也无人惜从教坠……晓来雨过，遗踪何在，一池萍碎。春色三分，二分尘土，一分流水。细看来，不是杨花，点点是离人泪"；李清照《醉花阴》"莫道不消魂，帘卷西风，人比黄花瘦"等。这些视觉意象，真正是诗人情感的外化，但又传达了物色的神韵，为后代专工咏物的词人望尘莫及。

2.听觉意象

听觉，是仅次于视觉的感觉，是人的"知觉链"里重要的知觉系统。凡物体振动发声频率在30~20000赫兹（周期/秒）和强度（响度）在25~130分贝，正常人都能正确感知❶。

声音是物质运动的重要现象，大自天体的运行、爆炸，风云雷电的激荡轰鸣，小至幼芽的破土、粒子的裂变，都会有大小、强弱不同的声响。没有声音的地方，是缺少生命的一片死寂。所以，诗歌中除了大量视觉意象，还有不少听觉意象。它们或者是同一对象的两种特性（如鸟兽、动态景物等），或者是耳朵所感知的现象，或者只是想象中的幻听。如《周南·关雎》"关关雎鸠，在河之洲"；《小雅·鹿鸣》"呦呦鹿鸣，食野之萍"；《郑风·风雨》"风雨潇潇，鸡鸣膠膠"等，这些都能既见其形又闻其声。《易·震》"震来虩虩"；《易·中孚·九二》"鹤鸣在阴，其子和之"等，则是未见其形只闻其声。《魏风·陟岵》"陟彼岵兮，瞻望父兮，父曰嗟，予子行役，夙夜无已。上慎旃哉，犹来无止！"……这些则是想象中的幻听了。这类意象在后世诗歌中随处可见。

声音本是看不见摸不着的声波，在现实中持续的时间很有限。诗歌听觉意象，则是对这种声波的审美感受的心理印迹。它所凭借的手段主要有两种：一是赋有意象的语词，即用相应的语词来概括特定的声音表象（有的则仅仅陈述某种声音的存在，如上举的鹤鸣）；二是用比喻来呈现听觉意象，即化听为视，或易彼为此。于是，不可捉摸的声音意象就借助想象生动地呈现出来了。如李益的《夜上受降城闻笛》：

> 回乐峰前沙似雪，受降城外月如霜。
>
> 不知何处吹芦管，一夜征人尽望乡。

这是唐代边塞诗的名篇。李益的时代，大唐帝国已经滑坡，人们对于开边黩武

---

❶ 克雷奇,等.心理学纲要:下册[M].北京:文化教育出版社,1981:17.

的行径已深感其弊。李益的边塞诗很集中地透露了此中消息，本诗尤为典型。受降城，指唐高宗时张仁愿所筑的西受降城，在今内蒙古杭锦后旗乌加河北岸。回乐峰指今宁夏灵武县西南当时回乐县附近的烽火台。诗人在这里借用刘琨故事，表达征人厌战思乡之情。《晋书·刘琨传》载："（琨）在晋阳，尝为胡骑所围，城中窘迫无计，琨乃乘月登城清啸，贼闻之皆凄然长叹；中夜奏胡笳，贼又流涕歔欷，有怀土之切；向晓复吹之，贼并弃围而走。"芦管即芦笛，音调凄婉，大概极易引发思乡之情。本诗前两句先写沙原如雪，月华似霜，洁白的视觉意象产生清冷的感觉，突出北地边关苦寒孤寂的情调，很自然地诱发了故园之忆；而胡笳的声音意象，更使这种意念立体化了。这里，边塞将士的心理就不是止于静态的思量，而使人感到了强烈的情绪波动，恰如当年刘琨吹笳引起胡人骚动一样，思乡厌战之情布满了边塞的辽阔空间。假如没有芦笛的声音意象，也就没有如此动人的审美效应。

专写声音意象的作品，也必须抒发由声音引起的感受。白居易《琵琶行》和韩愈的《听颖师弹琴》等都是著名例子。韩愈写道：

昵昵儿女语，恩怨相尔汝。划然变轩昂，勇士赴战场。浮云柳絮无根蒂，天地阔远随风扬。喧啾百鸟群，忽见孤凤凰。跻攀分寸不可上，失势一落千丈强。嗟余有两耳，未省听丝篁。自闻颖师弹，起坐在一旁。推手遽止之，湿衣泪滂滂。颖乎颖乎尔诚能，无以冰炭置我肠！

颖师是来自天竺的僧人，以弹琴著称。李贺也有《听颖师弹琴》纪其事。本诗前十句以一连串比喻形容琴声，其缠绵委婉、激昂慷慨、高低缓急、缥缈悠扬、流转变换，令人神往。这些比喻中，有人和动物的声音意象，也有自然风物和人的动态意象，这后者已经是运用通感联想了。所以，我们虽然没有亲聆颖师弹奏，其琴艺之高妙，从音乐意象的丰富变幻，也可领略一二了。

3. 嗅—味觉意象

嗅觉和味觉都是刺激物所引起的生理化学反应，它们的关系十分密切。

嗅觉，挥发性物质的气体分子扩散传播，与鼻腔顶端的感受器（鼻膜）相互作用，与嗅细胞的轴突相连的神经纤维直通大脑颞叶的嗅分析器，于是引起特定物质气味的反应。嗅觉的感受性很强，但受机体状况和环境的影响很大。例如，一立升空气中，只要有十万分之四毫克的人造麝香，就可以辨别出来；

洁净的空气和较暖的温度都有助于嗅觉的感受；但伤风时嗅觉就不灵等。

味觉。凡是溶于水的物质，都是味觉的适宜刺激物。味刺激物与口腔内物质发生化学反应，引起味觉感受器（舌面、咽后部、腭及会厌上的味蕾，每个味蕾上有4～15个味细胞）味细胞膜的电位变化，由味觉的神经纤维传导至大脑皮层颞叶区的味分析器，于是获得特定物质的味觉感知。心理实验证明，味觉的基本味道是甜、酸、咸、苦；四种味道的不同混合，产生种种味色。百分之九十的味蕾分布在舌面，因此舌是最重要的味觉器官。而舌的各部位对不同的味刺激感受不一，如舌尖对甜味，舌尖和舌边对酸味特别敏感等。

嗅觉与味觉比较，嗅觉更为重要。许多被认为是味觉的刺激，实际上是嗅觉的感受：如果伤风鼻子不通，吃东西也无味道，这是简单的例子[1]。

嗅觉和味觉，以审美意象进入诗歌，能表达某种情意。

嗅觉意象早在远古歌谣中已经出现。据传为舜所作的《南风歌》云：

南风之薰兮，可以解吾民之愠兮。南风之时兮，可以阜吾民之财兮。

这是歌颂芳香的南风可以解除人民的烦恼；南风及时而至，可以增加人民的财富。由此可以看出农业发达的远古社会对于自然的敏感。

在《诗经》中，常见以嗅觉和味觉意象构成比喻表达心境，有的则用来陈述事理。如《北风·匏有苦叶》："匏有苦叶，济有深涉。深则厉，浅则揭（音气）。"言匏瓜尚有苦叶，不成熟，不能作为渡河的浮具；而渡口有深有浅，深处可以和衣而过，浅处则可挽起衣裤过去。这里的匏瓜苦叶就不是抒情的意象，只是借以指出事理。但是，《邶风·谷风》却不同：

行道迟迟，中心有违。不远伊迩，薄送我畿。

谁谓荼苦，其甘如荠！宴尔新婚，如兄如弟。

这是弃妇的怨叹。丈夫有了新婚之欢，遣她回娘家，连送出门也不肯。遭此离异，心情难堪，荼菜虽苦，对她来说就像荠菜一样甘甜。不可名状的凄苦之情，借助这两个甘苦相反的味觉意象鲜明地传达出来。

---

[1] 布恩·埃克斯特兰德.心理学原理和应用[M].韩进之,吴福元,等译.北京:知识出版社,1985:110.

曹日昌.普通心理学:上册[M].北京:人民教育出版社,1984:139-141.

无论嗅觉意象还是味觉意象，在《诗经》时代基本上与饮食、祭品有关，这可能是我国古代饮食文化发达的一种反映。到《楚辞》，嗅觉意象与"芳草美人"的意象一同出现，这应视为古代审美能力的拓展与提高。《离骚》以兰、蕙、芷、椒、桂、杜若、秋菊、芰荷、薜荔等花木喻贤士、令德，以萧、樕、艾、茅等贱草微柯比小人、恶质。例如：

> 余既滋兰九畹兮，又树蕙之百亩。畦留夷与揭车兮，杂杜蘅与芳芷……时缤纷其变易兮，又何可以淹留！兰芷变而不芳兮，荃蕙化而为茅。何昔日之芳草兮，今直为此萧艾也！

屈原诗歌中，嗅觉意象还有一种修饰用法。如《九歌·湘君》，前面描述湘夫人等待湘君，打扮得漂亮得体，乘着桂木船，微波荡漾，送她航行，真是气度雍容，仪态万方。后面写湘夫人在航程中破冰排雪，艰难行进，还采香草以表情意。诗中的"桂舟""桂櫂""兰枻"之类，并不真是桂木兰草所成，无非形容气质高雅、不同凡响。显然，这里的香草都有芬芳的气息，品质高贵；而贱草则气味难闻，形象就卑贱。这种象征手法，后世沿用。如金银珠玉等词所代表的意象，被极广泛地运用于诗词意象营构中作为修饰成分，为原有意象增添了新的色彩。而"采薜荔""搴芙蓉"，则是以香草名花馈赠所欢。

这里，嗅觉意象便与情爱、生命发生了关联。这种情况在后来汉代诗歌中也屡见不鲜。如宋子侯《董娇娆》：

> 洛阳城东路，桃李生路旁。花花自相对，叶叶自相当。
> 春风东北起，花叶正低昂。不知谁家子，提笼行采桑。
> 纤手折其枝，花落何飘扬。请谢彼姝子，何为见损伤？
> 高秋八九月，白露变为霜。终年会飘坠，安得久馨香？
> 秋时自零落，春月复芬芳。何时盛年去，欢爱永相忘！
> 吾欲竟此曲，此曲愁人肠。归来酌美酒，挟琴上高堂。

诗人并不是取桃李鲜艳的色彩，而是以它的馨香来比拟青春和欢爱。其意比《九歌》更显。又如《古诗十九首》：

庭中有奇树,绿叶发华滋。攀条折其荣,将以遗所思。

馨香盈怀袖,路远莫致之。此物何足贵,但感经别时。

这里固然有"奇树"的视觉意象,但诗人是想以它的"荣"(花)的馨香去向"所思"传达情爱与相思的。陆机的《塘上行》也用花木的芳香喻青春年华。至于曹植《美女篇》"顾盼遗光彩,长啸气若兰",以嗅觉意象渲染美女气质的高雅,则是前无古人。而王维《少年行》"孰知不向边庭苦,纵死犹闻侠骨香",以嗅觉意象标举盛唐豪迈献身的时代精神,更使石破天惊。

唐宋诗词里,写景咏物之作常有嗅觉意象与视、听意象构成完整的诗境。如孟浩然《夏日南亭怀辛大》:

山光忽西落,池月渐东上。散发乘凉夕,开轩卧闲敞。荷风送香气,竹露滴清响。欲取鸣琴弹,恨无知音赏。感此怀故人,中宵劳梦想。

这里的荷风香气的意象与池月、凉风、竹露清响等意象,合成静谧、闲适然而孤寂的诗境。又如:

道由白云尽,春与清溪长。时有落花至,远随流水香。

闲门向山路,深柳读书堂。幽映每白日,清辉照衣裳。

这是唐刘脊虚的《阙题》。道路穿云而去,清溪泛春而来;落花散彩,流水送香;门向远山,树映书堂;白日阳光透过柳荫,夜里月色洒在衣上。多么静美的暮春山居读书图!嗅觉意象在这里是不可或缺的重要一元,当然它更赋想象性质,因此也更灵妙。

在宋代诗词中,嗅觉意象的摄取范围更广,不限于传统的名花异卉,奇树嘉木。如王禹偁《村行》"棠梨叶落胭脂色,荞麦花开白雪香";苏轼《浣溪沙》"麻叶层层檾叶光,谁家煮茧一村香""日暖桑麻光似泼,风来蒿艾气如薰";辛弃疾《西江月》"稻花香里说丰年,听取蛙声一片";范成大《初夏》"永日屋头槐影暗,微风扇里麦花香"、《四时田园杂兴》"黄尘行客汗如浆,少住侬家漱井香"等。此外，还有继杜甫《凤先咏怀》"朱门酒肉臭，路有冻死骨"和《垂老别》"积尸草木腥，流血川原丹"之后少见的否定性嗅觉意象。如张孝祥《六州歌头》"洙泗上，弦歌地，亦膻腥"；陆游《九月十六日夜梦驻军河外遣使招降诸城觉而有作》"腥臊窟穴一洗空，太行北岳元无恙"等。嗅觉意象的丰富，反映诗歌空间思维的拓展。

4.体—肤觉意象

在知觉系统中，除了眼、耳、鼻、舌的视、听、嗅、味感觉而外，身体的感觉也是接受外界刺激信息的重要官能。中国人常说"眼耳鼻舌身"五种感官，其中"身"的感觉即体—肤觉。外部皮肤感受器和身体内部的感受器形成体—肤感觉机制。而关于体—肤感觉的大部分心理物理学的研究工作得通过肤觉进行，所以，体—肤觉也可简称肤觉（克雷奇等《心理学纲要》称为"体觉"，而布恩·埃克斯特兰德的《心理学原理和应用》则将肤觉与触摸觉一起描述）。

人体的肤觉，包括一切由温、湿度和机械性刺激所引起的各种不同类型和层次的感知，如冷热、干湿、触压、麻痒、刺痛等及其复合形态，如柔软、细嫩、润滑、黏腻、粗糙、坚劲、锐利、钝拙等。心理学对它们的概括大同小异。如《心理学纲要》概括为压、痛、温、冷等主要模式和痒—搔痒、疼痛等复合感觉；《心理学原理和应用》归纳为温、冷、触、痛四种性质不同的感觉；曹日昌《普通心理学》也区分为痛、湿、冷、触四种基本模式，都可参考[1]。从古典诗歌创作的实际看，肤觉通常以温度、润度、滑度和软度等基本感知及其复合形态进入审美过程，产生肤觉意象，以表达特定的诗意。如《诗经》：

①北风其凉，雨雪其雱。 ——《邶风·北风》

②风雨凄凄，鸡鸣喈喈。 ——《郑风·风雨》

③野有蔓草，零露瀼瀼。 ——《郑风·野有蔓草》

④羔裘如濡，洵直且侯。 ——《郑风·羔裘》

⑤中谷有蓷，暵其乾矣。有女仳离，嘅其叹矣。

——《王风·中谷有蓷》

---

[1] 克雷奇,等.心理学纲要:下册[M].北京:文化教育出版社,1981:34.
布恩·埃克斯特兰德.心理学原理和应用[M].韩进之,吴福元,等译.北京:知识出版社,1985:111.
曹日昌.普通心理学:上册[M].北京:人民教育出版社,1984:136,145-146.

例①"凉"，例②"凄凄"，例③"瀼瀼"，肤觉意象或肤觉与视觉的复合意象，使环境的呈现自然而真切。例④"濡"（润泽），"直"（柔顺）是肤觉和视觉的复合意象，形容羔裘的品质优良。例⑤通过"暵""乾"的肤觉，以山谷中日渐干枯的益母草意象，将弃妇的悲痛非常形象而真切地传达了出来。

这些意象的共同特征，是突出对象自身原有的客观属性来赋陈、譬喻或起兴。

魏晋以后，常以温度语词作修饰成分构成肤觉意象，以表达相应的主观感受。如曹植《赠白马王彪》"秋风发微凉，寒蝉鸣我侧"；陆机《赴洛道中》"清露坠素辉，明月一何朗"；陆云《谷风》"和神当春，清节为秋"；陶潜《劝农》"卉木繁荣，和风清穆"、《归鸟》"翼翼归鸟，戢羽寒条"、《九日闲居》"尘爵耻虚罍，寒华徒自荣"、《癸卯岁始春怀古田舍》"冷风送余善，寒竹被荒蹊"等。"寒蝉"指寒秋时节的蝉即寒螀，"寒条""寒华""寒竹"，指寒天树木的枝条、寒天开放的花如菊、梅等，"寒竹"指冬夏常青的竹丛；"清露""清节""清穆"中的"清"并非清浊之清，而有清凉之义。这些意象的共同特征，都是主观情感的投射，因特定时令和环境而赋予对象相应的品格，从而传达出诗人特定的审美情感。

还有些诗人直接用肤觉意象或与暗喻结合来描写女性。例如，唐章孝标《贻美人》"轻轻舞汗初沾袖，细细歌声欲绕梁"；崔珏《赠美人》"两脸夭桃从镜发，一眸春水照人寒"；温庭筠《菩萨蛮》十五"春露浥朝花，秋波浸晚霞"；和凝《临江仙》"肌骨细匀红玉软，脸波微送春心"；牛峤《女冠子》"额黄侵腻发，臂钏透红纱"；魏承班《菩萨蛮》二"酒醺红玉软，眉翠秋山远"；李珣《浣溪沙》二"镂玉梳斜云鬓腻，缕金衣透雪肌香"；欧阳炯《浣溪沙》"落絮残莺半日天，玉柔花醉只思眠"、《菩萨蛮》四"画屏绣阁三秋雨，香唇腻脸偎人语"；欧阳修《踏莎行》"寸寸柔肠，盈盈粉泪"；柳永《定风波》"暖酥消，腻云嚲"；姜夔《踏莎行》"燕燕轻盈，莺莺娇软"；史达祖《临江仙》"天涯万一见温柔，瘦亦因此瘦"等。这些例子，在现代人看来，未免艳俗而陈腐。但在其发展阶段上，无论面容、肤色、肌质、发泽、言语、眼神、体态、情调和风韵，比之过去的女性意象，都更具有性感特征。这一方面可能由于魏晋以来文学世俗化、市民化审美趣味的引导；另一方面也是意象思维的新拓展，特别是与暗喻结合，更堪称一种创造。

5.内觉意象

内觉意象，包括由机体内部器官的感受器（内感受器）的活动和与之相应的心理功能所产生的意象。在机体的消化、呼吸、循环、泌尿、生殖及植物性神经系统的神经节中都有内感受器。它们由大脑皮层与外感受器联系，使外界环境能够通过外感受器来影响内部器官工作，从而保证有机体的统一运动。在正常情况下，内部器官的各种感觉融洽而为综合的"自我感觉"；只有在内部器官受到强烈和不断的刺激时，各种个别的内部器官才能冲破外感受器的掩蔽，在相应的皮层中引起注意，产生不适乃至疼痛和病态的感觉。例如，消化器官没有食物补充引起饥饿感，胃、口腔、咽喉和血液缺乏水分引起干渴感，呼吸器官缺少空气产生窒息感等[1]。

内觉意象可能产生于机体内部器官感受器的反应，也可能来自外部信息的刺激。例如，闻到或看到好的食物产生饥饿感，绝不是真正饿了，所谓眼馋肚子饱；也可能是某种情绪的影响，如恐惧时发抖，并不是真正的冷，所谓不寒而栗；羞愧时脸红，并不是真正的发热，所谓令人赧颜等[2]。而且，生理感受与心理活动也常常相互影响。

基于上述理解，我们把机体内部感受器和某些心理功能产生的意象称为"内觉意象"。进入诗歌审美圈的内觉意象，都是特定情境下诗人审美情感的表现。通常有饥、渴、疲、累、病、老、衰（机体方面）与喜、怒、忧、惊、惧以及爱恋、欢愉、闲散、沉醉、思索（精神方面）等。这类意象的创造，使诗人的内心世界得以鲜明深切地表达。如《诗·王风·黍离》：

> 彼黍离离，彼稷之苗。行迈靡靡，中心摇摇。知我者谓我心忧，不知我者谓我何求。悠悠苍天，此何人哉！
>
> 彼黍离离，彼稷之穗，行迈靡靡，中心如醉。知我者谓我心忧，不知我者谓我何求。悠悠苍天，此何人哉！
>
> 彼黍离离，彼稷之实。行迈靡靡，中心如噎。知我者谓我心忧，不知我者谓我何求。悠悠苍天，此何人哉！

---

[1] 曹日昌.普通心理学：上册[M].北京：人民教育出版社，1984：146.
[2] 曹日昌.普通心理学：上册[M].北京：人民教育出版社，1984：154-156.

这是我国文学史上表现亡国之思的著名诗篇。朱熹注:"周既东迁,大夫行役于宗周,过宗庙宫室,尽为禾黍。悯周室之颠覆,彷徨不忍去,故感赋其所见。"眼见宗庙宫室已成废墟,只有禾黍茂盛,不禁悲从中来,步履也就迟缓艰难,"心忧"的精神状态,以"摇摇""如醉""如噎"意象化,更以"行迈靡靡"的生理意象表面化,而反复咏叹又使悼念与怨怅之情更加强烈。

内觉意象,在唐宋诗词中把情意表现得更为精微、深永。如李清照的《声声慢》,上片的意象是乍暖还寒的气候,晚来骤急的秋风,长空哀鸣的征雁,都引起悲秋怀旧的孤寂之情;而体肤的清冷之感,与心理的凄凉之意相互渗透、相互激射,传达了诗人家破人亡、盛年不再的哀伤与惨戚。这里的"冷冷清清凄凄惨惨戚戚"都是内觉意象;"寻寻觅觅"也非形体动作,而是心中对青春、情爱和优裕充实的家庭生活的追寻与回味。正由于记忆中的幸福与眼前的凄凉形成了太为悬殊的反差,才倍感当下的冷清惨戚。这一连串内觉意象,犹如递相推进的定格,一层深似一层地将诗人内心失落、悲苦的隐痛,淋漓尽致地呈现出来,成就了文学史上空前无后的绝唱。

6.联觉意象

联觉,心理学又称通感。现代心理学认为,尽管每一种感官的感觉领域都有自己的特性,都以自己的独特方式"描述"自己的对象。然而,某种感觉感受器的刺激,也能在不同感觉领域中产生经验,这便是联觉。而最普通的联觉形式之一便是"色听"现象,即鲜明生动的色彩意象,可以由某种声音唤起,如浅色与高音,深色与低音等[1]。联想,是各种感觉沟通融合的中介。

在我国古代的诗歌和其他文学描绘中,"听声类形"的现象也较多,而视、听、嗅、味及体肤各种感觉之间,也常常相互牵引,通过联想形成混合的联觉意象。例如:

①佳人抚琴瑟,纤手清且闲。芳气随风结,哀响馥若兰。

——陆机《拟西北有高楼》

②野鸟繁弦啭,山花焰火然。　　　——庾信《奉和赵王隐士诗》

③声喧乱石中,色静深松里。　　　——王维《青溪》

④商气洗声瘦,晚阴驱景劳。　　　——孟郊《秋怀》

---

[1] 滕守尧.审美心理描述[M].北京:中国社会科学出版社,1987:149.

⑤天河夜转漂回星，银浦流云学水声。　　——李贺《天上谣》

⑥剪剪轻风未是轻，犹吹花片作红声。

——杨万里《又和二绝句》

⑦舣船一醉百分空，拼了如今醉倒闹香中。

——王灼《虞美人》

⑧残照背人山影黑，乾风随马竹声焦。

——《冯大师集·黄沙村》

⑨避人幽鸟声如剪，隔岸奇花色欲燃。

——林东美《西湖亭》

⑩雨过树头云气湿，风来花底鸟声香。

——贾唯孝《登螺峰四顾亭》

⑪数本菊，香能劲；数朵桂，香尤胜。　　——吴潜《满江红》

⑫香声喧桔柚，星气满蒿莱。

——王贞仪《张兆苏移酌根遂宅》

⑬月凉梦破鸡声白，枫霁烟醒鸟话红。

——李世熊《剑浦陆发次林守一》

⑭鸟抛软语丸丸落，雨翼新风泛泛凉。

——黎简《春游寄正夫》

⑮风随柳转声皆绿，麦受尘欺色易黄。

——严遂成《满城道中》

⑯绿杨烟外晓寒轻，红杏枝头春意闹。　　——宋祁《玉楼春》

以上诗例多为论者援用❶。我们可以看到，这些感觉意象都是经过联想作用彼此牵引、相互转换的。如山花的色彩有火焰的鲜明和热烈（②④，视—肤）；溪流水色在松林里显得安静（③，视—听）；秋天的凉气使人觉得声音也瘦弱

---

❶ 钱钟书.旧文四篇·通感[M].上海：上海古籍出版社，1979.

（④，肤—视）；天河的流云似乎也像地上流水哗哗有声（⑤，视—听）；吹落花瓣的风听来也带红色（⑥，听—视）；浓烈的香气闻着也觉热闹、喧嚣（⑦⑫，嗅—听）；干燥的风吹着竹丛，听起来也觉枯焦（⑦~⑫，听—肤）；鸟儿的鸣叫听着像剪刀剪物一样爽快，如弹丸一般圆活（⑨⑭，听—视）；傲霜的菊花，香气也使人感到它的劲健（⑪，嗅—肤）；晴天晚间蒿莱的熏凉之气，使人感到星光的寒意（⑫，嗅—视—肤）；霜晨破梦的鸡声犹如月色一样苍白，晴天枫林的鸟雀喧噪像霜叶般殷红（⑬，听—视）；拂柳的风声又带着绿意（⑮，听—视）；浅碧嫩黄、如烟似雾的早春柳色给人轻微的寒意，繁盛如火的红杏使春意浓烈而热闹（⑯，视—肤，视—听）。可以看出，这些例子中有的感觉牵连层次颇不单纯。例①佳人抚琴的动作看来优雅而清闲，是由视觉而内觉；而琴声听来觉得哀怨且幽香如兰，则又是听觉、嗅觉与内觉的复合了。例⑯先有柳色如烟与春寒轻微的视—肤觉牵引，又有红杏繁盛与情境热闹的视、听转换，进一步才有红花繁盛、情境热闹与春意浓厚的联想。故下句是一种所谓的"双重通感"。

联觉意象的创造，极大地开拓了诗歌意象的表现力和读者欣赏的想象空间。

（三）依组象方式划分

意象本身是单独的心理结构，但在诗歌里，却以不同的方式组合才能构建完整的诗境。有人把这种组合比作电影的蒙太奇艺术，有一定道理。但这是现当代人的看法。而据说，电影蒙太奇大师、苏联著名导演艾森斯坦创造蒙太奇的组合手段，却正是受中国古典诗歌意象启发的。这种渊源关系的说法也许不无根据。我们只是从组合方式上看它们的相似之处。事实上，诗歌意象的组合尽管灵活而杂多，但大致可分为并列式、聚焦式、辐射式、递进式、对比式、叠映式和综合式等基本形态。

1.并列式

把相同空间的意象平行罗列，形成广阔的有机画面，可称为并列式意象。如初唐王绩的《野望》：

东皋薄暮望，徙倚欲何依？树树皆秋色，山山唯落晖。

牧人驱犊返，猎马带禽归。相顾无相识，长歌怀采薇。

这里，秋色、落晖、牧人驱犊、猎马带禽，共同组成了一幅薄暮秋野图。一切都那么悠然自得，难怪诗人要"长歌怀采薇"，颇有渴慕高士、归隐山林之意。

并列的意象之间，有时并没有任何关联词语，彼此好像是孤立的；但它们一般有相近的属性，以较大的密度陈列于诗行之中，形成了统一的审美氛围。最典型的例子莫过于马致远的《天净沙》：

　　枯藤老树昏鸦，小桥流水人家，古道西风瘦马。夕阳西下，断肠人在天涯。

这里的每个意象都赋有秋天傍晚景物的萧条落寞的凄凉"气质"，在"道路辛苦、羁愁旅思"之外，更弥漫着悲秋的审美氛围。

有学者给这种意象组合以"语不接而意接"的名称，这是根据清代学者方东树《昭昧詹言》的概括提出来的，并指出这种手法的特点是名词构成诗句，对于中国古典诗歌这种"富于弹性的意象艺术"，英美意象派诗人大为赞赏，称为"意象脱节"。其实，这种意象组合方式并未"脱节"，其间虽然没有任何关联词语，却是相关意象即属性相同或相近的意象的并列。它们并不能独立地表达意念，最后必须由一个"断肠人在天涯"之类的结句来绾合，否则散金碎玉，不成完品。

2.聚焦式

以一个意象为中心，将其他意象聚合起来，使审美视线集中其上，可称为聚焦式意象。如《汉乐府·江南》：

　　江南可采莲，莲叶何田田。鱼戏莲叶间：鱼戏莲叶东，鱼戏莲叶西，鱼戏莲叶南，鱼戏莲叶北。

沈德潜《古诗源》评为"奇格"，这手法的确很奇。最初可能出自以叠唱增强节奏、渲染气氛的意图，这是古代民歌一种很有效的表达方式。《诗经》中很常见，汉乐府也沿用，例如：

　　①行者见罗敷，下担捋髭须；少年见罗敷，脱帽著帩头；耕者忘其犁，锄者忘其锄。来归相怨怒：但坐观罗敷！　　——《陌上桑》

②愿驰千里足，送儿还故乡。爷娘闻女来，出郭相扶将；阿姊闻妹来，当户理红妆；小弟闻姊来，磨刀霍霍向猪羊！ ——《木兰诗》

例①行者、少年、耕者、锄者，都为罗敷的美貌所吸引；罗敷到底有多美，让读者自由想象。这里的间接描写，从意象的组合方式看，正是聚焦式。例②以木兰回家为中心，爷娘、阿姊和小弟，各以自己特有的行为表示热烈欢迎。

这类意象组合方式，是民歌特有的天真、欢快情绪的节律化，具有特殊的渲染效果。这种方式，在文人作品中也偶有出现。如李商隐的《泪》：

永巷长年怨绮罗，离恨终日思风波。

湘江竹上痕无限，岘首碑前洒几多。

人去紫台秋入塞，兵残楚帐应闻歌。

朝来灞水桥边问，未抵青袍送玉珂。

沈德潜《唐诗别裁》评道："以古人之泪，形送别之泪。主意转在一结。"从意象组合方式看，正是将各种眼泪意象集中于眼前送别之泪，以"形"当下离情之苦。但只是排比、堆砌，少了天真。

3.辐射式

以主要意象或主体感受为中心，向外散开的组合方式，可谓之辐射式意象。这类意象时空跨度大，情感力度强，它是诗人激情与幻想以及宇宙意识的喷薄，因而具有美学所说的"外向的张力"，即由内而外延伸与扩张的美学力量。如李白《灞陵行送别》：

送君灞陵亭，灞水流浩浩。上有无花之古树，下有伤心之春草。

我向秦人问路歧，云是王粲南登之古道。古道连绵走西京，紫阙落日浮云生。正当今夕断肠处，骊歌愁绝不可闻。

本诗以灞陵送别的意象为中心，由眼前浩浩的灞水、无花的古树、伤心的春草，扩散向绵绵古道，联想到王粲当年从长安南奔荆州避难，登临灞陵时的伤感情境，又进一步想到朝廷群小当道的混乱局面。诗人的情绪感伤而激烈，借赠别友人之作倾泻而出，具有极强的情感张力。又如，苏轼《书丹元子所示太白真》：

天人几何同一沤，谪仙非谪乃其游。麾斥八极隘九州，化为两鸟鸣相酬。一鸣一止三千秋。开元有道为少留，縻之不可矧肯求？西望太白横峨岷，眼高四海空无人。大儿汾阳中令君，小儿天台坐忘身。平生不识高将军，手污吾足乃敢瞋。作诗一笑君应闻。

诗人由李白的一幅肖像扩展开去，联想李白宦游长安的风云际会，为李白活画了一幅英气勃勃、笑傲王侯的无形肖像。汪师韩《苏诗评选笺释》卷五说："笔歌墨舞，实有手弄白日、顶摩青穹之气概，足为白写照矣！"的确如此。丹元子是仁宗元祐时道士，名姚丹元，本姓王，原是京师富豪子弟，天资聪慧而豪放不羁，其家不容，后成道士。作诗似太白，颇能乱真，连苏轼也"直以为太白所作"。所画太白肖像，想来也很传神，所以苏轼大为感动，挥毫助兴。显然，苏轼也是在自遣豪情的，但却使李白再生。所以贺裳《载酒园诗话》评道："亦公自写其傲岸之趣，却令太白生面重开，胜《碑阴记》一段文字远甚。"这首诗的意象组合都是以李白肖像为中心，放射而出，焕发着李白的光彩，也飞扬着苏轼的逸兴。

4.递进式

在一定方向顺次连接，即可称为递进式意象。这种组合方式，可以表景物、行为、意绪或时空的层次变化。例如：

①送子涉淇，至于顿丘。　　　　　　　——《卫风·氓》
②诞寘之隘巷，牛羊腓字之；诞寘之平林，会伐平林；诞寘之寒冰，鸟覆翼之。鸟乃去矣，后稷呱矣。　　——《大雅·生民》

例①陈述送行的路程；例②叙写周始祖后稷出生后遇难不死，得到牛羊喂乳、樵夫救助、飞鸟保护的神奇经历，都是一连串反向行动。后世的诗作中此类例子甚多，例如：

①共有樽中好，言寻谷口来。薜萝山径入，荷芰水亭开。

日气含残雨，云阴送晚雷。洛阳钟鼓至，车马系迟回。

——杜审言《夏月过郑七山斋》

②故人具鸡黍，邀我至田家。绿树村边合，青山郭外斜。

开轩面场圃，把酒话桑麻。待到重阳日，还来就菊花。

——孟浩然《过故人庄》

③剑外忽传收蓟北，初闻涕泪满衣裳。

却看妻子愁何在，漫卷诗书喜欲狂。

白日放歌须纵酒，青春作伴好还乡。

即从巴峡穿巫峡，便下襄阳向洛阳。

——杜甫《闻官军收河南河北》

例①描写入山访友所经历的景物与时间变化，序次分明，这是意念随行踪演进、加深。例②先写应邀与故人畅饮的情境，后面是将来的预约，时间情趣都有较大的推进。例③由忽闻官军在河南河北大获全胜、光复故土的欣喜，推向顺利归程的畅想，正是时间空间和情绪意象的腾跃飞驰的递进组合。

5.对比式

将同时或相继发生的不同性状的人事、景物及心理活动意象，以对峙或交替的方式联结起来，谓之对比式意象。这种组合，可以使相关意象在对比中显出特征，产生"动人心魄印象"（狄德罗语）。

对比式意象，可以有时间、距离、方位、性质、数量、色彩、形状、动静、虚实、心理等不同组合：

①昔我往矣，杨柳依依；今我来思，雨雪霏霏。

——《小雅·采薇》

②不见复关，泣涕涟涟；既见复关，载笑载言。

——《卫风·氓》

③直如弦，死道边；曲如钩，反封侯。 ——汉顺帝时京都童谣

④珠玉买歌笑，糟糠养贤才。 ——李白《古风》

⑤人似秋鸿来有信，事如春梦了无痕。

——苏轼《正月二十日……与潘郭二生出郊寻春》

类似例子不胜枚举，大凡对比式意象，多以对偶句式出现，相反相成，或互见互补，有鲜明独特的表达功效。

6.叠加意象

将不同时空或不同性质的相关意象，巧妙地重合在一起表情达意，可称为叠加意象。西方意象派主帅埃兹拉·庞德非常赞赏这种意象，并声称这种意象是从中国古典诗歌学来的。他有一首经过一年半时间锤炼的诗《在弥曹车站》：

熙攘人群中这脸庞的骤现

润湿乌黑的树枝上的花瓣

描写在地铁车站的人潮中骤然见到的一位姑娘的美丽面庞。原诗三十行，后来压缩成两行。这诗以比喻形式突现了姑娘的美丽动人。从意象组合方式上看，正是两个时空、性质都不同的相关意象的重合。诗学界公认是叠加式意象的经典例证❶。庞德认为，这种意象多为视觉意象，只有用于比喻。实际上，中国古典诗歌的叠加意象并不止于比喻，约有双关、比喻和混合三种形态。

（1）双关叠加意象。

这种意象，利用谐音与歧义，联想相关意象，以表达和领悟特定情意。双关意象的叠加，并不在文字、语音上同时呈现，而在诗人和读者的想象中完成。例如：

①始欲识郎时，两心望如一。理丝入残机，何悟不成匹。

——《子夜歌》一

---

❶ 李元洛.诗美学[M].南京:江苏文艺出版社,1987:163.

②今夕已欢别，会合在何时？明灯照空局，油然未有棋。

——《子夜歌》二

③自从别欢后，叹音不绝响。黄檗向春生，苦心随日长。

——《子夜四时歌·春歌》

④杨柳青青江水平，闻郎江上唱歌声。

东边日出西边雨，道是无晴却有晴。　——刘禹锡《竹枝词》

⑤垂緌饮清露，流响出疏桐。居高声自远，非是藉秋风。

——虞世南《咏蝉》

⑥欲济无舟楫，端居耻圣明。坐观垂钓者，徒有羡鱼情。

——孟浩然《望洞庭湖赠张丞相》

前四首都是语音相同或相近构成双关意象。例①"匹"为"匹段"与"匹配"双关；例②"油"与"悠"、"棋"与"期"音近双关；例③黄檗的"苦心"与人的离情"苦心"双关；例④"晴"与"情"双关。后两句都是语句歧义构成双关意象。例⑤"居高"明说蝉居高树，鸣声播远，实指自己品学兼优、得居高位，名扬天下，并非依仗外在势力。例⑥明说想渡洞庭湖无舟船，实指想入仕途却没人举荐；明说徒有得到鱼的幻想，实指徒有做官的愿望。

（2）比喻叠加意象。

这是运用比喻修辞法构成叠加意象。例如：

①瞻彼淇奥，绿竹如篑。有匪君子，如金如锡，如圭如璧。

——《卫风·淇奥》

②吾家有娇女，皎皎颇白皙……鬓发覆广额，双耳似连璧。明朝弄梳台，黛眉类扫迹。　　　　——左思《娇女诗》

③余霞散成绮，澄江静如练。　——谢朓《晚登三山还望京邑》

④君若清路尘，妾若浊水泥。浮沉各异势，会合何时谐！

——南朝无名氏《怨诗》

例①"绿竹"与"箦"（朱注为"栈"，即竹木栅栏，形容竹挺劲茂盛），"君子"与"金、锡、圭、璧"意象叠合，"君子"的品德风采令人敬爱。例②"双耳"与"连璧"、"黛眉"与"扫迹"意象叠合，秀丽天真的娇女意象栩栩如生。例③"余霞"与"绮"、"澄江"与"练"意象叠合，长江夕照，美景如画。例④游子"君"与"清路尘"、思妇"妾"与"浊水泥"意象叠合，浮沉异势，相思苦情，昭然言表。

（3）混合叠加意象。

同一景物在特殊时空下往往产生不同层次的感觉意象，诗人将这些不同层次的感觉意象巧妙地混合叠加，即能表现景观丰富多彩。我们暂称这种组合意象为混合叠加意象。如果用这种方式来组合不同层次的视觉意象，便具有重复曝光生成的叠映效果；假若以之组合不同感官同时产生的意象，又会有如多维共振的感觉和弦。例如：

①池塘生春草，园柳变鸣禽。　　　　——谢灵运《登池上楼》

②月出惊山鸟，时鸣春涧中。　　　　——王维《鸟鸣涧》

③独怜幽草涧边生，上有黄鹂深树鸣。

——韦应物《滁州西涧》

④月落乌啼霜满天，江枫渔火对愁眠。　——张继《枫桥夜泊》

⑤一夕轻雷落万丝，霁光浮瓦碧参差。　——秦观《春日》

⑥花底忽闻敲两桨，逡巡女伴来寻访。酒盏旋将荷叶当，莲舟荡，时时盏里生红浪。　花气酒香清斯酿，花腮酒面红相向。醉依绿杨眠一饷，惊起望，船头搁在沙滩上。　——欧阳修《渔家傲》

例①池塘、春草视觉意象叠加，园柳、鸣禽视听意象混合；例②月光、鸟鸣视听意象混合；例③幽草、溪涧视觉意象叠加，黄鹂鸣叫与深树听视意象混合；例④霜天与乌啼视听意象混合，江枫、渔火又为视觉意象叠加；例⑤轻雷、雨丝听视意象混合，霁光、碧瓦又为视觉意象叠加；例⑥颇为复杂，荷花莲叶与桨声为视听意象混合，盏里红浪、花腮酒面红相向则为莲叶、盏、清酒、湖光、花影、人面等视觉意象的多重叠映，花气、酒香、清酿又是嗅觉、视觉意象混合。

以上各例意象的叠加混合，多为诗人眼处心生、兴到神来之笔，虽不免一些所谓"象征程式"❶，却不同于一般陈词故实的搬用，所以给人清新之感。

（四）依用象职能划分

诗人根据一定的艺术构思营构意象，以传达自己的诗情，每个意象都被赋予一定的"职责"，都要发挥一定的功能。于是，我们便可以根据用象职能将意象分为若干类型。

1.叙述意象

陈述事物情理的意象，都是叙述意象。其主要职能相当于《诗经》"六艺"中的"赋"："敷陈其事而直言之"（朱注《周南·葛覃》）。所以，叙述意象又可称为"赋象"。例如：

葛之覃兮，施于中谷，维叶莫莫。是刈是濩，为絺为绤；服之无斁。

这是第二章。朱注这是"后妃"既成絺（音痴，细布）绤（音西，粗布），追述往事。诗中的意象主要是陈述葛覃草生长到成熟加工，织成粗细不同的布料的实际情况，并表示不可厌弃，较少主观色彩。朱熹称："后凡言赋者仿此。"可见是典型的赋象。汉乐府中的叙事诗，杜甫三吏三别、白居易新乐府等都属此类。

叙述，作为文学的基本手段，对于以抒发情志为特质的诗歌也不可或缺。与通常流行的叙述只概括地说明和交代的说法不同，我们认为，叙述有概括的也有具体的，诗歌中的叙述意象当然也有较为概括和较为具体的分别。例如：

七月流火，九月授衣。春日载阳，有鸣仓庚。女执懿筐，遵彼微行，爰求柔桑。春日迟迟，采蘩祁祁。女心伤悲，殆及公子同归。

这是《豳风·七月》第二章。全诗共八章，前面论述生活时间意象时引过

---

❶《文艺研究》1999年第1期第81页引华森论断，并认为中国古典诗歌是勾勒出概括性的山水草木鸟兽虫鱼等"具体而又抽象"的意象，颇合实际。

第一章。在《诗经》中，这是以赋法创作的典型诗篇。朱注："此章前段言衣之始，后段言食之始；二至五章终前段之意，六至八章终后段之意。"总观全诗，朱熹之说符合实际。第一章基本上是概括性叙述。第二章开头是第一章开头的反复，接着便是较为具体地叙述阳春时节女子采桑的情景及心理活动。又如谢灵运《石壁精舍还湖中作》：

> 昏旦变气候，山水含清晖。清晖能娱人，游子憺忘归。
>
> 出谷日尚早，入舟阳已微。林壑敛暝色，云霞收夕霏。
>
> 芰荷迭映蔚，蒲稗相因依。披拂趋南径，愉悦偃东扉。
>
> 虑澹物自轻，意惬理无违。寄言摄生客，试用此道推。

一至四句概述山水娱人，游子流连，是概括性叙述意象；五至十二句较具体地叙述途中时空变换与心情，为较具体的叙述意象；十三至十六句，表达山水游娱中所体验到的理趣，则属于理性认识，而非情感意象。

2. 描写意象

这种意象与叙述意象的最大区别，不在于概括或具体，而是直言或渲染。描写意象，一般不是客观事物或主体情感的如实陈述（直言），而是夸张、变异、拟类并赋有较浓厚的感情色彩，即进行着意渲染。例如：

> 谁谓河广？一苇杭之。谁谓宋远？跂予望之。
>
> 谁谓河广？曾不容刀。谁谓宋远？曾不终朝。

这是《卫风·河广》。"河"，古代专指黄河。卫国在河之北，宋国在河之南。据说，卫宣姜之女嫁宋桓公为夫人，生了儿子便"出归"于卫；后儿子即位成为襄公，夫人欲往宋而"义不可往"（按礼法不能返回）。母亲想念儿子，写下了这首无可奈何的诗篇。诗人以夸张的意象尽量形容黄河的狭小（"刀"是小船）和宋、卫之接近，使之与事实上的不可超越形成巨大矛盾。这种矛盾的巨大张力使诗人内心的痛苦得到了充分表现。这类夸张在抒情或浪漫诗篇中极为普遍。

变异，也是描写意象的常见形态。上述夸张意象，也是发生变化的，但一般只是形（体量）的放大或缩小。这里说的变异，则改变了事物的性状，而呈现为诗人在特殊心情下所感受的样子。比如甜的可以变成苦的，善的也能看作恶的等。这种变异又常常借助比喻来表现。比如前面味觉意象所引《邶风·谷风》即是以苦为甜。又如：

①蓼蓼者莪，匪莪伊蒿。哀哀父母，生我劬劳。

蓼蓼者莪，匪莪伊蔚。哀哀父母，生我劳瘁。

——《小雅·蓼莪》

②丈夫志四海，万里犹比邻。恩爱苟不亏，在远日分亲。

——曹植《赠白马王彪》

例①莪是肥硕的美菜，可以养人，但孝子因疲于徭役，奔命王事，不得终养父母，似乎昔日的美菜，现在也变成了贱草。例②诗人安慰被迫分道扬镳的兄弟说，大丈夫志在四海，相隔万里也如邻居，情感厚笃，尽管天各一方，但彼此的情分也会日益亲密。

以上例子的意象，无论是事物的性质或时空距离，都与常态不同，这正是审美变异的结果。不变异，就难以形容诗人特殊的心理活动。

拟类，即修辞学中的比拟：或拟人，或拟物。拟类意象，也是描写意象中常见而古老的品类。远古已有：

土反其宅，水归其壑，昆虫毋作，草木归其泽。

这是《伊耆氏蜡辞》，应为原始宗教的巫术咒语或祈祷之辞。这实际上是把自己的愿望灌注到对象身上的结果。蜡辞中的土、水、昆虫和草木，都不是原物，而是人们心目中具有某种灵性的敬仰、崇拜意象，我们归为拟类。又如《小雅·伐木》：

伐木丁丁，鸟鸣嘤嘤。出自幽谷，迁于乔木。嘤其鸣矣，求其友声。相彼鸟矣，犹求友声；矧伊人矣，不求友声。神之听之，终和且平。

诗人也是将人的情感灌注于禽鸟，反过来又以禽鸟喻人，言人亦如鸟，应该求其"友声"，人能珍视友情，神明也会保佑他永久安宁。后代诗歌中，拟类意象更为普遍。

3.比喻意象

诗歌中各种形式的比喻都是比喻意象。比喻对于诗歌的重要性，是古今中外，诗家共识。在我国先秦时代就有"不学博依，不能安诗"的诗学观念。郑玄注，"博依犹譬喻也"。《文心雕龙·比兴》专论比和兴两种手法，认为比可以"切类以指事"，即以事物相似之处来说明事理。虽然中国古典诗歌比较推崇兴，也还认为比是诗的要义之一。在西方，比喻一向受到重视。大约与《礼记》时代相去不远的古希腊亚里士多德即在《修辞学》中强调指出，比喻是修辞学的三大原则之一，是天才的标志。英国19世纪浪漫主义诗人雪莱《为诗辩护》认为，比喻性是诗歌语言的基础，"诗人的语言主要是比喻性"❶。

比喻，是修辞学的常格之一，但作为诗歌的比喻意象，有自己不同于散文比喻意象的美学特征。这就是强烈的感情色彩、更新奇的想象力和极为灵活多变的结构方式。对比喻意象，古代民间诗人有许多天才创造。试读《诗经·硕人》和《乐府·西乌夜飞》，谁不为"手如柔荑，肤如凝脂"，以及"日从东方出，团团鸡子黄"生动奇妙的比喻意象拍案叫绝呢！

比喻意象，从结构方式看，如修辞格一样，有明喻、暗喻、借喻、引喻、博喻等多种比喻意象；从与现实的关系即取象来源看，又有写实的或虚拟的（包括夸张、变异）比喻意象。例如：

①如跂斯翼，如矢斯棘，如鸟斯革，如翚斯飞。君子攸跻。

——《小雅·斯干》

②盛年不重来，一日难再晨。　　　　——陶潜《杂诗》

③感子漂母惠，愧我非韩才。　　　　——陶潜《乞食》

④思君无转易，何异北辰星。

——南朝梁何逊《和萧谘议岑离闺怨》

---

❶ 李元洛.诗美学[M].南京：江苏文艺出版社,1987:156-157.

⑤北堂夜夜人如月，南陌朝朝骑似云。　——卢照邻《长安古意》

⑥碧玉妆成一树高，万条垂下绿丝绦。

　不知细叶谁裁出，二月春风似剪刀。　——贺知章《咏柳》

⑦燕山雪花大如席，片片吹落轩辕台……黄河捧土尚可塞，北风雨雪恨难裁。　——李白《北风行》

⑧蜀道之难难于上青天！　——李白《蜀道难》

⑨花红易衰似郎意，水流无限似侬愁。

——刘禹锡《竹枝词》其二

⑩莫道谗言如浪深，莫言迁客似沙沉。

　千淘万漉虽辛苦，吹尽狂沙始到金。

——刘禹锡《浪淘沙》之八

例①"如跂（企）斯翼"是说宫室严整，如端正肃立；"如矢斯棘"是说屋宇边角如箭矢有棱；"如鸟斯革"是说栋宇高峻如鸟警觉展翅欲起；"如翚斯飞"是说画檐翘角华彩飞动若锦雉翱翔。诗人一连用四个比喻，将宫殿形容得无比雄伟而堂皇，不愧为君子们聚议之所。从结构上看，这是用多个明喻来形容一个事物的"博喻"[1]；从性质上看，则是肯定赞美的；从与现实的关系看，所有喻体都取之于物，有所夸张又不失其真。这种比喻意象新颖密集，给人印象深刻。到唐宋时代，被大诗人韩愈特别是苏轼发挥到了极致。在韩愈《送元本师》和苏轼《百步洪》《石鼓歌》《读孟郊诗》等博喻神品面前，恐怕连以比喻轰炸称雄世界文坛的莎翁也要拱手叹服了。

②④⑧三例喻体意象都在最后一句，但②④结构却与⑧不同。②以自然现象比生理现象，④以自然现象比情爱的忠贞，同属引喻，不过，是后补式而非散文中习用的前引。其性质，②是单纯比附，为中性，④则为肯定性的。⑧是比较式的比喻，取譬于想象，喻体不具现实性，但蜀道之难因而更难想见。由是，从性质上看又是对蜀道"危乎高哉"的最大限度的肯定。

例③是两个相反的比喻意象。前者以漂母比主人，是肯定的，后者是诗人自己与韩信的否定比喻，都是暗喻结构，都取譬于同一故实。这类典故意象的

---

[1] 钱钟书.宋诗选注[M].北京：人民文学出版社，1982：71-72.

运用在古典诗歌中相当普遍。例⑤是两组明喻意象并置。月和云都是概括性的比喻意象，但却渲染了长安花柳繁荣、纨绔奢华的景象。例⑥"碧玉"和"绿丝绦"是两个暗喻意象，剪刀是明喻意象，取譬于寻常事物。但剪刀之喻却把无形春风的化育万物之功具象化了，贴切而巧妙。例⑦是著名的夸张比喻，其意象（如席之雪花）超越现实又不失其严寒多雪之真。"黄河捧土尚可塞，北风雨雪恨难裁"两个比较意象与例⑧相似。捧土塞黄河与上青天都是非现实的，但却非常突出地衬托了本体。

例⑨是两个明喻意象，但却前贬后褒，批评情郎甜言蜜语又喜新厌旧的负心，肯定自己为爱情而无限惆怅的真意。对比鲜明，情感强烈。

例⑩前面是两个否定性明喻意象，后面"沙去金留"的暗喻意象更强化了对前面两个明喻意象的否定。虽取譬于现实，却联想巧妙。

从上述十例可见，由于句法、格律等形式特性，古典诗歌中比喻意象的结构方式与散文多不相同，但贴切、巧妙而新颖却是共有的要义。

4. 象征意象

象征跟比喻不同，它是以一个具体的意象去表征或暗示某种情思或意念。这是一种很古老的艺术手法。《周易》就有两种象征：一种是以图式符号即卦象代表某种意义；另一种是以文字卜辞去阐发卦象的含义。这卜辞，有的是民间歌谣，有的是巫官仿作。扑朔迷离，令人费解，也让人自由想象。到了《诗经》，六艺中的比兴也都可以具有象征性或示意性，特别是兴，不但"引起此物"，也可以暗示某物某义。由此可以说，《诗经》所创造的象征，实际上也有两种：一种是偏于比喻性的，但不出现本体，只用象征体做代表，属于六艺中的"比"。《魏风·硕鼠》是最典型的例子。而"兴"体中的暗示性意象，则应为通常所说的象征了。例如，"关雎"与"后妃之德"、"桃之夭夭"与美满婚姻，"常棣之花"与兄弟和睦，"鹿鸣"与礼宾尚贤等，或以单个意象，或以整体意象，隐喻、暗示某种意蕴。但其象征效应的获得，却一方面由于诗歌本身的暗示性或代表性，另一方面，又是在"诵诗言志"的广泛实践中所形成的普遍认同，否则不可能发挥象征作用。

象征意象在咏物诗中最为突出。例如：

①迢迢牵牛星，皎皎河汉女。纤纤擢素手，札札弄机杼。终日不成章，泣涕零如雨。河汉清且浅，相去复几许？盈盈一水间，脉脉不得语。

——《古诗十九首》

②春蚕不应老，昼夜常怀丝。何惜微躯尽，缠绵自有时。

——晋无名氏《蚕丝》

③胡风吹朔雪，千里度龙山。集君瑶台上，飞舞两楹前。

兹晨自为美，当避艳阳天。艳阳桃李节，皎皎不成妍。

——鲍照《学刘公干体》

④桃李开东园，含笑夸白日。偶蒙春风荣，生此艳阳质。岂无佳人色，但恐华不实。宛转龙火飞，零落早相失。讵知南山松，独立自萧瑟。

——李白《古风》四七

⑤西陆蝉声唱，南冠客思侵。那堪玄鬓影，来对白头吟。

露重飞难进，风多响易沉。无人信高洁，谁为表予心。

——骆宾王《在狱咏蝉》

例①沈德潜《古诗源》谓"相近而不能达情，弥复可伤。此亦托兴之词"。这的确是托物寄兴，其象征意义也较宽泛：可以直接象征情人相思，也可暗喻君臣间隔、忠诚难效。本诗集中写牛女相近、可望而不可即的情境，随人附会。整个牛、女相望的意象，构成了最典型的"本体象征"，千载之下仍魅力无穷。例②沈德潜《古诗源》评它"缠绵温厚，不同于子夜、读曲等歌"。本诗的确很温厚缠绵，不像子夜歌、读曲歌那样热烈率真。究其原因，它不是直接抒情，而是描绘了一个深情忠贞的意象：话很明白，但都说的是春蚕；情极执着，却不直剖人心。这就多一层曲折，避免了直露，这也是典型的本体象征。例③含义颇深，其意象所指，历来有不同理解。一说以雪比小人，桃李比君子；一说以朔雪自比岁寒皎洁之性，以桃李比侧媚取宠之徒；又一说是"此明远见疏而作，乃借朔雪为喻……盖其审时处顺，虽怨而益谦。然所谓艳阳与皎洁者，自当有别"。前两说有点固着于比拟性象征的对应习惯，第三说以冰雪、桃李不同时节的自然现象隐喻"审时处顺"之义，倒也符合象征以具体喻抽象的特质，而且也同鲍照早年耿介、晚节平和的性格变化一致。不过细咏全诗，似有较宽的讽喻意味❶。例④的象征意义很明白。诗人通过对桃花的贬抑和对松树的颂赞张扬了傲岸不屈的人格力量。例⑤也是著名

---

❶ 鲍照.鲍参军集注[M].钱仲联,增补集说校.上海:古典文学出版社,1958:171.

的象征，但咏物与抒怀交迭，诗人也太急于表白自己。本来，蝉，古人认为"饮露而不食"，是高洁的象征，汉代正是取其"居高不食"，将蝉的形象作为贵官的帽徽。本诗只要着意咏蝉，也足让人理会诗人的无辜而同情其遭遇。因为他正是在唐高宗三年（公元678年）上书论政犯武后，被诬以赃罪下狱的，鸣冤也无用，如同蝉声被大风吹散。

上述各例，意象结构比较单纯，象征寓意也比较明显。在古典诗歌中，有的诗篇意象结构就很复杂，往往采用典故，以众多的"二度意象"（由典故再次生成）来暗示某种特殊含义。于是，整个诗篇晦涩朦胧。例如：

> 锦瑟无端五十弦，一弦一柱思华年。
>
> 庄生晓梦迷蝴蝶，望帝春心托杜鹃。
>
> 沧海月明珠有泪，蓝田日暖玉生烟。
>
> 此情可待成追忆，只是当时已惘然。

这是李商隐有口皆碑的千古绝唱《锦瑟》。有人猜测是隐喻难言的往事，诸如恋情之类；有人以为是描述自己的经历；钱钟书则认定是表达诗歌创作主张。各有道理。我们比较赞同中国社会科学院文学研究所编《唐诗选》"回想过去，自述感慨"之说。锦瑟五十弦，诗人是年正好五十岁，故"因锦瑟的弦柱之数触起华年之思"，顺理成章。因这类象征寓意模糊，给人留下了广阔的想象空间，所以历来聚讼纷纭，谁也很难断定哪一家绝对符合原意。

第三章

声　律

> **你是否想过：**
> 诗歌最主要的物质元素并不是普通的语言文字。
> 中国古典诗歌为什么特别动听、易记？
> 诗歌的声律与情感的性质有什么关系？

> 情发于声，声成文谓之音。治世之音安以乐，其政和；乱世之音怨以怒，其政乖；亡国之音哀以思，其民困。
> ——《毛诗序》
>
> 声含宫商，肇自血气……故言语者，文章关键，神明枢机，吐纳律吕，唇吻而已。
> ——《文心雕龙·声律》
>
> 文字的诗可以简单界说为美的有韵律的创造。
> ——爱伦·坡《诗的原理》

声律，即声韵和格律。语言文字是一切文学体裁的建筑材料，而诗歌的建筑材料是音乐化的语言文字。这语言文字的音乐性，集中体现于声律。所以，声韵格律乃诗歌美学特性最基本的构成要素之一。波兰现象学美学家英伽登把语音作为文学构成体系中的第一个层面；对抒情诗的这个层面，他称为"潜在的音响模式"[1]。这种说法，可供参照。

下面，就诗美的特质（诗美与文字的音乐性）、中国古典诗律的基本学说以及中国古典律体诗格律规范等主要问题作简要说明。

---

[1] 王春元.文学原理作品论[M].北京：社会科学文献出版社，1989：78-79.

一、诗美的特质

诗歌是最富于音乐美的文学。这种看法，无论中外，自古以来大概都是一致的。

（一）西方诗学论诗歌的音乐性

古希腊的伟大诗人荷马，就是以歌声传唱古代神话和英雄故事的圣手。古希腊美学家亚里士多德总结古代文学艺术的创作经验，在《诗学》一、六章中认定行吟诗人、诵诗人、演员和歌唱家"都用节奏、语言、音调来模仿"，连悲剧诗人也要用"具有悦耳之音的语言"即"具有节奏和音调（亦即歌曲）的语言"。法国古典主义立法人布瓦洛《诗的艺术》一开头就强调："不管写什么主题，或庄严或谐谑，都要情理和音韵互相配合。"即要求合乎理性的思想感情和富于音乐美的语言形式。英国浪漫主义诗人雪莱在《诗辩》中以优美的语言描述道：诗的语言是"具有韵律的语言的种种安排，这些安排是那无上庄严的力量所创造"，这力量"藏在不可见的人类天性之中"；"诗人是一只夜莺，栖息在黑暗中，用美妙的声音歌唱，以安慰自己的寂寞；诗人的听众好像被一位看不见的音乐家的曲调所颠倒……"这对于诗歌的音乐性及其审美效应，可以说描绘得非常到位了。自现代文艺思潮兴起之后，传统的艺术观和诗学遭到了巨大冲击，但还有不少现代诗人强调诗歌的音乐美。法国象征派诗人魏尔伦甚至认为"诗是音乐，其声调需要和谐，并由此和谐之声调织成一首交响曲"；"诗，不过是音乐罢了"。美国19世纪著名作家爱伦·坡被现代诗人爱默生称为"叮当诗人"，因为爱伦·坡曾说过："文字的诗可以简单界说为美的有韵律的创造"❶。还有些英美现代派诗人如林塞、桑德堡等用乐器伴奏诗歌朗诵。显然，他们很明白，音乐美是诗歌感人的重要力量。

（二）中国古典诗歌与音乐

在我国，诗歌与音乐更有与生俱来的"同本之缘"。

1.从"乐经"到"倚声"

远古时代，诗歌、音乐、舞蹈本来就是三位一体的。最早的诗歌总集《诗

---

❶ 伍蠡甫.西方古今文论选[M].上海：复旦大学出版社，1984：16，19，62，133-134，370.

经》中的作品，都是用来合乐配舞的乐歌，所以刘大杰《中国文学发展史》第二章说《诗经》还有个雅号叫《乐经》。可见，远在周秦时代，就已奠定了诗乐相联的优良传统。这就不难理解，有人赞美我国古典的缪斯，不仅有着善于捕捉形象的慧眼，而且有着美妙的歌喉。

《诗经》而后，《楚辞》也与楚地音乐密切相关。汉武帝时又设乐府，专收民间诗歌入乐。魏晋南北朝诗歌继承了这个传统，"五言腾踊"期的建安诗作，也有不少借用汉乐府古题。到我国古典诗歌高峰期的唐代，近体诗绝句，是吸收外族的"胡乐"音调而创造的乐诗，专供演唱。宋词的写作称为"倚声填词"，更是乐歌。元代的新体诗散曲，也要据谱填写。在文学史上虽说诗歌与音乐脱离才有了独立的发展，但音乐的素质，作为文化基因却代代相传。中国古典诗歌的发展，如果没有了音乐是难以设想的。

2.古典诗学论诗歌的音乐性

正因为我国古典诗歌创作与音乐有不解之缘，所以在诗歌理论上也特别重视诗歌的音乐性。《尚书·尧典》说："诗言志，歌永言，声依永，律和声。八音克谐，无相夺伦，神人以和。"就是说，诗表达的情志，以拖长的歌声缓慢地咏唱；声调的高低变化，要依照咏唱的要求；并且要以十二音律（黄钟、大吕、太簇、夹钟、姑洗、仲吕、蕤宾、林钟、夷则、南吕、无射和应钟）来协调歌声。各种乐器（金、石、土、革、丝、木、匏、竹八类）伴奏要协调一致，不互相干扰，以此达到神人和谐。先秦时代的《乐记》论乐涵盖了诗歌，汉初的《毛诗序》论诗又兼及音乐舞蹈。朱东润《中国文学批评史大纲》13页引《西京杂记》司马相如论赋说："合綦组以成文，列锦绣而为质，一经一纬，一宫一商，此赋之迹也。"这是说，作赋的法度也如织锦绣一般，要将华美的文采和音乐的声调经纬交织。晋陆机《文赋》论诗赋也说"既音声之迭代，若五色之相宣"。南朝刘宋范晔论文学创作"性别宫商、识清浊，斯自然也"。白居易在强调"根情、苗言"的同时，还将"花声、实义"并举，这些都是对音乐美的郑重确认。

（三）中国古典诗歌的音乐美与汉语言文字的音乐性

诗歌毕竟不等于音乐，应该怎样理解中国古典诗歌的音乐性呢？

1.从汉语言文字的声韵获得音乐美

诗歌的确不等于音乐。诗歌在西方，近代以来也不是普遍用来歌唱。中国古典诗歌，早在汉代以后就同音乐"分家"，正式独立发展。如果说民间歌谣被收入乐府，文人作品也主要是那些贵族所制的"祭歌舞曲之类"入乐❶。钟嵘的《诗品·序》已有"今不被管弦"之说。可见，至迟在梁代之前已有大量不配乐的"徒诗"了。今人张思绪《诗法概述》也认为"建安以后，诗人辈出，则有徒诗"。万云骏持有异议，他的《诗词曲欣赏论稿》认为，"总的讲诗与音乐总是有分有合，说它们分开了才能发展是不符合实际的。而一个总的趋势是，越到后来，诗与音乐结合得越紧"。这种说法似可商榷，因为中国古典诗歌发展到后来，宋词和元散曲以下，明清两代五六百年的诗歌，就很难说与音乐结合得"越紧"。基本情况应该是，不论诗歌与音乐的关系古来如何紧密，作为成熟的诗歌，其音乐美主要从它的媒介即诗歌语言本身的音乐性获得。无论中外，古典诗歌都要求音韵或格律；即使新的自由诗也讲究节奏，大概就是这个道理。所以说，中国古典诗歌的独立发展，必然要从汉语言文字本身的声韵获得音乐美。

2.汉语言文字四声的音乐性

中国诗歌的民族特色之一，是"从文字音韵本身，直接感受到音乐之美，并和音乐上的五音六律有密切联系"。

汉字是单音字，每字都有平、上、去、入四声和宫、商、角、徵（音止）、羽五音之别。在远古的民歌中已有最基本的语言音韵（如押韵）的广泛运用。《后汉书·钟皓传》："皓避隐密山，以诗律教门徒千余人。"可见诗律在东汉已成一门学问。而到六朝刘宋时期，便有周颙的"四声"说出现。《南史·陆厥传》载："汝南周颙，善识音韵，为文皆用宫商，以平、上、去、入为四声。"这已表明，当时周颙已经分出汉语的四声，并且以音乐之美（宫商）去规范、提高文学语言的音乐性。事实上，沈约、谢灵运、王融等人也都对汉语声韵研究作出了重要贡献（详见后文）。当时，还有人将四声和五音进行比较：

宫——上平声　商——下平声　角——入声　徵——上声

羽——去声

当然，这种比较未必很科学。但是，正如张文勋《诗词审美》所说："从

---

❶ 陆侃如,冯元君.中国诗史:上[M].北京:作家出版社,1956:169.

声调的抑扬高下，以及不同声调不同感情和情绪等类功能看，研究四声所具有的音乐性功能，从而进一步探索诗词语言艺术的音乐美，却具有颇为重要的意义。"❶

汉语四声所以能表现不同的情感和情绪，有其合理根据。现代语言学认为，语音是语言的物质外壳；语言声调的高下强弱跟人的生理心理变化，势必有某种天然联系。我国古代学者对此也有所认识。汉初的《毛诗序》云：

情发于声，声成文谓之音。治世之音安以乐，其政和；乱世之音怨以怒，其政乖；亡国之音哀以思，其民困。

南朝梁刘勰《文心雕龙·声律》说：

夫音律所始，本于人声者也。声含宫商，肇自血气……故言语者，文章关键，神明枢机，吐呐律吕，唇吻而已。

汉儒把诗歌声调同音乐声调联系一起，以明音乐与人心同政治教化的关系。刘勰也将诗文、言语、音律与人体机制相互贯通。可见他们在诗歌音乐性问题上的观念是一脉相承的。就汉语四声而言，也不是孤立于情感心理之外的自然现象。据说唐代僧人神珙，对汉语四声是这样描述的："平声哀而安"，上声"厉而举"，去声"清而远"，入声"短而促"。《康熙字典》"分四声法"所载僧人真空《玉钥匙歌》说："平声平道莫低昂，上声高呼猛烈强，去声分明哀远道，入声短促急收藏。"两首歌诀对四声调值的描述基本一致。语音不仅是生理的，它具有社会性本质，是长期民族语言实践习惯的产物❷。联系上述《毛诗序》和《文心雕龙·声律》的论述，不难理解汉语四声的表情功能。事实上，当代学者如龙榆生和王春元等，在这方面已有很可观的研究成果。从中我们可以得到几点启示：

第一，古代诗歌，大都以阴平和阳平（元代《中原音韵》已据声母的清浊分平声为阴阳二部）混合押韵。

但细加分辨，在唐宋以来的诗歌中，阴平与阳平表情作用并不相同。因

---

❶ 张文勋.诗词审美[M].昆明：云南人民出版社，1987：247.

❷ 王德春.语言学概论[M].上海：上海外语教育出版社，1997：77.

为，一是阴平开头的音节往往明朗高亢，易唤起后来音节的连续，且能给人高昂或悲壮之感。例如：

①噫吁嚱，危乎高哉！　　　　　　　　——李白《蜀道难》

②塞上虏尘飞……　　　　　　　　　　——郭振《塞上》

③林暗草惊风……　　　　　　　　　　——卢纶《塞下曲》

阴平结尾，又常显豁达爽朗。例如：

①无为在歧路，儿女共沾巾。　——王勃《送杜少府之任蜀州》

②吾谋适不用，勿谓知音稀。　——王维《送綦毋潜落第还乡》

③莫愁前路无知己，天下何人不识君？　——高适《别董大》

二是阳平声调气势平和，意味悠远，尤其在结尾处，特别能形成语意绵绵之感。例如：

①谁为含愁独不见，更教明月照流黄。　——沈佺期《古意》

②迁客此时徒极目，长洲孤月向谁明。　——李白《鹦鹉洲》

例①含愁独处，惆怅无尽。例②落魄江湖，对月何堪！若阳平声调在中间，则有行云流水意味。例如：

①山桃红花满上头，蜀江春水拍山流。

　花红易衰似郎意，水流无限似侬愁。　——刘禹锡《竹枝词》

②可惜一溪风月，莫教踏碎琼瑶。解鞍欹枕绿杨桥，杜宇一声春晓。　　　　　　　　　　　　　　　——苏轼《西江月》

例①节调风情，谐和怡荡。例②无牵无挂，悠游潇洒。

第二，仄声韵（上、去、入三声）在诗歌中的表情作用常与平声不同。有三种情况。

一是上声适于表现首肯、转折和有力的结煞。例如：

①地转锦江成渭水，天回玉垒作长安。

——李白《上皇西巡南京歌》

②今夜闻君琵琶语，如听仙乐耳暂明。　　——白居易《琵琶行》

③桃李春风一杯酒，江湖夜雨十年灯。　　——黄庭坚《寄黄几复》

"水""语""酒"等字上声音调让诗句的韵味产生很强的扭捩机制，语气之中充满内在的力度感。上声用于结韵，显得激愤强悍、沉痛惨烈。例如：

①春种一粒粟，秋收万颗子。四海无闲田，农夫犹饿死！

——李绅《悯农》

②梧桐相待老，鸳鸯会双死；贞妇贵殉夫，舍生亦如此。波澜誓不起，妾心古井水。　　——孟郊《烈女》

这种上声韵所产生的顿挫音调，使愤怒沉痛之情得到强烈表达。

二是去声音调向下投出，所谓"清而远"，清晰而有尾声。在诗歌中转折韵调的作用大体如上声，但不如它"涩重"显得较为清淡；因其下抑，易于传达一种消沉失落的情绪。例如：

①凭寄离恨重重，这双燕何曾，会人言语？天遥地远，万水千山，知他故宫何处？怎不思量？除梦里有时曾去。无据，和梦也新来不做！　　——宋徽宗赵佶《宴山亭·北行见杏花》下片

②满眼韶华，东风惯是吹红去。几番烟雾，只有花难护。梦里相思，故国王孙路。春无主！杜鹃啼处，泪染胭脂雨。

——陈子龙《点绛唇·春日风雨有感》

例①是宋徽宗绝笔。身为俘虏，与李后主处境相当，而其情比李《浪淘沙》更惨。全词都是去声韵，极其充分地表达了他的绝望之情。例②也全用去声韵表达明亡之后孤臣伤春怀旧的黍离之悲。

有时，也可利用去声韵的连续组合，强化失落感而生成凄凉悲壮的情调。例如：

> 塞下秋来风景异，衡阳雁去无留意。四面边声连角起。千嶂里，长烟落日孤城闭。　浊酒一杯家万里，燕然未勒归无计。羌管悠悠霜满地。人不寐，将军白发征夫泪。　　——范仲淹《渔家傲》

"异、意、闭、计、地、寐、泪"等多数韵脚都是去声，情志与韵调相得，渲染了浓烈的悲壮氛围。

三是入声急促重浊，适于表达沉痛、压抑、悲愤、绝望和果断的情感或情绪。根据内容需要，可全用入声，也可杂用其他声调。如杜甫《哀江头》：

> 少陵野老吞声哭，春日潜行曲江曲。江头宫殿锁千门，细柳新蒲为谁绿？忆昔霓旌下南苑，苑中万物生颜色。昭阳殿里第一人，同辇随君侍君侧。辇前才人带弓箭，白马嚼啮黄金勒。翻身向天仰射云，一箭正中双飞翼。清渭东流剑阁深，去住彼此无消息。人生有情泪沾臆，江水江花岂终极。

他的《悲青坂》也是入声韵：

> 我军青坂在东门，天寒饮马太白窟。黄头奚儿日向西，数骑弯弓敢驰突。山雪河冰野萧瑟，青是烽烟白是骨。焉得附书与我军，忍待明年莫仓卒。

非常恳切地表达了诗人对房琯所率唐军与叛军战事的衷心关注和坚定主张。

当然，汉语四声的表情性并不排斥其他种种可能性。

3.中国古典诗歌的声韵结构便于创作、记忆和传播

中国古典诗歌，即使最自由的古体也得押韵；近体则有更严密的规则（详见后文）。从作者来说，这就有法可依，便于掌握诗歌形式以吟咏性情，表达奇妙的直觉和精微的体验。而对于读者或听众，则易于感应或记忆，自然也就利于广泛传播了。近代学者章太炎的《正名杂义》说："古者文字未兴，口耳之传渐忘失，缀以韵文，斯便吟咏而易记忆。"这见解无疑是正确的。

就欣赏、记忆方面说，押韵的主要方式脚韵，本是古代诗歌的基本形态，它是把声音和意义组合为一个基本单位的语音标志。于是，每个韵脚把一首诗划分成了若干基本单元，也凭它划分句逗。这就是古人所说的"一韵"。这些最小的以韵脚划分的基本单元，便成了美国现代心理学家G.A.米勒所说的"记忆块组"。这种记忆块组，既能很快进入记忆通道和信息储存仓库，又能比较容易地从记忆仓库中"检索"出来。诗歌的平仄，通过声音的有规律组合，也能增加人的记忆广度，因为接受者可以通过既定的规则把握字词的位置，排除冗余"信码"（不相干的字词）。对仗也充分发挥了单音整一的字形的特点，能排列出规范的视觉形式，并使读者能从其对立或差异关系中扩大记忆容量。而以五言、七言为主的句式，又符合人的神秘的"记忆直觉"❶。加之语言的形象精练，意味隽永，所以中国古典诗歌的优秀之作，常常久远地脍炙人口。正由于古典诗歌有如此强大的感染力和可记忆性，鲁迅才在《致窦隐夫》中说："诗歌虽有眼看和嘴唱的两种，也究以后一种为好；可惜中国的新诗大概是前一种。没有节调，没有韵，它唱不来，唱不来就记不住，就不能在人们的脑子里将旧体诗挤出，占了它的地位。"鲁迅的论断，也从新诗的缺点比较出了旧体诗的优越性，而旧体诗歌的优越性，也正同它的声韵格律紧密相连。

二、中国古典诗律的基本学说

怎样充分发挥汉语文字四声的性能赋予诗歌音乐美，古代诗人一直十分重视。远在周秦时代就积累了一些经验，到南北朝时期便有了自觉的理论概括。现据诗学界的研究，分别从声律说和诗律结构基本要素两方面对我国古典诗律的基本学说作简要说明。

（一）声律说

《宋书·谢灵运传论》说：

　　夫五色相宣，八音协畅，由乎玄黄律吕，各适物宜。欲使宫羽相

---

❶ 吴琦幸.论古典格律诗和人的记忆广度[J].文学遗产,1988(5).

变，低昂互节，若前有浮声，则后须切响。一简之内，音韵尽殊，两句之中，轻重悉异。妙达此旨，始可言文。

沈氏以绘画和音乐来说明诗歌的声律问题：绘画和音乐，要颜色和音律用得恰当，才会色彩明丽，曲调和谐。同理，想要诗句的声调有变化，高低彼此配合，则前面若用轻声，后面就要有重音；一个诗句要音韵变换不同，两个诗句之间轻重音也应间隔参差。并强调：要真正明了这个道理，才能谈诗歌创作。他还认为：诗歌声律问题，看似技术性的外部要求，其实关系诗人的悟性天资。他在《答陆厥书》中说："高下低昂，非思力所学。""故天机启，则律吕自调；六情滞，则音律顿舛也。""韵与不韵，复有精粗，轮扁不能言之，老夫也不尽辨此。"沈约视此为古人未睹之秘，而为他"独得胸襟"（《南史·沈约传》）。同时代先后有周颙、王融、谢朓等人善识音韵，惜未成著述，的确是沈氏首先公开提出并阐明诗歌的声律问题。说是他"独得"也不过分。

此外，沈约还提出了"八病"之说，即主张写诗应避免八种弊病：平头、上尾、蜂腰、鹤膝、大韵、小韵、旁纽、正纽。沈约本人对八病的解释已不可见，而历来的引述也不一律。一般认为，唐代日本僧人遍照金刚《文镜秘府论》的记载比较可信（详见下文"规范的形成和发展"）。沈约以他的音律观论诗，也以衡文。因而他批评所及，不限于五言诗，还有王褒、刘向等人的文章。所以《文镜秘府论》所举例证就更为广泛。沈氏的要求是比较严格的，从文学技巧发展的角度看，这无疑是一种拓展，而拘限过甚，就于事不利了。

刘勰是沈约之后研究声律最重要的理论家，他的《文心雕龙·声律》说：

凡声有飞沉，响有双叠。双声隔字而每舛，叠韵杂句而必睽。沉则响发而断，飞则声扬不还。并辘轳交往，逆鳞相比；迂其际会，则往蹇来连。其为疾病，亦文家之吃也。夫吃文为患，生于好诡，逐新趋异，故喉唇纠纷。将欲解结，务在刚断。左碍而寻右，末滞而讨前。则声转于吻，玲玲如振玉；辞靡于耳，累累如贯珠矣。

异音相从谓之和，同声相应谓之韵。韵气一定，则余声易遣；和声抑扬，故遗响难契。属笔易巧，选和至难；缀文难精，而作韵甚易。

前段先肯定字音有飞扬与低沉及双声与叠韵之别，接着论述运用的规则。飞扬之音，如沈约所说的"浮声"，亦即平声。因为高平而清亮，全用平声则声调不能婉转。低沉之音，如沈约所说的"切响"，亦即上、去、入三个仄声，因其低沉而重浊，纯用仄声字读起来就气势不足，像要断气一样。应该使平仄交替，流转自如。至于双声叠韵，本来都是两个字联成一体的，若被其他字隔开，就不合适了。后段"异音相从"，指句内双声叠韵和平仄的协调；"同声相应"，指句间所用的脚韵相押。选择的韵部既定，其余该用什么字就可在同部中选取了，所以说"余声易遣"。字音的平仄轻重、高低清浊，不但需要句内交错，也要求句间和谐，很费研究，所以"遗响难契"。刘勰实际上是对沈约的"四声""八病"之说作了继承和发挥，又避免了沈约的烦琐和拘执，也就比较灵活了。

以上两家都是对古典诗歌的声韵提出了基本原则，至于具体规范，历代诗家各有建树。但概而言之，不外乎阐述如何运用汉语言文字的声、韵、调等语言材料，作为构律要素组成诗律的方法与规则。要明白古典诗律的基本法则，必先了解构成诗律的基本要素，然后再来研究近体诗的格律要点与结构模式。

（二）诗律结构基本要素

诗律的结构要素，简称构律要素，包括韵律、声律和句律三方面。韵律和声律要素据徐青《古典诗律史》的观点[1]作简要说明。

1.韵律要素

韵律要素，主要指押韵和韵式。

（1）押韵，又称协韵。

所谓押韵，主要指诗歌偶句末尾用相同或相邻韵部的字相配合，形成气势流畅、音响和谐的有机整体。基本原则是音韵相协。

可以说，押韵是我国古典诗歌音乐性最早的表现形式。这种句末的押韵叫脚韵，最能体现诗歌的节奏感。据史料可知，我国原始歌谣已有了脚韵的运用。如《弹歌》：

断竹，续竹；飞土，逐肉。

---

[1] 徐青.古典诗律史[M].西宁:青海人民出版社,1980.

在上古音韵中，"竹"和"肉"都属入声"觉"部[1]。正是这种脚韵形成了本诗轻快而有力的节奏感。我国最早的诗歌总集《诗经》中的作品，也多是押韵的。如第一首《关雎》：

  关关雎鸠，在河之洲。窈窕淑女，君子好逑。

"鸠""洲""逑"同属"幽"部，形成欢快的节奏。

  押韵与否，节奏感大不相同。《诗经》中也有极少数不押韵的，如《周颂·昊天有成命》：

  昊天有成命，二后受之。成王不敢康，夙夜基命宥密。於缉熙，
  单厥心，肆其靖之。

这简直是一张告示，没有一点儿诗味，更谈不上感染力了。

（2）韵式，即押韵的方式。

  音韵相同或相似，必以一定的方式配置，才能协调相应。这种配置韵语的方式就是押韵方式，亦即韵式。

  不依韵式，不能构成节奏韵律，不能产生协调和谐的作用，也就不可能具有诗歌的音乐美。

  我国古典诗歌的韵式，在漫长的实践中创造了繁多的类型。就《诗经》而言，据孔广森《诗声分例》统计，即有二十七种。顾炎武《日知录》归纳为四种：一是一、二、四句用韵，二是隔句用韵，三是句句用韵，四是转韵（有连用或隔用之别）。当代学者徐青嫌太简，又将脚韵分为六种形式。王力《诗经韵读》中对《诗经》的用韵方式也有十分详尽的论列。这些都可参考。总的来看，古典诗歌的韵式是由自发走向规范的。王力《古汉语》下册二第十三单元以唐诗的古体和近体为准，概括了几条，比较简明：

  第一，近体诗一般只押平声韵，仄韵很少见，韵脚在双句；第一句可入韵，也可不入。

  第二，近体诗用韵，无论律诗、长律或绝句，都必须一韵到底，且不许邻

---

[1] 王力.诗经韵读[M].上海：上海古籍出版社，1980：18.

韵通押（早期偶有通押）。

第三，古体诗可押平声韵，也可押仄声韵，邻部可以通押；但仄声韵中要区别上、去、入三声，不同声不能通押，偶尔上、去两韵通押。

2.声律要素

诗歌的声律要素，一般指附着在声母和韵母上的声调（音的高低变化）、轻重音、长短音等。这是诗律结构中最重要的元素。对于汉语来说，轻重音和长短音没有什么实在的意义，而以声调作为声律结构的基本特点[1]。如前所述，古汉语声调分为平、上、去、入四种，这四种声调又分平声和仄声两大类：平声为平调，其声平展，无变化；上、去、入三声为仄调，仄又作侧，即起伏不平的意思。现代汉语分为阴平、阳平、上声和去声四种声调，也分为平仄两大类：阴平和阳平为平调类，上、去二声为仄调类。古汉语的入声字，一部分转为现代汉语的上、去两声，少数转为阴平和阳平。古代诗家利用汉语声调平仄变化的特点，安排一种高低长短互相交替的节奏，就是所谓"声律"[2]。如王之涣《登鹳雀楼》：

白日依山尽，黄河入海流。欲穷千里目，更上一层楼。
1 1 - - 1，- - 1 1 -。+ - - 1 1，1 1 1 - -。

"1"代表仄声，"-"代表平声，"+"表示应"-"而活用了"1"。这是一首五言绝句，每句五字，四句共二十字。但读来并不平板，在声调的抑扬顿挫之间，传达出一种蓬勃向上的精神和一往无前的气概。

一首诗，假如没有平仄变化，便失去了平仄之美。如皮日休的《奉酬鲁望夏日四声诗四首》之一：

塘平芙蓉低，庭闲梧桐高。清烟埋阳乌，蓝空含秋毫。

冠倾慵移簪，杯干将哺糟。翛然非随时，夫君真吾曹。

全是平声，虽然意思完整，却让人读着费劲，恰如一首全在高音区行腔的

---

[1] 徐青.古典诗律史[M].西宁：青海人民出版社，1980：4.
[2] 王力.古代汉语：下册（第二分册）[M].北京：中华书局，1978：1442.

歌,直着脖子喊到底,真够累的,也难为他找出了这么多同调的字。这种"拗口令"只能算文字游戏,它不但不符合诗律,连日常语言的自然音调也取消了。

3.句律要素

句律要素,指古典诗歌句子的节奏,它们都牵涉句子的内容,决定句子的体式即句式。

节奏,又称"顿"或"逗",由音步音节组合而成,是句律的主要成分。

古典诗歌,无论古体或近体,包括民歌和词曲,都有字词或词组按照韵律、声律组合形成的抑扬顿挫的节调。"抑扬"是声音的高低起伏,"顿挫"指音节或音步的快慢和延续、停顿。字词或词组声韵的高低起伏、或快或慢、或断或续,构成诗歌的句子节奏,若干句子的节奏合成一首诗歌的完整旋律,从而体现诗歌这种文学体裁特有的音乐美。节奏是音乐旋律的骨骼,同样也是诗律的骨骼。

古体诗和近体诗的节奏大体一致,句式也基本相同,但节奏有音乐节奏和意义节奏两个层面。音乐节奏是吟诵的音节,意义节奏则是诗意的单元,或称"义节",依句中成分的关系划分。就音乐节奏来看,五言一般是"二三"式(二字加三字),七言则为"四三"式(四字加三字)。五言的前二和后三,七言的前四和后三,分别是五言和七言诗句音乐节奏的构成单位,或称"块组"。

由于平仄、句式和修辞手法等因素的制约,意义节奏与音乐节奏常不一致。五言诗的意义节奏,依句中词或词组等基本成分间的关系划分,有2-3、2-2-1、2-1-2等形态。例如:

木末　芙蓉花,山中　发红萼。涧户　寂无人,纷纷　开且落。

——王维《辛夷坞》

白日　依山　尽,黄河　入海　流。

欲穷　千里　目,更上　一层　楼。　——王之涣《登鹳雀楼》

红豆　生　南国,春来　发　几枝。

劝君　多　采撷,此物　最　相思。　——王维《相思子》

由上例可知,意义节奏实际上是句中词或词组之间的关系,是较为内在的。一首诗可以有同一的意义节奏,但往往因词或词组间的关系不同而形成差异。明白诗句的意义节奏，对于体会诗意大有帮助。吟咏诵读时，也能用节奏的变化来体现情绪的性质。如苏颋《汾上惊秋》：

北风　吹　白云，万里　渡　河汾。
心绪　逢　摇落，秋声　不可　闻。

末句按意义节奏2-2-1划分，强调否定情绪。这样，虽不与全诗音乐节奏一致，但情调意象更强烈、鲜明些。

七言诗的音乐节奏和句式的基本规范为"四三"式。如果按意义节奏细分，则可归纳出2-2-3、2-2-1-2和2-2-2-1等几种形态。例如：

①杨柳青青　着地垂，杨花漫漫　搅天飞。
　柳条折尽　花飞尽，借问行人　归不归？

——隋无名氏《送别诗》

②风急　天高　猿啸哀，渚清　沙白　鸟飞回。
　无边　落木　萧萧下，不尽　长江　滚滚来。
　万里　悲秋　常作客，百年　多病　独登台。
　艰难　苦恨　繁霜鬓，潦倒　新停　浊酒杯。

——杜甫《登高》

③长安　雪后　似　春归，积素　凝华　连　曙辉。
　色借　玉珂　迷　晓骑，光添　银烛　晃　朝衣。
　西山　落月　临　天仗，北阙　晴云　捧　禁闱。
　闻道　仙郎　歌　白雪，由来　此曲　和　人稀。

——岑参《和祠部王员外雪后早朝即事》

④金河　秋半　虏弦　开，云外　惊飞　四散　哀。
　仙掌　月明　孤影　过，长门　灯暗　数声　来。
　须知　胡骑　纷纷　在，岂逐　春风　一一　回。
　莫怨　潇湘　少人　处，水多　菰米　岸　莓苔。

——杜牧《早雁》

上述诸例都是常见的七言意义节奏形态。王力先生曾举杜甫《宿府》"永夜角声悲 自语，中天月色好 谁看"两句为"5-2"型。这种例子极少，细分则成"2-3-2"式。可见，同五言诗一样，由于词或词组关系的变化，一首七言诗很难完全保持同一的意义节奏，如例④末句，"莓苔"二字就只好自成音节。

意义节奏固然重要，但吟诵或朗读时，基本的音乐节奏却占了主导地位。在意义节奏和音乐节奏基本一致的情况下，五言的"二三"式和七言的"四三"式音乐节奏，很自然包含代替了意义节奏（结构）的小层次，即使有所强调，两种节奏也基本一致。这里不存在什么问题，但如果意义节奏同音乐节奏不一致，差异较大，问题就产生了。有的学者主张不顾意义结构，完全按照基本的音乐节奏吟诵或朗读。如孙绍振《美的结构》"我国古典诗歌的动态结构"（三）就认为：杜甫诗句"夜郎溪日暖，白帝峡风寒"，按词汇意义和语法结构，应该念成"夜郎溪 日暖，白帝峡 风寒"，但作为诗，我们只能读成"夜郎 溪日暖，白帝 峡风寒"。甚至"黄山四千仞，三十二莲峰"，也只能读成"黄山 四千仞，三十 二莲峰"。至于"兴因樽酒洽，愁为故人轻"，也不能读成"兴 因樽酒 洽，愁 为故人 轻"。再如杜审言"云霞出海曙，梅柳渡江春"的语义结构是"云霞出海 曙，梅柳渡江 春"，而五言诗的节奏结构却迫使我们读成"云霞 出海曙，梅柳 渡江春"。❶

这些论证很有道理。因为的确符合五言诗节奏构成的一般规律，也合乎我们的吟诵习惯。其实，七言诗也存在这种问题。比如杜甫七律《白帝城最高楼》第二句"独立缥缈之飞楼"，语义结构为"二五"，第七句"杖藜叹世者谁子"意义节奏为"五二"，但吟诵时，也只能按全诗"四三"式音乐节奏进行了。

但是，古人怎样看待这种现象，又是怎样吟咏诗歌的呢？还须略加考查，才知道上述观点是否合理。明李东阳《麓堂诗话》说：

> 古诗歌之声调节奏，不传久矣。比尝听人歌《关雎》《鹿鸣》诸诗，不过以四字平引为长声，无甚高下缓急之节。意古之人，不徒尔也。今之诗，惟吴越有歌，吴歌清而婉，越歌长而激。然士大夫亦不皆能。予所闻者，吴则张亨父，越则王古直仁辅，可称名家。亨父不为人歌，每自歌所为诗，真有手舞足蹈意。仁辅性亦僻，不时得其

---

❶ 孙绍振.文学创作论[M].沈阳：春风文艺出版社，1987：521-534.

歌。予值有得意诗，或令歌之，因以验予所作，虽不必能自歌，往往合律，不待强致，而亦有不容强者也。

又说：

陈公父于诗专取声，最得要领。诗有五声，全备者少，惟得宫声者为最优，盖可以兼众声也。

沈德潜《唐诗别裁·凡例》也认为：

唐人达乐者已少，其乐府题不过借古人体制，写自己胸臆耳，未必尽可被之管弦也。

从上述明清两代著名诗家所论，可以得到几点启发：

第一，古代诗歌在《诗经》之后，文人所作，已随诗乐分家而有乐歌和徒歌之别，魏晋南北朝文人诗常常有拟乐府而入乐的；但到唐代，诗更独立，以齐梁以来的声韵代替了乐府古调，竟至于"唐人达乐者已少"。

第二，虽然唐人达乐者已少，但合于格律的近体（绝句）也还是可以歌的。

第三，合律的诗可以歌，但并无一定的曲调，最简单的竟可以"平引为长声，无甚高下缓急之节"，既可以用"清而婉"的吴歌调子，也可用"长而激"的越歌调子。总之，诗的歌吟调式，正如徐师曾的《诗体明辨》所说，是可以"放情长言，杂而无方"的。而宋人已承认有五言上三下二、七言上五下二的"唐人句法"❶。至于词曲，句法更多。可见，所谓吟唱或诵读的音乐节奏，也只是要求利用古代汉语发音的自然声韵，把诗歌的节奏组织得更为流畅动听罢了。

三、诗律规范

如前所说，古代诗家很早就有意识地运用声调的交互（主要是平仄交互）

---

❶ 魏庆之.诗人玉屑：上[M].王仲闻,校勘.上海：上海古籍出版社,1982：80.

来构成美的音律。但是，这种平仄交互的组合规则，却是从近体诗开始的。具体说，一般认为起自梁代沈约、周颙、谢朓、王融等人有意识地注意声律的运用，创为声律之学（"四声八病"说）。他们对声律的要求尽管很苛刻，且受到后世钟嵘、刘知几、皎然、殷璠等人的批判与抵制，但声律学说重视声韵的运用这一根本思想却产生了深远影响：此后不但近体诗用平仄，古体诗也用平仄，成为"入律的古风"；不但诗重平仄，词曲也讲平仄。因此可以说，有了近体诗的平仄规范，也才有了中国古典诗歌的新发展。

平仄配合规律和结构模式是近体诗格律的主要之点。分述如下。

（一）规范的形成和发展

近体诗规范的形成和发展，经历了南齐"永明体"和初唐"沈宋体"两大阶段，总的趋势是由泛而定，由繁而简。

1.南齐"永明体"

"永明"，是南齐武帝萧赜年号（公元484—494年）。"永明体"即这时期形成的新诗体。《南史·陆厥传》说："（永明）时盛为文章，吴兴沈约、陈郡谢朓、琅邪王融，以气类相推毂。汝南周颙善识音韵。约等文皆用宫商，将平上去入为四声，以此制韵，有平头、上尾、蜂腰、鹤膝。五字之中音韵悉异，两句之内角徵不同，不可增减。世呼为'永明体'。"《南齐书·陆厥传》所记与此基本相同。都比沈约的《宋书谢灵运传论》具体。上面这段记述，说明了"永明体"的来历和声律的原则规定。根据郭绍虞、朱光潜、罗根泽、王力及徐青等当代学者的研究和我们的认识，可以将"永明体"诗律的特点归纳如下。

（1）句内字殊，联中音异。

"永明"诗律是研究五言诗一句和一联两句之内平仄安排与组合关系的。

首先，要求一句的五字之内不得同音，沈约所谓"一简之内音韵尽殊"。因一句仅仅五字，同音字出现则缺少变化。后刘勰《文心雕龙·声律》云："双声隔字而每舛，叠韵杂句而必睽"，则认为双声、叠韵必须两字紧连，不容插隔异音字，否则一定背反不顺。这种论断，显然是对沈约的补正与发展。

其次，相连的两句（十字）之中，轻重音都不相同。轻音即平声字，重音即仄声（上、去、入）字。徐青《古典诗律史》认为，沈约说的"两句之中，轻重悉异"，也就是刘勰《声律》所说的"异音相从谓之和"。这"和"的理论包含两点：一是诗句由平仄交叉配合成列，这是从字声平仄的、前后相续的角度说的。二是诗联上下两句之间，要求字字相对，平仄相反。

按照上述理论构成的律体（绝句、律诗），其联间的组合方式，大体可以分为同声相粘的"粘式律"和异声相对"对式律"两大类。所谓同声相粘的粘式律，指第一联下句和第二联上句的二、四两字平仄相同。其中又分平起仄收和仄起仄收两种常用粘式：

平起仄收式，由"− − −１１，１１１− −"粘合"１１− −１，− −１１−"两个律联而成。这种格式中，出句"− −１１１"，对句"−１１− −"都一样常用。仄起仄收式，由"１１− −１，− −１１−"与"− − −１１，１１１− −"两个律联粘合而成。这种格式比前一种更常用。因齐梁时代讲究声病，故首句入韵的五言律诗极为少见。

上述两种粘式律联本身就是绝句；把它们重复一次即构成一首完整的五言八句律诗（平起仄收或仄起仄收）谱式。

所谓异声相对的"对式"律，指平仄完全相反的平起仄收式或仄起仄收式两种律联重叠而成。

平起仄收式：这种格式由"平平平仄仄，仄仄仄平平"律联重叠一次而成：

− − −１１，１１１− −。− − −１１，１１１− −。

仄起仄收式：由"仄仄平平仄，平平仄仄平"律联重叠而成，方法同上（绝句重叠一次，律诗须重叠三次构成四联）。

（２）同韵相押，讲究病忌。

"永明体"格律森严。

首先，只能用相同韵部的平声字相押，邻近韵部一般不通押，仄声字更少入韵。

其次，在平仄配搭时很注意病忌，即过去所谓"四声八病"。《南史·陆厥传》和《南齐书·陆厥传》都提到"平头、上尾、蜂腰、鹤膝"；而沈约《答甄公（思伯）》有"能达八体，则陆离而华洁"之说；初唐卢照邻《南洋公集序》也说"八病爰起，沈隐侯永作拘囚"。一般认为，沈约说的"八体"即卢照邻说的"八病"。可见，虽无具体阐释，"八病"之说其实齐梁时代已出。而"八病"实际上也就是"永明诗律"的操作要领，不可忽视。现据唐代留华日僧遍照金刚《文镜秘府论》和后世学者的解释，将"八病"内容简介如下

①平头——《文镜秘府论》云："平头诗者，五言诗第一字不得与第六字同声，第二字不得与第七字同声。同声者，不得同平上去入四声。犯者名为犯平头。"后世学者认为，第一、六字同平声不算病，同仄声才算病；但上句第二字与下句第二字绝不可同声。

②上尾——《文镜秘府论》云："上尾诗者，五言诗中第五字不得与第十字同声。"这是"两句之内，轻重悉异"论在联尾的具体规定。所以，永明体的首句是不入韵的。

③蜂腰——《文镜秘府论》云："蜂腰诗者，五言诗一句之中第二字不得与第五字同声，言两头粗中央细，似蜂腰也。"

④鹤膝——《文镜秘府论》云："鹤膝诗者，五言诗第五字不得与第十五字同声，言两头细中央粗，似鹤膝也。"❶

⑤大韵——《文镜秘府论》云："大韵诗者，五言诗若以'新'为韵，上九字中，更不得入'人、津、邻、身、陈'等字，即同其韵，名犯大韵。"即是说，五言诗的一联中，前九字不得与韵脚同韵。

⑥小韵——《文镜秘府论》云："小韵诗者，除韵以外，而有迭相犯者，名为犯小韵病。"这是要求五言诗一联中，前九字之间也不能用同韵字。

⑦傍纽——《文镜秘府论》云："傍纽诗者，五言诗中有'月'字，更不得安'鱼、元、阮、愿'等字，即双声字，双声即犯傍纽。"

⑧正纽——《文镜秘府论》云："五言诗'壬、衽、任、入'四字为一纽，一句之中，已有'壬'字，更不得安'衽、任、入'等

---

❶ ③④两病，郭绍虞怀疑流传有误。他认为，蜂腰应指"仄仄平仄仄"式，鹤膝应为"平平仄平平"，因为《文镜秘府论》所说的两种情况都不会构成声病。徐青《古典诗律史》认为王力此说突出了五言诗二、四两字不得同声的"汉代开始就一直在探索的一个格律要素"，是有道理的。

字。如此之类，名为犯正纽之病也。"或曰："正纽者，本声相犯，如以'东'为韵，句中复用'东'韵字是也。"

徐青《古典诗律史》认为，后两种病忌是讲如何运用双声叠韵的，即刘勰"双声隔字而每舛，叠韵杂句而必睽"的具体化。因为句中有隔字双声，发音诵读时，唇齿之间纠纷不便，一句中有同音字，则会影响音节变化。

总观"八病"之说，确系"永明诗律"的具体化，虽以两句一联为限，却已使律体有了一个基础，不可妄加拒斥。不过"八病"之中，前"四病"最重，后"四病"较轻，应区别对待。

(3) 意义排偶，词句对仗。

意义的排偶和词句的对仗，古诗已有，汉赋特盛。朱光潜《诗论》认为："声音的对仗实以意义的排偶为模范"；"律诗第一步只要求意义的对仗，鲍（照）谢（灵运）是这个运动的两大先驱"❶。这论断是符合实际的。但"永明体"特重名词的分类相对，虽然位置并不固定，却与平仄结合，构成了律诗的有机整体。

2.初唐"沈宋体"

"沈宋"，是初唐著名诗人沈佺期和宋之问。

"永明诗律"在齐梁时代产生了大量律句、律联和律诗（包括十句以上的长律）。这些律联可分为对式与粘式两种基本类型。但两类基本律联在实践中逐渐分化："对式律"由于只能用相同的律联重叠构成绝句或律诗和长律，显得单调，而且越是长律越少变化，所以终被淘汰；"粘式律"却广为诗家所运用。于是，到初唐沈、宋手上，便形成了以"粘式律"为基础的五言绝句和五言律诗，世称"沈宋体"。这便是有唐以来稳定的近体诗。

与永明体比较，沈宋体突破了一句、一联的范围，进而确定了律联之间的平仄、韵律组合关系，使近体诗有了明确的规范，对后世产生了深远影响。

（二）律体构建的方法与平仄配合规律

从永明到唐代，律体形成了公认的样板，世称"谱式"。这些谱式是怎样构建出来的呢？

---

❶ 朱光潜.朱光潜美学文集:第二卷[M].上海:上海文艺出版社,1982:190-191.

一般地说，任何律体谱式都是a、A，b、B四种基本律句错织交组而成，这应该视为律体建构的基本方法。但四种律句组成任何一种律体，都要符合律诗的平仄配合规律。古代诗人创作时当然是对于各种谱式谙熟于心、运用自如的。这是长期实践的结果。而以后世学者的眼光看，只要明白各种谱式平仄配合的共同规律，大可不必死记；只须掌握四种基本律句，便能构建出相应的律体谱式来。

据诗学家们的研究和笔者的教学体会，从永明到唐代定型的律体，其平仄配合规律，大致可以概括成"对、押、粘、换、叠"五字诀。试述如下。

第一，对。

所谓"对"，有两层意思。一是成双成对：五言诗的每句，无论平仄，多为成对相联，第五字才是一个相反的单音节，即"－－１１－"或"１１－－１"。二是相反对立：五言诗每联上下两句的平仄完全相反对立，即上句若是"１１－－１"，下句则为"－－１１－"。这两个平仄完全对立的句子便形成了一个律联。

"对"的作用，是使一句之内音节抑扬，两句之间平仄协调。

第二，押。

"押"即押韵。律诗要押平声韵，但除第一句在特定的谱式中可入韵外，其余三、五、七等单句都不得入韵，且只能是仄声。

押韵，能使律诗的音节呼应协调，统一完整。

第三，粘。

所谓"粘"，是粘合、联结贯串的意思。律诗的律联之间，还具有连贯流畅的旋律之美。这就要克服永明体"对式律"的缺点，继承、发扬"粘式律"的经验，将律联之间贯串一气。当代学者对于"粘"的方式有三种主要说法。一是王力《古代汉语》十三单元："后联出句的第二字的平仄必须跟前联对句第二字的平仄一致，平粘平，仄粘仄，把两联粘联起来。"二是徐青《古典诗律史》："同声相粘的结合法，即前一联的下句和后一联的上句中第二字同声，第四字也同声，因字声平仄相同而结合起来。"三是张思绪《诗法概述》："粘连就是两组字声相并排，原则上是仄粘仄，平粘平，取两联的中间两句（上联的下句和下联的上句）相粘合。如上联的第一个声节是平平，下联的上句第一个声节也该是平平；如果上联的下句第一声节是仄仄，则下联上句第一声节也该是仄仄。如此两联相粘，成为一绝。"

三种说法各有所据，不妨并存参照。但王说限定较少，似更具概括性。我们以此为据，兼容其余两家。

第四，换。

所谓"换"，即平仄互换，或称"插腰"。为避免第三句入韵，以最末一个字的平声与本句第三字的仄声交换。如第一联为"１１－－１，－－１１－"，第二联上句就不能以平声收尾，因律诗第一、三、五、七等单句都不能入韵，这就必须将最后的平声与本句第三字的仄声交换，成为"－－－１１"，第四句要与之相对，为"１１１－－"。于是，这两联就成了一首绝句谱式。

第五，叠。

所谓"叠"，指重叠，即将一、二两个律联重叠起来，便成了一首完整的五言八句的律诗谱式。

上述"对、押、粘、换、叠"五字诀，是唐初以来近体诗建构的基本方法，也可说是律诗平仄配合的规律。根据这五字诀，可以构建出唐代律诗的各种谱式；七言律诗也只须在五律谱式前加一对与第一对音节相反的音节就成了，有如给五律戴帽，或称"装头"。

下面，结合律体的各种结构模式来看上述基本方法与规律的具体运用。

（三）律体的结构模式

律体的结构模式，有律句、律联和律诗三个层次。

1. 律句

根据王力、徐青等学者的研究，从近体诗产生的齐梁到唐代，至少有百分之八十五的诗句不出以下格式：

　　ａ １１－－１　　　ｂ －－－１１

　　Ａ １１１－－　　　Ｂ －－１１－

这四种句式，早在汉代诗歌中已经出现，到齐梁时便成定式。a、b两式多做平韵诗的出句用，A、B两式多做平韵诗的对句用。唐代完全接受了这四种句式；七言也只是在这四种句式前加一对与第一对音节相反的"－－"或"１１"组成。因此，可以说这四种句式是近体诗的基本句型。与此相符的诗句即"律句"。

2. 律联

两个律句，一上一下，或一出一对，便组成一个律联。上述四种基本句型，以不同的方式配搭，组成不同的律联。本来，律联也是由律句产生的，汉代已经出现，而齐梁时，据徐青统计，至少有百分之七十五的诗联是律联；但大多属于aB或Ba：

　　　　11--1，--11-。(aB)　　---11，111--。(bA)

初唐沈佺期、宋之问时期，又发展了两种：

　　　　111--，--11-。(AB)　　--11-，111--。(BA)

显然，沈、宋等人是在前辈诗家经验的启示下，根据自己和同辈诗人的实践，破除了"上尾"病忌，确立了两种首句入韵的律联。这就大大增加了律联的构建能力。

3.律诗

律联的恰当配合，便成完整的律体诗。

律体诗也有三个层次：四行绝句，八行律诗，十行以上为长律（或称排律）。元代傅汝砺《诗法源流》以来，流行"截取律诗之半"来解释绝句来源。傅氏说："后两句对者是律诗前四句，前两句对者是截后四句，皆对者是截中四句，皆不对者是截前后各两句。"谈声律和律诗者，也多先律诗而后绝句。清董文焕《声调四谱》却认为：

> 世多谓分律诗之半即为绝句，非也。盖律由绝而增，非由律而减也。"绝句"云者，单句为句，句不能成诗；双句为联，联则生对；双联为韵，韵则生粘；句法平仄各不相重。无论律古，粘对联韵必四句而后备，故谓之"绝"。由此递增，虽至百韵可也，而断无可减之理。

徐青《古典诗律史》认为这种说法比较符合诗歌发展历程和律体构建规律。我们也赞同这种意见。下面的介绍循序渐进，先绝后律。

（1）绝句。

绝句，由四个律句（两个律联）组成。齐梁至唐初主要是五言四行二十字；盛唐以后七绝盛行，并日臻完善，蔚成大国。

第一，五言绝句。

五言绝句，简称"五绝"。有仄起仄收（首句不入韵）、仄起平收（首句入韵）、平起仄收（首句不入韵）和平起平收（首句入韵）四种谱式。这些都是齐梁之后产生、唐代确立下来的近体绝句谱式：

其一，仄起仄收（首句不入韵）式：

11－－1，－－11－。－－－11，111－－。

如刘长卿《逢雪宿芙蓉山主人》：

日暮苍山远，天寒白屋贫。柴门闻犬吠，风雪夜归人。
11－－1，－－11－。－－－11，＋11－－。

这是最常用的谱式。由aB、bA两种律联组成。按照上述构律方法，第一句是基础，而第三句不得入韵（见"押"字诀），必须按"换"字诀将第二句三、五两字的平仄交换变成第三句，才能粘连合格。第四句的第一音节，本该仄声，用了平声也无妨，加号表示可平可仄（下同）。

其二，仄起平收（首句入韵）式：

111－－，－－11－。－－－11，111－－。

如卢伦《塞下曲》：

月黑雁飞高，单于夜遁逃。欲将轻骑逐，大雪满弓刀。
111－－，－－11－。＋－－11，111－－。

这种谱式由AB、bA两种律联构成。按照上述构律规则，第二句应押韵，不能与第一句（出句）全对，必须将三、五两字平仄互换（"押"字诀）；第三句，按"押"字诀，又不能入韵，还得将三、五两字的平仄互换（"换"字诀），这样，无论二字或二、四两字，二、三两句都合乎规范（"粘"字诀）

地粘合起来了。

其三，平起仄收（首句不入韵）式：

- - - 1 1，1 1 1 - -。1 1 - - 1，- - 1 1 -。

如李白《夜宿山寺》：

危楼高百尺，手可摘星晨。不敢高声语，恐惊天上人。
- - - 1 1，1 1 1 - -。1 1 - - 1，+ - - 1 -。

这种谱式由bA、aB两种律联构成。按构律规则"粘"字诀，第三句平仄可与第二句重复，但照"押"字诀，第三句不得入韵，须将三、五两字的平仄互换（"换"字诀），才能既合押韵要求（二、三两句的二、四两字或第一"声节"平仄相同），也完全合乎"粘"字诀规定。至于第四句，二、四两字没有与第三句相对，是一种格律所允许的句内调整，后文有关格律的调整再谈这个问题。

其四，平起平收（首句入韵）式：

- - 1 1 -，1 1 1 - -。1 1 - - 1，- - 1 1 -。

如王涯《闺人赠远》：

花明绮陌春，柳拂御沟新。为报辽阳客，流光不待人。
- - 1 1 -，1 1 1 - -。1 1 - - 1，- - 1 1 -。

这是由BA、aB两种律联构成。按构律规则"对"字诀，第二句应与第一句完全相反；但依"押"字诀，第二句应入韵，必须按"换"字诀将三、五两字的平仄互换；而据"粘"字诀，第三句可与第二句平仄相同，但依"押"字诀，第三句不能入韵，又只能按"换"字诀将三、五两字平仄互换才能合乎规范。

以上四种谱式，以首句不入韵的一、三两种最常用。所以，徐青《古典诗律史》说"以首句不入韵为常式,以用韵为变式"。

第二,七言绝句。

七言绝句,简称"七绝"。如前所述,在五言律体前加一对与第一对音节相反的平声或仄声("戴帽")即成七言律体。七言绝句也是这样构成的。七绝也有平起平收、平起仄收和仄起平收、仄起仄收四种谱式,它们的构律规则和方法与五绝相通。

其一,平起平收(首句入韵)式。

本式由五绝仄起平收式"戴帽"而成:

- - 1 1 1 - - , 1 1 - - 1 1 - 。1 1 - - - 1 1 , - - 1 1 1 - - 。

如张旭《山中留客》:

山光物态弄春晖,莫为轻阴便拟归。

- - 1 1 1 - - , 1 1 - - 1 1 - 。

纵使晴明无雨色,入云深处亦沾衣。

1 1 - - 1 1 , + - + 1 1 - - 。

其二,平起仄收(首句不入韵)式。

这一谱式由五绝仄起仄收式"戴帽"而成:

- - 1 1 - - 1 , 1 1 - - 1 1 - 。1 1 - - - 1 1 , - - 1 1 1 - - 。

如白居易《邯郸至夜思亲》:

邯郸驿里逢冬至,抱膝灯前影伴身。

- - 1 1 - - 1 , 1 1 - - 1 1 - 。

想得家中夜深坐,还应说着远游人。

1 1 - - + + 1 , - - 1 1 1 - - 。

第三句五、六字是句内调整，无碍大体。

其三，仄起平收（首句入韵）式。

这是由五绝平起平收式"戴帽"而成：

11- -11-，- -111- -。- -11- -1，11- -11-。

如司空曙《江村即事》：

钓罢归来不系船，江村月落正堪眠。

1 1 - - 1 1 -，- - 1 1 1 - -。

纵然一夜风吹去，只在芦花浅水边。

+ - 1 1 - - 1，1 1 - - 1 1 -。

完全合律。

其四，仄起仄收（首句不入韵）式。

这是由五绝平起仄收式"戴帽"而成：

11- - -11，- -111- -。- -11- -1，11- -11-。

如苏轼《赠刘景文》：

荷尽已无擎雨盖，菊残犹有傲霜枝。

1 1 + - - 1 1，+ - + 1 1 - -。

一年好景君须记，最是橙黄橘绿时。

+ - 1 1 - - 1，1 1 - - 1 1 -。

用加号表示的都是可平可仄。

与五绝不同，七绝以首句入韵为常格，不入韵者倒少见，称为"变式"或"变格"。

(2) 律诗。

将绝句扩展成三联，是六行小律；扩展成四联，即八行律诗；扩展到五联以上即成长律，或称排律。六行小律和十行以上的排律都是较特殊的形式，而其构律规则与一般律诗相通，略而不论。

律诗当然也是由五言扩展到七言的。无论五律或七律，四联八句都有习用的称谓。即除了按顺序指称联和句，一般称第一联为首联，第二联为颔联，第三联为颈联，第四联为尾联；第一句称起句，第八句称结句，每联的上句称出句，下句称对句或受句。

第一，五言律诗。

五言律诗有四种谱式。以首句不入韵为常用格式，世称正格；首句入韵者不常用，世称偏格。

其一，仄起不入韵式（仄起仄收，正格）：

11--1，--11-。---11，111--。
11--1，--11-。---11，111--。

如李白《渡荆门送别》：

渡远荆门外，来从楚国游。山随平野尽，江入大荒流。
11--1，--11-。---11，+11--。
月下飞天镜，云深结海楼。仍怜故乡水，万里送行舟。
11--1，--11-。--1+1，111--。

其二，仄起入韵式（仄起平收，偏格）：

111--，--11-。---11，111--。
11--1，--11-。---11，111--。

如王维《终南山》：

太乙近天都，连山到海隅。白云回望合，青霭入看无。
１１１－－，－－１１－。＋－－１１，＋＋１－－。
分野中峰变，阴晴众壑殊。欲投人处宿，隔水问樵夫。
＋１－－１，－－１１－。＋－－１１，＋１１－－。

其三，平起不入韵式（平起仄收，正格）：

－－－１１，１１１－－。１１－－１，－－１１－。
－－－１１，１１１－－。１１－－１，－－１１－。

如杜甫《夜宿左氏庄》：

风林纤月落，衣露净琴张。暗水流花径，春星带草堂。
－－－１１，＋１１－－。１１－－１，－－１１－。
检书烧烛短，看剑引杯长。诗罢闻吴咏，扁舟意不忘。
＋－－１１，１１１－－。＋１－－１，－－１１－。

其四，平起入韵式（平起平收，偏格）：

－－１１－，１１１－－。１１－－１，－－１１－。
－－－１１，１１１－－。１１－－１，－－１１－。

如岑参《赵少尹南亭送郑侍御归东台》：

红亭酒瓮香，白面绣衣郎。砌冷虫喧座，帘疏月到床。
－－１１－，１１１－－。１１－－１，－－１１－。
钟催离兴急，弦逐醉歌长。关树应先落，随君满路霜。
－－－１１，１１１－－。＋１－－１，－－１１－。

第二，七言律诗。

七言律诗，简称"七律"。七律在五律的基础上形成，已属定论。在五律前加上一对与第一对音节相反的"－－"或"１１"成为七律，这是水到渠成、自然不过的事。所以，初唐沈宋之后，到唐玄宗开元、天宝年间，作者蜂起。

七言律诗的谱式也有四种。但与五律相反，以平起入韵和仄起入韵两式为常用，是正格；平起和仄起的两种不入韵格式少用，为偏格。构律原则和方法与五律相通。

其一，平起入韵式（平起平收，正格）：

－－１１１－－，１１－－１１－。１１－－－１１，－－１１１－－。
－－１１－－１，１１－－１１－。１１－－－１１，－－１１１－－。

第五句不能平收（按"押"字诀，除首句可以入韵外，其余单句均不得入韵），因此须按"换"字诀将最后的平声与第五字的仄声掉换。如沈佺期《古意呈补阙乔知之》：

卢家少妇郁金堂，海燕双栖玳瑁梁。
－－１１１－－，１１－－１１－。
九月寒砧催木叶，十年征戍忆辽阳。
１１－－１１，＋－＋１１－－。
白狼河北音书断，丹凤城南秋夜长。
＋－＋１－－１，＋１－－＋１－。
谁为含愁独不见，更教明月照流黄。
＋１－－１１１，＋－＋１１－－。

此例平仄与谱式基本相合，用加号之处格律允许，不碍大体。

其二，平起不入韵式（平起仄收，偏格）：

－－１１－－１，１１－－１１－。１１－－－１１，－－１１１－－。
－－１１－－１，１１－－１１－。１１－－－１１，－－１１１－－。

如刘禹锡《酬乐天扬州初逢席上见赠》：

巴山楚水凄凉地，二十三年弃置身。
－－１１－－１，１１－－１１－。
怀旧空吟闻笛赋，到乡翻似烂柯人。
１１－－－１１，＋－＋１１－－。
沉舟侧畔千帆过，病树前头万木春。
－－１１－－１，１１－－１１－。
今日听君歌一曲，暂凭杯酒长精神。
＋１－－－１１，＋－＋１１－－。

其三，仄起入韵式（平起平收，正格）：

１１－－１１－，－－１１１－－。－－１１－－１，１１－－１１－。
１１－－－１１，－－１１１－－。－－１１－－１，１１－－１１－。

此式仍须注意第五句不能平收，互换方法如上平起平收式。如白居易《香炉峰下新卜山居草堂初成偶题东壁》：

五架三间新草堂，石阶桂柱竹编墙。
１１－－＋１－，＋－１１１－－。
南檐纳日冬天暖，北户迎风夏日凉。
－－１１－－１，１１－－１１－。
洒砌飞泉常有点，拂窗斜竹不成行。
１１－－－１１，－－１１１－－。
来春更葺东厢屋，纸阁芦帘著孟光。
－－１１－－１，１１－－１１－。

其四，仄起不入韵式（仄起仄收，偏格）：

11――11，――111――。――11――1，11――11―。
11――11，――111――。――11――1，11――11―。

如杜甫《阁夜》：

岁暮阴阳催短景，天涯霜雪霁寒宵。
11――11，――+11――。

五更鼓角声悲壮，三峡星河影动摇。
――11――1，+1――11―。

野哭千家闻战伐，夷歌几处起渔樵。
11――11，――111――。

卧龙跃马终黄土，人事音书漫寂寥。
+―11――1，+1――11―。

（四）格律的调救与拗变

近体诗格律严整，任何一位诗人包括声病说的创立者沈约等人在内，都没有完全遵守。所以，自唐以来，便有一些不伤大体的机动办法来加以调整，世称"变格"，甚至故意进行违背常规的重大变革，成为"拗体"。我们统称为调救与拗变。调救与拗变的情况极其复杂，难以枚举。这里只作一些简要介绍。

1.调救

不伤格律大体，对原格律谱式作局部变更，即句中或联内的平仄调救。这类调救主要有三种情况：一、三、五字平仄机动，句中避孤平，联内救"三平"。

（1）一、三、五机动。这是说，根据表达需要，在多数情况下，一、三、五字的平仄可以变更，但前提是不犯"孤平"和"三平脚"。

元代刘鉴《经史正音切韵指南》以来，即流行"一三五不论，二四六分明"的口诀，意思是律诗字音一、三、五（五律一、三）字可平可仄；二、四、六字却要特别注意合律。这口诀后来遭到不少非议。徐青、涂宗涛等当代学者都认为，这口诀虽不能包括平仄安排的特殊情况（如为避孤平和三平脚，少数句式中的一、三、五字必须讲究，而某些拗句的二、四、六字也可变动），却"基本上反映了近体诗平仄格式的本质特点"。"因为旧体格律诗的音调节奏，总是两个音为一个节奏，一个节奏总是最后一个音重读，该重读的正好是二、四、六字，在节奏点上，故对平仄要求严，而前一个音（一、三、五字）就不妨适当通融了。"❶这些说法是符合实际的。前面所举各种律谱中，可平可仄的字音，多在一、三、五等轻音节上。这种局部平仄的机动，给创作带来了不少方便。

（2）句中避孤平。所谓"孤平"，指"——11—"和"11——11—"两式平收的五言和七言律句中，五言第一字、七言第三字变了仄声，成为"1—11—"和"111—11—"。这样，除了韵脚，句中只有一个平声夹在仄声之中，就成了"孤平"。这是律诗的大忌，但在仄收句式和其他句型的第一音节出现单独的平声则是允许的。如果犯了孤平，即须进行微调加以补救。调救的基本办法，主要是本句五言第三字七言第五字的仄声改为平声。古人称这种调救法为"借还"，即是说，先借了五言第一字七言第三字的平声给仄声，然后再还到五言第三字七言第五字，使全句平仄均衡。

由于孤平乃律诗大忌，所以唐宋律诗中很难见到这种毛病。下面是学者们提到的少数避救孤平的特例：

①<u>五</u>仙骑五羊，何代降兹乡。　　——李群玉《登蒲涧寺后二岩》

②木落雁南渡，<u>北</u>风江上寒。　　——孟浩然《早寒有怀》

李诗出句第一字按律型应为平声，现用了（借用）仄声，就一定要将本句第三字的仄声换成平声（还回去），才能避免孤平。孟诗受句与此相同，若不调救借还，也要成为孤平。再看：

---

❶ 徐青.古典诗律史[M].西宁：青海人民出版社，1980：149.

涂宗涛.诗词曲格律纲要[M].天津：天津人民出版社，1982：17.

③儿童相见不相识，笑问客从何处来。

——贺知章《回乡偶书》

④负盐出井此溪女，打鼓发船何郡郎。

——杜甫《十二月一日三首》

两例都是仄起平收式七言律句从句第三字的平声借为仄声，便将第五字的仄声还用平声，避免了孤平。

（3）"三平脚"。三平脚，又称"三平调"，主要指五言仄起平收和七言平起平收（11 1 -，- - 1 1 1 - -）两式律句，五言第三字和七言第五字的仄声用了平声，造成三个平声收尾。三平脚是古风常用句式，近体诗自然要加以改变，以示区别。并且，三平脚也确有平直之嫌，避之为好，但唐人已不十分讲究。如果出现，则在出句的末尾连用三个仄声，以求得一联平仄的相对协和。如杜甫《暮归》：

客子入门月皎皎，谁家捣练风凄凄。

出句三仄收，恰与对句三平对应，能形成异声相和的效果。

2.拗变

一般的微调多在一、三、五字上机动，或在一联两句之间平衡。拗变却常常连二、四、六和句式结构也加以突破。按当代学者郭绍虞的说法，拗变也有两种情况：一是变格，二是变体。变格是局部的"出格"，范围窄，称"拗格"；变体则是格律的改造，范围宽，称"拗体"。

（1）拗格。

那些局部看来不合格律的律句，常三平三仄连用，前半部又往往不守两平或两仄连缀的律句常规。如杜甫《晓发公安》：

北城击柝复欲罢，东方明星亦不迟。

1 - 1 1 1 1 1，- - - - 1 1 -。

邻鸡野哭如昨日，物色生态能几时。

- - 1 1 - 1 1，1 1 - 1 - 1 -。

第一句连用五个仄声，第二句连用四个平声。不用说一、三、五，连二、四、六也不顾了。五律中也有类似情形。如杜甫《去蜀》：

　　如何关塞阻，转作潇湘游。
　　－－－ⅠⅠ，ⅠⅠ－－－。

对句的三平脚并未在出句中得到完全的补救。

上面的情况还只是一句两句中的平仄出格，所以郭绍虞仍归为"拗格"。

（2）拗体。

如上所述，拗体是对格律的改造。按郭绍虞的说法，"是以语言的音节来打破和补救文字音节的束缚和缺点"。于是，形成一种与格律谱式大异其趣的拗体律诗。如杜甫《白帝城最高楼》：

　　城尖径仄旌旆愁，独立缥缈之飞楼。
　　－－ⅠⅠ－Ⅰ－，ⅠⅠ－Ⅰ－－－。
　　峡坼云霾龙虎卧，江清日抱鼋鼍游。
　　ⅠⅠ－－－ⅠⅠ，－－ⅠⅠ－－－。
　　扶桑西枝对断石，弱水东影随长流。
　　－－－－ⅠⅠⅠ，ⅠⅠ－－－－－。
　　杖藜叹世者谁子，泣血迸空回白头。
　　Ⅰ－ⅠⅠⅠ－Ⅰ，ⅠⅠⅠ－－Ⅰ－。

此诗是历来公认的拗体典型，非但一、三、五不论，二、四、六也"随需所欲"；第二、七两句更用上二下五和上五下二的歌行句法。虽大出律格，却如王士禛《居易录》所谓"苍莽历落，自成音节"。的确，这种拗体把危仄阴惨的景物和沉郁悲苦的心情都表现得浓重而深刻。

律诗平仄的调救与句法的拗变，在古典诗歌发展史上实属自然之势，这应看成一种进步。唯其有这种机动的调救与破格的拗变，才使律诗永葆长久而旺盛的生命力。句中联内平仄的一般调救和句法的拗变，都在杜甫手上集其大成，创为著名的杜律拗体。晚唐许浑也作过一些探索，"许丁卯体"的称谓，即是诗坛对其成就的确认。调救与拗变的形式多种多样，但无论怎样拗变，都还保留着"整、俪、韵、度"四项基本的律体条件或特征，否则就不成其为律诗了。

所谓"整、俪、韵、度"，是郭绍虞论述杜律拗体时所引唐钺《中国文体的分析》一文中的概念：句型统一，五言全是五言，七言全是七言，谓之"整"；全篇字数一定，五言四十，七言五十六，谓之"度"；中间两联对偶，谓之"俪"；除了首句，一般是双句押韵，谓之"韵"。以此四条衡量杜甫的拗体，的确是虽然拗变而仍不失其为律诗。不过，这已是大大突破旧"格"的新"律"体了，这应视为杜甫对中国古典诗歌发展史的重大贡献。

第四章

体　　制

> **你是否想过：**
> 诗情转化为意象能不能被直接感知？
> 每一首古典诗歌都有自己的"格局"，这主要靠什么构成？
> 古典诗歌的构思和传达过程同体裁形式有什么关系？

> 夫情致异区，文变殊术，莫不因情立体，即体成势也。
> 熔范所拟，各有司匠；虽无严郭，难得逾越。然渊乎文者，并总群势：奇正虽反，必兼解以俱通；刚柔虽殊，必随时而适用。
>
> ——刘勰《文心雕龙·定势》

"体制"，即文学作品的体裁样式。"制"，这里是"规定""制度""制式"之意。因此，文学作品的体制，是一种制度化了的文本规范。察其构成，它又是文学作品内容形式诸因素统一的物化模态。对于中国古典诗歌艺术系统，它是情志、意象、声律等基本元素相统一的结构范型。本章拟就体制的意义和中国古典诗歌各种体裁制式的美学特征略加描述，以利于对我国古典诗歌艺术构成的总体把握。

一、因情立体，即体成势

刘勰在《文心雕龙·定势》中强调："夫情志异区，文变殊术，莫不因情立体，即体成势也。"这"势"，用当代文艺学的概念来说，就是体裁风格。刘氏是说：虽然作者情志各别，作品也因不同的方法而变化，但创作时，都得依照内容和意图确定体裁，让自己的情趣、主旨和个性在特定的体裁形式中得到表达。这是符合创作实际的。这种理论自然不是刘氏首先发明。早在三国时期，曹丕《典论·论文》就提出了"夫文，本同而末异"的命题，并概括了奏议、书论、铭诔和诗赋等"四科"常用文体的基本特征（或曰风格）。在这篇论著中，他还评议了王粲、徐干、陈琳、阮瑀、应玚、刘桢和孔融七子的文风与长短；又进一步提出了"文以气为主，气之清浊有体，不可力强而致"的深刻论断。此后，西晋陆机《文赋》也提到了作者个性不同，文风各异，并论列了诗、赋、碑、诔、铭、箴、颂、说等文体的特性。挚虞《文章流别论》对常用文体的源流、特征进行了较详的论述，并对文坛流弊有所针砭。东晋葛洪《抱朴子·辞义篇》上承曹丕，也认为作者才思有清浊修短之别，而文章参差万品，若"强欲兼之，违才易务，则不免于嗤"。他们都涉及了作品体裁繁多、作者才思偏长、难以兼通的问题；至于写作必须内容符合体制以及作者才情如何与体制规范结合，以创造出优秀作品的系统理论，则是到刘勰才有了明晰深刻的阐述。看看《文心雕龙》的《体性》《定势》等篇，就会明白，作者的思想感情与作品体制的关系问题，是刘勰经过深思熟虑、总括前人的经验与研究成果而精辟论证的，这一理论对后世影响颇大。

北宋黄庭坚《书王元之竹楼记后》说："荆公评文，常先体制而后文之工拙。"王安石是声名赫赫的诗文大家，论文先从体制着眼，可谓得古人真传，抓住了创作与赏鉴的要领。试想，若对文章的体制茫然若迷，纵有清词丽句或豪言壮彩，亦不得"体"；"体"之不得，"文"何足道！

总之，文须"得体"。文学作品以及一切艺术创造，都要求有恰当的体裁形式，才能体现和传达作家、艺术家的情思与创作意图。这一点，古今中外，明人所见，大略如是。就连极其轻视体裁形式和一切传达手段的现代意大利美学家克罗齐也得承认：虽然"直觉即艺术"，但艺术创造这种心灵赋形和具有"表现"性质的认识活动，所生成的意象的"表现品"或"直觉品"，必须"外射"，即经过文字、线条、色彩、声音和节奏运动等物质手段的"翻译"，才能成为作品❶。文学的体裁形式，自然是"翻译"诗人和作家"艺术直觉"的唯一物质手段了。

诗歌创作必须借助"物理条件"把诗人的构思（也即克罗齐的"直觉品"或"表现品"）"翻译"或"外射"出来，这是一个实践的事实。诗人首先得用合乎诗律的语词来表示诗情的意象，而诗律又必须附着于某种体裁，借某种体裁形式来实现其诗学功能。因而，诗人运用合乎诗律的语词表示诗

---

❶ 克罗齐.美学原理[M].韩邦凯,罗芃,等译.朱光潜,校.北京:外国文学出版社,1983:19-21,105-108.

情意象、经营诗章，就必然按照某种体裁的要求进行构思。当诗人完全物化了自己的诗意构想，如《文赋》所说"终流离于濡翰"，也就在实际上造成了一首具有特殊格局风貌即体势的诗歌。所以，体裁是诗歌体势的组织构架和实际形态。

但诗歌的体裁，又并非单纯的物理条件，它是古代诗人长期创作经验的凝结，是具有表现性的"有意味"的形式。刘勰的时代还不是古典诗歌创作的高峰期，体裁也还未臻完善，但已相当丰富。他提出"因情立体，即体成势"的命题详加论述，说明他对于文学体裁对内容的表现作用已有相当明确深刻的理解和研究。

创作实践证明，每种诗歌体裁各有自己的表现性以形成各自的诗学品格。诗人熟悉这种品格，便可以依据所要发抒的情感内容，"按部就班""循体成势"。假如不能通晓各种体裁的特性，或任意挪用，或厌旧取新，就难免牵强乖讹，"失体成怪"了。

因此，无论是创作或赏评，都须对诗歌的体裁制式进行分类把握。

诗歌体裁的分类，没有固定的标准，可以有不同的角度。例如，早在汉初，《诗大序》即根据诗歌的内容性质，将《诗经》中的作品分为风、雅、颂三大类：以个人的感受表现一国之事的曰"风"，反映普天之下的事和表现四方风俗民情的曰"雅"，用乐舞形态赞美德政、祭告神明的曰"颂"。后世学者一般认为，"风"是诸侯之国的民歌，有地方特色；"雅"是周朝卿大夫的乐歌，是伸张正义的华夏正声；"颂"是周王朝和鲁、宋两国祭祖祀神的舞诗。这种分法，当然只局限于最早的诗歌总集。到刘勰的《文心雕龙》，则将齐梁以前的诗歌，按内容形式的总体特性归纳为楚骚、古诗和乐府三大类；其《明诗》篇进一步依发展历史，将古诗分为四言和五言两种主要体裁，顺便提及了三言、六言与离合、回文、联句等特殊诗体。此后，唐元稹，宋张表臣、姜夔、魏庆之，清薛雪等，都从不同角度对古典诗歌体裁进行过划分。他们的探索，也为后人积累了有益的经验。当代学者万云骏《诗词曲欣赏论稿》依古典诗歌的历史阶段划分为四言诗、骚体诗、五七言诗和词曲（长短句）四类；张思绪《诗法概述》则依诗歌同音乐、格律的关系及体制的偏正等，分为乐府诗、古体诗、近体诗和杂体诗四大类，未及词曲。我们兼采万、张两家，将我国古典诗歌归纳为乐府诗、古体诗、近体诗、杂体诗、词和散曲六大类。下面拟就词和散曲以外的各体古典诗歌的美学特征略加分述。

二、古体诗

"古体诗",是相对"近体诗"而言。区别的主要标准是声律。讲究声韵格律是近(今)体,否则是古体。如前所述,近体诗萌发于齐梁时代,而成熟、定型于盛唐。齐梁以前的诗,无所谓"声律",也就无所谓近古,通称"古诗"或"古体诗"。实际上包括了古代的民歌、乐府和文人之作(雅、颂,骚体和汉魏文人的诗篇)。唐以后,近体盛行,也还有大量不讲格律的五言、七言诗,也称为"古诗"或"古体"(五古、七古、新乐府等)。这是历来诗学界公认的说法。

但对于"古诗",早在东汉时期,刘向、刘歆的《七略》和班固的《汉书·艺文志》,已将"诗"与"歌"区分开了。齐梁时代,刘勰《文心雕龙》也显然对一般的四言、五言诗与骚体、乐府另眼相看;萧统编《文选》时,即将乐府排除,专录文人之作。直到明清,还有学者、诗人坚持将乐府与一般古诗分开,这是有一定道理的。我们也采取这种意见,将乐府与一般古诗分别讨论,但仍将它归于"古体诗"的大类之下。

(一) 乐府诗

唐代以前,乐府诗与一般古体诗在内容、风格上都不相同。

"乐府",本来是西汉管理音乐的官方机构,专司采集、整理民间歌谣以被管弦之职。据《汉书·礼乐志》,孝惠帝二年(公元前193年)已任夏侯宽为乐府令,但大规模采集民歌、令文人加工整理,乃至创作歌词,似在武帝之时(公元前139年以后)。该书说"至武帝定郊祀之礼,祀太乙于甘泉……祭后土于汾阴……乃立乐府,采诗夜诵,有赵、代、秦、楚之讴。以李延年为协律都尉,多举司马相如等数十人,造为诗赋,略论律吕,以合八音之调,作《十九章》之歌"。后来,有人将乐府保存的歌曲也称"乐府"。再后,这种体裁渐渐扩大,还包括了大量文人的模拟之作,而刘勰《文心雕龙·乐府》所论也主要是文人作品。魏晋以后,文人的拟作更普遍了,"三曹"之后的鲍照、李白、杜甫以及中唐白居易、元稹、张籍、王建等人的新乐府都很有名。

以汉魏六朝正式列为乐府、谱入音律的歌词为限,那么,乐府和一般五言、七言古诗比较,有三点特色:

第一,从内容上看,乐府多系叙事诗和民俗诗。如《陌上桑》《羽林郎》《孔雀东南飞》《平陵东》《东门行》《病妇行》《孤儿行》等,似乎都是"传真人，叙实事"。其他许多名篇，也多有简略的人物故事。《懊侬歌》《石城乐》《三洲歌》等多描写、讴歌某地方的风俗异趣。可见，明"前七子"之一的徐祯卿《谈艺录》谓"乐府往往叙事，故与诗殊"，是符合实际的。

第二，从风格上看，乐府诗多采自民间，语言素朴，情感真切，不假雕饰，自然感人。

第三，从表现手法上看，以描述为主，少有议论。刘坡公《学诗百法》认为："乐府……须有苍老古雅之色溢于词句之间，若一涉议论，便不似乐府矣。"事实上，许多反映民间疾苦的作品，也都很少直接议论，如《战城南》《十五从军征》等，描述战争给人民带来的巨大灾难，强烈的不满情绪，都是通过事实的描绘和后果的陈述来表达的。

古乐府既缘事而发，那么，文人拟作乐府，也应有叙事性才是。明朱承爵《存余堂诗话》云："古乐府命题，俱有主意，后之作者，直当因其事用其题始得。往往借名，不求其原，则失之矣。"这是有见地的。例如，有人以《将进酒》古题叙烈女事，显然声情不类，必然贻笑后世。

（二）五言古诗

五言古诗，是古诗最重要的体裁制式。在五言流行之前，从西周到春秋中叶的五六百年间，主要是四言诗，虽然有相当高的艺术水准，但不能充分适应表现日益复杂的社会生活和思想感情的需要，到春秋战国后期，为新起的楚辞（骚体）所代替。但楚辞也并未在楚国以后的诗坛上保持重要地位，其声势不及汉赋，只有一些文人拟作；而且不久，五言诗渐渐酝酿成熟，到东汉崛起，便历久不衰，虽在唐代，五古也不乏名家杰作。所以，这里略去四言和骚体，直接讨论五言古诗。

一般认为，五言古诗源于汉代民歌，到东汉时代，《古诗十九首》已是成熟之作，其艺术价值历来公认。它虽然比四言只多一字，其功能却大不相同。钟嵘《诗品·序》说："夫四言文约意广，取效风骚，便可多得。每苦文繁而意少，故世罕习焉。五言居文词之要，是众作之有滋味者也，故云会于流俗。岂不以指事造形，穷情写物，最为详切者耶？"他尖锐地指出了四言"文约意广"（简约而宽泛）和"文繁意少"的缺点，又大力肯定五言"指事造形、穷情写物，最为详切"，且"有滋味"的优长，所以长久盛行，此论颇为中肯。

五言诗源远流长，没有统一风格，不同时期、不同作者有不同特色。就时期论，在它的发展期（建安前），大多自然素朴，整一浑成，正如严羽《沧浪诗话》所说，"气象浑沦，难以句摘"，《古诗十九首》最为典型。到建安时代，渐重文采，曹植诗已是"词彩华茂"，陆机在理论上也概括出了"诗缘情而绮靡"和"立片言以据要"（文采、音律与警句）的主张，梁代沈约、王顗等更创声病之说；而艺术自身的发展规律也总是由简到繁、由朴而精的。所以，魏晋以降，诗人逞才任性，各擅所长，或典雅、或清新、或超旷、或华赡，或兼善，或偏美。于是，五言诗坛，词彩缤纷，名章隽语，蝉联迭出。例如，曹植《杂诗》"高台多悲风，朝日照北林"，左思《咏史》"振衣千仞冈，濯足万里流"，陶潜《饮酒》"采菊东篱下，悠然见南山"，谢灵运《登池上楼》"池塘生青草，园柳变鸣禽"，谢朓《晚登三山还望京邑》"余霞散成绮，澄江静如练"，沈约《别范安成》"梦中不识路，何以慰相思"，何逊《相送》"江暗雨欲来，浪白风初起"，阴铿《开善寺》"莺随入户树，花逐下山风"，萧悫《秋思》"芙蓉露下落，杨柳月中疏"，王褒《关山月》"天寒光转白，风多晕欲生"等，都颇为后代诗家称许。钟嵘《诗品·序》最后特别指出："陈思赠弟、仲宣七哀、公干思友、阮籍咏怀、子卿双凫、叔夜双鸾、茂先寒夕、平叔衣单、安仁倦暑、景阳苦雨、灵运邺中、士衡拟古、越石感乱、景纯咏仙、王微风月、谢客山泉、叔源离宴、鲍照戍边、太冲咏史、颜延入洛、陶公咏贫之制，惠连捣衣之作，斯皆五言之警策者也。所谓篇章之珠泽，文彩之邓林乎。"这种评价，大体合乎魏晋以来五言诗的发展实际。

　　五言古诗，虽在不同时期不同作手都有不同风格，但历代诗家似乎都崇尚清远之作。"清"，清丽，指遣词造句，自然而有文采；"远"，悠远，指情趣天真、意味隽永。刘勰《文心雕龙·明诗》说："五言流调，则清丽居宗"；钟嵘称《古诗十九首》"清音独远"；李白对建安风骨和小谢诗歌的天然清新的风格大力推崇，苏轼对陶潜诗外枯实腴的美学境界极为倾心，元遗山对谢灵运"池塘青草"的无以复加的赞美等，都透出了个中消息。元人杨载《诗法家数》对五言古诗有一段精辟的议论：

　　　　五言古诗，或兴起，或比起，或赋起，须要寓意深远，托词温厚，反复优游，雍容不迫。或感古怀今，或怀人伤己，或潇洒间适。写景要雅淡。推人心之至情，写感慨之微意，悲欢含蓄而不伤，美刺婉曲而不露。要有三百篇之遗意方是。观汉魏古诗，蔼然有感动人处。如《古诗十九首》，皆当熟读玩味，自见其趣。

杨载也是强调深远、温厚、淡雅、含蓄的美学风范。

　　五言古诗并不止于这类风格，为什么多数诗家对此情有独钟？这与中国古典的审美理想有关，也因五言古诗本身的结构性能所致。

　　就审美理想来说，从先秦以来即已形成了素朴淡远为极致的审美理想。《老子》二十五、三十一章倡言"道法自然""恬淡为上"；《庄子》之《山木》《天道》也认为"既雕既琢，复归于朴""朴素而天下莫能与之争美"；刘勰《情采》认为"《贲》象穷白，贵乎反本"，《易·贲卦》终以白色为上，文辞也不能过于华丽，应以根本——"述志"为贵，《隐秀》标举"自然会妙""余味曲包"；李白《赠江夏韦太守良宰》推崇"清水出芙蓉，天然去雕饰"；司空图《与李生论诗书》称王右丞、韦苏州"澄淡精致，格在其中"，强调"韵外之致""味外之旨"；苏东坡《评韩柳诗》赞陶渊明、柳宗元诗"外枯而中膏，似淡而实美"，《书黄子思诗集后》倾心于韦、柳诗"发纤秾于简古，寄至味于澹泊"；严沧浪讲求"兴趣"，王渔洋力倡"神韵"，都是这种审美理想的继承与发挥。所以，五言诗中空灵蕴籍、清雅隽永的作品与诗风备受推崇。

　　五言诗的结构性能，也特别适于表现优美的景物和微妙的情思。钟嵘认为五言诗"指事造形，穷情写物，最为详切"，是众作中最有"滋味"者，这是同四言诗比较而言，而且是从效果来说的。为什么四言诗没有五言诗这样的效果？他指出了两个原因：一是"文约意广"，即文字简略，意义广泛。按照传统观念，四言诗是"正体"，虽然文字简约，却能寄托深广的意义。明杨慎《升庵诗话·太白论诗》说连放达如李白也尚有"兴寄深微，五言不如四言，七言又其靡也"之论。至于魏晋南北朝时期，更有文论家仍奉四言为正宗。西晋挚虞《文章流别论》说："雅音之韵，四言为正；其余虽备曲折之体，而非音之正也"，"五言者……于俳偕倡乐多用之"。这种说法，无非因为《诗经》主要为四言之故。儒家正统观念的影响于此也有表现。但钟嵘却面对实际，指出四言的局限：由于文字太约，意义的表达又多借比兴，很难深入细致；而这种体裁和方法，只要效法国风和骚体便可多得，即较容易。

　　与此相关，二是"文繁意少"。四言诗往往要两句相连才能表达一个完整的意思，而这两句八字的内涵，五言诗只要一句即五个字就可以包容。如《诗·小雅·大东》："跂彼织女，终日七襄；虽则七襄，不成报章。"《古诗十九首》"终日不成章"五字就表达了"虽则七襄，不成报章"两句八字的意思。四言由于文字结构的局限，在体物抒情上便不如五言来得细致而贴切，也就不如五言生动感人了。

再者，五言与七言相比，又有"文约意广"的特点，即五言在结构上兼有四言兴寄深微和七言涵盖广博的功能，形式和内容都适得其中。清刘熙载《艺概·诗概》说："字少者含蓄，字多者发扬也。是则五言七言，消息自有别矣。"这是比较合乎实际的概括。由于五言古诗结构上的这种特性，带来了相应的两个特征：

第一，文字比较清雅。比之四言，五言虽然有较为华茂的词采，却不能堆砌雕琢，否则，反失清丽本色，缺乏含蓄余味。汤惠休和鲍照评谢灵运如"芙蓉出水""初发芙蓉"，颜延之诗若"错采镂金""铺锦列绣"[1]，褒贬之间，亦可见诗坛对五言古诗艺术特色的共识。

第二，情调显得恬淡。由于五言比较适于描述优美的风物、细致的感触与温和的情绪，所以多给人亲切、平和之感。刘熙载《艺概·诗概》说"五言亲""平淡天真，于五言宜""五言尚安恬"等，正是就五言的基本性能和风貌而说的。这并不妨碍曹植写《赠白马王彪》、左思写《咏史》、陶潜写《读山海经》、李白写《关山月》这类情感强烈、气象宏阔的作品，但比较起来，人们更津津乐道的是曹植的《杂诗》，陶潜的《归田园居》《饮酒》，谢灵运的《登池上楼》《过始宁墅》，王维的《山居秋暝》《鹿柴》《山中》《鸟鸣涧》，孟浩然的《宿建德江》《春晓》，李白的《静夜思》《夜泊牛渚怀古》等抒发闲情逸致之作。

五言古诗，由于结构性能的优长以及对诗人情志简淡高洁的要求，为历来诗家所珍重，甚至看作古典诗歌的基础。刘熙载《艺概·诗概》说："故诗不善于五古，他体虽工弗尚也。"他还称引孙过庭《书谱》"思虑通审，志气和平，不激不厉，而风规自远"之论，作为五言古诗创作经验的总结。五古的重要性由此可见。

下面举两首五古，以见其不同的历史风貌：

①西北有高楼，上与浮云齐。交疏结绮窗，阿阁三重阶。

上有弦歌声，音响一何悲。谁能为此曲？无乃杞梁妻。

清商随风发，中曲正徘徊。一弹再三叹，慷慨有余哀。

不惜歌者苦，但伤知音稀。愿为双鸿鹄，奋翅起高飞。

——《古诗十九首》之五

---

[1] 陆侃如,冯元君.中国诗史:中[M].北京:作家出版社,1956:379.

②江路西南永，归流东北鹜。天际识归舟，云中辨江树。

旅思倦摇摇，孤游昔已屡。既欢怀禄情，复协沧洲趣。

嚣尘自兹隔，赏心于此遇。虽无玄豹姿，终隐南山雾。

——谢朓《之宣城出新林浦向板桥》

例①是五言成熟期的文人作品，感伤知音稀少，明显地保留着铺叙夸张的赋法。但语言自然清丽，诗意显豁而音调婉转；虽有典故隐喻却无雕琢之嫌，读来娓娓动人，正合清雅温厚的风范。例②是五言盛行期的作品，谢朓代表作之一，是他从建业赴宣城太守任的途中写的，诗中表达了避害全身的思想。这里景物的描绘、情绪的抒发都用锤炼得极为精警的对偶句式来加以强化；所铸造的视觉意象和心理意象也很独特。无怪李白盛赞他"清发"，意即清新俊发，不同凡响。

（三）七言古诗

七言古诗也没有统一的规格，前人将它分为古、近二体。刘熙载《艺概·诗概》说：

> 七古炜煜而谲诳。

又说：

> 七古可命为古近二体：近体曰骈、曰谐、曰丽、曰绵，古体曰单、曰拗、曰瘦、曰劲；一尚风容，一尚筋骨。此齐梁、汉魏之分，即初、盛唐之所以别也。

即是说，总的来看，七言古诗词彩炳焕，章法多变；而近体七古讲骈偶、和谐、秾丽、绵贯；古体七言则单行、拗仄、瘦朴、劲健。前者以风采见长，后者以骨力取胜。

应该说，刘熙载对七言古诗古、近二体特征的界定是很精辟的。但他所说的"古体"其实并不古，是盛唐以后才发展起来的；而他所说的"近体"倒是开元以前七言古诗的基本形态,世称"歌行体"❶。一般的文学史和诗学论著虽未加区别,但二者很不相同,似应分开介绍。并且,为了概念上不致相混,我们仍将开元以前即已流行的七言古诗称为"七言歌行",而将盛唐以后发展起来的七言古诗称为"七言古风"。

1. 七言歌行

如前所述,文人创作的古诗,跟乐府民歌及入乐的文人乐府不同。因此,虽然"歌行"这个名称早在汉魏时期已经出现,如汉乐府《长歌行》《艳歌行》《伤歌行》,东汉班婕妤《怨歌行》、曹操《短歌行》,魏曹丕《燕歌行》《短歌行》,曹植《怨歌行》等。但除了曹丕《燕歌行》为七言乐府外,其余都是四言或五言乐府,而且只有《艳歌行》末句转韵,一般都是一韵到底,与后世的歌行体不同。七言歌行起于何时、源于何体,前人略有所及。严羽《沧浪诗话·诗体》说:"风雅颂既亡,一变而为离骚,再变而为汉五言,三变而为歌行杂体,四变而为沈宋律诗。五言起于李陵、苏武,或云枚乘,七言起于汉武《柏梁》……"此说笼统,仅指出"歌行杂体"源于古代诗歌的第三次变化。明人有进一步探索。"前七子"之一的徐祯卿在其《谈艺录》中说:"歌声杂而无方,行体疏而不滞。"徐师曾《文体明辨序目》加以申述:"放情长言,杂而无方者曰'歌';步骤驰骋,疏而不滞者曰'行';兼之曰'歌行'。"又说:"按古诗自四五七言之外,又有杂言,大略与乐府歌行相似而其名不同,故别列一类,以继七言古诗之后。"都是从字句音节看,歌行是很自由的;后者又强调歌行与杂言相似而名不同。后胡应麟《诗薮·内篇》考证说:"《燕歌》初起魏文,实祖'柏梁体',《白纻词》因之,皆平韵也。至梁元帝'燕赵佳人本自多,辽东少妇学春歌'音调始协。"认为"歌行"起于曹丕而成于梁元帝。这种说法将歌行与汉魏文人乐府诗联系起来了。胡震亨《唐音癸签》论列也详:"乐府题或名'歌',亦或名'行',或兼名'歌行';'歌',曲之总名;衍其事而歌之曰'行'。'歌'最古,'行'与'歌行'皆始汉,唐人因之。"又说:"今考唐人集录所标体名,凡效汉魏以下诗,声律未叶者名'往体'……而七言古诗,于往体外另为一目,又或名'歌行'。"即认为,唐人也已曾视"歌行"与七言古诗为一体了。当代文学史家和古典诗学家各有所见:刘大杰《中国文学发展史》认为七言古诗和律体均始于六朝,而鲍照的歌行已有很高的才情,并且对高适、岑参、李白诸人都有"启发和影响";陆

---

❶ 张思绪.诗法概述[M].上海:上海古籍出版社,1988:95-96.

侃如、冯元君《中国诗歌史》赞鲍照是"七言诗酝酿时期中唯一的大作家";游国恩等编《中国文学史》称鲍照"为七言诗的进一步发展树立了榜样,开拓了宽广的道路";张思绪《诗法概述》认为"歌行体导源于梁元帝萧绎的《燕歌行》,至唐始盛"。这些说法都有道理,从中我们可以得到几点认识:

第一,七言的歌行体同文人拟作的乐府诗有直接的关系,如曹丕的《燕歌行》,南朝宋刘铄的《白纻曲》,都可看作七言歌行的滥觞。

第二,梁元帝萧绎的《燕歌行》和鲍照的七言乐府,可以说是七言歌行的成熟作品。

第三,到了唐代,七言歌行有了很大发展,出现了李颀、王维、李白、高适和岑参这样的盛唐大家。

那么,七言歌行有什么特点?

第一,从字数看,以七言为主,兼以杂言。

第二,从句式看,骈散结合。这种句式,在《白纻曲》和鲍照的歌行中已自由运用,唐代更为普遍,而以李白最为典型。

第三,从声韵看,押韵、转韵和平仄都没有严格要求:既可押平韵,也可押仄韵,但多二者兼押;转韵灵活,可以两句一转、四句一转,或八句一转,但以四句一转为常,"且宜平仄层转"(张思绪《诗法概述》,即转韵时平仄也一起转换);至于平仄,也不如律诗严格,也可在对偶句中参入律诗平仄。因而低昂流转,跌宕多姿。

第四,从性能看,咏叹铺陈,曲尽情致。由于歌行体字句不限,声韵较自由,所以指事写物、言志抒怀,随人所需,因题制宜,且特别适于重大题材和强烈的情感。鲍照以来,历代名家运用歌行体创作了不少可歌可泣的不朽篇章。如卢照邻的《长安古意》,张若虚的《春江花月夜》,李颀的《从军行》,王维的《洛阳女儿行》《老将行》,李白的《蜀道难》《将进酒》《行路难》《梦游天姥吟留别》《庐山谣寄卢侍御虚舟》,高适的《燕歌行》,岑参的《白雪歌送武判官归京》《走马川行奉送封大夫出师西征》,杜甫的《丽人行》《古柏行》,白居易的《长恨歌》《琵琶行》,欧阳修的《明妃曲和王介甫作》,王安石的《明妃曲》,苏东坡的《游金山寺》《书王定国所藏烟江叠嶂图》,陆游的《关山月》,吴伟业的《陈圆圆曲》等,都充分体现了七言歌行的艺术品格。

第五,从风格看,声情并茂,气韵流荡。一般认为,六朝和初唐的歌行音节和婉、情韵悠然,而盛唐以后则参用古法,声调健举、魄力雄厚。但总的来说,都有声情并茂的共同特征。南宋姜夔的《白石诗说》云:"体如行书曰'行',放情曰'歌',合之'歌行'。"历来学者多讥之。清冯班的《钝吟杂录》以为姜氏"本不知何解",胡说乱道,"可以掩口";张思绪《诗法概述》也斥为"望文生义"。其实,姜夔作为精通音律的诗坛名家,虽不一定详考歌行一体的来龙去脉,却形象地道出了其体式可以自由挥洒、放情咏唱的功能特性。元杨载《诗法家数》说:"七言古诗,要铺叙,要有开合,有风度;要迢遞险怪,雄俊铿锵,忌庸俗软腐。须是波澜开合,如江海之波,一波未平,一波复起;又如兵家之阵,方以为正,又复为奇,方以为奇,忽复是正,出入变化,不可纪极。备此法者,唯李、杜也。"这当然是对七言歌行更为生动细致的描述。但又何尝与体如行草、声如放歌的精神相悖呢!

下面看几个例子:

①燕赵佳人本自多,辽东少妇学春歌。黄龙戍北花如锦,玄菟城南月似蛾。如何此时别夫婿,金羁翠眊往交河。还闻入汉去燕营,怨妾愁心百恨生。漫漫悠悠天未晓,遥遥夜夜听寒更。自从异县同心别,偏恨同时成异节。横波满脸万行啼,翠眉渐敛千重结。并海连天合不开,那堪春日上春台。乍见远舟如落叶,复看遥舸似行杯。沙汀夜鹤啸羁雌,妾心无趣坐伤离。翻嗟汉使音尘断,空伤贱妾燕南陲。

——梁元帝萧绎《燕歌行》

②噫吁嚱,危乎高哉!蜀道之难难于上青天!蚕丛及鱼凫,开国何茫然。尔来四万八千岁,不与秦塞通人烟。西当太白有鸟道,可以横绝峨眉巅。地崩山摧壮士死,然后天梯石栈相勾连。上有六龙回日之高标,下有冲波逆折之回川。黄鹤之飞尚不得过,猿猱欲度愁攀援。青泥何盘盘,百步九折萦岩峦。扪参历井仰胁息,以手抚膺坐长叹。问君西游何时还?畏途巉岩不可攀。但见悲鸟号古木,雄飞雌从绕林间。又闻子规啼夜月,愁空山。蜀道之难难于上青天!使人听此凋朱颜。连峰去天不盈尺,枯松倒挂倚绝壁。飞湍瀑流争喧豗,砯崖转石万壑雷。其险也若此,嗟尔远道之人胡为乎来哉!剑阁峥嵘而崔嵬,一夫当关,万夫莫开。所守或非亲,化为狼与豺。朝避猛虎,夕避长蛇,磨牙吮血,杀人如麻。锦城虽云乐,不如早还家。蜀道之难难于上青天!侧身西望长咨嗟。

——李白《蜀道难》

③三月三日天气新，长安水边多丽人。态浓意远淑且真，肌理细腻骨肉匀。绣罗衣裳照暮春，蹙金孔雀银麒麟。头上何所有？翠为匎叶垂鬢唇；背后何所见？珠压腰极稳称身。就中云幕椒房亲，赐名大国虢与秦。紫驼之峰出翠釜，水精之盘行素鳞。犀箸厌饫久未下，鸾刀缕切空纷纶。黄门飞鞚不动尘，御厨络绎送八珍。箫鼓哀吟感鬼神，宾从杂遝实要津。后来鞍马何逡巡，当轩下马入锦茵。杨花雪落覆白蘋，青鸟飞去衔红巾。炙手可热势绝伦，慎莫近前丞相嗔！

——杜甫《丽人行》

以上三首歌行，可作为三种典型：例①是歌行成熟期的杰作，音韵和婉，情调缠绵，以艳丽的文句含蓄地表达了思妇的愁怨和渴望。正合刘熙载所说的"骈、谐、丽、绵"，颇有"风容"。例②是歌行鼎盛期的代表，公认为盛唐之音的绝唱。诗人想落天外，以极度夸张的语词和参差跌宕的句法，融合古代的传说与民谚，描绘秦岭蜀道的无比艰险，表达对蜀地政治形势的热切关注和忧时警世的激情。高亢的平韵主调，以惊呼突起，先声夺人；又在奔腾澎湃的声浪中杂以仄韵，形成横梗劲拗、砰轰磅礴的排山倒海之势，使本诗成为有唐以来豪迈激越的歌行大合唱中空前绝后的最强音。难怪贺知章一见便惊呼李白为天上"谪仙人"（孟棨《本事诗·高逸》）。例③一韵到底，结合一些古法，设问对答，尽情铺叙，在铺张的描述中隐含着讽谕之情，有古乐府的余韵，与初、盛唐不同，在劲健中显出沉着，正是老杜风范。

明胡应麟《诗薮·内篇》引何景明的话说："初唐四子，虽去古甚远，其章节往往可歌。子美辞虽沉着，而调失流转，实诗歌（按：即歌行）之变体也。"这是从声调的变化指出杜甫对传统歌行的创异。李攀龙的看法又相反，认为"七言歌行，惟杜不失初唐气格，而纵横有之。太白纵横，往往强弩之末，间以长语，英雄欺人耳。"这又没有看到老杜歌行与初唐四杰气格上的不同，而只见其纵横的一面。殊不知，杜甫正是以纵横辞气改变了初唐优柔旖旎、摇曳舒缓的格调。至于李白，他们倒是说对了：正是健笔凌云，气贯长虹，彻底打破了六朝以来的绮丽之风。他往往铸成九至十一字的长句，横亘于流转动荡的旋律之中，使歌行格调高亢激越，破石惊天。"飞湍瀑流争喧豗，砯崖转石万壑雷"，正可以用作他自己歌行风格的生动写照。但无论李白或杜甫，都还不失其歌行体可歌可泣的声情特征。

到白居易，歌行的特征有了新的变化。从李、杜时代的激越豪放趋于舒缓绮丽。所以，沈德潜《唐诗别裁》说："《长恨歌》悠扬旖旎，情至文生，本王、杨、卢、骆而加以变化者矣。"但歌行的黄金时代毕竟已随盛唐而去，虽韩愈、苏轼崛起也不能复其旧观，只好在诗歌的别体——七言古风和长短句领域去别开生面了。

2.七言古风

古代诗人和诗家常把七言古诗统称为七古或歌行，有的又将歌行与乐府相混，如宋人郭茂倩《乐府诗集》就完全按题分，对于唐人歌行，凡用乐府古题者，不论古体或律体，都视为乐府，分别归入"鼓吹""相和"等各调类中；宋初徐铉、李昉等编《文苑英华》，则以古题归乐府，新题属歌行；清人沈德潜辑《唐诗别裁》则认为"唐人达乐者已少，其乐府题不过借古人体制写自己胸臆耳"，"故杂录于各体中，不另标乐府之名"，所以只有古体与近体之分，歌行与古风不辨。当今学者也不区分歌行与古风，可能是为了避免烦琐。

实际上，古风是天宝之后，李白、杜甫运用古法创造的新体七古，至韩愈而集大成。

这种七言古风与歌行比较，到底有什么特点？从前人和当代学者的有关论述中，可以概括为以下几条：

（1）从字数看，古风比较整齐，每句七言，句数不等；歌行则以七言为主，可间杂言。

（2）从句式看，古风不讲对偶，一气单行，可用散文句法；歌行则常常骈散结合。

（3）从声韵看，古风不讲格律，但不能转韵，不如歌行自由。因常用三平或仄韵收，又可"平仄平"或"仄仄仄"落，故声情顿挫，风调刚健，用以表现重大题材、抒发深沉感慨，具有震撼人心的冲击力。这里又有三种情况。

第一，仄韵诗。上句末字可平可仄。杜甫之前多用平落，杜甫始兼用仄声，使成劲健风骨。李东阳《怀麓堂诗话》说："古诗仄韵者，上句末字类用平声，惟杜子美多用仄声，如《玉华宫》《哀江头》诸篇已可概见。其音调起伏顿挫，独为矫健，似别出一格；回视纯用平声者，便觉萎弱无生气。后则韩退之、苏子瞻学之，故亦健于诸作。"《玉华宫》仍是五古，并非七言古风，但《哀江头》《悲陈陶》《岁晏行》诸作确是常用仄声为上句之末，唯其如此，杜甫的七言古风才顿挫矫健。

第二，平韵诗。上句二字为平，五字为仄，下句末三字多用平声，诗家谓之"三平切脚"或"三平调"。故清王士禛《古诗平仄论》说，七言古诗平韵诗"出句终以二、五为凭，落句终以三、五为式"。

第三，三仄尾及其他。三平调而外，尚有"三仄尾"和"平仄平""仄平仄"等特殊的声韵格式。这也是盛唐以后七言古风有意避免律句，使自己声峭节促的手法[1]。

下面看两首例诗：

> 岁云暮矣多北风，潇湘洞庭白雪中。渔父天寒网罟冻，莫摇射雁鸣桑弓。去年米贵阙军食，今年米贱大伤农。高马达官厌酒肉，此辈杼轴茅茨空。楚人重鱼不重鸟，汝休枉杀南飞鸿。况闻处处鬻男女，割慈忍爱还租庸。往日用钱捉私铸，今许铅锡和青铜。刻泥为之最易得，好恶不合长相蒙。万国城头吹画角，此曲哀怨何时终！
>
> ——杜甫《岁晏行》

本诗18句，有15句是纯粹的古风体常用的句式：首先，在9个平脚下句中，除1、3、4这3个下句外，6个都是"三平调"；其次，9个出句，有8个是仄落，其中4句是三仄脚；最后，只有6、17两句为律句。所以应算是很典型的七言古风。由于声律拗口、劲健，强化了诗人的不平之气。《新唐书·杜甫传》所谓"沉郁顿挫"的老杜诗风，在这类古风中得到了很充分的体现。再如：

> 五岳祭秩皆三公，四方环镇嵩当中。火维地荒足妖怪，天假神柄专其雄。喷云泄雾藏半腹，虽有绝顶谁能穷？我来正逢秋雨节，阴气晦昧无清风。潜心默祷若有应，岂非正直能感通。须臾静扫众峰出，仰见突兀撑青空。紫盖连延接天柱，石廪腾掷堆祝融。森然魄动下马拜，松柏一迳趋灵宫。粉墙丹柱动光彩，鬼物图画填青红。升阶伛偻荐脯酒，欲以菲薄明其衷。庙令老人识神意，睢盱侦伺能鞠躬。手持杯珓导我掷，云此最吉余难同。窜逐蛮荒幸不死，衣食才足甘长终。

---

[1] 王力.古代汉语：下册（第二分册）[M].北京：中华书局，1978：1452.
张思绪.诗法概述[M].上海：上海古籍出版社，1988：97.

侯王将相望久绝，神纵欲福难为功。夜投佛寺上高阁，星月掩映云瞳胧。猿啼钟动不知曙，杲杲寒日生于东。

——韩愈《谒衡岳庙遂宿岳寺题门楼》

全诗32句，"三平调"14句（其中只有一个在上句），没有一个律句，三仄相连的有10句，四仄相连和五仄相连的各3句。这是一首不折不扣的七言古风，以拗仄劲健的句式声调，描绘出衡山的神雄突兀，抒发了自己的垒落情怀。读来音强气盛，苍劲盘礴。"横空盘硬语，妥贴力排奡"，韩愈在《荐士》中评孟郊的诗句，正可以用来作为他自己这种独特风格的确切有力的概括。

三、近体诗

古代诗学一般以律诗和绝句为近体或今体，这是从声律方面说的。就实质而言，无论律绝还是古诗，都有古近之分。刘熙载《艺概·诗概》认为："诗以律绝为近体，此就声音而言之也。其实古体与律绝，俱有古近体之分。此常于气质辨之。"古体诗的古近之分，如上节所述，不但有"气质"的差异，"声音"也很不同。但刘氏指出无论古体、律绝都有古近之分却是符合实际的。然而，笼统地说古体近体，则指古诗与律、绝，这已成为习惯。所以我们这里讨论近体诗，当然也指律诗和绝句。律诗和绝句的格律要素和模式形态前已详述，这里仅就它们的结构、表达性能和审美特色等有关问题进行一些讨论。

（一）绝句

绝句，又称"绝诗"或"截句"。文学史家大多承认绝句特别是五绝同乐府民歌及齐梁小诗的渊源关系。

不难设想，文人既已拟作了大量"小诗"，在声律盛行的时代，自然要运用声律，正如赵翼《瓯北诗话》所说："格式既定，更一朝令甲，莫不就其范围。"也不奇怪，五言四句的小诗，在齐梁诗家手上，格律之严，甚至超过了后来唐人的五绝，如对于"上尾"病（平起第一句用韵）的竭力避免即是明证。事实上，唐代五绝和五律的基本结构方式，在"齐梁体"中已经成为普遍的范型。

至于七言绝句，虽是唐代才定型，但齐梁时代已有合乎格律的作品问世，如江总的《怨诗二首》：

采桑归路河流深，忆昔相期柏树林。

奈许新缣伤妾意，无由故剑动君心。　　　　——其一

新梅嫩柳未障羞，情去恩移那可留！

团扇箧中言不尽，纤腰掌上讵胜愁。　　　　——其二

两首基本上合乎七言近体平起入韵式。只是第一首的第一句一、三、五字拗（古体三平调）；第二首，第一句第六字、第二句第一字拗，第三句一、三字拗。拗的地方都不伤格律，而且基本上符合两联之间的"粘对"原则，即二、三句二、四、六字平仄相同。再如隋炀帝《迷楼歌》：

宫木阴浓燕子飞，兴衰自古漫成悲。

他日迷楼更好景，宫中吐艳变红辉。

这首诗也基本符合七言绝句的仄起入韵式，只是第一句第一字变，第三句一、五字变，但联间失粘。这种情况说明，七言律绝虽然在南朝时期已经出现，但未成为定式；到了唐代，诗家们便在齐梁五言律句的基础上加一对或"平平"或"仄仄"与原式平仄相反的音节，于是顺理成章产生了七言律句和七言律、绝的体制❶。

绝句是人们最喜爱的古典诗体，因为它具有形式简洁、意味深长的特点。刘熙载《诗概》借陆机《文赋》形容"铭"体"博约而温润"一语来描述绝句。"博约"，五臣注《文选》说："博谓意深，约谓文省"；"温润"没有具体解释，方廷珪认为是"取其可以讽咏"（《文赋集释》）。语亦含糊。若作为艺术风格的温和隽永看，大致不差。刘熙载《诗概》还说："绝句取径贵深，盖意不可尽，以不尽尽之。正面不写写反面，本面不写写对面、旁面，须如睹影知竿乃妙"；"绝句于六艺多取风、兴，故视他体尤以委曲、含蓄、自然为尚"。"委曲、含蓄、自然""睹影知竿"，大体都可以"温润"蕴涵。杨载《诗法家数·绝句》认为，绝句要"婉曲回环，删芜就简，句绝而意不绝"；明王世懋《艺苑撷余》认为"绝句之源，出于乐府，贵有风人之致，其声可歌，其趣在有意无意之间，使人莫可捉摸"。王楷苏《骚坛八略》说："绝句只有四

---

❶ 徐青.古典诗律史[M].西宁:青海人民出版社,1980.

句,为他无多,须字字句句俱有意味,着不得一毫浮烟浪墨。五言绝以节短韵长、包涵无穷为主,七言绝以音节婉转、意在言外、含毫渺然、风致翩翩为主。"近人高步瀛《唐宋诗举要》对于绝句也有类似议论:"绝句当以神味为主……盖绝句字数本既无多,意竭则神枯,语实则味短;惟含蓄不尽,使人低回想象于无穷焉,斯为上矣。"这也是比较符合实际的见解。他认为王渔洋论诗奉严羽之说为诗家"正法眼藏",对于李杜纵横变化、巨刃摩天者不敢问津,但以其法治绝句,"则固禅家正脉",这也是较为公允的评判。

由于绝句有特殊的"博约而温润"即简洁隽永、和婉悠扬的美学特质,要求颇高,并非诗界巨子人人擅场。盛唐以来,摩诘、龙标、太白独占鳌头,中唐李君虞、刘宾客,晚唐杜牧之、李义山尚堪继武;而宋代也只欧阳修、王安石、苏东坡、黄庭坚、杨万里、陆游数家各有特色。在广大诗国也真是寥若晨星。

五言七言绝句虽然共同的美学风格都是"博约温润",但又有各自的特殊性。

(1)五言绝句"含蓄清淡"为尚。施补华《岘佣诗说》认为,"必语短意长而声不促,方为佳唱"。因五绝字数很少,提炼不够就极易堆砌、板滞,情绪过激,读起来就感到声调急促。施氏以王维的《临高台送黎拾遗》为例:

相送临高台,川原杳何极。日暮飞鸟还,行人去不息。

这的确是"语短意长而声不迫"的佳作。可以看出,这种风韵是由诗的空灵生成的。这里的景物都是扫描式的,轻轻几笔;对于诗人的主观感受,也没有直接抒发,只是在鸟还人去的呈现中,寄托离别的淡淡哀愁。人去鸟还两个相反的意象对比,生成惜别的情思,纯是一种"兴"的趣味。这不但要求有很高的锤炼技巧,更需要淡泊的胸怀。刘熙载《诗概》说:"五言无闲字易,有余味难。"这"余味"来自诗句的空灵淡远。再伟大的诗人,当他们情绪激烈而文思喷涌之时,也很难写出空灵淡远的五绝。如杜甫、韩愈这样的诗坛巨擘也逊于此技,大约因为他们入世情深、忠诚执着,难于超脱吧?总之,是崇尚淡远的意趣,古来诗家,非有超脱尘俗的襟怀和敏锐精微的感悟,很难造极。所以,严羽《沧浪诗话·诗法》认为"五言绝句难于七言绝句"。这大约是五绝佳作大大少于七绝佳作的主要原因。一般认为,唐诗中王维《鹿柴》《山中》,孟浩然《宿建德江》,崔颢《长干行》,李白《敬亭山独坐》《玉街怨》,刘长卿《送灵澈上人》,李端《听筝》,韦应物《秋夜寄邱员外》，刘禹锡《秋风引》，孟郊《古别离》，贾岛《寻隐者不遇》，王建《新嫁娘》，施肩吾《幼女词》等，都是脍炙人口的例子，这些或清景溶溶，或闲趣悠悠，或哀愁淡淡，或温情脉脉，都那么清爽惬意，优雅自然。

当然，崇尚简洁隽永，并不应排斥刚健沉厚，何况五绝之中，的确有不少风格迥异的杰出篇章。如宋之问《渡汉江》、王之涣《登鹳雀楼》、李白《清溪半夜闻笛》、杜甫《八阵图》、卢纶《塞下曲》、戴叔伦《题三闾大夫庙》、权德舆《岭上逢久别者又别》、柳宗元《江雪》、李商隐《乐游原》、许浑《塞下曲》、苏轼《儋耳山》及李清照《绝句》等，写景抒怀，咏史感时，或豪迈，或沉郁，或峻切，或悲愤。声迫促而意深厚，字有限而情无极。使本来简约温润的五言绝句，别开了刚健沉雄的新生面。还有什么道理否认这类诗篇的艺术价值呢！

（2）七言绝句的基本特色是情深韵长。如果说五绝重意趣，那么七绝则重情韵。沈德潜《唐诗别裁》所谓"深情幽怨，意旨微茫""语近情遥，含吐不露"，正是强调这种特色。

七绝比五绝容量大，音节变化也多，故能情深韵长。因表现较自由，易忽略简洁精练。刘熙载《诗概》说："七言有余味易，无闲字难。"颇有道理。如李白《黄鹤楼闻笛》："一为迁客去长沙，西望长安不见家。黄鹤楼中吹玉笛，江城五月落梅花。""梅花落"为曲名，三、四句意思重复，"韵"也难长了。再看：

回乐峰前沙似雪，受降城外月如霜。

不知何处吹芦管，一夜征人尽望乡。

——李益《夜上受降城闻笛》

粗读一、二句，意似重出；但细细体会，这"月"和"沙"分明两种景物，霜与雪也是两个意象。正是这形质相近的两组意象并列，渲染出边塞的荒凉寥落和肃杀严酷，为三、四句的征人闻笛思乡作了很自然的铺垫。与李白三、四句只写笛声是不同的。可见，虽然才大，而斗酒百篇，难免粗疏。但李白毕竟是七绝圣手，小瑕不掩全瑜。《送孟浩然之广陵》《望天门山》《客中作》《闻王昌龄左迁龙标遥有此寄》《早发白帝城》等，都是脍炙人口的经典之作。

古代诗家留下了大量优秀的七言绝句，如王翰《凉州词》，王维《送元二使安西》《少年行》，王之涣《凉州词》，王昌龄《从军行》，高适《别董大》，贺知章《回乡偶书》，李白《送孟浩然之广陵》《越中览古》《早发白帝城》《闻王昌龄左迁龙标遥有此寄》《望天门山》《秋下荆门》，刘长卿《送李判官之润州行营》，钱起《归雁》，韦应物《滁州西涧》，张潮《江南行》，张继《枫桥夜泊》，司空曙《江村即事》，韩愈《春雪》《晚春》，柳宗元《与浩初上人同看山寄京华亲故》，刘禹锡《石头城》《乌衣巷》《竹枝词》，张籍《秋思》，王建《十五夜望月》，贾岛《渡桑乾》，白居易《白云泉》，李贺《南园》之二，杜牧《江南春》《泊秦淮》，罗隐《柳》，陈陶《陇西行》，苏轼《饮湖上初晴后雨》《题西林壁》《惠崇春江晚景》及叶绍翁《游园不值》等，优秀之作，不胜枚举。这类诗篇，题材有大小，意境有广狭，而情韵悠长，耐人寻味，却是共同基质。

应当说明，这里讨论绝句，没有把对偶作为基本特征。因为实际上，绝句本是可对可不对的。在老于格律的诗家，出口成对，本属自然。只要平仄相符，词义不偶也无妨碍。

（二）律诗

仅仅懂得格律要素和组合模式，并不能完全了解律诗的性质；必须明白它们的结构和表达性能，才能从总体上把握律诗的美学品格。

律诗，无论五言或七言，正如杨载《诗法家数》所说："句语虽殊，法律则一。"这就决定了它们有共同的诗艺特征，所以我们在此一起讨论。

首先，在结构形态上，有明确的体制规范。

刘熙载《艺概·诗概》说："律诗，取'律吕'之义，为其和也；取'律令'之义，为其严也。"钱木庵《唐音审体》云："'律'者六律也，谓其声之协律也，如用兵之纪律，用刑之法律，严不可犯也。"无论就语言结构、格律形式及法度运用，都有具体规定，正因为如此，律诗的体裁形式才有明确、稳定的模态，能以其鲜明的个性区别于乐府、古诗以及其他杂体。分述如下：

（1）严整的字句定格。五言律诗五言八句，七言律诗七言八句。这种字句定格是律诗最明显的外部标志。

古人认为有个别例外。严羽《沧浪诗话·诗体》说："有律诗至百五十韵者，少陵有百韵律诗，白乐天亦有之，而本朝王黄州（禹偁）有百五十韵五言律。有律诗止三韵者，唐人有六句五言律，如李益'汉家今上郡，秦塞古长城。有日云常惨，无风沙自惊。当今天子圣，不战四方平'（《塞上》）。"这种说法让人生疑。因为若单以句法合律为律诗，则这类诗还多。如在李益之前，储光羲《幽人居》（幽人下山径，去去夹清林。滑处莓苔湿，暗中萝薜深。春朝烟雨散，犹带浮云阴)，《石子松》(磐石青岩下，松生磐石中。冬春无异色，朝暮有清风。五鬣何人采，西山旧两童)，都基本合律。赵翼《陔余丛考》还指出李白《送羽林陶将军》(将军出使拥楼船，江上旌旗拂紫烟。万里横戈探虎穴，三杯拔剑舞龙泉。莫道词人无胆气，临行将赠绕朝鞭)"则又是七言六句律"。但昔人已将这类诗"均编入古诗中"了❶。说明这类诗本是合律的古诗，或是以律法写作的古诗。这在格律盛行的唐代固不为奇，在格律初创之时也常有基本合律的古诗，如南朝陈阴铿、何逊等人的作品。但前人还是未作律诗看待。由此看来，律诗的体制形态还是得到公认的。但完全合律的长篇作品，有"长律"(或五言，或七言)一词来和普通的律诗区别，也是适宜的。唯将只有三韵的合律之作称为"六句律"似乎没有必要，因为这种诗本身很少，可视为古体；设此名目，徒增混乱。

(2)骈俪的对偶词句。从语言结构看，律诗的中间两联语义对偶，是律诗语言构成的基本模态。上一章曾讲过律体的"相反对立"，指的是一联之内上下两句的声韵平仄相反对仗。这里说的"对偶"，则是指中间两联上下句的语义对仗。

如前所述，语义对仗是大大先于声韵对仗的。《文心雕龙·丽词》说："造化赋形，支体必双；神理为用，事不孤立。夫心生文辞，运载百虑，高下相须，自然成对。"从自然现象、社会事物及写作心理三方面说明对偶是必然之势。所以早在文字并不发达的唐虞之世，已有骈俪的文句流传。范文澜的诠释从心理学方面作了进一步发挥。他说："原丽辞之起，出于人心之能联想。既思云从龙，又思风从虎，此正对也。既想西伯幽而演《易》，类及周旦显而制礼，此反对也。正反虽殊，其由于联想一也。古人博学，事理同异，联类相从，记忆匪艰，讽诵易熟，此经典之文所以多用丽语也。凡明意，必举事证，一证未足，再举而成；且少既嫌孤，繁亦苦赘，二句相扶，数折其中……又人之发言，好趋均平，短长悬殊，不便唇舌，故求字句之整齐，非必待于偶对，而偶对之成，常足以整齐字句。魏晋以前篇章，骈句俪语，辐辏不绝者此也。"可见，对偶，实在是根据自然和心理，利用联想作用以便于诵读、记忆，增强表达效果的语言技巧。这种技巧，在律诗的严整格律中得到了充分的发挥；而因为它集中了对偶所具有的结构美、声韵美和情趣美，并且由整齐的结构、和谐的声韵与盎然的情趣所形成的大于三者之和的抒情表意功能，也就会产生出比骈文和联语更为丰富强烈的审美效应。正因为对偶的妙用无穷，在

---

❶ 郭绍虞.沧浪诗话校释[M].北京：人民文学出版社，1962：84.

唐代《文镜秘府论·东卷·论对》即有"若言不对，语必徒申；韵而不切，烦词枉费"之说。历来诗家，也冥思苦索，甚至经年追求。如贾岛"独行潭底影，数息树边身"，自注"两句三年得，一吟双泪流"；《渔隐丛话》后集卷十二载晏殊先得"无可奈何花落去"，居然"弥年无对"，后为王君玉以"似曾相识燕归来""足成之"。文坛掌故，不可当真，只说明对偶之可贵。这种手法，后来逐渐演成了文字游戏，诚如钱钟书《谈艺录》所说："作者殊列，诗律弥苛，故曲折其句法以自困，密叠其字眼以自缚，而终之因难见巧，由险出奇，牵合以成的对。"但无论如何，中间两联对偶，是律诗语言的基本格局。前三联对末联不对者也颇常见。至于严羽所谓"彻首尾对者"和其他形式，都不能算是正轨。杨慎《升庵诗话》卷四称李白和孟浩然那种八句都不对的所谓律诗"乃平仄稳贴古诗也"，正是为了维护律诗严格的规范性。

对偶的形式各种各样。据宋人魏庆之《诗人玉屑》卷七引李淑《诗苑类格》所述，初唐诗家上官仪，曾将诗歌的对偶分为的名、异类、双声、叠韵、联绵、双拟、回文、隔句8种，世称"上官八对"。中唐时，日僧遍照金刚又在此基础上搜罗时贤成果，细分出29种，可谓繁多。宋以后历代诗家也有各自的名目。但律诗的常用对偶，却可从性质、位置和程度等不同角度，作较为简明的概括。

第一，从性质看，有正对和反对。

正对，又称"真对"或"的对"，是最普通的对偶形式。它要求人、物、景、地、时、数、方位、情状以及语词的虚实等分别对应。正对的两句，其词义关系是相似、相关或并列的，它们从不同的角度或方面描述同一对象。例如：

①寒日生戈剑，阴云拂旆旌。饥乌啼旧垒，疲马恋空城。

——沈佺期五律《被试出塞》

②感时花溅泪，恨别鸟惊心。烽火连三月，家书抵万金。

——杜甫五律《春望》

两例都是五律的中间二联。其中"寒日"与"阴云"，"生戈剑"与"拂旆旌"，"饥乌"与"疲马"，"啼旧垒"与"恋空城"；"感时"与"恨别"，"烽火"与"家书"，"连三月"与"抵万金"，在景物、事类及情态等方面，语词恰好相应，各句成分的意义关系和结构方式也都联内对仗。例①通过正对，使肃杀荒凉的塞外风物和惨淡悲苦的军旅情境得到了立体的描绘。例②的正对，通过词句的并列关系和比拟移情，从忧国和思家两方面，将诗人身陷叛军重围的心情作了全面而深刻的传达。

反对，由性质相反、相异的语词组成对句，是事物或情理之间的新旧、真假、美丑、善恶以及虚实、有无、动静、大小、高下、多少、远近、古今、粗细、贵贱等的差别或矛盾关系的反映。此法通过词句的对照、比较，相反相成，可以完满地表达诗意。例如：

①明月松间照，清泉石上流。竹喧归浣女，莲动下渔舟。

——王维五律《山居秋暝》

②千寻铁锁沉江底，一片降幡出石头。

人世几回伤往事，山形依旧枕寒流。

——刘禹锡七律《西塞山怀古》

例①是王维名作。前联以明月照和清泉流的静与动、虚与实，及松间照、石上流的内与外、上与下，形成对照；后联则以"归"与"下"的相反动向，和视与听的不同感知，远近虚实，相互烘托，共同描绘出秋天傍晚的优美情境，从而渲染了一派温馨恬逸的田园意趣。例②"铁锁沉江底"与"降幡出石头"，"几回伤往事"与"依旧枕寒流"，以相反的状态简练地描述了晋人灭吴的独特情境，有力地表达了诗人对于人世兴衰、江山依旧的深沉感慨。其中，"伤往事"与"枕寒流"又是虚与实、暂与久、自然与人事的对立。使全诗涵盖深广。据宋计有功《唐诗纪事》载：长庆间，刘梦得与元微之、韦楚客同会乐天舍，论南朝兴废，各赋"金陵怀古"诗。刘满一杯，饮毕，已成"王浚楼船"云云。白公览诗，曰："四人探骊龙，子先获珠，所余鳞爪何用耶！"于是罢唱。传说未足为凭，但本诗反对技巧的高超却是无疑的。

在创作实践中，反对较难，也更具表现力。所以，刘勰说"反对为优，正对为劣"，因为它要求"理殊而趣合"，即从对立的双方共同表达一个意旨，这是煞费斟酌的，没有相当造诣则难以讨好。

第二，从规范程度看，有工对与宽对。

工对，即严格按照"的对"（的名对）要求所作的对仗。《文镜秘府论》关于"的名对"这样规定："的名对者，正也。凡作文章，正正相对，上句安天，下句安地；上句安山，下句安谷；上句安东，下句安西……如此之类名为的名对。"当代学者禹克坤的《中国诗歌的审美境界》对"诗歌的对仗美"解释说：所谓工对，两句相关地位上的词或词组在词的语法性质及意义的类别上相同。词的语法性质指词性，如名词、动词、形容词、虚词中的副词、连介词、助词等。一般是"词性相同的词互为对偶"。意义的类别"主要指名词，以及起名词作用的动词、形容词。不过意义的标准不全是按照逻辑的标准，其中积淀了中华民族对于客观事物的感性体验，也包括审美的体验"。此说有理。清人汤文潞编《诗韵合璧》中的《词林典腋》将事物分成30门：天文、时令、地理、帝后、职官、政治、礼仪、音乐、人伦、人物、闺阁、形体、文事、武备、技艺、外教、珍宝、宫室、器用、服饰、饮食、菽粟、布帛、草木、花卉、果品、飞禽、走兽、鳞介和昆虫。王力主编的《古代汉语》"诗律"下"唐诗的对仗"中，将名词概括为14类：天文、时令、地理、宫室、器物、衣饰、饮食、文具、文学、草木、鸟兽虫鱼、形体、人事（道德才情等）和人伦（父子兄弟等）。他的《汉语诗律学》大致依照传统的说法将名词分为10类，虚词自成一类。各类名词又分若干门：

第一类：天文门，时令门；

第二类：地理门，宫室门；

第三类：器物门，衣饰门，饮食门；

第四类：文具门（包括文人用品），文学门；

第五类：草木花果门，鸟兽虫鱼门；

第六类：形体门，人事门；

第七类：人伦门（含人品），代名门（人称代词）；

第八类：方位对，数目对，颜色对，干支对；

第九类：人名对，地名对；

第十类：同义连用字，反义连用字，联绵字，重叠字。

这种划分比较容易把握❶。

张中行《诗词读写丛话》说：对偶有上中下（好、次好、合格）三等。"分等的标准是相对的词语、意义所属的类的远近。近是属于一小类，好；远是属于一大类，也可以，但差些。"以名词为例，"金"与"玉"类近，与"树"类远；以动词为例，"坐"与"行"类近，与"求"类远等❷。

以上说法均可参考。总之，工对，不但要求语词或词组的性质相对，还讲

---

❶ 王力.汉语诗律学[M].上海：上海教育出版社,1979.

❷ 张中行.张中行作品集：第二卷[M].北京：中国社会科学出版社,1995：149.

究门类相近。

还应说明：对句相关位置上的语词或词组的性质和意义是否对偶和工整，是在语法关系中显示出来的。有的对句，字面上似乎工整，若从语法结构分析，就不尽然了。例如：

①口衔山石细，心望海波平。

——韩愈《学诸进士作精卫衔石填海》

②天外黑风吹海立，浙东飞雨过江来。

——苏轼《有美堂暴雨》

粗看，两例都是工整的："口衔"对"心望"，"山石细"对"海波平"；"天外"对"浙东"，"黑风"对"飞雨"，"吹海立"对"过江来"，词性和词义岂不合对偶习惯？但仔细辨析，即见出差异。大体上两例都是主谓结构，但谓语部分却值得推敲：例①"衔山石细"是动宾加中补关系，"望海波平"是兼语式；例②"黑风吹海立"是兼语式，"飞雨过江来"是连谓加中补关系。这样看来，两例都不是严格意义上的工对了。但这并不能否定它们都是好诗，因为这种对法虽非正格，也是古人常用的。[1]

宽对，即规范程度不十分严格的对偶。词性和意义相近的语词或词组即可在节奏类型相同的句式中构成对偶。有的甚至借用语词或词组的谐音关系构成对句，古人称为"借对"或"假对"，有的仅对一联。这些宽泛的对偶，可称"偏格"。例如：

①那堪玄鬓影，来对白头吟。露重飞难进，风多响易沉。

——骆宾王《在狱咏蝉》

②兴来每独往，胜事空自知。行到水尽处，坐看云起时。

——王维《终南别业》

两联都是前联不对，后联工整。例①前联两句一意贯串，是谓宾结构，其宾语"玄鬓影，来对白头吟"为主谓短语，而其中的谓语又是连谓结构。五言诗本来常常两句一意，由于分开来写，相对位置上的语词或词组，只要性质相

---

[1] 王力.古代汉语:下册(第二分册)[M].北京:中华书局,1978:1455.

当，如"玄鬓影""白头吟"之类，容易给人偶对之感；其实并不"相当"，也就不是真对。例②"兴来""胜事"两词组虽然都是主语，但结构不同：前者为主谓，后者为定中。两例的平仄都是基本对仗的。所以，从"整、丽、韵、度"的基本标准看，仍是律诗，而且因为前者述怀沉痛，后者表意自如，连同各自的整体都是优秀之作。再看：

③山川乱云日，楼树入烟霄。鹤舞千年树，虹飞百尺桥。

——陈子昂《春日登九华观》

④落日池上酌，清风松下来。厨人具鸡黍，稚子摘杨梅。

——孟浩然《裴司士见寻》

例③"鹤舞"与"虹飞"不同门类；若以"虹"谐"鸿"，则与"长桥卧波，不霁何虹"的诗意相左。但都是实性词组，应为宽对。例④昔人有以为"杨梅"的"杨"谐"羊"以对"鸡"的；还说韩愈七律《酒中留上襄阳李相公》"眼穿常讶双鱼断，耳热何辞数爵频"用"爵"谐"雀"以对"鱼"（俞弁《逸老堂诗话》），恐太牵强。因为，"羊梅"固可对"鸡黍"，但"羊"岂可"摘"？"耳热"缘于饮酒，与"雀"何干？《蔡宽夫诗话》云："诗家有假对，本非用意，盖造语适到，因以用之"；若"立以为格"，且以为"假对胜的对"，近于"痴人说梦"。批评尖锐，却有道理。

第三，依对偶所在的位置分，除了中二联对仗的常规外，还有当句对和隔句对。

当句对，指一句之内的语词或词组自相成对，然后与另一句组成一联，又称"四柱对"。南宋洪迈《容斋续笔》说："唐人诗文，或于一句之内自成对偶，谓之当句对。"他举杜甫诗为例："小院回廊春寂寂，浴凫飞鹭晚悠悠"；"书签药裹封蛛网，野店山桥送马蹄"；"戎马不如归马逸，千家今有百家存"。后代诗家还标举白居易七律《寄韬光禅师》："一山门是两山门，两寺还从一寺分。东涧水流西涧水，南山云起北山云。前台花发后台见，上界钟声下界闻。"这的确自然可喜。诗人兴到神来，不显做作。若以宽对衡量，这类句法较为普遍：

①火树银花合，星桥铁锁开。

——苏味道五律《正月十五夜》首联

②櫂舻将赤岸，击汰复扬舲。

——王维五律《送邢桂州》次联

③城上青山如屋里，东家流水入西邻。

——王维七律《春日与裴迪过新昌里访吕逸人不遇》三联

④即从巴峡穿巫峡，便下襄阳向洛阳。

——杜甫七律《闻官军收河南河北》四联

以上各例（画线词）句内自对，都是诗人意到笔随，不定是刻意追求的。

隔句对，《文镜秘府论·东卷》说是第一句与第三句对，第二句与第四句对；《沧浪诗话·诗体五》据《续金针诗格》与《苕溪渔隐丛话前集》卷九称为"扇对"；清冒春荣《葚园诗说》谓之"开门对"。例如：

①得罪台州去，时危弃硕儒。移官蓬阁后，榖贵殁潜夫。

——杜甫五律《哭台州郑司户苏少监》

②昔年共照松溪影，松折碑荒僧已无。

今日还思锦城事，雪消花谢梦如何？

——郑谷七律《吊蜀僧圆昉上人》

这种对法，历来诗论差不多都引证上述诗例，可见并不普遍。但早在《诗经·小雅·采薇》"昔我往矣，杨柳依依；今我来思，雨雪霏霏"已开其端。后来律诗偶一为之，而楹联长对却常见此法。因其意长韵足，倒是别有魅力。

第四，依对偶语词的声韵组合方式分，有双声对、叠韵对、联绵对与复字对。

双声对，所对语词声母两两相同。例如：

①参差连曲陌，迢递送斜晖。　　——李商隐五律《落花》

②留连戏蝶时时舞，自在娇莺恰恰啼。

——杜甫《江畔独步寻花七绝》

③羽骑参差花外转，霓旌摇曳日边回。

——李峤《奉和初春幸太平公主南庄应制》

④田园寥落干戈后，骨肉流离道路中。

——白居易《自河南……望月有感……》

例①"参差"是"初"声，"迢递"是"定"声；例②"留连"是"来"声，"自在"是"从"声；例③"参差"是"初"声，"摇曳"是"喻"声；例④"寥落"与"流离"都是"来"声。有的学者认为，双声对"在律诗中随处可见，但未必都是有意为之"。"随处"不一定"可见"，而"未必有意为之"却有见地。但客观上存在这种形式，理论上总结出来也是必要的。

叠韵对，所对语词韵母两两相同。例如：

①飘萧将素发，汩没听洪炉。

——杜甫《大历三年春……出瞿塘峡》

②萧条已入寒空静，飒沓仍随秋雨飞。

——李颀七律《宿莹公禅房闻梵》

③银鞍騕褭嘶宛马，绣鞯璁珑走细车。　　——杜牧《街西》

④青连橄榄千家雨，黄触桄榔万井烟。

——月凤岐七律《送兄广东参政应奎》

例①"飘萧""萧"韵，"汩没""没"韵；例②"萧条""萧"韵，"飒沓""合"韵；例③"騕褭"音窈袅，"筱"韵，"璁珑""东"韵；例④"橄榄""敢"韵，"桄榔""唐"韵。叠韵对在律诗中也不普遍，像例④这种以风物名词构成的叠韵对实属巧合，几乎成了绝对。

联绵对，指以双音单纯词构成的对偶。例如：

①寒尽鸳鸯被，春生玳瑁床。　　——刘希夷五律《晚春》次联

②窈窕神仙阁，参差云汉间。

——李峤五律《奉和人日清晖阁宴群臣遇雪应制》

③首<u>蓿</u>随天马，<u>葡萄</u>逐汉臣。

——王维五律《送刘司直去安西》

④正穿<u>屈曲崎岖</u>路，又听<u>钩辀格磔</u>声。

——李群玉七律《九子坂闻鹧鸪》

以上数例中的画线语词，都是联绵一体，不可分割的。相联的语词可以有双声叠韵关系，也可没有。联绵对的另一种形式是同字叠用。例如：

⑤树树皆秋色，山山黄叶飞。　　——王绩五律《野望》
⑥送送多穷路，遑遑独问津。　　——王勃五律《别薛华》
⑦晴川历历汉阳树，芳草萋萋鹦鹉洲。——崔颢七律《黄鹤楼》
⑧穿花蛱蝶深深见，点水蜻蜓款款飞。

——杜甫七律《曲江二首》之二

依语词组合方式来划分的对偶形态，都有强化声韵的作用；而叠字对偶，则可强调描写对象及主观情绪，因吟诵朗读时，常使人感到它所体现的情绪节律的强拍。

以上我们从结构形态的体制规范方面，较为详细地说明了律诗的特点。

其次，在性能、气质上，深厚曲折，流利刚健。

元杨载《诗法家数》说："五言律沉静、深远、细嫩"；"七言律……声响、雄浑、铿锵、伟健、高远"。刘熙载《诗概》曾借陆机《文赋》形容"箴"体的"顿挫而清壮"一语来描述律诗，大体不差。他又说："律诗不难于凝重，亦不难于流动；难于又凝重又流动耳。"无论"沉静深远""雄浑伟健"，还是"顿挫清壮"，也都是对律诗性能、气质的模糊描述，是从内容形式有机统一来看的。可以说，意蕴的深厚高远、文字的流利刚健、格调的铿锵清壮，共同生成了律诗的美学品格。这种品格不像格律形式那样一目了然，须大量吟诵典范之作才能渐渐领会。同时，也要与其他诗体特别是绝句比较，才能有所理解。

（三）排律

排律，又称"长律"，指六韵十二句或五韵十句以上的合于格律又讲究对仗的诗篇。但这种体裁大有差异：有的仅五韵十句，有的则长到百韵以上。"排律"之名，大约起于元稹《唐故工部员外郎杜君墓系铭并序》"铺陈始终，排比声韵"之语。元明两代都有此名目，以后相沿，成为固定概念；虽有异议，也无从改变。

排律在唐初多为六韵，至杜审言《送李大夫作》猛增为四十韵；到杜甫《秋日夔府咏怀奉寄郑监审李宾客之芳》已达百韵，元稹与白居易竞起效尤，相互酬唱，迭出百韵；宋初王禹偁《谪居感事》竟至百六十韵，压倒前贤，后无来者。

本来，律诗平仄、韵律、对仗等都极严格，特别是一韵到底，过长必然内容芜杂，音调呆板，很难产生优秀之作。著名杜诗注家仇兆鳌《杜诗详注》说："诗有近体，古意衰矣。近体而有排律，去古盖远矣。考唐人排律，初惟六韵耳。长篇排律起于少陵，多至百韵，实为后人滥觞。元、白集中，往往叠见，不免夸多斗靡，气缓而脉弛矣。"沈德潜《说诗晬语》也说："长律所尚，在气局严整，属对工巧，段落分明，而其要在开阖相生，不露铺叙、转折、过接之迹，使语排忘其为排，斯能事矣。唐初应制、赠送诸篇，王、杨、卢、骆，陈、杜、沈、宋，燕（燕国公张说）、许（许国公苏颋）、曲江（张九龄，韶州曲江人），并皆佳妙。少陵出而瑰奇鸿丽，一变故方，后此无能为役。元、白滔滔百韵，俱能工稳，但流易其余，镕裁未足，每为浅率家效颦。温、李以下，又无论矣。七言长律，少陵开出，然《清明》等篇已不能佳，何况学步余子！"从诗艺发展的角度看，由律诗而排律，应该是技巧上的拓展；只要内容充实，表达完善，无可厚非。仇兆鳌的观点似太恪守传统；沈德潜注意到了开创与余波的高下，比较公允。至于元遗山讥元稹"少陵自有连城璧，争奈微之识碔砆"，又未免漠视少陵在排律上的贡献，批评也就失之偏颇了。

排律亦有五七言之分，高步瀛《唐宋诗举要》认为，五言排律作者甚多，但若不能以浩气驱使健笔铸造，则与普通四韵律诗无异；杜甫五言长律"开阖跌荡，纵横变化，远非他家所及"；至于七言长律，"最为难工，作者也少，虽老杜为之，亦不能如五言之神化，他家无伦也"。沈德潜《唐诗别裁》也仅选白居易七言长律二首附于五言长律中。可见，排律这种形式实在难以掌握。

四、杂体诗

乐府，五言、七言古体和近体以外的各种古代诗歌样式，可统称"杂体"。品种繁多，体制不一，划分标准也不明确。如"续句诗""和诗"，单独来看，并无作为一种特殊诗体的基本标志；只是作者要求如"同题""和韵""次韵"之类操作，完成之后，仍是一首完整的诗歌。特别是同咏一题，不乏优秀之作，如杜审言《和晋陵陆丞早春游望》、欧阳修《明妃曲和王介甫作》等，历来享誉诗坛，但前者是五律，后者是古体。

下面，仅就体制上有特殊标志的几种常见的杂体诗略加说明。

（一）三言诗

《文心雕龙·章句》说："三言兴于虞时，《元首》之诗是也。"《尚书·虞书》载此诗为：（帝作歌）"股肱喜哉，元首起哉，百工熙哉。"（皋陶和歌）"元首明哉，股肱良哉，庶事康哉。""哉"是语末助词，但占了一个音节，所以这并不是真正的三言诗。范文澜注《文心雕龙·明诗》指出：三言诗有《汉郊祀歌》如《练时日》《象载瑜》《天马歌》等。并录《天马歌》一首："太一祝，天马下；沾赤汗，沫流赭。志俶傥，精权奇；蹀浮云，晻上驰。体容与，迣万里；今安匹，龙为友。"古乐府中的《五杂俎》亦为三言。

由于三言音节太少，意单韵促，不便歌咏，作者不多。鲍照的《代春日行》较为著名：

> 献岁发，吾将行。春山茂，春日明。园中鸟，多嘉声。梅始发，桃始青。泛舟舻，齐棹惊，奏采菱，唱鹿鸣。风微起，波微生。弦亦发，酒亦倾。入莲池，折桂枝。芳神动，芬叶披。两相思，两不知。

诗人采取平声协韵，使短促的音节稍能上扬，以抒发由良辰美景的感召而生的甜蜜相思之情。但毕竟不能自由畅达，后继乏人。到晚唐演变为词调《三字令》。如欧阳炯《三字令》：

> 春欲尽，日迟迟。牡丹时。罗幌卷，绣帘垂。彩笺书。红粉泪，两心知。人不在，燕空归。负佳期。香烬落，枕函欹。月分明。花淡薄，惹相思。

意蕴比鲍作还单薄。

三言虽不便吟唱，却好诵读，后人多用以编启蒙读物。

（二）六言诗

《文心雕龙·章句》说："六言七言，杂出诗骚。"其实，《诗》《骚》的六言都不是完整的六言诗，仅是杂在其中的单句。范文澜注《文心雕龙·明诗》引《古文苑》载孔融六言诗三首，认为可能是好事者为讨好魏文帝曹丕而托名伪作的，但毕竟是最早的六言诗：

汉家中叶道微，董卓作乱乘衰，僭上虐下专威。万官惶怖莫违，百姓惨惨心悲。郭李分争为非，迁都长安思归。瞻望关东可哀，梦想曹公归来。从洛到许巍巍，曹公忧国无私，减去厨膳甘肥。群僚率从祁祁。虽得俸禄常饥，念我苦寒心悲。

此后，自曹丕以下，唐宋各代都有名家试笔。较著名的有如下几篇：

桃红复含宿雨，柳绿更带朝烟。花落家童未扫，莺啼山客犹眠。

——王维《田园乐》之一

清川永路何极，落日孤舟解携。鸟向平芜远近，人随流水东西。
白云千里万里，明月前溪后溪。惆怅长沙谪去，江潭芳草萋萋。

——刘长卿《苕溪酬梁耿别后见寄》

柳叶鸣蜩绿暗，荷花落日红酣。三十六陂春水，白头想见江南。
三十年前此地，父兄持我东西。今日重来白首，欲寻陈迹都迷。

——王安石《六言绝句》二首

这几首诗，或写田园乐趣，或表离别情怀，或述旧游感慨，都别有韵致。最后两首，据说苏轼见了"注目久之，曰：'此老野狐精也！'"（《苕溪渔隐丛话前集》）称羡之意溢于言表。

但六言结构平稳，缺乏流动之势；音节也都是两字一顿，没有变化的节律。所以难于运用，更难工致，人们也就不喜为之了。

（三）回文诗

回文诗，正反回还，读之皆成文章。《文心雕龙·明诗》谓："回文所兴，则道原为始。""道原"，李详以为可能是南朝宋贺道庆之误，因梅庆生《音注本》云："宋贺道庆作四言回文诗一首，计十二句，四十八言，从尾至首读亦成韵。而道原无可考。"范文澜认为，道庆之前，回文作者已众，"不得定'原'字为'庆'之误"。此说有理。《晋书·列女传》载：窦滔妻苏氏名蕙，字若兰。滔被徙流沙，苏氏思之，织锦为《回文璇玑图诗》以赠滔。宛转循环以读之，词甚凄婉，凡八百四十字。《困学记闻》十八"评诗"云：（晋）傅咸有《回文反复诗》，温峤有《回文诗》，皆在窦妻之前。宋桑世昌《回文类聚》引《艺文类聚》载曹植《镜铭》，回环读之，无不成文，实在苏蕙之前[1]。下面是两首著名的回文诗：

  枝分柳塞北，叶暗榆关东，垂条逐絮转，落蕊散花丛。池莲照晓月，幔锦拂朝风；低吹杂纶羽，薄粉艳妆红；离情隔远道，叹结深闺中。
           ——南朝齐王融《春游回文诗》

  潮随暗浪雪山倾，远浦渔舟钓月明。桥对寺门松径小，巷当泉眼石波清。迢迢远树江天晓，蔼蔼红霞晚日晴。遥望四山云接水，碧峰千点数鸥轻。
             ——苏轼《题金山寺》

王诗描写春天景致和闺中离情，旖旎低回；苏诗渲染金山所见长江美景，壮丽多彩。如果倒过来，即是：

  中闺深结叹，道远隔情离；红妆艳粉薄，羽纶杂吹低；风朝拂锦幔，月晓照莲池。丛花散蕊落，转絮逐条垂；东关榆暗叶，北塞柳分枝。
                ——王融

  轻鸥数点千峰碧，水接云山四望遥。晴日晚霞红蔼蔼，晓天江树远迢迢。清波石眼泉当巷，小径松门寺对桥。明月钓舟渔浦远，倾山雪浪暗随潮。
                ——苏轼

---

[1] 范文澜.文心雕龙注[M].北京：人民文学出版社，1962：96.

王诗第一句稍感别扭，苏诗则仍自然畅达而情景相通，充分显示了诗人的创造天才。

另外，还有一种"盘中诗"，从中央读向四周。汉代苏伯玉妻有作。《古诗源》载其诗云：

山树高，鸣悲鸟。泉水深，鲤鱼肥。空仓雀，常苦饥。吏人妇，会夫稀。出门望，见白衣。当谓是，而更非。还入门，心中悲。北上堂，西入阶。长叹息，当语谁。君有行，妾念之。出有日，还无期。结中带，常相思。君忘妾，未知之。妾忘君，罪当治。妾有行，宜知之。黄者金，白者玉。人才多，智谋足。家居长安身在蜀。何者马蹄归不数。羊肉千斤酒百斛，令君马肥麦与粟。今时人，知不足。与其书，不能读；当从中央周四角。

这种诗与上述回文诗难度甚大，足见作者才思精巧，很难发展成广泛流行的体式。

（四）联句诗

由二人以上依一定格律各出一句或一联，缀成完篇，这是"联句诗"。《文心雕龙·明诗》说："联句共韵，则柏梁余制。"据说汉武帝元封三年作柏梁台，诏群臣二千石，有能为七言者乃上座。帝先赋一句，群臣递接：

日月星辰和四时（武帝），骖驾驷马从梁来（梁孝武）。郡国士马羽林林（大司马），总领天下诚难治（丞相石庆）。和抚四夷不易哉（大将军卫青），刀笔之吏臣执之（御史大夫倪宽）。撞钟伐鼓声中乐（太常周建德），宗室广大日益滋（宗正刘安国）。周卫交戟禁不时（卫尉路博德），总领从宗柏梁台（光禄勋徐自为）。平理清谳决嫌疑（廷尉杜周）。修饰舆马等驾来（太仆公孙贺）。郡国吏公差次之（大鸿胪壶充国），乘舆御物主治之（少府王温舒）。陈粟万担扬以箕（大司农张成），徼道宫下随讨治（执金吾中尉豹）。三辅盗贼天下危（左冯翊盛宣），盗阻南山为民灾（右扶风李成信）。外家公主不可治（京兆尹），椒房率更领其材（詹事陈掌）。蛮夷朝贺常舍其（典属国），柱开樽枦相枝持（大匠）。枇杷桔栗桃李梅（大官令），走狗逐兔张罘罳（上林令）。齧妃女唇甘如饴（郭舍人），迫窘诘屈几穷哉（东方朔）。

各人所道，出于自己的身份或职责。有的狂荡无礼（郭舍人），有的滑稽为戏（东方朔），杂乱拼凑，或谓赝作，显然不成为诗，但公认为"后人联句之祖"。晋唐以来，作者不断，间有名家染指。形式亦在发展：一人一句外，还有一人两句（一韵），如晋贾充与李夫人《定情联句》；一人四句（两韵），如白居易、刘禹锡、王起《喜晴联句》；前者起句，后者对句复出起句，前者对句又出起句，轮流递补，最后由前者对句结束全篇，如韩愈、孟郊《城南联句》等。这类作品多为宴集冶游时的文字游戏，虽然风雅，却少杰作。

（五）集句诗

集句诗是集他人诗句拼凑成一首完整的诗篇，这种诗也无明显的体裁标志。赵翼《陔余丛考》称，晋代傅咸已有《集经诗》。其《毛诗》云：

聿修厥德，令终有俶。勉尔遁思，我言维服。

盗言孔甘，其何能淑。谗人罔极，有靦面目。

类似训词，焉能成诗。《四溟诗话》称唐人偶有集句，名为"四体"，似未成风。自宋初石曼卿、王安石等名家效尤之后，继者众多。专集唐诗曰"集唐"，专集某人诗曰"集某"（如专集杜甫诗句曰"集杜"）。专集一人的较少。无论集诸家或一家的诗，犹如借他人的嘴来说自己的心事，再好也难贴切。在文人手中，无非游戏，或炫耀博闻广记的才能。久之，还会养成剽窃的陋习，自己的创造能力反而衰退。所以刘贡父说："集古人句，譬如莲花居士，适有佳客，既无自己庖厨，而器皿肴簌悉假贷于人，意欲强学豪奢，而寒酸之气终是不脱。"东坡《答孔毅父集句见赠》也说："羡君戏集他人诗，指呼市人如小儿。天边鸿鹄不易得，便令作对随家鸡。退之惊笑子美泣，问君久假何时归？世间好事世人共，明月自满千家堰。"谢榛《四溟诗话》也认为："不更一字以取其便，务搜一句以补其阙，一篇之作，十倍之功；久则动袭古人，殆无新语，黄山谷所谓正堪一笑也。"这些批评都是切中要害的。请看杨慎《升庵诗话》所引安公石《集杜吊叶叔晦》：

临江把臂难再得，便与先生成永诀。文章曹植波澜阔，死为星辰亦不灭。老去诗篇谁为传，男儿性命绝可怜。出门转盼已陈迹，妻子山中哭向天。中夜起坐万感集，人生有情泪沾臆。凤凰麒麟安在哉，石田茅屋荒苍苔。君不见，空墙日色晚，悲风为我从天来。

升庵称其"妙于集句"，"读者为之泣下"。但借诗吊唁，犹如请人哭丧，难说表达了多少真情。

杂体诗还有多种，字谜、人名、卦名、数名、药名、州名皆可成诗，但如严羽所说，这类作品"只成戏谑，不足法也"。前人既已淘汰，我们也就无须问津了。

到此，我们已对中国古典诗歌构成的基本元素进行了较为详细的说明。下面几章将讨论创作表达的有关问题。

第五章

命　意

你是否想过：	诗意高谓之格高，意下谓之格下。
诗人的创造才能首先体现在哪里？	——王昌龄《诗中密旨》
诗歌惊世骇俗的特殊魅力从何而来？	凡为文，以意为主，气为辅，以词彩章句为兵卫。
	——杜牧《答庄充书》
诗歌美学价值的核心由什么构成？	作诗必先命意：意正则思生，然后择词而用，如驱奴隶；此乃以韵承意，故首尾有序。
命意可有法门？	——魏庆之《诗人玉屑》
命意有无精神等级？	立意要高古浑厚，有气概，要沉着；忌卑弱浅陋。
	——杨载《诗法家数》
	命意贵远。——陆辅之《词旨》
	立意贵新。——沈谦《填词杂说》

"命意"，指诗人对于诗兴（情志）的自觉把握。"意"，即旨趣、观念和意图。这是一种妙悟，是经过诗人的审美意识从偶然的感兴中提取出来的充满情趣和才性的灵智。"命"，即设定、确立。

"命意"，是古代美学的重要范畴，广泛运用于诗文和绘画论述。又称"立意""作意""作用""炼意"。

这一范畴，与反映艺术构思过程的"凝虑""静思""精思""静虑""运思"等概念所说的心理活动相通而不等同。

下面，我们就命意在创作中的主导意义、运思途径和精神等级等几个相关问题进行一些讨论。

一、命意在诗歌创作中的主导地位

在诗歌艺术创造的系统工程中,"命意"无疑处于中心和主导的地位。这可以从两点看出:

(1) 命意,是诗人情志外化为诗歌作品的起点。

如前所述,诗人感物而生的诗情,是朦胧模糊、闪烁流动的,它必然趋向于理解。诗人只有自觉地把握诗兴的意义,并且把它化为创作意图,才有可能进入创作过程,从而传达给他人。而要实现这种转化,首先得根据创作意图把这种诗情有序化,形成"内形式"即审美意象(包括情志、声律、景物意象),然后才能将这"内形式"转化为"外形式",造成诗篇。宋代诗论家魏庆之《诗人玉屑·室中语》说:"作诗必先命意,意正则思生,然后择韵而用,如驱奴隶;此乃以韵承意,故首尾有序。"可以说,这是对命意在诗歌创作构思过程中的关键作用的精辟概括。

(2) 命意的品位,是决定诗作美学价值的内在基因。

一首诗歌的美学价值,当然是从诗歌各种元素及其组合质量形成的整体价值来判断的。但其中的主要砝码却是命意:立意的高低、远近、深浅、邪正,都直接关系诗作的美学价值。这一层,古代诗家早有垂训。"诗家天子"王昌龄《诗中密旨》说:"诗意高谓之格高,意下谓之格下。"著名日本汉诗学家遍照金刚《文镜秘府论·南卷·论文意》说:"凡作诗之体,意是格,声是律,意高则格高,声辨则律清;格、律全,然后始有调。用意于古人之上,则天地之境,洞焉可观。"这些说法,多为后人所承袭发挥,也真是不易之论。例如:

吾将罪真宰,意欲铲叠嶂。　　　　　　　——杜甫《剑门》

我且为君锤碎黄鹤楼,君亦为吾倒却鹦鹉洲。

——李白《江夏赠韦南陵冰》

铲却君山好,平铺湘水流。

——李白《陪侍郎叔游洞庭醉后》其三

这都是著名诗句,而命意品位却有差别。南宋黄彻《䂬溪诗话》认为杜甫"意在削平僭窃,尊崇王室。凛凛有忠义气";李白"'铲却''锤碎'之语,但觉一味粗豪耳";"故昔人论文字,以意为上"。且不论评判是否完全公允,而从"意"在诗作中的主导地位着眼,却是很有道理的。所以,为求得"意"的高尚品位,历来诗家强调"立意要高古浑厚,有气概,要沉着,忌卑弱浅陋"(元杨载);"命意贵远"(元陆辅之);"立意贵新"(清沈谦)等。可谓明人所见。

命意,之所以成为提升诗作审美价值的主要砝码,是因为它是诗人审美情趣、襟怀与创造智能的集中体现。清代著名诗学家叶燮《原诗》论艺术创造的要旨说:

"曰理、曰事、曰情,此三言者足以穷尽万有之变态";"曰才、曰胆、曰识、曰力,此四言者所以穷尽此心之神明":"以在我之四,衡在物之三,合而为作者之文章"。

"理",事物的道理、根据,即规律;"事",根据规律"既发生"的一切,即存在;"情",存在物的"自得之趣",即对象的特殊性状。三者都是"气"即生命力的表现。"识",作者的艺术修养、审美眼光;"胆",创造勇气;"才",审美感受和构思传达的素质;"力",识、胆、才三者得以实现的本领。识为体,才为用;识明则胆张,胆能生才;无力则不能自成一家[1]。这是说,以主观的创造力作用于客观的审美对象,才产生优秀的艺术作品。诗歌创作的识、胆、才、力都首先集中体现在命意的创造性上。王国维《人间词话》批评周邦彦"创调之才多,创意之才少","若以欧、秦方之美臣,便有淑女与娼妓之别"。"创意"一词,非常准确而精辟地概括了命意的本质,但根本原因还在于意格不高;而意格不高,又正因为"识"较低,审美眼光不够开阔,审美意趣较为贫乏,当然也就很难"创意"了。

二、命意的运思途径

诗歌创作中创意的目的,是要提高诗歌意蕴和境界的美学品位。要达到这个目的,主体的构思活动必须合乎艺术创造特别是诗歌创作的美学规律。一般艺术和诗歌构思,无疑是一种创造力。美国当代著名美学家S.阿瑞提在《创造的秘密》中指出:"创造力是有限制的。当他运用不同寻常的思维方法时也一定不能违背正常的思维方法——或者更确切地讲,它必须是

---

[1] 叶朗.中国美学史大纲[M].上海:上海人民出版社,1986:507-513.

某种能让正常思维迟早会理解、接受和欣赏的思维方式，否则其结果就是古怪而不是创造。"❶创意所采用的"不同寻常的思维方法"，自然是以情感和想象为驱动力、以意象为基本材料的形象思维。诗人在运用这种思维进行创意构思活动时，并非绝对自由，而要遵循一定的路线、轨迹，我们这里暂称为"运思途径"。概括古代诗人的艺术经验，创意活动的运思途径都指向突破已有的心理定式。

古典诗学经常强调诗意贵新忌俗，这集中表现在对于诗作中心意蕴即主旨的设定上。诗人对于某一表现对象（题材、题目）要获得新意，除了对题材本身有透彻的理解，还须突破心理定式，即撇开一般诗人惯用的思路，而寻找新的运思途径。陆机《文赋》说"谢朝花于已披，启夕秀于未振"；韩愈说"惟陈言之务去"；黄庭坚说"文章最忌随人后"等，都是强调新的思路。归纳古人的创作经验，创意的新思路有几个特点。

（一）反意而用

这是古人常说的"翻案"法，思维方式是反向思维。清吴景旭《历代诗话》指出，杜牧《赤壁》《四皓诗》《乌江亭》等诗都是翻案法。袁枚《随园诗话》也说"诗贵翻案"。并举数例："神仙，美称也，而昔人云'丈夫生命薄，不幸作神仙'；杨花，飘荡物也，而昔人云'我比杨花更飘荡，杨花只有一春忙'……白云，闲物也，而昔人云'白云朝出天际去，若比老僧犹未闲'……"他认为这些"皆所谓更进一层也"。曹雪芹在《红楼梦》第六十四回借薛宝钗的口说："做诗不论何题，只要善翻古人之意。若要随人脚踪走去，纵使字句精工，已落第二义，究竟算不得好诗。"又举出欧阳修和王安石咏明妃的诗道："二诗俱能各出己见，不与人同。"并以此为例，夸奖林黛玉的《五美吟》"亦可谓命意新奇，别开生面了"。且看其中的《西施》：

一代倾城逐浪花，吴宫空自忆儿家。

效颦莫笑东村女，头白溪边尚浣纱。

黛玉此诗当然不算多高明，立意也似乎只走一般翻案的老路；但能一反世俗艳羡西子鄙薄东施的陈见，亦使人耳目一新。从西施的视角看，觉得自己长

---

❶ S 阿瑞提.创造的秘密[M].钱岗南,译.沈阳:辽宁人民出版社,1987:4.

期不能与相爱的人欢聚，还不如东施安享人间幸福。如果从黛玉的角度看，又何尝不是自叹：虽出身侯门贵户，而父母早亡，寄人篱下，终不如平常女儿得享天伦之乐。如此看来，黛玉这诗也还是曹雪芹刻意之作。再如苏轼的《洗儿诗》，也是颇有深意的：

人家养子爱聪明，我为聪明误一生。

但愿生儿愚且鲁，无灾无害到公卿。

古代习俗，婴儿出世三天，要用五彩丝绸把盆围起来，以香汤给婴儿洗身，并有亲友祝贺，即洗儿会。有文人写过这类诗，但苏轼这首诗却一反俗见，不是望孩聪明伶俐，相反却愿他愚蠢鲁钝；而且最怪的是还希望这既愚且鲁的孩子将来一帆风顺，高官厚禄。这不是有意耸人听闻吗？其实，这里有苏轼自己的人生辛酸和对于当道公卿们的尖锐嘲讽。所以，这绝不是为翻案而翻案，更不是故意说俏皮话，而是深有所感而发，却出以幽默调侃，也是诗人的个性使然。

这种翻案法，虽然惊世骇俗，却是合情合理，可以说是融情于理，以理导情。即是乍一听似乎奇怪；细一想，又合乎人情：诗人把自己的经验教训以及愿望（情）灌注到要表达的主旨、意蕴（理）之中，让人从中体验、感受（导）诗人的深邃情感。从逻辑机制上说，虽然是一种"逆反思路"，却完全符合亚里士多德的同一律，是正常逻辑。按同一律，在同一思维过程中，要求思维对象同一，对同一对象的概念、判断等思维形式保持统一，其公式是"A=A"。如苏轼《洗儿诗》，思维的对象始终是"儿"，表达愿望的"愚且鲁""无灾无害到公卿"等概念判断的思维形式与内涵都是跟思维对象统一的。至于事实上该"儿"是否既愚且鲁，将来能否无灾无害并且成为公卿，不干形式逻辑的事；何况春秋时代就有了"食肉者鄙"的先例，现实中也不乏低能昏庸的王公贵胄！

（二）无理而妙

如果说"反意而用"是"融情于理，以理导情"，是逆反思路，却属于正常逻辑，那么，这种"无理而妙"的运思途径却是"牵理就情，以情变理"；它的思路是一种曲折思路；它的逻辑机制是一种原发逻辑，即不遵守同一律，受情感和随意联想的支配。现代心理学称这种思维现象为"冯·多马鲁斯原则"。精神病理学家艾哈德·冯·多马鲁斯认为："在正常的（或继发过程）思维里，同一只能建立在对象完全相同的基础上，而在旧逻辑（或原发过程）思维里，同一能够建立在具有相同属性的基础上。"即A也能成为非A，也就是B，如果B和A具有一种相同属性的话❶。孙绍振《文学创作论》称这种逻辑为"想象逻辑"❷。这种无理而妙的思维和表现方法，在古代诗歌中是很早就普遍运用的。古代民歌的比、兴、双关等表现手法，就是这种思维形式。《诗经·关雎》"关关雎鸠，在河之洲。窈窕淑女，君子好逑"，正是以雎鸠和鸣与君子淑女和谐这一共同属性，使完全不相干的对象在想象的逻辑上达到同一。岂非无理而妙吗！只因相传既久，人们习用，便不以为奇了。而另一类"无理"的诗词却引人注目。例如：

①嫁得瞿塘贾，朝朝误妾期。早知潮有信，嫁与弄潮儿。

——李益《江南曲》

②伤高怀远几时穷？无物似情浓。离愁正引千丝乱，更东陌飞絮濛濛。嘶骑渐遥，征尘不断，何处认郎踪？双鸳池沼水溶溶，南北小桡通。梯横画阁黄昏后，又还是斜月帘栊。沉恨细思，不如桃杏，犹解嫁东风。　　　　　　　——张先《一丛花令》

清代词学家贺裳《皱水轩词筌》认为这都是"无理而妙"的。同时代诗学家吴乔《围炉诗话》也有这样的议论："严沧浪谓诗有别趣，不关于理……理岂可废乎？其无理而妙者，如'早知潮有信，嫁与弄潮儿'，但是于理多一曲折耳。"这些都是真知灼见。

例①瞿塘商人的妻子，埋怨丈夫重利轻别，把她抛闪在家，独守空房，青春虚度；看到海上的船工（弄潮儿）依潮汐的周期往来，真是后悔没嫁给船夫！这似乎无理——太轻率了！但细细想来，又是合理的，因为她不愿浪费年华，珍惜青春；也是有情的，因为这是一种爱极而恨的牢骚——这才是真正的妙处：道是无情却有情，是以深层意识为基础的同一。

例②情感表达很缠绵，不如李诗率真，但同样深挚。桃李得东风化雨而开

---

❶ S 阿瑞提.创造的秘密[M].钱岗南，译.沈阳：辽宁人民出版社，1987：88-89.
❷ 孙绍振.文学创作论[M].沈阳：春风文艺出版社，1987：468.

繁花，结硕果，与思妇有爱情而幸福欢乐，在原发（想象）的逻辑上统一起来。这里，相反形成反差，同李诗中那位商人妇一样哀怨；但她自恨命薄，不如草木。看来，她比商人妇感受更深。路柳墙花的身份，在浪子眼里更无价值。她自卑、自叹，语气婉转而心情更沉，真是更"多一层曲折"。这正是本词的妙处。

一位学生的习作写道：

> 临窗日日见南山，山色青青不改颜。
>
> 我问青山何日老，青山问我几时闲。　——蒋忠友《上方山偶感》

欣羡青山的生机和自在，感叹自身的劳累辛苦，反以青山的怜悯口吻出之，道尽了当代人普遍的生存状态，也可谓无理而妙。

三、命意的精神超越

如前所述，命意的优劣，直接关系诗作美学价值的高低。因此，诗人追求的目标，首先就是提高命意的品位层次。笔者觉得，关键在于超越。古人强调立意要高古、浑厚、贵远、贵新等，就是超越，即对于庸俗、浅陋、粗劣、陈腐的超越，以达到更高的精神境界。我们把这种努力称为"精神超越"。

超越，是对于尽善尽美的理想境界的不断追求。其动力是热情与想象，可以统称为"情感想象"；其途径是对生活和心灵以及艺术手段的开掘；其成果是新美的发现与创造。罗丹说："不是缺少美，而是缺少发现。"[1]这伟大的艺术箴言给了艺术家们以极大鼓舞。而中国古代诗学早就倡导新变，汤之《盘铭》曰："苟日新，日日新，又日新。"《文心雕龙·通变》说："文律运周，日新其业。"诗人和艺术家正是在不断的继承和创新中推出了独特、灿烂的中国文艺。所以，清代诗人赵翼自豪地宣称："江山代有才人出，各领风骚数百年！"

余秋雨《艺术创造工程》指出，艺术品意蕴的价值，"归根结蒂还要看它在社会精神领域所处的地位"；又说，"意蕴等级的提高，来自于艺术家自身的一种精神攀援"[2]。诗歌创作中诗人的精神攀援，集中体现在命意的精神超

---

[1] 罗丹.罗丹艺术论[M].沈琪,译.北京:人民美术出版社,1978:62.

[2] 余秋雨.艺术创造工程[M].上海:上海文艺出版社,1987:59-63.

越。这种超越大致有这样几个层面：超越具体对象的表层感性特征，而达于审美情怀的多维抒发；超越个别人事的狭隘意念，而达于普遍意识和深层心理的真诚表达；超越生活现象的已然真实，而达于历史规律和人生经验的必然把握。试简述如下。

（一）超越具体对象表层的感性特征，而达于审美情怀的多维抒发

这是要求诗人正确处理描写对象与审美情感的关系问题。忠于对象的表层特征，也能写出生动的形象，所谓"状难写之物如在目前"，也是一种"情景交融"。但这仅是一种表层的遇合，是以物（对象）为主的"贴近"。在这里，主体并没有较大的自由，想象未能充分发挥，景物对象潜在的更为重要的属性没有得到开发，主体审美情感也不可能在更深的层次上与景物对象契合、交融。因此，诗人不能满足于景物对象表层感性特征的捕捉和欣赏（虽然这是必然和必要的），而必须超越它，进一步开发出景物对象的深层属性，获得隽永的审美体味，从而达到主体情怀的多维抒发。这种超越，其实早已是我国古代诗人的创作实践，而非逻辑推理。古典美学对这个问题的研讨倒是有一个过程。《文心雕龙·物色》说："是以诗人感物，联类不穷；流连万象之际，沉吟视听之区。写气图貌，既随物以宛转；属彩附声，亦与心而徘徊。"强调主客的矛盾统一。王元化《文心雕龙创作论》对此作了精辟的阐释。他说：刘勰提出"随物宛转、与心徘徊"的说法，"一方面要求以物为主，以心服从物；另一方面又要求以心为主，用心去驾驭物。表面看来，这似乎是矛盾的。可是实际上，它们都互相补充，相反相成……刘勰认为，作家的创作活动就在于把这两方面的矛盾统一起来，以物我对峙为起点，以物我交融为结束"❶。余秋雨《艺术创造工程》更为明确地指出："由对峙走向交流的长途，充满了对两方面交替偏侧的现象。刘勰注意到了这种交替偏侧，他说，既要在勾摄气貌的时候反复地体察事物的实在形态，又要在铺陈声彩的时候来回地开掘自己的内心情感。这两方面在总体上很难分割，但在具体过程中却是轮番递进、渐次深入的。刘勰在肯定两相矛盾的时候没有忘记并存和统一，而在指向统一的时候又没有忽略在职能上侧重的矛盾。"❷这些阐发都是符合刘勰精神的。但刘勰的论断，既是真知灼见，又是滞后而倾斜的。因为一方面，的

---

❶ 王元化.文心雕龙创作论[M].上海：上海古籍出版社，1979：74-75.

❷ 余秋雨.艺术创造工程[M].上海：上海文艺出版社，1987：12.

确刘勰率先揭示了诗歌创作和其他文艺创作的这种矛盾现象，但已大大落后于创作实践；而另一方面，以抒发情感、表现心灵为主要职能的古代诗歌创作，主客的对峙必然统一于主观的审美意识，而绝非平衡、中和。所以，刘勰的看法、论断，实际上"倾斜"了——向现象表层倾斜了！这种倾斜，唐宋以后才逐渐改变。苏轼主张"写其胸中之妙"（论学诗），"诗以奇趣为宗，反常合道为趣"（评柳诗）；杨慎认为"感在心者物已微"，都是说要超越。到清初，李渔更加明确，他在《窥词管见》中强调"情为主，景是客，说景即是说情：非借物遣怀，即将人喻物"。而晚清王国维《人间词话》"一切景语皆情语"的命题，与此精神相通。

从我国古代诗歌的创作实际看，实现超越，以情为主才可能有自己的发现，才可能表现独特的感受。反之，即使大家，也难免平庸、肤浅。古代诗人对于同一对象的歌咏很能说明问题。例如，据《古今诗话》和《温公续诗话》载，河中府鹳雀楼，唐人登临题咏者甚众。唯王之涣、畅当、李益诗最佳，至今传诵：

　　白日依山尽，黄河入海流。欲穷千里目，更上一层楼。

　　　　　　　　　　　　　　　　　　　　——王之涣

　　迥临飞鸟上，高谢世尘间。天势围平野，河流入断山。

　　　　　　　　　　　　　　　　　　　　——畅当

　　鹳雀楼前百尺墙，烟汀云树共茫茫。
　　汉家箫鼓空流水，魏国山河半夕阳。
　　事去千年犹恨短，愁来一日即知长。
　　风烟并在相思处，满目非春亦自伤。

　　　　　　　　　　　　　　　　　　　　——李益

司马光认为，这三首诗都不是后代擅诗名的大家之作所能比肩的。

三首诗的确都写得好，可谓各有特点。王诗描绘了壮丽的远景，抒发了超迈的豪情，使人意气昂扬，襟怀开朗；畅诗描绘了鹳雀楼的雄姿和平野、长天、断山、大河的壮阔图景，显示了宏大气概；李诗内容较复杂，借景抒怀、吊古伤时，苍凉沉郁，令人感叹。但如果细加考较，这三首诗，除了绝句和律诗在体制格调上的悬殊，各自的境界本体还是有差异的。我们试用上述"超越"的理论来略加辨析。

先看畅诗。好比一幅泼墨速写。诗人对景挥洒：高低广远，动静曲直，对比鲜明，形象突出，墨气四射。我们相信，这是真实的图画，虽然对楼的高耸略有夸张，总的来说并没有太多的主观成分流溢出来。在这里，主客体是由对立而平衡统一，情感寓于景物；而读者心中主要浮现的是鹳雀楼及其环境的意象，比较概括，比较粗犷，而抒情主人公矫首高吟的气概也隐约可感。但总的来说，全诗并没有超越景物的感性特征，所以留给读者的审美空间也主要是具象空间，如果借用王夫之所引印度因名学术语，可以称为"现量"空间。王氏在《相宗络索·三量》中阐释道："'现'者有'现在'义，有'现成'义，有'显现真实'义；'现在'，不缘过去作影；'现成'，一触即觉，不假思量计较；'显现真实'，乃彼之体性本自如此，显现无疑，不参虚妄。""现量"之景即"寓目吟成"，"只于心目相接处得景得句"，"因情因景自然灵妙"。这是一种"一触即觉，不假思量计较"即能直感的境界❶。它的优点是"真"，不须逻辑抽象的参与，但空间层次单纯，略无藏蕴，言尽意止，余味不多。

接下来看王之涣的诗。这好比一幅大全景丹青写意。诗人即兴渲染，所表现的并不是鹳雀楼自身，而是极目远眺的印象和收揽宇宙的豪情。这里，白日依山，黄河入海，视野中的景物明暗、色彩、动静、广狭、高低、虚实、隐现对比，由背景的广远反衬楼体可以纵目骋怀的崇峻。当然也是真实的反映，但这似乎并非诗人的追求；由这真实景象激发的热情，又离开这实景，指向了更为高远的目标。主体与景物的对峙，没有平衡统一。心灵与景物不是在视野中"遇合"，而是"碰撞"；以景物作为折射点，心灵乘着想象的张力升向了无垠的天宇。抒情主人公蓬勃向上、一往无前的豪迈气概，也隐约在读者的臆屏中浮现。显然，诗人在这里是超越了景物的感性特征，"放飞"情感想象。所以给读者的审美空间也是渐次扩展的层递空间。如果仍借王夫之的术语来说，是"比量"空间。王氏说："'比量'，'比'者，以种种事比种种理：以相似比相同，如以牛比兔，同是兽类；或以不相似比异，如牛有角兔无角，遂得确信。此量于理无谬，而本等实相原不待比，此纯系以意计分别而生。"❷我们取"以不相似比异"的比较之义。它的优点是空间层次多，情感维度多；主景（楼）自身登高可以望远的特点得到了多层面的开发，盛唐人特有的那种眼光远大、襟怀开阔的主体精神得到了充分表达。更为可贵的是，它引导读者由低到高，由近

---

❶ 叶朗.中国美学史大纲[M].上海：上海人民出版社，1986：462.
❷ 叶朗.中国美学史大纲[M].上海：上海人民出版社，1986：462.

及远，由实到虚，由具象而抽象，由直观感性而概括理性，使登临的感兴升华而为生活哲理。由此，本诗又超越了"比量"而跃上了"非量"（详见下文）的"更上一层楼"。但它却不是"一触即觉"，而是需要"假思量计较"才能领略的，所以言已尽而意未穷。沈德潜《唐诗别裁》评畅当诗"不减王之涣作"，大概是从声韵格调说的。依"超越"的观点来看，王诗居上，是理所当然的了。

　　再来看看李益。与前两首体式和情调都很不相同。这不能说是真实的图画，而是现实与历史在想象中的叠映。第一句，将鹳雀楼的高峻形胜一笔勾出。第二句，诗人举目遥望，迎面涌现的烟汀云树，正如化人的蒙太奇，把视野导向渺茫的历史：汉家的繁华昌盛、魏国的割据江山，都已成了东去的流水、西下的夕阳。诗人又从历史的缅怀回到现实，似乎往事历历，如在眼前；而日益衰颓的国运却令人心忧。此情此景，吊古伤今之情一齐涌上心头，虽非容易使人伤感的春天，也不禁忧从中来，难以自持。在藩镇割据的时代，诗人是经常流露这种情感的。如绝句《上汝州城楼》云："今日山川对泪垂，伤心不独为悲秋。"心情与此相同。在这首诗里，主体对于景物表层感性特征的超越更为明显，景物仅仅作为一个触媒引入，随即被主观的想象作了形和质的双重变异：眼中的局部扩展为历史的整体，历史的回顾又幻化成了现实的预兆。触媒的引入为主体的情感想象设置了定向坐标，使虽然概括了的意象保留着地方特色，否则，一切胜迹的登临都可以挪用了；而对这个具体触媒的超越，又给了主体情感想象以充分的自由。所以，诗人为读者创造的，主要是触景而生的情感想象的审美空间，即想象空间。它是现实在历史镜面中的反光投影。如果再借王夫之的术语来说，即是"非量"空间。王氏说："'非量'，情有理无之妄想，执为我所，坚自印持，遂觉有此一量，若可凭可证。"可以看出，这种情感想象空间，比上述两种空间都能使主体情感得到更多维化的表达，使客体景物通过形质的多重变异具有更丰富的审美属性。但由于对景物感性特征的无限超越，使景物的"现量"（真相）模糊，这也是本诗的局限。而且，由于对时势的执着，使理性的超越最后没有获得如王诗那样更具普遍性的理趣形态。另外，恰恰在这里，主体精神脱离了个人利害，实现了从具体感性到理性和由个人而社会的双重超越。

　　上述三首诗，命意上的确各有胜场：畅诗以宏壮，王诗以超拔，李诗以高古。但王诗以哲理独占鳌头。

　　以上三例，已经大致可以看出，超越具体景物的表层感性特征，对于审美情怀的多维抒发、对于观照对象潜在的审美属性的多层开发，从而提高命意品位层次具有多么重要的意义。

(二) 超越庸俗狭隘的个别意念，而达于社会道义和民族心理的真诚感应

如前所述，超越具体对象的表层感性特征，无疑可以提升诗作命意的品位层次。但事实上，同时超越了对象表层特征的诗作，仍有高下之别。这除了表达艺术的悬殊，就在诗人的胸襟品格了。我国古代诗歌的创作经验证明，只有当诗人超越个别庸俗、狭隘意念，而将自己的情感同社会道义、民族心理真诚感应的时候，他的创作命意也才会具有更高的境界。试看下面几个例子：

八月湖水平，涵虚混太清。气蒸云梦泽，波撼岳阳城。

欲济无舟楫，端居耻圣明。坐观垂钓者，徒有羡鱼情。

——孟浩然《望洞庭湖赠张丞相》

洞庭西望楚江分，水尽南天不见云。

日落长沙秋色远，不知何处吊湘君。

——李白《陪族叔刑部侍郎晔及中书贾舍人至游洞庭》

昔闻洞庭水，今上岳阳楼。吴楚东南坼，乾坤日夜浮。

亲朋无一字，老病有孤舟。戎马关山北，凭轩涕泗流。

——杜甫《登岳阳楼》

三首诗虽非同时之作，却都是对同一景观的触发之情的深沉抒发，也都超越了具体对象的表层特征。但情感的境界不同，美感效应也就很有差别。

孟诗首联和次联描绘中秋时节洞庭的风貌：秋水时至，百川汇湖，水与岸平；湖面照映苍天，上下一色，浑然不辨，这是相对静止的状态。每当湖上起雾，则大江以北的"云"和江南的"梦"二泽一片蒸腾；若是西南风大作，波涛哗啸，不断猛烈地冲击着岳阳古城，这是相对运动的状态。这两联一静一动，渲染了洞庭湖壮阔浩大的气势。第三联上句说想渡过湖去又没有船只，以暗喻想做官却无门路；下句说，这样吃闲饭，实在有愧于这圣明的时代。尾联援引古意进一步发抒入仕的强烈愿望。按《淮南子·说林训》："临河而羡鱼，不若归家织网。"诗人显然没有"织网"的条件，只好望洋兴叹了。本诗开头的气势不小，但超越之后的情感想象，仍不出"乡曲无知己，朝端乏亲故"

"不才明主弃，多病故人疏"之类的牢骚。固然，这种遭遇并非孟氏独有，但他表现得这样没有力气，未免有些"掉价"，而古代知识分子特别是唐代诗人，还是比较高傲的。

再看李白。当年他陪李晔和贾至游洞庭，真是既喜还悲：喜在他乡遇故知；悲在两位故知也都是遭贬至此（贾至贬岳州，李晔贬岭南）。真个"同是天涯沦落人"，即使放达如李白，也不能不感慨系之。李白这一时期游湖的诗，共七题十三首，其中直接写游湖的有八首，本诗是陪二友游湖的五首之一，为面对洞庭明净秋色的抒怀之作。首句写长江西来，至湖北石首县分两道南入洞庭（西南一道从华容县注滋口入湖，东北一道从岳阳县城陵矶入口）；第二句写水天一碧，一派寥廓，漂泊无依之感油然而生。第三句"日落"，是泛指远处，实际长沙在岳阳之南。"秋色远"，秋色消逝。这里可能是超越具体景物而隐喻贾、李二人横遭贬斥。李白《巴陵郡赠贾舍人》云："圣主恩深汉文章，怜君不遣到长沙。"是说要感谢皇上爱才，没有把老兄贬到更远的当年贾谊落魄的长沙去。那么，"日落"句可视为是说友人和诗人自己一样，"圣恩"远离，也就"素志"难酬了。第四句"不知何处吊湘君"，表面上是对贾至《初至巴陵与李十二白裴同泛洞庭》诗"乘兴轻舟无远近，白云明月吊湘娥"的反意而用，实则"包容了深沉的家国之感"（李元洛语）。连乾隆也认为是"即目伤怀，含情无限，二十八字，不减九辨之哀"。但到底不免穷途之叹。

杜甫和李、孟都不大一样。首联说登楼的夙愿得偿，但喜乐未言，读者自度。第二联写洞庭景观：吴楚大地在这里被截然分开（湖东为吴，湖西为楚）；浩渺的湖水，似乎把天地日月都漂浮其中了。这气象比孟诗"汽蒸""波撼"更为壮观。像杜甫这样忠厚贫困、落魄江湖的诗人，在自然伟力面前，不大容易激起雄心，倒常常引发自身坎坷命运与社会灾难及民生疾苦的感伤。例如，当年在长安与高适等人登上慈恩寺塔，面对高天厚地，莽莽神州，不但没有心旷神怡、逍遥出世之感，反而觉得"自非旷士怀，登兹翻百忧"，仿佛看到玄宗穷奢极欲，日夜淫乐，预感有一天国势倾危，黄鹤远举、燕雀自谋；后来在成都登楼，饱览无边的锦江春色之时，从玉垒山的风云变幻想到国家的安危，引出对于诸葛武侯的无限缅怀（《登楼》）；登上白帝城最高楼，看到险峻奇诡的三峡风光，竟"叹世""泣血"，白首低垂。经过安史之乱和西南漂泊而流徙荆湘，诗人贫困交加，国家民族的灾难更加深重了。所以，登上岳阳楼，洞庭湖吞天吐日、摇荡乾坤的气势，固然令他赞叹，也使他感到自己的渺小和不幸，所谓"不眠忧战伐，无力正乾坤"，他伤心痛哭：哭亲朋的音信断绝，哭贫病衰老、飘零无依；更痛哭兵荒马乱，水深火热，民不聊生（当时吐蕃入侵，举国遭殃）。此等襟怀，谁堪并比！所以，同是对具体的洞庭湖表层特征的超越，而其情感的价值内涵，却使这几首诗的命意品位显出差别——杜甫当然是后来者居上了。

上面的例子，主要说明了诗作情感的社会内涵与命意品位层次的密切关系。至于同民族深层心理的关系，就比较复杂而微妙。这牵涉中国远古农业经济的高度发达和与之相应的以血缘纽带维系的宗法制度，安土重迁的故园意识；老庄道家的清静无为、返璞归真的人生观，孔孟儒家的用行舍藏、兼济独善的人格理想，佛学禅宗的超脱、适意的生存态度等，在其生成发展的过程中，沉积而为中华民族文化心理的深层结构。这就是那些思乡怀人、写物寄兴的诗词久远流传、意味常新的文化心理基因。如月夜乡思，可以说是最古老的母题之一，从《诗经》到当代，有多少名章警句！而李白的《静夜思》有口皆碑，他作难比。沈德潜《唐诗别裁》评曰："旅中情思，虽说明，却不说尽。"这则评语也有点儿"引而不发"，大概是向李白这首诗学的。诗人"不说尽"的是什么呢？"床前明月光，疑是地上霜"，视觉的幻象，暗示诗人夜不成眠；秋夜的微寒加重了逆旅的凄凉，体肤的温度感与视觉的模糊映象沟通，导致了繁霜满地的错觉。这一切，又暗示诗人心绪凄凉、神思恍惚、意有所属的情态。这种旅中乡思的况味，诗人没有说出来，这是其一。其二，故乡是一个有着丰富内涵的概念，对于李白，它是很笼统的——故乡的亲人？很少提到；而故乡的风物，特别是峨眉山月，诗人倒是经常咏唱："峨眉山月半轮秋，影入平羌江水流"；"月出峨眉照沧海，与人万里常相随"。月亮，几乎是故乡的象征了。那么，见明月而思故乡，在李白是很自然的。但是，思念故乡的具体内容却空着不说，一首小小的绝句也无法说清。这空白就形成了宽泛的想象空间。诗人虽然抒发的是独自的思乡之情，却写得这样普遍让人感到亲切，所以读者都可以想起自己特殊的故乡，这正是本诗广泛而长久地受到喜爱的文化心理根源。即是说，李白这首《静夜思》，以其最为亲切、温馨的情感触须，撩动了深藏在每个读者无意识底层的故乡情结这种民族心理结构。

由此，也就容易理解，表达离情别绪、故园之思、爱国之情、功业之志、反抗精神、高洁志向、山林之趣、人情之美等的名篇佳构，也正由于或多或少与我们民族长期积淀的深层心理相沟通而获得了长久魅力。

强调创造主体精神的主导作用，并非一时之言，一家之说。先秦时代，《尚书》"诗言志"和《易·系辞》"吉人之词寡，躁人之词多"已开其端；孟子"养气"之说奠定了理论基础；《毛诗序》加以系统化。司马相如"赋家之心苞括宇宙，总览人物，斯乃得之于内，不可得而传"的经验之谈（《西京杂记》），司马迁"《诗》三百篇大抵圣贤发愤之所为作"（《太史公自序》）的论断，扬雄"声画形，君子小人见矣"（《法言》）的命题，韩愈"气盛言宜"（《答李翊书》）的原则，欧阳修"道胜文自至"（《答吴充秀才》）的论点等，都是对主体精神的强调与张扬。而论述得最为透彻的，要数清代叶燮的《原诗·外篇》："诗是心声，不可违心而出，亦不能违心而出。功名之士，决不能为泉石淡泊之音；轻浮之子，必不能为敦庞大雅之响。故陶潜多素心之语，李白有遗世之句，杜甫兴广厦万间之愿，苏轼师'四海昆弟'之言。凡如此类，皆应声而出。其心如日月，其诗如日月之光，随其光之所至，即日月见焉。故每诗以人见，人以诗见。使其人其心不然，勉强造作，而为欺人之语，能欺一人一时，决不能欺天下后世。"[1]在西方，也有类似理论。大诗人歌德就说过："在艺术和诗里，人格确实就是一切。"[2]黑格尔也强调诗歌的主体人格和内容价值的密切关系，他说："主体也不应理解为由于要用抒情诗表现自己就必须和民族的旨趣和观照方式割断一切关系而专靠自己。与此相反，这种抽象的独立性就会丢掉一切内容，只剩下偶然的特殊情绪，主观任性的欲念和癖好，其结果就会使妄诞的幻想和离奇的情感泛滥横流。真正的抒情诗正如一切真正的诗一样，只表达人类心胸中的真实的意蕴。"[3]看来，这是天下明人所共识的了。

但说到底，诗重意兴、重创造。昔人对崔颢《黄鹤楼》和李白《登金陵凤凰台》的评议颇能发人深省。先看这两首诗：

昔人已乘黄鹤去，此地空余黄鹤楼。

黄鹤一去不复返，白云千载空悠悠。

晴川历历汉阳树，芳草萋萋鹦鹉洲。

日暮乡关何处是，烟波江上使人愁。　　——崔颢《黄鹤楼》

凤凰台上凤凰游，凤去台空江自流。

吴宫花草埋幽径，晋代衣冠成古丘。

---

[1] 叶燮.原诗[M].霍松林，校注.北京：人民文学出版社，1979.

[2] 爱克曼.歌德谈话录[M].朱光潜，译.北京：人民文学出版社，1978：229.

[3] 黑格尔.美学：第三卷（下册）[M].北京：商务印书馆，1981：201.

三山半落青天外，二水中分白鹭洲。

总为浮云能蔽日，长安不见使人愁。　　——李白《登金陵凤凰台》

明瞿佑《归田诗话》载：崔颢题黄鹤楼，太白过之不更作。时人有"眼前有景道不得，崔颢题诗在上头"之讥。但白后有《登金陵凤凰台》之作，可谓"十倍曹丕矣"！原来，崔诗结句"日暮乡关何处是，烟波江上使人愁"，而白诗结句为"总为浮云能蔽日，长安不见使人愁"，爱君忧国之意，远过乡关之念，前人称白"善占地步"。"善占地步"即思想境界比崔作略胜一筹，也就是精神超越。但有人不以为然。王世懋《艺圃撷余》比较崔、李二诗云："崔郎中作《黄鹤楼》诗，青莲气短，后题《凤凰台》，古今目为劲敌；识者谓前六句不能当，结句深悲慷慨，差足胜耳。然余言更有不然：无论中二联不能及，即结语亦大有辨——言诗须道兴、比、赋，如'日暮乡关'，兴而赋也；'浮云''蔽日'，比而赋也。以此思之，'使人愁'三字虽同，孰为当乎？'日暮乡关''烟波江上'，本无指著，登临者自生愁耳，故曰'使人愁'，烟波使之愁也；'浮云''蔽日'，'长安不见'，逐客自应愁，宁须使之？青莲才情，标映万载，宁以予言重轻？尺有所短，寸有所长，窃以为此诗不逮，非一端也。如有罪我者，则不敢辞。"这是从诗的兴、比、赋特点着眼，认为崔诗触景生情，自然生愁，是"兴而赋"；李诗借景喻情，属"比而赋"，"愁"得不"当"，所以"不逮"王诗。纪昀批道："崔是偶然得之，自然流出；此是有意为之，语多衬贴，虽效之而不及。"这实际上也是强调自然和独创。这些评论，无论对李诗的非议或对崔诗的推崇，都是有理有据、令人信服的。

可见，命意的超越，还只是作诗的一个重要方面，而非全部。

（三）超越生活现象的已然真实，而达于社会历史和人生经验的必然把握

社会的普遍意识和民族的深层心理，本是历史的范畴。诗人不但要有博大的襟怀，忧患意识和仁爱精神，而且还要有深邃的洞见和超前的敏感。有现代诗学家称这种预见性为"卡桑德拉质"[1]。卡桑德拉是希腊史诗中特洛伊国王普里安的女儿，太阳神阿波罗曾授予预言的才能。看起来这是很摩登的要求，但实际上，我国古代先哲早有"见小曰明""未兆易谋"（《老子》），"见机而作，不俟终日"（《易·系辞下》），"见微而知著"（《意林·范子》），"温故

---

[1] 杨匡汉.缪斯的空间[M].广州：花城出版社，1987：121.

而知新""追往事而思来者"(《论语》)等命题,而古代诗人也有的达到了这种境界。当然,他们不如现代诗人那样自觉,只是从对现实的特定情景、深切感悟的真实描绘中,显现或预示了某些先兆或后果,从而使他们的诗作含有某种预见性。

这种预见性的超越,是以现实生活的真实为基础的。表面看来,重抒情、求表现的中国艺术特别是抒情诗,似乎不大讲究真实,而只有重写实、求再现的西方艺术才讲真实。其实不然,从理论上说,真实是一切艺术的生命的源泉。本来,真实对于人类就具有非常重要的根本性的价值。余秋雨《艺术创造工程》精辟地指出:人对真实的崇拜,出于对人生实在性的追求。没有真实,人生就失去了依托和参照;只有双脚踏在真实的大地上的人,才会建立起对自己、对同类、对生活的基本信念。因此,对真实的归依,是人的重要本性,是人的理性复苏的重要标志。于是,与人密不可分的艺术,天然地把追求真实作为自己的千古命题。求真的内驱力,历来是人的空间意识和审美热情的重要动因❶。

从创作实践看,也只有以真实现象为基础,才能进一步把握普遍必然。假若缺少了现象真实性,情感想象也就失去了腾飞的支点。

对必然的把握大致有以下几个方面:历史真谛、现实本质、人生经验和景物意蕴。

1.对历史真谛的反思

历史,并不仅仅是从前发生的人物事件的过程。作为人类文明发展的轨迹,在物质和精神产品中留下它的投影。现实的人永远看不到历史的真相和意义,最多只能部分地窥测到"由活着的人和为了活着的人而重建的死者的生活"❷。历史学家们在史书中"重建"死人的生活,当然并不是从已经消逝的生活中寻求认知欲望的满足,而主要是为了吸取某种教训,以利于活着的人建立较为合理的现实生活秩序或规范。因此,不安于现状的有志之士,总是要对历史进行审视、辨析,也即反思,努力探索历史真谛,从而为改良现状、重建生活提供参照。然而,过去的人物事件,对于活着的人并不具有同等价值。对历史人、事进行反思和处理的角度与方式也不相同:哲学家用整体抽象的眼光

---

❶ 余秋雨.艺术创造工程[M].上海:上海文艺出版社,1987:69-70.

❷ 雷蒙·阿隆.历史哲学[M]//田汝康,金重远.现代西方史学流派文选.上海:上海人民出版社,1982:95.

概括真谛，历史家用实证比较的眼光陈述真谛，艺术家和诗人用情感想象的审美眼光表现真谛。当然，任何事物都有各种属性，本质也有不同层次；不同属性在不同层次上反映着不同的本质方面。因而，不同的人、事、景、物的不同方面也包含不同层次的真谛。优秀的艺术家和诗人，往往以其灵心慧目穿透流行见解的迷雾，发现、捕捉人、事、景、物的新侧面、新特点，提取新的意蕴和价值，对其真谛作出新的表现，使人耳目一新。我们曾经在"反意而用"中提到王安石《明妃曲》、欧阳修《明妃曲和王介甫作》，还可以在这里略加讨论。王安石《明妃曲》：

明妃初出汉宫时，泪湿春风鬓脚垂。低徊顾影无颜色，尚得君王不自持。归来却怪丹青手，入眼平生未曾有。意态由来画不成，当时枉杀毛延寿。一去心知更不归，可怜着尽汉宫衣。寄声欲问塞南事，只有年年鸿雁飞。家人万里传消息，好在毡城莫相忆。君不见，咫尺长门闭阿娇，人生失意无南北！
　　　　　　　　　　　　　　　　　　　　　　——其一

明妃初嫁与胡儿，毡车百辆皆胡姬。含情欲语独无处，传语琵琶心自知。黄金捍拨春风手，弹看飞鸿劝胡酒。汉宫侍女暗垂泪，沙上行人却回首。汉恩自浅胡自深，人生乐在相知心。可怜青冢已芜没，尚有哀弦留至今。
　　　　　　　　　　　　　　　　　　　　　　——其二

欧阳修《明妃曲和王介甫作》与《再和明妃曲》：

胡人以鞍马为家，射猎为俗。泉甘草美无常处，鸟惊兽骇争驰逐。谁将汉女嫁胡儿，风沙无情貌如玉。身行不遇中国人，马上自作思归曲。推手为琵却手琶，胡人共听亦咨嗟。玉颜流落死天涯，琵琶却传来汉家。汉宫争按新声谱，遗恨已深声更苦。纤纤女手生洞房，学得琵琶不下堂。不识黄云出塞路，岂知此声能断肠！

汉宫有佳人，天子初未识。一朝随汉使，远嫁单于国。绝色天下无，一失难再得。虽能杀画工，于事竟何益。耳目所及尚如此，万里安能制夷狄！汉计诚已拙，女色难自夸。明妃去时泪，洒向枝上花。

狂风日暮起，飘泊落谁家。红颜胜人多薄命，莫怨春风当自嗟。

  1058年（嘉祐三年），王安石给仁宗上万言书鼓吹变法，未被采纳。次年，王安石提典江东刑狱时写成《明妃曲》二首。以其立意新警而轰动诗坛，司马光、欧阳修、刘敞等名流争相唱和。其中，以欧阳修的两首最享盛名。

  据《乐府古题要解》，远在汉朝，就已出现了"怜昭君远嫁"的诗歌。但自晋代石崇作《王昭君词》后，同类题材的诗作才盛行起来。唐代大诗人王维、李白、杜甫、白居易等都写出了咏昭君的著名篇章，但王安石和欧阳修的作品都标新立异，既超越了史料的已然真实，又超越了前人的一般见解，所以令人耳目一新。

  王安石的第一首，开头至"当时枉杀毛延寿"，写昭君的"汉宫之别"。"明妃初出汉宫时，泪湿春风鬓脚垂。低徊顾影无颜色，尚得君王不自持。"昭君在悲哀憔悴之时尚且使得君王神魂摇荡，平常时其美可知。通过对昭君之美的传神描绘，证明仪态神情之美从来是画不出来的，所谓"丹青难写是精神"，从而一笔否定了把王昭君的不幸归罪于画师毛延寿的旧说。当然，诗人的目的倒不在为毛延寿翻案，而是强调昭君的美是精神和仪态内外一致的美，根本无法用艺术来表达，这便激起了读者对昭君不幸遭遇的深深同情。但如果全诗的主旨仅在于此，也就没有太多新意了。关键在于后半首，从"一去心知"到"只有年年"，写昭君"胡地之忆"，也还只是一般思路。最后四句，写"家人之慰"。家人向昭君寄语："人生失意无南北"，这显然是诗人借古人之口说出自己上书要求变法遭受冷遇之后的失意之憾，但又正好反映了社会生活特别是政治生活的某些本质方面。因此，这不但超越了史实的一般含义，而且也超越了个人的局部感受，而达到了对于社会历史生活必然的深刻概括。

  第二首，诗人通过"沙上行人"即胡人，表达了"人生乐在相知心"的卓见。这样，昭君的远嫁不是可悲，倒是值得庆幸的了。

  可以看出，这两首诗的意旨相互补充：失意固无南北之分，知心岂有胡汉之别。这种说法，不只是一般的标新立异，倒是大有离经叛道之嫌了。然而，诗人正是以这种过人的胆识，向人们揭示了社会历史的某种真谛。

  欧阳修是在王安石的启发之下创作的，却能跳出王氏的思路。

  第一首，从王氏第二首"人生乐在相知心"的愿望逆向运思，描述昭君所制连胡人也为之感动下泪的"思归曲"，仅仅被汉家当作享乐的新声；以纤纤细手弹奏琵琶的闺中女子固然不能领悟曲中遗恨,而把汉女远嫁胡人的汉家天子,又"岂知此声能断肠"!诗人没有明说,只是引而不发。这样,明妃为巩固汉家江山,加强汉、胡民族友好关系所受的痛苦、所作的牺牲,也就根本不为天子所挂怀,更不可能被一般人所理解了。昭君的悲剧并非偶然,在封建时代是必然的。欧阳修以赋有政治历史襟怀的诗家之审美眼光洞察了这种必然,又以深挚哀婉的情韵,表达了昭君难获知音的深远遗恨及其历史必然。

第二首,以"汉宫有佳人,天子初未识",终于远嫁单于的史实,推及汉家天子的昏庸:"耳目所及尚如此,万里安能制夷狄"!最后字面上归结为"红颜薄命",不须怨天尤人,而言外之意是:天子既然昏庸,又定下和亲之策,纵有千般绝色,万种仪容,也只好自叹薄命了,这是一种以叹为怨的绵里藏针之法。虽然比之第一首情韵稍逊,意蕴上却添了一层曲折,也披露了另一方面的历史真谛。

2.对现实本质的把握

历史是过去的现实生活,现实生活则是正在呈现的历史。本质上一致,只有时序的差别和具体内容的不同。人们要把握现实,常常将它放在历史的长过程中连贯地观察。所谓"观今宜鉴古",诗人在表达对现实的理解时,也常常以古喻今,借古鉴今。这样,一方面可能把诗意锋芒弱化,乃至韬晦,使之含蓄;另一方面引古代史实作为参照系,也加强了诗作的真实感与说服力,从而获得更为广泛的共鸣。如李颀的《古从军行》:

> 白日登山望烽火,黄昏饮马傍交河。行人刁斗风沙暗,公主琵琶幽怨多。野云万里无城郭,雪雨纷纷连大漠。胡雁哀鸣夜夜飞,胡儿眼泪双双落。闻道玉门犹被遮,应将性命逐轻车。年年战骨埋荒外,空见蒲桃入汉家!

一般认为,盛唐时期西部边疆对少数民族的战争大多是正义的。从历史上看,自汉朝开始,我国就已经营西域,专门设置都护府作为行政管辖机构,并开辟"丝绸之路",使西域成为沟通中外经济文化的走廊。汉势衰弱以后,西域胡人渐渐强盛,时常侵袭边地,甚至骚扰关内。有唐以来,继续在西域设置都护府,经过与吐蕃、回纥、突厥等奴隶主集团的军事较量之后,逐步巩固了西北地区的安定秩序，维护了各族人民的友好关系，也促进了西北经济的开发和中外友好关系的发展。所以，当时有志之士，在这种开张强盛的国势鼓舞之下，不但想通过科举步入仕途，以施展抱负，还希望在保卫边疆、开发西域的军旅生活中大显身手。杨炯《从军行》"烽火照西京，心中自不平……宁为百夫长，胜作一书生"；王维《少年行》"孰知不向边庭苦，纵死犹闻侠骨香"等，都非常鲜明地表达了当时知识分子的昂扬心态。但是，战争的性质，往往以目的和后果相结合来评判。防御是正义的，但若滥施兵威，不顾戍边将士和各族人民的疾苦，那就是非正义的了。唐代的西部和北部战争，从开元、天宝开始便多穷兵黩武的暴行。当时的诗人写边塞诗，也在谴责、厌战、思乡和闺怨的篇什中作了反映。陈子昂《感遇》之三"汉甲三十万，曾以事匈奴。但见沙场死，谁怜塞上孤"；王之涣《凉州词》"羌笛何须怨杨柳，春风不度玉门关"；王昌龄《出塞》"秦时明月汉时关，万里长征人未还。但使龙城飞将在，不教胡马度阴山"；高适《燕歌行》"战士军前半死生，美人帐下犹歌舞""君不见沙场征战苦，至今犹忆李将军"；李白《关山月》"由来征战地，不见有人还。戍客望边邑，思归多苦颜"；《塞下曲》"阵解星芒尽，营空海雾消。功成画麟阁，独有霍嫖姚"等，表明诗人们已经在轰轰烈烈的开边战争中看到了矛盾的另一面。但是，除了少许对朝廷的讽喻之意，主要是从战士的苦衷着眼。李颀的《古从军行》却既写了战士的苦与怨，也写了胡人的苦与怨；既写了朝廷的冷酷，不顾将士死活，又以古喻今，指出连年开边战争，不恤生灵的残暴行径所要达到的只是某种自私目的。所以我们认为，李颀较之以前的边塞诗人，更尖锐地揭示出了当时开边战争的真谛。

有的诗人，在对现实本质进行概括的基础上，预告了发展的趋势，其视野更为开阔。如杜甫的《兵车行》，通过兵士之口对李唐王朝用兵吐蕃的侵略行径的控诉，指明了这种不义战争将带给人民更加深重的灾难，也必将彻底毁坏全社会的农业生产。杜甫的《诸将》描述胡人叛乱的严重局势，暗示任何懈怠将造成怎样的恶果。当然，这种预言总是比较笼统、模糊的，不可能一一具陈。但能作出某种合乎逻辑的推测，就具有警示作用，也是难能可贵的。

3.对人生经验的洞悉

人生经验，是个人对社会生活体验的升华。诗歌，作为抒情艺术，对于人生经验的洞悉或把握，自然是人生情感体验的个体感受向群体感受的提升。能使人读了常有"先得吾心""于我心有戚戚焉"的感觉，就使得诗作的情感表达具有普遍性和广泛、持久地扣人心弦的魅力。

人生，是变化不定的旅程：或光风霁月，或雷电雨雪，或一帆风顺，或寸步难行，或苦尽甘来，或先达后穷……人的情感和心绪，在人生旅程境遇的不断转换中，也时常经受着升沉荣辱、离合悲欢的刺激，心灵也在这种种刺激中受到洗礼、磨炼，得到陶冶、提升。古代的优秀诗歌，不断将诗人个体的种种人生体验加以集中、渲染、表现和咏叹，让读者观照、品尝、认同、共振，从而把人心变得更加充实、丰富，更加坚强、完美。

古代诗人的生活体验，遍及生活的各个方面。其中以生离死别的感伤、怀才不遇的愤懑、民生国计的忧患和闲情逸致的咏叹最为突出。可以说，这四个方面，已经囊括了我国古代人生经验的基本内容。

第一，生离死别的感伤。

我国古代，自足封闭、重农轻商的经济生活，亲亲里仁、恪守孝义的文化传统，形成痛惜离别的社会心态。所以，自古以来，赠别、怀乡、旅愁、闺怨，以及忆旧、悼亡等类诗作，累牍连篇，盈箱积案，淋漓尽致地展示了人类生离死别的哀伤。正如江淹《别赋》所说，在人生经验中，"黯然销魂者，唯别而已矣"！不但"行子肠断，百感凄恻"，也令"居人愁卧，恍若有亡"；无论哪种别离，虽"别方不定，别理千名"，也教人"意夺神骇，心折骨惊"。虽然江氏认为，纵有子云、相如的精妙笔墨，也难摹暂离永诀的情状，但高明的诗人，总能传达出自己的一些独特感受，让读者获得人生经验的新信息。

下面几首赠别诗词可窥一斑：

太息将何为？天命与我违。奈何念同生，一往形不归。孤魂翔故域，灵柩寄京师。存者忽复过，亡殁身自衰。人生处一世，去若朝露晞。年在桑榆间，景响不能追。自顾非金石，咄唶令心悲。心悲动我神，弃置莫复陈。丈夫志四海，万里犹比邻。恩爱苟不亏，在远分日亲。何必同衾帱，然后展殷勤？忧思成疾疢，无乃儿女仁。仓卒骨肉情，能不怀苦辛！
————曹植《赠白马王彪》

渭城朝雨浥轻尘，客舍青青柳色新。
劝君更尽一杯酒，西出阳关无故人。————王维《送元二使安西》

千里黄云白日曛，北风吹雁雪纷纷。
莫愁前路无知己，天下谁人不识君？————高适《别董大》

肃肃仆夫征，锵锵扬和铃。清晨当引迈，束带待鸡鸣。顾看空室中，仿佛想姿形。一别怀万恨，起坐为不宁。何用叙我心，遗思致款诚。宝钗好耀首，明镜可鉴形。芳香去垢秽，素琴有清声。诗人感木瓜，乃欲答瑶琼。愧彼赠我厚，惭此往物轻。虽知未足报，贵用叙我情。
———东汉秦嘉《留郡赠妇诗》之三

寒蝉凄切，对长亭晚，骤雨初歇。都门帐饮无绪，留恋处，兰舟催发。执手相看泪眼，竟无语凝噎。念去去千里烟波，暮霭沉沉楚天阔。　多情自古伤离别，更那堪、冷落清秋节！今宵酒醒何处？杨柳岸、晓风残月。此去经年，应是良晨好景虚设。便纵有千种风情，更与何人说！
———柳永《雨霖铃》

曹植贵为藩王，然身陷权力斗争的旋涡，不由自主，眼见骨肉相残，朝不保夕，与异母兄弟白马王彪在归国途中被迫分手，虽曰生离，亦同死别。悲愤、沉痛，情真意笃。一般人见惯兄弟阋墙的家庭矛盾，而曹植所表达的这种特殊的萁豆相煎、手足自残的人生经验，在封建统治者内部却具有极为典型的意义。曹植大概是第一个从庄严神圣的皇袍之内扒出虎狼之心的诗人，后代也少见此类诗作。所以，这种人生经验也就弥足珍贵了。

王维此诗，又称《渭城曲》，世称千古绝唱。挚友远离，是常人的经历；但若亲朋要去艰险之地，这种离别就会令人心碎了。安西在今新疆库车附近，为唐代安西都护府治所，从京师长安附近的渭城（咸阳）出发前往，真是迢迢千里！所至皆戈壁黄沙，严寒暴热，饥渴劳顿，可想而知。虽有开拓进取的豪迈精神，面对穷荒绝域，也有前途未卜的隐忧。老友临行，诗人以乐景写哀的手法反衬惜别之情，又以殷殷嘱咐曲折地表达不忍之心。友情之深，别意之浓，真是无以复加了。不言"别泪沾襟"而"泪在言外"。难怪当时即为教坊被之管弦，或称《阳关三叠》，广为流传，几乎成了离歌的代词。由于本诗以极其亲切的形式概括了亲朋好友离别的一般经验，博得了后世文豪庶士的认同。刘禹锡《与歌者何戡》诗"旧人唯有何戡在，更与殷勤唱渭城"；白居易《对酒诗》"相逢且莫推辞醉，听唱阳关第四声"；李商隐《赠歌妓》"肠断声里听阳关"；陆游《塞上曲》"玉关道路心如铁，把酒何妨听渭城"等，都可以说是这种人生经验的共同体认。

高适《别董大》似乎别有一种情调。本来，景物的肃杀已经预示前途的艰险，似乎应该更为友人担心，但诗人却出以宽慰之词："莫道前路无知己，天下谁人不识君？"明明知道征途坎坷，甚至生死未卜，而友人又不得不行，诗人只能劝慰朋友暂忍离别的伤痛，鼓起勇气，乐观地面对未来。若是要鼓励行者去干一番事业，那当然又有一番情调。王勃《送杜少府之任蜀州》"海内存知己，天涯若比邻。无为在歧路，儿女共沾襟"；高适《送李侍御赴安西》"功名万里外，心事一杯中……离魂莫惆怅，看取宝刀雄"：这是意气风发的英雄气派。这种离情固然有很高的精神价值，而上述在劝慰鼓励之中饱含惜别的深情，却能在常人的心弦上引起更多的共鸣；表达方式更多一层曲折，也就更耐人寻味，所以成了广为传诵的名篇。

　　秦嘉的诗，是留给妻子的，这大约也是破天荒第一遭。在"夫为妻纲"的封建时代，夫妻恩爱，实为人伦大端，是家庭和睦的基础，社会稳定的前提。但在文人士子中，如此淋漓尽致地倾吐对妻子的眷恋之情，实属罕见。秦嘉以自己的赤诚坦露，呈示了人类最可宝贵的深情。就连高唱温柔敦厚诗教的沈德潜也在《古诗源》中称赞本诗"词气和易，感人至深"。大约正因秦嘉带头，我们才有幸在杜甫、苏轼、陆游和纳兰性德等诗坛巨擘的同类作品中，再度体验人类的这种至性之美。

　　柳永的《雨霖铃》也堪称绝唱。他是"忍把浮名换了浅斟低唱"的浪子。他的许多留别青楼女子的辞章，格调难说高雅，但这首词却雅俗共赏。究其原因，不但以清丽委婉的诗句倾诉了与情人依依惜别的缠绵悱恻之情，更以凄凉冷落的意境，暗示了离亲别爱之后，漂泊无依、命途渺茫的悲哀，这就使柳永的个人体味上升到了某种人生经验的普遍咏吟。

　　第二，怀才不遇的愤懑。

　　自从知识被当作统治手段，艺术被用为娱乐和粉饰的工具之后，掌握知识以制定制度韬略的谋臣智士和生产诗文、书画、歌舞、工艺的艺术家们，有的平步青云，封妻荫子，令人艳羡；有的人恃才傲物，或直言敢谏，或政见不合，不对当道口味，仕途多舛。飞黄腾达者志得意满，趾高气扬，甚至仗势横行；失意者难免心灰意冷，满腹牢骚。从孔子开始就有"道不行，乘桴浮于海"的出世之叹；屈原深怨"荃不察余之中情兮，反信谗而齌怒"；孟浩然感叹"不才明主弃，多病故人稀"；李白狂呼"大道如青天，我独不得出"；杜甫哀叹"年过半百不称意，明日看云还杖藜"；李贺更是愤愤不平："不须浪饮丁都护，世上英雄本无主！"……

　　怀才不遇这种普遍现象，源于君昏臣奸，政治腐败。贤才遇害，英俊沉沦，是价值的毁灭。所以，诗人尽管抒发自己的愤懑，也是对反理性的统治集团的控诉与批判。当然，有的诗人说得激烈、痛快，有的较委婉、含蓄。总之，都在客观上超越了诗人自身的利害得失，而上升到人生经验的把握。试看李白的《行路难》之二：

> 大道如青天，我独不得出！羞逐长安社中儿，赤鸡白狗赌梨栗。弹剑作歌奏苦声，曳裾王门不称情。淮阴市井笑韩信，汉朝公卿忌贾生。君不见，昔时燕家重郭隗，拥彗折节无嫌猜。剧辛乐毅感恩分，输肝剖胆效英才。昭王白骨萦蔓草，谁人更扫黄金台？行路难，归去来！

这大概是《离骚》以下最著名的"牢骚曲"了。诗人一开头便抗议"大道如青天，我独不得出！"不平之气直冲霄汉。诗人自诩有经国济世之才，怎肯像长安里巷中的浮浪子弟，以斗鸡赌狗讨权贵们的片时之欢，去博一梨一栗的赏赐呢！君王既不爱才，去投靠一代王侯门第也只能像战国齐孟尝君门客冯谖一样不会称心如意的。诗人明白，在那个社会，出身贫贱的英才，不得志时，往往要像韩信当年在淮阴家乡饱受欺凌甚至胯下之辱；万一有幸跻身朝廷，也会如贾谊一样遭到王公卿相们的妒忌陷害。诗人向往的战国时燕昭王，用郭隗之谋，在易水高筑黄金台招贤纳士，使得剧辛、乐毅等贤才纷纷来归。为表示欢迎，还亲自用衣服遮住扫帚扫地以免尘土飞扬。这是何等气度！诗人也明白，燕昭王这样的明君已经成为永久的传说，自己也只能告别京都，流落江湖了。诗人在这里，一方面控诉、批判了珠玉买歌笑，糟糠养贤才的腐败统治；另一方面也强烈表明了对于明君英主的敬仰、缅怀和作为一个独立的知识分子的不屈不阿的庄严人格。像李白这种诗歌，即已实现了从个人恩怨、牢骚的发泄到人生经验概括的精神超越。

第三，民生国计的忧患。

中国文学，是在农业社会的沃土中生长出来的莽莽丛林。中国诗人，也是由农业文化传统哺育出来的骄子。宗法血缘的伦理观念和天人合一的宇宙意识，淀积而成中国古代诗人的深层心理；以儒家为主、道家为辅，儒道互补的理性精神是中国古代多数诗人的人生观。这种心理结构和意识形态，便成了滋生忧患意识的温床。这种忧患意识，约有忧生、伤时、悯人三大端。无论在朝在野，地位高低，自然规律和邪恶势力，都会使人有人命危浅、朝不保夕的感觉，诗人也就常有忧生之嗟。伤时与悯人，往往是一体两面，因为时弊、苛政的直接受害者多为农民，所谓"悯人"，也主要是同情农民。而农民状况的好坏，又常常直接关系国家、社会的稳定与繁荣。因此，诗人伤时、悯人所表现的忧患意识最强烈，也最有价值。

古代诗人伤时、悯人的忧患意识，直接源于理想与现实的矛盾。两千年来，中国正直的知识分子，在心仪仕途或仕进之初，总是怀抱经时济世的宏大志向的。而他们理想的目标，差不多是遥远的唐虞西周，或汉唐盛世，也常将自己比作具有回天之力的周公、管仲之辈。但与他们面临的现实却差距甚大：或君主昏庸，或奸佞当道，或外族侵扰，或连年灾害，或纷争叛乱。于是，社会动荡，民不聊生。诗人上忧天倾，下患民苦，真所谓进亦忧，退亦忧，先天下之忧而忧。正是出于自己的使命感，不顾禁忌与个人安危，拿起笔来，为时为事，为君为民，或兴寄托讽，或大声疾呼，反映民间疾苦，揭露时政弊端，以求皇上明察，采取有力措施，济民众于水火，扶社稷于将倾。优秀的诗人，总不满于现象的实录，而是通过对于人生经验的审美把握，表现出合于理性合于社会利益的人生观与反理性反社会的人生观的深刻冲突。屈原、李白、杜甫、白居易、王安石、苏东坡、辛弃疾、陆游以及顾炎武、黄遵宪等大诗人，都有充满忧患意识的悲天悯人之作广为传诵。下面看两宋之际著名爱国词人张元干的《贺新郎·送胡邦衡待制赴新州》：

梦绕神州路，怅秋风、连营画角，故宫离黍。底事昆仑倾砥柱，九地黄流乱注，聚万落千村狐兔？天意从来高难问，况人情易老悲难诉，更南浦送君去。凉生岸柳催残暑，耿斜河，疏星淡月，断云微度。万里江山知何处？回首对床夜语。雁不到，书成谁与？目尽青天怀今古，肯儿曹恩怨相尔汝！举大白，听金缕。

这是著名的爱国词篇。宋高宗绍兴八年，枢密院编修官胡铨（邦衡）反对议和，上书高宗乞斩秦桧等三人以谢天下，因此遭贬广州监盐仓。绍兴十二年和议成，又被劾"饰非横议"，编管新州（今广东新兴）。连刻版印他奏书的吴师古和作诗文为他送行的陈刚中、王庭圭等人都被贬谪流放。秦桧还企图将胡铨、赵鼎、李纲等几位主战派中坚加以诛灭。而七十六高龄的老诗人张元干，却不顾严酷的文网，冒险写了两诗一词，为胡铨贬谪新州送行！词的上片表达同胡邦衡一样对沦陷的神州大地和时局的痛心疾首。破碎的河山，本该靠胡铨这样的主战派去收复，而天意难测，反复无常，听信奸臣的卖国之计，将忠良贬斥，凡有爱国之心的人也不能忍，更加上南浦相送，孰知死别，其苦何堪！下片写别时情景：一方面难舍难分，另一方面又勉励友人不作儿女之态，举杯高歌，慷慨壮别。全词声情并茂，沉郁悲凉。忧时愤俗之气，爱国伤世之心，磊落可鉴，所以深挚感人。可以想见，秦桧是绝对不能容忍的。不久，张元干即被追赴大理，削除官籍（原官至管营建的副职将作少监）。《四库全书总目提要·集部·词曲类》赞本词与另一首寄李纲的《贺新郎》"慷慨悲凉，数百年后，尚想其抑郁磊落之气"。这评价是合乎实际的。就同类题材来看，其比张孝祥的《六州歌头》更多一层悲怆之气，因此更加撼人心扉。可以说，人生经验中理性与反理性、人情与反人情的深刻冲突，在这首词里表达得相当充分。

第四，闲愁逸兴的咏叹。

人生在世，不仅有大悲大喜，也有小悲小喜；有大苦大乐，也有小苦小乐。大悲大喜和大苦大乐，都不是经常发生的，但因其牵动全副身心，乃至亲朋好友和家族社会，比较为人注意，诗人和艺术家们也都着力表现它。小悲小喜、小苦小乐，犹如水上涟漪，时时不断，人人共有，却不为一般人所自觉。严格来说，其中也包含着人心的奥秘。敏感的诗人，善以简洁的形式表达自己的独特体验，使日常的心情微波反映出人生经验的纹理。

闲愁逸兴的艺术化传达，在魏晋以后特别是在唐宋诗词中盛行，这本身是对"饥者歌其食，劳者歌其事"和"诗言志"的古老诗歌传统的突破，是"诗缘情"的新观念在实践中的必然现象，也是审美空间的拓展和审美能力的提高。表达闲愁逸兴的诗作，似乎不见明显的社会价值，却具有明鉴心灵底蕴、丰富人类情感的人类文化学、心理学和审美学意义。

闲愁逸兴存在于诗人的心里，触发的契机来自生活的各个领域，它们可能是明显的人事景物，也可能是一种生活状态、情感氛围，或微妙心境。优秀诗人多是此中高手。请看李白的两首小诗：

秋风清，秋月明。落叶聚还散，寒鸦栖复惊。相思相见知何日？此时此夜难为情。————《三五七言》

两人对酌山花开，一杯一杯复一杯。我醉欲眠卿且去，明朝有意抱琴来。————《山中与幽人对酌》

这些诗句,真可谓"清水出芙蓉",诗人的闲愁逸兴都自然流出,读之令人发出会心的微笑。第一首,自然是表达闲愁。大约是风清月明的秋夜,独坐无聊,由良辰好景的虚设想到友朋故旧的风流云散,不免悲从中来。但因性情豪放,这种相思之苦似乎不很强烈,信口吟来,只觉忧愁淡淡,袅袅如缕。但在艺术表现上,却把这种淡淡忧愁的独发情景描绘得很生动。一、二句写总的感受:清风秋月,自是怀人的境界,而落叶被秋风吹拢又吹散,寒鸦栖息复又惊起,暗示诗人独坐多时,眼见耳闻,都给人寂寞之感。此情此景,想念亲故友朋之情油然而生,难以平静("难为情",难耐此情),真所谓"青青子衿,悠悠我心""心之忧矣,云如之何"!

第二首可以说表达的是陶潜、李白式的逸兴(饮酒之乐)。这显然不是豪饮,虽是醉了,也还是日常小酌,心情自然是愉快的:既没引发深沉的感慨,也没激起强烈的欢喜。前一句以"山花开"这一信手拈来的意象衬托与幽人对酌的喜悦心情;第三句同陶潜对客人说"我醉欲眠卿可去"一样坦率天真。末句表示下回还愿与幽人欢聚。

两首诗都写得十分平易、淡泊,情感的浓度和强度都不大,却如饮甘泉,品之有味,超越日常生活的琐屑,使人领略一种悠闲生活的自得情趣。

在宋词里,闲愁逸兴表现得并不如李白那样明朗,但又别具深味。如晏殊《浣溪沙》:

一曲新词酒一杯,去年天气旧池台。夕阳西下几时回?无可奈何花落去,似曾相识燕归来。小园香径独徘徊。

这是发抒闲愁的绝调。吴熊和等《唐宋诗词探胜》评"不但以词境胜,还兼以理致胜"。本词是即景抒怀,也可能是抒发旧地重游所勾起的感慨。上片写旧地的光景:一样的天气,一样的亭榭池台,去年在此欢聚赏歌饮酒的情形历历在心,而此时却人去楼空,夕阳西下。不言伤感已自生愁。下片,写诗人在小园徘徊所见:美丽的花瓣纷纷飘落;可喜有燕子飞来,似曾相识。花落使人生惜春之感,燕来又令人兴怀旧之情。"无可奈何"一联,诗人自己十分得意,前人也评价甚高。明卓人月《词统》赞"实处易工,虚处难工,对法之妙无两"。字面上虚实相对固然很难,而"无可奈何"是一种情态,并不实在,"似曾相识"是一种幻觉,也似是而非。两虚相对也很工巧,但更妙的是很自然地体现了诗人的情感矛盾：生命流逝，自然法则，"无可奈何"，多么冷酷，多么无情，使人失望；人间聚散，或能重逢，"似曾相识"，好像有点儿温暖，有情感，有留恋，有期待。于是，形成诗人情感流泉中相互激射、相互推拥、相互排斥，而又相互吸引、相互聚集、相互契合的反复跌宕、此起彼伏的情韵美。但它毕竟似是而非（"似曾"），所以它的情愫是既眷恋又怅惘，既冲淡又深婉的哀愁。晏殊以达官贵人之心，体味了普通士人俱有的朦胧之感，又以典雅优美的文词，完成了闲愁这种特殊人生经验的艺术传达，这大约就是近千年以下还为今人玩味不已的缘故吧。

4.对自然物理的体悟

人情物理，本有"同构相应"的联系。对于自然物理的体悟，可以见出诗人的灵性和精神境界，使作品赋于理趣和韵味。如张若虚的《春江花月夜》：

> 春江潮水连海平，海上明月共潮生。滟滟随波千万里，何处春江无月明！江流宛转绕芳甸，月照花林皆似霰。空里流霜不觉飞，汀上白沙看不见。江天一色无纤尘，皎皎空中孤月轮。江畔何人初见月？江月何年初照人？人生代代无穷已，江月年年只相似。不知江月待何人，但见长江送流水。白云一片去悠悠，青枫浦上不胜愁。谁家今夜扁舟子？何处相思明月楼？可怜楼上月徘徊，应照离人妆镜台。玉户帘中卷不去，捣衣砧上拂还来。此时相望不相闻，愿逐月华流照君。鸿雁长飞光不度，鱼龙潜跃水成纹。昨夜闲潭梦落花，可怜春半不还家。江水流春去欲尽，江潭落月复西斜。斜月沉沉藏海雾，碣石潇湘无限路。不知乘月几人归，落月摇情满江树。

这是七言歌行的翘楚。虽不脱风花雪月、儿女之情，却因其对自然物理的体察、探赜和对于人情至性的深味、叹咏而令人刮目相看。沈德潜《唐诗别裁》说："前半见人有变异，月明常在，江水不必待人，惟江月与洪流同无尽也。后半写思妇怅望之情，曲折三致。题中五字，安放自然，犹是王杨卢骆之体。"这是简约而全面的评价。但本诗的绝胜之处，正是将自然物理的体悟与人世真情的感恤交融一气，既超越了屈子《天问》式的抽象玄思，又豁免了乐府旧题游子思妇离愁的腻俗；既如同辈刘希夷等诗人从美的短暂颖悟到宇宙的永恒，又从永恒的物性中体察到与人情相通、相似的基质。因而，诗人不是"站在宇宙本体旁边"悲观地"凝视现实"，而一开始就以经过宇宙意识升华的爱心来观照。他把明月看成大海诞生的光明圣洁的新生命。明月从大海中共潮涌出，照映万水千山，随波婉转，何处春江没有她明丽亲切的滟滟清影！人类新老交替，世代更迭，而江天明月年年如此，月月相似，总是孤独地徘徊于空寂的苍天。是谁最先看见明月从海上升起又仪态万方地莅临高天？月亮又是什么时候开始亲切地照见人类呢？这是宇宙的秘密，也是人间的秘密。是从屈子"明明暗暗，惟时何为"及"夜光何德，死则又育"之问以后，至今难寻答案的千古之谜。现在，诗人又提出类似问题，正如闻一多《唐诗杂论·宫体诗的自赎》所说，是"与'永恒'猝然相遇，一见如故，于是谈开了"；而"对每一个问题，他得到的仿佛是一个更加神秘更加渊默的微笑，他更迷惘了，然而也更加满足了"。因此，他似乎并不执意问题的答案，却转而从人本立场设想：这明媚的江月，总是年年月月，孤寂地徘徊于江天，难道是在等待什么人吗？然而，这奔流不息的江水似乎并没有给他送来所期待的人。诗人以人情的爱眼观照明月，便在物理中注入了人情，也就自然地从月的孤寂与期待联想到人间的孤寂与期待，即游子与思妇两相怅望。这是本诗物理人情交融的大层面。这个层面，也上承《诗经》以来睹月怀人的悠久传统。

明月无处不在，清光与人相随。"卷不去"，"拂还来"。与人多么亲近，对人多么眷恋；寂寞的明月，好像与思妇同病相怜。月性人情，又何其相似！与游子"此时相望不相闻"的思妇，多么愿像月华照人一样与游子形影相伴。"愿逐月华流照君"！比南朝《子夜四时歌·秋歌》"仰头看明月，寄情千里光"的天真更为热切，这是本诗物理人情第二个层面上的交融，这个层面比第一个层面更深入、更具体，超越了睹月怀人和寄情月魄的新老传统思路，而进入了以月喻人、以月性拟人情的人伦境界。

明月生于海上，高悬中天，普照大地，在千万里滟滟光波和星罗棋布的花林芳甸中焕发着明媚温馨的生命，而终于斜倾西落，沉灭在浓重混浊的海雾之下。她一夜的生命，又多么像被滔滔江水流去的春光，多么像花林芳甸盛极而衰的春花，又多么像有情人悄悄逝去的年华！然而，江水长流，春光不再，游子思妇，碣石潇湘，天南地北，有几人能乘月来归！那江树梢头的落月余晖，犹如临别的回眸，似乎给人间的离恨寄予无可奈何的同情……月的生命，在这里同离人的青春相连，同思妇的惜春之情相通，与人类的情爱合一。这是本诗在最终的极端将物理人情融合为一，将良辰美景与青春年华互渗，以绵绵的诗意渲染了人类生离状态下的珍贵情感。诗人没有任何明确的陈述，却让读者在朦胧惝恍中玩味这丝丝缕缕凄恻而甜蜜的情韵。

再看苏轼的《题西林壁》：

横看成岭侧成峰，远近高低各不同。

不识庐山真面目，只缘身在此山中。

这是公认富于理趣的名篇。字面上看，似乎说局部与全体的关系：只有跳出圈子，才能看得更全。但仔细想来，又似乎不止于此。苏轼是一个李白式的"一生爱入名山游"的浪漫诗人，他对庐山向往久矣，但直到四十九岁那年（1084年），从黄州量移汝州中途才有机会造访。他在《初入庐山诗》说："自昔怀清赏，神游杳霭间。而今不是梦，真个在庐山！"他在庐山游了十几天，只写了几首诗。在《庐山二胜》的序中说："余游庐山，南北得十五六，奇胜殆不可胜记。"至于庐山的总体风貌和特性如何，这首《题西林壁》作了意味深长的描述。但"不识庐山真面目，只缘身在此山中！"看来，诗人游兴未尽，还以"不识庐山真面目"为憾。为什么"真个在庐山"反而"不识庐山真面目"？这个悖论中包含了十分深奥的妙理。

原来，晋宋以降，玄禅之风大盛，深刻改变了传统的思维习惯和审美方式。名流雅士，以玄学、禅宗的观念面对外物。好以玄机、禅理入诗，或以诗明玄机、禅理。尽管纵情山水，也不只是"极视听之娱"，而是要从自然的观照中体悟物理人情，进而获得精神的超越和人格的提升。在玄学和禅宗看来，所谓"真""真实"，并不就是现象（玄称"万物"，禅名"诸法"），而是形成它们的根本——玄学称为"自然"或"道"，禅宗称为"实相"或"神明"即"佛"。而万物诸法包括山水形胜，无非自然之道或佛之神明的具现。玄学之士或禅林高僧，固然要在游记或山水诗中宣扬玄机禅理，如东晋孙绰、慧远和刘宋时的宗炳；许多诗文大家也写出了富于理趣的篇章，如陶潜、谢灵运、王维、李白、杜甫、韦应物、刘禹锡、白居易、柳宗元，宋代也有欧阳修、王安石、黄庭坚、陆游、杨万里、朱熹等；苏轼更是个中高手，他的《前赤壁赋》《后赤壁赋》《和子游渑池怀旧》《饮湖上初晴后雨》《送参寥师》《百步洪》《惠崇春江晓（晚）景》和《汲江煎茶》等，都非同凡响。

从这个文化背景来看《题西林壁》就比较清楚了。苏轼既是精通老庄玄禅的"居士",那么,他所说的"庐山真面目",就绝非庐山的外貌,而是庐山背后那使庐山所以为庐山的"真"。这个"真",如前所述,老庄玄学称为"自然"或"道",佛教禅宗叫作"法性""佛性"或佛之"神明"。这是"身外之真"(晋高僧支遁《八关斋会诗序》),绝非就山观山所能理解,而要用玄学的灵心和禅宗的法眼去观照,即如苏轼所主张的"静"观,才能体悟。一旦体悟这个真理,便可达到东晋玄言诗人孙绰《游天台山赋》所说的"体静心闲""世事都捐";甚至"浑万象以冥观,兀同体于自然"的境界,即不但能忘却俗累,心旷神怡,且能天人合一,同于自然。这种心灵的解脱与人格的提升,远远超越了山水之乐,游冶之兴。这是真正身轻而神畅的审美境界,但这个道理,诗人并没有数典诠释,空发议论。清代大学者纪昀请战评点《苏文忠公诗集》说此诗"亦是禅偈而不露禅偈气,尚不取厌,以为高唱则未然"未免偏颇。还是方东树《昭昧詹言》评《百步洪》说得好:"余喜说理,谈至道,然必以此等闲题出之,乃见入妙。若正题实说,乃学究伧气俗子也。"这首《题西林壁》正是借游山闲题,兴到神来,吐此"不传之妙",岂据典炉锤,演绎理念的一般禅偈可比!何况,作诗与参禅其理相通。老于诗道的禅家亦有好诗。正如唐僧拾得所言:"我诗也是诗,有人唤作偈。诗偈总一般,读时须仔细!"不错,珍珠和鱼目,非常相似,但其品质又多么不同!

以上,我们对于精神超越在提高命意品位层次上的积极作用进行了大致的分析。需要说明,一首诗的审美价值,是由内容形式诸因素的综合效应来体现的。意蕴、主旨等内容方面的因素,并不在任何情况下都具有决定意义。我们上面讲命意,自然要强调主旨、意蕴的重要性。至于有了好的命意,如何获得好的表达,从而赋有感人的艺术魅力,将在以下章节进行讨论。

第六章

构　　象

你是否想过：	罄澄心以凝思，眇众虑而为言。
诗歌"以意为主"是有条件的。 诗歌形式与其他文学艺术形式有无共同性？ 诗歌的情志意蕴怎样可以感知？ 意象的营构有多种方法。 旧意象可以翻新。	笼天地于形内，挫万物于笔端。 谢朝花于已披，启夕秀于未振。 ——陆机《文赋》 神用象通，情变所孕。物以貌求，心以理应。 刻镂声律，萌芽比兴。结虑司契，垂帷制胜。 ——刘勰《文心雕龙·神思》

前面说过，命意，在诗歌创造工程中占据主导地位，它是诗人创作的"指令"，它为整个创造工程设定了目标，明确了主题，规划了视角，使创作活动有了依据。命意属于整个诗歌创造工程的起点，是它的基础环节而非全部。因为好的命意虽然设定了目标，规划了主题，明确了视角，诗歌的情志还得用很好的文字、声韵、章句、体式来营构意象，形成境界。所以，"诗以意为主"的命题是有条件的。

诗歌的意，要变成语词、声韵、章句、体式以及意象、境界，实际上是赋予诗意一定的形式，使之具有可以感知的物化形态。这关键又在于诗情的直觉化、具象化，即营构意象。下面谈几个有关问题：诗歌形式与一般艺术形式的共同性；诗歌意象的基本性能；诗歌意象的创构与优化。

一、诗歌形式与其他艺术形式的共同性：直觉和意象

一切艺术形式，都是艺术家审美意识的外化。英国美学家鲍山葵说美是"使情成体"[1]，这"体""形"便是具象化的艺术形象或艺术形式。《文心雕龙·神思》说"神用象通，情变所孕。物以貌求，心以理应"。作者的审美情思靠可感的意象沟通，其思想感情也就成了意象的内蕴；客体对象以其形态的生动吸引作者，而作者又依一定的法则将自己的情思寄寓在具象化的形式里。美国当代美学家朗格说"诗歌总要创造某种情感的符号"[2]，这就是一切艺术都要创造的意象，它们可以是视觉的，可以是听觉的，也可以是其他感觉的意象。

可以说，没有可感知的直觉形式，就没有艺术。黑格尔把美定义为"理念的感性显现"，也强调感性形式的重要性。虽然他的理念是客观精神，却与人类的情感有共同性。奥托·巴恩施说，所有情感都是非感觉性质的。主观情感包含在自身之中，客观情感包含在不具人格的事物中。我们只是通过创造客观对象来捕捉、占有和把握情感，这"客观对象"即艺术品。而朗格却认为："艺术品包含情感而不感受情感"，因此必须创造诉诸直觉的"艺术符号"[3]。朗格的理论比她的同行深刻，她强调艺术符号表达情感的非推论、非概念的直觉性，"是通过一种诉诸直觉的意象，传达出内在生命的消息"。朗格的直觉论不像柏格森和克罗齐排斥理性，相反，强调"直觉是一种基本的理性活动，由这种活动导致的是一种逻辑的或语义上的理解，它包括着对各式各样的形式的洞察，或者说包括着对诸种形式特征、关系意味、抽象形式和具体事例的洞察和认识"。而"直觉只与事物的外表呈现有关"[4]。显然，朗格的直觉，绝非单纯的感知，而是与情感、想象交融一体的"多种心理功能的有机综合体"，它一方面是基本的理性活动，另一方面又不是对内在价值的判断而是对于形式外观的感应，同时又与经验有密切联系。总之，在朗格看来，艺术直觉是指人们对艺术品的含义的直接把握，即借助艺术符号对人类情感的直接判断[5]。

---

[1]《朱光潜美学文集》第一卷157页引鲍申葵《美学三讲》说"情感表现于形象，于是有美"。

[2] 苏珊·朗格.情感与形式[M].北京:中国社会科学出版社,1986:267.

[3] 苏珊·朗格.情感与形式[M].北京:中国社会科学出版社,1986:译者前言31.

[4] 苏珊·朗格.情感与形式[M].北京:中国社会科学出版社,1986:译者前言25.

[5] 苏珊·朗格.情感与形式[M].北京:中国社会科学出版社,1986:译者前言26.

由上述可知，以表达审美情感为主要职能的艺术，只有借助艺术符号手段，将情感这种不具形态的内在生命具象化（直觉化），才能向人的感官投射出动人心魄的审美信息。

具象化或直觉化，是一切艺术形式的共同特征，自然也是诗歌艺术形式的共同特征。

具象化或直觉化是艺术造型的一般原则，又是创造的基本工序。通过直觉化，既是对审美意蕴的集中整理，又是对艺术意象的描述与规范；既是对审美意蕴的应用、消费，又是对艺术意象的评价与肯定。

直觉通过艺术形式得到凝固和保存，因此有的学者认为"艺术形式也是一种直觉形式"[1]。而艺术形式又因物化手段和体裁风格而千差万别。诗歌的直觉化或具象化，也同它的物化手段、体裁风格互为表里。

但是，直觉化或具象化的形式或形象，也是外化形态，它的内蕴并非诗情意趣，而是包含着、体现着诗情、意趣的意象。诗人只有将诗情、意趣陶铸成为活跃在心灵、可以清晰地内省（内视、内听、体验）的意象，才能把诗情、意趣具体可感地传达出来。所以在形诸文字以前，意象的营构是最为要紧的创作程序。

意象营构，是诗歌构思的基本环节。诗人必须将触发诗兴的契机捉住，明确起来，并把寄托诗兴意蕴的人、事、景、物牵引到诗人的想象之中，它就会活跃起来，化为可以感知的幻觉——意象。

这里，有必要进一步对我国古典诗歌意象的基本性能及其生成运作机制加以讨论。

二、古典诗歌意象的基本性能：心理结构和运思手段

意象，是我国古典诗歌情志内在的基本心理结构，也是托物咏怀的运思手段。要明白诗歌意象的这种性能，还须对诗人的构思手段和过程略加分析。

意象，就是诗人构思的主要手段。它由诗人情志、表现对象和语言音象三种元素媾合生成[2]。这种意象是一种审美表象。在心理学上，表象是指主体对于某一事物或某类事物的基本特征的概括印象，即主体对某一或某类事物的突出性质、状态的概括而具体的反映。同时，也可以保留主体对该对象的主观态

---

[1] 余秋雨.艺术创造工程[M].上海：上海文艺出版社,1987:193.

[2] 徐于.音象：中国古典诗歌意象生命第三元[J].学术月刊,1995(7).

度。美国美学家阿瑞特《创造的秘密》说:"意象不仅可以再现不在场的事物,它还能使一个人保留住对不在场事物的情感。比如母亲的形象,能唤起我们对她的爱。"❶这种表象同审美情志有机结合,就是审美表象,在诗歌创作中也即我们所说的诗歌意象。这种意象,即使主体面对实在的对象,也不是对它的直接反映,而是已经被审美意识改造过的审美意象。所以,审美主体头脑中对于对象的印象,已经变形变性。用阿瑞特的话说,是审美主体的"心理现实",而非客观现实。朱光潜称为"物乙"(客体是"物甲");古人如刘勰称为"象"或"意象",苏轼称为"成竹",罗大经称为"胸中之马",郑板桥称为"胸中之竹"等。这种审美意象用物质手段外化,即"形象"。在诗歌、文章等文学作品中,是用语言来体现的,西方现代派称为"语象"。我国当代学者也有运用这个概念来论诗的,如董乃斌《李商隐诗的语象—符号系统分析》❷。因此,我们根据艺术思维的特性,仍然称这种诗歌情志的内在的基本心理结构为审美意象,简言之曰"意象",而不称形象或语象。

还应注意一个要点:审美意象,无论是单一的还是综合的,都必须具有可以使人感知的特征或属性,能引出相应的景、物、人、事与意念、情趣。当然,要十分严格、准确地把握意象与一般概念的界限并不容易。

总之,诗人托物咏怀,或借景抒情、感事言志,都必须借助这种审美意象作为运思手段,否则意不称物,文不逮意。下面,试从具体作品来剖示诗人怎样通过意象来构撰诗篇传达情志的。例如:

千山鸟飞绝,万径人踪灭。孤舟蓑笠翁,独钓寒江雪。

——柳宗元《江雪》

这不仅是柳氏的代表作,也是唐诗的名篇,几乎有口皆碑。但它表现了什么呢?据说有位学生问老师:"钓鱼,还是钓雪?"答:"读过《醉翁亭记》吗?""读过。""'醉翁之意'是什么呢?""……"老师引而不发,可谓巧妙,然而学生似乎仍不得要领。可见,这明白如话的诗句,真还是有点儿使人"莫名其妙"的。清代诗家沈德潜《唐诗别裁》评它"清峭已绝"。其实,本诗的感人之处,并不仅仅是情景的"清峭",还在于情趣与

---

❶ S 阿瑞提.创造的秘密[M].钱岗南,译.沈阳:辽宁人民出版社,1987:57.
❷ 董乃斌.李商隐诗的语象—符号系统分析[J].文学评论,1989(1).

意象的高度契合。"钓雪""钓鱼"之疑，固然由于初学者对古典诗词特殊句法不熟，也还因为对诗人当时的心境不明，所以难说究竟。我们知道，柳宗元是王叔文集团的骨干。改革失败，王叔文等纷纷遭到屠杀和贬黜，柳氏也谪为永州司马，十年后才迁永州刺史。虽遭打击，但他追求真理的意志并未泯灭。这时期，他有不少诗文表达这种心情。本诗四句，四个意象，分为两组：千山、万径，没有人行也没有鸟飞，唯有茫茫白雪；孤舟上的蓑笠翁独自在飞雪迷漫的寒江中垂钓。前一组是大环境，肃杀严酷，凛然赫然；后一组是中心图象，凄凉而倔强，暗示一种执着的追求。诗人是用"以大观小"的宏观视野来描绘这两组意象的。环境意象和中心意象形成尖锐对比和巨大反差，俨然一幅充满张力的写意图。这正是在中唐以后严酷的政治压力下仍冰雪其志、抗节不屈的诗人的崇高精神的形象显现。因此，有的论者称赞它"诗中有人，而且是特立独行的人，所以成为千百年来传诵不衰的绝唱"❶。

这里，雪、山、路、寒江和渔翁五个意象构成了完整的诗中画面。画面中作为背景的大雪、千山、空路和寒江的意象是冷的静的，似为客观描述，没有染上感情色彩，甚至茫茫大雪、天寒地冻也是不着一字间接反映出来的（没有人行也没有鸟飞，足见大雪苦寒）。渔翁坐在孤舟之上垂钓，看起来也是静的。唯"独钓"中的"独"，无形地赋予渔翁以坚韧的情态。作品的意蕴正由这种环境与主体的强烈对比中衬托出来。从格式塔（完形）心理美学的观点看，客观的背景与诗人的情境形成了"同构"感应关系（诗人觉得自己也像寒江垂钓），诗作的意蕴，也就从所描绘的生命图式中得到了反射。在所谓"无我之境"诗篇里，这类情形很普遍，如陶潜《饮酒》（"采菊东篱下"），北朝《敕勒歌》等。这种意象，虽无浓厚的感情色彩，却能构成反差、渲染气氛、衬托感情、暗示主题。本诗的意象基本上是诉诸视觉的，这也是古典写景诗中最常见的意象。再如：

玉炉香，红蜡泪，偏照画堂秋思。眉翠薄，鬓云残，夜长衾枕寒。　　梧桐树，三更雨，不道离情正苦。一叶叶，一声声，空阶滴到明。

——温庭筠《更漏子》

---

❶ 李元洛.楚诗词艺术欣赏[M].武汉：长江文艺出版社，1984：128-129.

这首词是温庭筠的名篇。温氏被誉为词史上第一个大量作词的文人,《旧唐书》称他"能逐弦歌之音,为侧艳之词"。王拯《龙壁山房文集·忏庵词序》说由于他和王建、韩偓等人的努力,使"词之体以立";评他"其文窈深幽约,善达贤人君子恺恻怨悱不能自言之情"。胡仔《苕溪渔隐丛话后集》称:"庭筠工于造语,极为绮靡。"王国维《人间词话》则云:"'画屏金鹧鸪',飞卿语也,其词品似之。"他们都从不同角度点明了温词的造诣和特色。他的确善于用金玉红香、泪愁残懒等绮靡悽艳的语词,构成富丽缠绵的情调,使他的词显得"借色"多而"真色"少,很明显是宫廷御用货色。但这首《更漏子》却别开生面,向为人重。

词的上阕用"玉炉香""红蜡泪"和"画堂"三个视觉意象显示了女主人公优裕的生活条件;而"翠眉薄""鬓云残"这两个状貌意象则勾画出了女主人公为"秋思(去声)"所扰的情态。"夜长衾枕寒",是女主人公为"秋思"所扰不能安眠而产生的寂寞凄凉的时空感,也是由时空、温度感构成的复合心态意象。下阕,由一个听觉意象幻出室外环境,即阶前梧桐从夜半滴雨到天明的情形。主人公本来已经难以入睡,院里的梧桐雨好像根本不体贴人的离恨之苦,滴滴答答,空阶鸣响,更扰人心烦意乱。后来,李煜《浪淘沙》有"帘外雨潺潺,春意阑珊。罗衾不耐五更寒"之句受人称道。但与此并非一般况味,且温词表达得更加婉转幽怨,艺术手法也不相同。李词主要是客观地描述当时所感的景物,以表达夜雨惊魂、更残梦断、追忆前尘所产生的感伤。在温词中,"不道离情正苦……"却用了主客相悖、牵情写物的手法,嗔怪梧桐雨不解人情,倍加恼人。这种嗔怪,看似无理,却又微妙。

与李词相比,这首词的意象就丰富了:有视觉的、听觉的、体肤觉的;而体肤觉的意象又是与时空感相结合的复合心态意象。这些意象在词中的位置,完全是按抒情线索的自然序列安排的。从色彩看,上片的意象绮艳,保持着原有的亮色;下片的意象暗淡。前面暖,后面冷,但并非半斤八两。"红蜡泪"是离情的象征,杜牧《赠别二首》所谓"蜡烛有心还惜别,替人垂泪到天明"。所以,上片的色彩虽艳,但所蕴含的情绪却是暗淡的。这就使全词笼罩着凄艳的氛围,从而把女主人公的离愁别恨渲染得淋漓尽致。这首词表明:诗歌意象一般不是景物的移植,而多属主观情趣的投射,经过拟人移情作用获得了生命与意味的审美表象;它不但诉诸视觉,也可以诉诸其他感觉与心灵(想象)的心理复合意象。又如:

> 四十年来家国，三千里地山河。凤阁龙楼连霄汉，玉树琼枝作烟罗。几曾识干戈！　　一旦归为臣虏，沈腰潘鬓消磨。最是仓皇辞庙日，教坊犹奏别离歌。垂泪对宫娥。
> ——李煜《破阵子》

李煜（公元937—978年），自961年继中主李璟之位当了十五年风流君主，真是诗乐美人、酒地花天。975年为赵匡胤所灭，又做了三年宋朝"违命侯"，才被宋太宗赵光义用牵机药毒死。在位时寻欢作乐，做了俘虏可后悔了。这首词，便是他的悔恨之作。

"四十年来家国，三千里地山河"，这是回忆中的故国的概括意象。这个故国，比起大唐来，自然算不得广大，也不能说悠久。但在五代十国，群雄割据为王、山河频繁易主的时代，也是规模可观了。"凤阁龙楼连霄汉，玉树琼枝作烟萝"，这雄伟宫殿、美丽庭苑的局部意象，也可见国力的充裕。一派太平景象，什么时候见过干戈呢？一旦当了俘虏，那情形就大不相同。"沈腰"，南朝梁文学家沈约（公元441—513年）想当御史之类的官，武帝不许，于是致书徐勉，言己老病，百日数旬，革带常应移孔（腰肢瘦损）。后世因以"沈腰为典，喻指形体消瘦"；"潘鬓"，西晋文学家潘岳（公元217—300年）《秋兴赋》序云"余春秋三十又二，始见二毛"，赋云"斑鬓发以承弁兮"，后世也以"潘鬓"为典，喻指未老先衰、鬓毛斑白。这里都是以典故作为比喻意象，形容自己的狼狈。所谓"靡不有初，鲜克有终"。为什么会有今天的下场？难道满朝文武竟没有一个清醒一点儿的吗？可恨自己昏了头：当初，中书舍人潘佑见国势日衰，七次上书严厉批评朝政，尖锐指责君王宠奸佞、坏国事，是亡国之君；自己恼羞成怒，听信徐铉、张洎等人怂恿，把这些忠谏之臣都杀了。结果，宋军瓮中捉鳖。原来亲信的大臣一个个都忙着投靠新主子去了；唯有那些平时被贱视的教坊乐伶，倒还从容镇定，特地在宗庙为奏一曲"辞庙歌"。此情此景，能不感慨痛心吗！在他心底，有对自己的悔恨，对亲信大臣的诅咒，更有对于教坊宫娥的感激之情。这些往事，令李煜永不能忘，也使他永远痛苦。"教坊犹奏别离歌""垂泪对宫娥"，这组群体意象，把"最是仓皇辞庙日"的痛苦回忆再现出来，忠实地反映了南唐灭亡时的可叹历史。这历史是颇有借鉴意义的，但这首词长期被人误解。发难者是苏东坡，《东坡志林》云："后主既为樊若水所卖，举国与人，故当恸哭于九庙之外，谢其民而后行。顾乃挥泪宫娥，听进行教坊离曲！"此论一出，后世雷同，都指责李煜追怀故国,远不如眷恋宫女之情深❶。这其实是有些苛责了。李煜亡国,当然咎由自取。但这首词并非一般地眷恋宫娥、难舍声色。当时大臣叛离,唯有宫娥可"对",他只好选取最为可恨、最为痛心、最令他终生难忘的事件来表达他的悔恨。史实如此,正是后主的可叹之处。

这首词的意象,都是回忆中的往昔人事,不是眼前所感,还有借用的典故。可见,过去的事物表象,包括典故这种现代符号学称为"二度规约性"的语言符号,也可加工成审美意象;概括的事物(如四十年家国、三千里山河)也可作为诗歌意象表情达意,只是应同具体的意象(如凤阁、龙楼)结合,才能使人产生明确的联想。

通过以上几例的粗浅剖析已经可以看出,审美意象的确是诗人情志的心理结构或内在形式,诗人只能凭借这种心理结构或内在形式作为基本手段,运用诗歌的语言意象(语词、格律、体裁)进行构思,其形态与层次也多种多样。

那么,诗人又怎样进行意象创造呢?

三、意象的营构和优化

作为诗情意蕴载体的意象,是诗人审美意识向艺术彼岸登陆的舟楫。所以,在意象的直觉化或知觉化的基础上优化其品格,又是整个诗歌创作过程的关键。古人进行艺术创造,都抓住这个关键。写字讲究"意在笔前",绘画讲究"胸有成竹",撰属诗文讲究"陶钧文思",意思都在强调意象的酝酿和铸造。

据古代诗人的经验,诗歌意象的酝酿营构与优化,有新象经营和旧象翻新两个基本方面。

(一) 新象经营

生活的大潮不舍昼夜,情感的浪花千姿百态,诗人总得以新颖的意象来表现自己的感受,才能创造出赋有感染力的诗作。清代诗人赵翼论诗绝句有云:"满眼生机转化钧,天工人巧各争新。预支五百年间意,到了千年又觉陈。"这蓬勃争新的生动景象,正是对诗人的激励与鞭策。正如王夫之所说,诗人只有"以追光蹑影之笔",才能"写通天尽人之怀"。而这,又赖于意象的经营创造。

新意象的经营创造,大约有两个途径:或感物而动,借景抒情,以情景

---

❶ 唐宋词鉴赏集[M].北京:人民文学出版社,1983:71.

胜：或缘事而发，因物寓志，以意趣胜。无论哪一种途径，总得以亲身的经历、深切的体验、独特的发现和超常的视角为前提，才能创造出让读者悦目惊心的动人意象。

1.感物而动，借景抒情，以情景胜

情与景，是我国古代美学的重要范畴，古人对其含义与辩证关系有丰富论述。这里，仅就意象创造与景物描写的关系略加阐释。

诗人感物，连类不穷。登山则情满于山，观海则意溢于海。流连万象，沉吟视听，总要把感物而动的情思借助于景物的描写表达出来，所谓借景抒情，将心灵对象化。就情与景的关系状态看，大致有情景相符和情景相反两种情形。

（1）情景相符。

这是常说的景胜之作。诗人以独具的"别眼"观景，将自己的精神投射其中，让景物反映出诗人的情志。试看王维《使至塞上》：

单车欲问边，属国过居延。征蓬出汉塞，归雁入胡天。

大漠孤烟直，长河落日圆。萧关逢候骑，都护在燕然。

开元二十五年（公元737年），王维以监察御使从军赴凉州河西节度使幕中。凉州即今甘肃武威，《后汉书·郡国志》载，凉州有张掖、居延属国（不改本国之俗，而属于汉）。这首诗即奉命出使凉州的途中所作。本诗在声韵上虽不合常格（起承两联"失粘"），却是边塞诗名作。古今诗家都激赏其壮丽的景色描写。如果从审美心理的角度看，诗人正是以经过自己的审美眼光折射的塞外风物的壮丽、新奇的意象，来表达他身负重任和远离家园的复杂心态。诗的首联一开头就说他轻车简从，要到边关宣慰，以典属国的身份到居延巡访（居延在今内蒙古额济纳旗）。这广袤的地域空间意象和轻车简从、跋涉远征的意象，透出为了强大帝国独当重任的自豪之感。第二联说，其像被风吹远飞的枯草，风尘仆仆地奔出汉家的边关，而春夏之际由南北归的大雁，却回到了塞外的辽阔天地。征蓬和归雁两个对比的原型意象，标志时间（大雁一般在二月春分后北归，八月秋分后南去）、暗示心境，流露了征人客子常有的故园之情。这不能看作一种低沉消极的情绪，反而像一支嘹亮的乐曲里一个柔和的乐句，它丰富了诗歌的审美情趣。第三联画出了雄浑的塞外宏图。"大漠孤烟直，长河落日圆"，这种神奇的景象，是直觉的创造，是天籁文章。无须考证是狼粪

"烟直而聚",还是回风"袅烟沙而直上"。其实,热空气密度比冷空气小,要向上浮是物理现象,在天朗气清、气压正常之时,柴草燃烧的烟雾总是随热气袅袅上升的。北周庾信《伤王司徒褒诗》早有"闲烽起直烟"之句;王维《辋川闲居赠裴秀才迪》"渡头余落日,墟里上孤烟",也是描绘的类似景象。过去人们盛赞"大漠"一联"塞外景象,如在目前"(高步瀛《唐宋诗举要》);今人则认为"孤烟直"与"落日圆",形的对比,构成十分鲜明的视觉形象,充分体现了王维"诗中有画"的艺术匠心和美学个性。这些分析都从真实生动的角度加以肯定,不无道理。而《红楼梦》第四十八回,曹雪芹借香菱之口发了一通高论,倒是颇有意味:"据我看来,诗的好处,有口里说不出来的意思,想去却是逼真的;有似无理的,想去竟是有理有情的";"我看他那《塞上》一首,那一联云'大漠孤烟直,长河落日圆',想来'烟'如何'直'?'日'自然是圆的。这'直'字似无理的,'圆'字似太俗。合上书一想,倒像是见了这景的"。看来香菱并不是着眼于景物本身的真假,而是"想去"是否有情有理,是它的趣味。这一联的妙处,正在于以情感想象的逻辑,将现实景物变形、整合,使意象突出塞外风物的鲜明特征,从而传达了初见塞外风物的新奇、兴奋的强烈直感。首先是新奇。大漠里石走沙流,黄尘蔽日,人们习见,诗人却捕捉了"孤烟"直上的图景;由于尘土飞扬,也经常日色昏暗,诗人却抓住、呈现了落日鲜明、清晰的轮廓。尽管烟不定很直,落日也不定很圆,但在诗人惊奇的审美眼光折射之下,却使这两个意象的"直"同主观的昂扬精神,"圆"与内在的饱满热情相呼应,收到了同构互形、相得益彰的审美效果。这是心理结构和物理结构在审美意象中的有机融汇,它似是而非,无理而妙。总之,这两个偶然得之的意象,以其量与形的巧妙组合,构成画面的强劲张力,充分表达了诗人初见塞外奇风异物的惊喜交集的无限激情。第四联,以淡淡的、家常似的对答,既呼应首联"问边"的主旨,又借用东汉大将窦宪大破匈奴北单于勒铭燕然山的故事,暗示大唐帝国的强大声威,使本诗气贯全章,意足神完。令人感到,诗人早期那种"孰知不向边庭苦,纵死犹闻侠骨香"的志气,正鼓荡在这些雄奇的景物意象之表。

(2)情景相反。

由于诗人审美情感的不同,即使相类的风物,也会呈现不同色调的意象。如王之涣的《凉州词》:

黄河远上白云间,一片孤城万仞山。

羌笛何须怨杨柳,春风不度玉门关。

这也是一首边塞名诗。唐人薛用弱《集异记》"旗亭画壁"的故事说明本诗在唐代已很负盛名：王之涣与高适、王昌龄在旗亭饮酒。忽来皇家梨园伶官十余人宴饮，并合乐唱诗。昌龄等私下约定："我等均以诗擅名，平时难自定高下；今日可暗听她们所唱，诗入歌多者为优。"一女先唱"寒雨连江夜入吴"，昌龄在壁上画一笔说："一绝句"；又一女唱道："开箧泪沾臆"，高适也画一笔道"一绝句"（按此乃五古，被截为绝句）；接着又一女唱道"奉帚平明金殿开"，昌龄又画壁说"二绝句"。之涣自负早有诗名，便道：这些都是潦倒之辈，只会唱下里巴人，阳春白雪之曲岂是她们敢碰。于是指其中最佳者说，"等她唱时，若非我诗，我就再不同你们争了；若是我诗，那你们就拜我为师"。大家说笑着等待。不久，那位双鬟女伶唱道："黄河远上白云间……"王之涣笑道：先生们，怎么样！此系民间逸闻，也还有趣。但历来就有"黄河远上"与"黄沙直上"之争。宋人编的《文苑英华》和《乐府诗集》已是题作《出塞》，首句为"黄沙直上白云间"。南宋洪迈编《唐人万首绝句》又作"黄河远上白云间"。或认为传抄时因"沙直"与"河远"草书相似而讹。20世纪60年代，我国学术界还有争论，认为古凉州（今武威一带）并无黄河，所以"黄河远上"与实际不符。80年代，王仲镛《升庵诗话笺证》总结这类意见说："然黄河去玉门甚远，且不在凉州。'黄沙直上'，更见荒凉之境，春风所不到。或当以沙为近于原作也。"此说甚为有理。据实而论，岑参《走马川行奉送封大夫出师西征》"平沙莽莽黄入天"正与此同一景象。的确可证穷荒绝域，春风不到。然以诗而论，也可兴到神会，不拘细节，诸如秋菊落英、春山桂花之类，犹似雪里芭蕉，无理而妙。即如上举王维《使至塞上》一例，"大漠"与"长河"又何尝在萧关（今甘肃固原附近）并存！但从宏观视野以大观小，笼天地于形内，挫万物于笔端，意象俱足，更富诗味。"黄河远上"比"黄沙直上"似多点儿魅力。所以，不但旗亭那位佳丽要高唱"黄河远上"，千载之下，人们也还情愿"以讹传讹"的。回到本诗的意蕴来看，诗人旨在讽喻统治者只顾开边黩武，不恤戍卒，那么，"黄河"与"黄沙"也都没改变题旨的性质；何况，黄河本身也源于西北，流贯西北。因此，这两个意象中的任何一个，与"一片孤城万仞山"的意象组合，都是穷荒绝域的大写意。而吹奏折柳之曲的哀怨笛声的意象，不但表露了戍卒的征战不息之苦和凄怆的思乡之情，也引发了诗人的满腔义愤。末句"春风不度玉门关"的隐喻意象，也就深深令人感慨。

情景相反最明显的诗例莫过于所谓的乐景写哀和哀景写乐。从心理学角度说，这是由人的心境特性决定的。现代心理学认为，人的心境"具有弥散性"，"当一个人处于某种心境中，他往往以同样的情绪状态看待一切事物"，愉快兴奋时看什么都是美好的，烦恼忧愁时看什么都不如意❶。因为愉快或不愉快的情绪都会作为积极或消极的"诱因"，激发主体接近或避开对象；而且，情绪的强度又会决定"诱因"的强度❷。从艺术表达看，也是相反相成之法，对象的善恶美丑，通过主体审美情感的接近、相似、对比、关系等联想作用而显得更加突出。所以，诚如王夫之所说："以乐景写哀，以哀景写乐，一倍增其哀乐"❸。

所谓乐，应包括喜悦、赞赏、向往、坚持、豪放、旷达等积极情绪和激发积极情绪的景物；哀，则涵盖忧愁、怨恨、失望、悲伤、愤怒、颓废等消极情绪与引起消极情绪的对象。它们构成了千差万别的诗歌意象。

以乐写哀最常见。请看：

① 参差荇菜，左右流之。窈窕淑女，寤寐求之。

求之不得，寤寐思服。悠哉悠哉，辗转反侧。

——《诗经·周南·关雎》

② 燕燕于飞，差池其羽。之子于归，远送于野。瞻望弗及，泣涕如雨。

燕燕于飞，颉之颃之。之子于归，远于将之。瞻望弗及，伫立以泣。

燕燕于飞，下上其音。之子于归，远送于南。瞻望弗及，实劳我心。

——《诗·邶风·燕燕》

③ 微阴翳阳景，清风飘我衣。游鱼潜渌水，翔鸟薄天飞。

眇眇客行士，徭役不得归。始出严霜结，今来白露晞。

游子叹黍离，处者歌式微。慷慨对嘉宾，凄怆内伤悲。❹

——曹植《情诗》

---

❶ 曹日昌.普通心理学:下册[M].北京:人民教育出版社,1984:69.

❷ 布恩·埃克斯特兰德.心理学原理和应用[M].韩进之,吴福元,等译.北京:知识出版社,1985:287.

❸ 王夫之.姜斋诗话:卷一[M].舒芜,校点.北京:人民文学出版社,1961:140.

❹ 曹植.曹子建诗注[M].黄节,注.北京:人民文学出版社,1957:56.

④马穿山径菊初黄，信马悠悠野兴长。

万壑有声含晚籁，数峰无语立斜阳。

棠梨叶落胭脂色，荞麦花开白雪香。

何事吟余忽惆怅？村桥原树似吾乡。　　——王禹偁《村行》

例①清流采荇当属美景，理应使人愉快；而长夜辗转，寤寐相思，再好的场景恐怕也难打起精神了。例②是送别之作。传说东周末年，卫庄公之妻庄姜无子，以陈女戴妫之子完为己子；庄公卒，完即位，遭佞臣之子州吁所弑，戴妫被遣送回陈，庄姜相送，作此诗表达其依依不舍和对戴妫的贤淑慧美的由衷赞叹。如例所见，春燕翩翩颉颃，呢喃呼应，多么和谐亲密；而自己却要与朝夕共处的闺蜜分开。相形之下，这种生离，更甚死别。例③是怀人之作。据曹植《赠白马王彪》序，黄初四年（公元223年），植与兄白马王彪、任城王彰，按例会节气朝会京师洛阳，而彰暴卒，至七月，植与彪返国。据《世说新语》，曹丕忌彰雄壮威武，在下棋时以毒枣害死。未详虚实，但在《赠白马王彪》序中，曹植对丕的严苛钳制已"意毒恨之"。本诗温阳微和、清风吹拂、潜鱼畅游、飞鸟翔天的美景，不也反衬他悯彰身死国亡、对丕又不能稍违臣道的凄怆伤悲之情吗？例④信马村行所见新秋美景，却引发诗人淡淡的乡愁。

以哀写乐，若较狭义界定，这类诗比较少见，因为人们对于消极的对象的确难以产生愉悦的反应。但如上文所述，若将哀与乐泛化为消极和积极情绪与对象，在一些抒怀、明志、自慰或讽喻类的作品里倒是可以看到，且有名篇。例如：

①田彼南山，芜秽不治。种一顷豆，落而为萁。人生行乐耳，须富贵何时！
　　　　　　　　　　　　　　　　——杨恽《拊缶歌》

②行行重行行，与君生别离。相去万余里，各在天一涯。

道路阻且长，会面安可知。胡马依北风，越鸟巢南枝。

相去日已远，衣带日已缓。浮云蔽白日，游子不顾返。

思君令人老，岁月忽已晚。弃捐勿复道，努力加餐饭。

——《古诗十九首》之一

③凄厉岁云暮，拥褐曝前轩。南圃无遗秀，枯条盈北园。
倾壶绝余沥，窥灶不见烟。诗书塞座外，日昃不遑研。
闲居非陈厄，窃有愠见言。何以慰吾怀，赖古多此贤。

——陶潜《咏贫士》七首之二

④青海长云暗雪山，孤城遥望玉门关。
黄沙百战穿金甲，不破楼兰终不还。（一）
大漠风尘日色昏，红旗半卷出辕门。
前军夜战洮河北，已报生擒吐谷浑。（二）

——王昌龄《从军行》二首

⑤金樽清酒斗十千，玉盘珍羞直万钱。停杯投箸不能食，拔剑四顾心茫然。欲渡黄河冰塞川，将登太行雪满山。闲来垂钓碧溪上，忽复乘舟梦日边。行路难！行路难！多歧路，今安在？长风破浪会有时，直挂云帆济沧海。

——李白《行路难》之一

⑥春风疑不到天涯，二月山城未见花。残雪压枝犹有橘，冻雷惊笋欲抽芽。夜闻归雁生乡思，病入新年感物华。曾是洛阳花下客，野芳虽晚不须嗟。

——欧阳修《戏答元珍》

⑦辛苦遭逢起一经，干戈寥落四周星。山河破碎风飘絮，身世浮沉雨打萍。惶恐滩头说惶恐，零丁洋里叹零丁。人生自古谁无死，留取丹心照汗青。

——文天祥《过零丁洋》

以上所举，多是名作。例①先说自己种豆南山颗粒无收，真够惨的；但诗人却无所谓，因为他本来就不希求什么荣华富贵。这大概是宦途失意后的自慰之词吧——无官一身轻，倒是因祸得福呢！例②是弃妇的诗。前面诉说逼迫分离与相思之苦，后面表示很能体谅游子不能回家的苦衷（可能是邪恶当道？），劝其保重。真是委曲含蓄，令人感叹。例③是陶潜式的安贫乐道。到了耕耘无获、酒壶绝沥、灶不冒烟，唯有拥褐晒太阳的地步，也真不能再苦了，但还以先贤自勉。例④著名的边塞诗。大漠荒寒长期征战的艰苦，有力地衬托了建功立业的豪情。例⑤是李白天宝三年（公元744年）被玄宗"赐金放还"离开长安时作。本诗前半部充满了遭受挫折后的不平、愤懑与不知所向的茫然；后半部却以吕望垂钓渭滨八十才遇文王，伊尹本是汤妻陪嫁的奴隶，在商汤聘任为相之前曾梦乘船经过日月旁边等先贤苦而后甜、穷而后达的故事，勉励自己对前途坚定信心，充分体现了李白天生我材必有用的高度乐观与自信。例⑥是欧阳修得意之作。宋仁宗景祐三年（公元1036年）诗人被贬峡州夷陵（今湖北宜昌）县令，元珍（丁宝臣字）当时任峡州判官，相互友善，平时大约谈及夷陵的苦寒，次年春写了本诗自慰互勉：夷陵当时虽属偏僻，但民风朴素，山水秀美，且有橘柚茶笋等"四时之味"，何况自己曾在洛阳当过推官，早已饱享过天下第一的"洛阳花福"（洛阳牡丹盛唐以来就极负盛名，诗人就写过《洛阳牡丹记》和《洛阳牡丹图》诗），即使此地春风迟来，野花晚开，也不必嗟叹了。例⑦是有过广泛深远积极影响的著名诗篇。本诗前面描述自己从科举入仕、临危受命辗转苦战和赣江惶恐滩兵败、珠江口零丁洋全军覆没被俘的苦难遭遇，最后两句表明拒绝元军统帅张弘范逼迫招降坚守崖山的宋军统帅张世杰。诗中虽然流露出了对大势已去的无奈和沉痛，却视死如归，大义凛然。

以上两方面的诗例说明，无论以乐写哀，还是以哀写乐，只要处理得当，诗人就可能营构具有截然相反的情绪色彩的意象，或含蓄或明显，但都极其恰当地表达了自己的情感。

2.缘事而发，因物寓志，以意趣胜

上述感物而动、借景抒情的构象方式，带有较大的偶然性，诗人的审美情感常包含在意象之中，不很明显，这里所说的缘事而发、因物寓志的构象方式，可以有景语，可以有请语，也常有理语。但与上述方式不同，偶然者少，必然者多，主旨一般比较明显。或者为时为事，或应酬赠答，优秀之作总要通过新颖的意象表达情思。于是，深刻独到的诗意固然可以惊世骇俗，即使一般的题目，也可能获得动人的效果。如李白的《长门怨》二首：

> 天回北斗挂西楼，金屋无人萤火流。
> 月光欲到长门殿，别作深宫一段愁。　　其一
> 桂殿长愁不记春，黄金四壁起秋尘。
> 夜悬明镜青天上，独照长门宫里人。　　其二

汉武帝"金屋藏娇"的故事人们熟知。据《乐府解题》，《长门怨》就是这

位给藏在"金屋"里的阿娇陈皇后失宠退居长门后所作。司马相如感其事作《长门赋》，后人因赋作《长门怨》。李白这两首诗也是借乐府古题来泛写宫人愁怨，以寄托对弱者的同情和对统治者无视他人命运的不满，自然也多少有些同病相怜，聊以自叹。就题材和主旨而论，似乎并不奇特。因初唐以来，同题之作不乏其例，仅人们所赞赏的，即有沈佺期、张修之等作。

本诗第一首全然写景，而情在其中。首联"天回北斗挂西楼，金屋无人萤火流"，勾勒出了凉秋午夜深宫冷漠的时空意象，给人强烈感染。前人同题写环境的意象，多有相似之处。沈佺期有"玉街闻坠叶，罗幌见飞萤"句，张修之有"玉街草露积，金屋网尘生"句。刻画不可谓不精致，对仗也颇为工稳，而且含蓄幽暗，情调也是协调的。但景物相近，境界也显得狭窄。然而，李白却在斗柄横斜、清光满眼的天幕下托出深宫冷屋：北斗倾移，萤火明灭，暗示宫中人物怅惘的目光及其幽愁暗恨唯天可鉴的情境。汉乐府《有所思》最后两句说"秋风肃肃晨风思，东方须臾高知之！"女主人公为负心汉的背弃行为所苦，彻夜无眠，卧听秋风飒飒，无可如何，只有感叹：东方都快发白了，这份苦情唯有高天知道！心绪相类，而李白表达得更加含蓄深沉。次联"月光欲到长门殿，别作深宫一段愁"，从诗人的视角描述，通过月光点出题意。以月色引出并渲染愁思，也是前人同题之作的习用技法，沈诗说"月皎风泠泠，长门次掖庭"；张诗云"长门落景尽，洞门秋月明"，都以清风冷月的意象烘托宫人的寂寞。这些诗句中的月，都是客观的、冷漠无情的。以冷月清风的冷漠无情，反衬宫人的深情幽怨，固然很符合对比原则，但从《诗经》以至汉魏六朝而隋唐，此法用得频繁，已失去它原来的新鲜感和表现力。符号学称这种现象为"消解"。而到李白手上，月光一改其冷漠客观的态度，成为有情有义、能悲能喜的"角色"出现在诗歌里，以至成为他诗歌艺术的一大特征。《峨眉山月歌》《梦游天姥吟留别》《古朗月行》《把酒问月》以及《月下独酌》等诗中的明月，都是人们所熟悉、喜爱的。本诗中的明月仍然那么富于同情心，她似乎为女主人公的幽怨所感动，欲照长门时，也特别表现出一种深深的愁绪。这是对女主人公的同情，也是对女主人公的抚慰。失宠宫人的愁苦，真是感天动地。因为她们所遭受的是封建社会最不人道的虐待，一旦她们不能以色事人，便形同判了无期徒刑的囚徒，禁锢终生，抑郁而死。这是多么凄惨！李白比一般诗作表现得深沉有力。

第二首，犹如两段式乐曲的第二段，对第一段作了补充和对比。如果说，第一首是相对静止的，那么这里却把过程展开了："桂殿长愁不记春，黄金四壁起秋尘。"主人公已经失宠多年，长愁深宫，欣欣向荣的春天，对她毫无意义,以至渐渐地淡出;她的生命,如同桂殿金壁,早已失去了昔日的光彩,垢积尘封,无人过问了。"起秋尘"与第一首"萤火流"照应,不止点明时令,更表明由春至秋,不知几番几度,都在愁中煎熬。三、四句"夜悬明镜青天上,独照长门宫里人",字面上与第一首三、四句呼应,实际上是它的深化:前者是说月光对主人公也表示特别同情;后者却说,天地万象,古往今来,只有高悬青天的"明镜"了解宫中之人的心事,只有明月关照她们的痛苦。苦而不为人知,益增其苦,更在苦中突出了孤独、冤屈的意味。诗人的感慨与不平也从而得到了反映。这里的明月独照,不是如唐汝询《唐诗解》所说的"有意相苦",而是特别垂怜,于是从意象的刻画上也增强了诗歌情感的感召力与共鸣度。有的学者指出:李白这两首诗的后两句,与王昌龄的《西宫怨》末句"空悬明月待君王"一样,都出自相如《长门赋》"悬明月以自照兮,徂清夜于洞房"。但王诗的主角在愁怨中仍然希冀君王的宠幸,可能符合实际,而命意一般。李白却活用"赋"语,另成境界:虽以《长门怨》为题,并不拘泥于陈皇后的故事,从而揭开了封建制度冷酷黑暗的一角。

这两个例子说明,缘事而发的意象营构,总是诗人对人对事先有"陈见",然后再用意象加以表现。一般地说,新的"意",应由新的"象"来负载。正如上例,李白笔下的"月",绝非其他同题诗中的"月"。它的"意象质",是由"意"在其有机结构中的主导性质而定的。这一点,我们在下一问题中可以看得更加明白。

(二) 旧象翻新

意象是艺术家、诗人的创造。每个艺术家和诗人,都通过自己所创造的意象系列表现他的艺术个性。相近艺术风格的同派诗人,则有风格相近的意象"群落";若干流派或某一二主要流派的意象群落,形成一个时代某一特定民族艺术的广大"植被"。而每个时代一个民族的意象"植被",总要作为该民族的文化遗产留存。后代的艺术家或诗人进行创造时,也总要充分利用过去的意象资源,不可能完全新造。然而,艺术家和诗人们又总要进行旧象翻新和新象营造的尝试。也正是这种又继承又创新的努力,才把各民族的文化艺术不断地推向前进。

旧象翻新,大有蹈袭古人之嫌。从陆机《文赋》主张"谢朝花""启夕秀","虽杼轴于予怀,怵他人之我先;苟伤廉而愆义,亦虽爱而必捐",就把与古人"暗合"当作一种有伤"廉""义"的事来回避;杜甫矢志"语不惊人死不休"；韩愈又把"惟陈言之务去"作为创新追求的目标。于是，"匠心独具"便成为文艺创作的重要原则。但是，创作实践证明，借鉴前贤"芳润"的确是不可或缺的。试看文学史上，有哪一位大家不借重遗产呢！魏庆之《诗人玉屑》卷八指出：唐宋以前，多模仿前贤；"今人下笔，要不蹈袭，故有终篇无一字可解者，盖欲新而反不可晓耳"。黄山谷认为："诗意无穷，而人才有限；以有限之才，追无穷之意，虽渊明、少陵不得工也。"所以主张点化前人诗句，"夺胎""换骨"，江西诗派奉行这种理论。夺胎换骨，点铁成金，当然不失为一种好方法，但被后学奉为创作的不二法门，就滑向歧途了。金、元以来，不少诗学家将黄山谷看成蹈袭之风的始作俑者加以痛斥，其用心，当然是强调正确处理借鉴与创新的关系。我们也应从中得到启示。

旧象翻新，大约有四种情况：意象内部成分的调整，意象之间组合关系的优化，旧象挪借，构象表达方式的效仿。

1. 意象内部成分的调整

如第二章所述，诗歌意象是由诗人的主观情趣、意念与客观的经验及声韵表象熔铸而成。在创作实践中，主客两方面的因素所占比例和性质的不同，往往使意象发生审美性质的变化。因而，调整原意象（在口头和书面则是"语象"）的主客成分，特别是情趣、意念与经验表象，即能使陈旧意象获得新的品质。这里有几种不同的情况。

（1）将原客观性意象注入情感，使之变成主观性意象。

写景咏物诗，一般都要经过诗人的观照体验，才能捕捉主要特征加以生动表现。但有的诗人却侧重于景物状貌的客观描绘，有的诗人却将自己的情感和生命移注其中，造成不同的审美意象。所以，诗人创作时，往往将旧的客观性意象变成主观意象以表达自己的诗情。例如，月亮这一物象已成为古代诗歌中习见的陈旧的客观性意象，但历代诗人都歌之不厌。如《诗经·陈风·月出》：

月出皎兮，佼人僚兮；舒窈纠兮，劳心悄兮！

月出皓兮，佼人懰兮；舒忧受兮，劳心慅兮！

月出照兮，佼人燎兮；舒夭绍兮，劳心惨兮！

"懰"音柳，与僚、燎（音料）近义，形容女子美貌靓丽；"舒"闲静、从容，"窈纠"（音要交，上声）与"忧受"（"夭绍"异体字，上声）近义，形容女

子身段苗条、体态婀娜。"悄""慅"（音草）与"懆"（音躁）义近，表心情的忧愁、不安与烦躁。这里的月亮，始而洁白，继而晶亮，普照人间；意中人的形象愈益鲜明，而诗人的相思也越来越苦。诗人巧妙地以月光形态（亮度）的变化，来喻示美人的靓丽和自己相思劳心的情状。这月亮是客观性的意象，突出的是她的越升越亮的物理特征。

在汉卓文君的《白头吟》中，月光又以皎洁的特性作为女主人公纯洁爱情的象征或喻体。《古诗十九首》而后，经曹丕、曹植、阮籍、嵇康、陆机、潘岳等人，月光虽然同愁思、怨情相伴，也基本未变其物理属性。只有到刘宋鲍照及其妹鲍令晖才把月光拟人化了：

> 始见西南楼，纤纤如玉钩。末映东北墀，娟娟似蛾眉。蛾眉蔽珠栊，玉钩隔琐窗。三五二八时，千里与君同。夜移衡汉落，徘徊帷户中。
> ——鲍照《玩月城西门廨中》

> 明月何皎皎，垂幌照罗茵。若共相思夜，知同忧怨晨。芳华岂矜貌，霜露不怜人。君非青云逝，飘迹事咸秦。妾持一生泪，经秋复度春。
> ——鲍令晖《代葛沙门妻郭小玉作》

在鲍照诗中，月亮先比喻为玉钩、蛾眉，"三五二八时"皎洁团圞，却显得亲切近人，与君相随，似奉献着深挚的友情。而鲍令晖诗中，主人公的情感更在明月身上得到了充分寄托。这里的月亮不但与人物的情绪呼应，而且"若共相思夜，知同忧怨晨"，还跟主人公朝夕相伴，忧愁与共。于是，我们看到，明月意象具有了人的生命和情感。到了李白、苏轼等唐宋诗人，月亮的意象随着诗人心境变异，时而亲切，时而高洁，时而寂寞，时而幽怨，有了更为丰富的人性。所以，虽然明月普照，而在诗人笔下却是光景常新的。

（2）改变旧象情感内容的性质。

对于具有情感色彩的主观性意象，诗人也往往根据自己的审美情趣加以改造。这就是改变旧象的情感性质，使之翻成新象。例如：

> 何所独无芳草兮，又何怀乎故宇！　　——屈原《离骚》
> 王孙游兮不归，春草生兮萋萋。　　——淮南小山《招隐士》
> 池塘生春草，园柳变鸣禽。　　——谢灵运《登池上楼》

> 绿草蔓如丝，杂树红英发。无论君不归，君归芳已歇。
>
> ——谢朓《王孙游》

屈原第一次把芳草与家园故国联系起来，使芳草成为充满怀旧之情的意象。到汉代淮南小山的《招隐士》中，"春草萋萋"的意象，饱和着故土家园与韶华生命的情感，比屈原多了一层。南北朝时期，谢灵运的春草意象是新春和新生的信息；谢朓的绿草当然也是春草意象，但显然偏于青春与情爱。再看白居易的《赋得古原草送别》：

> 离离原上草，一岁一枯荣。野火烧不尽，春风吹又生。
>
> 远方侵古道，晴翠接荒城。又送王孙去，萋萋满别情。

这里的原上草，历来说法不一。一般以为普通的春（青）草，有的却说是喻指小人，今人更论定是比拟顽强的生命。这说明春（青）草这一意象，在白居易笔下已赋有多方面的含义，其情感性质已不像原来那么单纯。但诗人是按题做诗，标明"赋得……送别"，最后归结到"萋萋满别情"。一、二联固然可以看成赞美顽强的生命力，而三、四两联却又是以茂盛无边的青草隐喻绵绵无尽的别情。这同最早的春（青）草意象以及前人的其他春（青）草意象，显然并不一样。所以，它是一个新的即改变了旧意象情感内容性质而翻造出来的新的春（青）草意象。再看李煜的《清平乐》：

> 别来春半，触目愁肠断。砌下落梅如雪乱，拂了一身还满。
>
> 雁来音信无凭，路遥归梦难成。离恨恰如春草，更行更远还生。

看来，李煜这里的春草，比白居易的原上青草，因为直接用作比喻，所以成为更加鲜明、突出的离愁别恨的意象。虽然就本质说，并未改变，但因其所指确定，体现的情感性质单纯、集中，所以仍然给人新鲜之感。可以说，这是白居易春草意象的净化，再不会对这里的春草意象提出异议。

但是，青草（春草、芳草）的意象并未因白居易而定型。试看五代牛希济的《生查子》：

春山烟欲收，天淡星稀少；残月脸边明，别泪临清晓。

语已多，情未了，回首犹重道：记得绿罗裙，处处怜芳草。

女主人公在情人临别时，忍泪嘱咐：记住我穿的绿色罗裙，无论到了哪里，一看见青翠的芳草，你都会联想起我们的恩爱。这里，诗人把芳草作为爱情的象征，显然又不同于上述白居易和李煜的春草，应该是又一翻新的意象。再看苏轼的《蝶恋花》：

花褪残红青杏小，燕子飞时，绿水人家绕。枝上柳绵吹又少，天涯何处无芳草！　墙里秋千墙外道，墙外行人，墙里佳人笑。笑渐不闻声渐悄，多情却被无情恼。

这是苏轼的名篇。据《词林记事》引《林下词谈》称：苏轼在惠州时，曾于落木萧萧之际要侍姬朝云歌这首词，朝云歌喉将转，泪满衣襟。子瞻诘其故，答曰："奴不能，是'枝上柳绵吹又少，天涯何处无芳草'也。"子瞻翻然大笑曰："是吾政悲秋，而汝又伤春矣！"遂罢。朝云不久抱疾而亡。子瞻终身不复听此词。清代大诗人王渔洋赞道："'枝上柳绵'，恐柳屯田缘情绮靡，未必能过。孰谓坡但解作'大江东去'耶！髯翁直是轶伦绝群。"这首词凄婉动人，即使没有这段逸事，读者也可从字里行间感到"天风海涛"之外飘出的一缕"幽咽怨断"之音。本词上片惜春，下片伤情。百花凋残，春燕北飞，春光迟暮，怎不令人伤感？因为花开花落，也是青春流逝的表征。但诗人不想使人绝望，宕开一笔："天涯何处无芳草"。虽然柳绵飞去，而芳草尤盛。这是一种希望，一种慰藉。他在另一首同调词开头说："春事阑珊芳草歇，客里风光，又过清明节。"两处"芳草"都既指春光，又代青春年华。或者可理解为草长莺飞，已是春去夏来，那么，这里的芳草就如残红落花——此朝云所以"泪满衣襟"的缘故了。下片伤情，看似客观描述，且与上片也无直接干系，其实可以作为一种隐喻来看。因为上片惜春，歇拍给人安慰与希望，可以说是正面写；下片则启示人们：美好的事物都是自在无为的，不会因人的愿望而去留，犹如墙内佳人，并不一定会因为墙外行人的倾心而特意垂青，如果自作多情，当然只有自寻烦恼。这样，本词便在生活情景的素描里，蕴含了一种隽永的理趣。它发人深省，导人自解，也是一种慰藉，不过换了一种角度，改了一种委婉的方式。这样解释，上下两片的情缘意脉就隐约可寻了。

(3) 开发旧象的新鲜素质。

审美对象一般来说是丰富的，具有多层次、多侧面的素质。而由于诗人审美情趣和审美视角的差异，出现在诗作中的审美意象往往只突现了某一方面的状貌。诗人如果换一个角度描写，即会展现出旧意象中人所未见的特色，令人耳目一新。梅圣谕主张"意新语工，得前人所未道者"，罗丹讲"美在发现"，都包括了从旧意象中发掘为前人未见未道甚至没有表达充分的东西。例如，陆游《老学庵笔记》卷一载："张芸叟（按即张舜民）作《渔父诗》：'家在耒江边，门前碧水连。小舟胜养马，大罟当耕田。保甲原无籍，青苗不著钱。桃源在何处，此地有神仙。'盖元丰中谪官湖湘时所作。东坡取其意为《鱼蛮子》云。"张舜民大约因为贬官在外，脱离了危险的政治旋涡，抑或无可如何，自我解嘲，自作宽慰，仿唐人诗词中的渔父意象，赞美无拘无束的自在生活。但比之张志和、张松龄兄弟的渔父，虽然没有摆脱政治氛围的笼罩，也还同样潇洒。这当然是理想中的以渔父身份隐居江湖的士大夫。不能说他没有一点儿渔父生活的真实，但那最多只是一个方面。同唐人的渔父意象没有什么本质区别。而苏东坡的"鱼蛮子"却是另一个样：

江淮水为田，舟楫为室居。鱼虾以为粮，不耕自有余。

异哉鱼蛮子，本非左衽徒。连排入江住，竹瓦三尺庐。

于焉长子孙，戚施且侏儒。擘水取鲂鲤，易如拾诸途。

破釜不著盐，雪鳞芼青蔬。一饱便甘寝，何异獭与狙。

人间行路难，踏地出赋租。不如鱼蛮子，驾浪浮空虚。

空虚未可知，会当算舟车。蛮子叩头泣，勿语桑大夫。

东坡描写的是现实中的渔民，虽然有鱼虾为粮，不耕自足的比较自在的一面，但也有破釜少盐子孙不健的艰苦一面，而且还面临新法征收渔税的威胁。东坡借此讽刺新法扰民，政治上不无偏见，但这首诗的鱼蛮子，既脱胎于唐人的渔父，又产生于现实的土壤，因而比之桃花源式的渔父，却是一个新的渔民意象。

又如桃花，传统作为燕尔新婚、红粉佳丽的象征，这在先秦时已见于《诗经》。到李白笔下，却成了与孤直的松柏相对比的妖艳媚世的意象：

松柏本孤直，难为桃李颜。　　　　——《古风》十二

　　桃花开东园，含笑夸白日。偶蒙春风荣，生此艳阳质。岂无佳人色，但恐花不实。宛转龙火飞，零落早相失。讵知南山松，独立自萧瑟。　　　　　　　　　　　——《古风》四七

《诗经·周南·桃夭》以桃花的秾丽娇美、桃子的丰硕可口以及枝叶的蓬勃茂盛，象征贤良美丽的女子"宜室宜家"的品质。这一意象体现了桃树有益于人的重要特性。但它的确只能在春风和煦之时开花，没有松柏梅竹的伟岸、劲健与耐寒。李白的桃李意象，正表现了这前人未曾注意的另一面。于是，李白笔下的桃花意象便具有了新品质。

假如是单株桃树，在荒凉僻远的地方开放，它在行客游子的心中，还会有别种风韵。请看张惠言的《风流子·出关见桃花》：

　　海风吹瘦骨，单衣冷，四月出榆关。看地尽塞垣，惊沙北走；山侵溟渤，叠障东还。人何在？柳柔摇不定，草短绿应难。一树桃花，向人独笑，颓垣短短，曲水弯弯。　　东风知多少，帝城三月暮，芳思都删。不为寻春较远，辜负春阑。念玉容寂寞，更无人处，经他风雨，能几多番？欲附西来驿使，寄与春看。

这里的桃花，既不秾艳，也不娇媚，倒有些寂寞无主、蓄芳待人的幽独之美。可以说，张惠言的桃花意象，表现了"孤独桃花"特有的气质，所以令人刮目相看。

（4）加工旧象的外观形态。

旧象翻新最为常见的办法，是对原有意象的描写、刻画成分进行加工，使之更为精巧、丰富、生动、合情理。这种手法，皎然称为"偷语"，黄庭坚叫作"换骨"。例如：

　　西施且一笑，众女安得妍。　　——韦应物《广陵遇孟九云卿》
　　回眸一笑百媚生，六宫粉黛无颜色。　　——白居易《长恨歌》

显然,韦诗只是陈述一个事实,字句的外观形态是素朴的。而白诗增加了四个字,每句多两个音节,却有了描绘、刻画,具体细致,有姿有态,声情并茂。白居易自然更胜一筹。再如:

夜阑更秉烛,相对如梦寐。　　　　——杜甫《羌村三首》之一
今宵剩把银釭照,犹恐相逢是梦中。　　——晏几道《鹧鸪天》

杜甫以白描手法,朴实地写出了战乱之后夫妻相逢时的惊疑神情,其中悲辛,令人垂泪。语言风格和意象性质完全一致。晏几道借用此意象,以绮丽婉转的词句,来表达女子与情人久别意外重逢时的情态,词句的外观变了,也完全适合意象的性质。两种意象,两种格调,见出两种情境,各擅胜场。

再如,唐人郑谷《蜀中海棠》诗有云"秾丽最宜新着雨,妖娆全在欲开时",欧阳修认为格调不高。南宋陈去非据此作赋海棠诗云:"海棠默默要诗催,日暮紫绵无数开。欲识此花奇绝处,明朝有雨试重来。"意象仍然是海棠着雨,但陈诗首先在外观上加以改变,并不直接写它带雨而开,而是说它开在日暮之时,并且是被诗催开的;夕阳之下的海棠已经很美,可是要看最美的海棠,还要等到下雨的时候。当然这不但改变了原诗意象的外观形态,同时也从"意"的方面作了拓展与开掘:第一句"要诗催"提高了海棠的品位,第三句"奇绝处"与第四句"有雨试重来"又突出了郑谷原诗的最佳点,这就使海棠意象别开生面。

2.意象之间组合关系的优化

在古代诗词中,常常见到有的意象在不同时代的作品中反复出现,但多数是鲜为人知的,只有个别后来者独享盛名。究其原因,可能主要是意象组合关系的优化程度较高,即是说,优异者,其意象更适于诗作所要表现的情思和景物。再加之语言的精练生动,就产生了巨大的魅力。这种方法,犹如移花接木,借树开花,即把前人诗作中咏甲的意象移来咏乙。例如:

明朝风起应吹尽,夜惜衰红把火看。　　——白居易《惜牡丹》
酒醒夜阑人散后,更持红烛赏残花。　　——李商隐《花下醉》
东风袅袅泛崇光,香雾空濛月转廊。
只恐夜深花睡去,故烧高烛照红妆。　　——苏轼《海棠》

白、李都是著名诗家，他们诗作中的把火看红或持烛赏花的行为意象，也有承借的痕迹。白诗由牡丹盛开后可能被风吹落的假想所引出的把火看红的行为，惜春之意浓厚；但李诗却更充分地表达了诗人伤残春、惜人情的意味。

苏轼的《海棠》有些特别。这首诗历来有争论，有人认为"造语之工""尽古今之变"，"学者不知此妙语，韵终不胜"（黄庭坚）；有人认为"此诗极为俗口所赏，然非先生老境"（清查慎行）。各家都有道理。我们从意象嫁接的角度看，本诗还是成功的。白居易和李商隐的海棠表现了一种衰飒的情调。而东坡将海棠拟作美人，化用了《太真外传》唐明皇形容贵妃醉颜残妆，不能再拜的话语（"岂是妃子醉，直海棠睡未足耳"）就使秉烛赏花的意象平添了别一种温情，所以更具感染力。正如钱钟书说："唐人衰飒之语，一入东坡笔下，便尔旖旎缠绵，真所谓点铁成金、脱胎换骨者也。"❶在这里，唐人用来表现牡丹或一般花卉的意象（红妆），东坡却以之表现娇艳风雅的海棠，这种嫁接，将用典和语言的锤炼结合起来，真是曲尽其妙。难怪黄庭坚大加赞赏。

再看叶绍翁的《游园不值》：

应怜屐齿印苍苔，小叩柴扉久不开。

春色满园关不住，一枝红杏出墙来。

这是脍炙人口的名诗，特别是后面两句，可以说是有口皆碑。但这并不是叶氏的独创。请看：

杳杳艳歌春日午，出墙何处隔朱门。	——温庭筠《杏花》
一枝红杏出墙头，墙外行人正独愁。	——吴融《途中见杏花》
独照影时临水畔，最含情处出墙头。	——吴融《杏花》
平桥小陌雨初收，淡日穿云翠霭浮。	
杨柳不遮春色断，一枝红杏出墙头。	——陆游《马上作》
谁家池馆静萧萧，斜倚朱门不敢敲。	
一段好春藏不住，粉墙斜露杏花梢。	——张良臣《偶题》

---

❶ 钱钟书.谈艺录[M].北京：中华书局，1984：121.

上述各诗，可以看出，宋人所作都出于温庭筠或吴融，但都不如叶绍翁知名。温氏将视听时间意象组合，写得含蓄典雅，杏花意象内涵丰富，但较模糊。吴诗杏花意象倒完整了，但其第一首与"墙外行人正独愁"的意象组接，分明以"乐景写哀"，使人感到了行人的惆怅，因而杏花意象反而推到了第二位；第二首则着眼于杏花自身的娇媚，完全拟人化，春意反而淡化了，杏花自身的意象也嫌单薄。陆游诗写出了雨后春色的清新明媚，杨柳红杏虽未平分春色，恐怕也被杨柳"遮"去了几分。张良臣的诗，看来是比较集中了，而"一段好春"与"杏花梢"是同一意象，内涵不够饱满有力。唯独叶绍翁的"春色满园"的虚拟的整体意象充满生机，而"一枝红杏"的具体意象又那么鲜明突出。这里的整体与个别组合，显然构成了点与面、虚与实的烘托对比，盎然春意，从突出高墙的杏花枝上可以感觉到十分热烈。所以，叶绍翁应是后来居上。足见意象之间的组合关系，对于突出中心意象自身的地位、增强其艺术魅力多么重要。

3.旧象挪借

这种方法是直接借用他人的意象来表达自己的情思。所借意象，在新的结构关系中生成新质，失去原有的审美意义。新质与原质有各自的结构功能，它们之间没有优劣之分。唐宋名家有不少擅长此道。如曹植《赠白马王彪》有云：

丈夫志四海，万里犹比邻。恩爱苟不亏，在远分日亲。

前两句是一个心理空间意象，非常有力地表达了诗人在被迫同他的同父异母兄长分离时的悲愤和生死不渝、在远弥亲的手足之情，这也是诗人发挥情感想象的神奇创造。虽然远在先秦民歌中即有心理空间意象的描写，可类此意象还未见过，但它的影响却不大。到初唐王勃，情况就不同了。他的《送杜少府之任蜀州》云：

城阙辅三秦，风烟望五津。与君离别意，同是宦游人。
海内存知己，天涯若比邻。无为在歧路，儿女共沾巾。

第三联显然是本于曹植。在曹诗里所表达的是悲愤与深情，产生于最高统治者争权夺位的兄弟手足之间的尖锐矛盾。王勃表达的却是朋友的情谊，张扬一种豪迈的丈夫气概，而且将曹诗"忧思成疾疢，无乃儿女仁"句意概括为"无为在歧路，儿女共沾巾"这样一个否定性的心态意象。"海内"联是正面的肯定性的心理空间意象，"无为"联为否定性的心理动态意象。这两个性质相反的心理意象，集中而深刻地体现了初唐乐观向上的精神风貌。形式比曹植更精练，意象更鲜明，情感也更具普遍性，所以，"天涯若比邻"的心理空间意象为后人广泛征引。应当说，这个意象的挪借是非常成功的。再看张继的《枫桥夜泊》：

月落乌啼霜满天，江枫渔火对愁眠。

姑苏城外寒山寺，夜半钟声到客船。

三、四两句的意象是立体叠合的视听和弦，已成为描绘姑苏之美的最具特色的神来之笔，可以说是空前绝后。但陆游不揣冒昧"正犯"本题。他的《宿枫桥》云：

七年不到枫桥寺，客枕依然半夜钟。

风月未须轻感慨，巴山此去尚千重。

这是诗人于道乾六年（公元1170年）六月赴蜀路过枫桥时所作。他到底是大手笔，不愧为南宋和中国古代诗坛的一大家。他在张继所创造的审美意象的基础上前进了一步。张氏描写了一种清旷的水上客愁，这种水乡夜泊的旅愁，正如寒山寺的钟声，在江枫渔火的映照之下，散发着悠悠韵味。陆游不管这种特殊体验，他知道夜钟和风月依旧，当然也难免有点儿寂寞；但他没有功夫去咀嚼这种清淡的旅愁，因为他的目标还很远——所以，纵然有一点儿寂寞之感，也只好"克服"了："风月未须轻感慨，巴山此去尚千重"！他超越了张继，他的境界要远大得多；但旧意象原本那种特殊的美消解了，虽然为表达诗人自己的情思，这钟声仍是点题所不可或缺的意象，而它的魅力却远远逊于原诗。应该强调的是，陆游的目的是以原诗意象为支点，向更高的精神境界腾飞。他的目的达到了，所以他对旧象的挪借是成功的。

4. 构象表达方式的效仿

我们赏读古代诗歌，常常发现，不同时代不同诗人的有些作品，尽管所写并非同一意象，但表达意象的方式却很相似，即思路一致。这里也显然存在后人（后作）对前人（前作）的借鉴现象。皎然所说的"偷意""偷势"和黄庭坚所说的"夺胎"法，大约可以包括这类现象。张少康《中国古代文学创作论》认为，艺术作品中的"势"，"也就是指不同的客观事物所具有的独特的内部规律"。似乎难以包括皎然要"偷"的"势"，因为"客观事物所具有的独特的内部规律"是无法"偷"到的；诗人只能"偷"到表现这种"独特的内部规律"的方式方法。从皎然所举的诗例可知，所谓"偷意"即模仿思路，描述类似情景；"偷势"可能是效法形态，表达别种诗意。无论是"偷意"或"偷势"，可能后来居上，也可能相形见绌。试看：

  太液沧波起，长杨高树秋。

——（梁）柳恽《从武帝登景阳楼诗》

  小池残暑退，高树早凉归。 ——沈佺期《酬苏味道诗》

这是皎然所举偷意的例子。柳诗以太液池水与长杨高树对举，两个意象都显示京城宫苑夏秋易节的物候特征，而境界阔大。沈诗也是从池水到高树，表现暑退凉生的意象，字面似乎工整，但思路沿袭，已落其次，何况境界狭小。再看：

  目送归鸿，手挥五弦。俯仰自得，游心太玄。

——嵇康《赠秀才入军》

  手携双鲤鱼，目送千里雁。悟彼飞有适，嗟此雁忧患。

——王昌龄《独游》

这也是皎然所举偷势的诗例，这两首诗的立意不同。史称嵇氏一面崇尚老庄、清心寡欲，好服食、求长生；一面尚奇任侠，疾恶如仇，锋芒毕露。其诗作以四言胜，游国恩《中国文学史》称他多表现一种"清逸脱俗的境界"。像这首送兄长入军的诗即有一种清远之气。"手挥""目送"的意象，非常生动地表现了一种俯仰自得、不以物累的飘逸精神。王诗表现的是对与归雁有适的欣羡和对于人世忧患的感慨。而构象形态却与嵇诗相仿，即象同而意别。这仍是构象方式或意象表达方式的承袭。

借用前人的思路加以"点化",从而构成自己诗作的意象系列和境界,就是偷意或偷势,这类例子不少。例如：

① ｛山莺空树响,垅月自秋晖。　　——(梁)何逊《行孙氏陵》
　　映阶碧草自春色,隔叶黄鹂空好音。　　——杜甫《蜀相》

② ｛青山缭绕疑无路,忽见千帆隐映来。　——王安石《江上》
　　山重水复疑无路,柳暗花明又一村。——陆游《游山西村》

第一组例子,杜甫的"隔叶黄鹂"与"映阶碧草"意象显然来自何逊的诗句。不过,黄鹂是意象挪借,而"映阶碧草自春色"却是"偷""垅月自秋晖"的"势"。因杜甫是借悼念孔明表达忧时疾世的情感,境界比何诗高。第二组例子,与上例相仿。陆游显然既"偷"了王诗的"意",又"偷"了王诗的"势",但他青出于蓝。我们可以看到,王诗青山缭绕的意象同千帆隐映的意象结合,描绘江上奇景,"忽见千帆"显然是夸张的惊喜。陆游不同,他把"青山缭绕"的意象与水结合,变成"山重水复"的意象,然后再同"柳暗花明"的意象组接,使读者仿佛身临山阴道上,美景常新,应接不暇。不但自然而真切,而且还寄寓着启迪与发现的理趣,于是博得人们广泛的共鸣和认同。

这种构象方式的模拟即偷意或偷势,在后代著名诗家也是司空见惯的。例如：

昔我往矣,杨柳依依；今我来思,雨雪霏霏。

——《诗经·小雅·采薇》

始去杏飞蜂,及归柳嘶蜇。　　——韩愈《征蜀联句》

去时鱼上冰,归来燕哺儿。　——黄庭坚《诗人玉屑》卷六引

韩诗和黄诗都是援借《采薇》。黄山谷本来就主张夺胎换骨,模仿是其行当；连高唱务去陈言的韩愈也事"蹈袭",可见此事难免。又如：

燕燕于飞,差池其羽。之子于归,远送于野。瞻望弗及,泣涕如雨。

——《诗经·邶风·燕燕》

其词之切，其情之真，古来共赏。宋初词人张先有长短句云："眼力不知人远上溪桥"；东坡《马上赋诗一篇寄子由》云："登高回首坡垅断，但见乌帽出复没。"《许彦周诗话》以为"皆远绍其意"。其实，这种伫立远望以表依依不舍的构象方式，在唐人诗篇中已屡见不鲜，如李白《送孟浩然之广陵》"孤帆远影碧空尽，惟见长江天际流"；岑参《白雪歌送武判官归京》"山回路转不见君，雪上空留马行处"等，其思路都可能受此启发。

当然，著名诗家平时都是积学储宝，古人芳润已化为自己的心血，创作之时会自然流出；刻意模拟者也可能事出有因。不过，还是陆机《文赋》说得好："虽杼轴于予怀，怵他人之我先。苟伤廉而愆义，亦虽爱而必捐。"

构象，仅仅是古典诗歌创作中"使情成体"、赋予意蕴感性形态的基本环节，而仅这一环节，我们也只描述了一些主要之点，其他问题只好以后再谈了。

第七章

运　法

> 你是否想过：
> 诗歌注重性情，也要讲究法度。
> 诗法也分"死""活"。
> 诗法包括哪些主要内容？

> 文场笔苑，有术有门。
> 是以执术驭篇，似善弈之穷数；弃术任心，如博塞之邀遇。
> ——《文心雕龙·总术》
> 出新意于法度之中，寄妙理于豪放之外。
> ——苏轼《书吴道子画后》
> 学诗当学活法。所谓活法者，规矩备具，而能出于规矩之外；变化不测，而亦不背于规矩也。
> ——吕本中《夏均父集序》

诗歌的表达，即命意和构象，都得落实为具体的词句篇章。怎样才能使这些词句篇章体现命意和构象的要求呢？这就有许多讲究，也必然牵涉诗法。《文心雕龙·总术》深刻地综合论证了写作方法的重要性，当然也适用于诗歌创作。本章所讨论的是诗歌表达的主要的具体方法问题，将较为系统地介绍古代诗人如何运用诗法的宝贵经验。

一、明法

所谓"明法"，指认识法度的重要性，区别"死法"与"活法"。

对于诗法，清代大诗学家叶燮曾痛加诋斥，极言其非。认为平仄粘对，起承接结，起伏照应，句法章法等，或者为曾读《千家诗》者不屑言，或者为三家村词伯久相传习的"死法";诗家们不讲这种"死法",而应该重"变化生心"之"活法"。这种论调未免偏激。还是他的学生沈德潜说得比较合理,沈氏说:"诗贵性情,亦须论法。杂乱无章非诗也。然所谓'法'者,行所不得不行,止所不得不止。而起伏照应,承接转换,自神明变化于其中。若泥定此处应如何,彼处应如何,不以意运法,转以意从法,则死法也。"❶

应该说明,所谓"死法",也不过是前人创作经验的条理化概括。而任何经验概括都具有两重性:一方面,它是以往创造活动的终结。从这个角度看,它的确是"死"了,因为它固定了,是封闭性的。另一方面,它又是今后创造活动的基础和出发点。以往的经验经过抽象概括而凝结成法度或规矩,又去指导、规范一般的创作活动。从这个角度看,它应该是活的,开放性的。如果把它强调到绝对的地步,它就真的成了"死"法了。

对待法的问题,从来就有两种态度。西汉的扬雄就已强调文章的法度。班固《汉书·扬雄传》记述了扬雄对赋的批评:"又颇似俳优淳于髡、优孟之徒,非法度所存贤人君子诗赋之正也。"扬雄还在《法言·吾子》中说:"或问公孙龙诡辩数万以为法,'法'欤? 曰:断木为棋,梡革为鞠,亦有法焉。不合乎先王之法者,君子不法也。"他强调万事有法,是合乎实际的。但是把以往的经验,特别是儒家经典所体现的"先王之法",当作不可变易的永恒准则,也就走向了反面,妨碍了创造活力。道家和儒家相反,崇尚自然,提倡"天籁""天乐",任性而为,以"解衣盘礴"、兴到神来为创作的极境,反对任何法度与规矩,这显然又是不合实际的。

不依法度和规矩,固然可以自由活泼,也必然杂乱无章,不能尽美。所以,历来有不少著名的诗学家多能辩证地看待和论证这个问题。例如,我国第一个全面论述创作问题的文学家兼诗人陆机,在《文赋》中一方面总结了前人和自己的创作经验,提出了许多具体的规矩和法度;另一方面又强调,"方圆规矩",是以让对象"穷形尽相"为目的,不可死守框框,而要"因宜适变"。刘勰《文心雕龙》对于创作的原则和方法手段阐述得更加系统详尽。他也认为,法度规矩,只是"写气图貌""属彩附声"、表现自然和心灵之美的手段,不能墨守成规,颠倒本末。所以,他在《文心雕龙·总术》中说:"文场笔苑,有术有门。先务大体,鉴必穷源;乘一总万,举要治繁。思无定契,理有恒存。"他所说的"大体",是基本原则;强调文思虽无一定的规约,而写作的

---

❶ 叶燮.原诗:内篇(下)[M]霍松林,校注.北京:人民文学出版社,1979.

沈德潜.说诗晬语:卷上[M]霍松林,校注.北京:人民文学出版社,1979.

原则原理总是存在的。这些见解都非常精辟。

唐宋以来，研究诗法的人更多了。王昌龄、皎然、司空图、苏轼、黄庭坚、姜夔、严羽等都有很大影响，学者不能正确领悟，往往把诗家们总结的方法当作金科玉律，生搬硬套。于是，有效的经验蜕化成了僵硬的教条。最明显的是江西诗派的后学，把所谓"夺胎换骨""点铁成金"视为作诗的不二法门，使之变成死法的标本。江西派中的有识之士也提出了警告。吕本中就竭力挽救这种颓风，他在《夏均父集序》中明确告诫后学："学诗当学活法。所谓活法者，规矩备具，而能出于规矩之外；变化不测，而亦不背于规矩也。是道也，盖有定法而无定法，无定法而有定法。"但是，他所谓的"活法"，也只是在活用黄氏"夺胎""点铁"的原则而已，故不能解决根本问题。明代的"前七子"与"后七子"又高唱复古之法，而且把古法提高到本体地位。"前七子"领袖李梦阳《答周子书》说："文必有法式，然后中谐音度，如方圆之于规矩。古人用之，非自作之，实天之生也。今人法式古人，非法式古人也，实物之自则也。"他们把古人从创作实践中概括出来的经验和方法，奉为永恒的原则，为复古提供方法论的哲学根据。殊不知，这一来，本来的活法，也就成了死法。"后七子"中的王世贞看到了死法的严重流弊，想尽量作一些改变。他在《艺苑卮言》中提出"法极无迹，人能之至，境与天会，未易求也"。他认为法的极致无迹可寻，而技巧的极境是自然。这说法比较灵活，但未离复古的窠臼，影响也颇有限。到清代，王夫之、叶燮等著名诗家都尖锐批判死法。他们继承宋代苏轼"出新意于法度之中，寄妙理于豪放之外"和明公安派袁中道"以意役法"的思想。王夫之《夕堂永日绪论内编》提出"非法之法"，叶燮《原诗》提出"变化生心之法"。他们批判死法，反对"画地成牢"（王），"泥于法"（叶），但也不能从根本上否定死法的存在与作用，如叶氏就说："死法为'定位'，活法为'虚名'。'虚名'不可以为有，'定位'不可以为无。不可为无者，初学能言之；不可为有者，作者之匠心变化，不可言也"。看来，虽然活法是匠心独运，难以言说，但死法作为"定位"，是初学者的起步阶梯，不可以为"无"的。这正是本章的出发点。

那么，这个初学者的起步阶梯是什么呢？旧题白居易《金针诗格·诗有四炼》说：

炼字，炼句，炼意，炼格。炼字不如炼句，炼句不如炼意，炼意不如炼格。

"炼意"即提炼诗意,"命意"章已经讨论。"炼格"指提高命意的精神品位。该章也已涉及。下面拟就炼字、炼句及谋篇与夸饰渲染等相关问题略加讨论。

应该明白,"法"是路径,是阶梯。对于诗艺研究来说,了解诗法,还只是探索门径;要升堂入室,真有所得,还须大量诵读古人佳作,熟悉各种类型的经典范例,否则理解不切,体会不深。而对于写作来说,了解诗法,也还只是认识的阶梯,要写得有点儿诗味,还得多练苦吟。明人朱承爵《存余堂诗话》说:"诗非苦吟不工。信乎!古人如孟浩然眉毛尽落,裴祜袖手衣袖至穿,王翁(安石)走入醋瓮。"传说不免夸张,熟能生巧总是真理。

二、取眼

炼字之功,主要体现在"诗眼"上。

(一)什么叫"诗眼"

宋代已有"诗眼"之说,称为"句中眼"。北宋诗僧惠洪《冷斋夜话》云:"句中眼者,世尤不能解。"

诗之有"眼",如人之有目,诚如万云骏《诗词曲欣赏论稿》所说是"诗的关键所在",是画龙点睛之笔。龙无睛不灵,诗无眼不活。所以,刘熙载《艺概·诗概》说:

> 炼篇,炼章,炼句,炼字,所贵乎炼者,是往活处炼,非往死处炼也。夫活,亦在乎认取诗眼而已。❶

的确,一首诗没有点睛之笔,不易动人;即或动人,也难以为人长久记诵。《沧浪诗话·诗评》认为,"汉魏古诗,气象混沌,难以句摘,晋以还方有佳句",然谢灵运不如陶渊明,因前者精工后者自然。汉魏以前的古诗,是注重气象,但是炙人口者,都有佳句。"窈窕淑女,君子好逑";"桃之夭夭,灼灼其华";"巧笑倩兮,美目盼兮";"昔我往矣,杨柳依依;今我来思,雨雪霏霏"等名章隽语,有口皆碑。然而无论如何,晋以后的诗人更注重字句章节的锻炼,这其实是一种进步,因为注重词句篇章的锻炼,是形式审美观念的自

---

❶ 刘熙载.艺概[M].上海:上海古籍出版社,1978:78.

觉。自从汉代"辞章之学兴",文学取得了独立地位。《史记·儒林传》说"文章尔雅,训辞深美",说明文学作品正是以注重辞章文采区别于一般著作的。而从《太史公自序》对司马相如"靡丽多夸"的批评,扬雄认为作赋是"童子雕虫篆刻,壮夫不为也"的贬斥,王充《论衡》反对"华伪之文"等,也可反证,注重辞章文采,已是一代风尚。汉末而魏晋,文学经历了一个非常重要的发展时期,在"志深笔长""梗概多气"的"建安文学"发展的基础上,对于艺术形式有了进一步的认识和研究。曹丕《典论·论文》"诗赋欲丽"的命题,成了探讨诗歌辞章文采艺术技巧的理论根据。陆机《文赋》"诗缘情而绮靡,赋体物而浏亮""其会意也尚巧,其遣言也贵妍;暨音声之迭代,若五色之相宣""考殿最于锱铢,定去留于毫芒"等,都是对如何讲究辞章文采的原则性精彩描述和论断;刘勰的《文心雕龙》更有《练字》一篇专论字词斟酌选择问题,强调"缀字属篇,必须练择",但应"总阅音义""依义弃奇";还提出"一避诡异,二省联边,三权重出,四调单复"等具体要求,主张在综观大体、有利表达的前提下,对字体的常怪、偏旁的异同、重字的避犯、笔画的多少等也适当考虑。历来诗家,大多要在字句上下功夫,即使像李白这样斗酒百篇的超级天才,对前贤的名章隽语也是非常仰慕的。杜甫宣称"为人性僻耽佳句,语不惊人死不休";苏轼也认为"清诗要淘炼,乃得铅中银"。他称道《诗经》以来的名作都有"写物之功",赞赏陶渊明往往"造语精到"。据说王安石边苦吟边走路,竟然跌入醋瓮;他对"春风又绿江南岸"的"绿"字的锤炼,同贾岛"推敲"一样传为美谈。以上事例说明,写诗作文,多是从苦练中得出珍品。所以,问题不在于是否需要锤炼,而是如刘熙载所说,往死处炼,还是往活处炼的问题。这"死"与"活"的标准,刘氏认为"亦在乎认取诗眼而已"。就是说,在最关紧要的地方即"眼"的所在下功夫,便是往活处炼。

"诗眼",一般指诗中的关键词句,但刘熙载认为不止于此。他在《艺概·诗概》中说:

> 诗眼,有全集之眼,有一篇之眼,有数句之眼,有一句之眼;
> 有以数句为眼者,有以一句为眼者,有以一二字为眼者。[1]

当代学者万云骏《诗词曲欣赏论稿》对此有过阐释。他认为,"全集之眼",在

---

[1] 刘熙载.艺概[M].上海:上海古籍出版社,1978:78.

杜诗中可以找到，如《中夜》诗"长为万里客，有愧百年身"句，扬伦《杜诗镜铨》引蒋弱六说以为"直是酿出一部杜诗"。又如《偶题》云："文章千古事，得失寸心知。作者皆殊列，名声岂浪垂! 骚人嗟不见，汉道盛于斯。前辈飞腾入，余波绮丽为。后贤兼旧制，历代各清规。"王嗣奭《杜臆》认为是"杜诗总序"。而起二句乃其托胎者。"文章千古事"，便须有千古识力；"得失寸心知"，则寸心具有千古：此文章家秘密藏，为古今立言之标准也。本诗结句"不敢要佳句，愁来赋别离"，蒋弱六认为"前半说文，后半说境遇，得失甘苦，皆寸心知者。前语少而意括，后语详而情绵，公一生心迹尽于是矣"。像这种能尽见杜甫一生心迹且能作为全部杜诗总序的诗，即所谓"全集之眼"。这种说法虽有一定道理，却不一定具有普遍性。如杜甫诗集，到底哪一首或哪几句是"全集之眼"呢？上述三家各说不一。所以，姑且存之。

至于"一篇之眼""数句之眼"和"一句之眼"的说法倒还具体，但似无必要细加区分。因为语词的锤炼，主要是从全篇着"眼"的。

所谓"一篇之眼"，应是陆机所说一篇"警策"的"片言"。从命意构思角度来看，即统摄全篇、体现命意的关键语词。如杜甫《月夜》：

今夜鄜州月，闺中只独看。遥怜小儿女，不解忆长安。

香雾云鬟湿，清辉玉臂寒。何时倚虚幌，双照泪痕干？

本诗的"眼"是"只独看"三字。这三字贯串全诗："遥怜"二句，以"小儿女""不解忆长安"强调妻子"只独看"之孤苦；"香雾"二句暗示妻子"只独看"之长久；"何时"二句，以将来"双照泪痕干"的美好愿望，来反衬现在"只独看"之凄凉。这首诗的"一篇之眼"在诗句之中。

但也有在题目之内的，如杜甫的《望岳》：

岱宗夫何如，齐鲁青未了。造化钟神秀，阴阳割昏晓。

荡胸生层云，决眦入归鸟。会当凌绝顶，一览众山小。

这是杜甫早期的名作。全诗四联，分四个层面描述"望""岱宗夫何如"：第一联写远望岱宗所得的郁郁苍苍的总意象——"青未了"。第二联写近"望"岱宗神气壮美、高耸入云、山南山北阴阳分明的险峻。第三联写细"望"山中景物的情境——山中云雾蒸腾，心怀为之激荡；山太高，要用力睁大眼睛才能将归飞的鸟影摄入眼中。第四联写想"望",说如果登上绝顶鸟瞰,一定会感到群峰低首、众山矮小了,这是以众山的矮小来衬托泰山的崇高。四句都是写"望";"望"字领全诗,正是本诗的"全篇之眼"。

然而,就每一个诗句来说也常有诗人着力锤炼的、表现力较强的语词,这也就是刘熙载所说的"一句之眼"。如《望岳》第三句的"钟",第四句的"割"。在五言诗和律诗里,上下两句联系紧密,"一句之眼"又常常要管两句。如《望岳》第一联的"青",第四联的"小"。

(二)如何"取眼"

"取眼",就是设定和锤炼诗眼。这里包括确定什么地方需要诗眼和如何锤炼诗眼两个方面的问题。

先说一下在什么地方取眼。宋人魏庆之《诗人玉屑》卷三"唐人句法""眼用活字"条下注:"五言以第三字为眼,七言以第五字为眼。"元代杨载《诗法家数》说:"或腰或膝或足,无一定之处。"魏氏是就一般而言,杨氏所说也符合实际。因为"一般"固然是多数,而实际上诗句的结构也有不少例外。

那么,怎样来锤炼诗眼呢?

锤炼诗眼,如前所述,其目的是为了更好地突出表现对象的性状特征,同时也适当考虑声调、字形,才能完满地体现表达意图。这任务,通常是由谓语主词和附加成分来承担的。谓语主词都是动词和形容词。附加成分一般是充当定语和状语或补语的名词、形容词、数量词、代词和副词。锤炼诗眼,是根据表达的需要,调动各种修辞手段,增加或调整这些成分的表达功能。这些成分,因句法结构的类型而处于相应的位置。这位置,按句型说,五言多在第三字,七言多在第五字;但不同体制的句法结构既不会千篇一律,取眼的字数和位置也就要"因句制宜"了。下面举一些名作来略加分析。

①"关关雎鸠,在河之洲。窈窕淑女,君子好逑";"参差荇菜,左右流之";"悠哉悠哉,辗转反侧"。　　——《诗经·周南·关雎》

②桃之夭夭,灼灼其华。之子于归,宜其室家。

——《诗经·周南·桃夭》

③嘒彼晓星,三五在东。肃肃宵征,夙夜在公。

——《诗经·召南·小星》

④泛彼柏舟，亦泛其流。耿耿不寐，如有隐忧。

——《诗经·邶风·柏舟》

⑤殷其雷，在南山之阳。何斯违斯，莫敢或遑。

——《诗经·召南·殷其雷》

⑥静女其姝，俟我于城隅。爱而不见，搔首踟蹰。

——《诗经·邶风·静女》

⑦北风其凉，雨雪其雱。惠而好我，携手同行。

——《诗经·邶风·北风》

例①"关关"以象声叠字模拟水鸟的和鸣，"窈窕"以叠韵词形容少女的身姿，"参差"以双声词来描绘水藻的生态，"悠哉悠哉"以反复手法刻画相思情状，都是以状语为眼。例②"夭夭"是叠字形容词谓语，"灼灼"是叠字形容词状语表现桃花的美好娇艳。例③状语"嘒"形容小星光芒微弱，叠字状语"肃肃"形容征人默默忍受忙碌辛劳。例④第一个"泛"是形容词状语，第二个"泛"是动词谓语，描述小舟漂泊无依，以表达主人公心神无主的凄惶。例⑤形容词状语"殷"，模拟雷声远震的威势。例⑥形容词定语"静"表现少女的闲雅，形容词谓语"姝"表现少女的娇媚。例⑦形容词谓语"凉"表现对北风的感觉，形容词补语"雱"形容雪下得很大。这些都是人们熟知的诗句。可以看出，早在先秦时代，诗人们也已经注意语词的锤炼了。那时还没有"诗眼"的说法，但已有这种做法。这里有单个的词，也有叠字和象声词的反复，都是谓语、状语或补语，将对象的性状声色和主体的直觉与心态表现得非常巧妙，而且特别注意声调的琅琅动听。正因为如此，其中不少词句一直沿用，几乎无可替代。《文心雕龙·物色》云："故灼灼状桃花之鲜，依依尽杨柳之貌，杲杲为日出之容，瀌瀌拟雨雪之状，喈喈逐黄鸟之声，喓喓学草虫之韵；皎日嘒星，一言穷理，参差沃若，两字穷形；并以少总多，情貌无遗矣。虽复思经千载，将何易夺！"这的确是符合实际的。至于南北朝以来而至唐宋，按照诗律的规则铸造诗眼，当然更是自觉的创作追求。再看一些著名诗例：

①白沙留月色，绿竹助秋声。　　——李白《题苑溪馆》

②穿花蛱蝶深深见，点水蜻蜓款款飞。

——杜甫《曲江二首》之二

③好雨知时节，当春乃发生。随风潜入夜，润物细无声。

野径云俱黑，江船火独明。晓看红湿处，花重锦官城。

——杜甫《春夜喜雨》

④孤灯燃客梦，寒杵捣乡愁。　　　　——岑参《客舍》

⑤万里山川分晓梦，四邻歌管送春愁。

——许浑《赠河东虞押衙二首》之二

⑥莺传旧语娇春日，花学严妆妒晓风。　——章孝标《古宫行》

例①"留"与"助"都是动词谓语。天寒水清，白沙反射，波光粼粼，好像把月光都集中留在水底；微风吹来，竹叶飒飒，万叶千声，助长了秋天的韵味。李白本是以率真本色为尚的，虽无意苦炼，却于自然天趣中见出不凡的功力。例②动词"穿""点"与状语"深深见""款款飞"配合，分别描绘蛱蝶、蜻蜓轻盈自在的动态。因蛱蝶来往穿飞，忽近忽远，故在花丛深处闪现；蜻蜓点水产卵，徘徊水面，故款款而飞。这表现了诗人体察之细，刻画之微。所以宋人叶梦得《石林诗话》认为，"'深深'字若无'穿'字，'款款'字若无'点'字，无以见其精致如此"。例③纪昀评为"通体精妙，后半尤有神。随风二句，虽细润，中晚唐人刻意或及之。后四句传神之笔，则非余子所可到"（方回《瀛奎律髓》卷十七）。其实，本诗的"一篇之眼"在"知时节"。俗话说，"春雨贵如油，多少使人愁"。首先是春天需要雨，当春降雨，是可喜的。动宾谓语"知时节"，把造物拟人化了：天从人愿。春雨之好，在于滋润万物。它适时地夜间降临，在人们不知不觉中孕育了生机，促进了发育，所以人们常以"东风化雨"一词来赞美它。第二联的"潜"和"细"都是状雨的物态的。正如仇兆鳌所说："曰'潜'曰'细'，脉脉绵绵，写得造化发生之机，最为密切。"第三联写春初雨夜的景象。船家灯火的明，反衬出夜空和原野的黑；夜空和原野的黑，也更烘托出船家灯火的明："黑"与"明"相反相成，表现出了江天雨夜的浓黑与神秘。第四联，写好雨的功效。蒲起龙《读杜心解》卷三说："起有悟境"；"写雨，切夜易，切春难"。的确，"知时节"一开始就抓住了春雨之所以"好"的题眼所在，说明诗人对于生活、春雨的悟性。但如果没有对其功效的描写，等于有"眼"而无所见。"随风""润物"两句写出了春雨的神理，但主要是描绘了它的形态；"野径""江船"渲染了春日夜雨的氛围，这是当时的环境；而"红湿""花重"才呈现出"润物"之效也即"好雨""当春"之"好"来。蒲起龙说"写雨切春难",老杜正是从形态、环境和功效三个基本环节突出了春雨的特征与性能。思路之缜密,表达之自然,非老杜难办。例④动词谓语"燃"和"捣"写尽了旅思乡愁:本该安眠却夜不能寐,挑灯遐想,熬夜苦思;深夜邻家的杵声,捣得人心烦意乱,就更难入睡了。句首的"孤"与"寒"作为形容词定语,也都是经过锤炼的。"孤",言夜深人静,独自苦熬;"寒",言杵声单调,更添冷落寂寥之感。这是一种通感:杵声无所谓寒热,但其快慢轻重却可与清冷热闹或寒冷暖热同构。诗人在清净之夜,以孤寂之心听着那零落单调的杵声,就感觉它杵杵清寒、声声冰冷了。例⑤"分""送"也都是动词谓语,前一句说友人相隔万里山川,也都互相怀念,彼此常在梦中相会;后句说由于离情别绪,四邻欢乐的音乐反而更添烦愁。词意曲折而友情深挚。例⑥"传"与"学","娇"与"妒"写尽了春莺的娇巧与春花的妍美:黄莺传来人们熟悉的的啼叫,使春光更加明媚;花儿美人儿似的艳妆开放,令温柔的晓风嫉妒。反对成联,造语精妙,不愧为诗中之"眼"。

　　宋人论诗,还着意于诗中的"响字",即用字音调响亮,意味深厚。其实所谓"响字",也还是"诗眼"。

　　关于诗眼用"响字"的问题,历来诗家有不同说法。南宋吕本中《吕氏童蒙训》说:"潘邠老(大临)云:'七言诗第五字要响,如'返照入江翻石壁,归云拥树失山村','翻'字'失'字响字也。五言第三字要响,如'圆荷浮小叶,细麦落轻花','浮'字'落'字是响字也。'所谓响字者,致力处也。予窃以为字字当活,活则字字自响。"元代诗学家方回《瀛奎律髓》说:"工而哑,不如不必工而响。潘邠老以句中眼为响字,吕居仁又有字字响、句句响之说,朱文公又以二人晚年诗皆不响责备焉。学者当先去其哑可也。亦在乎抑扬顿挫之间,以义为脉,以格为骨,以字为眼,则尽之矣。"纪昀《刊误》说:"(方)虚谷主响之说未尝不是,然究是末路工夫。酝酿深厚,而性情真挚,兴象玲珑,则自然涌出,有不求响而自响者;又有诵之琅琅,而味之无余致,如嘉隆七子之学盛唐,其病更甚于不响,亦不可不知。"施补华《岘佣说诗》云:"七律下字炼句,须解'高''亮'二字;不高不亮,诗虽好亦减色。讲求'高''亮'尤须辨'虚响''实响':凡声有余意不足,或意虽足气不沉、光太露者,皆谓之'虚响'。明七子学盛唐,每犯此病。"照以上几家之说,所谓"响字",似有声和意两个方面:声响固然要求音节响亮,"意响"应是意蕴深厚,饶有余味;而且,声应服务于意的表达。而有的内容要仄声才能产生最佳效果,有的情绪也不能一味低沉或一味高昂。上述各例都是声情并茂且意味深永的。

以上所举，都是在词语能指范围进行锤炼的。在古代诗歌的创作中还有词语的活用。常见的是名词用作动词，形容词充当谓语或宾语。例如：

①就我求珍肴，金盘<u>脍</u>鲤鱼。　　——（东汉）辛延年《羽林郎》

②芙蓉露下落，杨柳月中<u>疏</u>。　　——（北齐）萧悫《秋思》

③悬崖泉溜响，深谷鸟声<u>春</u>。——（北周）庾信《咏画屏风诗》

④三春已暮花从风，空留<u>可怜</u>谁与同。

——梁武帝萧衍《东飞伯劳西飞燕》

例①"脍"名词作动词，例②"疏"形容词作谓语，例③"春"是名词作谓语，例④"可怜"为形容词作名词宾语。这些语词都用得极其恰当，虽经锻炼却响亮自然。宋人许顗《彦周诗话》评萧悫《秋思》"锻炼至此，自唐以来无人能及也"。虽有偏爱，亦是真知。

三、炼句

《金针诗格》说"炼字不如炼句"；《诗眼》认为"句法之学，自是一家功夫"；《吕氏童蒙训》也指出"前人文章，各自一种句法"。可见，炼句，在诗歌创作中有极其重要的地位。它不但关系诗意自身的完美表达，而且也是诗家个性所在。《诗人玉屑》三、四卷列举了本朝及历代各种风格、题材的名句和各家的评述，虽然超出了炼句范围，但其中不乏宝贵经验。我们参照其他论著，概括出词序、语气、繁简和生熟等炼句的几个主要方面来分别加以解说。

（一）词序

诗歌，尤其是律诗，由于字数和格律的限制，或者修辞的需要，在结构上便与散文不尽相同，常有语词配合的调整，形成句式的变异。最常见的是倒装和错综。

1.倒装

词序的倒装，指双音或多音词语素或词组的成分结构位置颠倒。这种初级的词序调整并非诗歌特有的现象，散文也常见，但诗句的倒装较多，这是为了声韵格律的需要。例如：

①晚岁迫偷生，还家少欢趣。娇儿不离膝，畏我复<u>却去</u>。

——杜甫《羌村三首》之二

②暮投石壕村，有吏夜捉人。老翁逾墙走，老妇出<u>看门</u>。

——杜甫《石壕吏》

③久行见空巷，日瘦气<u>惨凄</u>。但对狐与狸，竖毛<u>怒我啼</u>。

——杜甫《无家别》

④树枝有鸟乱鸣时，暝色无人独归客。

马惊不忧<u>深谷坠</u>，草动只怕长弓射。　　——杜甫《光禄坂行》

例①"却去"为"去却"的颠倒。"去"是"御"韵，"趣"是"遇"韵，邻部相押。三、四两句曾有人解释为"描写小孩对父亲又亲热又害怕的情景"，"却去"是（小孩）"退去、躲开"，此说可供参考。因战乱期间，小孩唯恐父亲忽然再度走掉，寸步不离，本是常情。例②"出看门"为"出门看"的倒装。本句历来有分歧。"出看门"，有的本子作"出门看"。中国社会科学院文学研究所《唐诗选》认为"'看'，寒韵，与'村'（元韵）、'人'（真韵）在古诗里是通叶的"，"似以'出门看'为优"。但沈德潜早就指出："'村''人''看'系'元''真''寒'，古韵非叶也。"笔者认为，"出门看"的"看"，是"察看"之意，属去声，"翰"韵，无论在隋唐的切韵或南宋以后的平水韵，跟上平声的"村""人"的"元""真"韵相去甚远，不能邻韵通押；而"门"与"村"同部，同"人"的"真"韵接近，应可变通。"出看门"为叶韵颠倒词序，本不影响意义的表达，也符合古诗的惯例，可以从之。例③第二句，"惨凄"是"凄惨"的颠倒；"怒我啼"也可看成"啼怒我"的倒装。例④第三句"深谷坠"是"坠深谷"的倒装，与第四句"长弓射"结构一致。以上诗句，词序颠倒之后都更符合诗歌的声韵、体制要求，读起来也更动听感人。

2.错综

词序变换，在近体诗里有更为复杂的情况，称为"错综"。北宋僧惠洪《冷斋夜话》有这样一段：

老杜云："红稻啄残鹦鹉粒，碧梧栖老凤凰枝。"舒王云："缲成白雪桑重绿，割尽黄云稻正青。"郑谷云："林下听经秋苑鹿，江边扫叶夕阳僧。"以事不错综，则不成文章。若平直叙之，则曰"鹦鹉啄残红稻粒，凤凰栖老碧梧枝"。以"红稻"于上，以"凤凰"于下者，错综之也。

魏庆之《诗人玉屑》称这种句法为"错综句法"。按第二例"黄云白雪"只是借喻，句法正常。而"红稻"应为"香稻"，"残"应为"余"。老杜的意思是说长安渼陂一带原为汉代上林苑故址，这里产的香稻，皇家拿来喂过鹦鹉；这里的碧梧高枝曾经长期栖息着凤凰。语词的倒装提前，突出了这里风物的尊贵崇高。如果按正常词序，也合于七律平起入韵式格律，但意思则由追忆向往变成了现实描述，韵味非但不同，情理也难贯通。所以，惠洪说它"不成文章"。

错综句法打乱了句内词或词组之间的正常次序，代之以诗人所需要的新结构，这主要见于近体诗。例如：

①绿垂风折笋，红绽雨肥梅。
——杜甫《陪郑广文游何将军山林》

②竹怜新雨后，山爱夕阳时。　——钱起《谷口书斋寄杨补阙》

③听猿实下三声泪，奉使虚随八月槎。

　　画省香炉违伏枕，山楼粉堞隐悲笳。
——杜甫《秋兴八首》之二

以上三例都可以从格律和表达两方面加以解释。例①的正常词序应为"风折笋垂绿，雨肥梅绽红"；例②应为"怜竹新雨后，爱山夕阳时"。从格律上来看，两例都是五律仄起不入韵式第二联，格律为"＋－＋１１，＋１１－－"。如按正常词序，例①为"－１１－１，１－－１－"，例②为"－１－１１，１－１－－"，都不合律。错综之后例①为"１－－１１，－１１－－"，例②为"１－－１１，－１１－－"，都基本合律了。从表达上看，错综之后突出了对象："绿"和"红"的色彩与"竹"和"山"的形态，都比正常词序显得新鲜生动。例③要复杂一些。依正常词序应为"听猿三声实下泪,虚随奉使八月槎。伏枕违画省香炉,山楼粉堞隐悲笳"。其平仄为"———111,——1111—。11-11——,——111——"。但这是一首七律仄起入韵式,二三联的格律应为"——11——1,11——11—。11————11,——111——"。正常词序的平仄显然不合格,而"伏枕"句的节奏也跟全诗上四下三的结构相左。错综以后的平仄与节奏却正好相符。可见,错综合乎格律与节奏要求。再看表达,"奉使"句用了两个典故。一是传说汉张骞出使西域,乘槎寻找黄河源,竟到了天河;二是传说海边有人见每年八月有浮槎海上来去者,不失期,此人也乘槎去,竟至天河并见了牵牛星,后又回海边。杜甫合用二典以表回京理想的幻灭。"画省"句也用了汉代故事。汉代尚书省都用胡椒粉涂壁,画古列士像,故称"画省"。尚书郎入省,有女史二人执香炉烧香从入。老杜曾任检校工部员外郎,属尚书省。这句是说自己客中病卧,再不得入侍朝廷了。错综在这里起到了突出"画省",也就是诗人念念不忘、魂牵梦绕的朝廷的表达作用,而其他三句则主要是为了适合格律的要求。

由上述各例可以看出,在错综的句法里,诗句的意义表达,不是靠语法规律,而是依意象之间的内在逻辑。如"香稻"与"鹦鹉","碧梧"与"凤凰",它们之间的联系,是由千百年的文化传统来维持的。所以,语法结构变了,人们一读便知,并不是"香稻"长出了"鹦鹉"的尖钩嘴去把鹦鹉啄成残粒;也绝不会是"碧梧枝"反过来住在"凤凰"身上。而且,这种错综,由于经过二度或三度倒装,结构变异,造成了陌生化的效果,读来使人感到顿挫奇警,"无理而妙",非大手笔不能办此。

(二)语气

诗句的语气,关系作品的表达效果和艺术生命。孙绍振《美的结构》认为,"灵活的语气变化",是绝句的"结构原则"。这一论断是非常正确的。因为绝句篇幅短小、字句特少,若语气不变,必然单调死板。如果扩大来看,古典诗歌都很注意语气的运用。宋人《潘子真诗话》已指出:"古人造语,俯仰纡余各有态。'小麦青青大麦枯,谁当获者妇与姑。丈夫何在西击胡。'凡此句中每涵问答之词。'大麦干枯小麦黄,问谁腰镰胡与羌。'句法实有所自。"语气的变化,在古代的民间诗歌里早已广泛运用。翻开《诗经》或《古诗源》,这类例子随手可得。如《诗·周南·汉广》"南有乔木,不可休思!汉有游女,不可求思!"《邶风·式微》"式微、式微!胡不归?微君之故,胡为乎中露!"《卫风·河广》

"谁谓河广？一苇杭之！谁谓宋远？跂予望之！"《汉乐府·战城南》"梁筑室，何以南？何以北？禾黍不获君何食？愿为忠臣安可得！"《汉乐府·薤露行》"薤上露，何易晞！露晞明朝更复落，人死一去何时归？"到近体诗中，语气的变化也是继承前人的经验而丰富起来的。归纳起来看，有以下几种情况。

1.直陈与设问

直陈与设问，都是很普通的语气，直接陈述的语气最多，但设问语气却有着很重要的用途。例如：

①东皋薄暮望，徙倚欲何依？　　　　　　——王绩五律《野望》

②何处秋风至，萧萧送雁群？　　　　　　——刘禹锡五绝《秋风引》

③谁为含愁独不见，更教明月照流黄？

　　　　　　　　　　　　——沈佺期七律《古意呈补阙乔知之》

④射杀山中白额虎，肯数邺下黄须儿？　——王维七律《老将行》

以上各例都可以直陈：例①"徙倚无所依"；例②"塞外秋风至"；例③"为郎含愁独不见"；例④"不让邺下黄须儿"。意义与原句一样，但变为设问，不只语气变了，表达效果也不相同。例①强化了茫然的情调；例②增加了惊秋的感叹意味；例③更为含蓄，具有低回缠绵之情；例④在反诘中表达了孔武自信的英雄气概。

在文人作品中，一句之内问答的句式不多见，看来不如民歌简洁。但由于分为两句，节奏延宕，设问的语气更强化了。

设问语气，在古体和近体诗中，还是一种表达幻想的极为巧妙的方式。杨万里《诚斋诗话》说："诗有惊人句。杜《山水障》'堂上不合生枫树，怪底江山起烟雾？'……白乐天云：'遥怜天上桂华孤，为问姮娥更寡无？月中新有闲田地，何不中央种两株？'韩子苍《衡岳图》：'故人来自天柱峰，手提石廪与祝融。两山陂陀几百里，安得置之行李中？'"这些诗句都用设问语气把抒发的情思虚拟化，使其同现实拉开距离，于是幻想得以自由发挥。这种手法，其实在古诗中早已正式运用了。如《汉乐府·陇西行》：

天上何所有？历历种白榆，桂树夹道生，青龙对道隅，凤凰鸣啾啾，一母将九雏……

这是以设问引出遐想。再如谢灵运的《七里濑》：

目睹严子濑，想属任公钓。谁谓今古殊？异代可同调。

这是以设问在想象中将现实情景与古代隐士生活统一。这些虽不像白居易诗直接在设问中展开想象，但到底是激发想象的一种方式。又如江总《于长安归还扬州九月九日行薇山亭赋韵》：

心逐南云逝，形随北雁来。故乡篱下菊，今日几花开？

这是直接以设问的方式，表达对故乡的怀念。在诗人的想象中已经呈现了故乡的情景，不去明说，更觉情致深远。后来王维有《杂咏》诗云：

君自故乡来，应知故乡事，来日绮窗前，寒梅着花未？

王诗托问于来者，多一层曲折。但在设问中展开对故乡的想象却是一致的。可谓异曲同工，而前者首创，后者亲切。唐人中，李白也是善用设问展开想象的高手。例如：

①去年何时君别妾？南园绿草飞蝴蝶。今岁何时妾忆君？西山白雪暗秦云。玉关此去三千里，欲寄音书那可闻！

——《思边》

②青天有月来几时？我今停杯一问之。人攀明月不可得，月行却与人相随。皎如飞镜临丹阙，绿烟灭尽清辉发。但见宵从海上来，宁知晓向云间没？白兔捣药春复秋，嫦娥孤栖与谁邻？今人不见古时月，今月曾经照古人。古人今人若流水，共看明月皆如此。惟愿当歌对酒时，月光常照金樽里。

——《把酒问月》

③日出东方隈，似从地底来。历天又入海，六龙所舍安在哉？其始与终古不息，人非元气安得与之久徘徊！草不谢荣于春风，木不怨

落与秋天。谁挥鞭策驱四运？万物兴歇皆自然。羲和羲和，汝奚汩没于荒淫之波？鲁阳何德，驻景挥戈？逆道违天，矫诬实多。吾将囊括大块，浩然与溟涬同科。

——《日出入行》

例①以设问语气把事情推向去年秋天；第二问又把思绪拉回现在；第三问又从时间转向空间。虽然想象并不存在时空界限，而情感却随设问语气来回起伏。例②第一问带有深邃的哲理，使人想起张若虚《春江花月夜》"江畔何人初见月，江月何年初照人"的沉思。我们固然很难说李白对宇宙本体有什么新的发现，但他从明月的出没，想到嫦娥奔月的传说，却也领会了"江月年年只相似"，从而顿悟了宇宙无穷、人生有限的真谛。但这认识却用了几个设问引出，比直陈更能发人深省。例③从太阳的运行，想到四时变化不停的驱力，又想到古代力士鲁阳挥戈退日三舍与韩国军队大战的神话之诬枉虚妄，进而悟彻人不能与自然相比，只能顺应自然，与天地元气合一。这里包含着道家的宇宙观念和人生理想。这里的设问语气，既激发想象，又引导理智的思考。

2.肯定与否定

肯定与否定，本为性质完全相反的语气，而否定之否定，却可以转化为肯定。在诗意的传达上，间接地肯定否定，或几种语气相结合，效果相当不错。在先秦时代，民间诗人已经非常自如地运用否定语气来表达肯定的情感。如《诗·周南·汉广》：

南有乔木，不可休思，汉有游女，不可求思！
汉之广矣，不可泳思，江之永矣，不可方思。

这是以比兴手法运用否定语气表达对汉之游女的倾慕之情。再如《周南·汝坟》：

遵彼汝坟，伐其条肄。既见君子，不我遐弃。

女主人公在汝河大堤（汝坟）上砍伐复生的树枝（条肄），想到良人行役归来，兴奋不已。这是以否定的语气表达喜悦之情。再看《邶风·柏舟》：

耿耿不寐，如有隐忧。微我无酒，以敖以游。

我心匪石，不可转也；我心匪席，不可卷也；威仪棣棣，不可选也。

这是以否定的语气表达被遗弃的愤懑和自己的坚贞与无可挑剔的仪态。再如《邶风》：

狐裘蒙戎，匪车不东。叔兮伯兮，靡所与同。　　——《旄丘》

毖彼泉水，亦流于淇。有怀于卫，靡日不思。　　——《泉水》

这是以否定之否定的语气来表达肯定的意思，格外有力。后代的诗歌也继承了这类用法。例如：

城上草，植根非不高，所恨风霜早。

　　　　　　　　　　　——（南朝·宋）刘俣《无题诗》

绮缟非无情，光阴命谁待。　　——（梁）江淹《效阮公诗》

春城无处不飞花，寒食东风御柳斜。　　——韩翃《寒食》

莫道两京非远别，春明门外即天涯。

　　　　　　　　　　　——刘禹锡《和令狐相公牡丹》

将肯定与否定语气交错运用，会收到特殊的表达效果。如李白的《白头吟》：

锦水东北流，波荡双鸳鸯……宁同万死碎绮翼，不忍云间两分张……一朝将聘茂陵女，文君因赠白头吟。东流不作西归水，落花辞条羞故林。兔丝故无情，随风任倾倒，谁使女萝枝，而来强萦抱？两草犹一心，人心不如草。莫卷龙须席，从他生网丝。且留琥珀枕，或有梦来时。覆水再收岂满杯？弃妾已去难重回。古来得意不相负，只今惟见青陵台！

这是李白的名作。李氏歌行的语气和章法一致，极尽腾挪变换之能事。本诗以肯定否定语气交错运用比拟，正反激荡，曲折而淋漓地传达了弃妇心中的怀念与痛苦。"宁同万死碎绮翼，不忍云间两分张"，对爱情何其执着；"东流不作西归水，落花辞条羞故林""两草犹一心，人心不如草""覆水再收岂满杯？弃妾已去难重回"……所受的伤害何其惨痛，而心中的旧情又使她多么矛盾！沈德潜评"东流"二句"信手写来，无不入妙"。可以看到，在这首诗里，肯定否定语气的交错变换，真是到了出神入化的境界。

远古诗歌中，还有将肯定否定语气连续迭用的。如《诗经·鄘风·载驰》：

既不我嘉，不能旋反。视尔不臧，我思不远。

既不我嘉，不能旋济。视尔不臧，我思不閟。

"嘉、臧"，善也；"远"，忘也；"閟"音必，止也。朱熹注：卫宣姜之女为许穆公夫人，卫侯失国，夫人欲唁穆公于漕邑，而按礼法，出嫁之女不得归唁。本诗每句都用否定语气非常有力地表达了诗人的矛盾心情：既然认为我归唁不妥，我就不能回去；虽然我不能回去看你，但我心中无法忘却，思念不已。

后代诗歌讲求语气句式章法的变换，这种反复式的否定语气倒是不多见了，但在古体诗中，否定语气的迭用还是常有的。例如：

①良辰不可遇，心赏更蹉跎。终日块然坐，有时劳者歌。

　庭前揽芳蕙，江上托微波。路远无能达，忧情空复多。

——张九龄《杂诗二首》

②抱影吟中夜，谁闻此叹息……白云愁不见，沧海飞无翼。

——张九龄《感遇》

③置酒长安道，同心与我违……吾谋适不用，勿谓知音稀。

——王维《送綦毋潜落第还乡》

④人生能几何，毕竟归无形……劝君苦不早，令君无所成。

——王维《哭殷遥》

⑤去年上策不见收，今年寄食仍淹留。羡君有酒能便醉，羡君无钱能不忧。如今五侯不待客，羡君不入五侯宅。如今七贵方自尊，羡君不过七贵门。丈夫会应有知己，世上悠悠安足论。

——李白《赠乔林》

例①一、二句和末两句连用否定语气；例②③④都是末两句连用；例⑤最为突出，全诗重出七处否定语气，与所叙内容一致，非常有力地表达了对乔林傲岸气概的赞扬。所以，沈德潜《唐诗别裁》评其"兀傲之气如见"。

3. 虚拟与推测

感觉到的对象，易于详加描写、准确判断。但诗歌本是想象的文学，它所表现的范围远在耳目之外，这就要想象。虚拟（假设）的语气，有助于诗人发挥想象，写出推测的内容。一般的虚拟表达常有关联词语，便于正确理解。但在诗歌中，并非所有的虚拟都有这类标志。

虚拟语气，可以大大地扩展描写范围，使想象推测的事物、景象具体生动地呈现出来；可以把情感传达得更丰富；也能将情绪表现得更细致或更强烈。试看：

①采采卷耳，不盈顷筐。嗟我怀人，置彼周行。陟彼崔嵬，我马虺隤。我姑酌彼金罍，维以不永怀。陟彼高冈，我马玄黄。我姑酌彼兕觥，维以不永伤。陟彼砠（音居，石山戴土）矣，我马瘏（音图，病不能行）矣，我仆痡（音夫，病不能行）矣，云何吁矣。

——《诗·周南·卷耳》

②桃之夭夭，灼灼其华。之子于归，宜其室家。桃之夭夭，有蕡（音坟，草木多实）其实。之子于归，宜其家室。桃之夭夭，其叶蓁蓁。之子于归，宜其家人。

——《诗·周南·桃夭》

③焉得萱草，言树之背？愿言思伯，使我心痗。

——《诗·卫风·伯兮》

④子惠思我，褰裳涉溱。子不思我，岂无他人？

——《诗·郑风·褰裳》

例①是思妇想象中"怀人"在征途上思念家人的情景，虽然没有直接运用虚拟词语，内容却都是推测而来的，令人感到真切而深情。例②的"之"表虚拟语气，这句是说，将来她出嫁以后……以婚后种种的"宜"来赞美姑娘。虽是推测，却也期望满怀，热情洋溢。例③以假设语气表示女子欲罢不能的相思之苦。传说萱草可以使人忘忧，故又称为"忘忧草"，如果能找到一株种于堂北，借此忘掉过去的情爱该有多好；但即使如此，恐怕也不能忘记过去——因为思念伯子，已是我的深沉的心病。这个例子复杂点儿，与前两例一致性的假设不同，这里是相背性假设，即退一步说，假设成为现实也不能解决问题，强调了相思之苦。例④诗章短小，却从正反两种假设完整地表达了心意，使人无从辩驳。例⑤也比较特殊，连用两个否定性的比喻来构成否定性假设：我的心不是石头，石头可转我心不可转；我的心不是席，席可以卷我心不可卷。这就非常有力而充分地表明了诗人的心迹。后代的诗歌里所用的假设语气，大体不出以上类型。例如：

①愿得常巧笑，携手同车归……亮无晨风翼，焉能凌风飞？
　　　　　　　　　　　　　　——《古诗十九首》之十六

②无论君不归，君归芳已歇。　　　　——谢朓《王孙游》

③明朝望乡处，应见陇头梅。　　　　——宋之问《度大庾岭》

④莫愁前路无知己，天下何人不识君？　——高适《别董大》

⑤楚地劳行役，秦城罢鼓鼙。舟移洞庭岸，路出武陵溪。
　江月随人影，山花趁马蹄。离魂将别梦，先已到关西。
　　　　　　　　　　　　　——张谓《送裴侍御归上都》

⑥功名富贵若长在，汉水亦应西北流。　——李白《江上吟》

例①"亮无晨风翼"的"亮"意为"诚、信"。这里的假设表愿望，唯其不能实现，益见无可奈何的悲哀。例③以假设的可能性聊慰望乡之情。例④用否定性的假设安慰朋友。例⑥以假设的比拟否定功名富贵的永久性。例②也是否定性的假设，虽有"君归"一方面的可能性，却也无济于事，这是相背性的假设。例⑤用一连串假设的情景描述友人的归程，生动而亲切。

4.描写与感叹

描写不是语气而是表现手法,可以客观也可以主观。而感叹语气却能够集中投射主观情感。感叹同设问、否定、假设等语气一样,都可以是对现实的超越。仅仅运用描写当然也可以写出优美的诗篇。例如:

> 山际见来烟,竹中窥落日。鸟向檐上飞,云从窗里出。
> ——(梁)吴均《山中杂诗》

这首诗,类如后来的绝句。而四句完全写景,古来少有,所以沈德潜《古诗源》评它"四句写景,自成一格"。后来许多诗人都效此体,王维独擅胜场,老杜《漫成一首》"江月去人只数尺,风灯照夜欲三更。沙头宿鹭联拳静,船尾跳鱼拨剌鸣";另一首《绝句》"迟日江山丽,春风花草香。泥融飞燕子,沙暖睡鸳鸯"。这些小诗,都是意象并列,有远有近,有大有小,有点有面,以极为精练的文字,刻画出富有特色的景物,营造了王国维所称道的那种"无我之境",令人赏心怡情。这类诗,能满足人们包括诗人们的愉快的审美需要,本应在诗坛上占据特殊的一席,没有什么可以质疑的。

但是,从另一方面说,诗人在这类诗里,只是很敏锐地捕捉、摄取了一些有趣的镜头,他们的感官还只是在表象上活动,还缺少深一步的体验,因而未能发掘景物可能具有的内在价值(意蕴)。请看另外几首小诗:

> ①隐隐飞桥隔野烟,石矶西畔问渔船。
> 桃花尽日随流水,洞在清溪何处边? ——张旭《桃花溪》
>
> ②旧苑荒台杨柳新,菱歌清唱不胜春。
> 只今惟有西江月,曾照吴王宫里人! ——李白《苏台览古》
>
> ③飞雪带春风,徘徊乱绕空。君看似花处,偏在洛城中!
> ——刘方平《春雪》
>
> ④一树寒梅白玉条,迥临村路傍溪桥。
> 不知近水花先发,疑是经冬雪未销。 ——张谓《早梅》

例①曾遭当今某学者的非议,以为"矫情",这是苛责了。本诗形式上是设问，其实是抒发由桃花流水引起的桃源难觅的深沉感慨。诗人没有对桃花溪的景象作细致描绘，只在"桃花尽日随流水"一句中，点出了景物的特色，接着设问，含蓄地道出了自己的怅惘。读者也会随诗人的感叹而深思，意味是深长的。例②旧苑荒台，却春意盎然，古迹与现实的反差，已暗示着人事不居而法则永恒、江月依旧而吴宫不存的慨叹，又从历代兴亡的伤感中，给人以有益的警示。例③先描写春风骀荡、飞雪飘扬的景象，接着笔锋一转，指出这等视雪如花的美感，只能出于洛阳城中的富贵之家。这就引导读者通过感叹，超越对雪景的欣赏，而体味人间的苦情。例④先勾画出寒梅傍桥临溪的雅姿，接着从自己的怀疑中引出了"近水花先发"的物理，体验就进了一层。读这些诗作，人们不仅在情感上享受到了景物的幽美，而且在意念中也增添了新的层次，人的精神从而得到了不同程度的提升。

感叹语气，在古典诗词中有不同形态。例如：

①送送多穷路，惶惶独问津。悲凉千里道，凄断百年身。

心事同漂泊，生涯共苦辛。无论去与住，俱是梦中人！

——王勃《别薛华》

②功盖三分国，名成八阵图。江流石不转，遗恨失吞吴！

——杜甫《八阵图》

③泽国江山入战图，生民何计乐樵苏？

凭君莫话封侯事，一将功成万骨枯！

——曹松《己亥岁二首》其一

例①是赠别，先寄感慨于描述之中，二、三两联则完全感叹友人和自己心事、生涯的共同苦辛；最后表明与友人情深谊厚、梦寐相随。例②是怀古咏史。一、二句概述孔明的功业和八阵图的重要性（其盖世功业在于辅佐刘备雄踞西南，三分天下有其一；而八阵图又是其著名的重要军事遗迹），三、四句转入感叹：八阵图的巨大石堆依然没有被大江的滚滚洪流卷走，它在默默地向人暗示，孔明当年没能完成汉室光复大业的重要原因之一，就是刘备为了替关羽报仇而发兵攻吴，结果惨败于猇亭（今湖北宜都县北），不但刘备本人病死，孔明所制定的联吴抗魏的根本国策也横遭破坏，蜀国也二世而夭。这岂非千古遗恨？例③是感事。据说此诗是针对镇海（今宁波）节度使高骈镇压黄巢起义而写。一、二句说江浙一带战乱频繁，民不聊生；三、四句以感叹语气愤怒地揭露了高骈这类将领，以万民白骨构筑晋升台阶的滔天罪行。

　　古典诗歌运用感叹语气的方式大约有三种：或先描述后感叹，或先感叹后描述，或二者交融（寓感叹于描述）。总之，以达到情感和体验从低到高、由浅入深、自个别而一般的超越。

（三）繁简

　　当诗歌活跃在口耳相传的时期，每每反复咏叹，各章之间意义相近，以声情动人；自从诗歌独立发展，社会生活日繁，思想感情益富，以简洁华美的文字传达丰富深刻内容的要求也更迫切，造句的繁简也渐为人们所重视。西晋陆机的《文赋》还一方面说"要词达而理举，故无取乎冗长"，另一方面又认为"彼榛楛之勿剪，亦蒙荣于集翠"，意谓词要达意，不须冗长；但只要有好词佳句，也能使妍蚩混成的整体生色。刘勰《文心雕龙·熔裁》却主张"练熔裁而晓繁略"，以达到"情周而不繁，词运而不滥"的境地，这是对文学创作规律的进一步掌握。

　　造句的繁与简，当然决定于句意的提炼。但句意的提炼又必定落实为字词的推敲，这就是诗家所说的炼字。善于炼字的诗人，造句一般很精简，能在简短的句子中包孕丰富的内涵。反过来说，造句的繁简，又不完全是炼字所能代替的。《蔡宽夫诗话》指出："晋宋间诗人造语虽秀拔，然上下多出一意。如'鱼戏新荷动，鸟散余花落''蝉噪林愈静，鸟鸣山更幽'之类，非不工矣，终不免此病。"类此情形，乃至名流大家也在所难免。例如：

　　　　客从长安来，还归长安去。狂风吹我心，西挂咸阳树。
　　　　此情不可道，此别何时遇？望望不见君，连山起烟雾。
　　　　　　　　　　　　　　　　　　——李白《金乡送韦八之西京》
　　　　梨花淡白柳深青，柳絮飞时花满城。
　　　　惆怅东栏一株雪，人生看得几清明。　　——苏轼《东栏梨花》

　　两首诗都是大腕儿手笔，初读便感自然流畅、清新真切。然再加品味，又感多了点儿什么，少了点儿什么。试看：李诗一、二句"长安"两现，第四句"咸阳"还指长安，五、六句"此"字两出，似为凑足音节，幸最后两句颇含真情。若将前面几句再加提炼,岂不更臻完美?苏诗一、三两句"梨花"重出,一、二两句"柳"象再现,仅四句二十八字的绝句,两种物象三处占席,势必缩小想象空间,影响韵味。

　　炼句的繁简,当然根据状物表意的需要。在这个前提之下,首先应注意句内精简,即一句之内没有意义重复的冗字。例如,《诗人玉屑》卷三载,苏东坡曾指出:秦观《踏沙行》云:"杜鹃声里斜阳暮。"此词高妙,但既云"斜阳",又云"暮",则重出矣。欲改"斜阳"为"帘栊",又恐伤原作"模写牢落之状"的初意,踌躇不决。又如,《王直方诗话》载,有人称赞咏松诗句云"影摇千尺龙蛇动,声撼半天风雨寒"。一僧在座,说:未若"云影乱铺地,涛声寒在空"。梅尧成认为"言简而意不遗,当以僧语为优"。请再看苏东坡七律《汲江煎茶》:

　　　　活水还须活火烹,自临钓石汲深清。
　　　　大瓢贮月归春瓮,小勺分江入夜瓶。
　　　　雪乳已翻煎处脚,松风忽作泻时声。
　　　　枯肠未易禁三碗,坐听荒城长短更。

《诗人玉屑》记杨万里评这首诗说:"第二句七字而具五意:水清,一也;深处清,二也;石下之水,非有泥土,三也;石乃钓石,非寻常之石,四也;东坡自汲,非遣卒奴,五也。'大瓢贮月归春瓮,小勺分江入夜瓶',其状水之清美极矣;'分江'二字,此尤难下。'雪乳已翻煎处脚,松风仍作泻时声'此倒语也;'枯肠未易禁三碗,坐听荒城长短更',又翻卢同公案,同吃到七碗,坡不禁三碗;山城更漏无定,'长短'二字有无穷意味。"诚斋此论精到。这首诗不但意新语工,而且物理情趣都涵咏不尽,堪称韵味无穷的杰作。查慎行《初白庵诗评》赞其"小中见大",信然。

　　其次,炼句的繁简,当注意上下两句之间的联系,力避意思重复。这在对偶句中尤须慎重。如像谢灵运《从斤竹涧越岭溪行》"握兰勤徒结,折麻心莫展"(意谓手握兰草殷勤之意徒然郁积胸中,摘了疏麻香草欲赠无由心情不畅);《石壁精舍还湖中作》"林壑敛暝色,云霞收夕霏";《登池上楼》"初景革绪风,新阳改故阴"(绪风故阴都指冬天的寒冷气氛),"祁祁伤豳歌,萋萋感楚吟"(借《诗经·七月》和《楚辞·招隐士》表伤春之意)。谢朓《晚登三山还望京邑》"灞涘望长安,河阳视京县"(借王粲《七哀诗》和晋潘岳诗意表自己心情），梁陈之际阴铿《江津送刘光禄不及》"依然临江渚，长望倚河津"，北周王褒《渡河北》"心悲异方乐，肠断陇头歌"等，都是两句意重，唐以后这种情况极少。蔡宽夫的批评是有道理的。

再次，为了烘托气氛，上下两句可以互相关联，描写相似的景物，抒发接近的感受。景相连或意相关，可以使意象系列丰富，从而多侧面、多层次地体物缘情。这种句法，魏庆之《诗人玉屑》称为"引带"（景相连）与"合璧"（意相关）。景相连的引带句法如：

　　秋水牵沙落，寒藤抱树疏。　　——庾信《奉报穷秋寄隐士诗》
　　春山和雪静，寒水带冰流。　　——赵嘏《洛中逢卢郿石归觐》
　　月转碧梧移鹊影，露低红叶湿萤光。
　　　　　　　　　　　　——许浑《宿望亭驿寄苏州同游》
　　桥通小市家林近，山带平湖野寺连。
　　　　　　　　　　　　——韩翃《送冷朝阳还上元》

这些诗句，从内容看，都是两种景物连带而出的。就一句而论，沙和水、藤与树、月与影、露与萤、桥与市、山与湖等；就两句而论，秋水寒藤、春山寒水、月转碧梧、露低红叶等，也可蝉联而出。

意相连的合璧句法如：

　　荷香销晚夏，菊气入新秋。　　——骆宾王《晚泊江镇》
　　雁惜楚山晚，蝉知秦树秋。　　——司空曙《题江陵临沙驿楼》
　　三春月照千山路，十日花开一夜风。
　　　　　　　　　　——温飞卿《春日将欲东归寄新及第苗绅先辈》
　　溪云初起日沉阁，山雨欲来风满楼。　　——许浑《咸阳城东楼》

骆宾王的"荷菊"并不连接，然而意脉暗通；司空曙的"楚山秦树"空间遥远，可是乡愁不绝。温飞卿以霁月风花表达一种春日的惆怅；许浑用风雨将临的景象隐喻对晚唐社会的殷忧。以上各例，上下两句内容都是意念相关，正是"合璧"；虽以对偶出现，却并无重复之嫌。

最后，诗句的繁简并不是绝对的：或简而妙，或繁更佳。以下是历来诗家常举的显例。

简而妙者，如刘桢"仰视白日光，皎皎高且悬"，不及傅玄"日月光太清"；阮籍"一身不自保，何况恋妻子"，不及裴说"避乱一身多"；戴叔伦"还作江南会，翻疑梦里逢"，不及司空曙"乍见翻疑梦"；卫万"不卷珠帘见江水"，不及子美"江色映疏帘"；刘猛"可耻垂拱时，老作在家女"，不及孟浩然"端居耻圣明"；徐凝"千古长同白练飞，一条界破青山色"，不及刘友贤"飞泉界石门"；张九龄"谬忝为邦寄，多惭理人术"，不及韦应物"邑有流亡愧俸钱"；崔涂"渐与骨肉远，转于僮仆亲"，不如王维"久客亲童仆"等。这些例子，都是以较为简洁的文句，表达了更为丰富的内涵，可谓简而且妙。

繁更佳者，如鲍泉"夕乌飞向月"，不如曹操"月明星稀，乌鹊南飞"；苏廷"双珠代月移"，不如宋之问"不愁明月尽，自有夜珠来"；刘禹锡"欲问江深浅，应如远别情"，不如太白"请君试问东流水，别意与之谁短长"；陆机"三荆欢同株"，不如许浑"荆树有花兄弟乐"；王初"河梁反照上征衣"，不如杜甫"翳翳桑榆日，照我征衣裳"；武元衡"梦逐春风到洛城"，不如顾况"归梦不知湖水阔，夜来还到洛阳城"；陈季"数曲暮山青"，不如钱启"曲终人不见，江上数峰青"；李义山"江上晴云杂雨云"，不如刘禹锡"东边日出西边雨，道是无晴却有晴"等。这些例子，都是以较多的音节，包含曲折的情韵，可谓繁而更佳。

以上说明，诗句的锻炼，根据表达的需要和体裁的要求，即能词义双美，浑然天成。

（四）生熟

欧阳修《六一诗话》载，梅尧臣说："诗家虽率意，而造语亦难。若意新语工，得前人所未道者，斯为善也。必能状难写之景如在目前，含不尽之意见于言外，然后为至矣。""意新语工"，新奇工巧，一般认为是诗家造语准则。炼句也是要新奇工巧的。因为不工巧，就不能状难写之景，不新奇，也难包含不尽之意。但是，一般诗家又偏于工巧，刻意求工，着力雕琢。虽然圆熟，也易流于平俗，而平俗乃诗家大忌。明《王直方诗话》说："谢朓尝语沈约：'好诗圆美流转如弹丸。'故东坡《答王巩》云：'新诗如弹丸'。又《送欧阳季默》云：'中有清圆句，铜丸飞柘弹。'盖诗贵于圆熟也。予以为圆熟多失之平易，老硬多失之枯干。能不失于二者之间，则可与古之作者并驱耳。"王氏之论甚精。我们认为，工须避熟，而拙当趋生；大巧若拙，以拙为新。先求工熟，再讲拙生；既能圆熟，复归生新。为诗之道，庶几得之。

　　首先，要圆熟工巧。钱钟书《谈艺录》说："圆"，是"词义周妥，完善无缺之谓，非仅音节调顺，字句光致而已"❶。显然，圆熟工巧，包括词义完善和音节调顺两方面；二者结合，才能含不尽之意，状难写之景。梅尧臣举例说："贾岛云'竹笼拾山果，瓦瓶担石泉'，姚合云'马随山鹿放，鸡逐野禽栖'等是山野荒僻，官况萧条，不如'县古槐根出，官清马骨高'为工也。"❷的确，前两例虽然可以看出所在的山野荒僻，景况的萧条，也还能反映官员自身的生活，但稍直露；而后例，连槐树的根都窜进了衙门大堂，大老爷骑的马都瘦得骨骼高耸，其官况的寒碜，实在出人臆想。梅尧臣还举了两个例子来说明，怎样才是状难写之景如在目前："严维'柳塘春水漫，花坞夕阳迟'，则天容时态，融和骀荡，岂不如在目前乎？"严维《酬刘员外见寄》用"柳塘春水""花坞夕阳"作为春天有代表性的景物，又以"漫""迟"来形容，波光潋滟、色彩缤纷的柳塘花坞，的确是非常鲜明地浮现在眼前。

　　圆熟工巧的诗句，体物缘情，曲尽其妙，要义在于，景物各自的特色和本人特有的感受。例如：

　　　　岭外音书绝，经冬复历春。近乡情更怯，不敢问来人。

　　　　　　　　　　　　　　　　　　　　——宋之问《渡汉江》

　　　　峥嵘赤云西，日脚下平地。柴门鸟雀噪，归客千里至。
　　　　妻孥怪我在，惊定还拭泪。世乱遭飘荡，生还偶然遂。
　　　　邻人满墙头，感叹亦歔欷。夜阑更秉烛，相对如梦寐。

　　　　　　　　　　　　　　　　　　　——杜甫《羌村三首》之一

　　宋之问这首五绝，背景不十分清楚。但知他在武则天时曾官上方监丞，因与沈佺期谄事张易之，张败，坐贬泷州（今广东罗定县）参军；中宗时任修文馆学士，后坐罪遭贬越州（今绍兴）；睿宗即位，将他流放钦州，后又赐死。在贬泷州经大庾岭途中，曾有《度大庾岭》《题大庾岭北驿》等诗。这首《渡

---

❶ 钱钟书.谈艺录[M].北京：中华书局，1984：114.

❷ 欧阳修.六一诗话[M].北京：人民文学出版社，1962.

汉江》可能是从岭外返回长安、途经汉江,打算回乡探望时所作。这首诗道出了游子饱经流离、不知音信,盼回故里而又不知家人在遭受子弟贬逐的打击之后,有何变化的复杂心理。"近乡情更怯,不敢问来人",一方面是故乡在望,想立刻投入她的怀抱;另一方面又不知家人的吉凶,生怕听到不详的信息。此情此境,非深有所感,不能道出。杜甫的《羌村三首》,是抒写丧乱的名篇。作于唐德宗至德二载(公元757年)秋。这年四月,杜甫从安禄山占据的长安逃出,到达当时朝廷所在的凤翔,五月受左拾遗。因上疏营救宰相房琯,触怒肃宗,八月"放还"(皇帝手令)鄜州探望妻室儿女。长安本是敌占区,鄜州也遭战祸,能与家人重聚,实在是意料之外。"妻孥怪我在,惊定还拭泪""夜阑更秉烛,相对如梦寐",正是"世乱遭飘荡,生还偶然遂"的亲人特有的心理表现。此情此境,前人所未尝道,后人或有同感也没有这等才力深刻描述。这可以说是非常"工"的诗句了。类似诗句,如司空曙"乍见翻疑梦,相悲各问年",李益"问姓惊初见,称名识旧容",亦如明陆时雍《诗镜总论》所说,可谓"抚衷述愫,罄快极矣"。

以上各例,都是着力于情感的抒写。至于写景状物,则应细察物理,也须密体人情,写出特定情景之下的人眼中、心中的景物,即情中之景。欧阳修很喜爱王君玉的《燕词》"烟径掠花飞远远,晓窗惊梦语匆匆",而梅圣俞却以为不如李尧夫"花前语涩春犹冷,江上飞高雨乍晴"。分别来看,两首诗都写得很好。王诗写出了燕子低飞时的翩翩身姿和清晨的呢喃好语;李诗却画出了燕子早春来时的节候特征和雨后乍晴、天气清朗时高飞远举的飘飘情影。两相比较,可以发现,王诗"远远"一词,似未能准确表现燕子烟霭迷蒙的潮湿天气低飞、捕食小虫的情景;而"匆匆"一词,也好像不类燕语的亲昵之态。而李诗不但写出了燕子晴空高飞的实景,"语涩"一词更传达了诗人在春寒料峭之时的主观体验——似乎燕儿也冷得"话"都"说"不清爽了。看来,李诗更得春燕的神理,略胜一筹。

其次,须避熟就生。一味追求圆熟工巧,容易流于平弱。宋陈无忌《复斋漫录》主张"宁拙无巧,宁朴无华,宁粗无弱,宁僻无俗"。《蔡宽夫诗话》认为"诗语大忌用功太过,盖炼句胜,则意不足;语工而意不足,则格力必弱,此自然之理也"。这话虽有些绝对,却也有理。所以,不少诗家,从平仄格律到遣词造句,都力求避熟就生。例如,李白在流畅的歌行中,加入九言乃至十一言,以国风乐府的精神、作法,冲击文人诗歌的绮丽绵弱。明陆时雍《诗镜总论》赞他"气骏而逸,法老而奇,音越而长,调高而卓",实为"千古之雄",这是公允之论。又如,杜甫喜用拗句,以济律诗正格的平俗,使有顿挫劲健之致；韩愈以文为诗，险词硬句，"奋湍、荡决"，自成大家；苏轼以诗为词，别开境界，黄庭坚《子瞻诗句妙一世……》称其"公如大国楚，吞五湖三江"。这些例子，都说明有创意的诗家，极不满于圆俗庸常，力求对现状的超越。

避熟就生，归纳前人经验，无非意新，语奇，韵拗，调逸。意新，总的来看是立意问题。落实到手法上就要锻炼句子，别出心裁，变俗为奇，使寻常意思收到陌生化的异常效果，即美籍华裔学者刘若愚所说的那种"万花筒式"的新颖。例如，杏花春色，常见题目，陈与义《怀天经智老因访之》道"客子光阴诗卷里，杏花消息雨声中"；陆游《临安春雨初霁》道"小楼一夜听春雨，深巷明朝卖杏花"；叶绍翁《游园不值》道"春色满园关不住，一枝红杏出墙来"。陈诗在春信的敏感中带着淡淡的乡愁，陆诗透出对仕宦生涯的淡漠与权宜，叶诗洋溢着赏春的喜悦：各有韵致，自成佳句。明俞弁《逸老堂诗话》说，太白《雪》诗云"瑶台雪花数千点，片片吹落春风香"；老杜《竹》诗云"雨洗涓涓净，风吹细细香"；李贺《四月词》云"依微香雨青氛氲"；元微之有诗云"雨香云淡觉微和"等，"以世眼论之，则曰竹、雪、雨何尝有香也"。的确，正是这些不同于"世眼"（常人）习惯的生新诗句，生动地传达了诗人此情此境微妙的艺术通感。

颠倒词序，形成倒装句，也是避熟就生的常用办法之一。如《诗人玉屑》卷六载，王仲至奉召试馆应试毕，作一绝句："古木森森白玉堂，常年来此试文章。日斜奏罢长杨赋，闲拂尘埃看画墙"。王安石见之甚为叹爱，但将第三句改为"日斜奏赋长杨罢"，并说"诗家语如此乃健"。仔细看来，原作虽雅，因顺口表达，较为平易，却缺乏力度；荆公改句，平仄相同，但读来诘倔顿挫，便有了棱角，感受也自不同。

以古笔入律句，也能收劲健之效。如李白七律《鹦鹉洲》云："鹦鹉来过吴江水，江上洲传鹦鹉名。鹦鹉西飞陇山去，芳草之树何青青。烟开兰叶香风暖，岸夹桃花锦浪生。迁客此时徒寂寞，长洲孤月向谁明。"第四句跟律法不同，破除对偶，成为变体，而意气自足。此类句法当然不多，也只可偶一为之，若处处随意，律法也就消解了。

四、谋篇

缀句成篇，须讲章法。

章法，又称篇法。研究诗歌的组织结构之法，包括起结承转、操纵正变等组织技巧和情景事理、比兴赋咏等内在结构方式，内容较为广泛。内在结构必然落实到篇章的组织方法。我们这里仅就后者进行讨论。

前人论述章法，多根据不同体裁的特点，也有从篇幅大小、字数多少着眼的，还有一些简明的原则。下面略加梳理。

刘熙载《艺概·诗概》对诗歌的章法有较为集中的论述，可以概括为局势、离合、铺折等三方面；又古人常抽象谈论的起笔和收笔（起结），也可以视为章法的两个方面。这样，关于诗歌的章法，我们就可以抓住局势、离合、铺折和起笔、收笔五个要点。分述如下。

（一）局势

局势，也即格局，指诗人抒情状物的总态势，体现为诗歌结构的收拢或开放形态。刘熙载《艺概·诗概》说："诗之局势，非前张后歙，则前歙后张。古体律绝，无以异也。"这样概括是符合实际的。前张后歙，为收拢式结构，一般以题旨为中心，由外而内，由远及近，由面而点；前歙后张则相反。例如：

①滔滔大江水，天地相终始。经阅几世人，复叹谁家子。

东望何悠悠，西来昼夜流。岁月既如此，为心那不愁。

——张九龄《登荆州城望江》

②闻道长安似奕棋，百年世事不胜悲。

王侯第宅皆新主，文武衣冠异昔时。

直北关山金鼓震，征西车马羽书驰。

鱼龙寂寞秋江冷，故国平居有所思。

——杜甫《秋兴八首》之四

③下马登邺城，城空复何见？东风吹野火，暮入飞云殿。城隅南对望陵台，漳水东流不复回。武帝宫中人去尽，年年春色为谁来。

——岑参《登古邺城》

④杨花落尽子规啼，闻道龙标过五溪。

我寄愁心与明月，随风直到夜郎西。

——李白《闻王昌龄左迁龙标遥有此寄》

例①由江水的永恒流逝，引发思乡之愁；例②从长安的政局与人事变迁，以及北方回纥、西方吐蕃、党项羌等外族的侵扰引起诗人对于故国长安的忧思；例③由登邺城所见，引出对于曹魏的伤悼和历代兴亡、人世沧桑之慨；例④由听到的坏消息，激起对于故人厄运的同情与慰问之心。前两例是前张后歙，后两例则是前歙后张。

（二）离合

"离"与"合"，都是对上句所咏内容或对象而言。刘熙载《诗概》说："诗以离合为跌宕，故莫善于用远合近离。近离者，以离开上句之意为接也；离后即转，而与未离之前相合，即远合也。"近离远合，可以产生腾挪跌宕的节奏感和逶迤摇曳的流动感。例如：

①有时忽惆怅，匡坐至夜分。平明空啸咤，思欲解世纷。

　心随长风去，吹散万里云。羞作济南生，九十诵古文。

　不然拂剑起，沙漠收奇勋。老死阡陌间，何因扬清芬？

　夫子今管乐，英才冠三军。终与同出处，岂将沮溺群？

　　　　　　　　　　　　　　——李白《赠何七判官昌浩》

②花近高楼伤客心，万方多难此登临。

　锦江春色来天地，玉垒浮云变古今。

　北极朝廷终不改，西山盗寇莫相侵。

　可怜后主还祠庙，日暮聊为梁父吟。　　　——杜甫《登楼》

例①诗人借赠别表达自己的抱负。前四句，描述自己惆怅不安欲解世纷的强烈愿望。但五、六两句并不接着发抒这种情怀，而是离开前意，宕出一笔，心随长风，飘扬万里；七、八句又离开五、六句，上接前四句之意；十三句起，再度移转，切赠别题意，引何判官为同调。自由开阖，诗情摇曳。高步瀛《唐宋诗举要》引吴汝纶评赞此诗"起接超忽不平，一片奇气，其志意英迈，乃太白本色"。此论甚为精当。例②篇幅较短，但八句之中，其意四变。第一联倒装，言登临时的大环境，万方多难，国家不宁，虽有绚丽美景，也只能触目伤心；三、四句承登楼所见，却离开伤心题意，而寓"时趋事变"于景物描绘之中；五、六句，以吐蕃侵扰上承第二句"多难"意；七、八句，伤时念君上合首句"伤客心"题意，却又以三国西蜀后主赖孔明"祠庙"续其国运三十余年，反衬而今匡世乏人，诗人自己也只能以《梁父吟》寄慨而已。全诗顿挫沉郁，气象雄浑。

（三）铺折

诗篇内容安排，长篇易纵向发展，所谓"迁折"，短篇易于横向开拓，所谓"横铺"。但仅仅纵向发展，又往往流于单薄；仅仅横向开拓，又每每使人感到味淡。刘熙载《艺概·诗概》说："长篇宜横铺，不然则力单；短篇宜迁折，不然则味薄。"又说："问短篇所尚，曰'咫尺应须论万里'；问长篇所尚，曰'万斛之舟行若风'。二句皆杜甫诗句，而杜之长短篇即如之。杜诗又云：'大城铁不如，小城万丈余。'其意亦可相通相足。"这些都是对于章法的精到见解。然则，所谓横铺，不止是意象的排列并置，而指情意丰厚；所谓迁折，也不是过程的绵延，而指意趣曲折。例如：

　　闺中少妇不知愁，春日凝妆上翠楼。

　　忽见陌头杨柳色，悔教夫婿觅封侯。　　——王昌龄《闺怨》

这首小诗，先写闺中少妇的喜乐：春天到来，女主人公兴致勃勃，浓妆艳抹，登楼观景；次写女主人公哀怨：偶然看到路边绿柳婀娜，勾起大好春光，无人共赏、年华虚度，深闺寂寞之怨，不免悔恨交集。诗人以乐景写哀，由喜转忧，情感逆折反跌，使短章也有迁折回旋之势，饶有委婉悠长的韵味。再如：

　　我家江水初发源，宦游直送江入海。闻道潮头一丈高，天寒尚有沙痕在。中泠南畔石盘陀，古来出没随涛波。试登绝顶望乡国，江南江北青山多。羁愁畏晚寻归楫，山僧苦留看落日。微风万顷靴纹细，断霞半空鱼尾赤，是时江月初生魄，二更月落天深黑。江心似有炬火明，飞焰照山栖乌惊。怅然归卧心莫识，非鬼非人竟何物。江山如此不归山，江神见怪惊我顽？我谢江神岂得已，有田不归如江水！

　　　　　　　　　　　　——苏轼《游金山寺》

这首七古，不能算是很长的篇章，但却具有长篇"万斛之舟行若风"的神韵。神宗四年（公元1071年）十一月，苏轼从汴京赴杭州任通判，途经镇江，游览金山寺，并在寺中留宿一夜。这首诗借登山远眺抒发游子乡愁。苏轼出生在长江上游支流岷江畔的眉山；他当年是由长江入川，而今又外放，来到长江下游的金山，如同伴随长江入海，所以，长江在他眼中是分外亲切的。假如这首诗全部描述登山所见的江天景色，或主要抒发乡愁，都易流于单薄。但诗人极尽离合铺折之能事，情景相生，虚实变幻。全诗三部分：1～8句，9～16句，17～22句。第一部分是登山远眺大江，引起乡思。具体的思路是，一、二句写登临的由来；三、四句由"闻道"长江壮阔景象之虚，转入眼前"沙痕"之实；五、六句又从眼前中泠泉畔的巨石，逆折古往今来的波涛；七、八句才回应（合）第一句的思乡主题。在这里，空间也时间化了，视野中包含着历史的深度。第二部分，九、十句承上过渡，接着写黄昏和初夜的江景，由实入虚。第三部分，由奇而幻，由幻而悟，最后设誓"归山"，以谢江神的警示。本诗横铺的主要特点，表现在对于江景的反复描绘和江景与乡愁之间内在联系的呼应、渲染上。从江景与乡愁的密切关系开始，到向江神立誓结束，中间的潮痕沙岸，岸上的巨石，江南江北想象中的青山，黄昏时平静如靴纹的细浪，鲜丽如鲤尾的江天晚霞，冬季初生的江月，二更江心飞焰照山的炬火，心中仿佛存在的江神等，全诗总计用了十个江字，句句不离长江，形成蜿蜒流荡的气势。它的基本格局正是近离远合：第一段固然是抒发乡愁；第二段却远离乡愁，去描写黄昏和初夜的江景，只有第九句"羁愁畏晚"含有乡思成分，但本句也主要写时间；第三句远合，以猜度江神惊怪，向江神立誓，回应并强化了思乡主题。我们看到，诗人在这里无论写景抒情，都不是单线突进，而用情景相生、虚实照应、时空转化和示现夸张等手法浓重渲染，恣意收纵，所以读来既情真意切，又兴象超妙，恍若亲临深宏奇瑰的境界。

（四）起结

　　诗歌整体的有机性，依赖于首尾与主干的恰当配合。有了这种配合，诗篇才能意脉流贯，生趣盎然，形态完美。当代学者孙绍振《文学创作论》称为"自洽性"。历代诗家都很重视起头和结尾，他们不少人作过认真研究，发表过许多很有价值的见解。例如：

　　　　破题欲似狂风卷浪，势欲滔天；落句欲似高山放石，一去无回。

——托名白乐天《金针诗格》

对句好可得，结句好难得，发句好尤难得。

——严羽《沧浪诗话·诗法》

凡起句当如爆竹，骤响易彻；结局当如撞钟，清音有余。

——谢榛《四溟诗话》

以上各家，或强调律诗起结的重要性（严、王），或提出开头和结尾的基本要求（白、谢）。所说虽未必全面，但精神可取。清吴桥《围炉诗话》说：

一篇诗只立一意，起首中间、收结，互相照应，方得无懈可击。

这是对首、尾与中间关系的原则概括，也是对首尾两端的基本要求。

诗歌的开头和结尾，没有固定的模式，应以内容和体裁而定，但也可归纳出一些常用方法。

1.起头

起头，即起笔，也叫发端、起句、发句、破题，名称不一，都是指诗作缘情体物的切入方式，也是诗人将读者的想象导入所营构的诗境的入口。孙绍振《文学创作论》引当代著名诗人公刘的话说，"诗的特点就是普遍的概括性"，"诗的构思，乃是一个最单纯最有共性的思想和一系列最复杂最有个性的形象的结合过程"[1]。这话颇有道理，因为诗人的情志虽然具有很大的普遍性，但他自身的体验和素养不同，所营造的意象也就必然具有他自己的个性；诗人缘情体物的切入方式，也是他营造意象和组织情思的匠心体现，这种方式也不可能单一化，否则就千篇一律了。但这些方式又是以前人经验为基础的，因而必然具有普遍性，也就可概括出若干类型。元人范德机《木天禁语》概括了十一种起句："实叙、状景、问答、反题故事、顺题故事、吊古、伤今、颂美、时序、客愁、感叹。"这是以起句的性质划分，较为详细。当代学者周振甫《诗词例话》分为四类："有境界阔大，即景生情的；有刻画气氛，用作烘托的；有大气包举，笼罩全篇的；有发端突兀，出人意外的。"似又太略。元杨载《诗法家数》将《诗经》和五言诗的起笔概括为"赋起、比起、兴起"三种，对律诗的起笔（破题）则分为"或对景兴起，或比起，或引事起，或就题起"

---

[1] 孙绍振.文学创作论[M].沈阳:春风文艺出版社,1987:493.

等几种。"引事起",无论用典或时事,都得叙述,应为赋起;"即事起",直接从抒写的对象或中心内容入手,也可能多以赋法开端,宜归入赋起一类。另外,范德机所说十一种起句中,"问答"和"感叹"可以单独成立;范氏还说破题要"突兀高远",也是"发端突兀"的一种起法,可谓"突起"。这样,起笔的方式也就有兴起、比起、赋起、问起、叹起、突起六种。

(1) 兴起。

以"兴"起笔,是古典诗歌最常用的手法之一。《诗经》开卷即以"关关雎鸠"起兴。"兴"和"比"虽不只是表现手法,如赵沛霖《兴的源起》所说,"更是关系到诗歌特殊本质的因素","是诗歌形象思维的方式",但从写作技巧的角度看,古代诗人的确是把兴和比都作为表现手法运用的。《毛诗正义》说:"兴者起也。取譬引类,起发己心。"虽然元人傅与砺《诗法正论》认为"古诗比兴,或在起处,或在转处,或在合处";今人林东海《诗法举隅》也论证兴法可用于篇中和篇末,但作为起笔手法,却更为普遍,也更符合"兴"的原义。

"兴",用于起笔,在一、二句描写景物,一般认为有三种作用:

第一,发语垫韵,协调音节。例如:

喓喓草虫,趯趯阜螽。未见君子,忧心忡忡。

——《诗·召南·草虫》

园有桃,其实之殽。心之忧矣,我歌且谣。

——《诗·魏风·园有桃》

无论草虫的鸣叫、跳跃,还是园中的桃树果实成熟可食,都与"忧心"的内容无关。这里的词句,显然为了铺垫音节便于发声歌唱,解决了"小曲好唱口难开"的问题。当然,这种手法在后代文人诗歌中,除了民歌体外,已不常用。因为正如禹克坤所说,"实际上,唐以后,由于诗的文人化,书面化,兴作为诗的发端方法已经少见"。

第二,渲染情境。这类用法,所写内容与景物相关,形成缘情体物的诗境,将诗人的情感衬托在特定时空背景上,使主客相映,情景交融。例如,人们熟悉的《关雎》和《蒹葭》,前者心灵和景物互相感发,爱情的欲求油然而生,反过来,爱的欲求又使客观景物富于温馨色彩;后者,景物同心灵追求的对象隔离,使本来游移不定的"伊人"更带上冷淡的情调,这不仅拉长了心理距离,也强化了"溯回从之,道阻且长"的失望感。再如杜甫的《宿府》:

> 清秋幕府井梧寒，独宿江城蜡炬残。
>
> 永夜角声悲自语，中天月色好谁看？
>
> 风尘荏苒音书绝，关塞萧条行路难。
>
> 已忍伶俜十年事，强移栖息一枝安。

这是杜甫新任成都尹兼剑南节度使严武幕僚时所作。杜甫漂泊西南，理想幻灭，为酬严武知遇之恩，应聘当了节度使幕府参谋，却又遭小人嫉妒、排挤，处境难堪。秋夜独宿幕府，凄清可知。本诗起笔即以眼前景物渲染了环境的"清""寒"，而这清寒与二、三两联的所见所感共同形成的环境气氛，又加重了诗人独宿幕府、迁移栖息的悲凉心绪。

可见，这种起笔，通过景物与情感的内在呼应，为全诗的意境构成了引导读者想象的时空坐标。

第三，暗示主旨。有的诗人，起笔的景物与"所咏之词"之间构成某种婉曲隐约的联系。这就是起笔利用景物的比附、象征作用，暗示本诗所咏之词的意义或主旨。如《邶风·凯风》：

> 凯风自南，吹彼棘心。棘心夭夭，母氏劬劳。
>
> 凯风自南，吹彼棘薪。母氏圣善，我无令人。

这是从南风惠及万物，使草木幼芽成长，联想到母亲的养育之恩；南风使幼芽成材，而我们兄弟几人却"无令人"。南风润物同所咏之词之间首先是触景生情，所以生情，是由于南风润物与母亲养育子女之间构成了某种相似性；再由树苗受惠成材与子女不合理想形成对比。所以，这并非一般的"比"，而是由眼前的景物触景起兴，托物寓情，同《周南·汉广》的手法不一样。朱熹注前者为"兴也"，后者是"兴而比也"，将它们加以区别是有道理的。又如谢朓的《暂使下都夜发新林至京邑赠西府同僚》：

> 大江日夜流，客心悲未央。徒念关山近，终知返路长。
>
> 秋河曙耿耿，寒渚夜苍苍。引领见京室，宫雉正相望。
>
> 金波丽鳷鹊，玉绳低建章。驱车鼎门外，思见昭丘阳。

驰晖不可接，何况隔两乡？风云有鸟路，江汉限无梁。

常恐鹰隼击，时菊委严霜。寄言蔚罗者，寥廓已高翔。

这也显然是兴而非比。目睹大江的奔流不息，顿觉"徒念关山近，终知反路长"的客愁之悲，进而引发"常恐鹰隼击，时菊委严霜"的忧谗畏讥之思的强烈冲击。真所谓"问君能有几多愁，恰似一江春水向东流"！这正是托物起兴又连类而及，也即朱熹所说的"兴而比也"。

应该说明的是，"兴"的这种比附象征之义，与修辞格的"比喻"的比是有区别的。兴之比附象征首先是以景物作为抒情的媒介或契机，并非直接以景物比喻所咏之词，但必须是眼前所见之景物；比喻的比，是用他物来比此物，他物未必出现。杨慎《升庵诗话》引李仲蒙的说法是："叙物以言情，谓之赋，情物尽也；索物以托情，谓之比，情附物也；触物以起情，谓之兴，物动情也。"今人林东海《诗法举隅》解释这段话说："李仲蒙这种分法是较为切合创作实际的。比是索物托情，兴是触物起情，赋是叙物言情。言情之物有时也可以兼及起情，起情之物有时也可兼及托情。也就是说，赋比兴三法在诗歌创作实践中，经常互相渗透，交相为用。作为兴的景物，常常是用赋法（直写）描述出来，我们不必说兴含赋法；作为兴的景物，也常常用作比，似乎也不必说兴含比法，还是把兴同比赋分开为宜。"❶这种解释也较合理。但兴法中的比附象征，情与物常常只有内在联系而不一定是严密的形式逻辑。我们这里所说的以兴起笔的第三种作用正是如此。

（2）比起。

诗的开头，以景物作比喻，引出诗情，也是较为婉曲的表现手法。范文澜《文心雕龙注》引东汉经学家郑重说"比者，比方于物也"；刘勰《文心雕龙·比兴》认为比是"写物以附意，飏言以切事"。刘氏较郑氏进了一步，将"比"分为"附意"与"切事"两种："附意"是以具体的物象表明情理意蕴，"切事"则要求用生动的言辞（通过描写其他对象）来把要说的事物夸张而恰当地表现出来，这是符合实际的。但《诗经》以比喻直接开头的诗篇并不多见，基本上是先举喻体，后述本体。这就不是一般的明喻或暗喻，大约跟四言诗两句一意的体制有关。例如：

---

❶ 林东海.诗法举隅[M].上海：上海文艺出版社，1982：190-191.

①南有乔木,不可休思;汉有游女,不可求思。

——《诗·周南·汉广》

②伐柯如何?匪斧不克;取妻如何,匪媒不得。

——《诗·豳风·伐柯》

③肃肃鸨羽,集于苞栩,王事靡盬,不能艺稷黍。父母何怙!

——《诗·秦风·鸨羽》

④相鼠有皮,人而无仪。人而无仪,不死何为!

相鼠有齿,人而无止;人而无止,不死何俟!

相鼠有体,人而无礼;人而无礼,胡不遄死!

——《诗·鄘风·相鼠》

例①和例②是较为典型的《诗经》比法,诗意也较明白。朱注说前者是"兴而比",后者是"比"。例③稍微费解,但手法一样,也是先举喻体后述本体:鸨羽似雁而大,本为水鸟,却被逼到了柞树丛(苞栩),当然难以生存;征夫本是农民,却被长期逼着去干"王事",不能耕种自己的土地,又怎能养活父母妻子呢?例④以鼠比人,骂对方不如老鼠,倒是特别强烈地表达了诗人的诅咒。朱注说是"兴也",但诗人显然是先有愤懑于心,再以老鼠作比,而非先看老鼠再生联想。可见,这四例都是"索物以托情",其功能相当于现代修辞学所说的"引喻"。

《诗经》中还有一种特殊的比法,如《小雅·鹤鸣》:

鹤鸣于九皋,声闻于野;鱼潜在渊,或在于渚;乐彼之园,爰有树檀,其下维萚;他山之石,可以为错。鹤鸣于九皋,声闻于天;鱼在于渚,或潜在渊;乐彼之园,爰有树檀,其下为榖;他山之石,可以攻玉。

朱注说是"比也",不但是以比开头,而且一比到底,可以说是"比而赋"。朱熹说:"本诗之作,不可知其所由。然必陈善纳谏之词。"他认为,鹤的鸣声远扬,"言诚不可掩也";鱼在渊或渚,"言理无定在也";园树下有杂草败叶,"言爱当知其恶也";山石可以为错攻玉,"言憎当知其善也":由此引而伸之,"天下之理其庶几乎"!言之有理。但第二章引程子和邵子的话语和意见,侧重阐释"他山之石,可以攻玉";《诗经》的结构也多先赋比兴而后主旨。

由此是否可以说:本诗前几个比喻都是为说明最后的主旨"他山之石,可也攻玉"?假如可以,那本诗的特殊,其一是三个喻体都没有比喻词,只述现象;其二,被比况说明的事理本身也是一个比喻;其三,三个比喻之间并无明显的联系,但却有一点相同,就是从不同的角度观察就具有不同的特点。所以,从结构形态看,以几个比喻来说明一个事理,这是"博喻";从几个比喻之间没有明显联系,需要联想推理来完成的性能看,它又像现代修辞学所说的"曲喻"。整体来看,它的确如朱熹所说,是"陈善纳谏之词",后世的励志、讽喻诗也多类此。

比起的诗法,在后代的歌谣和诗篇中得到了承继和发扬。或以物状景,或以物写物,或以物达情,或以物明事,或以典喻理,使作品一开头就能以形象动人,或产生某种悬念。例如:

①高田种小麦,终久不成穗;男儿在他乡,焉得不憔悴。

——汉代歌谣

②水积成渊,载清载澜;土积成山,歊蒸郁冥。

山不让尘,川不辞盈。勉致含弘,以隆德声。

——(晋)张华《励志诗》

③人生无根蒂,飘如陌上尘。分散逐风转,此已非常身。落地为兄弟,何必骨肉亲。——陶潜《杂诗》之一

④如垄生木,木有异心;如林鸣鸟,鸟有异音;如江游鱼,鱼有浮沉。岩岩山高,湛湛水深。事迹易见,理相难寻。

——梁武帝萧衍《逸民》

⑤丑女来效颦,还家惊四邻;寿陵失本步,笑杀邯郸人。

一曲斐然子,雕虫丧天真;安得郢中质,一挥成风斤?

——李白《古风》第三十五

⑥天河夜转漂回星，银浦流云学水声。

玉宫桂树花未落，仙妾采香垂佩缨。　　——李贺《天上谣》

例①②③意义都比较明白。例⑤一开始给人悬念，随后让人从历史的谬误中领悟出反对绮丽文风的真谛。例④同上引的《鹤鸣》一样，所含的意义较深，但所要托喻的事理，已在最后一句点出来了。倒是李贺的比较特别。例⑥将相对静态的银河星群描绘成好像在天河水中漂转；又把无声的银河星云比作汩汩有声的水波，这是想象与通感的独创。

比喻手法多种多样，上举诗例也还未能囊括。但仅此已可了解比法用于诗歌起笔有多么强大的表现力。

（3）赋起。

赋起，无论在《诗经》或后代的诗歌中，都是最基本的起法。可以正面展开，也可从反面或侧面切入。都是不假比兴，铺陈其事。正因为不假比兴，赋法起笔要收到很好的效果，却有相当难度。

先说正面展开。这是典型的"铺陈其事"。请看《诗经》的几个例子：

①彼采葛兮，一日不见如三月兮！彼采萧兮，一日不见如三秋兮！彼采艾兮，一日不见如三岁兮！　　——《王风·采葛》

②静女其姝，俟我于城隅。爱而不见，搔首踟蹰。静女其娈，贻我彤管。彤管有炜，说怿女美。自牧归荑，洵美且异。匪女之为美，美人之贻。　　——《邶风·静女》

③葛之覃兮，施于中谷，维叶萋萋。黄鸟于飞，集于灌木，其鸣喈喈。葛之覃兮，施于中谷，维叶莫莫，是刈是濩，为絺为绤，服之无斁。言告师氏，言告言归。薄污我私，薄浣我衣。害浣害否，归宁父母。　　——《周南·葛覃》

④氓之蚩蚩，抱布贸丝。匪来贸丝，来即我谋。送子涉淇，至于顿丘。匪我愆期，子无良媒。将子无怒，秋以为期。

——《卫风·氓》

以上数例，都是正面展开，但又不是平铺直叙。例①以递进的夸张手法发抒离别之苦，强烈而天真。例②也是抒发相思之情，但诗人从约会不遂的焦灼，转而抒写对恋人赠物的喜悦，以寄托情爱。全诗分了三章，可能是依次叙述，也可能是先写了某次约会未果，再睹物思人。例③叙述了采葛制衣、穿着、浣洗和告归省亲的全过程。但首章着意描写了葛的生态之美。像这样详尽地描写景物，让喜悦之情从铺叙的字里行间自然流出，在《诗经》里也是不多见的。例④诗人从头叙述自己的不幸，一开始就是一种情绪化的抒写，后面的几章结合比兴，读来娓娓感人。可见，无论抒情、写景、叙事，都可以正面展开。

但这种典型的也是最常用的铺叙手法，并不那么简单。它需要统观全局和掌握整体的眼光与魄力。正如孙绍振《文学创作论》所说："正面概括的途径所面临的是生活和感情的全局，这就需要作者有较大的魄力才能全面地处理各个局部之间的关系。这往往需要一种豪迈的格调、宏大的构思才能与之相适应。这种正面的展开是一种强攻，是对生活的一种鸟瞰，既全面又新鲜是难能可贵的。"❶在后代的歌行中有不少成功的例子。例如：

  长安大道连狭斜，青牛白马七香车。玉辇纵横过主第，金鞭络绎向侯家。龙衔宝盖承朝日，凤吐流苏带晚霞。百尺游丝争绕树，一群娇鸟共啼花。游蜂戏蝶千门侧，碧树银台万种色。复道交窗作合欢，双阙连甍垂凤翼。梁家画阁中天起，汉帝金茎云外直。
             ——卢照邻《长安古意》

  汉家烟尘在东北，汉将辞家破残贼。男儿本自重横行，天子非常赐颜色。摐金伐鼓下榆关，旌旆逶迤碣石间。校尉羽书飞瀚海，单于猎火照狼山。山川萧条极边土，胡骑凭陵杂风雨。战士军前半死生，美人帐下犹歌舞。   ——高适《燕歌行》

卢诗起笔就展开了对长安繁华富贵景象的正面描写，接下来便是香车宝马、歌舞宴乐、宿娼游冶、作威擅权等一幅幅骄奢淫逸的大都会风貌及豪门贵府形形色色的鲜明图画，最后以世事无常的警告和贫富悬殊的牢骚作结。正是这种正

---

❶ 孙绍振.文学创作论[M].沈阳:春风文艺出版社,1987:494.

面铺陈的赋法给予全诗腾踔跌宕的气势。高诗从战事开端、将军出征意气扬扬、天子倍加宠信不可一世下手,这一起笔正是从全局着眼,揭示了战争惨败的根柢,深埋于主将的恃宠骄横之中。接着描写安禄山轻敌冒进,敌军凭势冲击,唐军前部危急,驰书求援,而主将纵情享乐,不恤战士死活,终于全军覆没。本诗正面展开,描述战事发生、发展和结局的全过程,表现了诗人的胆识和气度。其他如李白的许多古诗,杜甫战争题材的新乐府,也都是"正面强攻"的杰作。

再谈侧面切入。也正如孙绍振所说:"正面强攻容易落入俗套,很难在构思上有新的发现,也就很难讨巧。因而追求新颖的诗人往往避开正面。"❶于是,同是赋法起笔,诗人可以从侧面或反面下手,而无须作顺时或鸟瞰似的铺陈、概括。这样,就能获得新鲜的视角。《诗经》中我们已经看到了这种可喜的创举。例如:

　　蔽芾甘棠,勿翦勿伐,召伯所茇。蔽芾甘棠,勿翦勿败,召伯所憩。蔽芾甘棠,勿翦勿拜,召伯所说。　　　　——《召南·甘棠》

　　坎坎伐檀兮,置之河之干兮,河水清且涟漪。不稼不穑,胡取禾三百廛兮?……彼君子兮,不素餐兮!　　　　——《魏风·伐檀》

《甘棠》据说是怀念召伯之作。但诗人并没从头细说召伯的功德,而只是说要好好保护那茂盛的甘棠树,因为那是召伯的旧居所在。怀念之情,正是在反复咏叹中强烈地倾泻而出。《伐檀》则是从自己的劳作切入,让人在鲜明的对比中真切地感受诗人对"君子"们不劳而获的强烈愤慨。

后代诗人,有的很善于避免正面强攻。请看:

　　风劲角弓鸣,将军猎渭城。草枯鹰眼疾,雪尽马蹄轻。
　　忽过新丰市,还归细柳营。回看射雕处,千里暮云平。
　　　　　　　　　　　　　　　　　——王维《观猎》

　　林暗草惊风,将军夜引弓。平明寻白羽,没在石棱中。
　　　　　　　　　　　　　　　　　——卢纶《塞下曲》

---

❶ 孙绍振.文学创作论[M].沈阳:春风文艺出版社,1987:493.

两诗同是射猎题材。比较可知，王诗是正面展开：以灵动的听觉、锐敏的视觉和迅捷的运动感扫描了将军射猎、小憩和归营的全过程；其身手风采，跃然纸上，正如沈德潜所赞，它显出诗人"回身射雕手段"，不同凡响，真要令后人搁笔。卢纶很聪明：并不学步，避开直接的打猎场面，改造《史记·李将军列传》的有关记载，写了一个猎后晚归途中的偶然插曲。汉代人们行猎，一般不会在夜间。正因为是猎后归途，没有精神准备，又是夜间，才有风吹草动、惊石为虎、挽弓猛射之举。尽管是慌忙误射，而羽没石棱，将军神勇可见，则射猎时的矫健迅猛，自不待言了。

接下来看反面切入。远古诗人已有此高招。例如：

> 陟彼岵兮，瞻望父兮。父曰嗟，予子行役，夙夜无已。上慎旃哉，犹来无止！
>
> 陟彼屺兮，瞻望母兮。母曰嗟，予季行役，夙夜无寐。上慎旃哉，犹来无弃！
>
> 陟彼冈兮，瞻望兄兮。兄曰嗟，予弟行役，夙夜必偕。上慎旃哉，犹来无死！
>
> ——《诗经·魏风·陟岵》

明明是诗人行役途中思念亲人，他却说父母兄长如何惦记他，真是别出心裁。后人继此也有成功之作，如前举王昌龄的《闺怨》，不从少妇的哀怨着手，反而从她的"不知愁"落笔，突出了少妇的平常心态；而春天的柳色，作为自然生命的象征，感发了她年华虚度、幸福无凭的失落感。"不知愁"与"悔"，情绪上的逆转，看似幽默的揶揄，却实在是对于人生悲剧真谛的顿悟。再如：

> 誓扫匈奴不顾身，五千貂锦丧胡尘。
>
> 可怜无定河边骨，犹是春闺梦里人！　　——陈陶《陇西行》

陈诗以乐府古题写时事。中晚唐以来，由于朝政腐败，边将无能，造成外患日增，人民涂炭。诗并未直指朝政、边将，反而从将士的忠勇起笔，结以春闺梦回，这种人道的哀怜，却甚于叫号嘶声的控诉。这首诗的起笔，类如元人范德机《木天禁语》所说的"反题故事"。

（4）问起。

以设问方式起笔，可以改变平板的语调，引起读者关注和思索，既是诗人内省活动的直觉化，又是读者和诗人沟通的渠道，进而把诗人自己的感受、情致转化成为读者的审美体验，这也是远古诗人的创造。例如：

爰采唐矣？沬之乡矣。云谁之思？美孟姜矣。期我乎桑中，要我乎上宫，送我乎淇之上矣！

爰采麦矣？沬之北矣。云谁之思？美孟弋矣。期我乎桑中，要我乎上宫，送我乎淇之上矣！

爰采葑矣？沬之东矣。云谁之思？美孟庸矣。期我乎桑中，要我乎上宫，送我乎淇之上矣！

——《诗经·鄘风·桑中》

谁谓尔无羊？三百维群。谁谓尔无牛？九十其犉。尔羊来思，其角濈濈；尔牛来思，其耳湿湿。　——《诗经·小雅·无羊》第一章

第一首是情歌。孟姜、孟弋、孟庸，都是漂亮姑娘的泛称；唐是菟丝。诗人情不自禁地反复咏叹，回味与情人的幽会，设问自答，显然是引起别人的关注，让人分享他的快乐。第二首诗是牧主咏赞自己牛羊繁盛的诗。以自白的方式反身诘问开头，概数自答，又具体描绘羊群攒聚其角交错、牛群来集其耳扇摇的生动情景，得意自豪之态，溢于言表。若视为第三者的称颂，诗味就浅淡许多。

后代诗歌中的问起也是多种多样的。例如：

①青天有月来几时？我今停杯一问之。人攀明月不可得，月行却与人相随。　　　　　　　　——李白《把酒问月》

②君不见函谷关，崩城毁壁至今在？树根草蔓遮古道，空谷千年长不改。　　　　——岑参《函谷关歌送刘评事使关西》

③大雅久不作，吾衰竟谁陈？王风委蔓草，战国多荆榛。

——李白《古风》之一

④凉风起天末,君子意如何?鸿雁几时到?江湖秋水多。

——杜甫《天末怀李白》

⑤尽道丰年瑞,丰年事若何?长安有贫者,为瑞不宜多。

——罗隐《雪》

⑥谁道梅花早?残年岂是春!何如艳风日,独自占芳辰。

——欧阳修《和梅圣俞杏花》

例①原诗自注:"故人贾淳令余问之。"其实,面对盈亏有序而清光常满的明月,屈原以来不少诗家都在沉思,本诗所问,虽非自发奇想,却借此引出了"古人今人若流水,共看明月皆如此。唯愿当歌对酒时,月光长照金樽里"的旷达情怀。例②"君不见……"是唐代歌行常用的开头,意为"您难道没看见……"本无疑而问,无非引起读者对所咏之事的关注,以便诗人与读者情感的进一步交流。例③④⑤都是第一句陈述现象,第二句设问,也是一种问起。例③以反诘起笔表达诗人的文艺思想,企盼有人继起写出《大雅》那样的作品。例④由节候的变化自然引出对朋友的思念与担忧。例⑤的设问,从瑞雪兆丰年的千古定论引出反思,表达了诗人对贫者的深切同情。例⑥的反问开头,《诗经》中已屡见使用,如《卫风·河广》《唐风·无衣》《小雅·无羊》等。本诗继承此法,大作翻案文章:在传统观念中,梅花应律而发,斗雪迎春,占尽风情,气压群芳,高标千古。诗人正是从节候反问,引导读者由偏赏梅花的传统观念进行反思,进而对杏花迎春而开、"独占芳辰"的优势表示首肯。

(5) 突起。

遍照金刚《文镜秘府论·论文意》说:"凡诗立意,皆杰起险作,旁若无人,不须怖惧。""杰起险作"即前人所谓"劈空而起""超然而起",亦就是我们所说的"突起"。都是以出乎人们意料的语句引起注意,犹如爆竹骤响,惊听回视。沈德潜盛赞曹植"惊风飘白日,忽然归西山""明月照高楼,流光正徘徊""高台多悲风,朝日照北林","皆高唱也";谢玄晖"大江流日夜,客心悲未央","极苍苍莽莽之致";王右丞"风劲角弓鸣",杜工部"莽莽万重山""带甲满天地",岑嘉州"送客飞鸟外"等篇,"直疑高山坠石,不知其来,令人惊绝"。但这些开头,按其性质,可归入赋比兴;按语气,既非陈述亦非设问或感叹。我们从构思角度讲,"突起"则为精警,用语奇特超迈,出人意表。请看:

惊风飘白日，忽然归西山。圆景光未满，众星灿以繁。

志士营世业，小人亦不闲。聊且夜行游，游彼双阙间。

——曹植《赠徐干》

"志士"指徐干，"小人"是自谦，"聊且"二句是自嘲的戏言。按开头与下文内容关联来看，显然是"兴"起，是有感于岁月如流，功业不就而发。但这又并非一般的托物起兴，是主观情感与白日西沉的景象碰撞而激发出的强烈感受。本来，太阳落山是一种日常的景物，在不同心境观照下，它可以是壮丽的，也可以是悲凉的。曹植由于长期遭受乃兄压制，有志难酬，痛感时不我待。"惊风飘""忽然"等主观色彩极浓的语词跟"白日""归西山"等短语组合，构成了高速运动的太阳语象（诉诸语言文字的意象），这语象是诗人主观情绪的语言文字显现，是异于常人所感的，然而又非常有力地表现了诗人以及具有类似体验的人们的心绪。所以它既突兀超迈，又警策惊人。又如：

噫吁嚱，危乎高哉！蜀道之难难于上青天！蚕丛及鱼凫，开国何茫然。尔来四万八千岁，不与秦塞通人烟。

——李白《蜀道难》

这有口皆碑的千古绝唱，使李白博得了"天上谪仙人"的美称。其穿云裂石、响彻天外的开头，排山倒海般推出雄奇壮伟的意象群体，令人耳震目眩，不暇应接。沈德潜《唐诗别裁》赞为"笔阵纵横，如虬飞蠖动，起雷霆于指顾之间"。若无奇突高昂的起笔，哪有虬飞雷动的气势！又如：

弃我去者昨日之日不可留，乱我心者今日之日多烦忧。长风万里送秋雁，对此可以酣高楼。

——李白《宣州谢朓楼饯别校书叔云》

这样起笔，也是前无古人，后无来者。用李白自己的诗句形容，可谓"飞流直下三千尺，疑是银河落九天"！胸中潜流奔泻而出，一往无前。难怪沈德潜惊叹："此种格调，太白从心中化出！"

以上数例可见，突兀起笔，不但要有奇思异想，且须强烈情感和磅礴的词句，与全诗形成统一的气势。否则，单从形式上模拟，只能如沈德潜所说"适得其怪耳"！

2. 结尾

结尾，又称结句、落句、收束、断句、诗尾、收结等。

如前所述，起笔，是诗人缘情体物的切入或展开方式，那么，结尾，便是对展开的归拢和切入的缝合。归拢既不是勒住意马的缰绳，禁止想象驰骋；缝合，也不是封闭心猿的慧眼，不让幻影翩跹。相反，归拢和缝合，要给活跃的想象和生动的幻影以无形的运行轴线与广阔空间，以便让这些想象和幻影如同嚆矢，飞离诗歌的语言弓弦，尽情游弋。如果结尾无力，这响箭就飞不起来。所以历来诗家也都非常重视结尾。姜夔《诗说》甚至认为"一篇全在落句"。话虽过激，却颇有道理。

同开头一样，结尾的方式也是八仙过海，各显神通的。要之，都如钟嵘《诗品》所说，以"文已尽而意无穷"为贵。为达此种境界，诗人往往采取一些有效办法。古代诗论已有不少论述。例如：

落句须令思常如未尽始好。——《文镜秘府论·南卷·论文意》

含思落句势者，每至落句，常须含思，不得令语尽思穷；或深意堪愁，不可具说。即上句为意语，下句以一景物堪愁，与深意相惬便道。仍须出成感人始好。——《文镜秘府论·地卷·十七势》

（落句）欲似高山放石，一去无回。

——旧题白居易《金针诗格》

断句，直须快速，以一意贯两意，或背断，或正断，须有不尽之意，堆积于后，默默有意。——（唐）徐寅《雅道机要·叙句度》

亦云断句，亦云落句，须含旨趣。

——（五代·宋）文彧《文彧诗格·论诗尾》

结句需要放开，含有余不尽之意，以景结情最好。

——（南宋）沈义父《乐府指迷》

结尾当如撞钟，清音有余。——（明）谢榛《四溟诗话》

收束或放开一步,或宕出远神,或本位收住……就上文体式行之。

——沈德潜《说诗晬语》

五言古……长篇必伦次一齐、起结完备,方为合格;短篇超然起,悠然而止,不必另缀起结。 ——沈德潜《说诗晬语》

歌行起步,宜高唱而入……至收结处,纡徐而来者,防其平衍,须作斗健语以止之;一往峭折者,防其气促,不妨作悠扬摇曳语以送之,不可以一格论。 ——沈德潜《说诗晬语》

这些都是精辟的论断。归纳前人所述,验以古典诗歌的实际,从内容与结尾的关系和结句的作用来看,可概括为以下几种主要方式。

(1) 就题结,点明主旨。

应制、赠答,或述怀、咏事、写景、纪游的诗,常在结尾就所咏之事加以强调,以明本意。例如:

金榜扶丹掖,银河属紫闱。那堪将凤女,还以嫁乌孙。

玉就歌中怨,珠辞掌上恩。西戎非我匹,明主至公存。

——沈佺期《送金城公主适西番应制》

本诗首联是说朝廷有英才辅佐,天下万国归心;二联说公主远嫁番邦,难忍生离之悲;三联写公主临别时歌诗中饱涵幽怨;四联就与番邦和亲之事,一方面承认公主的委屈,另一方面又赞扬"明主"出于增进民族和睦的"至公",以大义慰藉公主。虽是应制,却很得体。看似本题收束,又非就事论事,是应制佳作。又如:

独有宦游人,偏惊物候新。云霞出海曙,梅柳度江春。

淑气催黄鸟,晴光转绿苹。忽闻歌古调,归思欲沾巾。

——杜审言《和晋陵陆丞早春游望》

这是应酬之作。首联说在外做官的人,对于季节的变化特别敏感;二、三联写江南春色之美；末联说，陆丞的诗格调高古，触动了自己的强烈归思。结尾也未离本题，就原作的内容格调引起共鸣作收。在意脉上，又与首联呼应：对节候、时光敏感的宦游之人，本来容易产生思乡之情，何况"忽闻歌古调"呢！这对朋友的诗才，自然也是得体的称道。又如：

> 山光忽西落，池月渐东上。散发乘夕凉，开轩卧闲敞。荷风送香气，竹露滴清响。欲取鸣琴弹，恨无知音赏。感此怀故人，中宵劳梦想。
>
> ——孟浩然《夏日南亭怀辛大》

良辰美景怀念故人的题旨也是很明显的。

此类就题而收的诗歌，多以情结或意结，一般认为难以包含深厚的意蕴。沈义父《乐府指迷》就认为，"以情结尾""往往浅而露"，词里这类例子甚多，如他所举周邦彦《风流子》结尾"天便教人，霎时斯见何妨"，虽似"真率"，却无余味。但也不能绝对。就本题以情结束，只要诗人感情真挚，见解深刻，概括精警，也还是能似浅而深的。如杨炯《从军行》"宁为百夫长，胜作一书生"；王之涣《登鹳雀楼》"欲穷千里目，更上一层楼"；文天祥《金陵驿》"从今别却江南路，化作啼鹃带血归"等，或抒情言志，或触景感怀，都紧扣本题，含义深厚，给人启迪。

（2）伸展结，强化题意。

结尾时，在本题的基础上作横向拓展或纵向引申，使题意更加深刻或普遍，从而得到强化。沈德潜《说诗晬语》说这是"放开一步"。他举杜甫《画鹰》"何当击凡鸟，毛血洒平芜"，认为从画鹰说到真鹰，"就上文体式行之"，是"放开一步也"。杜甫《房兵曹胡马》"骁腾有如此，万里可横行"，也同样是借画中形象寄托自己的情怀，把题旨引向更深更高的层次。还有他的《茅屋为秋风所破歌》末尾说："安得广厦千万间，大庇天下寒士俱欢颜，风雨不动安如山。呜呼！何时眼前突兀见此屋，吾庐独破受冻死亦足！"也是在本题的基础上引出民胞物与的仁爱精神。再如：

> 中庭地白树栖鸦，冷露无声湿桂花。
> 今夜月明人尽望，不知秋思在谁家。
>
> ——王建《十五夜望月寄杜郎中》

辛苦遭逢起一经，干戈寥落四周星。

　　山河破碎风飘絮，身世浮沉雨打萍。

　　惶恐滩头说惶恐，零丁洋里叹零丁。

　　人生自古谁无死，留取丹心照汗青。

——文天祥《过零丁洋》

王诗原是面对凄清的朗月，抒发对朋友的"别离之情，思聚之念"，但结尾并不胶着自己的秋思，却"放开一步"，横向扩展，以不确定的语气，把"月圆人缺"这种人间的恒常不足，都包举其中。于是，自己这种怀友之情，在"人尽望"的月明之夜，便具有了自然、广泛而真切的生活与心理背景，显得格外淳厚感人。第二例是文天祥于1278年12月20日，在广东海丰县东北五坡岭，被元军俘获押于舟中所作。先述自己由科第出身，起兵抗元的艰险历程和目前的遭遇，最后表达矢志殉国的决心，却又向纵深推进一层，把生死问题升华到伦理哲学的高度。这结尾的警句，千古传诵，激励着多少志士仁人，为国为民英勇献身！

　　（3）宕开结，别出远神。

　　上述两种结尾，都须扣着本题。这里说的"宕开"作结，在形式结构和逻辑层次上，与本题都没有密切联系：或如郭知达《九家集注杜诗》所说"旁人他意"；或如沈德潜《说诗晬语》所说"宕出远神"，均可收"含有余不尽之意"的奇效。老杜《缚鸡行》的结尾是历来诗家交口称誉的：

　　小奴缚鸡向市卖，鸡被缚急相喧争。

　　家中厌鸡食虫蚁，不知鸡卖还遭烹。

　　虫鸡于人何厚薄，吾叱奴人解其缚。

　　鸡虫得失了无时，注目寒江倚山阁。

本诗主要内容描述家奴缚鸡去卖以及诗人叱奴解缚的原因。最后说"鸡虫得失了无时，注目寒江倚山阁"，似与上文无关，细想却又不然。诗人从家人讨厌鸡吃虫蚁、命小奴缚而卖之这件事，引起"鸡虫得失的思考"：把鸡卖了，固然虫蚁得救，但鸡卖遭烹，是虫得而鸡失；鸡虫与人本无厚薄，何必为保全虫蚁而除掉鸡呢！既然鸡虫于人无所厚薄，若就事而论写成诗歌，也无意思。但诗人从鸡虫得失这种个别现象，看出了人世间相同规律：荣枯宠辱、祸福消长，不也是彼此辩证、永无定局的吗？而这一哲理，诗人并未明言，只一句"鸡虫得失了无时，注目寒江倚山阁"，以局部鸡虫的遭遇，推及所有鸡虫的命运，于此陷入沉思，并将视线投向寒江——江水的不舍昼夜，不正象征着变幻无常的人事和诗人忧患无穷的思绪吗？这种结尾意旨悠远，引而不发。正如遍照金刚所说"含思落句""令思常如未尽"。

古代诗家多认为，"以景结情"，往往具有余意不尽的效果，这是大体正确的。如张若虚《春江花月夜》"不知乘月几人归，落月摇情满江树"；李白《送孟浩然之广陵》"孤帆远影碧空尽，唯见长江天际流"；杜甫《秋兴八首》之二"寒衣处处催刀尺，白帝城高急暮砧"；苏轼《和子由渑池怀旧》"往日崎岖还记否？路长人困蹇驴嘶"等，很难说都有多深的含义，但这种结尾，或创造一种气氛，或描写一种境界，都给读者留下了想象空间，因此也就如谢榛所说"清音有余"了。

（4）因势结，各适其宜。

这种结尾，是就诗篇的不同体式加以调控，使其意脉气韵得到适当传达。这包括沈德潜《说诗晬语》所说的短篇和长篇的不同情况：短篇，"超然而起，悠然而止，不另缀起结"。长篇歌行，"或迂徐而来者，防其平衍，须作斗健语以止之；或一往峭折者，防其气促，不妨作悠扬语以送之"。

先看短篇。例如：

独怜幽草涧边生，上有黄鹂深树鸣。

春潮带雨晚来急，野渡无人舟自横。　　——韦应物《滁州西涧》

清晨入古寺，初日照高林。曲径通幽处，禅房花木深。

山光悦鸟性，潭影空人心。万籁此俱寂，但余钟磬音。

——常建《题破山寺后禅院》

这两首诗都不长，也似乎没有另具起结。韦诗以"独怜"领衔，引出一组并列意象，构成一副优美图画。"独怜"二字表明这一美景是他的独特发现，看似平常的字眼，却有"超然而起"的气度。"野渡"一句是这幅图画的中心。幽草丛生的溪涧，黄鹂鸣唱的树林，以及带雨而来的春潮，这一切，都似乎成了背景的扫描，最后托出了画幅的中心图像：那在春潮急雨中悠然横陈的野渡。对于这一中心图像，诗人并未细加刻画，点到辄罢；但这图像的背后，隐蔽着无形的像外之像，颤动着弦外之音：无生有知，皆有佛性，幽草黄鹂、渡船舟子，任春潮晚雨，急来慢去，也各自安然——这是诗人"本心不动"，静观而得的禅意。常诗也有异曲同工之妙，起笔虽不算超然，倒也自然。完全顺时而起，依游踪的转换，描述景物和感受；结尾两句以听觉意象收束，动中寓静，以意象之静，暗示意念之静，但这种意念之静是在钟磬之外，悠悠忽忽，不可耳闻，只能神会的。所以，这结尾，正是以钟磬余音传出了禅韵。再看杜甫的《遣怀》：

愁眼看霜露，寒城菊自花。天风随断柳，客泪堕清笳。

水静楼阴直，山昏塞日斜。夜来归鸟尽，啼杀后栖鸦。

这是客居秦州时作。诗人想在东柯谷寻置草堂未遂，心情索寞。起笔道出当时心境：生计尚且无着，只感到霜露的威胁，哪有心情赏花呢？寒菊自开，凄凉无主，亦象征诗人的潦倒。中间两联，以错杂的句式描述景物和感受，末联顺时序而结，只就眼前所见信手拈来，托意于栖鸦，不言愁苦而情景相惬，令人恻然，可算是因势而结的杰作。

再看长篇。长篇结尾，若就与全诗的关系看，多是两种情形：或者照应点题，或者引发幽思。沈德潜所说的两种，是从全诗的节奏、气势说的。历来诗家都很注重长篇歌行的节奏强弱、气势缓急等音乐特性。一般来说，顺势收束者多。因为歌行的韵脚变换，或字数的增减，已经起到了调节的作用。这种结尾可以将全章的气势贯通到底。例如：

君不见黄河之水天上来，奔流到海不复回。君不见高堂明镜悲白发，朝如青丝暮成雪。人生得意须尽欢，莫使金樽空对月。天生我才必有用，千金散尽还复来。烹羊宰牛且为乐，会须一饮三百杯……钟鼓馔玉不足贵，但愿长醉不愿醒。古来圣贤皆寂寞，惟有饮者留其名。昔时陈王宴平乐，斗酒十千恣欢谑。主人何为言少钱，径须沽取对君酌。五花马，千金裘，呼儿将出换美酒，与尔同销万古愁！

——李白《将进酒》

诗人以"君不见黄河之水天上来,奔流到海不复回"隐喻岁月无情,盛年不再,激发纵酒酣歌及时行乐的热情;最后以"五花马,千金裘,呼儿将出换美酒,与尔同销万古愁"收束,正是高唱而起,顺势而结,恰似黄河奔海,势不可当,痛快淋漓地表达了诗人腾涌喷薄的豪迈之气。人们从这里感受到的,并不是颓废的享乐主义,而是强烈的不平、深沉的悲愤、巨大的痛苦和狂傲的抗争。再如:

> 海客谈瀛洲,烟涛微茫信难求。越人语天姥,云霞明灭或可睹。天姥连天向天横,势拔五岳掩赤城。天台四万八千丈,对此欲倒东南倾。我欲因之梦吴越,一夜飞度镜湖月。湖月照我影,送我至剡溪。谢公宿处今尚在,渌水荡漾清猿啼。脚著谢公屐,身登青云梯,半壁见海日,空中闻天鸡。千岩万转路不定,迷花倚石忽已暝……忽魂悸以魄动,恍惊起而长嗟。惟觉时之枕席,失向来之烟霞。世间行乐亦如此,古来万事东流水。别君去兮何时还,且放白鹿青崖间,须行即骑访名山。安能摧眉折腰事权贵,使我不得开心颜!

——李白《梦游天姥吟留别》

开头以瀛洲作陪,引出天姥,因之入梦;继而迷离惝恍,神游幻境;再接梦觉慨叹,推及人生。极尽逶迤曲折,出神入化之能事。最后五句,先点出留别主题,继述名山求仙之意,忽然笔锋一转,傲岸宣言,使全诗从容浩荡的气韵,汇集而成凛然卓立、雄视高蹈的气概。又如:

> 我浮黄河去京阙,挂席欲进波连山。天长水阔厌远涉,访古始及平台间。平台为客幽思多,对酒遂作梁园歌。却忆蓬池阮公咏,因吟渌水扬洪波。洪波浩荡迷旧国,路远西归安可得?人生达命岂暇愁,且饮美酒登高楼……持盐把酒但饮之,莫学夷齐事高洁。昔人豪贵信陵君,今人耕种信陵坟。荒城虚照碧山月,古木尽入苍梧云。梁王宫阙今安在?枚马先归不相待。舞影歌声散渌池,空余汴水东流海!沉

吟此事泪满衣，黄金买醉未能归。连呼五白行六博，分曹赌酒酣驰辉。歌且谣，意方远，东山高卧时起来，欲济苍生未应晚。

——李白《梁园吟》

本诗以慷慨不平之气起笔，接着二十余韵，以情照境，感吊苍茫，借古作纬，倾泻怀抱；最后以"歌且谣，意方远，东山高卧时起来，欲济苍生未应晚"落笔，使惊天裂石之高调，宕出超凡脱俗的远音。与本诗同时的《鸣皋歌送岑徵君》格调相仿。开头说"若有人兮思鸣皋，阻积雪兮心烦劳；洪河凌兢不可以径渡，冰龙鳞兮难容舠！"发调不平，既而形容仕途艰险，以示徵君远去之由，又述离别之情景与自己的不平；可最后说"白鸥兮飞来，长与君兮相亲"。何其坦荡！这些都是"峭折而来，悠扬以送"的优秀范例。

以上对于古典诗歌的章法，只作了大致的综合描述，至于各种体裁的"调度"，须因题制宜，各尽其职，难以具述。

第八章

悟　境

> 你是否想过：
> 单个意象难以成诗。
> 什么是"意境"？意境学说怎么来的？
> 意境有什么特征和类型？有无品位之分？

> 诗者，其文章之蕴邪？义得而言丧，故微而难能；境生于象外，故精而寡和。
> ——刘禹锡
> 戴容州云："诗家之景，如蓝田日暖，良玉生烟，可望而不可置于眉睫之前也。"象外之象，景外之景，岂容易可谈哉！
> ——司空图

　　意境，并不是诗歌的构成要素，也不是任何一个创作环节，倒是诗歌的各种要素经过命意、构象等创作环节综合形成的审美时空或审美心理场。它既是诗人的创造，也是读者的合作。它美妙，但又玄秘；很难一下吃得准，却又能深深地感受它。它是诗人创作和读者赏鉴共同关注的焦点，所以在讨论了古典诗歌的构成要素和创作环节以后，有必要对意境问题有所体悟。

　　下面就意象与意境的关系、意境的美学特征、类型与品位以及意境说的发展过程等问题进行一些讨论。

一、意象与意境的关系

　　如前面章节所说，意象是诗歌的花果。但花果并不就是花卉和果木的全部，意象也不就是完整的诗歌。事实上，连最简单的歌谣也不是单个意象。例如：

　　　　断竹，续竹；飞土，逐肉。　　　　　　　　——古逸《弹歌》

这是一首最简短的远古的歌谣，而其中包含了两个砍竹制弓的动作意象和两个飞弹追逐鸟兽的意象。如果要简化，至少也有制弓和追逐鸟兽两个意象。它们共同构成了远古猎人或传说中的孝子愉快狩猎或机警地守护亲人墓葬的意境，洋溢着对自身勇力与智能的自豪感。

　　那么，单独歌咏一个对象的诗篇是否单个意象、是否能构成意境？回答也是否定的。因为诗人必须把对象放在一定的环境中，运用比拟象征等手法同其他事物联系起来描写，这就必然牵涉别的意象。

　　诗歌作品的系统，是多元统一的有机结构。按系统论原理，系统内各要素之间的关系并不是平列的，依主从关系分为不同层次；不同层次的一定结构，使一个特定的系统产生特殊功能。可以说，意境就是诗歌系统各要素的特定结构所产生的审美功能的特殊效应，它的作用就是让读者神游其中，受到感染和陶冶，这也就是审美效应。意象，是诗歌作品系统中的主要元素，它与声律体裁形式及议论、理思等非意象内容共同形成意境，并且在诗歌系统中起主导作用，这种主导作用从它对意境的影响可以看出。

（一）意象在量的关系上影响意境

　　意象是意境大厦的构件，它自身的尺度制约意境的大小深浅。如杜甫的《绝句》：

　　　　两个黄鹂鸣翠柳，一行白鹭上青天。

　　　　窗含西岭千秋雪，门泊东吴万里船。

全诗四组意象，综合起来则是诗人的自由情思与客观外物相遇合而成的意境，其巨大的审美时空的跨度，完全来源于诗中多数意象的时空尺度。再看杨万里的《小池》：

　　　　泉眼无声惜细流，树阴照水爱晴柔。

　　　　小荷才露尖尖角，早有蜻蜓立上头。

这是初夏小池的景色。无声细流的泉眼，初露尖角的小荷，悠然静立的蜻蜓，树阴也无浓重之感，所有这些意象都是纤小的，正是它们构成这首小诗比较玲珑幽雅的意境。这是诗人在有限的对象上主客遇合的审美空间，虽不广大，却很自由，达到了神与物游的境界。再看王昌龄《从军行》之五：

> 大漠风尘日色昏，红旗半卷出辕门。
>
> 前军夜战洮河北，已报生擒吐谷浑。

风沙满天的大漠、昏暗的日色、激烈的夜战与高昂的士气等雄浑壮伟的动态意象，构成宏阔壮烈的意境，诗人的豪情与帝国的声威溢于诗外。

（二）意象在性质关系上影响意境

意象的性质关系，主要指情调、品格等方面，这在抒情诗中表现得特别明显。如喜怒哀乐、怨恨悲愁等情感意象，必然形成相应意境。而高雅天真、粗俗淫邪等情调意象，也必然具有相应的品格。请看下面几个例子：

> 萚兮萚兮，风其吹女；叔兮伯兮，倡予和女！萚兮萚兮，风其漂女；叔兮伯兮，倡予要女。　　——《诗·郑风·萚兮》
>
> 菡萏香连十顷陂，小姑贪戏采莲迟。晚来弄水船头湿，更脱红裙裹鸭儿。船动湖光滟滟秋，贪看年少信船流。无端隔水抛莲子，遥被人知半日羞。　　——皇甫松《采莲子》

第一例被朱熹评为"淫女之词"。"郑卫之音"向来名声不好，当年孔子就"放"（贬斥）它。其实，这种情歌倒天真坦率：女子对喜欢的男子唱道：你先唱吧，我来和你——你不见那要落的树叶吗，风一吹它就会飘下来！这也是大胆而巧妙的暗示。这种喜悦的意象表达了女子的喜悦之情，也即她的心中之境。第二例是著名的小词，用小令的形式，描绘了采莲小姑的天真烂漫。第一节，菡萏连陂，香飘十顷，采莲小姑被湖上美景迷住；她莲子没采多少，贪玩好耍，船都弄湿了，还把红裙子脱下来捉鸭儿。第二节，说她不懂事，又情窦初开，贪看年少；少年大概觉得是个小妞儿，未予理睬，或根本没注意，她便抛掷莲子打人。这情不自禁的行为，泄露了她心中的秘密；她也似乎觉得太孟浪了，虽然引来了少年的注目，自己也活活羞煞。这里的意象和诗人要表现的主人公的心中之境是完全一致的。再如：

>凤髻金泥带,龙纹玉掌梳。走来窗下笑相扶,爱道"画眉深浅入时无"。　弄笔偎人久,描花试手初。等闲妨了绣工夫,笑问"双鸳鸯"字怎生书。
>
>　　——欧阳修《南歌子》

这里用具体的言语行动意象,生动地描绘了新婚夫妻或年轻恋人的恩恩爱爱,情态逼真。这是很缠绵的爱的境界,它完全是由意象本身的细腻情态所形成的。又如温庭筠的《梦江南》:

>梳洗罢,独倚望江楼。过尽千帆皆不是,斜晖脉脉水悠悠,肠断白萍洲。

这是著名的望夫曲。思妇从早晨到傍晚,倚楼凝望,企盼良人归来,但"过尽千帆皆不是",江上唯有默默斜晖,悠悠流水;眼望远处的白萍洲,肝摧肠断。其相思之愁苦,尽在言语之外。这里,千帆、斜晖、流水、白萍洲等意象,似乎都与主人公的心思各不相属。但这些意象,是"江中景,也是心中景"[1];而唯其不属,更突出了主人公的失落感,使她更加孤独、痛苦而绝望。

由于诗人的审美情感不同,意象性质也不同,哪怕是题材相当的诗歌,其意境也就具有不同的气质。例如:

>山一程,水一程,身向榆关那畔行,夜深千帐灯。　风一更,雪一更,聒碎乡心梦不成,故园无此声。　——纳兰性德《长相思》
>
>晴髻离离,太行山势如蝌蚪。稭花盈亩,一寸霜皮厚。　赵魏燕韩,历历堪回首。悲风吼,临铭驿口,黄叶中原走。
>
>　　——陈维崧《点绛唇·夜宿临铭驿》

这是清初两大词家的代表作。他们的经历和个性不同,审美情感差异,同写北国风光、羁旅之愁,而意象境界各别:前者忧郁感伤,后者苍凉悲慨。

---

[1] 吴熊和.唐宋诗词探胜[M].杭州:浙江文艺出版社,1983:389.

（三）意象在状态方面影响意境

意象的状态，这里主要指除了量和质以外的形色声光、动静虚实等特征。例如：

牂羊墳首，三星在罶，人可以食，鲜可以饱。

——《诗·小雅·苕之花》

硕人其颀，衣锦褧衣。齐侯之子，卫侯之妻……手如柔荑，肤如凝脂，领如蝤蛴，齿如瓠犀，螓首蛾眉。巧笑倩兮，美目盼兮。

——《诗·卫风·硕人》

第一例描写母羊瘦瘠，只剩个大脑袋；河里捕鱼的罶空空荡荡，只有三星照映，人当然不能吃到什么。从这些意象的形貌状态，可见周末乱世，凶年饥馑，百物凋敝的惨状，这是一种衰败的、使人沮丧的境界。第二例写齐庄公之女、庄公之妻庄姜。诗一开头就以形体的修长出众、穿着的高贵素雅赞美她。据说庄姜美而无子，庄公另嬖新宠。国人同情，作诗歌之，也"重叹（卫）庄公之昏惑"（朱熹）。整首诗的境界洋溢着对庄姜的赞美与同情。对"硕人"的形貌描写，与这种境界完全一致，其中"巧笑倩兮，美目盼兮"早已成为千古流传的理想的美人意象。再看苏轼的《题刘景文》：

荷尽已无擎雨盖，菊残犹有傲霜枝。

一年好景君须记，正是橙黄橘绿时。

这应是秋冬之交的景象。枯荷残菊，使人想起生机的衰败；而橙黄橘绿又显出江南的得天独厚。这境界也是诗人以富有特征的形状、色彩意象呈现出来的。

诗歌境界的新奇，也完全由意象的新奇形成。请看李贺的《雁门太守行》：

黑云压城城欲摧，甲光向日金鳞开。

角声满天秋色里，塞上胭脂凝夜紫。

半卷红旗临易水，霜重鼓寒声不起。

报君黄金台上意，提携玉龙为君死。

这是李贺的绝唱之一。诗人绘声绘色地描述了塞上沙场激烈的战斗惨景：敌人大军紧逼孤城，将士们顶盔贯甲，金光耀日；秋色辉煌，角声震天，将士们浴血奋战，到晚来霞光暗淡，塞上鲜血凝结而成紫色；孤军无援，寡不敌众，被迫撤临易水。战鼓也被浓重的严霜封冻，不能发出振奋人心的震响；将士们终于为国为君捐躯疆场。这首诗当然不是纪实之作，是诗人不满于中唐之后藩镇叛乱、战祸频仍的现实，依据乐府旧题想象挥写的。以此歌颂那些在平叛的战斗中牺牲的英雄，也表达了对藩镇横行、国无宁日的现实的极端不满。从诗歌所描写的意象看，是从眼见耳闻的不同角度，以极富特征的景物如气势汹汹的黑云，岌岌可危的孤城，金光闪闪的盔甲，辉煌的秋色，暗紫的凝血，风吹不展的红旗，严霜封冻的沉闷的鼓声……在动静冷热的场景对比和转换中，烘托了紧张激烈而又怆凉悲壮的境界。这里的意象的状态都是想象的、非现实的、夸张变形的，但却给人战斗惨烈、士气昂扬的实感，使人觉得身临其境，深受激励。意象的形貌声色、动静时空等状态的传神刻画，对于本诗境界的构成和情绪的传达，其内在联系的密切程度，是显而易见的。

以上，我们就意象与意境的关系的几个主要方面作了一些简单的说明。这些关系，也只是正面、一般的；在后面的讨论中，我们会看到意象与意境各种辩证关系的复杂情况。

二、意境的美学特征、类型及品位

意境，是诗歌创作所追求的最终目标，现在对它的特征、类型与品位等主要问题作一些探讨。

（一）意境的美学特征

意境的美学特征，也是众说纷纭，大同小异，但都可商榷。或者把意境的特征与意境的类型混同，如曾祖荫《中国古代美学范畴》说，意象的第一个特征即"意与境浑"（其内容涉及、评述了以意胜、以境胜等不同情况，显然属境界类型问题）；或者把意境创造中的具体要求当作意境的特征（如陈祥耀《文论二则·说意境》列出"高、真、新、显"等八条，显然不属基本特征）。笔者认为，应从整体着眼，既区别于意象，又区别于情境和典型，描述出意境之所以是意境的基本特征。

1. 多元统一：综合性

意境，是我国古代美学理论中的基本范畴，作为我国古代艺术特别是诗画创作经验和审美鉴赏经验的科学概括，有其特定的内涵和外延，它比前面所说的意象丰富得多。它既不同于西方现代文艺理论中的形象与典型，又不同于康德的审美意象和黑格尔的理念的感性显现。它们之间既有相通之处，又不能彼此混淆。从我国古代诗画特别是诗歌创作及鉴赏经验的实际考察，情与境、形与神、意与境等主观与客观因素，还包括了声律、体裁等形式因素及议论、理思等非意象成分的内容与形式的全部要素。这多种元素统一起来，才能作为诗作的有机整体，在与欣赏活动的联系中，产生象外之象、景外之景、言外之旨、神情韵味以及艺术氛围等难以名状，却可体验到的审美效应。总之，意境是一个"完整统一、独立的艺术存在"❶，一个主与客、意与境、形与神、创作与鉴赏诸因素共同形成的审美时空，或者如当代美学所说的审美心理场。

2.境生象外：超越性

一首好诗，总是意味深长、美感无尽的。正如《文心雕龙·物色》所说"物色尽而情有余"，《隐秀》所说"深文隐蔚，余味曲包"。唐宋以来的诗家，也都认为好诗应该有"文外之旨"（皎然）、"象外之象""景外之景""味外之旨"、"韵外之致"（司空图《与李生论诗书》）。而刘禹锡更明确指出"境生于象外"。这"境生象外"的命题，正确地概括了诗歌余味无穷、意在言外这一美学特征的关键。

意境，作为诗人和读者共同创造的审美时空或"心理场"，犹如海市蜃楼，可感而缥缈。海市蜃楼既非云霞又非日光，更非海水或沙漠；而是光线经过不同密度空气层折射或反射，将远处的景物在大海或沙漠上空显映出来的幻象。所以，它也不是某处真景的再现。若不能说是"无中生有"，也可以说"似是而非"。同样，意境，也可以说是读者将诗人在诗篇中提供的意象结构这种"景物"，在自己的审美想象这种"不同密度的空气层"中"折射"或"反射"的幻影。它也不是诗歌的艺术机体自身，又不是完全"无中生有"；它从诗篇的意象结构中生发，又远远地超越这个具体结构。请看：

君问归期未有期，巴山夜雨涨秋池。

何当共剪西窗烛，却话巴山夜雨时。

这是李商隐的抒情名作《夜雨寄北》。虽属短章，在中国诗歌史上却有显著地

---

❶ 李泽厚.美学论集·意境杂谈[M].上海：上海文艺出版社，1960：326.

位，向为人们激赏。这首诗，是李商隐在何时写给何人的，历来有争议。清人冯浩为李氏诗集作注认为是写于公元848年（大中二年）。此时他在桂州（桂林）郑亚幕府，郑被政敌诬陷，遭贬循州（治所在今广东归善）刺史。李由水路去长沙，次年回长安。他在归途中曾"徘徊江汉，往来巴蜀"，本诗即是经过巴蜀时写给妻子的。此说已被近人岑仲勉、陈寅恪所否定，他们认为李商隐巴蜀之游不确。有学者考证，唐宣宗大中六年（公元852年），李商隐曾应聘到梓州（今四川三台）做东川节度使柳郢的幕僚，而前此一年，李妻已故。今人禹克困在中华书局《文史知识》编辑部编《古典诗词名篇鉴赏集》认为，当时与李商隐关系密切且有诗文可证的，唯有词人温庭筠。到底是写给谁的我们无法确证，姑从禹说倒能顺理成章。因为从现存李商隐的诗文来看，李在徐州幕府时温曾有诗《秋日旅社寄义山李侍御》；李在四川时也有三首诗赠温。温系唐初宰相温彦博裔孙，但也同样受到牛党令狐绹的排挤压制，晚年才做到方城尉和国子助教，二人可谓同病相怜。李商隐受牛党挤压，到梓州任职已属无奈，加之妻子早亡，更加抑郁。仅就诗篇文本来看，不过怀人思旧，题材习见；文字又一反绮丽幽晦的风格，清新晓畅，似无深意。但若细加玩索，它的确有现实之景和向往之情以外的韵味，这便是超乎文本表层结构的审美境界。"君问归期未有期，巴山夜雨涨秋池"——患难至交，天涯沦落，情何以堪！此情此景，思亲人，念挚友，是很自然的事，但诗人并不写自己如何思念，却从对方写起："君问……"吴熊和《唐宋诗词探胜》认为这是"推进一层的写法"。无论是推进一层还是后退一步，都避免了直露。比之杜甫《月夜》"今夜鄜州月，闺中只独看"更见曲折，思归之情表达得更为巧妙。因为在杜甫那里仍然是诗人自己的视角，只表现了自己的思念，而李诗却以对方询问归期曲折地传达自己思归的心情。"巴山夜雨涨秋池"，字面看，似乎是比，以绵绵不断的秋雨作未有归期的注释；似乎又是兴，见夜雨秋池感发不断增长的旅思乡愁和身世抑郁之怨。雨丝共愁绪交织，心声同雨声相乱。愁怨如雨，雨似怨愁：雨愈落，愁愈深；雨愈落，怨愈涨。愁怨满怀，溢涨宣泄。愁怨之类的情感本是内在的、无形的、千差万别的，它必须借助外物来显示，夜雨秋池正是很好的良导体。李商隐的《寄怀韦蟾》说"却忆短亭回首处，夜来烟雨满池塘"，也是把回忆中的心情外化为眼前的景物，构思与本诗相同。这种方法有如修辞学中的引喻和示现。然而，这风雨凄迷、羁旅愁苦的意象，也正饱和着仕途失意、命运难测的感伤。这是前两句诗的"象外之象"和"味外之旨"。在体味了前两句诗的丰富的意蕴之后，三、四两句"何当共剪西窗烛，却话巴山夜雨时"的内涵和分量，也就比较容易领略了。

许多诗学家都特别推崇这三、四两句。清代纪昀称赞它"探过一步作结，不言当下如何，而当下意境可想"；徐德泓说"翻过他日而话今宵，则此际羁情不写而自深矣"，都是灼见。这两句诗，就字面看思路，大约是：此刻思绪万千，一言难尽，要是能很快回乡，西窗对烛，细细聊聊这段苦情，该有多好！这普通的意念，诗人却表达得很不寻常。"何当"即"什么时候才得"，可见诗人归心似箭。但在仅有四句的小诗中，诗人在第四句中让"巴山夜雨"重见，真是让人意想不到却又是顺理成章。这重复，不但不单调，而且与上句"何当共剪西窗烛"的急切心情相贯通，与第一句"君问归期未有期"的婉曲思念相呼应，借诗句的回环和意象的重现，传达了对于归期的向往，对于挚友或亲人的深情。这里有自己的期待，有对于挚友或亲人的慰藉；慰藉给诗章增添欢娱之色，而这欢娱又只是一种期待；期待的难以预卜，又倍增了眼前归期未明和秋风夜雨滞留巴山的愁苦以及前途渺茫的迷惘。这大约便是诗中不直接明言，"探过一步"，留给读者去想象的"当下意境"吧？

由上述简单分析可以看出，诗人所描绘的巴山夜雨、秋池涨水，剪烛西窗、夜话巴山等现实和虚拟的情景，直接显示的不过是秋风夜雨之际游子思亲念友的意象，而其象外之象、言外之意或弦外之音、韵外之致、味外之味、景外之境等，却是仕途的辛酸、命运的坎坷和前途的迷茫。这象外之象、言外之意或弦外之音等，如果离开了诗歌意象自身的生动描绘，就真的成了空中楼阁了。但如果胶着于意象的具体性而没有想象的腾飞和情感的升华，没有意念的超越，就无法进入玄妙的审美时空，这就是意境的超越性。

象外象内的这种辩证关系，大文豪欧阳修《六一诗话》曾援引宋初著名诗人梅尧臣的一段精彩论述：

（诗家）必状难写之景如在目前，含不尽之意见于言外，然后为至矣……若严维"柳塘春水漫，花坞夕阳迟"，则天容时态，融和骀荡，岂不如在目前乎？又温庭筠，"鸡声茅店月，人迹板桥霜"，贾岛"怪禽啼旷野，落日恐行人"，则道路辛苦，羁愁旅思，岂不见于言外乎。❶

---

❶ 欧阳修.六一诗话[M].北京：人民文学出版社,1962.

这里的"融和骀荡""道路辛苦，羁愁旅思"，生于诗家描绘的景物意象，而又是超越这些意象才能体味的。

意境的"象外"和"言外"，细加考察，有不同的性质。当代著名学者吴调公指出：

"境外之味和言外之意各有不同。后者主要还是从文学语言立论，看问题的深度较之前者略浅。欧阳修主要是从后一角度提出他的看法的"；"在这个基础上南宋著名词人姜夔就更明确地把'言内'和'言外'、'境内'和'境外'联系起来，从'含蓄'出发，提高到对'余味'的探究"❶。

这一论断是精到深刻而富启发性的。据此，我们可以体验到"境"的构成，至少应包括这几方面：

第一，"象外之象"——诗篇所隐含的画面或时空情景。

第二，"言外之意"——深层的主旨或理念。

第三，"韵外之致"——"象外""言外"和声律、体裁所诱发的趣味与情调。

试看刘禹锡的《乌衣巷》：

朱雀桥边野草花，乌衣巷口夕阳斜。

旧时王谢堂前燕，飞入寻常百姓家。

这首脍炙人口的小诗，以简练的体裁形式，包含了丰富的内容。它的意境，正具备了上述三个方面的因素。眼前的古桥野花、陋巷斜阳、紫燕翻飞，使人联想到这里曾是六朝门阀的豪宅府第以及"旧时"的繁华景象——这可谓"象外之象"。"旧时王谢堂前燕，飞入寻常百姓家。"令人感叹六朝风流，好景不长，任何统治者，如果逸乐无度，不事功业，不励民政，总不免历史的惩罚——这大约可以说是"言外之意"吧。吟诵着抑扬铿锵、和谐顿挫的诗句，体味着这象内象外、言内言外所体现的情味，我们似乎感到，诗人在对六

---

❶ 吴调公.古代文论今探[M].西安:陕西人民出版社,1982:218-219.

朝金粉烟消云散感叹之余，面对李唐王朝日薄西山、光景难留的态势，升起一种迷茫凄凉的心绪；这心绪，似乎也感染了读者，引起对历史兴废发生隐约的共鸣——这大约又可谓"韵外之致"了。但道可道非常道，诗歌的意境是不能这般肢解的；上面分条列举，不过"遥指杏花"罢了。

3.读者自得：会意性

诗歌的意境，不但"超以象外"，而且"得其环中"；虽回味无穷，却要在想象的时空里体验，还往往见仁见智，各不相同。难怪从汉代董仲舒《春秋繁露·精华篇》起就有人感叹"诗无达诂"，刘勰大呼"知音其难哉"！宋初欧阳修《六一诗话》称梅尧臣确认"作者得于心，览者会以意，殆难指陈以言也……可略道其仿佛"；清初思想家、诗学家王夫之《诗绎》也认为"作者用一致之思，读者各以其情而自得"；晚唐诗人司空图描写得最为巧妙，他的《与极浦书》说："戴容州云：'诗家之景，如蓝田日暖，良玉生烟，可望而不可置于眉睫之前也。'象外之象，景外之景，岂可容易谈哉！"这些说法，都表明诗歌意境的确是只可意会不可言传，而且是根据欣赏者的主观条件而自行领略的。这符合诗歌欣赏的实际。试看晚唐诗人秦韬玉的《贫女吟》：

蓬门未识绮罗香，拟托良媒益自伤。

谁爱风流高格调？共怜时世俭梳妆。

敢将十指夸针巧，不把双眉斗画长。

苦恨年年压金线，为他人作嫁衣裳。

这首诗标明是贫女自叹。初读之下已经明白是对于贫女命运的同情。但如果联系诗人的经历，知道他原是进士不第，后随僖宗入川，在宦官田令孜府中当幕僚，经田推荐他当工部侍郎才得赐进士，那么，这又可以看成是借题发抒其怀才不遇的感伤。如果再进一步，联系更为广泛的社会生活，我们不难发现，"为他人作嫁衣裳"，难道不是一种普遍的社会现象吗？——在被剥夺了支配自己的权利、丧失了主体人格的人们中，有谁不受权力和财富的钳制而陷入为人作嫁的可悲境地！这样看来，本诗的意境，它的言外之意，又是一种悲剧性的哲理幽思了。

这类诗作的意境所包含的言外之意，还可以略加阐释，因为稍有阅历的人，就可能引起为人作嫁的共鸣。至于那种简洁小诗的意境所给人的审美感受才真是难以言传。例如，王维《栾家濑》《辛夷坞》，李白《清溪半夜闻笛》《劳劳亭》，严维《送人往金华》，权德舆《岭上逢久别者又别》，刘禹锡《视刀环》，元稹《行宫》，岑参《山房春事》，王昌龄《芙蓉楼送辛渐》，李益《从军北征》，王建《雨过山村》，陆龟蒙《白莲》及高蟾《金陵晚望》等信手拈来的唐人绝句，莫不脍炙人口。但到底什么地方感人，或者难以尽述，或者人言言殊。

意境的美感为什么难以具陈，为什么人言言殊，而只能各自去领会？这当然是一个玄妙的美学问题。我们仅在这里略述一二。

这首先因为美感本身的模糊性，其次由于表达手段的局限性，同时还因为作品文本意蕴的不确定性。

就美感来说，虽然审美赏鉴中有理性因素，但总是有别于概念认识，不同于逻辑思维。当代美学认为，美感"是想象趋向于、符合于非确定性的概念，并把非确定性的概念溶解在想象里，以得到一种不脱离具体形象的本质性的感受和体会"，所以它"是欣赏而不是推理，是领悟而不是说教"[1]。美感的这种非概念的想象、领悟的特点，使它只能是模糊、不确、难以一一具说的。而当人们捕捉、体味到某种意境的兴味与深意的时候，又进入了一种陶醉、恍惚的无差别境界，正如古人所说的"欲辨已忘言"——"言"尚且忘，如何陈说？诗歌和其他艺术的审美欣赏，颇有点儿参禅悟道的意味。据说佛徒学道至一定阶段，便以为已得真谛，偶有所感便欣然而喜，又说不出所以然，于是作出"拈花微笑"之类的神秘姿态，以表示其大彻大悟。当年如来传道，拈花示众，是一种直观的感召，其内涵笼统。可能暗示"无情皆有佛性"；也可能表现"色相俱空"……而迦叶微笑，不知他是欣赏花的美，还是对老师的故作高深感到滑稽，但他笑了——这很重要：表示他有所领悟；他不说，别人不知他领悟了什么，但也就很玄妙。宋罗大经《鹤林玉露》载，某尼作诗云："尽日寻春不见春，芒鞋踏遍陇头云。归来笑拈梅花嗅，春在枝头已十分。"这也是表明参透了禅机，但很难说她到底参透了什么。诗中以春梅来象征，似乎是悟到了春天早已到来，但也许是猛省"梅花犹带雪，流光不待人"……真是如鱼饮水，冷暖自知。严羽主张以禅喻诗，也是从诗歌创作欣赏与参禅悟道共同的心理特点来说的，由此可以体味诗歌意境的道理。

就表现手段来说，任何艺术的表达手段都是物质的、感性的、有限的，而审美意识作为审美对象的内涵，却又是观念的、想象的、宽泛的。这是艺术品

---

[1] 杨恩寰,樊莘森,等.美学教程[M].北京:中国社会科学出版社,1987:247-248.

的内容和形式之间固有的矛盾,尽管黑格尔这样的大哲学家极力强调内容与形式的一致性也无法改变这一事实。而诗歌意境赖以体现的艺术手段是诗歌语言,诗歌语言本身又是高度符号化的"密码",更需经验和想象来"破译"。各人的经验和想象力不同,所得也就各异;何况,诗人自身的技巧也很有限,难于通过诗语符号把自己的审美感受完全传达出来,最多也只能抓住主要特征,也即"传神"。这样,欣赏者也就很难具体把握了。我国古代哲人早有"言不尽意"之论。《庄子·天道》说:"意之所随者,不可以言传也";陆机《文赋》说:"恒患意不称物,文不逮意";刘勰《文心雕龙·神思》云:"意翻空而易奇,言征实而难巧"等,都说明这种现象早已存在。

就作品文本自身意蕴的不确定性看,在审美活动的链条中存在三个环节:创作主体、作品文本和读者赏鉴。艺术家创作出文本,并不是艺术活动的全部完成,他只提供了大致可感的框架(媒体),读者要根据自己的经验、素养和想象力加以充实、扩展和修饰。这是一个"重建"的工程,即通常说的艺术赏鉴中的"再创造"。只有经过这道"重建"的工序,作品的价值意义才得以实现。这样,对于同一作品,不同的读者便会产生不同的理解。所以,作者所赋予作品的"原意"就并不是一种确定的内容,它具有种子般潜在的生发性和变异性。同理,对于诗歌,读者的领会不同,其意境当然也就变成了读者心中的审美世界,幻想时空。《文心雕龙·宗经》说"往者虽旧,余味日新",可以看成是从艺术赏鉴的经验中提取的重要规律。可见,作品文本意蕴本身的不确定性,并不仅仅是西方时髦的接受美学的高论,也是我国古代哲人的深刻体验。

(二)意境类型与品位层次

意境,如前所述,是主与客、意与景、情与理、形与神和体裁、声律以及创作、赏鉴等多种元素综合形成的审美时空。依各种元素的性质、状态与组合关系及审美效应的不同,呈现意境的不同类型风貌与品位层次。区别各种不同类型和品位意境的特征,有助于理解意境的生成机制和美学性能。这对于古典诗歌的赏鉴研究及旧体诗的习作,也都是非常必要的。

1.类型风貌

中国古代文学史上,王昌龄、司空图、刘熙载和王国维等,对古典诗歌的风格、诗境、意象和意境等的不同特征所进行的描述,可以作为划分意境类型风貌的借鉴。

王昌龄的《诗格》据描写对象,将诗境分为物境、情境和意境三类。物境是自然景物，情境指人生经验的情感状态，意境则为思想意识，都是审美对象。司空图主要根据诗人的个性、作品的题材内容、体裁以及所描绘意象的内涵、形态等内容与形式诸因素的辩证关系，把诗歌分为二十四品，即雄浑、冲淡、纤秾、沉着、高古、典雅、洗练、劲健、绮丽、自然、含蓄、豪放、精神、缜密、疏野、清奇、委曲、实境、悲慨、形容、超诣、飘逸、旷达和流动。叶朗《中国美学史大纲》认为这也是对诗歌意境类型的划分。这二十四类，虽然详细，却有琐碎之嫌。刘熙载《艺概》则将诗歌意境分为"花鸟缠绵，云雷奋发，弦泉幽咽，雪月空明"四境。同时，他又将赋分为"屈子之缠绵，枚叔长卿之巨丽，渊明之高逸"三种；还将曲分为"清深、豪旷、婉丽"三品。对于诗歌的不同体裁，他"参用陆机《文赋》曰：绝'博约而温润'，律'顿挫而清壮'，五古'平彻而闲雅'，七古'炜煜而谲诳'"。这种分法，照顾了不同的体裁及相应的内容，同时还注意到不同作者的个性特征在诗歌意境上的表现，如对陶渊明、谢灵运、李白、韩愈等都有精辟论断。

王国维的理论比较复杂。他以西方的理论来解释意境，把意境与形象（意象）混淆了[1]。但他对于诗歌意境（其实是意象）的论述，对于诗歌意境的分类仍有启发作用。他的《人间词话乙稿》根据"意"与"境"（景）组合的状况，把"意境"（意象）分为三种："上焉者意与境浑，其次或以景胜，或以意胜"。王氏又据主体与客体的关系以及审美观照的状况分出"有我之境"和"无我之境"。前者"以我观物"，充满"我"的主观色彩；后者"以物观物"，物我交融，自然淡泊。另外，又据意境（意象）与生活的关系，分为"写境"与"造境"即写实与理想两类。

从上述前贤的研究成果可以看出，依诗歌的情志内容与形式风貌相统一的不同状态去把握意境的不同类型，是比较适宜的。司空图和刘熙载的做法正是如此。只是，司空失之烦琐，而刘氏又语焉不明。王国维虽然对意境的论述有偏颇，而他的分类方法倒是较为可取的。我们再结合王夫之关于"情""景"结合的具体形态的论述，以及叶燮关于"理""事""情"与诗歌意象思维特征的阐发，试从总体风貌、诸元素统一的状态及与现实的关系等角度将意境作如下区分：

第一，从诗歌意境的总体风貌和格调分，有优美、壮美和二者兼得的典雅之美三种。优美和壮美易于理解。优美是阴柔之美，如刘熙载所说的"花鸟缠绵"；壮美是阳刚之美，如刘熙载所说的"云雷奋发"。而典雅之美的意境却具

---

[1] 叶朗.中国美学史大纲[M].上海：上海人民出版社，1986：615、621.

有综合的品格，即既有优美之境的雅洁，又有壮美之境的凝重，并不专指司空图《诗品》"典雅"一格的高雅之趣、闲逸之情和淡泊之志，倒有些近乎"沉着"：诗人的深厚的情怀多以较为含蓄或淡泊的词句表达。《古诗十九首》杜甫《春望》，北宋晏殊、欧阳修的小令，多可看作典雅意境的范例。

第二，从诗歌意境诸元素辩证统一的平衡或倾斜的程度看，可以分为以情胜、以景胜、以理胜，以及情景兼胜、景理兼胜、情理兼胜等类。王国维说的写真景物而不格的意境，是以景胜的，唐宋名家诗词中常见。以理胜者，咏史、咏物和抒怀遣兴中富于象征、哲理与机趣之作。例如，虞世南《咏蝉》，王之涣《登鹳雀楼》，罗隐《鹦鹉》，欧阳修《画眉鸟》，苏轼《题西林壁》《饮湖上初晴后雨》《惠崇春江晚景》等。大家的写景抒怀名作一般都是情景兼胜的。

第三，从意境与现实的关系来看，可以分为写实的境界和想象的境界。《离骚》《九歌》和游仙记梦之作，属想象之境。严格来说，任何写实之作，也有幻想成分，而任何幻想诗篇也都在现实基础上产生。所以，幻想也还是现实的投影。这里也只是就其倾向而言罢了。

2.意境的品位层次

王国维《人间词话》提出："词以境界为最上。有境界自成高格，自有名句。"把"境界"之有无，作为衡量词品的唯一标准，且不以境界的大小定优劣，这见解的确有其深刻之处。但是，从创作、赏鉴及客观效应的实际看，创造既有难易，美感也有强弱，效应又有大小，意境的品位层次自然会有高下优劣之分。所以，虽然有境界的诗都是好诗，都有审美价值，但其价值的大小，也就不能不受境界的影响或制约。

我们依据什么来鉴别、划分诗歌境界的品位层次呢？

钱钟书在《谈艺录》中引申李贺《高轩过》"笔补造化天无功"一语指出："百凡道艺之发生，皆天与人之凑合耳。顾天一而已，纯乎自然，艺由人为，乃生分别"；于是有"人事之法天，人定之胜天，人心之通天"三种情况。但综而论之，得两大宗："师法造化"与"巧夺造化"，即模写自然与师心造境。钱先生认为两者若相反而实相成，貌相异而心则同，略无轩轾[1]。但我们却可以从此说得到启示，借以说明意境的三种品位。

所谓"人事之法天"，指人的创造以自然为蓝本，遵照它的范型，创造出合乎规律性的产品。就意境创造而言，即生动地表现出人情物理的真境界。王

---

[1] 钱钟书.谈艺录[M].北京：中华书局，1984：60-62.

国维《人间词话》谓"故能写出真景物、真感情者谓之有境界"。这类写真之作的意境，可称为"法天"之境。例如：

  两边山合木，终日子归啼。　　　　　　——杜甫《云安诗》

  黄四娘家花满蹊，千朵万朵压枝低。

  留连戏蝶时时舞，自在娇莺恰恰啼。

          ——杜甫《江畔独步寻花七绝句》

对于第一首，苏轼《东坡诗话》评道："非亲到其处，不知此诗之工。"对第二首，老苏说："此诗虽不甚佳，可以见子美清狂野逸之态。故仆喜书之。"又如：

  沙上并禽池上暝，云破月来花弄影。　　——张先《天仙子》

  那堪更被明月，隔墙送过秋千影。　　　——张先《青门引》

  浮萍破处见山影，小艇归时闻草声。　——张先《题西溪无相院》

朱彝尊《静志居诗话》认为张先的另一首《木兰花》"中庭月色正清明，无数杨花过无影"更在世传三影之上。这些都是追光蹑影之笔，写出了景物的神理韵味，是不可多得、为人少见的真境界。

  所谓"人定之胜天"，指人类在掌握自然规律的基础上，进一步利用自然、改造自然，创造出符合目的的产品。在这里，人对于自然是支配关系。就诗歌意境而言，追求情感的自由表达，所写景物都是诗人情感和生命的对象化。景物固然是心化（对象化）的景物，情感又是异化（夸张变态）的情感。这类意境能最大限度地表现人的精神世界，也最能体现诗歌的抒情本质，属于意境的较高层次。以情胜的浪漫主义的诗篇多有这种境界。例如，屈原的《离骚》《九歌》《九章》，阮籍《咏怀》，左思《咏史》，鲍照、李白的歌行，李贺、李商隐的某些诗篇，李煜、苏轼、秦观、辛弃疾和李清照的辞章等，大都是把主观情思投射到客观的景物上，使客观景物心灵化、主观情思景物化，给人以强烈的情感震动，引起广泛共鸣。

  所谓"人心之通天"，指人类在创造过程中，目的性与规律性的完全一致，主体与客体的完全融合。在这里，规律不是外在的束缚，目的也不是主观的意想，是谙悉了规律的自由，所谓从心所欲不逾矩，犹如郢匠运斤、庖丁解牛，达到了出神入化之境。就诗歌意境的创造而言，情，不光发自内心的深切体验，而且是具有普遍意义的同类人群乃至民族的深层心理；景，不止是诗人独特的审美发现，还是饱和着规律和情愫的艺术建构。在这种境界里，个人和集体与民族乃至人类息息相通，主体和景物及自然界同气相应。于是，在这种境界中，无论情或景都体现或包含了人生和自然的真谛。这种境界最能给人启迪，它不但愉悦人的心灵，而且陶冶、铸造人的情性，把人的精神提升到更完美的高度。这种意境具有人伦和哲理的品格，属于最高的层次。感兴深切、体验精微、情景相融而富意兴理趣和情韵的诗篇或警句多有这类境界。例如，《诗经·王风·黍离》，屈原《离骚》，《古诗十九首》十一，刘桢《赠从弟三首》，徐干《杂诗》，王羲之《兰亭集诗》，陶潜《饮酒》之四，李白《宣州谢朓楼饯别校书叔云》，杜甫《春望》《春夜喜雨》，李益《喜见外弟又言别》，李商隐《晚晴》《无题》（相见时难别亦难），顾琼《诉衷情》（永夜抛人何处去），范仲淹《苏幕遮》，张先《一丛花令》（伤高怀远几时穷），欧阳修《玉楼春》（尊前拟把归期说），苏轼《水调歌头》（丙辰中秋）、《念奴娇》（赤壁怀古），秦观《鹊桥仙》（纤云弄巧），李清照《声声慢》，陆游《诉衷情》（当年万里觅封侯）及辛弃疾《太常引》（一轮秋影转金波）等，不胜枚举。或者表现了对于情爱的追求，幸福的向往，亲友的眷念，命运的不平；或者传达了对于历史的缅怀，故国的哀悼，社稷的忧虑，民生的同情；或者描绘了自然的美妙，物理的玄秘，游赏的雅兴，体察的精微……总之，它们所包含的人情物性，忧患意识，爱国精神，高尚气节，求索信念，闲情逸致，审美体悟等，都把个人审美经验提升到了人生哲理和自然规律的高度，并且都与我们民族的社会意识、深层心理息息相通，既给人美感享受，又开拓人的思维空间，在保持民族精神、发扬优良传统的历史过程中发挥了不可估量的作用。

三、"意境"说的美学历程

关于诗歌意境，除了应该把握意象与意境的关系及意境的特征类型以外，还有必要对意境说的现状和美学历程作一些探讨，这将有助于对诗歌意境的赏鉴与营造。

（一）"意境"界说辩证

意境，又称"境界"，王昌龄叫"诗境"。刘禹锡说的"象外之境"，戴容州说的"诗家之景",司空图说的"象外之象""景外之景"等,也大体相当。现当代美学家进行过更为精确的界定。宗白华《美学散步》说:"艺术家的心灵映射万象,代山川而立言,他所表现的是主观的生命情调与客观的自然景象交融互渗,成就一个鸢飞鱼跃、活泼玲珑、渊然而生的灵境;这灵境就是艺术之所以为艺术的'意境'。"朱光潜《诗论》说:"情景相生而契合无间,情恰能称景,景也恰能传情,这便是诗的境界";"诗的境界便是情景的契合"。吴调公《关于古代诗论中的意境问题》认为"意境是在诗人心灵和为其铸造的形象中自然与生命的结合,是作者和读者审美的中心"。袁行霈《中国古代诗歌的意境》也认为"意境是指作者的主观精神与客观物境互相交融而形成的艺术境界","足以使读者沉浸其中的想象世界"。李壮鹰《中国诗学六论》则强调意境是"由意象组成的、只能存在于精神领域的感受世界"。这些论断都道出了意境的重要特征。虽然从整体效应的观点看还有不足,比如还没有把诗歌的语言、格律、体制等形式因素对意境形成的审美意义包括进去,却已经比前人详细多了。

但我国学术界,对于意境自身的性质及其与意象的关系等问题,还多有争议。孙绍振《文学创作论》认为,意境主要存在于写景诗。王仲陵《中国中古诗歌史》主张意境是南朝齐永明时期的写景抒情小诗产生的。陶文鹏《意象与意境关系之我见》又强调,"意境"与"意象"是古代诗学的两个渊源不同而地位相互独立的基本范畴;意境不一定由意象构成,意象也不一定升华为意境;意象可以等于、小于或大于意境,而意境诗只占古典诗歌中很小的比例,因此不能说意象是意境的建筑材料。

这三种说法,各有所据,各有道理,对我们都有教益。我们的基本观点是:

第一,意境,是由诗作的意象系列、语言、格律、体制和读者的想象体悟等内容形式及主观客体等诸因素,共同形成的审美时空。那么,只要能给读者留下想象余地,并引导读者神游其中,就不管它是抒情写景,还是咏物遣怀,也无论清丽婉曲,或者沉雄磅礴,都是创造了意境的诗篇。因此,意境,在实践上远远早于概念的产生。

第二,"意象"与"意境",虽然是两个美学范畴,但并非彼此平行、互相孤立:在创作实践中,意象,早在上古的诗歌中已构成意境;但"意境"一词,作为概念,是在诗歌创作经验和"意象"学说的发展中,吸收佛学营养而完善起来的。因而,这两个范畴在概念的内涵、外延以及在诗学中的作用、地位都不一样。这里只有对它们的逻辑划分,没有主观褒贬。

为进一步说明我们的观点，在此就"意境"一词的语义渊源及其流变，作一些简要陈述。

"意境"或"境界"，词根为"境"。追溯本源，应从释"境"开始。

"境"，本为"竟"。《说文》释"境"："疆也，从土，竟声。经典通用'竟'。居领切。"《说文》释"竟"："乐曲终为'竟'。从音从人。"郑玄注《说文》："竟，界也。"后来，为明确"疆界"之意，"竟"加上"土"成为形声字"境"。"境"，又指边界内的一定地区，如《吕氏春秋·怀宠》："兵入于敌之境"，是说军队越过敌国的边界并占领了一些地方。到了汉代，有人以"境"喻指精神领域，如刘安《淮南子·修务训》："君子有能精摇摹监，砥砺其才，自试神明，览物之博，通物之雍，观始卒之端，见无外之境，以逍遥仿佯于尘埃之外……"这"境"，是想象中"道"之所在的无大无小无内无外无始无终的无限时空，有识之士，通过学习研究，终能领悟大道的精神境界。这"道"的无限之境虽是客观的，却只有依靠心灵才能感受。至此，"境"这个词，已兼有了现实与精神的双重含义。稍后，"境"和"界"有了联系，构成了一个词，如刘向《新序·杂事》："守封疆，谨境界"；班固《东征赋》："到长垣之境界，察宏野之牧民"。这时的"境界"，更明确了地区、领域、范围等意。以上可以说是"境"的字源与演变以及"境界"一词的产生。❶

东汉以后，佛学西来。译经者借用这个兼有现实与精神领域内涵的"境"来指称人的意识、感受能力的所及之处或对象、程度。佛学认为，人能感受的对象有六：色、声、香、味、触、法（梵文 Dharma "达摩"的意译，泛指一切物质、精神事物，此应为意感的对象，是精神的东西），名为"六境"；人感受这六境的官能是"眼、耳、鼻、舌、身、意"，名为"六根"；以六根去感六境，在意识中所产生的结果，便是"眼识、耳识、鼻识、舌识、身识、意识"，叫做"六识"。六境六根六识统称"十八界"，把对象与感官功能结果混同，故又单称"境"为"境界"。《佛学大词典》释"境界"："自家势力所及之境土"；又释"境"："心之所游履攀缘者谓之境"。这些都是人的感受、想象所能达到的领域。

值得注意的是，"境"或"境界"，被佛学借以比喻指称佛理名物之后，却使其精神性质得到了传播与张扬。而且，本来在古代典籍中，兼具实在的疆界领土和虚无的"道"之精神领域双重意义的"境"或"境界"，在佛经里变成了依靠主体感受和意识而存在的、纯粹虚空的心中之境，想象之境。

---

❶陈良运.诗学·诗观·诗美："境界"溯源新得[M].南昌：江西高校出版社,1991:134.

同样值得注意的是，诗歌和其他传统艺术所营造的主客统一、情理交融、文质并茂的审美时空即境界，也是只能依靠主体（创作主体和欣赏主体）的感受和意识而存在的"心之所游履攀缘"的领域。

于是，我们看到，古典诗歌及传统艺术所营造的审美时空，同佛理所说的"六境""十八界"，岂不都是"心之所游履攀缘者"？起码是具有相当的形态。在这种情况之下，传统诗学完全可以直接援用"境"或"境界"来指称诗境。但是没有，传统诗学自身的逻辑发展还没有达到相应的"境界"，诗学家们没有意识到自己遗产的价值；等到佛学借用之后，才觉得颇有意思。这使"境"和"境界"变成了"出口转内销"的时髦货色。

（二）"意境"说的美学历程

现在来看看，传统诗学是在什么情况下才觉悟到用"境""境界"和"意境"来概括、指称诗境的？

这是一个复杂而漫长的美学历程。

从文化基因的根本上说。中国上古农业自然经济和宗法血缘关系，人体科学的医疗、养生、气化论以及儒道哲学所长期形成的重内、重合、重整体的直觉思维方式，已经注定了乐、舞、诗、画、书等中国传统艺术简练、含蓄、抒情、传神的表达方式以及重涵咏、重领悟、重感应的欣赏习惯。这二者，又使传统艺术特别使诗歌，为欣赏者留下充分想象空间的必要性和可能性。这就是古老传统为意境学说沉积下来的文化基因。

但意境学说得以生成发展，还须有直接的美学思想和艺术经验。这些条件，从美学方面说，可以借当代学者于民的概括，表述为"道孕其胎，玄促其生，禅助其成"[1]；从艺术经验看，则可以说是"比兴育其苗，情景壮其茎，神韵发其荣"。

1.美学思想滋养了意境学说

所谓"道孕其胎"，是说上古的养生之道与道家的基本学说，奠定了"意境"说的思想和理论基础。上古的养生之道，讲气化谐和，即经过吐纳导引、气行经络，达到机体协调，以至阴阳平衡、天人合一。于是，医疗学术的养生之道的气化论、谐和论，升华而为哲学美学上的气化谐和论。《老子》"道可道，非常道""有无相生""大音希声，大象无形""忽兮恍兮，其中有象""窈

---

[1] 于民.空王之道助而意境成[J].文艺研究，1990(1).

兮冥兮,其中有真;其精甚真,其中有信";《庄子》"唯道集虚""虚室生白"(真道集于虚心,心室虚静纯白乃生),"乘物以游心""道隐无名""得意而忘言""听之以气"(清净虚怀,自然悟道)等,本质上也是哲学、美学的气化和谐论。而养生学上的静笃守诚、天人合一,跟艺术上的立象尽意、得意忘言的境界体味是相通的。二者都产生于实有之外的虚无的精神界域,也和道的领会、理的穷究、本体的追寻相连。这是一种特殊的有与无、实与虚的谐和。上古的养生医疗之道,老庄的自然宇宙之道,艺术的意象境界之道,都在这种特殊的谐和之根本上统一起来。但是,如果没有上古的养生医疗之道和老庄的自然宇宙之道,也就没有中国古代这种特殊的意境学说。

所谓"玄促其生",是说魏晋玄学促进了意境学说的产生。魏正始年间(公元240—249年),以道家观点来解释儒家经典的学术思潮大盛,史称"玄学"。创始者何晏、王弼提出"上及造化,下被万物,莫不贵无"的主张。这期间,玄学展开了关于言意、形神关系的讨论。王弼根据《庄子》"意之所随者不可以言传也"和"得意忘言"等命题和观点,阐释《周易》中的言意关系,提出著名的"言不尽意"论;同时,由玄谈悟道又引出了崇尚玄远、注重风神的审美趣味。这就直接促成了美学家们提出超越具体形式追求精神妙旨的主张。如王羲之《晋王右军自论书》说:"顷得书,意转深,点画之间皆有意,自有言不尽得其妙者。事事皆然"。晋阮孚评郭璞诗句"林无静树,川无停流"云:"泓峥萧瑟,实不可言。每读此文,辄觉神超形越。"(《世说新语·文学》)。南齐书法家王僧虔《笔意赞》说:"书道之妙,神采为上,形质次之";"谢静、谢敷,并善写经,亦入能境"。"能境",即"妙智游履之所",也即"境界"[1],谓二谢写经都能达到相当高的水准,颇有意思。这是第一次直接将佛理的"境"的概念引入艺术评论。南齐画家谢赫《古画品录》评张墨、荀勖"若拘以体物,则未见精粹;若取之象外,方厌膏腴,可谓微妙也";评晋明帝"略于形色,颇得神气"。梁刘勰《文心雕龙·隐秀》提出"深文隐蔚,余味曲包";《物色》主张"物色尽而情有余"。稍后的钟嵘《诗品序》认为"五言居文词之要,是众作之有滋味者也"。特别是刘勰的"隐秀"说和钟嵘的"滋味"说,可以看成"意境"说的实际诞生或萌芽状态[2]。

所谓"禅助其成",是说有唐以后,佛学禅宗普遍流行,它的思维方式和

---

[1] 敏泽.中国美学思想史[M].济南:齐鲁书社,1987:538.

[2] 张碧波,等.中国文学基本特质及其形成原因的探讨[J].文学遗产,1988(6).

命题大大帮助了意境学说的正式形成。如前所述，六朝时期，佛经或禅家已普遍借用古代已有的"境"或"境界"概念来阐释佛理或自己的感受。再举数例更可见禅家与诗家的内在联系。如《俱舍颂疏》说："实相之理为妙智游履之所，故称为'境'。"《成唯识论》说："觉通如来，尽佛境界。"《楞伽经》说："第一义者，圣智自觉所得，非言说妄想境界。"萧统《令旨解二谛意》说："能知是智，所知是境，智来冥境，得玄即真。"菩提达摩赞美洛阳永宁寺"极物境界，亦未有此"。达摩的赞语已经透露了禅家意识可与审美经验相通的信息。本来，早期的禅宗就同老庄差不多，追求淡泊自然的生活情趣，用陶醉自然和对西方乐土的向往来抵御或减轻解脱精神痛苦，求得心理平衡。后来却把这种平衡的力量转向内心，认为人的内心本来是清净空明的，因为有了种种欲望，才受到干扰。因此，要求人们顿悟"但无妄念，性自清净"。初唐时期的禅宗六祖慧能（公元638—713年）《坛经》说："若识自性，一悟即至佛。"这与萧统所谓"智来冥境，得玄即真"，跟老子"涤除玄鉴"有一种历史的因缘。这种非理性的直觉思维，既是观道悟禅的手段，也是审美欣赏的途径。这是宇宙观、人生观、认识论与审美情趣的巧妙结合。它使人挣脱理性逻辑的束缚，六根相通，联想活跃，在无意识中达到一种自由的审美境界。于是，著名诗家王昌龄、皎然、刘禹锡、司空图等，先后正式将"境"或"境界"这一流行于禅宗的概念运用于诗论。王昌龄《诗格》说"诗有三境：一曰物境，二曰情境，三曰意境"。当代学者叶朗《中国美学史大纲》强调指出："王昌龄、皎然（在《诗格》《诗式》中）提出'境'这个美学范畴，在很大程度上就等于提出了意境说（或境界说）。"❶陈良运《"境界"溯源新得》更认为王氏已将对于佛、道之"境"的体悟运用到诗歌创作，"创立了中国诗学中的'境界'说"❷。皎然《诗式》说"缘境不尽曰情"；《秋日遥和卢使君……》说"诗情缘境发"；《诗评》说"固当绎虑于险中，采奇于象外，状飞动之趣，写真奥之思"。刘禹锡《董氏武陵集记》说"境生于象外"。以上诸家"境"的含义基本一致；其后，司空图《与李生论诗书》说"韵外之致""味外之旨"，《与极浦书》说"诗家之景""象外之象""景外之景"等，则与刘禹锡"境生于象外"的"境"相当，指由诗篇的意象系列所形成的"心之所游履攀缘"的领域，也跟我们现在所说的"意境"或"境界"相当。因此可以说，最晚到中唐特别是刘禹锡时代，中国的"意境"说已正式形成。到了宋代，以禅喻诗的风气更

---

❶ 叶朗.中国美学史大纲[M].上海：上海人民出版社，1986：266.
❷ 陈良运.诗学·诗观·诗美[M].南昌：江西高校出版社，1991：142.

盛。苏轼和严羽都是大家。苏轼《送参寥师》说"欲令诗语妙，无厌空且静。静故了群动，空故纳万境"；"咸酸杂众好，中有至味永"。《评韩柳诗》说"外枯而中膏，似淡而实美"。《评柳诗三则》说"诗以奇趣为宗，反常合道为趣"；《书黄子思诗集后》说"独韦应物、柳宗元发纤浓于简古，寄至味于澹泊"。严羽《沧浪诗话》说"诗有别趣，非关理也……诗者，吟咏性情也。盛唐诸人惟在兴趣，羚羊挂角，无迹可求。故其妙处透彻玲珑，不可凑泊，如空中之音，象中之色，水中之月，镜中之象，言有尽而意无穷"；"唐人与本朝人诗，未论工拙，直是气象不同"；"建安之作，全在气象，不可寻枝摘叶"。下及清代，则有王渔洋的"神韵"说一脉相承。苏轼所说的"奇趣""至味"，严羽所说的"别趣""兴趣"和"气象"，王渔洋的"神韵"等，都是超越具体形式的想象时空和悠长的情味、微妙的意趣，或笼罩整体、焕发于外的精神风貌。它们不但与境界相关联，而且也是"空且静"与"妙悟"的禅宗思维的产物。

2.艺术经验培育了"意境"说的成长发展

所谓"比兴育其苗"，是说在远古诗歌的创作实践中，"比、兴"手法，特别是"兴"，已经产生了一些颇有境界的句段篇章，这种艺术经验，为后人继承发扬，魏晋以后，终于慢慢地孕育了意境学说的幼芽。例如，《诗经·周南》之《关雎》《桃夭》，《召南·小星》，《邶风》之《燕燕》《凯风》，《卫风·淇奥》，《王风·黍离》，《郑风·溱洧》，《魏风·十亩之间》，《秦风·蒹葭》，《陈风·月出》，《桧风·隰有苌楚》，《小雅》之《伐木》《采薇》《鹤鸣》等，其中一些景物描写，或是兴，或是比，或是赋，抑或相辅为用，都能使人想象出大致相应的境界。而像《蒹葭》所描绘的情景，幽邃朦胧，诱人遐想，何尝比后代诗歌的境界逊色呢！但就多数诗章来说，情景都比较显豁。所以，上古《诗经》时代，比兴的艺术手法及其实践经验，只能说逐渐生发出相应的理论意识。东汉经学大师郑玄注《周礼·春官宗伯下·大师》引郑司农的话说："兴者，托事于物也。"这"事"，指感于事物而生的情思。这种主观性的情志，借助对于景物的描绘来传达，需要人慢慢体会，也就具有了不可直言的、耐人寻味的言外之意和象外之境。郑司农关于"兴"的见解，牵涉诗人的主观情志、作品所描写的内容和读者的接受感应三个诗歌审美活动的基本环节，所以可视为含有"意境"说的基本意识。有了这个基础，也才能在刘勰和钟嵘时代培育出"意境"说的幼苗。

所谓"情景壮其茎"，指魏晋以后情景交融的诗篇，创造了丰富的境界，也促进了"意境"说幼苗的茁壮成长。中国古典诗歌,到了魏晋特别是齐永明时代以后,由于审美意识的发展,心灵与景物浑融,抒情的婉曲与写景状物的精巧,以及声律的讲究,产生了大量余味悠长、令人涵咏的诗作。意境的创造达到了自觉成熟的程度。例如,谢朓《同王主簿有所思》《王孙游》《晚登三山还望京邑》,王融《巫山高》,张融《别诗》,梁简文帝萧纲《摘杨柳》《临高台》,沈约《别范安成》,范云《送沈记室夜别》《之零陵郡次新亭》《别诗》,吴均《山中杂诗》,何逊《慈母矶》《相送》,王籍《入若耶溪》等,无论抒情写景,伤别怀人,都能在诗句和形象之外隐约着一种想象的时空和悠悠的情韵。这些成功的艺术经验,无疑为后来王昌龄等创造"意境"说提供了必要的养料。

所谓"神韵发其荣",是指神韵诗的蓬勃发展,促成了诗歌意境创造和"意境"说的正式提出、完善与普及。入唐以后,随着国威的高扬、思想的开放及禅宗的流行,在诗歌创作的高度繁荣中,涌现了大量王渔洋所激赏的那种"神韵天然"的精品,使古典诗歌的意境创造达到了登峰造极的高度。王维、孟浩然、韦应物、柳宗元、刘禹锡等大家的意境固然有口皆碑,即使以豪放和理性著称的李白、杜甫、白居易,也都是创造境界的高手。而宋代的苏轼、王安石、杨万里、陆游等人富于理趣的诗篇以及宋词中优秀的小令长调,也是意境诗中独具境界的品类。正是在这种条件下,"意境"说才由王昌龄正式提出,经皎然、刘禹锡完善定型,又为司空图所发挥,到南宋严羽时代则更被广泛应用了。

总起来看,"意境"说的全部历程,大体上经历了滥觞、成型和泛化三个漫长的历史阶段。从东汉到齐梁,诗歌的审美特征引起诗学的重视,"境"的概念虽然还限于书画艺术的评论,而刘勰、钟嵘的"隐秀"说和"滋味"说承接和发扬郑司农"兴"的观点,却具有意境的言象以外的想象内涵,所以可视为意境说的滥觞期。从盛唐到晚唐,王昌龄、皎然、刘禹锡和司空图等诗家继承前人成果,并以禅宗思维探讨诗歌意境的审美特征,正式提出"意境"范畴和"境生于象外"的命题,"意境"的外延和内涵已经确定,因此可以说是"意境"说的成型或成熟期。有宋以下,特别是明清时代,"意境"或"境界"的概念和理论,不但在诗文评论中普遍运用,而且还扩展到戏曲、小说美学,内涵也颇灵活,如在有的戏曲理论中相当于情节、场面,有的小说美学又指题材或作品的艺术风貌,所以这是"意境"说的泛化期。到了晚清,王国维《人间词话》从情景统一、抒写真实和表达自然以及理想与写实等几个方面对"意境"或"境界"进行了详细的阐释,并且也在戏曲和小说评论中反复运用"意境"或"境界"这一概念。可惜,他把传统"意境"或"境界"说原有的"境生于象外"的想象特质忽略或误解了[1]。但由于他的集中论述,反复强调,把"意境"或"境界"的有无,作为衡量一切文学作品艺术性的标准,引起了人们对于"意境"或"境界"的空前关注。这对于促进"意境"说或"境界"说的大普及和深入研讨,是功不可没的。更何况,王国维的"境界"说,强调性情真实和语言生动,还有补正时弊的作用呢!

---

[1] 叶朗.中国美学史大纲[M].上海:上海人民出版社,1986.

第九章 审 势

> **你是否想过：**
> 写作诗歌应该懂得风格，赏读诗歌也应该了解风格。
> 这里所说的"势"即指风格，包括古人所说的"文势"。
> 诗歌为什么有不同的风格？
> 诗歌风格有哪些主要类型？

> 势者，乘利而为制也。如机发矢直，涧曲湍回，自然之趣也。圆者规体，其势也自转；方者矩形，其势也自安。文章体势，如斯而已。
> ——《文心雕龙·定势》
>
> 夫情动而言形，理发而文见……然才有庸俊，气有刚柔，学有浅深，习有雅郑，并情性所铄，陶染所凝，是以笔区云谲，文苑波诡者矣。
> ——《文心雕龙·体性》
>
> 时运交移，质文代变……故知歌谣文理，与世推移，风动于上，而波震于下者也。
> ——《文心雕龙·时序》

在第四章"体制"中，我们讨论了中国古典诗歌各种体裁的基本性能和艺术风格，但对于中国古典诗歌作为一种基本的文学类型所呈现的艺术风貌，还未从总体上加以考察。而这，无论对于诗歌的写作或赏鉴都是很有必要的。

本章所讨论的"势"，指诗歌的风格，也即诗歌的艺术风貌。它包含了《文心雕龙·定势》所说的文体之"势"，而兼及《体性》《时序》等篇所论的个人、流派风格和时代风尚。所谓"审势"即审察、明辨诗歌的文体、个人、流派风格和时代风尚。

一、风格概述

诗歌之有风格,犹如人物之有个性。人无个性,是主体没有充分发展;诗无风格,说明它还不成熟。

古人论述诗歌风格,包括四个层面:文体的,个人的,流派的,时代的。

体裁风格。不同文体各自的内容与形式相统一的格局,世代承传,形成文体的体裁风格。这个问题我们已经在第四章"体制"中详细讨论过,此处从略。应当说明一点:这种体裁风格,对于主体的审美创作来说,是一种外在的、对象性的存在。所以,当代学者张少康《古典文艺美学论稿》说体裁风格是文学风格中的"客观因素"。这种客观因素,在不同个人、流派和时代,会呈现相应的特点。这在下面的阐述中将得到印证。

个人和流派,都是特定历史时代的产物。我们由略而详,依时代、流派、个人的次序进行讨论。

(一)时代风格

文学作为特定历史时代的精神产品,必然受到该时代的文化艺术思潮和文风的熏陶,因而具有其内容与形式相统一的时代色彩。《文心雕龙·时序》说:"文变染乎世情,兴废系乎时序。"这是刘勰从历代的时势与文学作品风格的关系的详细分析、综合归纳出来的论断,深刻而精辟。如东周末年,春秋之际,"角战英雄""百家飙骇",纵横家游说天下,辩词诡论,及于文风。因此,孟子、荀卿的散文,邹子、邹奭的说辞,屈原、宋玉的辞赋,尽管具体内容和表现形式不同,但"观其艳说,则笼罩雅颂;故知炜晔之奇意,出乎纵横之诡俗也"。而到汉末建安时期,"世积乱离,风衰俗怨",这时期的诗歌"雅好慷慨",故"梗概而多气也"。后世的文学或诗歌,也大体与世推移的,都各有特色。严羽《沧浪诗话·诗评》说:"大历以前,分明是一副言语;晚唐,分明别是一副言语;本朝诸公,分明别是一副言语。""诗有词理意兴。南朝人尚词而病于理;本朝人尚理而病于意兴;唐人尚意兴而理在其中;汉魏之诗,词理意兴,无迹可求。"叶燮《原诗》认为"诗始于三百篇,而规模体具于汉。自是而魏,而六朝、三唐,历宋元明,以至昭代,上下三千余年间,诗之质、文、体裁、格律、声调、词句,递升降不同……乃知诗之为道,未有一日不相续相禅而或息者也","此理也,亦势也"。他又以架屋为例,说明不同时代诗歌的不同特点:汉魏诗,柱础栋梁,门户已具,但树栋宇之形制;六朝始有窗楞楹槛，屏蔽开阖；唐诗于屋中设帐帏床榻，器用诸物，而加丹垩雕刻；宋诗则制度益精，陈设玩好，无所不蓄。大抵屋宇初建，虽未备物，而规模弘敞；递次而降，虽无制不全，无物不具，或如曲房奥室，极足赏心，而规模阔大，逊于广厦矣。《原诗·外篇下》又以绘画作比：汉魏初见形象，未见层次；六朝始知烘染设色，微分浓淡，而层次未明；盛唐浓淡层次，一一分明；宋诗能事益精，诸法变化，无所不极。这些意见，虽止于描述，既欠具体，也不系统，却可启发我们从大体把握不同时代的文学或诗歌的不同风格：如汉魏的浑成，六朝的绮靡，三唐的豪迈宏大，两宋的精致深永，元明的通俗与浪漫，清近的感伤与愤激等，也都可以代表当世的文学和诗歌风貌。

（二）流派风格

特定历史时期的诗人，禀赋接近，意趣相投，或师承一脉，虽不定结社宣言，无严密的组织和纲领，也可能具有大致相同的风格，这便是历史意义上的流派。例如，春秋战国的屈宋《楚辞》，汉末建安七子，东晋陶谢田园山水诗，梁陈宫体诗，初唐四杰，盛唐边塞诗，晚唐的花间，宋词婉约派与豪放派，江西诗派，明公安、竟陵，清神韵、格调等，都有各自的特殊品貌或风格。对于流派风格，刘勰、钟嵘以及其他诗论、文论家，也曾有所论列。例如，《文心雕龙·明诗》论建安文学："并怜风月，狎池苑，述恩荣，叙酣宴；慷慨以任气，磊落以使才；造怀指事，不求纤密之巧，驱词逐貌，唯取昭晰之能。此其所同也。"又论东晋玄言诗说："江左篇制，溺乎玄风；嗤笑徇务之志，崇尚玄机之谈。袁（宏）孙（绰）以下，虽各有雕彩，而词趋一揆，莫与争雄。"钟嵘《诗品·序》论永嘉玄言诗派说："时贵黄老，稍尚虚谈，于时篇什，理过其词，淡乎寡味。爰及江表，微波尚传，孙绰许询，桓（温）庾（亮）诸公，皆平典似道德论，建安风力尽矣。"后代诗论对流派风格的系统深入的评述尚不多见。

流派，都是历史的产物，在特定的历史条件下产生，又在特定的历史时期和作者与读者群落中发生影响。所以，古代诗、文论，常把一个时期的主要流派当作该历史时期的文学或诗歌主潮，故以年号或时期称谓主要流派，如"建安体、正始体、永明体、齐梁体、初唐体、盛唐体、大历体、元和体"等，这种概括未必恰当，却历来被认同。

流派都有突出的诗人，故古代诗论又以代表人物指称流派，如"曹、刘（曹植、刘桢），阴、何（阴铿、何逊），徐、庾（徐摛、庾肩吾），沈、宋（沈佺期、宋之问），王、杨、卢、骆（王勃、杨炯、卢照邻、骆宾王）"等。虽然他们并未自立旗号，但确实都以其独特的风格曾在文学史上流行一时。

（三）个人风格

个人风格指诗人作品的独特个性，这是最为普遍的文学现象，又是具体的文学事实。体裁的、时代的和流派的风格，都要体现为个人风格。它受制于体裁、时代和流派，又表现体裁、时代和流派。近似的个人风格汇集为流派风格，而主要流派风格又代表一个时代或时期的主要风格。个人风格的生成发展，植根于秉性资质，陶铸于经验习染。个人的先天素质是诗歌风格的内在根据，而后天的经验习得却是其规范模式。《文心雕龙·体性》说：

> 夫情动而言形，理发而文见，盖沿隐以至显，因内而符外者也。然才有庸俊，气有刚柔，学有浅深，习有雅郑；并情性所铄，陶染所凝，是以笔区云谲，文苑波诡者矣。故辞理庸俊，莫能翻其才；风趣刚柔，宁或改其气？事义深浅，未闻乖其学；体式雅郑，鲜有反其习。

这段话虽有天才论之嫌，但人的才性确实和天赋有关。因为才性或才气并不等于写作知识信息的接受与输出；写作知识信息的接受与输出，都必然要经过主体高级神经系统的梳理整合，融铸成个性化的新语象，作者越成熟，个性特征越明显。所以，同是楚骚巨子，屈原恢宏烂漫，宋玉精致悲凉；均系五言圣手，曹丕清丽和婉，曹植奇高华茂……

如果说，刘勰还着眼于诗人的性情与风格的总体观照，因而显得笼统，那么，司空图的《二十四诗品》却探索到怎样性情的诗人沉吟于怎样的诗境，有怎样独特的感受，从而创作了怎样独特的诗篇。例如，"冲淡"的诗人，"素处以默，妙知其微"，常有"饮之太和，独鹤与飞"之感，因而能创造出"遇之弥深，即之愈稀"的诗篇；"悲慨"的诗人，常处"大风卷水，林木为摧"的境地，常感"意苦若死，招憩不来"，他的作品犹如"壮士拂剑，浩然弥哀"，或似"萧萧落叶，漏雨苍苔"……这就实际上描述了诗人性情处境、诗情与诗篇风格的内在联系。正如当代学者吴调公《古代文论今探》所说，"诗人之'性'与诗境之'性'是融为一体的。在铸境的不同中，看出诗人构思的不同以至体性的不同，而其中风格就自然可见"了❶。

作者"才性异区"，作品就"文辞繁诡"。虽然作者个性和作品风貌都丰富多彩，却可以检其要端"总其归途"。因而前贤后彦，都从不同角度对诗歌风格进行繁简不等的分类。刘勰《文心雕龙·体性》从广义的文的语言风貌着眼，将作品概括为"典雅、远奥、精约、显附、繁缛、壮丽、新奇"和"轻靡"八体，并且归纳为"雅与奇反、奥与显殊、繁与约舛、壮与轻乖"两两相对的四组矛盾关系。皎然《诗式》抓住诗歌的文辞风貌和内容特征，分为"高、逸、贞、忠、节、志、气、情、思、德、界、闲、达、悲、怨、意、力、静、远"十九种风格。司空图《二十四诗品》则以诗篇所创造的意境为据，标出"雄浑、冲淡、纤秾、沉着、高古、典雅、洗练、劲健、绮丽、自然、含蓄、豪放、精神、缜密、疏野、清奇、委曲、实境、悲慨、形容、超诣、飘逸、旷达、流动"二十四种品位亦即风格。严羽《沧浪诗话·诗辨》也凭诗篇的形象和意境，将风格区分为"高、古、深、远、长、雄浑、飘逸、悲壮、凄婉"九种，并概括成"优游不迫"与"沉着痛快"两大类。刘熙载《艺概·诗概》据人品气格分为"高"与"低"、"雅"与"俗"两类；又从内容与形式统一的总体格局，分为"迷离、切实"和"广大、精微"四体。明代学者徐师曾《文体明辨叙说·诗余》把词分为豪放、婉约两大类，说："婉约者欲其词情蕴藉，豪放者欲其气象恢宏。"当代巨擘钱钟书《谈艺录》依诗人气质与诗风的内在联系，将古代诗歌归拢为唐、宋两类，他认为"唐诗多以风神情韵擅长，宋诗多以筋骨思理见胜"；又说"高明者近唐，沉潜者近宋"，"唐以前之汉魏六朝，虽浑而未划，蕴而不发，亦未尝不可以此例之"。张少康主张借鉴桐城古文家姚鼐之说，将古代诗歌分为阴柔、阳刚两大类；韩经泰《心灵现实的艺术透视》则认为不妨"从抒情主体——士大夫文人的心态特征出发，从讽喻之志与闲适之趣上去把握其主题与风格流向"，把中国古典诗歌世界中的纵横百川，梳理成黄河长江似的"慷慨悲凉与简淡闲远两大流向"。

以上各家之说，虽然并不全是专论诗歌，却包含了诗歌，而且精到深刻，值得我们珍视。从方法上说，我们主要借鉴刘勰、严羽、姚鼐和当代学者韩经泰。因为他们的方法，理性上更符合事物发展对立统一的辩证逻辑，实践上也较易于把握纵流横溢的文学派别。但严羽、姚鼐和韩经泰偏于概括，而刘勰又是论列广义的文学风格，侧重于语言的表达特征。我们只好借其思路，从诗歌

---

❶ 吴调公.古代文论今探[M].西安：陕西人民出版社，1982：101.

内容和形式的统一，语言、声韵、意象及情调与境界的美学特征着眼，对诗歌风格的基本类型作如下归纳：

　　　　优美（阴柔）系列：清新（清隽、新颖），婉丽（委婉、秀丽）

　　　　壮美（阳刚）系列：豪放（豪健、放逸），悲慨（悲凉、慷慨）

　　以上只是大体的逻辑抽象。事实上，风格既然丰富多彩，彼此间也不可能判然分裂；而每位诗人，往往因主客观条件的变化，反映在风格上也会出现不同的情况。正如几种元色的不同比例融合而成丰富多彩的色调，诗人的不同作品，乃至不同章句，也完全可能包含两种或两种以上的风格因素。唯其如此，文学天地、诗歌世界才会呈现万紫千红的瑰丽景象。我们从基本特征上把握诗歌风格，是为了理解诗人创作个性的构成规律，从而有助于赏鉴和习作。

　　下面分别讨论诗歌的风格类型。

二、风格分论

　　上文将诗歌风格梳理成了两个系列、四个对组、八个品种。现在来分述它们的特色。

（一）清新

　　清新，是多数优美的诗篇所具有的美学风貌，与刚健对举，成为优美类型诗风的基本格调，是优美（阴柔）系列的主要品类。它们色彩淡泊，意象幽雅，境界恬静而韵味悠长。

　　清新风格的构成，析而言之，又有两层四面：清——清淡、隽永；新——新颖、巧妙。清淡对艳丽而言，隽永对浅露而言，新颖对陈旧而言，巧妙对平庸而言。超乎艳丽、浅露、陈旧、平庸，庶几乎清淡、隽永、新颖、巧妙。

　　清淡，不是浇薄无物，简单无味，而是似清而醇，似淡而和；隽永，不是苟简含糊，莫可名状，而是似简而精，似近而远。新颖，不是"危仄趋诡"，阴阳怪气，而是脱故为新，出类而秀；巧妙，不是刻镂雕琢，故弄玄虚，而是似质朴而精湛，似无理而天真。清淡，具有司空图的"冲淡、洗练、自然、超诣"等因素；新颖，包含了"清奇、典雅"的特质。司空图说"冲淡""犹之惠风，苒苒在衣；阅音修篁，美曰载归"；"自然""如逢花开，如瞻岁新"，"薄言情悟，悠悠天韵"；"清奇""晴雪满汀，隔溪渔舟"，"如月之曙，如气之秋"……这些描述，可借以观照、体验清新风格的神采、韵味。

"清新"风格，是传统审美理想的极致。从老子的"大音希声，大象无形"，到李太白的"清水出芙蓉，天然去雕饰"，梅尧臣的"作诗无今古，唯造平淡难"，苏轼的"外枯而中膏，似淡而实美"，"发纤秾于简古，寄至味于淡泊"，严羽的"兴趣、妙悟""镜花水月"，以至王渔洋的"风怀澄澹、神韵天然"等，都贯穿着一致的审美追求。而在诗人的创作实践中，要达到这样的境界却非易事。王安石有诗云："看似平常最奇崛，成如容易却艰辛"，真是谙熟此道的甘苦之谈。

诗歌，是诗情的物化，而风格，则是内容与形式的统一。于是，清新风格，需要主体具有淳净的情愫、睿敏的巧思，并出以天然精湛的语言和谐调的韵律。淳净的情愫来自澹泊的襟怀，而这正是清新之诗内在质素的源泉。司空图《诗品》"冲淡、自然"云："素处以默，妙知其微"；"俱道适往，着手成春"。意谓以老子所说的虚静态度平居澹素，以默自守，顺从自然规律，无为而为，便能创造出美妙的诗境。可见，睿敏的巧思，也来自对事物的静观默察；神与物游，便能捕捉对象的形态特征和内在品质，从而予以生动表现。陆机《文赋》说"收视反听"，刘勰《神思》说"陶钧文思，贵在静虚"，司空图《诗品》说"绝伫灵素，少回清真"（静静地凝神默想，渐渐地把握对象的精微）等，都是排除杂念、集中精神这种意思的不同表述。

对于清新诗风与澹泊情怀的内在联系，从《乐记·乐本》的论述可以得到进一步的理解：

> 乐者，音之所由生也；其本在人心之感于物也。是故，其哀心感者，其声噍以杀；其乐心感者，其声啴以缓；其喜心感者，其声发以散；其怒心感者，其声粗以厉。其敬心感者，其声直以廉；其爱心感者，其声和以柔：六者非性也，感于物而后动。

意思是说，心存哀痛所感则发声枯燥不润；心存欢乐所感则发声爽朗流畅；心存愤怒所感则发声粗暴严厉；心存敬重所感则发声中正适度；心存爱怜所感则发声协调温和。这虽是伦理化的礼乐观，但诗乐相通，古来共识：情绪心境既流于音声，也见诸诗歌辞赋，其生理和心理根据是相同的。苏珊·朗格的《情感与形式》指出，"诗歌总要创出某种情感的符号"，依靠"菏有意义及文学联想的词语，使其结构贴合这种情感的变化"❶。反过来也可以说，诗歌的结构语言风格等，正是情感及其变化的体现，即符号，因而不同的情感也就具有不同的表现形式，这情感内容与表现形式的综合形态，不正是诗歌风格特质之所在吗？

从诗歌创作实际看，具有清新风格的诗篇，多出自田园山水诗人或描写田园山水的题材，这与创作主体澹泊清闲的情志是直接相关的。陶潜、谢朓、王维、孟浩然、韦应物等，他们的诗多是清新的。清新，是他们田园山水诗的共同风格。

清新的诗作，也不是单一色调：或偏于清淡，或侧重新颖。

1.清淡

偏于清淡之作，内容多为天真醇厚之情与近在耳目之景，或人或物，信手拈来；或忧或喜，率性而出；白描素绘，精练含蓄。散发着浓郁的生活气息和亲切的人情味；或包含某种经验与哲理。耐人品索，往往隽永。例如：

风雨如晦，鸡鸣不已。既见君子，云胡不喜？

——《郑风·风雨》

溱与洧，方涣涣兮，士与女，方秉蕳兮。女曰观乎？士曰既且。且往观乎！洧之外，洵訏且乐。维士与女，伊其相谑，赠之以芍药。

——《郑风·溱洧》

这里，无论是风雨之夜幽会的欣喜，还是春日郊游的欢乐，都表现得那么清新活泼。又如：

种豆南山下，草盛豆苗稀。晨兴理荒秽，带月荷锄归。

道狭草木长，夕露沾我衣。衣沾不足惜，但使愿无违。

——陶潜《归田园居五首》之三

这可以说是文人清淡诗的范型。在平凡的劳动生活和愿望的描述中，呈现出田

---

❶ 苏珊·朗格.情感与形式[M].北京：中国社会科学出版社，1986：267.

园的荒芜、环境的凄清和稼穑艰难与甘愿耕作的心态。遣词造句十分平淡,又极精练。一、二句,总写豆苗的生态,已透出躬耕的艰难;三、四句,以晨出晚归点出耕作的辛劳;五、六句,具体刻画归途景物,是对豆苗生态环境的渲染和劳作辛苦的补叙,同时又为最后的抒怀作了铺垫。本诗是陶潜议论最少的篇章,然而正如王钟陵《中国中古诗歌史》所说,是"议论抒情的浑然一片",使其抒情"别具一种朴厚深永之理趣"。因为这里说的"但使愿无违"的"愿",绝不只是盼望豆苗茁壮以获丰收的"田家语";而是"久在樊笼里,复得返自然"的明达之士,在彻悟了"人生归有道,衣食固其端"的至理,并获得了"庶无异患干(无俗事干扰)""斗酒散襟颜"的乐趣之后,所确立的生活道路或人生理想。这是积尘世生活三十年的教训和躬耕垄亩的体验而来的情感化的理思,既真率又深切。它的风格韵调淡而又淳。沈德潜《说诗晬语》评陶诗"不可及处在真在厚",贺贻孙《诗筏》认为陶诗的"种种妙境皆从真率中流出",实在是真知灼见。

2.新颖

偏于新颖的清新之作,具有"清"的共性,但又与清淡的平和、真率不同,而趋于脱俗超凡的意象和表达,常常显得巧妙。新颖之作,无论民歌或文人诗篇,都是将自己的新发现、新感受,出之以不同于惯常的生动诗句,别开生面,意趣盎然,显示出诗人独特的审美能力,也给人特殊的审美享受。例如:

> 硕人其颀,衣锦褧衣……手如柔荑,肤如凝脂,领如蝤蛴,齿如瓠犀,螓首蛾眉。巧笑倩兮,美目盼兮。
>
> ——《诗·卫风·硕人》

以茅草的根柢比方手指的白嫩,凝冻的油脂比方皮肤的细润,树木中寄生的幼虫形容颈项的细长白皙,瓠瓜种子形容牙齿的洁净整齐,小蝉的头臂喻额头的方正饱满,蚕蛾的眉臂喻眉毛的弯曲自然。这些都是前人不曾有的比喻,清爽而新颖,以其独特的审美表达,成为空前绝后的经典绝唱。

又如,对于自然景物的表现,魏晋之前,因作为主观情志的寄托,很少作为独立的审美对象,因而概括而夸张。到东晋的谢灵运,大官僚大庄园主的优裕生活,游览田猎说佛谈玄的南朝士大夫式的雅趣,以及"在这种优裕生活中兴发的萧散的玄学淡思"，使他对山水风物有比前人更深入细微的体察，于是写出了别开生面、精致幽雅的山水诗篇。试看他的《从斤竹涧越岭溪行》：

猿鸣诚知曙，谷幽光未显。岩下云方合，花上露犹泫。逶迤傍隈隩，迢递陟陉岘。过涧既厉急，登栈亦陵缅。川渚屡迳复，乘流玩廻转。蘋萍泛沉深，菰蒲冒清浅。企石挹飞泉，攀林摘叶卷。想见山阿人，薜萝若在眼。握兰勤徒结，折麻心莫展。情用赏为美，事昧竟谁辨。观此遗物虑，一悟得所遣。

本诗的确体现了诗人写景悟玄的目的。但其中写景之句，已具有独立的审美价值。1~4句写出了幽谷之中的独特景象：岭高谷深，日照来迟。虽然岭上猿啼告知天已破晓，但幽谷中还是很暗淡的；山岭下的云雾正在收敛而眼前山花上的露珠却还在晨曦中晶莹闪烁。5~10句写登山涉水、渡川历栈的逶迤曲折的情趣。11~12句写水中大小浮萍浮沉流转，茭白菖蒲的翠叶静静地掩映着清澈的溪水。13句以后，写临水玩泉伸手攀叶时联想到九歌中山鬼的形象，以及由此领悟只要赏心悦意即为美事的玄理。这里写的景象和感受，的确是前所少见，而简练明净、细致幽奇的语象，又使本诗区别于囊昔所流行的"理过其词"的玄言诗而别具新颖的面目。还有他的大量"山水秀句"，也都是新颖别致的。

清新的诗风，要求色彩的淡泊、氛围的爽净，格调的和雅与境界的幽远，因而最适宜自然中的优美景物。但描写抒发人性中淳朴天真之情的诗篇或章句，也可能具有这种风格。如崔颢的《长干行》二首，王维的《杂咏》（君自故乡来）、《相思子》，李白的《劳劳亭》《宣城见杜鹃花》，刘禹锡的《竹枝词》，王建的《新嫁娘》等都是以其新颖的体验与表达方式脍炙人口的。再看两例：

自君之出矣，不复理残机。思君如满月，夜夜减清辉。

——张九龄《赋得自君之出矣》

幼女才六岁，未知巧与拙。向夜在堂前，学人拜新月。

——施肩吾《幼女词》

两首诗都表现了真情：前者，借满月渐亏与相思憔悴的异质同构产生联想，以前人未道的譬喻传达了思妇的深情；后者，以学样效颦的单纯举动，透视幼女天性中由文化传统承继而来的潜在意识。两首诗又都表现了诗人缘情体物的睿智与巧思。沈德潜《唐诗别裁》评道："巧思全在'满'字生出"；"是幼女，与'细语人不闻'情事各别"，的确是明人之见。尤其是第二首意味特殊。李端拜新月说："开帘见新月，即便下街拜。细语人不闻，北风吹裙带。"比较可知：幼女不省事，不知巧拙，不避他人，视为游戏，与李诗所写成年怀春，心事难言，实在"情事各别"。

（二）婉丽

婉丽，即委婉秀丽。在优美系列中它是与清新相对应而又姗姗来迟的风格。

清孙麟趾《词迳》说："恐起平直，以曲折达之，谓之'婉'。"他说明了婉丽风格的一个极其重要的特点。

婉丽诗风，表现为以婉转含蓄、秀丽多姿的语言、声调，传达丰富微妙的内在情思与模糊体验，或自然景物的特殊神理。这要求诗人对于人情物理，有足够深入细致的体味分析、捉摸提炼，同时又有对语言功能的熟练掌握与自由运用。而这，又只有在汉末以后，诗歌进一步文人化的历史发展中才能较为普遍地实现。因为，一方面，只有在汉末大动乱以来，随着传统观念的崩溃，文士们在悲天悯人、感时伤世的思潮涤荡之下，开始抛弃天命鬼神的痴想而关注于各自情感与生命的欢娱和痛楚；另一方面，从《诗经》《楚辞》、乐府民歌到汉末文人古诗，已积累了丰富的语言资料和表达技巧，再经过曹丕兄弟、建安诗人、陆机、潘岳、左思、鲍照等名家对主体情感的多层次开掘与发抒，加之永明时期小谢、沈约、王融等永明体诗人建立新体诗规范，就使委婉秀丽成为常见的风格。

婉丽风格有两个层面：偏于婉，则含蓄微妙；偏于丽，则秀媚多姿。但二者又相辅相成：婉而不丽，则情词乏彩；丽而不婉，又艳而无韵。曹丕、曹植、刘禹锡、杜牧、李商隐、温庭筠、韦庄、晏殊、欧阳修、秦观、周邦彦、李清照、纳兰性德等诗词名家，都有不少作品堪称婉丽风格的典范。如曹丕名篇《燕歌行》其二：

> 别日何易会日难，山川悠远路漫漫。郁陶思君未敢言，寄声浮云往不还。涕零雨面毁容颜。谁能怀忧独不叹？展诗清歌聊自宽。乐往哀来摧肺肝，耿耿伏枕不能眠。披衣出户步东西，仰看星月观云间。飞鹤晨鸣声可怜，留连顾怀不能存。

全诗对思妇的情怀作了极其深入的细致刻画和渲染。易别难逢，山川悠远，这是古时离人相思痛苦的必然因素。唯其山川悠远，纵然相思"郁陶"也无处可诉；即使寄声浮云也杳无回音。唯有涕零洗面，怀忧长叹。何等情深！欲"展诗清歌"聊自宽慰，但乐往哀来，反而肺肝为摧，耿耿不眠，直到晨光破晓，黄鹂（鹤鹉）飞鸣，益增烦恼。相思萦怀又何凄苦！本来，思妇之情古已有之，也不乏佳作，如《古诗十九首》中的"青青河畔草""冉冉孤生竹""明月皎夜光"等，而且，曹丕此诗也明显地受了他们的影响。但比较之下，此诗是正面展示思妇的心曲，有"冉冉孤生竹"等二首的委婉而凄切过之，正如王钟陵《中古诗歌史》所说，"不仅抒情主人公的心理展示得更充分，而且在利用景物渲染衬托人物情思上，亦有相当明显的提高。思妇的题材，从未表现得这样凄切深惋、情景交融，此诗因而取得了超迈前代的成就"。

子桓此诗的婉丽，主要表现在对思妇感情反复抒发和以景衬情的渲染上，充分传达了思妇对良人的深挚情爱和刻骨相思，遣词靡丽却无含蓄可言。但是子建的《浮萍篇》却另有情致：

> 浮萍寄清水，随风东西流。结发辞严亲，来为君子仇。
> 恪勤在朝夕，无端获罪尤。在昔蒙恩惠，和乐如瑟琴。
> 何意今摧颓，旷若商与参。茱萸自有芳，不若桂与兰。
> 新人虽可爱，不若故人欢。行云有反期，君恩傥中还？
> 慊慊仰天叹，愁心将何诉？日月不恒处，人生忽若遇。
> 悲风来入帷，泪下如垂露。散箧造新衣，裁缝纨与素。

这类是子建"以表自己口眷之情"、寄托讽君之意常写的题材。本诗前十句写今昔感情的悬殊，11~14句说新不如故，16~20句表达对旧恩的缅怀与复还的希望，21句后则表达一种自我排遣的心情。全诗四层：叙事抒情眷恋埋怨；怨怅之中存希冀，企望之余仍凄伤。人世迁移之感与个人身世悲凉之痛相融合，脉脉深情又强自安慰。愁绪委屈，造语隽丽。丰华情韵，相得益彰。可以说是很典型的婉丽之作。再看：

忆梅下西洲，折梅寄江北。单衫杏子红，双鬓鸦雏色。
西洲在何处？两桨桥头渡。日暮伯劳飞，风吹乌臼树。
树下即门前，门中露翠钿。开门郎不至，出门采红莲。
采莲南塘秋，莲花过人头。低头弄莲子，莲子青如水。
置莲怀袖中，莲心彻底红。忆郎郎不至，仰首望飞鸿。
鸿飞满西洲，望郎上青楼。楼高望不见，尽日栏杆头。
栏杆十二曲，垂手明如玉。卷帘天自高，海水摇空绿。
海水梦悠悠，君愁我亦愁。南风知我意，吹梦到西洲。

这是著名的南朝民歌《西洲曲》。诗的开头，从节候风物特征追忆夏初，穿着杏红单衫、梳好头上青丝，折梅寄江北，向所爱表达衷情的情景。西洲，大约是他们相恋幽会的地方，他们在那里度过了不少甜蜜时光。接着，以夕阳西下伯劳单飞和风吹乌桕树，暗示节候的变迁和自己的孤单（女主人公终日倚门，望眼欲穿）。下来细写盼郎不至，采莲南塘。节令已从仲夏移到初秋；又以"莲子青如水"的景物暗示爱情纯洁（莲怜谐），以"莲心彻底红"隐喻相爱深切。再接下来，又见飞鸿凌空，便期望它能像传说中为苏武传信一样，把自己的相思传递给情郎，然而那毕竟是传说。鸿飞满天也不解人意。仍然登楼隅望：山高水长，不知所之，辗转楼头，拍遍栏杆，踪影全无，只好垂手自怜。自怜不甘，再极目远望：帘外长天高远，江流如海，水天一色，空悠悠，渺茫茫。不但白天盼不到，连梦境也如海天一样茫然——我梦不见郎君，柔肠百结；想来郎君也梦不见我，愁绪万端：唯有寄意南风，把我们的梦都吹到西洲，让我们在梦中相聚吧！本诗采用民歌惯用的顶针蝉联、谐音双关、托物喻情、真幻融合等手法，将思妇相思苦情源源引出，如丝出茧，如水流泉，幽幽咽咽，断断续续，呢呢在耳，戚戚于心，真竭尽其深挚微妙、缠绵悱恻之能事。这样经典的婉丽，恐是空前绝后的了。

上述可见，婉丽之作，应是既含蓄又明朗，既婉曲又流畅，既细致又简洁，既浅俗又幽雅。这种典型的婉丽之作，综合了这种风格的情词声韵等各方面因素，而实际上，不少作品是或偏于含蓄委婉，或侧重秀丽多姿。

1.含蓄委婉

偏于含蓄委婉者，具有司空图"精练""含蓄""委曲"三品的要素。这类诗作，"追求情感的浓缩，意趣的蕴藉"。所谓"浓缩"，应指内容深厚精醇；所谓蕴藉，意即隐蔽深邃。这确为含蓄的基本特色。因为只有这样，才能达到"不着一字，尽得风流"的境界。所以，"含蓄"一格，历来为诗学所重。《文心雕龙·隐秀》说："隐也者，文外之重旨也"，"义生文外"，"深文隐蔚，余味曲包"。姜夔《白石道人诗说》引苏轼云"言有尽而意无穷者，天下之至言也"。元张戒《岁寒堂诗话》主张"悲欢含蓄而不伤，美刺婉曲而不露"。明陆时雍《诗镜总论》认为"善言情者，吞吐深浅，欲露还藏，便觉此中无限"。清吴景旭《历代诗话》认为"凡诗恶浅露而贵含蓄，浅露则陋，含蓄则旨，令人再三吟咀而有余味"。其实，含蓄，是艺术应具有的一种普遍性。黑格尔《美学·全书绪论》说："艺术的显现却有这样一个优点：艺术的显现通过它本身而引到它本身以外"（朱注即"意在言外"）。只不过诗歌由于极其精练，更为讲究含蓄，司空图《二十四诗品·含蓄》说"不着一字，尽得风流"，将此中三昧一语道尽。

如何将诗情意趣含而不露而又"尽得风流"呢？隐喻、象征、双关、用典等是常见手法，此外，古人还总结了一些别的技巧，林东海《诗法举隅》归纳为"借物达意、言用勿言体、超极表至极、直中含曲意"四种。我们参照前人诗论综合如下。

第一，牵情于物。

诗人将自己的怨、嗔、怪、怒、喜、忧、烦、愁等情绪牵连于物，借以表达某种情感意趣。这种侧面的表达方式，婉曲含蓄而情意倍增。清王应奎《柳南随笔》卷六说："诗意大抵出侧面，郑仲贤《送别》云：'亭亭画舸系春潭，只待行人酒半酣。不管烟波与风雨，载得离恨过江南。'人自离别，却怨'画舸'。义山忆往事而怨锦瑟，亦然。文出正面，诗出侧面，其道果然。"敦煌曲子词《鹊踏枝》（"叵耐灵鹊多谩语"）和唐金昌绪《春怨》（"打起黄莺儿"）是有口皆碑的显例。再看一些例子：

九月九日望乡台，他席他乡送客杯。
人今已厌南中苦，鸿雁那从北地来！　　——王勃《九日登高》

客心争日月，来往预期程。秋风不相待，先至洛阳城。

——张说《蜀道后期》

月落星稀天欲明，孤灯未灭梦难成。

披衣更向门前望，不忿朝来喜鹊声。　　——李端《闺情》

鸿雁候鸟，春北秋南，不管人情；王勃因罪革职后客居剑南，自有怀才不遇的满腹牢骚，又逢佳节望乡，见鸿雁不远千里从北方匆匆飞来，正好借题发挥：人已经苦不堪言，你们又何必又忙着自找罪受呢？张说则以怪秋风先至表达时不我待和久客思归的切望。李端的女主人公显然是一夜未眠，天刚亮就披衣到门前张望。但她终于失望了，于是嗔怪清早报喜的喜鹊说了谎。她在盼望什么呢？回乡的郎君？提亲的媒婆？也许是约会的情人……一切都在言外，而心情之急切，又通过牵情喜鹊宣泄出来。此诗不如《鹊踏枝》天真，却较含蓄，别有一番情趣。

与此手法相类的是"牵情他人"。也即借他人的言语态度来反衬或强调某种情感意趣。例如：

葡萄美酒夜光杯，欲饮琵琶马上催。

醉卧沙场君莫笑，古来征战几人回！　　——王翰《凉州词》

寒雨连江夜入吴，平明送客楚山孤。

洛阳亲友如相问，一片冰心在玉壶。

——王昌龄《芙蓉楼送辛渐》

汴水东流无限春，隋家宫阙已成尘。

行人莫上长堤望，风起杨花愁杀人。　　——李益《汴河曲》

平章宅里一栏花，临到开时不在家。

莫道两京非远别，春明门外即天涯。

——刘禹锡《和令狐相公牡丹》

王翰借助劝说他人莫笑沙场醉卧，让人理解自己的行为，以一种自我解嘲的方式表达献身疆场的悲壮情怀。沈德潜《唐诗别裁》评其"故作豪饮之词，然悲感已极"。这种悲感或悲壮情怀的确是盛唐边塞诗人的典型心态。王昌龄借回答亲友设问表明自己的清高志向，诚如沈德潜所说："言己之不牵于宦情也"。李益则以劝阻行人的方式传达吊古伤春之感。刘禹锡虚拟诉说对象（包括令狐和其他读者），强调"临到开时不在家"的遗憾，当然也是对相公家牡丹的盛赞（别以为洛阳、长安相距不远，但这样好的牡丹，离家就看不见了，出了长安春明门跟身在天涯有何区别呢）。

以上四例可以说是"牵情他人"的常见形式。具体做法尚多，不必枚举。

第二、舍体言用。

这是采取现象不言本体的间接写法。诗人只写与某一特定事物关联的特有现象，本体或本意让人思而得之。这种方法古人称为"言用勿言体"，或"言用不言名"。《诗人玉屑》卷十引《漫叟诗话》说："尝见陈本明论诗云：前辈谓作诗当言用，勿言体，则意深矣。若言冷则云'可咽不可漱'；言静，则云'不闻人声闻履声'之类。"苏轼《宿海会寺》云："木鱼呼粥亮且清，不闻人声闻履声。"说山寺空寂，敲木鱼表示吃早饭了，但听不到人的说话声，只听到走路的脚步声，确实写出了山寺的清静。"可咽不可漱"为苏轼《栖贤三峡桥》诗句，极言庐山栖贤谷玉渊潭水之清冽齿寒，不可口中少留。而陆游《老学庵笔记》卷四载宋僧可遵诗说："道得可咽不可漱，几多诗匠竖降旗。"人们为什么拜服这样的句子？因为它耐人玩索。《诗人玉屑》卷十有一则逸事：朱熹有诗送胡藉溪云："瓮牖前头列翠屏，晚来相对静仪刑。浮云一任闲舒卷，万古青山只么青。"胡五峰见之谓其学者张敬夫说："吾未识此人，然观其诗，知其庶能有进矣。特其言有体而无用，故吾为是诗以箴警之，庶其闻而有发也。"五峰诗云："幽人偏爱青山好，为是青山青不老。山中出云雨太虚，一洗尘埃山更好。"这大约是朱熹早年的经验，他的诗的确只写了青山的形态，即山的"体"，了无余味。而胡五峰的诗却写出了山的动态变化及其象征，着眼于"用"，意深味厚，"箴警"之意含而不露，可使从比较中悟出。

林东海《诗法举隅》特别援引《诗经》以来思妇题材的诗篇说明这种手法。如《卫风·伯兮》："自伯之东，首如飞蓬。岂无膏沐？谁适为容"；徐干《思室》第三章末："自君之出矣，明镜暗不治。思君如流水，无有穷已时"。徐氏的诗句，显然从《伯兮》脱胎而来。但它"文人化"了，或者说更适于时行的五言体制。于是，自六朝以迄唐代，"自君之出矣"竟成了乐府诗题，不少诗人竞相沿用。如刘宋孝武帝刘裕诗："自君之出矣，金翠暗无情。思君如日月，回环昼夜生"；"自君之出矣，笥锦废不开。思君如清风，晓夜常徘徊"；颜师伯诗："自君之出矣，芳帏低不举。思君如回雪，流乱无端绪"；陈后主诗："自君之出矣，房空帏帐轻。思君如昼烛，怀心不见明"；隋陈叔达诗："自君之出矣，明镜罢红妆。思君如夜烛，煎泪几千行"等。以上各诗虽各运才思，但都出于徐干模式：梳妆用的镜子、金翠、笥锦都废置不用，说明她们无心打扮；帏帐不举、房空室冷，表示她们寂寞无主。而这些明镜、金翠、笥锦、帏帐、空房等，都是现象，是思妇怀夫之用，并未直说本体或本意，只是诗人唯恐言不尽意，又用比喻加以申述。这样做，与其说是点明本意，毋宁说是变调反复，一唱三叹。于是，吟诵之时，虽再无含蓄之意，却强化了婉曲之情。此中微妙，可与《伯兮》比较得之。

"舍体言用"的方式，较能收"不着一字"之效。这是以概括、描述某种事物特征的词句、比喻或典故代指本体或本意，而不点出其真名或司空图说的"真宰"。《诗人玉屑》卷十"体用"节引陈永康《吟窗杂序》"十不可"云："一曰高不可言高，二曰远不可言远，三曰闲不可言闲，四曰静不可言静，五曰忧不可言忧，六曰喜不可言喜，七曰落不可言落，八曰碎不可言碎，九曰苦不可言苦，十曰乐不可言乐。"又引惠洪《冷斋夜话》说："用事琢句妙在言用不言其名。此法惟荆公、东坡、山谷三老知之。荆公曰：'含风鸭绿鳞鳞起，弄日鹅黄袅袅垂。'此言水柳之名也。东坡答子由诗曰：'犹胜相逢不相识，形容变尽语音存。'此用事而不用其名。山谷曰：'管城子无食肉相，孔方兄有绝交书。'又曰：'语言少味无阿堵，冰雪相看有此君。'又曰：'眼看人情如格五，心知外物等朝三。'《苕溪渔隐》曰：荆公诗云：'缲成白雪桑重绿，割尽黄云稻正青。''白雪'即丝，'黄云'即麦，亦不言其名也。"又引南宋黄彻《碧溪诗话》说："临川云：'萧萧出屋千寻玉，霭霭当窗一炷云'。皆不名其物。然子厚'破额山前碧玉流'，已有此格。"《诗人玉屑》卷三又引《冷斋夜话》云："唐僧多佳句，其琢句法，比物以意而不指言一物，谓之象外句。如无可上人诗曰：'听雨寒更尽，开门落叶深'。是落叶比雨声也。又曰：'微阳下乔木，远烧入秋山'。是微阳比远烧也。用事琢句妙在言其用而不言其名耳。"东坡诗"犹胜"句翻自白居易《琵琶行》"相逢何必曾相识"；"形容"句脱胎于贺知章《回乡偶书》"乡音无改鬓毛衰"，描述了兄弟相逢时的感慨。山谷诗"管城子"即毛笔，语出韩愈《毛颖传》，"孔方兄"即钱币，取自《晋书·鲁褒传·钱神论》；"语言"两句是说酒壶；"眼看"两句，"格五"是汉代的一种棋艺，"朝三"即"朝三暮四"，出自《庄子·齐物论》，形容人情世事变幻无常。上述各例，有暗喻，有典故，有前人诗句。用典或翻用前人诗句，其实都不是我们所说"舍体言用"的标准形式。无论典故或古人诗句都不宜过多，否则成了掉书袋。

第三、以客代主。

含蓄委婉的诗章，常常只写别人、他物而不直言自己或本体，却让人联想到诗人的本意。

这种间接写法我们称为"以客代主"。暗喻和象征是最普遍的以客代主之法,如虞世南《咏蝉》颂扬高风亮节的才俊之士;杜甫《江汉》以老马比有经验智慧的老臣等。我们这里说的是另外一些情况。请看:

昨夜风开露井桃,未央前殿月轮高。

平阳歌舞新承宠,帘外春寒赐锦袍。　　——王昌龄《春宫曲》

"平阳歌舞",指汉武帝姐姐平阳公主家原歌舞伎卫子夫。她因善于歌舞得到武帝的宠幸,而原来的皇后陈阿娇却被冷落了。本诗写出了封建帝王喜新厌旧的品行和后妃宫娥一旦年老色衰或不合帝王口味,便遭遗弃的不幸命运。没有直接写主体或本意,但主体或本意表达得真切有味。再如:

此地曾居住,今来宛似归。可怜汾上柳,相见也依依。

——岑参《题平阳郡汾桥边柳树》

故人行役向边州,匹马今朝不少留。

长路关山何日尽?满堂丝竹为君愁。——张渭《送卢举人使河源》

岑参写旧地重游倍感亲切,但诗人不写自己,却说桥边的柳树对他也十分依恋。张渭写饯行。故人行役向西,关山路长,旷日持久,险阻艰难,可想而知,能不为之担忧吗?而诗人不说自己担忧,让"满堂丝竹"去为行人发愁。诗人虽然没有说自己,却让客体——"满堂丝竹"也产生了强烈共鸣。这两例颇似"牵情于物",但牵情并不代替,同时要现主体,因此"以客代主"更加含蓄。

第四,真幻似疑。

描写真景物,抒发真感情,却故作怀疑,即疑真似幻;或将想象中的事物情景呈现出来,即以幻为真。都能让诗意平添曲折,给人意外或惊喜之趣。也是古来就有的"直中含曲"委婉的表达。例如:

①鸡既鸣矣,朝既盈矣。匪鸡则鸣,苍蝇之声。东方明矣,朝既昌矣。匪东方则明,月出之光。　　　　——《诗·齐风·鸡鸣》

②飞来双白鹄，乃从西北来。十十五五，罗列成行。妻卒被病，行不能相随。五里一反顾，六里一徘徊。吾欲衔汝去，口噤不能开。吾欲负汝去，毛羽何摧颓。　　——汉乐府《艳歌何尝行》

③战城南，死郭北，野死不葬乌可食。为我谓乌，且为客豪。野死谅不葬，腐肉安能去子逃？　　——汉乐府《战城南》

④飞流直下三千尺，疑是银河落九天。

——李白《望庐山瀑布》

⑤妻孥怪我在，惊定还拭泪……夜阑更秉烛，相对如梦寐。

——杜甫《羌村三首》之一

⑥奇峰百仞悬，清眺出岚烟。迥若戈回日，高疑剑倚天。参差霞壁耸，合沓翠屏连。想是三刀梦，森然在目前。

——李德裕《题剑门》

例①②③都是以幻为真：例①朱注说是后妃生恐国君耽于温柔误了早朝，"闻似者而以为真"，几次催促起身。例②以兴体托喻不能携妇远行的悲哀。例③借助与乌鸦说话，表达对战死者的同情和对战争的诅咒。例④⑤⑥为疑真似幻：例④瀑布在"疑似"的夸张中极端放大。例⑤，对真实情景的惊疑，曲折地传达了乱离重聚的复杂心态。例⑥较为复杂，有两个主要典故：第三句，《淮南子》载：大力士鲁阳与韩国军队战至黄昏未决胜负，于是援戈一挥使太阳退回三舍，继续鏖战。这里用以形容如戈的高峰势能回日。第七句，《晋书·王濬传》：濬夜梦三刀悬于梁上，又添一刀，心恶之；主簿却向他贺喜说，三刀曰州，又添一刀者益州也。这里形容山峰险峻，也是疑真似幻。以上数例可见，无论以幻为真或疑真似幻，都是比较委婉而非直接的表达。

2.秀丽多姿

秀丽之风，相当于司空图的"纤秾""绮丽"，指形态俊美、色调鲜明、丰富多彩。它所展示的绚烂和谐的世界让人悦耳明目、心旷神怡。司空图《诗品》"纤浓"说"采采流水，蓬蓬远春""柳荫路曲，流莺比邻"；"绮丽"说"雾余山春，红杏在林""月明华屋，画桥碧阴"。可谓"秀丽"的生动写照。秀丽的诗篇，追求感性形象色彩音响与姿态的美。例如：

桃红复含宿雨，柳绿更带春烟。花落家童未扫，莺啼山客犹眠。

——王维《田园乐》

孤山寺北贾亭西，水面初平云脚低。
几处早莺争暖树，谁家新燕啄春泥？
乱花渐欲迷人眼，浅草才能没马蹄。
最爱湖东行不足，绿杨荫里白沙堤。 ——白居易《钱塘湖春行》

远上寒山石径斜，白云生处有人家。
停车坐爱枫林晚，霜叶红于二月花。 ——杜牧《山行》

梅子黄时日日晴，小溪泛尽却山行。
绿荫不减来时路，添得黄鹂四五声。 ——曾几《三衢道中》

这些诗真是写得绘声绘色、流光溢彩，状溢目前而韵流言外。但是，秀丽所要求的文采和形象，如《文心雕龙·隐秀》所说，不是"朱绿染缯，深而繁鲜"；应若"英华曜树，浅而炜烨"。总之，要内容与形式的有机结合，"自然妙会"才能"动耳惊心"。

文学要内容与形式结合，这是中国美学一贯的主导观念。孔子早就说过："质胜文则野，文胜质则史。文质彬彬，然后君子。"（《论语·雍也》）虽然原是说周礼的实质与形式的关系，质胜则粗陋，文胜则虚伪，质文相配才是君子之风。但这同《礼记·表记》所引孔子所说"情欲信，词欲巧"精神一致。后来，汉代扬雄说"诗人之赋丽以则；词人之赋丽以淫"（"则"即合乎法度，"淫"是泛滥无序），也认为文质应该相称。其后，曹丕《典论·论文》提出"诗赋欲丽"。至六朝，文学自觉，人们进一步认识到文学与一般学术著作的重要区别之一即文采。文采，萧统称为"翰藻"（辞藻），陆机名之曰"艳"（他强调"既雅且艳"）。从这些一以贯之的主张看，与内容相一致的文采，是人所共识。它与"清新"的精神并不相悖，不过更侧重于辞章的润饰、形象的刻画。

但在创作实践中，也确有人着力于追求语言的工巧华艳，如陆机的拟古诗十二首。现看《拟青青河畔草》：

靡靡江蓠草，熠熠生河侧。皎皎彼姝女，阿那当轩织。粲粲妖容姿，灼灼美颜色。良人游不归，偏栖独只翼。空房来悲风，中夜起叹息。

比较原古诗：

青青河畔草，郁郁园中柳。盈盈楼上女，皎皎当窗牖。娥娥红粉妆，纤纤出素手。昔为倡家女，今为荡子妇。荡子行不归，空床难独守。

可以看出，士衡在内容和形式上都作了较大的改变。先是改变了抒情主人公的身份与生活：原诗是倡家女，无所事事；拟作是良家妇，操持家务，从而内容也比原作丰富。语言形式方面，拟作大量采用鲜明的叠词，使诗章显得整饰华丽。但原诗着力于美的渲染，意在对青春的怜惜，有自然天真的民歌风味；拟作也有美的描绘，而辛勤劳作与寂寞悲凉的刻画，显然让人对思妇同情，是一般的文人做派。陆氏虽锐意为之，也未能获得原作的魅力。

但追求辞章的工巧华艳并非注定要失败，也有的相当成功。例如，他的《悲哉行》：

游客芳春林，春芳伤客心。和风飞清响，鲜云垂薄阴。
蕙草饶淑气，时鸟多好音。翩翩鸣鸠羽，喈喈仓庚吟。
幽兰盈通谷，长秀被高岑。女萝亦有托，蔓葛亦有寻。
伤哉客游士，幽思一何深！目感随气草，耳悲咏时禽。
寤寐多远念，缅然若飞沉。愿托归风响，寄言遗所钦。

本诗第十四句前写景，细致真切，而偶句的运用，不但令诗篇具有了整饰之美，也加强了诗句的音乐感和表现力。

这种"丽"可以称为"绮丽"。虽然追求文采华艳，从情感内容的表达来看，还不失其为"雅"。这种既艳且雅的绮丽文风在齐梁和唐宋诗词中不乏显例。

另一种倾向是，以精致华艳的语词摹写色情。齐梁宫体诗可为代表。如梁简文帝萧纲的《美女篇》：

> 佳丽尽关情，风流最有名。约黄能效月，裁金巧作星。粉光胜玉靓，衫薄似蝉轻。密态随羞脸，娇歌逐软声。朱颜半已醉，微笑隐香屏。

这些对宫女娇柔妖冶的刻意渲染，只能表现诗人的淫俗心态，毫无真情和高雅可言。这种"丽"，可以称为"靡丽"，这向来是古典诗学所反对的。

（三）豪放

在阳刚风格系列中，"豪放"当属最为人们熟知的了。长期以来，古典诗学常将它同"婉约"对举，以统摄诗词领域的千汇万状。这当然也只能是大致的归纳，因为"豪放"还不能包含"悲"和"沉"的内容。司空图把它单举，使与其他品类并列，是有道理的。

我们说的"豪放"，指"豪迈、放逸"，属最典型的阳刚之美。司空图《二十四诗品》"雄浑"说"具备万物，横绝太空。荒荒油云，寥寥长风"；"豪放"说"天风浪浪，海山苍苍。真力弥满，万象在旁"；"疏野"说"唯性所宅，真取弗羁""若其天放，如是得之"；"飘逸"说"落落欲往，矫矫不群""缑山之鹤，华顶之云"等，都可以说是豪放的特征。清人孙联奎《诗品臆说》这样解释"豪放"：

> "豪"，乃"豪杰、豪迈"之豪；对龌龊猥鄙而言。放，非放荡，乃推放，对局促而言，即"放乎四海"之放也。惟有豪放之气，乃有豪放之诗；若无其心胸气概，而故为豪放，其有不涉放肆者鲜矣。太白《将进酒》，少陵《丹青引》诸篇，试一披读，当得其大略。

这是确当的说明。没有精神人格的崇高伟大，没有对于万物造化、人情世态的洞悉，便不会有充实丰满的内容、宏伟的气魄，也写不出豪迈的诗篇。所以，司空图说：内心充满真实雄厚的精神，外形才能表现为浑灏宏壮（"雄浑"："大用外腓，真体内充"）；能洞悉造化规律，才可以吞吐天地万物（"豪放":"观化匪禁，吞吐大荒"）。

司空图和孙联奎，都首先从主体精神，也即审美意识的内在层次揭示了豪放这种风格的内在根据。事实正是如此，具有豪放风格的诗人，常怀宏大志向，不汲汲于个人名利，唯耿耿于苍生社稷。无论是对于崇高理想的歌咏，对于社会黑暗的抨击，抑或对于锦绣山河的描绘，对于真情实感的抒发，都不屑于雕章琢句，谨小慎微；喜欢大笔挥洒，痛快淋漓。只要吟诵盛唐边塞诗、李白歌行和苏东坡、辛弃疾长调，就会感到"天风浪浪，海山苍苍，真力弥满，万象在旁"。那崇高的志向、充沛的激情，那恢宏深邃的时空观念、奇特瑰丽的想象，那磅礴浩荡的气势、石破天惊的震撼力，真是风掣雷动，不同凡响。

豪放风格，在创作实践中也有不同倾向：或偏于豪迈，或偏于放达。试分别讨论。

1.豪迈

豪迈，指具有豪杰的气概与力量：高瞻远瞩、一往无前，笔力千钧、大气磅礴。李白的歌行有许多最典型的豪迈篇章或警句。如《江上吟》"兴酣落笔摇五岳，诗成笑傲凌沧州"；《侠客行》"三杯吐然诺，五岳倒为轻""纵死侠骨香，不惭世上英"；《行路难》"长风破浪会有时，直挂云帆济沧海"；《临终歌》"大鹏一日同风起，扶摇直上九万里。假令风歇时下来，犹能簸却沧溟水"等，莫不令人惊叹。这笔力与气概，真是前无古人，后无来者！此外，如杨炯《从军行》（烽火照西京），王昌龄《从军行》（青海长云暗雪山）、《出塞》（秦时明月汉时关），岑参《轮台歌送封大夫出师西征》《走马川行奉送出师西征》，以及苏轼《江城子·密州出猎》，辛弃疾《太常引》（一轮秋影）也都是历来传诵的豪迈篇章。

豪迈，与司空图所说的"豪放、劲健"相当。追求力的强大、量的宏伟、调的高亢、气的充沛和势的雄浑；与之相应是语言的刚健、韵律的响亮。过多的刻削和修饰都会损伤元气，降低张力，但并不是说不要注意遣词造句。豪迈与草率粗陋不相容，而更重要的是内在素质；没有宏大的襟怀而硬作豪语往往令人反感。北宋的王令、南宋的刘过遭人讥评，原因盖出于此。例如，王令《西园月夜》云："我有抑郁气，从来未经吐。欲作大叹呼向天，穿天作孔恐天怒。"看来气魄不小，他的确也写过《暑旱苦热》《偶闻有感》等想象超凡、格调高昂的好诗，但这种把天空一口气吹穿的设想，未免叫人感到有"气"而无"魄"。所以钱钟书《宋诗选注》既赞其"大约是宋代里气概最阔大的诗人"，又批评他"运用语言不免粗暴，而且词句尽管奇特，意思却往往在那时候都要认为陈腐"。这意见是中肯的。刘过《沁园春·寄辛承旨……》说:"斗酒彘肩,风雨渡江,岂不快哉?被香山居士,约林和靖,与坡仙老,驾勒吾回……"虽然豪迈,却只能看作游戏。难怪岳珂《桯史》讥其"白日见鬼"。

2.放达

放达,包含司空图"旷达、飘逸、疏野、高古"等品格的特征。这是一种自由放任、超凡脱俗的风格。如第七章"运法"所举李白的绝唱《将进酒》,以天马行空似的语言,黄河落天般的气势,否定眼前的荣华富贵与往古的圣贤豪杰,热烈地歌颂狂饮烂醉、及时行乐,虽然借以发泄被"赐金放还"后的愤懑,倾吐报国无门的殷忧,却也表现了洞穿历史、俾睨现实的气概。这是充满着豪气的达观。

放达风格也有两个层面。其一是"放逸",其二是"旷达"。

所谓"放逸",或者生性澹泊,不慕名利;或者经历坎坷,情愿超脱。因而寄情田园山水、仰慕隐士高人,追求远离凡尘的理想境界,其特点是放逸。司空图《二十四诗品》"高古"说"畸人乘真,手把芙蓉。泛彼浩劫,杳然空踪";"飘逸"说"落落欲往,矫矫不群。猴山之鹤,华顶之云";"疏野"说"唯性所宅,真取弗羁""倘然适意,岂必有为",都形象地描述了这种风格。魏晋以后的游仙诗、李白的某些歌行属于此类。例如:

杂县寓鲁门,风暖将为灾。吞舟涌海底,高浪驾蓬莱。神仙排云出,但见金银台。陵阳挹丹溜,容成挥玉杯。姮娥扬妙音,洪崖领其颐。升降随长烟,飘飘戏九垓。奇龄迈五龙,千岁方婴孩。燕昭无灵气,汉武非仙才。 ——郭璞《游仙诗》

我本楚狂人,凤歌笑孔丘。手持绿玉杖,朝别黄鹤楼。五岳寻仙不辞远,一生好入名山游。庐山秀出南斗傍,屏风九叠云锦张,影落明湖青黛光。金阙前开二峰长,银河倒挂三石梁。香炉瀑布遥相望,回崖沓嶂凌苍苍。翠影红霞映朝日,鸟飞不到吴天长。登高壮观天地间,大江茫茫去不还。黄云万里动风色,白波九道流雪山。好为庐山谣,兴因庐山发。闲窥石镜清我心,谢公行处苍苔没。早服还丹无世

情，琴心三叠道初成。遥见仙人彩云里，手把芙蓉朝玉京。先期汗漫九垓上，愿接卢敖游太清。　　——李白《庐山谣寄卢侍御虚舟》

郭诗，1~2句化用《国语·鲁语上》的故事：海鸟在鲁国东门外停了三天，展禽说："今兹海其灾乎？夫广川之鸟兽，恒知避其灾也。"那年，海多大风，冬暖。"杂县"即爰居，海鸟。这是说明人间多灾难。3~6句写乘着海上大风游蓬莱岛的壮观；7~10句描述神仙们的活动：古仙人陵阳子服食玉脂，皇帝之师容成公挥玉杯畅饮，嫦娥清歌妙音，尧时已三千岁的张洪崖听得点头赞叹，而尧时自焚成仙的甯封子悠然自得地随风飘摇于九天之上。这显然是一个驰骋幻想的传说之境，虽流露着诗人对现实之拘限压抑的不满，但无愤懑之词，似乎全被隐逸之趣和列仙之想所代替。比较一下李白的《庐山谣》。本诗大约是在遇赦后，自江夏来庐山所作。他已饱经忧患，对于人情世事洞若观火，对于匡时济世、功名勋业心灰意冷，因而通过对庐山景物的描绘和传说的虚拟，向卢虚舟倾吐了自己居庐山、做隐士甚至与仙同游的愿望与幻想。从两首诗的开头就可以看出虽然都不满，但郭是逃避，李却是鄙弃；郭对于仙人只是欣赏艳羡，李更进而结交追随；对于仙境，郭一笔带过，而李挥毫渲染，纵情高歌。这一切都十分突出地表明，郭璞是典型的游仙诗，是司空图所说的"飘逸"；而李白则充满着一往无前的豪放之气。

　　放达的另一个层面是"旷达"，这是出于对世事与生命忧患的化解愿望，并不求助于隐逸或游仙，而是着意对宇宙大化和人生真谛的思辨与参悟，从而导致对历史现实的透彻理解和积极把握。于是，诗作便呈现通脱、乐观的情调，并包含深邃的意蕴，这便是"旷达"，或曰"达观"。陶潜、王维、苏东坡等大家的诗词往往具有这种风格。如陶潜《饮酒诗二十首》其十一云：

颜生称为仁，荣公言有道。屡空不获年，长饥至于老。

虽留身后名，一生亦枯槁。死去何所知，称心固为好。

客养千金躯，临化消其宝。裸葬何必恶？人当解意表。

本诗所表达的是一种老庄式的人生态度：颜回被称为古之圣人，荣启期亦是华山有道之士，尽管夭寿不同，但都不免饥寒之苦和一命归天；死后一无所知，活着还是该称心如意；像对待贵客一样奉养自己的身体，到死时什么都会消灭；西汉杨王孙临终遗嘱裸葬，要以身亲土，你不必反感，要理解他的深意。这是对生死问题有了深切理解之后,悟彻荣名不足贵,身后不足惜,所以要把握生命,称心如意。苏东坡词的这种理性自觉也是比较明显的。所谓"人生如梦,一樽还酹江月"——什么荣华富贵,几多悲欢离合,都随这庄严的一酹付诸东流吧!王国维《人间词话》说"东坡之词旷,稼轩之词豪",这"旷",正是指东坡主要词作中所包含的乐天知命、随遇而安的旷达精神。

(四)沉悲

"沉悲",也是一种基本的诗歌风格形态,在阳刚风格的系列中与"豪放"相对。

我们说的"沉悲",包括"沉郁"和"悲怆"两个方面,具有司空图"悲慨"的基本品格,也同其"雄浑、沉着"相通。下面分别讨论。

1.沉郁

沉郁诗风,向来为诗家所重。钟嵘《诗品序》赞梁武帝萧衍"体沉郁之幽思,文丽日月"。无论对这位帝王来说是否评得恰当,而钟嵘是表示尊重,可见"沉郁"之显要。杜甫在《进雕赋表》中概括自己的诗歌风格是"沉郁顿挫"。清代词学家陈庭焯的《白雨斋词话》大力张扬沉郁之风,他认为:"作词之法,首贵沉郁,沉则不浮,郁则不薄";又说:"诗之高境,亦在沉郁"。从方法到境界都讲"沉郁",必然具有沉郁的风格。

就字面而言,"沉",深也,重也;"郁",浓也,盛也。这是一种思想深沉、情感浓厚,具有强大震撼力和感染力的诗风。与豪放一样都要求丰富的思想和充沛的情感作为内涵,只是,豪放如流云飙风,气势磅礴;沉郁像潜流涌动,深不可测。

从创作心理来说,沉郁之风,与豪放的情感热烈相反,追求执着、蕴涵。诗人忠于理想,珍惜情感,为理想的破灭而痛心,为世道的衰败而惋惜,并用诚挚而浓重的笔墨传达出来。如杜甫的《诸将五首》,抒写他对国家大事的热切关注和深刻见解。其一云:

> 汉朝陵墓对南山,胡虏千秋尚入关。
>
> 昨日玉鱼蒙葬地,早时金碗出人间。
>
> 见愁汗马西戎逼,曾闪朱旗北斗殷。
>
> 多少材官守泾渭,将军且莫破愁颜。

自汉朝以来,长安屡遭外族寇扰。公元756年(唐玄宗天宝十五年)和763年(唐代宗广德初年),安禄山叛军和吐蕃先后攻陷长安,烧杀抢夺,劫掠陵墓。765年(唐代宗永泰初年),吐蕃与回纥又联兵入寇,京师震恐,郭子仪、李忠臣、李光进、马璘等名将分别屯兵长安周围严加防卫。本诗大约作于766年秋。首联以汉喻唐;次联说皇家陵墓也常被发掘,玉鱼金碗等殉葬珍宝尽被夺去;三联说现在敌寇铁蹄进逼内地令人发愁(见,现同),而吐蕃的朱红军旗就曾使帝座黯然失色("曾闪"句特指763年吐蕃大寇乱);末联警示,希望守卫京畿的各位忠诚能干的军官、将领不要放松警惕。诗人有感于多次历史教训,以汉喻唐,追述往事,提示现状,奉劝诸将尽心报国。情词沉郁,感人至深。

从表现形态看,"沉郁"同"顿挫"相表里。字面上,所谓"顿挫","就是指语意的停顿、转折(间歇、转折)。它仿佛是音乐上的休止符,表面上休止了,实际是韵味的延续与深化"。从风格上去领悟"顿挫","就是情感的千回百折,节奏的徐疾相间,音调的抑扬抗坠,旋律的跌宕有致"。如上例前面是借汉喻唐,为虚指;后面述现状表愿望,有沉痛的追忆,有恳切的劝喻。词义深挚,语气委婉,虚与实、述与愿之间,形成了节奏缓急强弱、情绪起伏舒卷、意象显隐动静的诗学流程;读者的情感也在这流程中回旋振荡。

沉郁,也有的偏于沉,有的偏于郁。偏于沉者意深,更有理性内涵;偏于郁者情浓,富于感性色彩。上举杜甫《诸将五首》之一属于沉者,以理喻人。再看他的《白帝》:

　　白帝城中云出门,白帝城下雨翻盆。
　　高江峡急雷霆斗,翠木苍藤日月昏。
　　戎马不如归马逸,千家今有百家存。
　　哀哀寡妇诛求尽,恸哭秋原何处村?

这是杜甫夔州时期的代表作之一,写于公元766年秋。前四句写登白帝城楼所见暴风雨的情景,惊心动魄。这景象令诗人联想刚刚结束的安史之乱。"戎马归马"喻战时与平时人们的不同境遇,并为劫后少数残存者庆幸。但诗人漂泊西南所见的现实是,战乱之后人民不但不能休养生息,连寡妇之家也被搜刮殆尽,到处一片恸哭之声。全诗饱含着对人民水深火热痛苦的满腔怜悯。这情感，是以杜甫的仁厚之心和亲历的灾难为基础的，虽是概括描述，还是醇厚感人。

2.悲怆

悲怆，指悲哀、怆凉。作为诗歌的一种风格品类，与沉郁有相通之处，以致有的诗论将二者混合为一。但悲作为一种独立的审美形态和艺术风格，因有所侧重，很早就被认识而加以概括了。

古代，"悲"与"哀""伤"同义，先秦已见诸文献。如《老子》三十一章"杀人之亲，以悲哀泣之"；《诗·召南·草虫》"未见君子，我心伤悲"；《豳风·东山》"我东曰归，我心西悲"；《小雅·四牡》"王事靡盬，我心伤悲"；《小雅·采薇》"我心伤悲，莫知我哀"。更早，夏代末年的《五子之歌》就说"呜呼曷归，予怀之悲"（哎哟！哪里去呀？我心里多么悲伤）；《周书·大诰》云"哀哉！予造天役，遗大投艰于朕身"（多么可悲啊！我听神示讨平叛乱，反而给我带来巨大困难）。此类例证不胜枚举。

作为情感抒发的诗歌，当然很早就反映了这些心理状态和情感体验，而欣赏评论也以相应的概念来加以描述。《左传·襄公二十九年》载，吴公子札观乐于鲁，为之歌《颂》，曰"至矣哉！……哀而不愁，乐而不荒……""哀"即"悲哀"。孔子评定《诗·周南·关雎》"乐而不淫，哀而不伤"，说本诗所表达的情感快乐而不失其正，不过分；悲哀也不伤于中和。这也是艺术鉴赏的"中庸之道"。上述的"悲"或"哀"，作为美学范畴，仍是痛苦的心理状态和情感体验。

进一步说，悲这一美学范畴，还有它的引申义：感动。大约由于表达悲哀之情的艺术，如音乐舞蹈等，给人的心灵影响极深，于是从"悲"里引出了"感动"的新义来。《韩非子·十过》载有一则晋国音乐家师旷与晋平公论乐的故事：晋平公问师旷什么音乐"固最悲乎"。师旷说"清角"最悲；不可擅奏，听了恐怕有害。平公固请。师旷不得已，"一奏之，玄云从西北方起；再奏之，大风至，大雨随之，裂帷幕、破俎豆、隳廊瓦；坐者败走，平公恐惧，伏于廊室之间。晋国大旱，赤地三年，平公之身遂癃病"。说得过分。不过，音乐的这种感天地泣鬼神的力量，正如张少康《古典文艺美学论稿》所说，"当然不是指的悲哀，而正是指音乐艺术的这种感染作用"。到了魏晋之后，这种引申意义的悲竟然进一步发展，在音乐领域甚至以悲的观念替代了美感观念：以悲乐泛指一切美好的音乐。敏泽《中国美学思想史》指出，"以美好音乐谓之悲乐——这是一种时代风尚"。钱钟书《管锥篇》还用大量资料说明自汉以来这是一种普遍观念；并引W.詹姆斯的《心理学原理》进一步证明，以悲为美有心理学的根据："谓人感受美物，辄觉胸隐然痛，心怦然跳，背如冷水浇，眼有热泪滋等种种反映"。此说可以参考。

但我们这里谈诗的悲怆风格，还是用"悲"的原义。这种风格的诗歌，的确如一切悲剧艺术，具有特别强烈的感染力。司空《悲慨》所描绘的"大风卷水，林木为摧。意苦若死，招憩不来"（像大风翻卷巨浪，林木也被摧毁，心情痛苦欲死，无法缓解悲哀），不但是诗风的形神，也是欣赏者的心态。

悲怆，也因程度、境遇和意志的差异而呈现诗作风格的不同情调：或偏于悲壮，或偏于怆凉。

（1）悲壮，虽然"意苦若死"，痛苦之至，但是壮心不已。在强大势力面前虽然无能制胜，却不甘屈服，视死如归，信念不灭，精神高扬。以雄浑的诗篇抒发这种情怀或歌颂这种品格，便成悲壮之风。司空《悲慨》说"壮士拂剑，浩然弥哀"，正是悲壮风格的生动写照。

悲壮风格，有两个基本条件：格高，调宏。格高，指意趣高尚超迈；调宏，指声律宏强响亮。二者具，方能体现诗人的襟怀与气概。《文镜秘府论·南卷》说："凡作诗，意是格，声是律。意高则格高，声辨则律清；格律全，然后始有调。"明"前七子"领袖李梦阳《驳何氏论文书》说："高古者格，宛亮者调。"都说明格调包含意与声两个方面。上文已经指出，诗人胸怀壮志，品行刚正，性格忠厚，情感深沉；对于苦难有真切的体验，对于不幸寄予真挚的同情；壮志未酬又不甘自弃等，都是意趣高尚的内涵。调宏，必须是浩荡隆重的"宛亮"声调。否则声嘶力竭，形同叫嚣，何以感人？

从实际看，文学史上表现悲天悯人的深情，歌颂为正义献身的崇高精神，张扬跟恶势力斗争宁死不屈的高风亮节，而又以宛亮的声调出之：无论篇幅长短，都具有悲壮的格调。屈子的鸿篇巨制《离骚》，抨击丑恶，张扬理想，是瑰丽奇伟的，也是悲壮的。他的《国殇》并不长，歌颂阵亡将士英勇献身，精神不死，也是悲壮的。再看数例：

> 燕丹善养士，志在报强嬴。招集百夫良，岁暮得荆卿。君子死知己，提剑出燕京。素骥鸣广陌，慷慨送我行。雄发指危冠，猛气冲长缨。饮饯易水上，四座列群英。渐离击悲筑，宋意唱高声。萧萧哀风逝，淡淡寒波生。商音更流涕，羽奏壮士惊。心知去不归，且有后世名。登车何时顾，飞盖入秦庭。凌厉越万里，逶迤过千

城。图穷事自至,豪主正怔营。惜哉剑术疏,奇功遂不成。其人虽已没,千载有余情。

——陶潜《咏荆轲》

这是陶潜"金刚怒目"式的名作。歌咏荆轲刺秦的英勇事迹,感叹奇功不成而流芳百代。诗中有对于荆轲豪侠气概的刻画,有对于群英意气的描述,有对于环境气氛的渲染,也有人秦刺嬴过程的概括和典型细节的呈现;最后是热烈的咏赞。真是慷慨悲壮,浩歌弥哀。骆宾王的《易水送别》云:

此地别燕丹,壮士发冲冠。昔时人已没,今日水犹寒!

虽短短二十字,没有陶诗的气势,然而格高韵古,异曲同工。又如文天祥的两篇名作。《正气歌》六十句三百字,热烈歌颂古代义士先哲,发扬民族正气,表达追步典型、宁死不屈的崇高气节,洋洋大观,浩气磅礴,实为悲壮。而他的《金陵驿》只有八句五十六字:

草合离宫转夕晖,孤云漂泊复何依!
山河风景元无异,城郭人民半已非。
满地芦花和我老,旧家燕子傍谁飞?
从今别却江南路,化作啼鹃带血归。

这是诗人1278年被元军押赴燕京路过京陵时所作。家国沦亡之哀痛,视死如归的决心,魂牵故土的深情,何其顿挫悲壮,沉挚感人!

(2)怆凉,悲痛忧深伤重,四顾无援陷于绝望。抒发这种情感,描绘这种状态,或长歌当哭,或浩叹寄哀,令人回肠荡气,涕泪潸然,这便是悲怆风格。建安七子的伤乱诗,阮籍、刘琨、陈子昂、杜甫、李益以及宋、明、清末的爱国诗人多有此类篇章。如阮籍《咏怀》其三十五云:

昔年十四五,志尚好诗书。被褐怀珠玉,颜闵相与期。
开轩临四野,登高望所思。丘墓蔽山冈,万代同一时。
千秋万岁后,荣名安所之。乃悟羡门子,噭噭令自嗤。

本诗道出了诗人由夙怀壮志变为心灰意懒的过程：年轻时抱着崇高理想，以孔门高足颜渊、闵子骞相期自诩；但是现实无情，夙愿难偿；登高怀远，忽见往昔荣名，都成了满山遍野的坟墓，荣名再高有何价值！于是顿悟：昔日嗷嗷之志，现在看来多么可笑！这不是旷达的自嘲；而是由于司马师废魏少帝齐王芳，专横跋扈，威压群僚的政治局势所引起的绝望，由于看不到前途，信念幻灭而意绪消沉，给人怆凉之感。再如陈子昂的《登幽州台歌》：

前不见古人，后不见来者，念天地之悠悠，独怆然而涕下！

"者、下"同属"马"韵。本诗没有描绘具体细节，却让人感到身处绝境的无限悲凉。这是诗人对怀才不遇、屡遭打击的身世和忠义不售的孤独情怀的高度概括，内涵深厚，感慨强烈。陈子昂是一位胸怀壮志、勇干朝政的耿介人物，因不顾武则天的专横，批评时政，被借故下狱；出狱之后壮心不减，又任军中参谋随武攸宜征讨契丹。再次因直言敢谏，被刚愎自用的武攸宜贬为军曹。子昂感到前途暗淡，心情抑郁，吊古抒怀。正如他的好友卢藏用《陈氏别传》所说："子昂知不合，因箝默下列，但兼掌书记而已。因登蓟北楼（即幽州台），感昔乐生、燕昭之事，赋诗数首，乃泫然流涕而歌曰：前不见古人……"所赋的诗题为《蓟丘览古赠卢居士藏用》共七首，其中《燕昭王》《乐生》《郭隗》歌颂燕昭王礼贤下士，知人善任，感叹乐毅、郭隗生逢其时、幸得重用，相形之下，自己同屈原、阮籍等先贤却有相似命运。屈子《远游》说"惟天地之无穷兮，哀人生之长勤。往者吾不及兮，来者吾不闻"；阮籍《咏怀》十七云"去者余不及，来者吾不留"。真是感同身受。屈、阮所说的"往者、去者、来者"都指理想中的圣贤。子昂歌咏的，却是封建时代知识分子人人仰慕而倍感亲切的燕昭王。报国无门，壮志难酬，天地永恒，人生苦短，什么时候才能遇到"燕昭王"呢？千百年来，有多少怀才不遇的"陈子昂"缅怀古圣先贤，仰望高天厚地，"念天地之悠悠，独怆然而涕下"！本诗具有强烈的悲怆情调。下面举两首边塞题材的绝诗：

天山雪后海风寒，横笛遍吹行路难。
碛里征人三十万，一时回首月中看！　　——李端《从军北征》
誓扫匈奴不顾身，五千貂锦丧胡尘。
可怜无定河边骨，犹是春闺梦里人！　　——陈陶《陇西行》

李诗完全丧失了效命沙场、建功立业的盛唐豪气。连年的开边黩武，耗尽了元气和民心。长期处于穷荒绝漠的广大士兵，在风雪严寒之中，闻凄声，望冷月，是何等怆凉的情境！陈诗是唐诗中的反战名篇。这里的"匈奴"是代指中唐时期经常侵扰北部边境的回纥、吐蕃等游牧部族。汉唐中华，本强大帝国，但边地外族亦先后兴盛，匈奴、回纥、突厥、吐蕃等经常伺机入寇，大肆掳掠，甚至并吞弱小部落建立强大政权，阻断中外交通，威胁中国生存发展。所以，历代雄才大略的英主们，对于强大的异族部落，或分化进击，或赎买议和，恩威并用，软硬兼施，以求天下太平，兴旺发达。当此之机，热血男儿效命疆场，靖边难，扬国威，建功立业，封妻荫子，何等荣耀！但效命将士，成功者少，奉献者多，所谓"一将功成万骨枯"，这就包含了豪壮与悲哀。如果朝政腐败，君昏臣奸，穷兵黩武，不恤兵民，那么，带给将士及其家属的，就只有灾难和悲凉了。陈陶生活的中唐，已经丧失了原有的威势，朝廷宦官专权，朋党互相倾轧，北边回纥为患，内地藩镇割据猖獗，人民厌倦战乱，期盼和平。当时的一些边塞诗不同程度地反映了这种民意。李端的《从军北征》写的是行役将士的悲哀，而陈陶表现的却是将士的忠勇和思妇的春梦。将士已经义无反顾、英勇献身，而妻子还梦见丈夫奏凯荣归，幸福团聚。残酷现实与善良愿望的巨大反差，显得倍加悲凉。难怪沈德潜《唐诗别裁》称赞"作苦语无过于此者"。

　　古典诗歌风格的实际情况当然复杂得多，我们大致梳理，暂定名目，也算是尝鼎一脔，初步试探吧。

结　语

前述各章，以期有助于鉴赏和习作，也就是想为青年朋友游历古典诗艺的彼岸，提供简便的过渡工具。无论是习作或鉴赏，有不少人确有所得，但也有些人还没有找到筏子，更休说"舍筏登岸"了。这并不奇怪，因为无论鉴赏或创作，都需要才智和灵感。这两方面都源于长期的涵养与锻炼。

赏诗与做诗是诗歌审美活动相互联系、彼此促进的两个方面。能赏诗，做诗便心中有数；会做诗，赏诗也能略辨甘苦。所谓观千剑而后识器，操千曲自然知音。赏诗与做诗也同此理。

但无论赏诗或学做诗，首先都离不开一个"读"字。《红楼梦》四十八回，香菱向黛玉请教如何学习做诗。黛玉劝她先熟读王维五律一百首，再读百二十首老杜七律，再读李白七绝一二百首。以三人佳作为底，再读陶、谢、阮、鲍等人，并要她"细心揣摩透熟了"，然后"只管放开胆子去做"。黛玉这些话，当然是曹雪芹自己的经验之谈，也可看作对严羽《沧浪诗话·诗辨》"夫学诗者以识为主"这一命题的阐发。

其实，"以识为主"包含了如何赏读诗歌的问题。我们试就这个问题谈些意见作为本书的结语。

诗歌读赏活动，是主体和文本、作者之间的认知、体悟和感应的双向运动与惯性循环，就是说，读者作为欣赏主体，他必须首先读懂诗篇文本，即认知；然后进入诗篇所创造的意象世界，领略其象外之象、弦外之音和韵外之致，即体悟；从而与诗人共鸣，即感应；文本制约主体的读赏活动，主体也可能赋予文本新义，即双向运动；优秀文本能产生健康积极的读赏主体，健康积极的读赏主体也可能使优秀文本发挥新的效益，并促进作者创造新的优秀文本，反之亦然，这就是我们说的良性循环。

对于文学作品的读赏活动运作过程，古人也有相当研究。《孟子·万章上》说"以意逆志"（据作品的意思推求作者的情志）；韩愈《进学解》说"沉浸浓郁，含英咀华"（沉醉于文章浓厚的韵味之中，细细体味其神髓精华）；苏轼说"采剥其花实，咀嚼其膏味"；朱熹《诗集传》说"章句以纲之，训诂以纪之，讽咏以昌之，涵濡以体之"（通过章句了解大要，通过训诂落实内容，通过吟诵得诗歌声情之美，反复揣摩体味妙旨）；严羽《沧浪诗话》说"酝酿胸中久之自然悟入"；清人刘开《读诗说》云"从容讽咏以习其词，优游浸润以绎其旨；涵咏默会以得其归，往复低回以尽其致……"这些经验之谈都是很可参照的。现代审美心理学对于文学欣赏活动有更为深入的研究和阐发。综合看来，诗歌读赏可注意如下几点。

一、心态调整

诗歌赏读，也是艺术赏鉴的一种。艺术赏鉴是由感情向理智、解悟的提升过程。它不只是个人审美趣味的满足，也是通过诗歌文本同作者的对话；不止是做一个古典诗歌的爱好者，而且还可以充当诗人的知音和其他欣赏者的伙伴与向导。

中国古典诗歌瑰丽多姿，洋洋大观，博采众妙方能多受教益。纯粹的欣赏，当然可以自由选择。如果进行评论、研究，则应改变从偏好出发的兴趣主义，而以比较公正的态度对待每一首诗作，让它们都占有自己的合法地位，都能实现自己的审美价值。刘勰《文心雕龙·知音》说："无私于轻重，不偏于憎爱；然后能评理若衡，照词如镜。"这可以说是我国经典的赏鉴心态。

总之，在诗歌的赏读中，最可贵的是，虽有自己的兴趣爱好，却能公平地对待不同风格的诗篇。

二、知觉对位

传统诗学、文论，从孟子的"以意逆志"的"逆"，陆机的"游文章之林府，嘉丽藻之彬彬"的"游、嘉"，刘勰的"披文以入情""沿波讨源"的"披、入、沿、讨"，"平理若衡，照词如镜"的"平、照"，钟嵘的"闻之者动心，味之者无极"的"闻、味"，到韩愈的"沉浸、含咀"，苏轼的"采剥、咀嚼"，严羽的"酝酿、悟入"等，差不多都指出了文学鉴赏，必须从认知到体验的基本方法和过程。其中就包含了主体知觉方式不同于一般阅读的对位转换，只不过古人说得比较笼统罢了。虽然刘勰、朱熹和刘开把几个步骤表达得稍有区别，但仍语焉不详。刘勰《文心雕龙·知音》提出："是以将阅文情，先标六观：一观位体，二观置词，三观通变，四观奇正，五观事义，六观宫商。斯术既形，则优劣见矣。"

"位体"指体裁格式，"置词"为遣词造句，"通变"是继承革新，"奇正"

乃手法风格的奇特或正常，"事义"即用典，"宫商"谓音节格调。这算是较为全面的鉴别，但未加阐述，至今尚有歧义。如"一观位体"，张文勋等《文心雕龙简论》认为指作品主题思想，而非一般所说的内容安排与体裁形式。这当然只是一种看法，未必更合原意。

著名学者金开诚在《漫谈"想诗"》中提出了诗词鉴赏的三个要点：其一，准确把握诗句的含义，是第一要想的问题；其二，根据诗句规定的再造条件进行再想象；其三，诗词具有"言有尽而意无穷"的特点，欣赏时要进行恰当联想。金先生还作了深入浅出的阐述，很有指导意义❶。

当代审美心理学研究表明，在文艺赏鉴活动开始阶段，心态调整之后，基本上摆正了主体与文本之间的关系，但接着必须让知觉方式"对位转换"，即要找到与作品类型相应的知觉方式，才能进行赏鉴活动。人类的知觉方式，都是以往历史的文化积累。各种艺术类型的创造和赏鉴世代相传，并培养出社会成员不同个体的审美理想、趣味和能力等基本的审美素质；这种基本素质，分别体现为不同个体对不同题材、体裁和风格的艺术作品的"期待视野"的基本内涵。比如各人对音乐和对小说，对《二泉映月》和《英雄交响曲》，对绝句和现代自由诗，对婉约派和豪放派的作品等，都必须有相应的素养构成自己的期待视野的基本要求。

在赏鉴过程中，审美素养越深厚、审美经验越丰富的个体，越会自然而然地调整自己的知觉方式，与赏鉴对象对口。如果文化素质浅薄或经验贫乏，就不知道调整自己的知觉方式，很可能以看戏曲的方式看电影，用读调查报告的观念读小说等，那就方枘圆凿，格格不入了。

以赏鉴古典诗词而论，就与赏鉴现代自由体新诗很不一样。这从语言词汇、格律体制、意象组合到境界体悟等，都需要赏鉴主体的知觉方式与之合拍。如语言词汇，古汉语比现代汉语，除了语音词义、语法结构的基本一致，还有不少差异，特别是诗词的惯用语词，常常与现代汉语大相径庭。如果以赏鉴现代新诗的知觉方式对待，望文生义便可能张冠李戴，不得要领。试看下列诗句：

  个侬无赖是横波。   ——隋炀帝《嘲罗罗》

  韦曲花无赖，家家恼煞人。 ——杜甫《奉陪郑驸马韦曲》

---

❶ 诗文鉴赏方法二十讲[M].北京：中华书局，1986.

天下三分明月夜，二分无赖是扬州。　　——徐凝《忆扬州》

江水不胜绿，梅花无赖香。　　——陆游《广都道中呈季辰》

这几首诗中，"无赖"一词显然不同于现代汉语的贬义词，骂人不讲道理；而恰恰相反，是叹其可爱，且不是一般的可爱，而是特别可爱。再看：

二月二日江上行，东风日暖闻吹笙。
花须柳眼各无赖，紫蝶黄蜂俱有情。　　——李商隐《二月二日》

楚城日暮烟霭深，楚人驻马还登临。
襄王台下水无赖，神女庙前云有心。　　——罗隐《渚宫秋思》

若道春无赖，飞花合逐风。巧知人意里，解入酒杯中。
　　——杨巨源《与李文仲秀才同赋泛酒花诗》

愁杀二分无赖月，凭将万里有情风，为传消息宋家东。
　　——张矞《浣溪沙》

在这些诗词例句里，如果仍以"可爱"之意解"无赖"，就不切诗意；作"无心、无意"，才意脉连贯、气韵畅通[1]。

三、意象重建

从古典诗歌特殊的语言入手，破译其语言符号，根据所承载的信息了解字面大意，这是诗歌读赏活动的开始。在这个基础上，便要进一步利用语言符号传递的信息，根据自己的知识和经验，在头脑中想象出语言符号所指的意象，并依靠意象之间的情理逻辑建构起一个完整的意象世界。

但诗歌意象的重建，并不那么容易。读赏诗歌，不像观赏造型艺术那样以视知觉直接形成格式塔效应，即不是一下子获得眼前对象的知觉完形，而必须逐一破译文字符号的语象，一个个地再造意象，一遇障碍便成问题。如王翰的《凉州词》，这是边塞诗的绝唱之一，有口皆碑，但对它的理解却众说纷纭。沈德潜《唐诗别裁》说"故作豪饮之词，然悲感已极"；高步瀛《唐宋诗举要》

---

[1] 王瑛.诗词曲语词例释[M].增订本.北京：中华书局，1980：249-250.

引施朴华《岘佣说诗》认为后两句"作悲伤语读便浅,作谐谑语读便妙,在学人领悟"。按沈说抒情主人公的意象是悲的;照施说则是喜的。当代人也颇有分歧。中国社会科学院文学研究所《唐诗选》认为是写战胜回营庆贺作乐的情景;姚奠中等《唐宋绝句选注》则说是正在开怀畅饮,忽听马上琵琶催起程时的复杂心理:虽然都承认抒发的是豪情逸兴,但具体的意象是不同的。这首先是意象所显示的情景不同:是在帐中设宴庆功,还是于营外摆酒壮行?"琵琶马上催"的意象,是在为豪饮助兴,还是在为出征的将士壮行?揆之以理,若在帐中设宴庆功,琵琶又何须骑马弹奏?所引杨炯《送临津房少府》诗句"弦奏促飞觞"似乎也不能说明问题。因为帐中或宴会上的"弦奏"固然可以助兴,令人飞觞举盏,但不同于马上琵琶的催人火速动身。看来前说难以服人。

再如刘长卿的《逢雪宿芙蓉山主人》。都以为"明白如话",然而,到现在仍争论不休。最重要的分歧是:"风雪夜归人"中的"人"到底指谁?吴熊和等《唐宋诗词探胜》沿传统说法,认为就是诗人描写"山中的贫苦人家"的"风雪夜归人",与王维《赠刘蓝田》"篱间犬迎吠,出屋候荆扉。岁宴输井税,山村人夜归"诗意相仿。有人提出异议,说这句是写诗人"受到热情接纳时的……如同归家之感"。五言绝诗简洁空灵,为读赏阐释留下了广阔空间。虽说横竖有理,但既是"重建"意象,似应考虑原作的内在逻辑,力求寻绎出诗人的旨趣。本诗的确难以确定,诗题就有文章。从今人的习惯看,"宿芙蓉山主人"可理解为诗人将"芙蓉山主人"留宿。这样,本诗首句写傍晚景色,次句写冬日蛰居山村的清贫和寂寞,三、四句写柴门犬吠,迎来本欲回家,却因风雪只得投宿的芙蓉山主人。这里有动与静的对比,也有自己闲居生活的写照和对他人辛苦的同情。这又同流传的见解相悖,且李白五古《宿清溪主人》开头就说"夜到清溪宿,主人碧岩里",可见,"宿××主人"即"向××主人投宿"。沈德潜《唐诗别裁》干脆请"主人"退出,只标《逢雪宿芙蓉山》。无论是否别有所据,起码题意和诗情互相吻合了。沈氏未必着眼于文字的繁简,也许正是为了避免诗题、诗句和词理、意象之间的矛盾?但综观全诗,吴说似较合理。因为第一,标题合于唐人习惯;第二,将内容理解为诗人借宿后的见闻感慨顺理成章;第三,在客观描述中对贫苦人家寄予同情,正是刘长卿及所师承的王孟诗派的作风。至于"宾至如归"的新说,聊备参照吧。

可见,意象的重建,也首先得正确把握诗题和句子的表层结构,才能在深入理解诗篇语言符号信息内涵的基础上,建构与原作相似的意象体系。

四、获得体悟

在心中重建意象，便会进入意象世界，去逐步领略意境，求得象外之象、言外之意、弦外之音和韵外之致的体悟，从而与诗人发生共鸣；或品评其得失，升华自己的美感，获得精神启迪或性灵的陶冶。这个阶段，正是刘勰说的"入情"，苏轼说的"咀嚼其膏味"，严羽说的"悟入"，朱熹说的"涵濡以体之"，刘开说的"往复低回以尽其致"……这是诗歌读赏的最后完成。既是审美愉悦的满足，也是审美创造欲的特殊体现，比之单纯的消遣式的欣赏，更充实，更完善，更有益，因而是更为高级的审美活动。

本书到此结束。录古人论诗绝句二首共勉：

　　未及前贤更勿疑，递相祖述复先谁？
　　别裁伪体亲风雅，转益多师是汝师。

——杜甫《戏为六绝句》之六

　　胸中成见尽消除，一气如云自卷舒。
　　写出此身真阅历，强于钌饳古人书。

——张问陶《论诗十二绝句》之一

杜老夫子劝我们尊重前贤，但不赞成递相因袭，认为要区别真伪，多方面学习，发扬优良传统，才能有所长进。张先生则主张跳出古人框框，写出自己的真情实感。其实他们的精神是一致的。我们希望，读者本着这种精神，通过我们所提供的"媒介"，去接近和领会古典诗歌艺术的精义，进而"得鱼忘筌"，"舍筏登岸"。那么，本书也算是"功德圆满"了。

附录
中国古典诗歌常用原型意象系列例释

中国古典诗歌，有一个非常丰富的常用的原型意象系列。这些原型大多是物态化的比兴意象，但也有一些是从古人的行为或情感活动中提炼出来的观念性意象。将它们大致梳理出来，无论对于古典诗歌的读赏还是旧体诗词的习作，都有参考价值。现依自然顺序例释如下。

天　昊天　苍天　上天　皇天　帝　上帝　无限无私的最高权威。宇宙之统领，万物之元始。《易·象》："大哉乾元，万物之始，乃统天"；《说卦传》："乾天也，故称乎父"。代表父性原则。古人以为最高造物、命运主宰的原型。"帝"或"上帝"是天的人格化。

①天命玄鸟，降而生商。　　——《诗·商颂·玄鸟》

②昊天有成命，二后受之。　　——《诗·周颂·昊天有成命》

③旻天疾威，天笃降丧。　　——《诗·大雅·召旻》

④悠悠苍天，此何人哉！　　——《诗·王风·黍离》

⑤明明上天，照临下土。　　——《诗·小雅·小明》

⑥君子乐胥，受天之祜。　　——《诗·小雅·桑扈》

⑦终窭且贫，莫知我艰。天实为之，谓之何哉？

——《诗·邶风·北门》

⑧皇矣上帝，临下有赫。帝谓文王，予怀明德。

——《诗·大雅·皇矣》

可见，自殷周以来，"天"，已被视为人类祸福命运的主宰。当道者固然把自己的特权说成是上天（上帝）所赐，而士人也把国家的种种不幸和君王昏暴，看成是上天（上帝）的惩罚；黎民百姓更认为，个人的祸福生死全是老天爷所定。他们平时向上苍祈祷，困惑与无奈时对上天倾诉发泄。因此，上古皇天上帝意象，可以说是天命观念的古老原型。又如：

①伫立吐高吟，舒愤诉穹苍。　　　　　——汉乐府《伤歌行》

②盈缩之期，不但在天。　　　　　　　——曹操《龟虽寿》

③人生若尘露，天道邈悠悠。　　　　　——阮籍《咏怀》十七

④大矣造化工，万殊莫不均。　　　　　——王羲之《兰亭集诗》

"穹苍"也是天。这几例说明，"天"的原型，直接与命相连而称"天命"，与"道"相连而称"天道"。但前者主要强调天对于人的权威性与制约性，后者则强调天的自主性与神秘性，而"造化"则突出其造物主创生万物的意义。再看：

①太息将何为，天命与我违……苦辛何虑思，天命信可疑。

　　　　　　　　　　　　　　　　　　——曹植《赠白马王彪》

②举动摇白日，指挥回青天。　　　　　——李白《古风》四十六

③汝阳三斗始朝天，道逢麯车口流涎。

　　　　　　　　　　　　　　　　　　——杜甫《饮中八仙歌》

④天意高难问，人情老易悲。

　　　　　　　　　　　　　　——杜甫《暮春江陵送马大卿公……》

⑤天意诚难测，人言果有不？　　　　　——章甫《即事》

殷周时已有君权神授的观念，君主自然地被认为是人间主宰。因此，诗歌中的天有时就指君主。曹植的诗就明显地表示对皇兄意志即"天命"的不满与怀疑。其余各例的"天"都指天子。

　　　天地　永恒无限的宇宙时空原型。地厚土厚地　至德至厚的最大母仪。《易·象》："至哉坤元，万物资生，乃顺承天。坤厚载物，德合无疆，含弘光大，品物咸亨"；《易·说卦传》："坤，地也，故称呼母"。"地"，实际上是最博大慈爱的母亲原型。但古典诗歌少见专门描写大地的整体形象，

因此还没有形成大地的原型意象。古诗中多是"天地"并举，以大地附属于上天，构成无限永恒的宇宙时空原型意象。而且，这种原型常与人类生命的短暂相比较而存在。例如：

①天地无终极，人命若朝霜。　　　　——曹植《送应氏二首》

②天地解兮六合开，星辰陨兮日月颓。我腾而上将何怀！

——阮籍《大人先生歌》

③登高望四海，天地何漫漫。　　——李白《古风》三十九

④出门如有碍，谁谓天地宽？　　　　——孟郊《赠崔纯亮》

⑤吾闻马周昔作新丰客，天荒地老无人识。　——李贺《致酒行》

⑥天长地久有时尽，此恨绵绵无绝期！　　——白居易《长恨歌》

阮籍、孟郊和李贺、白居易都是以夸张手法表现主观的现实感受，并不能改变"天地"的原型性质。可以说，正是这种原型性质的反衬、对比，才使他们的诗情通过夸张得到充分表现。

日　月　光明、生命、时间与崇高的原型意象。《易·系词上》第十一章："悬象著明，莫大乎日月"；《系词下》第一章："日月之道，贞明者也"。日月为光明之原，生命之本。古人以日月并举为圣道、美德、丰功伟业的象征，也成了光明、生命、时间与崇高的古老原型。例如：

①日月光华，旦复旦兮！　　　　　　　　——《卿云歌》

②日月光华，弘于一人。　　　　　　　　——《八伯歌》

③祝融司方发其英，沐日浴月百宝生。　——《禹玉牒词》

④日与月与，荏苒代谢。逝者如斯，曾无日夜。

——张华《励志诗》

⑤人亦有言，日月于征。安得促席，说彼平生。

——陶潜《停云》

⑥屈平辞赋悬日月，楚王台榭空山丘。　　——李白《江上吟》

例①说日月光辉使天地光明。例②以日月光华象征舜的圣道美德。例③说"百宝"得日月精华而生,即日月是万物的生命之本原。例④⑤都以日月运行表示光阴的流逝。例⑥以日月的永恒比屈原作品的不朽。

日　帝王或朝廷的原型意象。据说夏桀无道,人民苦之,诅咒道:"时日曷丧?予及汝偕亡!"这应该是以日代君王的最早例子了,但其后少见。唐诗中流行,后人也多沿用。例如:

①别有豪华称将相,转日回天不相让。

——卢照邻《长安古意》

②闲来垂钓坐溪上,忽复乘舟梦日边。

——李白《行路难》之一

③总为浮云能蔽日,长安不见使人愁。

——李白《登金陵凤凰台》

④胡运何须问,赫日自当中。　　——陈亮《水调歌头》

这里的日大致可以理解为君王及其朝廷。

朝日　朝阳　朝晖　早晨的太阳,古人以为朝气和美好年华的象征,因此成为青春美貌和新气象的原型。例如:

①面若明月,晖似朝日。　　　　——蔡邕《协和婚赋》

②容华耀朝日,谁不希令颜。　　——曹植《美女篇》

③朝阳不再盛,白日忽西幽。　　——阮籍《咏怀》十七

④峻节贯秋霜,明艳伴朝日。——严延之《秋胡诗九首》之一

⑤千家山郭静朝晖,日日江楼坐翠微。

——杜甫《秋兴八首》之三

例①②④都以朝日喻美丽的容颜,例③喻青春年华,例⑤则是新鲜气象。

夕阳　斜阳　落日　落晖　傍晚的太阳,虽然辉煌,却给人衰败沉沦的感觉,与朝阳相反,是年华流失、世道衰微的原型。例如:

①三闾结飞辔,大耋嗟落晖。　　　　——陆机《拟东城一何高》

②功业未及建,夕阳忽西流。　　　　——刘琨《重赠卢谌》

③朝露贪名利,夕阳忧子孙。　——白居易《秦中吟·不致仕》

④夕阳无限好,只是近黄昏。　　　　——李商隐《乐游原》

⑤朱雀桥边野草花,乌衣巷口夕阳斜。　——刘禹锡《乌衣巷》

⑥休去倚危栏,斜阳正在,烟柳断肠处。——辛弃疾《摸鱼儿》

前三例都以夕阳、落晖象征年华迟暮,后三例则暗喻世道衰微。

月　明月　月为太阴,《易》以配坤(《说卦》第十章)。以其皎洁柔和、缺而复圆、流光普照等属性,成为良辰美景、佳人容貌和离情相思的原型意象。例如:

①月出皎兮,佼人僚兮。舒窈纠兮,劳心悄兮。

——《诗经·陈风·月出》

②昭昭素明月,辉光烛我床。忧人不能寐,耿耿夜何长。

——汉乐府《伤歌行》

③明月照高楼,流光正徘徊。上有愁思妇,悲叹有余哀。

——曹植《七哀诗》

④春江潮水连海平,海上明月共潮生。

滟滟随波千万里,何处春江无月明。

——张若虚《春江花月夜》

⑤床前明月光,疑是地上霜。举头望明月,低头思故乡。

——李白《静夜思》

⑥今夜鄜州月,闺中只独看。遥怜小儿女,未解忆长安。

——杜甫《月夜》

⑦明月楼高休独倚,酒入愁肠,化作相思泪。

——范仲淹《苏幕遮》

⑧明月几时有，把酒问青天……人有悲欢离合，月有阴晴圆缺，此事古难全。但愿人长久，千里共婵娟。　　——苏轼《水调歌头》

以上各例，蕴含了明月原型所赋有的多种意味。可以说，在古典诗歌中，明月是一个既让人感到亲切温柔，又易引发忧愁哀伤的意象；她既充满人情，又体现哲理。所以常见常新，情兴永在。

牛郎、织女星　相爱不能相亲的夫妻或情侣的原型意象。古代神话传说，织女为天帝孙女，长年织造云锦。嫁与河西牛郎后，织乃中断。帝大怒，责令她与牛郎分离，只准每年七夕相会一次。东汉末年《古诗十九首》之十最早歌咏其事，后人便以牛郎织女二星为情爱永笃、长相眷念的象征。南北朝时期更发展为七夕喜鹊架桥，让织女"暂谐牛郎"的美好传说。

①迢迢牵牛星，皎皎河汉女。纤纤擢素手，札札弄机杼。终日不成章，泣涕零如雨。河汉清且浅，相去复几许？盈盈一水间，默默不得语！　　——《古诗十九首》之十

②牵牛织女遥相望，尔独何辜限河梁？——曹丕《燕歌行》

③此日六军同驻马，当时七夕笑牵牛。——李商隐《马嵬》

④纤云弄巧，飞星传恨，银汉迢迢暗渡。金风玉露一相逢，便胜却人间无数。　柔情似水，佳期如梦。忍顾鹊桥归路！两情若是久长时，又岂在朝朝暮暮。　　——秦观《鹊桥仙》

例①借牵牛织女的古代传说，寄寓"相近而不能达情"（沈德潜）的哀伤，也界定了牛郎织女意象的原型内涵。例②沿用其义，以渲染思妇的相思之苦。例③则借牛女意象反衬明皇贵妃当时的相亲相爱，并进而以此日六军不发的无奈讥刺他们乐极生悲。例④反原义而用，意在呼唤真挚长久的爱情，但仍是从原型生发而来。

参　商　古代神话传说，高辛氏二子不睦，因迁东西两地，分主参、商（辰）二星：此出彼没，彼出此没，互不相见。古人以喻亲眷、故人的长久分离，遂成永久分离的原型。

①昔为鸳与鸯，今为参与辰。　　——苏武《诗四首》之一
②参辰皆已没，去去从此辞。　　——苏武《诗四首》之二
③形影参商乖，音息旷不达。　　——陆机《为顾彦先赠妇》
④人生不相见，动如参与商。　　——杜甫《赠卫八处士》

前两首喻亲眷（兄弟、妻子）异处，后两例则喻友朋分离。

春　春为一年之始，万物复苏，人情活跃，而又花开花落，风光易变。古人以春为生命、欢爱和良辰美景的原型。作为生命生机，常用"春意"；作为欢情爱欲则为"春心、春情"；作为良辰美景则谓"春色、春光"；作为美好年华可说"春华、青春"。举凡与美与情与生命关联的事物，常常加一个"春"字。例如：

①有女怀春，吉士诱之。　　——《诗经·召南·野有死麕》
②目极千里兮伤春心。　　——屈原《招魂》
③阳春布德泽，万物生光辉。　　——汉乐府《长歌行》
④努力爱春华，莫忘欢乐时。　　——苏武《诗四首》之二
⑤予涉素秋，子登青春。　　——潘正叔《赠陆机出为吴王郎中令》
⑥欢然酌春酒，摘我园中蔬。　　——陶潜《读山海经》
⑦援萝聆青崖，春心自相属。　　——谢灵运《过白岸亭诗》
⑧暂伴月将影，行乐须及春。　　——李白《月下独酌》
⑨忆昔娇小姿，春心亦自持。　　——李白《江夏行》
⑩沉舟侧畔千帆过，病树前头万木春。
　　——刘禹锡《酬乐天扬州初逢席上见赠》
⑪玉楼明月长相忆，柳丝袅娜春无力。——温庭筠《菩萨蛮》五

例①⑨⑪的"春、春心"都指情爱之心；例②的"春心"是春日远望时的怀旧之心；例⑦的"春心"指听见山间猿啼鸟鸣时产生的愉快之情；例④⑤⑧的

"春华、青春、春"都指青春年华。

<u>秋　秋/西/金风　秋霜</u>　秋季,从初秋自中秋,阳光热烈,作物成熟,显得灿烂而充实;深秋常有寒雨繁霜,草木凋零,显得阴沉而肃杀。但秋作为原型,主要表示阴沉肃杀所引起的愁苦悲伤之情。《礼记·祭仪》:"霜露既降,君子履之,必有凄怆之心。非其寒之谓也。"郑玄注:"感时念亲也。"秋风/霜,是秋之原型的最主要的意象。例如:

①悲哉,秋之为气也!萧瑟兮,草木摇落而变衰。

——宋玉《九辩》

②秋风起兮白云飞,草木黄落兮雁南归。 ——汉武帝《秋风辞》

③秋风萧萧愁杀人!出亦愁,入亦愁,座中何人,谁不怀忧?

——汉乐府《古歌》

④白发三千丈,缘愁似个长。不知明镜里,何处得秋霜。

——李白《秋浦歌》

⑤万里悲秋常作客,百年多病独登台。

艰难苦恨繁霜鬓,潦倒新停浊酒杯。　　——杜甫《登高》

⑥胡未灭,鬓先秋,泪空流。　　——陆游《诉衷情》

⑦秋老钟山万木稀,凋伤总属劫尘飞。

——钱谦益《和盛集陶落叶》

⑧往事空官渡,西风入郑州。角繁乡梦断,霜警客心愁。

——陈维崧《晓发中牟》

⑨亭障三边接,风沙万古愁。可怜辽海月,不作汉时秋。

——屈大均《塞上》

⑩东望停云结暮愁,千林黄叶剑门秋。

最怜霜月怀人夜,鸿雁声中独倚楼。

——恽格《寄虞山王石谷》

例①②③⑤⑦⑧⑩，秋或秋/西风，都是秋的原型意义。例④借秋霜以喻白发，不唯借色，也用秋的衰败隐喻年纪迟暮。例⑧"霜警客心愁"，也取时节变易，年华不待，感而思亲的古意。例⑨是说，这时的辽海之月，已不是明朝光景。

雨露　时/春/甘雨　甘霖/露　因其滋润万物，常作德政恩惠的象征，遂成德泽、恩义的原型。

①有渰萋萋，兴雨祁祁。雨我公田，遂及我私。

——《诗·小雅·大田》

②琴瑟击鼓，以御田祖。以祈甘雨，以介我稷黍。

——《诗·小雅·甫田》

③自我天覆，云之油油。甘露时雨，厥壤可游。滋液渗漉，何生不育。　——司马相如《封禅颂》

④仲春遘时雨，始雷发东隅。众蛰各潜骇，草木纵横舒。

——陶潜《拟古九首》之三

⑤好雨知时节，当春乃发生。随风潜入夜，润物细无声。

——杜甫《春夜喜雨》

浮云　云朵飘忽不定，又能遮蔽天日。古人常以比喻游子行踪和奸佞当政擅权，因此成为游子和权奸的原型。

①浮云蔽白日，游子不顾返。　——《古诗十九首》之一

②不见雀来入燕室，但见浮云蔽白日。

——（后秦）赵整《谏歌》

③总为浮云能蔽日，长安不见使人愁。

——李白《登金陵凤凰台》

④俯观江汉流，仰视浮云翔。良友远别离，各在天一方。

——苏武《诗四首》之四

⑤仰视浮云弛，奄忽互相逾。风波一失所，各在天一隅。

——李陵《与苏武诗三首》之一

⑥浮云游子意，落日故人情。　　　——李白《送友人》

例①③浮云都喻权奸当道。例②则喻后宫女子越位。据说后秦符坚与慕容垂夫人同辇游后庭，宦官歌此以谏，坚改容谢之，令夫人下辇。这是把受宠女子作为可能迷乱君王的佞人。后三例，都是以浮云的飘移流动比朋友远去，令人伤感。

流水　逝川　江河流水，总是奔泻不止，永不回头，令人想到时间的不可阻留。从孔子的感慨到民歌的悲叹，都包含同样的"时间-生命"意识。于是在古典诗歌里，流水便成为"时间-生命"的原型。例如：

①百川东到海，何时复西归。少壮不努力，老大徒伤悲。

——汉乐府《长歌行》

②孤客伤逝湍，徒旅苦奔峭。（奔，山谷；峭，山峰）

——谢灵运《七里濑》

③大江日夜流，客心悲未央。

——谢朓《暂使下都夜发新林至京邑赠西府同僚》

④滔滔大江水，天地相终始……东望何悠悠，西来昼夜流。岁月既如此，为心那不愁！　　——张九龄《登荆州城望江》

⑤君不见黄河之水天上来，奔流到海不复回。君不见高堂明镜悲白发，朝如青丝暮成雪。　　——李白《将进酒》

以上各例都是从流水不息感悟生命的代谢。有人无奈叹息，有人主张及时行乐，而珍惜时间、生命则是共识。

龙　古代传说中善变化、能兴云布雨的神异动物，为鳞虫之长。《礼记·礼运》："麟、凤、龟、龙，谓之四灵。"《易·乾》："飞龙在天，大人造也。"《疏》："飞龙在天，犹圣人之在王位。"古人以象征皇帝，遂成君王的原型。例如：

①我欲攀龙见明主，雷公砰訇震天鼓。　　——李白《梁父吟》

②竹帛烟销帝业虚，关河空锁祖龙居。　　——章碣《焚书坑》

③高帝子孙尽隆准，龙种自与常人殊。　　——杜甫《哀王孙》

④黄冠日月胡云断，碧血山河龙驭遥。　　——边贡《谒文山祠》

前两例都以"龙"代皇帝，后两例以"龙"作定语，这是"龙"原型的两种基本用法。

凤凰　传说中的祥瑞之鸟，凤雄凰雌，古称四灵之一。《论语·子罕》："凤鸟不至，河图不出，吾已矣乎！"古代常用凤凰象征贤人。例如：

①凤凰于飞，翙翙其羽。亦集爰止，蔼蔼王多吉士。

——《诗经·大雅·卷阿》

②凤凰鸣高冈，有翼不好飞。安知凤凰德，贵其来见稀。

——汉《拟苏李诗》

③凤凰集南岳，徘徊孤竹根。于心有不厌，奋翅凌紫氛。

岂不常勤苦？羞与黄雀群。何时当来仪？将须圣明君。

——刘桢《赠从弟三首》之三

④林中有奇鸟，自言是凤凰……一去昆仑西，何时复回翔？

——阮籍《咏怀》十八

上述各例都是凤凰象征意义的袭用。

鹏　大鹏　鲲鹏　鹏鸟　古代传说由大鱼变化而成的巨鸟。《庄子·逍遥游》："北冥有鱼，其名为鲲。鲲之大，不知其几千里也；化而为鸟，其名为鹏，鹏之大不知其几千里也。怒而飞，其翼若垂天之云……水击三千里，抟扶摇而上者九万里，去以六月息者也。"后世以"鹏程"象征前程远大，鹏，也就成为胸怀大志者的原型。

①大鹏一日同风起，扶摇直上九万里。

假令风歇时下来，犹能簸却沧溟水。　　——李白《上李邕》

②鹏图仍矫翼，熊轼且移轮。　　——杜甫《奉赠萧二十使君》

③鹏程三万里，别酒一千钟。　　——唐彦谦《留别》之一

④使君九万击鲲鹏，肯为阳关一断魂。

——苏轼《再送蒋颖叔帅熙河》

以上各例都是鲲鹏典故的具体运用，或表志向，或祝前程，都极有力。

鸿鹄　黄鹄　都是天鹅，以其强大的飞翔能力成为与鲲鹏相似的原型。不过，它源于现实而非传说，且在汉魏六朝即已常用。

①鸿鹄高飞，一举千里。羽翼已就，横绝四海。

——刘邦《鸿鹄歌》

②黄鹄之一举兮，知山川之纡曲；再举兮，睹天地之圆方。

——贾谊《惜誓》

③燕雀戏藩柴，安识鸿鹄游？　　——曹植《虾䱇篇》

④黄鹄游四海，中路安将归？　　——阮籍《咏怀》六

前三例都是原型的本义，后例却是反义而用，以喻志士无路可投的悲哀。

飞鸟　游鱼　鸥鹭　高鸟　潜鱼　都象征行动随意，心情舒畅，为自由意志的原型。例如：

①鸢飞戾天，鱼跃于渊。岂弟君子，遐不作人？

——《诗·大雅·旱麓》

②游鱼潜绿水，翔鸟薄天飞。　　——曹植《情诗》

③望云惭高鸟，临水愧游鱼。

——陶潜《始作镇军参军经曲阿作》

④明朝拂衣去，永与海鸥群。

——李白《赠王判官时余归隐居庐山屏风叠》

⑤白鸥没浩荡，万里谁能驯？

——杜甫《奉赠韦左丞丈二十二韵》

⑥凡我同盟鸥鹭，今日既盟之后，来往莫相猜。

——辛弃疾《水调歌头·盟鸥》

例①以飞鸟高翔，游鱼活跃，喻时代清明，鼓励人们各展其能。例②③以飞鸟游鱼的自由，反衬自身的羁绊。例④⑤表达鸥鹭般自由的愿望。例⑥简直与鸥鹭为友，天人合一了。

燕雀 即凡鸟。比喻目光短浅、平庸无能之辈或奸佞小人，遂成此类人物的原型意象。以凡鸟喻平庸先秦已见。如《庄子·逍遥游》鲲鹏与蜩、鸠及斥鹌等的大小之辩，略无褒贬，以倡齐物之论。然屈赋已有凤凰、鸷鸟与鸩、鸠、乌雀的对比，好恶分明。后世多见沿用。例如：

①凤凰鸷鸟，日以远兮。燕雀乌鹊，巢堂坛兮。

——屈原《涉江》

②凤凰集南岳，徘徊孤竹根。于心有不厌，奋翅凌紫氛。岂不常勤苦？羞与黄雀群。 ——刘桢《赠从弟三首》之三

③云间有玄鹤，抗志扬哀声。一飞冲青天，旷世不再鸣。岂与鹑鷃游，连翩戏中庭？ ——阮籍《咏怀》十五

④凤鸟鸣西海，欲集无珍木。鷽斯得所居，蒿下盈万族。

——李白《古风》五十四

⑤梧桐巢燕雀，枳棘栖鸳鸯。 ——李白《古风》三十九

⑥君不见西山衔木众鸟多，鹊来燕去自成窠。

——顾炎武《精卫》

前四例都是凤凰、玄鹤之类的高鸟与凡鸟相对。例④鷽音于，雀鸟之类，跟例⑤同样以凤鸾与燕雀的错位，讽刺小人当道、志士穷途的社会现实。例⑥则以凡鸟喻没有气节的降清之辈，其思路也是由原型而来。

杜鹃 怀旧、思故的原型。汉扬雄《蜀王本纪》："杜宇乃自立为蜀王，号曰望帝。"又《十三洲志》："当七国称王，独杜宇称帝于蜀"；"望帝使鳖冷凿巫山治水，有功。望帝自以德薄，乃委国禅鳖冷，号曰'开明'。遂自亡

去，化为子规"。子规即杜鹃，每年农历二月啼叫，往往口角出血。晋左思《蜀都赋》："碧出苌弘之血，鸟生杜鹃之魂。"后人以其声类"子规哟""不如归去"，易引发思乡怀旧之情，遂成怀旧思故的原型。例如：

①中有一鸟名杜鹃，言是古时蜀帝魂。

声音哀苦鸣不息，羽毛憔悴似人髡。

——鲍照《拟行路难》之六

②谁忍子规鸟，连声向我啼？　　——李白《奔亡道中》

③其间旦暮闻何物？杜鹃啼血猿哀鸣。——白居易《琵琶行》

④庄生晓梦迷蝴蝶，望帝春心托杜鹃。——李商隐《锦瑟》

⑤从今别却江南路，化作啼鹃带血归。——文天祥《金陵驿》

⑥鹃血春啼悲蜀鸟，鸡鸣夜乱度秦关。

——王夫之《读指南集》

以上各诗，除例①是引发人生无常的悲叹，其余均系思故怀旧之情。

猿啼　郦道元《水经注·江水》："自三峡七百里中，两岸连山，略无缺处。重岩叠嶂，隐天蔽日，自非亭午夜分，不见曦月。每至晴初霜旦，林寒涧肃，常有高猿长啸，属引凄异，空谷传响，哀转久绝。故渔者歌曰：'巴东三峡巫峡长，猿鸣三声泪沾裳。'"又《古今乐录·女儿子》："'巴东三峡猿鸣悲，夜鸣三声泪沾衣'。猿鸣至清，行者闻之，莫不怀土。"沈德潜《古诗源》注"谓说猿声之悲始此"。实际上，战国之前《楚辞》中已将猿啼之声描写成凄清悲凉，后世认同，遂成引发怀土思亲的原型意象。例如：

①雷填填兮雨冥冥，猿啾啾兮又夜鸣。风飒飒兮木萧萧，思公子兮徒离忧。　　　　　　　　　　　　　——屈原《山鬼》

②流波激清响，猴猿临岸吟。迅风拂裳袂，白露沾衣襟。独夜不能寐，摄衣起抚琴。　　　　　　　——王粲《七哀》

③活活夕流驶，嗷嗷夜猿啼。沉冥岂别理，守道自不携。

——谢灵运《登石门最高顶》

④襄王云雨今安在？江水东流猿夜声。　　——李白《襄阳歌》

⑤征雁南飞无故国，啼猿北望有神州。

——顾祖禹《甲辰九日感怀》

以上各例都是借原型传达浓重的悲凉情绪。

鸳鸯　鸾凤　比翼鸟　比目鱼　连理枝　这些成双作对的事物，都是夫妻恩爱、伉俪永谐的原型。早在先秦时代，《诗经》第一篇，就以水鸟关雎雌雄和鸣象征美满姻缘。但这类原型，自汉以后才广泛出现在诗歌之中，魏晋时期还偶见表达亲情或友谊。例如：

①况我连理树，与子同一身。昔为鸳与鸯，今为参与辰。

——苏武《诗四首》之一

②舍后有方池，池中双鸳鸯。鸳鸯七十二，罗列自成行。鸣声何啾啾，闻我殿东厢。兄弟四五人，皆为侍中郎。五日一时来，观者满路旁。

——汉乐府《鸡鸣》

③兄弟两三人，中子为侍郎。五日一来归，道上自生光……入门时左顾，但见双鸳鸯。鸳鸯七十二，罗列自成行。音声何嚷嚷，鹤鸣东西厢。大妇织绮罗，中妇织流黄。小妇无所为，挟琴上高堂。

——汉乐府《相逢行》

④愿得展燕婉，我友之朔方……山川阻且远，别促会日长。愿为比翼鸟，施翮起高翔。——曹植《送应氏》之二

⑤得成比目何辞死？愿作鸳鸯不羡仙……生憎帐额绣孤鸾，好取门帘帖双燕。——卢照邻《长安古意》

例①的连理树与鸳鸯，例⑤的比目、鸳鸯和双燕，都象征形影不离的恩爱夫妻或情侣；例②③的鸳鸯则隐喻家庭之中兄弟夫妇间的关系融洽和美。例④的比翼鸟则表现友谊。

孤鸿　孤雁　孤凤　孤鸾　离群鸟　此类单飞鸟，常常引发怀旧、思亲和孤独、寂寞之情，遂成孤寂忧伤的原型。例如：

①众鸟皆有行列兮，凤独翔翔而无所薄。经浊世而不得志兮，愿侧身岩穴而自托。
———东方朔《楚辞·七谏·谬谏》

②春鸟翻南飞，翩翩独翱翔。悲声命俦匹，哀鸣伤我肠。
———汉乐府《伤歌行》

③天汉回西流，三五正纵横。草虫鸣何悲，孤雁独南翔。郁郁多悲思，绵绵思故乡。
———曹丕《杂诗》一

④薄帷鉴明月，清风吹我襟。孤鸿号外野，翔鸟鸣北林。徘徊将何见，忧思独伤心。
———阮籍《咏怀》一

⑤孤凤向西海，飞鸿辞北溟。因之出寥廓，挥手谢公卿。
———李白《留别金陵崔侍御十九韵》

⑥锦水东北流，波荡双鸳鸯。雄巢汉宫树，雌弄秦草芳。宁同万死碎绮翼，不忍云间两分张。
———李白《白头吟》

⑦缺月挂疏桐，漏断人初静。谁见幽人独往来，飘渺孤鸿影？惊起却回头，有恨无人省。拣尽寒枝不肯栖，寂寞沙洲冷。
———苏轼《卜算子》

例①④⑦以孤凤和孤鸿喻不被理解与信任的孤独与悲伤；例②③⑤以独鸟、孤雁、孤凤、飞鸿传达征人怀乡、游子恋故的哀愁；例⑥以鸳鸯分飞喻配偶相失的痛苦。

鸿雁　青鸟　鲤鱼　鸿雁是随季节迁徙的候鸟，大曰鸿，小曰雁。每年春分北飞，秋分南翔。因其来往有一定规律，被想象成可以传递书信的使者。《汉书·苏建传》附"苏武"载：苏武奉武帝命出使匈奴，被拘北海牧羊。汉求苏武，匈奴诡称武已死。武属吏常会夜见汉使，教其托言武帝于上林射得一北来雁，获雁足所系帛书，知武等在某泽中。使者以责单于。武得归。后世因以雁为信使，雁足为书信。班固《汉武帝故事》：七月七日上于承华殿斋，日中忽有青鸟从西来；上问东方朔，朔对曰，日暮西王母必降。后人遂以青鸟代传书的信使。又蔡邕《饮马长城窟行》："客从远方来，遗我双鲤鱼。呼儿烹鲤鱼，中有尺素书。长跪读素书，书中竟何如？上有加餐食，下有长相忆。"于是，鲤鱼或鱼，同鸿雁、青鸟一样成了信使的原型。例如：

①因归鸟而致辞兮，羌宿高而难当。 ——屈原《九章·思美人》

②愿寄言于三鸟兮，去飘疾而不可得。

——刘向《楚辞·九叹》

③孤雁飞南游，过庭长哀吟。翘思慕远人，愿欲托遗音。

——曹植《杂诗》

④尺素在鱼肠，寸心凭雁足。 ——（梁）王僧孺《捣衣》

⑤故人不可见，幽梦谁与适。寄书西飞鸿，赠尔慰离析。

——李白《淮南卧病书怀寄蜀中赵征君蕤》

⑥杨花雪落覆白苹，青鸟飞去衔红巾。 ——杜甫《丽人行》

⑦蓬山此去无多路，青鸟殷勤为探看。 ——李商隐《无题》

⑧凤箫声绝沉孤雁，望断清波无双鲤。

——五代无名氏《鱼游春水》

⑨云中谁寄锦书来？雁字回时，月满西楼。

——李清照《一剪梅》

⑩万里西风吹羽仪，独传霜翰向南飞。芦花映月迷清影，江水含秋点素辉……天涯兄弟离群久，皓首江湖犹未归。

——顾文昱《白雁》

以上各例都是袭用原型。例①的"归鸟"也是归飞之鸿雁一类，例⑧则两种原型并用，例⑩第二句是说一只白雁孤单地南飞，都非常含蓄而有力地传达了诗人的情思。

虎　狼　虎豹豺狼等猛兽，有凶猛残忍的属性，在古典诗词中也是凶猛和残暴的原型。用于形容将士为褒义，用于形容官吏、衙役、乱军或盗匪为贬义。例如：

①矫矫虎臣，在泮献馘。　　　　　——《诗·鲁颂·泮水》
②西京乱无象，豺虎方遘患。　　　——王粲《七哀诗》
③兵散弓残挫虎威，单枪匹马突重围。——（唐）汪遵《乌江》
④虎将如雷霆，总戎向东巡。　　　——李白《赠张相镐》之一
⑤大贤虎变愚不测，当年颇似寻常人。——李白《梁甫吟》
⑥子房未虎啸，破产不为家。——李白《经下邳圯桥怀张子房》
⑦秦王扫六合，虎视何雄哉！　　　——李白《古风》第三
⑧所守或非亲，化为狼与豺。　　　——李白《蜀道难》
⑨中原走豺虎，烈火焚宗庙。

　　　　　　——李白《经乱后将避地剡中留赠崔宣城》

⑩俯视洛阳川，茫茫走胡兵。流血涂野草，豺狼尽冠缨。

　　　　　　——李白《古风》十九

以上各例，无论是比拟或修饰，都沿用原型的褒贬意义。

　　狐兔　狐狸和兔子，都是山林中的弱小，且易繁衍。古典诗词中常以形容荒凉景象，遂成荒凉景象的原型。例如：

①遥望是君家，松柏冢累累。兔从狗窦入，雉从梁上飞。

　　　　　　——汉《古诗三首》之二
②狐兔穴宗庙，霜露沾朝市。　　——北齐-颜之推《古意》
③洛阳宫室殿烧焚尽，宗庙新除狐兔穴。

　　　　　　——杜甫《忆昔二首》之二
④九地黄流乱注，聚万落千村狐兔。

　　　　　　——张元干《贺新郎·送胡邦衡待制》
⑤烽火名园窜狐兔，画阁偷窥老兵怒。　——吴伟业《鸳湖曲》

以上各例都是利用原型渲染战乱之后的荒凉。

苍蝇 青蝇 因其污净洁、玷清白,古人以喻在君主面前谄媚取宠、妒陷忠良的奸伪之臣,遂成谗佞小人的原型。例如:

①营营青蝇,止于樊,岂弟君子,无信谗言。

——《诗·小雅·青蝇》

②若青蝇之伪质兮,晋骊姬之反情。 ——刘向《九叹·怨思》

③苍蝇间白黑,谗巧令亲疏。 ——曹植《赠白马王彪》三

④不惜微躯退,但惧苍蝇前。 ——陆机《塘上行》

⑤青蝇一相点,白碧遂成冤。 ——陈子昂《宴胡楚真禁所》

⑥青蝇易相点,白雪难同调。

——李白《翰林读书言怀呈集贤诸学士》

这些都是以青蝇喻谗佞小人。

松 柏 高大茂盛,抗寒长绿,有强大的生命力。《论语·子罕》:"岁寒,然后知松柏之后凋也。"后世以为坚强、崇高精神的原型。

①陟彼景山,松柏丸丸(音还还)。 ——《诗·商颂·殷武》

②秩秩斯干,幽幽南山,如竹苞矣,如松茂矣。

——《诗·小雅·斯干》

③出东门兮厉石班,上有松柏青且阑。

——(春秋·齐)宁戚《饭牛歌》

④山中人兮芳杜若,饮石泉兮荫松柏。

——屈原《九歌·山鬼》

⑤岂不罹凝寒?松柏有本性。 ——刘桢《赠从弟三首》之二

⑥松柏受命独,历代长不衰。人生浮且脆,鴥若晨风悲。

——鲍照《松柏篇》

⑦芳菊开林耀,青松冠岩列。怀此贞秀姿,卓为霜下杰。

——陶潜《和郭主簿二首》一

⑧何以表相思？贞松擅严节。　　——（梁）任昉《赠徐征君》

⑨松柏本孤直，难为桃李颜。　　——李白《古风》十二

以上各例，都以对松柏坚贞品质的赞美表达诗人自身的情操与人格，有时更与其他杂树对比增强褒贬之义。

梅 竹 兰 菊　古称"四君子"。或凌寒傲霜，或清芬雅洁，遂成高雅贞洁等传统美德的原型。先看兰、菊：

①溱与洧方涣涣兮，士与女方秉蕳兮。女曰观乎？士曰既且。且往观乎！洧之外洵訏且乐。维士与女，伊其相谑，赠之以芍药。

——《诗·郑风·溱洧》

②二人同心，其利断金；同心之言，其臭如兰。

——《易·系词上》

③"扈江蓠与辟芷兮，纫秋兰以为佩"；"余既滋兰之九畹兮，又树蕙之百亩"。　　——屈原《离骚》

④春兰兮秋菊，长无绝兮终古。　　——屈原《九歌·礼魂》

⑤灵菊植幽崖，擢颖陵寒飙。春露不染色，秋霜不改条。

——（东晋）袁山松《菊》

⑥幸得不锄去，孤苗守旧根。无心羡旨蓄，岂欲近名园？遇赏宁充佩，为生莫碍门。幽林芳意在，非是为人论。

——张九龄《悲秋兰》

⑦孤兰生幽园，众草共芜没。虽照阳春晖，复悲高秋月。飞霜早淅沥，绿艳恐休歇。若无清风吹，香气为谁发？　——李白《孤兰》

⑧深林不语抱幽贞，赖有微风递远馨。开处何妨依藓砌，折来未肯恋金瓶。孤高可把供诗卷，素淡堪移入卧屏。莫笑门无佳子弟，数枝濯濯映阶庭。　　——刘克庄《兰》

⑨春兰如美人，不采羞自献。时闻风露香，蓬艾深不见。

丹青写真色，欲补离骚传。对之如灵均，冠佩不敢燕。

——苏轼《题杨次公春兰》

⑩花开不并百花丛，独立疏篱趣未穷。

宁可枝头抱香死，何曾吹落北风中！

——（元）郑思肖《画菊》

例①的"蕑"即兰。朱注：郑俗，三月上巳之辰，采兰水上，以祓除不详。兰和芍药都被视为香草，大约因其芬芳洁净，在先秦时代，不但可以表示纯真的情意，还能作为礼神的祭品。例③"纫秋兰以为佩"。王注："兰，香草也，秋而芳。佩饰也。所以象德。故行清洁者佩芳德。"千载之下，还令苏轼"对之如灵均"。此后一直到清末和当代，在郑所南、倪瓒、板桥、秋瑾和陈毅等人的画幅与诗篇中，都保持着屈原式的志士风范。"余既滋兰"句，北大《先秦文学史参考资料》认为兰蕙等香草喻贤才。例⑧刘克庄可以说秉承了这两种精神。晋以后，菊更因陶渊明的激赏而具有了隐士的高风亮节，这种品质在例⑩中发展成了宁死不屈的民族气节。

再看梅：

①兔园标物序，惊时最是梅。衔霜当路发，映雪拟寒开。枝横却月观，花饶凌风台。朝洒长门泣，夕驻临邛杯。应知早飘落，故逐上春来。
——（梁）何逊《扬州法曹梅花盛开》

②万木冻欲折，孤根暖独回。前村深雪里，昨夜一枝开。

风递幽香出，禽窥素艳来。明年如应律，先发望春台。

——齐己《早梅》

③洗尽铅华见雪肌，要将真色斗生枝。

檀心已作龙涎吐，玉颊何劳獭髓医！

——苏轼《再和杨公济梅花十绝》

④玉骨那愁瘴雾，冰姿自有仙风。海仙时遣探芳丛，倒挂绿毛么凤。　素面常嫌粉涴，洗妆不褪唇红。高情已逐晓云空，不与梨花同梦。

——苏轼《西江月》

⑤雪虐风饕愈凛然,花中气节最高坚。

　　过时自合飘零去,耻向东君更乞怜。

——陆游《落梅二首》之一

⑥驿外断桥边,寂寞开无主。已是黄昏独自愁,更著风和雨。

　　无意苦争春,一任群芳妒。零落成泥碾作尘,只有香如故。

——陆游《卜算子·咏梅》

⑦老去惜花心已懒,爱梅犹绕江村。一枝先破玉溪春。更无花态度,全是雪精神。　　——辛弃疾《临江仙·探梅》

⑧冰雪林中著此身,不同桃李混芳尘。

　　忽然一夜清香发,散作乾坤万里春。　　——王冕《白梅》

　　梅,在我国已有三千多年的种植史。最早是调味品(《尚书·商书·说命下》:"若作和羹,尔惟盐梅")。《诗经·召南·摽有梅》已将梅实成熟作为少女长成热切思嫁的隐喻;《秦风·终南》"终南何有?有条有梅",其中条即楸树,夏季开白花,是兼具实用与观赏价值的落叶乔木,与梅并举作为兴象以美君子,可能兼及它们的形态与品质。但梅花的意象,大约到了南北朝时期才被诗人关注。在何逊、萧纲、庾信等较早的咏梅作品中,梅花已是衔霜映雪,清神雅韵。南齐鲍照《梅花落》独叹梅"徒有霜花无霜质",这在古代梅花的赞美诗中是个极其特殊的不协和音。到唐僧齐己笔下,梅花更具有抗寒独开、幽香素艳的坚贞品德与高雅形态,实开北宋林逋、苏轼等拟人化咏梅的先河。南宋陆游、辛弃疾则突出梅的高坚气节与冰雪精神,为后世王冕、徐渭等的梅花诗画所承传。

　　现在看竹:

①瞻彼淇奥,绿竹猗猗。有匪君子,如切如磋……瞻彼淇奥,绿竹青青,有匪君子,充耳琇莹……瞻彼淇奥,绿竹如箦。有匪君子,如金如锡。　　——《诗·卫风·淇奥》

②绿竹半含箨,新梢才出墙。色侵书帙晚,阴过酒樽凉。

　　雨洗涓涓净,风吹细细香。但令无剪伐,会见拂云长。

——杜甫《竹》

③琼节高吹宿凤枝，风流交我立忘归。

最怜瑟瑟斜阳下，花影相和满客衣。　　——李建勋《竹》

④新篁才解箨，寒色已青葱。冉冉偏疑粉，萧萧渐引风。

扶疏多透日，寥落未成丛。惟有团团节，坚贞大小同。

——元稹《新竹》

⑤近窗卧砌两三丛，佐静添幽别有功。

影镂碎金初透月，声敲寒玉乍摇风。

无凭费叟烟波碧，莫信湘妃泪点红。

自是子猷偏爱汝，虚心高节雪霜中。　　——（唐）刘兼《竹》

⑥青岚帚亚思君祖，绿润高枝忆蔡邕。

长听南园风雨夜，恐生鳞甲尽为龙。　　——陈陶《长竹》

⑦今日南风来，吹乱庭前竹。低昂中音会，甲刃纷相触。

萧然风雪意，可折不可辱。风霁竹已回，猗猗散青玉。

——苏轼《竹》

⑧咬定青山不放松，立根原在破岩中。

千磨万击还坚劲，任尔东西南北风！　　——郑燮《竹石》

例①朱注：卫人以绿竹之美喻武公之令德。传说鸟王凤凰非梧桐不栖，非竹实不受，例②将竹与凤凰联系起来，例⑤⑥令人想到费长房竹杖化龙的神话传说，都使竹非同凡响。例④⑤⑦⑧更给竹注入了坚韧贞洁的崇高品质。可见，对于竹意象的运用，有人着眼于精神品质，也有人欣赏其风韵气概，都是传统的继承与发扬。

桃李　桃花和李花，农历二三月盛开，鲜艳明丽然而易于凋落。似乎具有妍美和庸弱两种截然相反的品质；又因其果实累累、甘甜可喜，古人视为嘉树（《韩诗外传》七："夫春树桃李，夏得荫其下，秋得食其实；春树蒺藜，夏不可探其叶，秋得其刺焉"）；桃李果实又被拟作门生学子。所以，在古典诗歌中，桃李成为情爱婚姻、良辰美景、嘉树和门生学子的原型。例如：

①桃之夭夭，灼灼其华。之子于归，宜其室家。

——《诗·周南·桃夭》

②嘉树下成蹊，东园桃与李。秋风吹飞藿，零落从此始。

——阮籍《咏怀》之三

③一日声名遍天下，满城桃李属春官。

——刘禹锡《宣上人远寄和礼部王侍郎放榜后诗因而继和》

④今公桃李满天下，何用堂前更种花？

——白居易《奉和令公绿野堂种花诗》

⑤春风桃李花开日，秋雨梧桐叶落时。　——白居易《长恨歌》

⑥去年今日此门中，人面桃花相映红。

人面不知何处去，桃花依旧笑春风。——崔护《题都城南庄》

⑦竹外桃花三两枝，春江水暖鸭先知。

蒌蒿满地芦芽短，正是河豚欲上时。

——苏轼《惠崇春江晚景》

⑧桃李春风一杯酒，江湖夜雨十年灯。

——黄庭坚《寄黄几复》

例①⑥桃花象征美满婚姻和深挚的情爱。例⑤⑦⑧喻良辰美景。例②说好景不长，但桃李仍是嘉树，代表繁华、好景。例③④则是赞美门生众多。古代也有将桃李与松柏对举作为负面意象的。如李白《古风》第十二"松柏本孤直，难为桃李颜"；第四七"桃花开东园，含笑夸白日……宛转龙火飞，零落早相失。讵知南山松，独立自萧飔？"

杨柳　六朝《三辅黄图·六桥》："霸桥在长安东，跨水作桥。汉人送客至此桥，摘柳赠别。"后世以"摘柳"为送别的代称。乐府存六朝及唐人"摘杨柳"曲二十余首，多为伤别和怀远之词。杨柳遂成为离情别绪的原型之一。又因杨柳在早春即吐芽披叶，随后便绿影婆娑，所以古典诗歌中又常作春色和青春年华的原型。例如：

①昔我往矣，杨柳依依；今我来思，雨雪霏霏。

——《诗·小雅·采薇》

②青青河畔草，郁郁园中柳。盈盈楼上女，皎皎当窗牖……荡子行不归，空床难独守。 ——《古诗十九首》之二

③原隰荑绿柳，墟囿散红桃。 ——谢灵运《从游京口北固应诏》

④郁郁河边柳，青青野田草。舍我故乡客，将适万里道。

——谢灵运《折杨柳行》

⑤杨柳青青着地垂，杨花漫漫搅天飞。

柳条折尽花飞尽，借问行人归不归？ ——隋无名氏《送别诗》

⑥此地曾居住，今来宛似归。可怜汾上柳，相见亦依依。

——岑参《题平阳郡汾桥边柳树》

⑦杨柳东门树，青青夹御河。近来攀折苦，应为别离多。

——王之涣《送别》

⑧闺中少妇不知愁，春日凝妆上翠楼。

忽见陌头杨柳色，悔教夫婿觅封侯。 ——王昌龄《闺怨》

⑨渡头杨柳青青，枝枝叶叶离情。 ——晏几道《清平乐》

⑩江南腊尽，早梅花开后，分付新春与垂柳。细腰肢自有入格风流。仍更是、骨体清英雅秀。 ——苏轼《洞仙歌》

例①③都以杨柳的青翠婀娜，点缀春景；例④⑤⑦⑨杨柳象征离愁和乡情；例②⑧⑩则隐喻青春年华；例⑥是对例①的拟人化，诗人渗入了离情别绪和故地重游之感，虽非真正的故乡，却也似杨柳依依，故土多情。

芳草　春/香草　《楚辞》以来逐渐成为美德、贤才、佳人和故乡的原型。例如：

①何所独无芳草兮，尔何怀乎故宇？ ——屈原《离骚》

②君无度而弗察兮，使芳草为薮幽。 ——屈原《九章·忆往日》

③王孙游兮不归,春草生兮萋萋。

——淮南小山《楚辞·招隐士》

④山密夕阳多,人稀芳草远。 ——杜牧《长安送友人游湖南》

⑤语多时,情未了,回首犹重道:记得绿罗裙,处处怜芳草。

——牛希济《生查子》

⑥忆郎还上层楼曲,楼前芳草年年绿。绿似去时袍,回头风袖飘。 郎袍应已旧,颜色非长久。惜恐镜中春,不如花草新。

——张先《菩萨蛮》

⑦山映斜阳天接水,芳草无情,更在斜阳外。

——范仲淹《苏幕遮》

⑧枝上柳棉吹又少,天涯何处无芳草? ——苏轼《蝶恋花》

⑨我来倚棹向湖边,烟雨台空倍惘然。
芳草乍疑歌扇绿,落英错认舞衣鲜。 ——吴伟业《鸳湖曲》

例①的芳草指具有美德的贤君;例②芳草指贤才志士;例③④⑦指家乡春色或美丽的故乡;例⑤⑥⑨芳草使人联想所怀念的人,并喻青春流逝。例⑧有些特殊:以芳草的无处不在表示春光已逝,夏日来临,虽是惜春之情,但芳草已不是上述原型的运用。

浮萍 转蓬 飞蓬 田野的断根枯草随风飞扬,浮萍寄生水面,没有根柢,随波逐流。古典诗歌中常作游子过客和行役之人的象征,逐渐成为原型。例如:

①顾念兮旧都,怀恨兮艰难。窃哀兮浮萍,泛淫兮无根。

——王褒《楚辞·九怀》

②翩翩飞蓬征,怆怆游子怀。 ——汉乐府《古八变歌》

③田中有转蓬,随风远飘扬。长与故根绝,万岁不相当。

——曹操《却东西门行》

④秋蓬独何辜,飘飘随风转。 ——司马彪《杂诗》

⑤此地一为别，孤蓬万里征。　　　　　——李白《送友人》

⑥苔竹素所好，萍蓬无定居。

——杜甫《将别巫峡赠南卿兄瀼西果园四十亩》

⑦客路随萍梗，乡园失薜萝。

——许浑《晨自竹径至龙兴寺崇隐上人院》

⑧故里行人战后疏，青崖萍寄白云居。　　——张乔《寄弟》

⑨山河破碎风飘絮，身世浮沉雨打萍。　——文天祥《过零丁洋》

例⑥萍蓬是浮萍与转蓬的合用，例⑦萍梗是浮萍与小枝梗，都无定所。以浮萍和转蓬象征游子征夫，给人前途渺茫的凄凉之感。

<u>落花　落红　落英　残红</u>　　自汉以来多以此类词比拟年华的衰逝，有时也暗喻循环转换的生命潜力。例如：

①洛阳城东路，桃李生路傍。花花自相对，叶叶自相当……高秋八九月，白露变为霜。终年会飘堕，安得久馨香？秋时自零落，春月复芬芳。　　　　　　　　——（东汉）宋子侯《董娇娆》

②凝霜沾蔓草，悲风振林薄。摵摵芳叶零，蕊蕊芬华落……形变随时化，神感因物作。　　　　　　　——卢谌《时兴》

③中庭五株桃，一株先作花。阳春妖冶二三月，从风簸荡落西家。西家思妇见悲惋，零泪沾衣抚心叹。　　——鲍照《拟行路难》

④女儿年纪十五六，窈窕无双颜如玉。

三春已暮花从风，空留可怜谁与同？

——梁武帝萧衍《东飞伯劳歌》

⑤一片花飞减却春，风飘万点正愁人。

且看欲尽花经眼，莫厌伤多酒入唇。

——杜甫《曲江二首》之一

⑥炀帝行宫汴水滨，数株残柳不胜春。

晚来风起花如雪，飞入宫墙不见人。　——刘禹锡《杨柳枝》

⑦流水落花春去也，天上人间！　　　　——李煜《浪淘沙》

⑧香老但邀南国颂，青留长伴小山丛。

——王夫之《正落花诗》

⑨落红不是无情物，化作春泥更护花。

龚自珍《己亥杂诗》之一

例①⑧⑨表示落花的生命还可以循环再生或转变新质，其余都是惜春叹逝或触景伤情。但例⑧含义颇深：典出屈原《橘颂》"受命不迁，生南国兮"与淮南小山《招隐士》"桂树丛生兮山之幽"，诗人以橘和桂花虽陨而果与树仍葆芳香与青翠，隐喻志士捐躯却民族气节永存。这是落花原型积极含义的继承与发扬。

尧 舜 文 武　唐尧、虞舜、夏禹、周文王、周武王等，都是理想的君主，在古典诗歌中是圣君的原型。例如：

①南山矸，白石烂，生不逢尧与舜禅……时不遇兮尧舜主。

——甯戚《饭牛歌》

②昔三后之纯粹兮，固众芳之所在。　　——屈原《离骚》

③尧舜圣而慈仁兮，后世称而弗忘。　——东方朔《楚辞·沉江》

④尧禹道已昧，昏虐势方行。　　——陈子昂《感遇》十五

⑤致君尧舜上，再使风俗淳。

——杜甫《奉赠韦左丞丈二十二韵》

⑥今日唐虞际，群公社稷臣。　　　——严羽《有感》

以上各例都是圣君原型的运用。

比干　周公　夷齐　伍员　田横　苏武　他们是古代几类名臣的代表：比干是忠谏而枉死，周公乃平乱治国的贤相，伯夷、叔齐是耻食周粟为故国殉节，伍员是既有大功又遭杀害的典型，苏武是百折不挠、不辱使命的坚贞使节。还有如管仲、孔明、谢安等，在古典诗歌中也都是忠正贤能的原型。例如：

①忠不必用兮，贤不必已，伍子逢殃兮，比干菹醢。

——屈原《九章·涉江》

②悲仁人之尽节兮，反为小人之所贼。比干忠谏而剖心兮，箕子被发而佯狂。

——贾谊《楚辞·惜誓》

③山不厌高，海不厌深。周公吐哺，天下归心。

——曹操《短歌行》

④苏武天山上，田横海岛边。万重关塞断，何日是归年？

——李白《奔亡道中》一

⑤自言管葛竟谁许，长吁莫错还闭关。

——李白《驾去温泉宫后赠杨山人》

⑥但用东山谢安石，为君谈笑静胡沙。

——李白《永王东巡歌》二

以上各例或怀古喻今，或因时自况，都是上述原型的运用。田横为战国末年齐国田氏后代，曾为齐相国。韩信破齐，横自立为王，率五百人逃亡海岛。刘邦称帝后遣使招降，横与二客耻为汉臣，于洛阳东二十里自杀；留岛五百人闻讯也皆自尽，也属于夷、齐一类的忠烈之士。李白以苏武、田横来比况自己走投无路的苦衷。

鲁仲连 春秋齐人。胸怀韬略，精神超迈。身不在朝却为国解难；功高不居，飘然四海。在古典诗歌中是一种特殊的侠义高士原型。颇为后代诗家赞赏。例如：

①弦高犒晋师，仲连却秦军。临组乍不缀，对圭宁肯分？

——谢灵运《述祖德诗二首》之一

②齐有倜傥生，鲁连特高妙。明月出海底，一朝开光耀。

——李白《古风》十

③一笑无秦帝，飘然向海东。谁能排大难，不屑计奇功？

——屈大均《鲁连台》

巢父　许由　传说中尧时的巢父、许由，都是著名的隐士高人。鄙视权贵名利，不问世事，是他们的共同特征。在古典诗歌中都是作为高人雅士的原型。例如：

①世无洗耳翁，谁知尧与跖。　　　　——李白《古风》二十四
②高从巢父栖，下与壶公饮。　　　　——夏完淳《秋怀》

洗耳翁即许由，传说他听尧打算让位于他，便逃往箕山之下颍水之畔；尧又召请他出任九州长，即去颍水边洗耳朵。他认为这种世俗之言，污了他的耳朵。巢父亦尧时隐者，因常居树上而得名。据说尧要让位给他，他便逃走；尧要让位给许由，他又劝许由避开。又说许、巢本一人，但古典诗文中多作两人，不过常常并举，称由许、由巢或巢许。壶公亦传说中仙人，据说东汉费长房曾见他卖药，座上悬一壶，市罢即跳入壶中。费知非常人，遂从其学道成仙。

赤松子　王乔　安期生　赤松子、王乔、安期生等都是古典诗歌中常见的长生不老的仙人。

①闻赤松之清尘兮，愿承风乎遗则。　　　　——屈原《远游》
②乃至少原之野兮，赤松王乔皆在旁。　　——贾谊《楚辞·惜誓》
③三山招松乔，万世谁与期？　　　　——阮籍《咏怀》十九
④惟有安期舄，留之沧海隅。　　　　——李白《赠张相镐》

《淮南子·济俗》："今夫王乔、赤松子吹呕呼吸，吐故纳新，遗行去智，抱素反真；以游无渺，上通玄天。"安期生也是传说中的古代仙人。《列仙传》称秦始皇曾与他相见，并赠他金珠美玉，他皆置去，以赤玉舄为报，并对秦始皇说："后数年，求我于蓬莱山"。诗人常以这些仙人原型，表达厌弃尘世、向往超越的情绪，或长生不可期，行乐须及时的混世态度。

美人　佳人　佚女　在《诗经》中主要是理想的女性意象；《楚辞》及其后多代表贤人、明君或密友。例如：

①野有蔓草,零露漙兮。有美一人,清扬婉兮。邂逅相遇,适我愿兮。
　　　　　　　　　　　　　　——《诗·郑风·野有蔓草》

②望瑶台之偃蹇兮,见有娀之佚女。　　——屈原《离骚》

③满堂兮美人,忽独与余兮目成。　　——屈原《九歌·少司命》

④思美人兮,揽涕而伫眙;媒绝路阻兮,言不可结而诒。
　　　　　　　　　　　　　　——屈原《九章·思美人》

⑤北方有佳人,举世而独立。一顾倾人城,再顾倾人国。宁不只倾城与倾国?佳人难再得。　　——李延年《歌一首》

⑥佳人慕高义,求贤良独难。　　——曹植《美女篇》

⑦佳人不存,能不永叹?　　——嵇康《赠秀才入军》

例①⑤的美人、佳人自然是本来意义上的美女或理想的女性;例②⑥的佚女、佳人指贤才,例③④的美人指君王,例⑦的佳人指密友。

玉颜　朱颜　红颜　青春或美貌的原型。以玉比美女颜色之美,《诗经》已见。《召南·野有死麇》即云"有女如玉"。"红颜"有时也指男性青春。例如:

①美人既醉,朱颜酡兮。娭光渺视,目曾波兮。
　　　　　　　　　　　　　　——屈原《招魂》

②燕赵多佳人,美者颜如玉。　　——《古诗十九首》

③时俗薄朱颜,谁为发皓齿?　　——曹植《杂诗·南国有佳人》

④玉颜盛有时,秀色随年衰。　　——付玄《明月篇》

⑤红颜零落岁将暮,寒光婉转时欲沉。　　——鲍照《拟行路难》

⑥红颜弃轩冕,白首卧松云。　　——李白《赠孟浩然》

⑦马嵬坡下泥土中,不见玉颜空死处。　　——白居易《长恨歌》

⑧雕栏玉砌应犹在,只是朱颜改。　　——李煜《虞美人》

⑨痛哭六军俱缟素,冲冠一怒为红颜。　　——吴伟业《圆圆曲》

这里的玉颜、红颜等相当于修辞中的借代，即以面色代指美貌或青春。

　　<mark>白发　白头　华发　霜鬓　鬓丝</mark>　人到中年渐生白发，两鬓斑白；以后竟满头皆白以至枯黄。古典诗歌常以象征年华已逝、命运艰难。白发遂成年老体衰的原型。例如：

①心诚怜，白发玄；情不怡，艳色媸。　　——古逸《鲁连子》

②愿得一心人，白头不相离。　　——卓文君《白头吟》

③人亦有言，忧令人老。嗟我白发，生一何早！

——曹丕《短歌行》

④白发窥明镜，忧伤没余齿。　　——颜之推《古意》

⑤白发三千丈，缘愁似个长。不知明镜里，何处得秋霜。

——李白《秋浦歌》

⑥艰难苦恨繁霜鬓，潦倒新停浊酒杯。　　——杜甫《登高》

⑦故国神游，多情应笑我早生华发。

——苏轼《念奴娇·赤壁怀古》

⑧一春不得陪游赏，苦恨蹉跎满鬓丝。

——汪琬《寄赠吴门故人》

⑨碧血未消今战垒，白头相见旧征衣。

——顾炎武《酬朱监纪四辅》

以上各例的白发、白头都是原型的具体运用。

　　<mark>舟楫　津渡</mark>　达到某种目的的门径，特别是跻身仕途、实现抱负的中介或机遇的原型。例如：

①欲归家无人，欲渡河无船。　　——汉乐府《悲歌》

②愿欲一轻济，惜哉无方舟。闲居非吾志，甘心赴国忧。

——曹植《杂诗》五

③龙欲升天须浮云,人之仕进待中人……君门以九重,道远河无津。
——曹植《当墙欲高行》

④欲济无舟楫,端居耻圣明。 ——孟浩然《望洞庭湖赠张丞相》

⑤雾失楼台,月迷津渡,桃源望断无寻处。
——秦观《踏莎行·郴州旅舍》

以上前四例原型的意义很明显,唯最后一例看似写景,但联系诗人被贬的遭遇可知,他是表达前途渺茫的苦闷。那么,这里的"津渡"也就可能带有原型的意味了。

酒 酒杯 杜康 浊酒 美酒 樽酒 金樽 杯 在传统文化中,酒,真是一种奇妙无比的原型:祭祀以它表敬意,庆典以它示隆重,欢乐以它添喜气,愁闷以它解烦忧;孤独时可以慰寂寥,怯懦时又能壮胆气,慷慨时更可激义愤,创作时还可以出灵感……它是情感的调节物和催化剂。作为情感原型,它具有多种性质。例如:

①既醉以酒,既饱以德。君子万年,介尔景福。
——《诗·大雅·既醉》

②君臣同和,福佑千亿。觞酒二升,万岁难极。
——《祝越王辞》

③为酒为醴,烝彼祖灵。贻福惠君,寿考且宁。
——蔡邕《樊惠渠歌》

④行人怀往路,何以慰我愁?独有盈觞酒,与子结绸缪。
——李陵《与苏武诗》

⑤欢日尚少,戚日苦多。以何忘忧,弹筝酒歌。
——汉乐府《善哉行》

⑥对酒当歌,人生几何?……慨当以慷,幽思难忘。何以解忧?惟有杜康。
——曹操《短歌行》

⑦悠悠迷所留,酒中有深味。 ——陶潜《饮酒》八

⑧人生得意须尽欢,莫使金樽空对月!……五花马,千金裘,呼儿将出换美酒,与尔同销万古愁!
　　　　　　　　　　　　　　——李白《将进酒》

⑨李白斗酒诗百篇,长安市上酒家眠。天子呼来不上船,自称臣是酒中仙。张旭三杯草圣传,脱帽露顶王公前,挥毫落纸如云烟。
　　　　　　　　　　　　　　——杜甫《饮中八仙歌》

⑩人生如梦,一樽还酹江月。
　　　　　　　　　　　　　　——苏轼《念奴娇·赤壁怀古》

以上各例大约包举了酒文化原型的主要形态和含义,其余不必一一枚举。

古典诗歌的原型系列极其丰富,我们仅仅选录了最常见的部分。从所举诗例可以看出,有的作品是直接运用原型,相当于现代的象征或隐喻,更多的却是用来渲染气氛、表达情绪。无论哪种情况,只要了解原型的文化内涵,对于深入领会诗意都是有帮助的。

参考文献

[1] 铜版四书五经[M].上海:世界书局,1936(民国二十五年).

[2] 袁健.五经四书全译[M].郑州:中州古籍出版社,1999.

[3] 沈德潜.古诗源[M].北京:文学古籍出版社,1957.

[4] 余冠英.乐府诗选[M].北京:人民文学出版社,1957.

[5] 朱东润.中国历代文学作品选[M].上海:上海古籍出版社,1979、1980.

[6] 先秦文学史参考资料[M].北京:中华书局,1962.

[7] 两汉文学史参考资料[M].北京:高等教育出版社,1959.

[8] 楚辞补注[M].北京:中华书局,1957.

[9] 余冠英.三曹诗选[M].北京:人民文学出版社,1956.

[10] 黄节.曹子建诗注[M].北京:人民文学出版社,1957.

[11] 王瑶.陶渊明集[M].北京:人民文学出版社,1956.

[12] 沈德潜.唐诗别裁[M].北京:商务印书馆,1958.

[13] 中国社会科学院文学研究所.唐诗选[M].北京:人民文学出版社,1978.

[14] 复旦大学中文系古典文学教研组.李白诗选[M].北京:人民文学出版社,1961.

[15] 冯至.杜甫诗选[M].吴天武,浦江清,合注.北京:人民文学出版社,1961.

[16] 林大椿.唐五代词[M].北京:文学古籍出版社,1956.

[17] 龙榆生.唐宋名家词选[M].上海:古典文学出版社,1957.

[18] 胡云翼.宋词选[M].上海:上海古籍出版社,1962.

[19] 上疆村民.宋词三百首[M].唐圭璋,笺注.上海:上海古籍出版社,1979.

[20] 钱钟书.宋诗选注[M].北京:人民文学出版社,1958.

[21] 王水照.苏轼选集[M].上海:上海古籍出版社,1984.

[22] 任继愈.老子新译[M].上海:上海古籍出版社,1985.

[23] 王先谦.庄子集解[M].上海:上海书店,1987.

[24] 北京大学哲学系美学教研室.中国美学史资料选编[M].北京:中华书局,1980、1981.

[25] 胡经之.中国古典美学丛编[M].北京:中华书局,1988.

[26] 张少康.文赋集释[M].上海:上海古籍出版社,1984.

[27] 范文澜.文心雕龙注[M].北京:人民文学出版社,1958.

[28] 陈延杰.诗品注[M].北京:人民文学出版社,1980.

[29] 弘法大师.文镜秘府论校注[M].王利器,校注.北京:中国社会科学出版社,1983.

[30] 罗仲鼎,吴宗海,蔡乃中.《诗品》今析[M].南京:江苏人民出版社,1983.

[31] 杨春秋,等.历代论诗绝句选[M].长沙:湖南人民出版社,1981.

[32] 胡仔.苕溪渔隐丛话[M].郭绍虞,主编.廖德明,校点.北京:人民文学出版社,1962.

[33] 魏庆之.诗人玉屑[M].王仲闻,校勘.上海:上海古籍出版社,1982.

[34] 郭绍虞.沧浪诗话校注[M].北京:人民文学出版社,1961.

[35] 郭绍虞,罗根泽.随园诗话[M].卡坎尔,校点.人民文学出版社,1960.

[36] 王夫之.姜斋诗话[M].戴鸿森,笺注.北京:人民文学出版社,1981.

[37] 叶燮,薛雪,沈德潜.原诗 一瓢诗话 说诗晬语[M].霍松林,校注.北京:人民文学出版社,1979.

[38] 王国维.人间词话[M].徐调孚,注.王幼安,校订.北京:人民文学出版社,1960.

[39] 刘大杰.中国文学发展史[M].上海:上海古籍出版社,1984.

[40] 罗根泽.中国文学批评史[M].上海:上海古籍出版社,1984.

[41] 敏泽.中国文学理论批评史[M].北京:人民文学出版社,1988.

[42] 徐青.古典诗律史[M].西宁:青海人民出版社,1982.

[43] 涂宗涛.诗词曲格律纲要[M].天津:天津人民出版社,1982.

[44] 张思绪.诗法概述[M].上海:上海古籍出版社,1988.

[45] 沈子丞.历代论画名著汇编[M].北京:文物出版社,1982.

[46] 中央美术学院美术史系.中国美术简史[M].北京:高等教育出版社,1997.

[47] 叶朗.中国美学史大纲[M].上海:上海人民出版社,1986.

[48] 李泽厚,刘纲纪.中国美学史[M].北京:中国社会科学出版社,1984、1987.

[49] 朱光潜.朱光潜美学文集:第二卷[M].上海:上海文艺出版社,1982.

[50] 钱钟书.谈艺录[M].北京:中华书局,1984.

[51] 王元化.文心雕龙创作论[M].上海:上海古籍出版社,1979.

[52] 李泽厚.美的历程[M].北京:文物出版社,1981.

[53] 周振甫.诗词例话[M].北京:中国青年出版社,1979.

[54] 李元洛.诗美学[M].南京:江苏文艺出版社,1987.

[55] 陈良运.诗学·诗观·诗美[M].南昌:江西高校出版社,1991.

[56] 毕万忱,等.中国古代文学理论词典[M].长春:吉林文史出版社,1985.

[57] 杨匡汉.缪斯的空间[M].广州:花城出版社,1987.

[58] 孙绍振.文学创作论[M].沈阳:春风文艺出版社,1987.

[59] 余秋雨.艺术创造工程[M].上海:上海文艺出版社,1987.

[60] 葛兆光.禅宗与中国文化[M].上海:上海人民出版社,1987.

[61] 孙昌武.佛教与中国文学[M].上海:上海人民出版社,1988.

[62] 北京大学哲学系美学教研室.西方美学家论美和美感[M].北京:商务印书馆,1980.

[63] 朱光潜.西方美学史[M].北京:人民文学出版社,1979.

[64] 朱狄.当代西方美学[M].北京:人民出版社,1984.

[65] 苏珊·朗格.感情与形式[M].北京:中国社会科学出版社,1986.

[66] 杨恩寰,樊莘森,等.美学教程[M].北京:中国社会科学出版社,1987.

[67] 曹日昌.普通心理学[M].北京:人民教育出版社,1984.

[68] 布恩·埃克斯特兰德.心理学原理和应用[M].北京:知识出版社,1985.

后 记

  拙著完稿已十多年，记得当时有句云："著书岂为稻粱谋，诗艺承传是杞忧。"这是就古典诗艺还未引起足够重视的情况而言。现在旧体诗词名家岫出，作者蜂起，诗坛欣欣向荣，当然不必"杞忧"了。将这部尘封已久的书稿重新问世，自然是敝帚自珍，聊偿夙愿。另外，就我接触的一些古典诗艺论著看，或述历史，或论专题，或释技法，各擅胜场。因此觉得，将教学过程中对我国古典诗艺系统诸元素梳理探赜的体悟就教方家，芹献诗友，也还是值得勉力而为的。

  但是，在联系出版事宜前，我还有些犹豫；多亏老伴和儿子、儿媳及女儿的极力鼓励与坚定支持，这才不揣浅陋，付梓刊行了。

  本书对于先辈和时贤的研究成果多有借鉴，注明出处以示尊重；在此更表谢意。

  本书写作的全过程，得到了老伴马明的大力支持。否则，本书很难顺利完成。特在此表示深深的感激。

  中国古典诗学博大精深。这里只是管窥蠡测，难免误谬，期专家和读者教正。

徐 于

苏州园区伊顿小镇百草庭

2015年7月